國擎文集

古柳澤

GULIUZE

张国擎 著

作家出版社

回首旧事，可以使沉湎在现实中太久、已经麻痹了神志的民族，振奋、理智起来，从而得到向未来冲刺的巨大力量。

目录

引 子

1

"打屁股了，看打屁股啊！"

"咣、咣、咣……"耿爷一边敲锣一边喊，他不喊老爷上堂审案子，不喊谁被提了受审，就挑引人注目的字眼喊，把个平平静静的古柳泽要搅出八丈的浪花，非有正月十五闹元宵，八月十八看钱塘大潮似的热闹，才肯歇下来。

"白花花的屁股，好看啊！"二呆子跟在耿爷后面用竹棍敲着洋铁皮学腔。

刚刚从烟馆出来的烟客，过足了烟瘾，精神正旺着，眉眼鼻子都宽宽地舒展着。听到那喊叫，把长衫一提一甩，两手朝天一伸，袖管落至肩，竹竿似的两根瘦骨如风中竹般摇着："挑夫的屁股，地主老财的屁股，娘子的屁股，小姐的屁股……啊哈哈，老爷应该都是褪尽裤子打，好看啊。别处没有的风景，这里有啊！"

"走哇！看风景啊。"后面跟上了一群。

偏有凑热闹的赶来说："打的是怡春院姐姐的屁股。"

众人起哄的劲头更足。

被鸦片烧干的枯老头掺和得特别狂热："上回打的那姐姐，听说淌了一地水哩。"

胖得头陷进胸膛的，喘着气问："可以靠近看吗？"

"到南街邵家洋货铺去买个西洋镜，能把苍蝇鸟放得牛尾巴大。什么都看得清楚。"

对方点头说，好主意，又问："是挪开大腿打，还是……"

卖水的阿根爷送水路过，听到此话，眉头紧蹙，摇头叹道，世道变了，世道变了，从前的镇衙没这一套，女人与名士是不褪裤子的，是不可以褪裤子的。

"野鸡朝廷没正经。花几个铜板到怡春院，啥看不到？"

"这总是不花钱嘛！"

"回家看娘子去！"阿根爷骂道。

骂声愠愠地，恰叫众人一时无趣，有人转身回家，有人随着人潮去镇衙门凑热闹，看打屁股。

说打屁股，实质是审案。

公堂审案，只有县衙，没听说镇还有衙门。古柳泽有衙门，得从明万历十七年说起。那年，南浔朱国桢金榜题名，皇帝知其出身寒门，特赐金在故里置屋供朱国桢父母居住。朱国桢奏请神宗皇帝赐古柳泽为镇建制，理由是自己的成才得到了舅父的相助。皇帝朱翊钧听到这个名字，想起元时张士诚起兵反元，定都苏州，将围太湖的两大重镇建成粮草的屯集地。这两大镇：一是南浔镇，二是古柳泽。尤其是古柳泽，镇外越溇河将太湖与长江交汇于此，若在越溇河上设坝，苏州与杭州等则闭塞。此地虽为聚水之央，但依太湖傍高山，中间凿一小道，建有关口，古为吴越两国国门，关东为越，越军把持；关西为吴，吴兵守护。历代视为苏浙皖三省要塞。明朝建都南京，更视其为国门之险。经历朝建设，已具县规模。嘉靖十六年进士董份，其身居一品要职在位近六十年，多次代皇上殿前试，学生遍及朝野。八十五岁被弹劾回乡，居舅父家古柳泽，广设学堂、创义田、筑义宅、办义仓、通大道，使其成为南北进出太湖咽喉、东西制控运河的军事重镇。这些神宗皇帝都知道，他问：

"卿莫非还要建设古柳泽为县？"

朱国桢跪奏："圣上明鉴。太湖水域及周边乃粮草丰饶之地，南浔、古柳两地均为历代所重。我朝若在此建设县制，则利大矣。"

朱翊钧此刻心境好，对于朱国桢也尚喜爱，便准予在古柳泽特设县衙门。可惜好景不长，待朱由检上台，理顺天下关系，便把县衙门撤了。到了清代，乾隆、康熙两帝南下目睹古柳泽之繁华，认为此地设县衙职能的制度可行。当下准许除命案无权处置外，其他一切等同县衙，对外仍称镇衙。京官外放，放着陕西道的府台不做，宁做这古柳泽的县衙级，可见这"一年镇衙内，三万金锭垒"肥缺的诱惑是何等之大。更有甚者言：此地肥得衣角掸掸都是金粉银屑。溥仪皇帝退位前的那任镇衙，吏部文选司主事郑大人，放任河南道开封府不去，改放此地，连连干了三届。皇帝退位的消息刚从紫禁城朝外传，本地资深绅士包老爷连夜从清河浦赶回通报。镇衙明白，若等正式消息到，那些痞子们能不敲他几千一万银吗？不如脚底抹油——趁早溜。深夜，镇衙带着两列浩浩荡荡船队溜了。皇帝官派的镇衙没有了。曾捐得一个九品官，屈就淮安清河浦候补河泊所官的包老爷，摇摇晃晃走进镇衙，学着古人的样子把候补官位的资格在镇衙门前一挂，众人看时，见上曰：

淮安清河浦河泊所官候补官所

接着，包老爷召集地方耆老宣读施政纲领。

古柳泽商贾云集，商家态度是关键。镇上资本最大的巨商邵黎泽老爷正忙着与张增澄到纽约设店铺，知晓包老爷此举也没特别重视。他持这种态度，别人便少有恭贺。没了恭贺，包老爷的举止便有旁门左道之嫌。门庭冷落在其次，重要的是"名不顺"。好在包老爷做事从来不在乎别人怎么看，做就做下去了。真正做长了，邵老爷也没与他丁是丁卯是卯地较真。这官因时间长久也就"官"了。一旦"官"的了，也是理直气壮了。自然也就"名正言顺"了。

现在，堂上坐的正是包老爷。

今天的案子不少。后村老崔饿死，媳妇偷桥西黄记布庄白布一段，儿子偷范家蒲席一张。范家知后没问罪，反倒相赠洋钱百块，置棺材理后事。黄记布庄却将崔家媳妇扭送镇衙。

包老爷问清楚后判道：

"偷布系盗窃行为，按本镇旧律，打屁股二十板。"

堂下看客哗然，纷纷议论道：偷布行孝，老爷应该当堂释放。

包老爷回道：偷窃不可纵。孝道自有赏。赏罚分明，古之训。

衙役将崔家媳妇拉一边，等候褪裤子打屁股。崔家媳妇见包老爷如此判决，寻死寻活要撞柱。衙役无法，只好弄几个人看着她。

怡春院妓女小玉在接客过程中，偷客人玉坠一块。客人告到镇衙。包老爷问话，小玉回话说，客人送的。客人说是她偷的。包老爷说，你把实情说出，老爷才好公断。小玉红脸不肯说。客人神气地说，谅她也没那胆，女人的脸皮就是命。

闻此话，小玉咬咬牙道："反正你上面的'口'会赖。我下面的'口'有苦也要诉！"说着，哭诉道：这个客人坏啊！他要将那东西硬塞我嘴里。我没肯，他就送玉坠骗我。

包老爷把惊堂木一拍："大胆刁民，辱我良女，该打七十大板。"

嫖客无言以对，只好认输。

包老爷又一次对堂下扫去，见有人喊："老爷明鉴，小人有冤"。定睛一看，见是自家府上的使唤家丁小柯，便和颜相问：

"你有何冤情？"

"老爷，本人无冤。是为家中馒头店的事申冤。"

"那就说来。"

"邵家太太的使唤丫头春娥，常常到我家店里买馒头……"

"这也是冤？"包老爷打断道。

"请老爷听小人慢慢申述。那春娥长得俊，人见人爱，起先与小的用人只是说说话，说话就说话，她竟然敢拿馒头不给钱。用人也不响，动手摸她。她就让摸，摸脖子，一只馒头。摸屁股沟竟拿十个馒头。小的店越办越火，收入倒是越来越亏。那春娥拿了白面馒头转卖给北新桥下的乔老头，每个馒头得利一文。"

"两个馒头才一文，她转手还得大利？"

"乔老头也卖她的风骚啊！"

包老爷点点头，手伸向令箭筒，嘴里喊道："传邵家主人来问话。"话出口，堂下回说，邵家派了师爷冯先生在堂前侧室等候。

又是他？包老爷的手在半空中打住，落下不是，抽令箭也不是，脸上顿时无光，心里恼恼地道：这邵家真是可憎，如此不把本堂放在眼里？多大的架子，不来，派个师爷？不成！

这时，堂下有人腰躬九十度，双手合抱，高揖过头，朗朗道："在下邵家师爷，受主人之命，全权处置此事。"说罢，上前一步又道："柯记馒头店老板之话不实。我家太太的丫鬟在上午需忙碌事务，从未出过门。他说及的春娥，系另一人，望老爷明鉴。"

包老爷坐正，点点头："这好办，你可唤春娥到场。"

冯先生道："邵家的下人从不轻易抛头露脸。老爷可让他细述春娥模样，令我等知晓是否是春娥。"

包老爷恼恼地说："小柯，你说那春娥的模样。"

小柯唱道："眉似弯月，眼若杏；唇秀如樱，耳美玉；腰摆胜柳，步态弱风……"

包老爷不满地说："你是在诵诗？"

小柯低语："小的指望老爷判她挨板，我好替她受过。日后娶她做妾，饭后就有快活了。"

没想到冯先生耳尖，听到了："大胆刁民，编设圈套，加害良家妇女，该当何罪。包老爷，若让这小人得逞，你一世清名便断了。"

"堂上休得喧哗！"包老爷恼火道，何须你来教我？你也配到这里来吆五喝六？哼！今天这事，既晓得小柯想你丫鬟，没点代价行吗？派个嘴皮子师爷就成？能成吗？想着，恼着，那手就摸着了惊堂木，"啪！——"一个重拍，不料，"咚——"一声，手下一个虚空，惊堂木没了。包老爷两眼发怔，再瞧，那惊堂木从桌上窟窿里穿桌而落，软软地躺在地上。

全堂见这情景，都镇住了，旋即爆出笑声。

"肃静。"包老爷肚子里连连骂晦气，急抽令箭，"将春娥拿来。"

衙役闻令前去。

不一会儿，吃了瘪的衙役，拐着腿回来说，没进门，先挨顿乱棍，还说老爷是昏官。

"放屁。先将那邵家师爷打五十大板，再行论理。"

堂前衙役问："照从前规矩，按顺序打？"

"褪了裤子，摆好，一一着打。先打这可恶师爷，那些女的晾晾干再打。"

堂前衙役回话："女的捉来前没下过水，身上衣裳都是干的。"

包老爷气恼道："老爷叫你如何就如何。"

衙役闻而不动。

包老爷问："堂前为何无响动？"

全堂一片寂静。

包老爷正要卜堂问话，忽然见门外喧声骤起，连忙回到位上，喝令衙役去打听。衙役还没动腿，门外拥进一群人，抬着块门板，上面躺着一人，手里紧紧攥着一个馒头，满嘴剩屑，毫无气息。包老爷见状，伸手拿惊堂木，摸个空，方知惊堂木已没有。只得喊道："出了何事，快快报来。"

一人跪诉："门板上躺者系外地人，在此盘缠用尽。我见他几餐未果，嘱小二到柯记馒头店买几个馒头与他充饥，不料，客人吃了半个馒头就口吐白沫，抽筋而亡。郎中诊断系馒头有毒！故前来报案。"

包老爷甚觉奇怪，看看堂前那班衙役，说，快快验明。

堂前看热闹的纷纷议论，打屁股的戏看不成了。不料，有人喊，别走，板子是一定要打的。

很快，验尸结果：馒头里有剧毒。

毒从何来？包老爷不敢问了。

原来，这馒头店用的面粉都是他包府提供的。此事与他有瓜葛，只能送县衙论断了。

小柯见状连连喊："老爷，莫要把春娥放过！"

这一喊，倒是提醒了包老爷："打！先把屁股打完了再说。"

堂前衙役不动手。

包老爷提足了中气问："衙役为何不动手？"

衙役领班出列禀告："不知老爷是按何规矩？"

"我的规矩什么时候变了？"

"请老爷收回成命。非我等不打，实在打不下手。如今已是民国，打屁股不文明，且女流褪裤子褪得太净，有的连腰都露了，腿还大张。上回打的洛氏，回去后就上吊了。"

包老爷道："太伯奔吴，开化文明，就是指的你们这些蛮种！"

"这与打屁股无关吧！"旁边站着的冯先生不服气地说道。

听到这话，包老爷更是气不打一处来，恼恼地说："板子贴不到你的屁股上，你不晓得什么叫文明。等你有了记性，晓得挨打的痛处，自然明白。"说着，大吼一声：

"给我打！褪净了打！"

衙役只好将那几人都拉到堂前，褪了裤子，按下。女人的裤子也是衙役们褪，褪得有滋有味，慢褪细抹快解轻扭，满堂的眼睛都在那几只手的动作上游着，不时地发出叹声、乐声，惹得众人眼福大饱。那崔家媳妇羞愧难忍，被按在地上，浑身不能动，只有屁股和两腿扭撅，就差无法寻死，惹得看客阵阵喝彩。

衙役班头实在看不下去，出列禀报："老爷，是否先打别人？"

包老爷恼恼地说："那就先打那狗屁师爷。"

"你敢！"堂前有人大喊。

包老爷喝道："何人喧哗。"

来者吼道："老子要你这狗头！"说时迟，那时快。那人已经到了面前。包老爷急呼衙役，不解的是，此刻竟然无人上前阻挡。任那人跳到桌前，对包老爷动拳脚。好在包老爷见过世面，不像那些初出茅庐者，遇这类事就先钻桌底或喊饶命。他转过神，正了正脸色胆壮气粗地问："何路英雄，既然大闹公堂，想必是要说话，不妨坐下好好说。衙前使唤，给来人看座。"

衙役搬过椅子。

来人没坐，面对包老爷把单片大刀提上，迎着命门朝下一劈，就见眼前银光一闪，包老爷两眼一闭说声完了，心里叮嘱：身子不能倒，人死志不可短。只听得响声，紧接着是桌上的东西哗啦啦全掉在地上。包老爷摇摇头，把眼一睁，见自己没死，眼前的桌子恰没了，晓得是好汉劈了。正想说话，来人上前一把提了他的前襟，吼道："你若再敢对冯先生无礼，砍下你的脑袋做夜壶。"

包老爷明白，又是邵家来的，便说："好说，不就是几十大板吗？老爷我替他受了。大清律不可更。"

"放屁。皇帝早已退位，还有什么大清律？"

包老爷放低声音道："你不想看看那些女人白净净的屁股？"

"看你娘的更美。老子剁了你那三两肉。"说着，就要动手。包老爷看看左右，嘴里道："没想到衙役的心也是黑的，连主人都不晓得救一救，不救，说一声，我到阎老三那里也好顺口气呀！"

来人听他这话，一笑，放下了他："你若不再打屁股，不再窝杂烩于心，我便饶了你这条狗命。"

"狗命还是不饶的好。放我堂堂的河泊官一马，再也不来升堂了。"

"还想升堂？"

包老爷指指那被劈成两爿的桌子，叹道："还升什么堂，过什么官瘾哟！"

来人乐道："这就对了。"说完扬长而去。

退堂静思，包老爷越想越蹊跷，暗中着可靠心腹把柯记馒头店的事一打听，竟然真的是小柯想占春娥，用他包老爷做蜡枪头，邵家得知，使计让包老爷衙在堂上出洋相。顿时恼道：小柯可恶，仗着他娘是我的妍头，敢这么做。你堂堂的邵家，为何不与我早早言明？你也叫我做蜡烛？好，我看你能一路走到光明顶！心里便积下这怨。

这日下午，邵老爷与包老爷又在柳泉居茶馆里间相逢。见面时，邵老爷把那并不肥胖，却很矫健的身子一摇，双手抱拳："包老爷，我的下人多有怠慢，亏你海量，不给难为，在此，我敬你一盅。"

包老爷起身回礼，肚皮里暗自道：你们这些新贵，从古到今都是钻空隙的大王。一旦国力衰竭，朝廷漏个小小的空子，你们就会没命地朝里钻。我扳扳指头可以数出你们的买卖：一场长毛子造反，沿海盐票波动，你们捞了多少？皇帝退位，执政党无力管理，你又钻营了多少洋人的买卖。要不，你能发达这般？脸上却不动声色道，哪里，哪里，那些小事，勿挂嘴上。

"难道挂心里不成？哼！"邵老爷道，"我家里正好有张楠木长桌闲着，让人搬过去给衙门用？"

包老爷道："不必。那衙门其实早就不是什么衙门了。朝廷不是朝廷，我这老朽做何路多情种子，替这食古不化的古柳泽卫什么清白呀！"说着，把手一拱：

"各位，若是你们还瞧得起包某，看包某还能为众人做点事，那么，有事我们就在这里相商，如何？"

邵老爷连连说："好哇！偌大的镇，能没人问事吗？您肯为乡亲解忧排难，真难为您了。原先供给镇衙门的摊派，我们照出。"

众商家看惯了邵老爷的面色行事，见有这话，唯恐慢一拍，都抢着说好。

包老爷眼珠子一转："那镇团防的用费呢？"

"照旧。"邵老爷挣了面子后就会给对方一个漂亮的台阶下。

包老爷心里乐道：好，我就要你们这样，看我如何慢慢叫你们这些新贵认识我包某。他把镇团防拉回家后，镇衙门再也不去了，柳泉居便是他的办公所在。久而久之，柳泉居就在人们的生活中担当起了那种决策本地政治、军事、社会大事的民间政权公议堂、避乱所功能，从而使柳泉居失去了它应有的江南茶馆本色。

2

说古柳泽，自然也得顺道说说南浔镇。

明末清初靠缫丝发达起来并萌芽了中国资本主义的江南小镇南浔，此刻表现得异常平静。太阳照在小镇上暖暖的，使水乡的寒气变得像春末秋初，连水面上漂着的船也充满着人情味。这种人情味被水载着顺苕溪河一直流向太湖，流向苏州、上海，流向它们愿意去的任何地方……

这里通上海的小火轮，在发船的时间上总要比上海往这里的迟一个时辰。据说，这是南浔用以显示对上海的一种居高临下姿态，也是上海对这个孕育中国近代工商业"母亲"地的敬意吧！那时的南浔人动辄就喜欢用一种软软的吴语颐指气使：

"侬上海，呒没我俚南浔格丝绸，侬还神气点啥名堂？啥格丝绸？倷看看，丝绸还勿晓得是啥东西。阿是阿木林一只哇！辑里丝，阿懂勿懂辑里丝？呒没它，侬阿可以充啥格老大？上海的洋房，就是我俚缫丝缫出来格……"

上海那时还是小渔村刚刚发面包酵，不大硬得起翅膀，只好听南浔小镇的调遣。不过，话说回来。那时的上海也委实没多少气派。小火轮开得穿过上海整个市区，看到的除了稀稀拉拉的无精打采面黄肌瘦的人群外，便是如静止状的河水。那时上海的水，从淞江那边过来；从黎里、松陵、角直、平望把太湖水弄成一条黄浦江再浩浩荡荡进上海；这两边的水，把上海洗得清清爽爽，像上过一层荸荠漆，太阳一照，贼亮贼亮。天是碧透碧透，河里的水，碧清碧清，照得见弋游的鱼虾。

船悠悠地开着，一路风光，到苏州河边，船长挺挺腰板，扬臂拉响了汽笛，两长声，向大家报告自己的到来。

汽笛声响过后，河边上的一排棚屋开始在静静的晨雾里摇动起身子，其中有一间先发出苏醒的响声，那声响夹带着棚屋特有的骚动。

小火轮上的船长这时喊：

"阿三，拿一只空油桶来！"

骚动的那间棚屋，临河的墙上支出了一个雨棚子，这么一支，算是窗又是柜台。从里面悠悠地伸出一个女人的头，朝外探一探又缩进去。然后，有男人推开了竹皮子编的门，提一只铁桶，趿双鞋子"趿拉、趿拉"地朝小火轮上慢慢走去，一边走，一边嘀咕："上海人真笨，连吃的油都不会榨。要到那个地方去弄。也勿看看人家出门来的神气相……"

船长骂道："死鬼阿三，一天到夜只晓得女人、老酒！你就勿晓得脚头快一步？张老板要是在船上……"

他的话还没有完，阿三的步头就快起来，连连问："你说什么？什么？你勿早说，要是张老板在船上。叫他老人家等我，那成何体统？我一年靠他的油坊就够讨两个家妓婆。"

他的话声未落，棚屋里就扔出个"炮仗"来："沪头滩上的拆白党，说的比唱的好听。你有铜钿？你有讨两个家妓婆的铜钿为啥事体不给老娘明媒正娶？依呀呀，我今朝才晓得你有铜钿藏得屁眼里相，是埋了好好交一条拆白党后路格，是勿是，等有一日子嫌老娘勿嫩相格辰光，就好去捉野妓？告诉你，那种野妓，搁我是男人都看勿上眼。船老大，依说说，还是这种道理？那种野妓，脱脱裤子撅撅屁股就可以吃东家喝西家的，只晓得铜钿、吃！说起话来也勿晓得清爽。说啥格，勿轧姘头，跑到上海来做啥事体？你说，要勿要叫捕快捉依进去坐坐，好好叫收拾收拾依格贼骨头，把我俚上海人说成是轧姘头的祖宗，还了得！你说说，那些人还是勿是格野路子的贱货。船老大，你说说，还是不是格野路子的贱货，一只铜板困翻依格……"

女人醍醍龊龊地扔出的不是"炮仗"而是炸药，炸得接过油桶的船长吓得手里的油桶掉在跳板上，油桶在跳板上蹦了蹦，骨碌碌滚到水里。

阿三更是瘟鸡奋了头，对着棚屋上的那个窗子连连叫屈："男人说句开开心格话都要受管制，这世界委实对男人勿公平……"

"勿错。讨两个家妓婆是叫关开心格事！有你格拆白党跟两个妓开心，你说，我有啥格话好说？这苏州河里的船就勿要水载了。我俚女人的眼泪就可以载得它跑到西洋去，替你再弄几只洋妓婆来……"

船长连连叫快开船，船停这地方是请佛请到了棺材店，横竖都不是好事体。

小火轮是带拖船的，乘客都坐在拖船上，拖船又分出一二等舱。岸上一出好戏，引得船舱里的人都伸出头来看。

这一日正好上潮，快班船顺潮走得好利索，中午时分就到了平望。船老大舒口气，这速度一定要比平常快两三个时辰到南浔。心头一乐，脑子里的弦就松了，这一松，就要出问题。这说到要出问题，问题还就真来了。船过平望桥，不知是掌舵的过于小心谨慎呢，还是过桥拐弯水流方向与水下涡旋相逆使船体不稳呢，或是别有蹊跷？谁也说不清。反正此时拖船拐不过，船体斜侧过大，很快折入水中，船老大见后面拖船下水，第一个念头跳过来，把坐在贵宾仓里的张家公子救到船顶篷上，然后再把他弄到前面的火轮上。别人的命都可以当草鸡一样闷闷水，唯有这张公子是勿好受凉的。浸入水里的船舱传出呼救声，那声音凄凉刺耳。没有落水的人听到后喊起来。喊归喊，这冰水之中，救了别人，说不定自己要被冻死。谁肯冒这个险？人命关天。没有落水的人当中，有人认识这位张公子，便向他哀求。张公子立刻朝船家喊道：

"侬都认得我伐？那好，快快下去救人。救上一个人，我给大洋一百块！"

性命之忧，胜似万两黄金。张公子出口就是百块大洋，着实给人不小的震动。有此承诺，落水人方不做龙王午餐食也。

这落水者中，有一位穿长衫的斯文人，被救后过来谢水手。

那水手说，不要谢我，要谢就去谢张公子。

穿长衫的便要求见张公子。

做了好事，并不希望别人报恩的张公子拒绝了这一要求。好结天下朋友的张公子，此番拒绝接见，正是要匆匆赶回家办一件大事。原来，张公子的第二个妻子，小他三十岁的朱逸民有个邻居小姊妹叫陈阿凤。年龄一点点小的阿凤很聪明，朱逸民常常与她一起读书识字，后来，阿凤更名陈洁如到苏州上学并留在苏州做小学教师。蒋中正是张家常客，自然会常常见到陈阿凤，张公子察言观色看出蒋中正的心事。有意玉成这桩好事。前天打电话回家让夫人先期征得阿凤的同意。此番张公子要将陈阿凤送到苏州与蒋中正会面。你说，他怎有时间去与闲人拉呱？

对方倒也不死心，干脆递上名帖。

张公子接过，默看名姓后，知是上海滩上的名流，立即吩咐：见！

见面的地方，就在那小火轮上。张公子因为腿跛，站时用一拐杖支着。穿长衫的进来便作揖道谢。

张公子回礼："想不到共产党中央的夏天先生会与不才俗人增澄同船共渡！"

夏天一听对方是张仁杰，那神一下子就激活了，重新布礼道："名播四海的巨商张增澄，字静江，号饮光，人称仁杰，就是阁下？真是三生有幸，能与阁下同船，还获先生仗义营救，实乃万幸。"

张静江细观夏天脸色，诧然道："先生不在上海的中共机关做要员，何以到南浔去？"

夏天摇摇头，满腹心事不知如何说起。他哪里还是什么要员，分明已经是被排挤到党外的异己。他发现党内的关系并不纯洁，掺杂着个人权力欲望的斗争，其激烈的程度远远超出他的想象。与最初投身革命的美好愿望相比，他现在越来越看穿政治是个什么东西。难怪有人说，世上有两样最脏的东西：一个是政治，另一个就是女人的生殖器。偏偏这两样东西男人都爱。但这些话，无法与外人言说，只是轻轻叹道："我此番倒不是想到南浔，是到湖州看朋友，然后去莫干山住一阵子，看看书，做些闲文章。"

"眼下的革命形势如此高涨，先生还有雅兴做闲文章？"

夏天长叹一声："先生也是革命同道中人，说与你听听无妨。现在的共产党，到底是听人家苏联的，还是听陈先生的，我也不明白。整天吵吵嚷嚷，我是实在受不了。不知贵党内部是否也如此？"

"彼此，彼此。中国的事情，就是在一场吵闹中开始，在拳脚相加中结束。"

夏天点点头，然后问："先生对蒋中正也这样看？"

"他除外。行情看涨的自然不可与那些人画等号。"

"是啊，中国目前的形势注定有蒋中正的一场重戏。"夏天还想再说下去，看看张静江，话收住了。

听话听音，张静江心中已明白许多，便相邀道，如果先生真的没什么要事，可随我到寒舍小住几天，然后再去湖州如何？

夏天欣然应诺。

两人重新布礼入座，上茶，聊天，一路观赏景致，倒也不觉时间之慢，很快到了南浔，从东栅进去，小火轮解下后面的拖船，单放到张家自备的码头。靠岸。张静江起身邀夏天："请夏先生上岸。"

夏天欣然从命，上了甲板。岸上有人抬了滑竿椅过来，放在甲板上，舱内的人扶了张静江出来。张静江见夏天没动身，赶紧吩咐用人快快请夏先生入府。那手下人过来引夏天上岸。夏天上了岸，站在那儿等张静江。张静江坐在椅子上，由人抬着上岸。到了岸上，几步之遥的张府已经大门洞开，两边的侧壁墙前均站了人，门口也有人恭候。张静江这才对夏天说："请先生走前面。"顿时，船上、岸上的用人一起唱喏："请夏先生起步。"

夏天与张静江在南浔张宅

进了张府，中堂相会，礼仪过后，张静江引夏天入后堂，以友人身份随意接待。

夏天随张静江穿堂过道。

四周入目，尽是富贵豪华气息，走廊壁砖，用的是法国玻璃墙砖，地上铺的是意大利瓷砖。更为惊叹的是二进屋中堂前的庭院里，置一乌石，形状如大鹏展翅欲凌飞腾空。

夏天被这乌石的气势所镇，站在那里久久没有走开。张静江笑笑说："我就是看中它的形状才收的。"

"不！它象征着我姊夫的性格。"随着一阵清脆得如豆落铜盆的声音，从侧厢房里走出一位充满灵秀之气的女子。只见她，举止高雅，衣着利索，曲线柔致，动则呼出。夏天顿觉此女子有股魔力深深吸引着自己，抬手举臂牵着转。牵得他有点灵魂出窍，出窍得不敢对她正视，但又不清楚她的鼻子是否玲珑得体，柔唇微启时，眉毛会怎么动？牙齿是不是如奶色彩？……

女子姗姗而挪，移步至前停住，与他们两位正好成三足鼎立，只是张静江用拐杖支撑，身体歪着。女子甜润的嗓子如唱歌般道："姊夫，你就坐了说话吧。"

张静江推托说："不必，不必。夏先生初来，应当厚礼。来来，来。阿凤，见过夏先生。夏先生乃赤色革命之先锋，中华共和倡导者中的激进派。"

夏天连连弯腰布礼："哪里，哪里。仁兄过奖了，夏某乃一落魄之人，早已对那些看透，看透。不必再提，不必再提。"

"哦！我姊夫可没有看透，他是个热烈的革命鼓吹者。他要与扶助秦始皇的吕不韦比一比哩。姊夫，阿凤说的可是？你看这乌石，就像我姊夫，待时而飞……"

张静江见她在陌生人面前如此张扬，心中不悦，但看看夏天的表情没反感，便打断她的话说："夏先生近来心境不好，到这里小住几日。来，堂上说话。"张静江挪步向前，邀夏天入座。

夏天要求阿凤也入座。

阿凤道谢后，没有挪步，回说，我去禀告姊姊，说姊夫回来了，还带了客人。知趣地退身欠腰道个传统的礼，抬眼瞭着夏天一笑，转身走了。夏天看着阿凤这一举动，竟有些呆傻了。在一边的张静江看得清爽，心里明白几分，没有言语。夏天的眼睛一刻也没离开阿凤的背影，那臀部的扭动，腰肢的舒展都勾得他魂魄离身，忍不住对张静江道："她还曾许下人家？"

"明日上船去苏州。中正兄在那里等着！"

夏天一惊，言语有些失态："难道他蒋介石会看中？"

张静江回道："正是。"说着，张静江劝夏天道，你曾是中共最高层的要员，虽说看破红尘，欲隐江湖，但声望依然如故。如果你能与蒋中正合力，你要的权力，你要的美丽而温柔的女子，那是多少？比之眼前此人，如何？我劝你思虑再三。说到这里，张静江笑道，我知你很中意这个女子，现在我与她说去？如若她同意，你带她远走高飞。我也就找个借口推托中正兄罢了那心事。如何？我张某一向以仁义立足于江湖，说到做到。说到这里，他稍缓口气又道：依我的眼力，她不会是蒋永久的伙伴，蒋以事业为先，儿女情长只是兼顾一些，说破这些，中正兄自会放弃的。

夏天见张静江说到这一层，便冷静下来细想张静江的话，要了这个女子，得罪了国民党红人蒋介石，也就意味着从此真正隐居民间，与美人采菊东篱，躬耕南山。此，非我夏某所愿。想到这里，夏天站起来，作揖道："仁兄之言，金石良语。既是中正先生的爱欢，在下只有恭喜，不敢非分。"

张静江又道，对于中正兄，此女的结果如何，难说。依我看，先生可作三思。说完低头饮茶。夏天闻言，坚辞道：不管此女在中正兄那里是什么样的结果，在下都不再作非分之想。"您的意思是……"张静江从茶杯间缓缓抬起头，两道眼光如剑般挑开了夏天一切可能虚伪的外表，明白了眼前这个人的价值。

"男儿立天地，自然是天下第一。"夏天咬咬牙，吐出了这行字。

张静江如释重负地挺了挺身子，热情有加地对夏天道："难得先生有此鸿鹄之志。你此去湖州等地走走，散散心，也好。待我见机与先生举荐，相信先生之才德必为中华之崛起添光彩。"

见有张静江这番话，事后的夏天每每想起那一幕，十分后怕，暗自庆幸没有头脑发热，如若看中阿凤，他张静江会真成全？蒋介石这个枭雄能容吗？老奸巨猾的张静江，没准放的试探牌。也不知我夏某祖上积德还是侥幸，怎么会在那一刻抵得住的？可见夏天啊夏天，你前途还大着哩！

第二天，张静江要到苏州，说是挽留夏天住几天，但那话语并不诚恳。夏天何等聪明，便推说就此去湖州。两人惜别，张静江将自己的行踪隐约说与他夏天知晓，又从随身的箱子里取出支票本，开了一张数千大洋的支票，送与夏天，另奉一包大洋作为路上零用。遭党人不信任又落水的夏天，张静江的救命之恩和雪中送炭给他难以名状的安慰，这对于他后面路的走向起到了重大的转折作用。

第一章

1

一九二六年六月中旬的一天，广州黄埔的一处旧楼阳台上。

张静江坐在白色的围椅里，默默地咬着一支雪茄，思索着什么。蒋中正坐在他的对面。

蒋中正面对的是一片草坪地，那儿有一架秋千。陈洁如正与她的两个女友在荡秋千。蒋中正的眼光一直随着陈洁如在秋千上晃荡的身影移动着。张静江的目光跃过围墙放纵远处珠江江面。阳光在江面折射出刺眼的光芒，斜映出江边高高教堂的屋尖，慢慢地，他若有所思地将目光收回落在茶杯上，继续着刚才的话：你给仲恺信中的话是不是过于尖锐？当三思而行。

是吗？仁杰兄以为哪些话尖刻了。

中国共产党在俄者，但骂他人为美奴、英奴与日奴，而不知其本身已完全为一俄奴矣。我以为太刻薄。

没到过俄国的人，不知实情。搞革命不到法国，不到苏俄，犹如西方资本家不读《资本论》。仁杰兄，你去看看俄国的现状，就晓得如何决策中国的事啦。

张静江点点头。

蒋中正又说道，对于革命，我一向认为，只有经济上的独立，才有革命成功下的民众和中华民族的强大。没有钞票，共和就是一句空话，革命便是空中楼阁！统一中国，更是屁话。至于共产党，我认为现在不但不能触动他们，还要好好地利用他们。利用好他们，就是得到俄国的钞票。有钞票，鬼都听你指挥。仁杰兄，我们应该做做那些共产党的工作，让一些人做红萝卜，皮是共产党的，肉是我们的。

张静江费解地问，"中山舰"的事情，难道不是你的本意？

话不能那么说，这是一个信号，一个信号，你明白吗？是我告诉共产党朋友的一个信号。他们怎么领会，那是他们的事。许多事，不可以明白得一竿到底。那还有什么意思呢？

张静江若有所悟地点点头。

别看我现在出任国民党中央主席、组织部长、军人部长，大权在握。这都是虚的，没有人会把我放在眼里。唯有我立刻开始北伐，借助北伐，一来满足苏联的渴望，他们想让中国共产党通过支持北伐成功，出任共和联合政府；二来满足左派们统一中国的渴望，他们要坐江山，我们的兆铭兄早已等不及要当党魁啦！蒋中正说着，嘴里喷出一句，娘希匹，都想，那就让他们想吧。中国的这只桃子，不是那么好吃的……一眼看到陈洁如在秋千上荡得很高很高几乎与架子平行的位置，立刻跳起来，叫道：阿凤，阿凤。快快下来，那是很危险的。

处在上风位置的陈洁如一点也听不到蒋中正的叫喊。

娘希匹。蒋中正骂道。

张静江见状，连忙笃笃拐杖，旁边用人过来，明白什么事后，奔过去劝阻。

蒋中正一直站在那里，腰板笔直，不讲话，直到草坪地上平静下来，他才重新坐下，对张静江说，不可小看我们的共产党朋友。这两年，赤色宣传已经影响到三百万矿山、工厂和铁路的工人，武汉号称有九百万农会会员。如此下去，不是我们请共产党参加政府，而是穷鬼子们恩赐我们残羹剩饭啦！可怕，可怕！实在可怕。

那些穷鬼，没什么可怕。张静江说，接着又补充道，你让他们发动富裕地区，江浙一带试试看？

蒋中正笑道，是非不经不知道啊！仁杰兄，你太天真了。

你准备怎么办？

能怎么办啊？我只能全盘继承孙先生的方略。但我不在造反的知识分子里找朋友，我在你们这些巨商中间找盟友，我告诉你们，我的革命宗旨，我革命成功后对你们的效益。赞成，我们就合作。

张静江点头道，这正是我们一致的地方。

蒋中正看看周围，然后把身体向前微微倾侧，说，外面的喧嚣，你应该知道后面将是什么结果。"五卅"事件要闹就闹透了，一透就好，我好借此做做文章。俄国朋友也借此做支持北伐的文章。听说陈独秀不高兴北伐，他已经是孤家寡人掀不起大浪啦。中共许多朋友对俄国都是言听计从，所以我说，中国的出路就在北伐，我的成功也在北伐。只有借北伐挥师江浙，那儿才是我们站脚的地方。你不认为得到苏皖浙沪，就有了中国的半壁江山？

剩下的事就可以从长计议了？心有灵犀一点通的张静江接话后，试探地问，依中正兄的意思，是否应该早做点工作？

是的。我想，你的家乡，还有那个古柳泽，那是个什么地方，苏浙皖三省重镇，你不清楚还是我不清楚？娘希匹，守住了它，就守住东南半壁江山，我们不能早早安个人在那里吗？蒋中正看看张静江的茶杯，说，你以为那个地方是你的？

我想是的。

蒋中正站起来，正了正脸色道，你过于自信了。对于中国的事情，我是从来不敢这么想的。你能够倾其家业支持我的革命，并不等于中国的民族资本者都像你这样。不信？你对那个邵老爷调调钱看看，不是小数字，要他一百万大洋，他给得爽快吗？

这……

听说现在在闹什么蚕茧大战，会不会闹出什么大乱？

张静江说，那倒不至于吧。

蒋中正突然话锋一转道，我们的那位朋友，现在怎么样？

你是说夏天？他对阁下的态度与过去不同。尤其是你处理"哈辅号"，给他印象很深。

对我印象好，共产党朋友就对他印象不好啦！

现在还看不出。你要派他到古柳泽去，他能担其重任吗？

仁杰兄以为不妥吗？我专门跟共产党打交道，深谙其故，他的身份对我们是最好不过的了。中共对于离开他们的人，视如仇敌。如此可见，他夏天绝不会再回到共产党里，也没有回去的路让他走。

张静江道，话这么说，我的心里还是不踏实的。

蒋中正说，当然，这样大的事，我是不能全交给他的。另有安排，你放心就是了。这夏天是我手里的一张牌，打在牌桌上告诉人家我的牌势。他的任务就是把水搅浑，浑水摸鱼。水不浑，鱼就难摸。没有他在那里，我这出戏就唱不成。你与他透点底，委以重任！说着，蒋中正站起来准备走，身子转过去，又把头慢慢转过来，身子与张静江缓缓站起来的姿态正好成 T 字状：只要扎稳了，就会有好结果。仁杰兄，我拜托了。

张静江明白，蒋中正对夏天的态度是非常明了，看着他进屋的背影，提高嗓门问，委任状何时授予？

你定。

2

上海法租界巡捕房。

"三号房，出狱。"随着一声高喊，身着法国军服的狱警打开了关押张义的牢门，取掉了他身上的铐具。

跟在法国狱警后面的一个中国狱卒站在门口说，把东西拿了，到前面办手续出去吧。

回国后第三次因为煽动革命而进牢房的张义，听此话没动弹，默默看着墙上不知谁写下的一行行字，算了算进来的时间，今天是第十二天。想到那久已不知音讯的妻子包漪澜，更想到那些与自己在一起患难过的工友，也不知道他们现的景况如何。前几天有人告诉他，党组织正在动用同情革命的社会力量营救他出狱。可能是一位"大律师"到巡捕房"看望"并实施营救。大概是他来了吧。

张义来到出狱处，见到了营救他的人。果真是"大律师"，手上拿着一份刚刚出版的《生活周刊》，是创刊号。

张义看到自己曾经为此出过力的刊物出来了，惊喜地冲过来讨着看，"大律师"望着张义说，我好像以前在哪里见过你。

我在中华职业教育社夜校做教员。

你是？

我的名字你还要问吗？

哦！对对对！我叫……

张义这才知道这位"大律师"就是大家传说了很久的邹韬奋，高兴地叫起来，看着就面熟哩。

两人紧紧握手，邹韬奋说，我也做教员呀，不过，我做的是英文教员，是海澜英文专门学校的兼职教员，平时要负责编辑《教育职业》月刊，还有职业教育丛书。最近刚刚出了几本，我也带了。说着，邹韬奋从提箱里取出来给张义，顺便告诉他，现在就可以出去了，但必须离开上海一段时期。

听到说要离开上海，张义眉间紧锁，在自己的革命生涯里，长期从事的就是工运和农运，多次组织游行示威，多次被捕蹲牢。军阀追杀他，逼使他几次流亡国外。现在又一次不能在上海公开露脸，怎么办？他痛苦地说，难道要我做革命的逃兵，再次远渡重洋去海外？不！我不能去国外。

张义与邹韬奋

国内需要你。邹韬奋拉着张义的手，到一边悄悄地告诉他，西洋西路 1127 号的杨先生会具体地对你说。张义非常高兴地说，只要不让我再次流亡国外，干什么都行。我还是去湖南吧。

邹韬奋说，具体分配什么工作，那是组织上的事。

张义很快找到了组织。组织上安排他新的任务：考虑到你在广东协助彭湃同志搞农运很有成绩，你在党建立后参加武汉工运立下大功。目前在党内，你是为数不多的农运方面的行家里手，可以根据你在广东、湖南农运上的经验在我们这一带再次掀起农运高潮，配合党在上海举行的工人起义，尽快让江浙沪地区出现中国的苏维埃……组织决定你坐船从浏河进太仓，然后到常熟沙洲一带，从那里进入。这是联络地址。你此去，要帮助那里的同志把局面打开，为我们建立和掌握江北江南通道设立交通卡。

张义想了想说，我的妻子包漪澜能不能随我一道前往。

一向以严谨著称的张义所在党组织的领导，第二天慎重而坦诚地介绍了组织的意见：包漪澜的个人感情太重，你在狱中这段时间，她擅自单独找党的领导，要求营救你，扬言像汪精卫那样暗杀要员达到解救目的。我们认为暗杀在一定的程度上虽然能起作用，实质意义并不深远。中共希望发动最基层民众，靠民众的力量建立政权！在积极营救你的同时，做出了有意疏远她的决定。据了解，包漪澜去了越溪河边，自己开辟赤色革命根据地去了。那是一个富饶之地，又是南北东西交通重镇，封建地主盘守，革命势力一直打不进去。我们一直想让你去，但因为包漪澜的情况……

张义依稀记得包漪澜曾经说过她是那儿人，但她一口流利的英文，如果你不是苏嘉沪杭一带人，是听不出包漪澜的发音里夹有这一带音质的。如果是去了古柳泽，那就真的回了家，张义的心里倒也放下了。只是……他记得包漪澜亲口对他说过，自己那个家，是靠剥削穷人发起来的。而且父亲是她母亲的敌人！她，并非是爱情的结晶，而是阶级仇恨的种子，如果她不能为母亲复仇，那她就是父亲那个阶级的同盟，她决不会做地主老财的同盟。新时代的革命青年，要与封建的剥削阶级家庭决裂，投身于轰轰烈烈的革命大熔炉里去。她现在回去意味着什么？是小资产阶级的动摇性呢，还是……或许真的单枪匹马去开创赤色根据地，星星之火，可以燎原嘛！就她的个性而言，是会的。

那就让我去古柳泽吧！

好吧！你等通知。

根据党的一次会议的决定：张义以帮助民众教育馆宣传北伐的名义进入古柳泽。

张义知道，明末清初靠缫丝发展起来的资本主义从南浔土地上萌芽，波及了苏浙沪一大块地区，古柳泽是这一势力通向太湖西部的要道。如果说南浔是浙江通向江苏、上海的要冲，古柳泽便是扼控上海连接江苏和浙江太湖西南的通道，镇守太湖与运河的喉咽！又是苏皖浙西与浙东闽粤等地在太湖南边的交通要道。如果能够在古柳泽站住脚，就等于使中共得到了苏浙沪的控制权，这对于北伐胜利后参与建立共和政府也将是关键的一着棋。

领导说，当年秋瑾就在那里组织过暴动。它不仅仅是地理位置重要。民族经济与封建保守势力都堪称发达，太湖强盗的势力也很厉害。可以说是国共两党及封建残余和新崛起的资本者，四方力量争夺所在。现在日本洋丝占领了国际市场，中国丝进入国际市场的份额受到冲击。靠养蚕缫丝为生的农户和茧行丝厂间的矛盾一触即发。据可靠消息，广州、北京政府均看好那里……趁着地主与资本家在蚕茧利益上的矛盾与冲突，及时发动民众，传播马列主义，运用广东、湖南农运的成功经验，在北伐军到达之前，在这一地区扎下根，带出一支武装队伍。一旦上海工人起义需要支援，这支武装能够立即拉出去。

张义费解道，为什么一定要我用广东湖南农运的做法来发动中国最富裕地区的农民呢？能行得通吗？无锡、宜兴、松江的农民起义失败，难道还不能让我们明白在中国的赤色革命没成为燎原之势时，富裕地区的农民是不会像海陆丰、湘潭、湘乡、衡山、醴陵、长沙那样自己起来革命的。

领导不高兴地说，你怎么知道古柳泽的农民就发动不起来？农户与茧行丝厂之间，不就是无产者与资产者之间的矛盾吗？尖锐的对立形势你看不到？陈独秀反对农民运动，他只相信与国民党合作，等待国民党请他参加共和政府！那是妄想，没有全国民众的觉醒，中国革命的成功就是胡扯。党相信你的能力，你应该通过努力，使我党在这一地区钉下一颗赤色的钉子！伟大的无产阶级的全世界劳工的红色革命钉子！

3

到古柳泽去只有坐船。

张义坐在船上，一边观看风景，一边打量着船上的人。蜷在角落里的一个没带行李的年轻人引起他的关注。这个年轻人没带干粮，也没吃船家的供饭。第二天午饭时，张义有意向船家要了两份，还要了点黄酒，招呼年轻人一起用餐。年轻人起先推辞，见张义诚恳，旁边人又相劝着，便也不客气了。三碗黄酒下肚，年轻人从脸颊到脖子都红透了。他告诉张义，自己叫竹为，家住古柳泽附近一个叫横沟的地方，从小青梅竹马的恋人给人家抢去做老婆了，心里咽不下这口气，要到太湖里去做强盗。

张义问，强盗能收你吗？

我们村上有个叫黄小狗的人，在太湖里混，他让我跟他。

这世上除了做太湖强盗，就没别的路可走了？

竹为无言。许久才慢慢说道，其实，要是春茧卖出去，这乔乔还是我的老婆。

张义问，卖掉了没有？

卖掉，还说那屁话。竹为告诉他，村上的吉老五前年养了三张蚕，无锡人来收的，三担茧一百五十元哩。三间新屋的钱哪。今年我家租了五亩桑地，养了五张蚕，是从杭州弄来的好品种，收了五担春茧，照去年的行情，娶亲的钱全都有了。唉，偏偏今年不收。无锡人也不来了。待在镇上三天，一点也没结果。再待下去，茧子出蛹怎么办？爷和妹妹依旧坐船把茧运到吕城镇，那里比古柳泽更糟。有的家里急用钱的，十元一担就卖了。洋种贱得不如土种。我赔不起，我指望这钱娶回乔乔做老婆哩。谁知……呜呜呜。竹为哭起来，这几天里，乔乔成了邵老爷的老婆。

张义问，是不是做生意做到西洋去的邵老爷？

竹为点点头，他的老婆娶得勤快，不如太湖强盗杀得快。

张义问，他在镇上是首富？

竹为说，光丝厂，他就开了二十几爿，别的还不算，家产可是几个上海啊。现在不晓得是怎么回事，他家的茧行也只收他们家佃户的，外面的一律不收，从前是没有这种事的。

　

春茧是这一带的主要经济作物，镇上几十爿茧行一季收的茧就是几亿资金。前几年，无锡人在包老爷的支持下，以提高收价百分之五到三十的价，把古柳泽原来的收茧秩序搞乱了。去年，西洋丝绸行情给日本人搅坏了，中国丝出口行情大跌。无锡人勿来了。邵老爷决定今年只收自己佃户的茧。他这一做，镇上其他人家也学样。全镇方圆百里，几千养蚕户，像云一样集在镇上，堵满了大街小巷，河里的茧船，一只挨一只，密密如摊开放在岸边的洋火棍，一直铺出到镇外数里之遥。镇里的茶馆从大清早到天擦黑，门口聚集的都是卖茧的农家，桥堍上蹲的也是卖茧的，连芮老板的染坊门槛上坐的都是卖茧的农妇。人们怨声载道。大家问丝行胡老板家的管事，为什么只收几家茧。管事的说，去前几年说话，那茧趋趋的好惬意的钞票拿得快活；就勿晓得良心朝哪里放了。

众人晓得，这是骂包老爷。

农家说，屁话。哪里价格好朝哪里奔，天经地义。

另一个说，多一文，怡春院的姐还俊些哩。

管事的脸沉沉地说，那你们就趋吧，说完便走了。

众人见状，一拥而上，围住他吼道：你说一句，收不收？

管事的看看架势不对，怎么，你们要打架？

农家说，不打架，我们要你把茧收下，价钱高低好说。

管事的说，就是送给我，我还要老板说声要不要。茧是鲜货，收下就要缫，缫了丝，才能运到国外去，国外不要，运到太平洋里喂鱼呀？茧不缫，放在家里要出蛾子的。

后面的起哄说，就是他不肯。

管事的高声喊，不要瞎起哄，你们让包老爷说一句话，我就收。

有人问，要包老爷说什么话？

管事的说，让他把说过的话收回去。

农家问，他说的话多了，像放屁。

管事笑道，就要他这句话。我们老板说了，他包老爷是掂得清爽的，那几年拿拿人家无锡人的好处，把我们全镇丝行、茧行的利益抛脑后了。快活了几年，收了黄金白银多少？现在，洋丝冲击，外国人不要中国的丝，压价压得卖比送还贱，你叫我们怎么办？做生意，打来骂来，赔老婆蚀本总勿好吧。

人群后面有人喊，不要与他说，打他断条腿，看他收不收。话声未落，人群开始拥起来，那管事与胡家丝行的几个人，立刻就变成淹在唾沫海洋里苍蝇，喊爷叫娘也没用。

最惨的要数陈德怡丝厂的茧行，双方僵持了三天，走了许多人，又来了许多人。忽然有一天，把茧行看门的拉走了。众人认得，那是镇上第一大美人莫嫂的丈夫。这一去就没有消息。

邵老爷家的那些茧行，干脆就关门打烊。

4

闹得天翻地覆的收茧风波，恰无一丝丝影响到邵老爷。他在家里孵着盘女人，这是他的一大乐事。

邵老爷在家里盘女人盘得开心时，两个陪嫁丫鬟挺着大肚皮对邵老爷要求名分。邵老爷说，你们怀邵家的骨肉，自然要让你们当太太。大太太听了这话，一肚皮的不高兴。大太太是有心计的人，什么事都可以存在肚里不显山露水。等第一个丫鬟生下女囡，她就叫人连娘带囡一起送到青云寺去，丫鬟看看生下的是女囡，又被大太太逐出门，晓得朝后的日脚没法过，寒冬腊月抱着女囡跳下越渎河，等早上起来担水的和尚发现，早已断了气。活着的丫鬟看在眼里不声响，晓得替姐姐说冤喊苦也不会有多大的作用。你不义，我也不仁！有一天大太太与茶馆小伙计"野狗打嬉"弄得肉贴骨头割不开时，她悄悄从外面把门反锁上，又着两个贴心伙计守着不让他们逃脱。自己呢？颠着临产的大肚皮把正在怡春院困雏妓的老爷唤回来。

邵老爷脸上无光，一封休书休了大太太。

大太太的几个兄弟也是地方面上有脸有鼻的，岂肯放下这个面子，找邵老爷论理。邵老爷没多话与他们说，只说他能把祖上的家产盘活到如今这万贯之富，没有本事还叫什么邵老爷？你这几个曾经是我阿舅的听着：男人困女人，困遍天下女人，困翻阎老三家的婆娘还可以回来困自己的婆娘自己的小妾，你说是本事否？

几个曾经是阿舅的连连说，姐夫说的一点勿错。男人的威风就是格么样子出来的。

偷人，还让自家贴身丫鬟告发。格种事体怪勿得丫鬟。要怪，只怪你们的阿姐，哝没封牢煞别人的嘴巴。贴身格丫鬟好叫叫身边保镖，哪能出卖自己？大一点的那个丫鬟到啥地方去了。你说说看，田鸡要命蛇要胆，哪个都怕早早到阎老三家去做上门客吧。世道再勿好，那总是快活的人生，宁在世上磨，不在土里躺，是不是这道理？能下手把自家男人欢喜的女人弄死，这个女人还是好女人吗？这种事，历史上交关多。但勿曾听说连小人也一起弄死吧。吴叫驴的扬州评话里有过吗？所以说，你阿姐勿是个好女人。说着，邵老爷双手一抱拳：各位阿舅体谅我的苦衷。丫鬟心路如此，我是不放心的。

阿舅们听得明白：出卖主人的丫鬟还是勿留的好。

邵老爷调定家中事一如生意场上的果练、决断。他晓得丫鬟生养前来不得火，着人好生伺候。丫鬟心情舒畅，十月怀胎，一朝分娩，生得一个漂亮的小团。满了月，邵老爷就把她喊来，告诉她，给她在上海找了个男人，陪嫁的东西也不多，五万块大洋。丫鬟不作声。她晓得五万块大洋是什么行情。那年月，好好的账房先生做一年也不超过三百块大洋。五万少不少？不能说少。对于一个丫鬟来说，那是个天文数字，但对于曾经想做太太的得失就不好说了。她抬起脸，看看老爷。那一刻，她忽然转出一个念头：如若能看得老爷心里乱乱地跟从前一样扑过来捉捉她，她再撒撒娇，说不定，戏还可以从头本再唱起来的。于是，她突然说，我这一走，不知何年哪月再见老爷。老爷是不是还思想我？要是老爷思想，我就搁几日再走？让老爷困几日，我是欢喜老爷滋味气息的。要是老爷再让我怀了小人，我就带到那边去生。就这一桩事依我，别的，我都依老爷。那五万块大洋，托老爷替我存着生息长红利吧。说不定这世道要是变起来，你我还会过苦日脚的。积谷防饥，防着好啊！

邵老爷看看是扭不过去的，也就依了她。

女人，尤其是生育过的女人，那是另一种风韵。一招一式，都叫邵老爷吃惊不小，他真是要另眼相待这位当年骨瘦如柴的陪嫁丫鬟了。弄得他大气连小喘，一条老命去了半条却还在喊，就这样奔黄泉才真正快活得做鬼也风流。如果不是因为答应了媒婆下午给回话，他真会让这个女人留下。

几天后，女人离开邵家。

丫鬟走了，五万块大洋存在桥南恒泰账房里。

丫鬟做的是她丫鬟的梦。

邵老爷想的是他的生意。

主子与丫鬟从来都勿做一样的梦。这一点，丫鬟想勿到，邵老爷是想到的。邵老爷认为，丫鬟不取走五万大洋是失策；但他又认为这个女人精明，不取走好歹对他是个诱惑或者是威胁……

邵老爷的家业大，方圆百里都有名声，现在家中没有主妇的信息一传出，最忙的是媒婆。俗话说，成勿成，吃上十八顿，走时还要带上戥钱称（就是银圆细软）。邵老爷明白媒婆的那套花样精，他不想多栽冤枉铜钿，他对媒婆说，我姓邵的，就是这牌子，牌子上没有抹蜜糖，你看看，你站在那里看着，看看有多少媒婆像苍蝇，飞得粘在上面拍都拍勿干净。

再老脸皮厚的媒婆也都要走开了。

不走开的，邵老爷就买她的账。

前选后挑，三五天进门两房太太，他说定了，太太两房，先进为大。大的在家主事，小的随他出入县城的场合，如今时髦老爷出场，穿旗袍的太太在一边挽着臂膀扭屁股。

邵老爷欢喜这种事情。

新妇进门，家中的用人也多多少少把前面的故事掐头去尾给这两房新太太点拨点拨，两人心里明白，万贯家财的主妇不那么好当。安安稳稳的日脚过了一年多，两个女人给邵家生下了又白又胖的女囡，取名有卣、有荆。邵老爷特别的高兴。那一天，正好是邵老爷生意上的朋友从山西过来，也带着家眷，山西的女人说要让邵老爷陪着逛逛苏州，看看姑苏台，凭吊一下当年西施的住处，再到西园烧烧香。邵老爷的这两房太太也都没有正经地玩过苏州，想趁此机会散散心。邵老爷二话没说，自家的船，弄上两条载了这一大群人浩浩荡荡到苏州风光风光。这一风光，足足玩了半个月。

山西朋友依旧从陆路回去。

邵老爷这边，自己押货回家，货物这东西在路上一旦走漏风声，强盗弄起来，不好办。所以邵老爷分外小心，他在苏州下船时对伙计说，我的船先走，船若没事，你就开船，把太太送回家。

货船先走，到家没事。

在苏州的船家得知邵老爷平安押货到家，这边宣布开船。

船上是太太和小人。伙计里有些武功的，会拳脚的也都上船一起随太太走。邵老爷千虑万思，就是没有想到太湖强盗把情报弄错：情报说有一条从苏州开杭州的船要走这边，船上装满了精白面粉，并没有搞清楚是什么样的船，几时路过。远处有船来，强盗决定劫下。没想到，折了几个弟兄后弄到手的却是两个带着孩子的少妇和数位家人。盛怒之下，强盗决定不留活口。家人伙计拼死相抗，有卣有荆两个小囡倒是捡回了性命。

船到家，邵老爷问伙计太太们怎么死的？

伙计们说，二太太的肚皮眼都被强盗弄得露出来了，白花花的屁股一直到膝盖没东西遮，她看到旁边有口刀，就滚过去了。

邵老爷问，是不是三太太也是自己滚过去把白花花的颈脖让强盗弄了的？

伙计们支支吾吾半天才说出真相，三太太并没有被强盗绑起来，好像有个强盗还认得三太太似的。三太太自己把身上脱得精精光，两个奶奶头晒在太阳下面好亮好亮的，强盗们都停下来了。我们就是在那个时刻抢到了小人。小人也怪，一点点声响都没发出来。

邵老爷问，三太太是他们的人？

伙计们连连说，若是他们的人，为什么还要杀掉她呢？

伙计们说，大强盗看到小强盗们……

邵老爷纠正说，小的不叫强盗，强盗都是有本事的。小的叫喽啰。

是的，大强盗看见众喽啰都在看三太太两只又鲜又亮的奶奶头，还有那个白胖胖的没东西遮的身子。

邵老爷叫起来，羞死我了，丢尽了我的脸面。你们可是看得清爽？

伙计们不好说，就是看清爽了的也勿好说。一个个都说，没有看到。大家想着救老爷家的小人，谁有心思看那东西。那东西又不是稀世珍宝，是女人都有的。

一个伙计说，先一刀切了她两颗奶奶头，有一颗就弹到我藏身的木板后面的，我拿起来看了一看。这时就听见三太太说，说让我藏在邵家做千年桩的，咋就要我的命？大强盗吼一声，是你自己找的死，没了你还会有别人去的，说着刀就插到三太太的两只膝盖中间，朝上一提，把三太太剖了两爿……

再后来，就开始杀众人了？邵老爷问。他问得声音极低极低，一点也没有看看伙计们点头的表情。他心里明白了，二太太是忠贞不渝的，三太太呢？说勿清楚了。还是死了的好，活下来更可怕，不晓得哪天要他性命才打发得了。

这世道委实是可怕的。

5

邵老爷越想越气愤，大骂阎老三太不够交情，让他连连失财——讨个老婆，好歹也要几千大洋，照这样下去，邵老爷还有几十年光景活，没女人在身边伺候自己，那还叫什么男人的日脚！古柳泽鼎鼎大名的巨富——邵家，可不能没有女眷。在这种情况下，倒是有人重提头房大太太回转来的事。邵老爷决意不肯，回头的东西总是勿香，女人这东西就是那么回事，越是新鲜越能吊精神，这又是邵老爷的一门学问，可惜他那休掉的大太太一点也拎勿清，硬在那里做秋梦。邵老爷说，现在就是让那个丫鬟回来，我都勿想。有此话，乔乔就笃笃定定地铁板上生根，做定了邵家的新太太。

乔乔能做得邵家的主家太太，除了进过洋学堂，还有一个别人想不到的原因，这也是注定乔乔与邵老爷前几个太太不同之处，那就是被她在大户人家做过丫鬟的娘自小调教得八面玲珑，见貌变色。

邵老爷着冯先生暗访得知：弥陀佛的老信根，就是乔乔的爹，每回到镇上，总是蹲在柳泉居茶馆的门口喝茶，谢省俭几回着伙计喊他进屋去，他都不去，说什么里面都是有身份人坐的，他这种做了一辈子长工，后来靠老婆才稍微转转运道的人，不要自己勿晓得分量。柳泉居的伙计说，有身份人坐的是里间，不是指外间。外间随便让人歇脚。那种大海碗的茶能是品出什么子乎者也来的吗？老信根木讷讷地回道，那是别人的事，我总是掂得清自己斤两的。

邵老爷高兴地说，好，有这样的老子，小人还会推扳？

冯先生说，你不要急，还有哩。老信根的那个老婆呀，年少时长得也勿推扳，小巧巧的瓜子脸孔，两只眼睛会说话，走路扭腰柳枝儿摆一般好看。原本可以嫁个好人家，命相不好，摊上个老信根。她发誓，自己的女囡嫁人一定要嫁个体体面面的人家做太太，决勿做小妾！生得几个女儿，虽说不是沉鱼落雁，倒也闭月羞花一般。硬把她们送到洋学堂里读书。那是小八哥嘴上打蜡，舌头滑到嘴唇边。老信根的女儿走出去，要貌有貌，要才有才，个个腰细臀圆，拍拍都能下个小囝。村里一个个小伙子，想歪了脑袋也沾不上提亲的边儿。

听了此话，邵老爷暗想：有这样家教的女儿，上哪里去找？近女色是男人之天性。医家说阴阳调节，那是一门学问，人间多少人能调节得黄帝那样千岁万万年的？黄帝戏女色戏得长命百岁，又有谁看得见？还不都是那些个会写字的闭起眼睛来瞎编瞎吹。凡间俗人，上了点年岁后要忙正经的一等大事，那就是家业，后继有无能人不光是皇帝家发愁的大事，也是世间一切英雄好汉长悲低叹的一等一叫天不应叫地勿灵塌天陷地的大事。

邵老爷做的全是外面的生意，赚的是苏州、上海、杭州、南京人的铜钿，再远一点是青岛、旅顺口，更远一点就是西洋人的钞票。经过南浔张增澄的介绍，近年来，邵老爷的粉丝越洋过海到了美国、法国、英国，听说通运公司上个月把邵老爷的一船绿豆粉丝直接开到阿姆斯特丹去了。洋人的生意好做，铜钿赚起来也是蛮好。要不是古柳泽的水好，气候好，更要紧的是祖宗坟在这里，他邵老爷真想学人家南浔张增澄，地球上只要人走得到的地方，就有他邵家的厂、邵家的店，赚遍天下人的铜钿，那才是真本事。精神好的辰光，换换口味困困外国喷着奶味长着柔软细毛的洋女人，也是人生的一种活法啊。洋女人哪像中国的女人，单调一色，还傲翘，真不知她们有什么本钱傲翘。瞧那些外国女人，有白有黑，头发也有黑的有黄的有金色的有卷毛簇簇的有一泻如水的有……嘿，有的外国女人就是靠做妓养家，有的倒贴铜钿，要你困她，你勿肯，她就抢你困她，真正好笑煞了，好戏极了。邵老爷想想好笑时就自言自语说这些好日脚让我的儿子们去享受吧，但女儿是一定勿可以给外国人困的，那些个外国男人一定是勿像样的。唉，儿孙自有儿孙福。当务之急，还是把进门的乔乔好好地调教出一个头绪来，别的，都在其次。

如今的邵家关上大门，除了老爷外，便是乔乔做主。娘早早就教会她用鹅蛋清抹脸孔、丝线绞汗毛、香水洒在绣花手帕上之类的事。乔乔会打扮，穿轧颜色老气一些的旗袍，吊在穿轧再年少一些的邵老爷膀子上，不十二分地细瞧，是难看得出老夫少妻差异的，反正人家都晓得邵老爷是色运财运都亨通，反正说起来老夫少妻总是任何一个时代最明快最艳丽的色彩和最有吸引力可以大吹特吹的话题。

邵老爷出门应酬需要太太出场的事也都是乔乔。邵老爷欢喜乔乔，欢喜得皇帝待在后宫勿肯上朝一般，连店里的大大小小事都勿问。邵老爷勿问店里的大小事，又勿像平时那么踩着钟点进柳泉居茶馆吃茶。那些老茶客久不见他，便怀疑他要请痊翁了。倒是中药店里的二先生说得好：《素女经》也是人造出来，折损人阳寿的。阴阳调理，方寸有度。适度为乐，过一分则损！这话传到了邵老爷的耳朵里，他听了笑笑，落句大方的话：谢谢众人对在下的关怀，改日我请各位看戏。

6

与邵老爷在一起光屁股掐雀雀撒尿和尘灰捏泥人人长大，如今是盛记酱醋坊的盛老板认为：邵老爷这回倒是真正用足了心计，吸取前面几房太太的教训，下得一盘别人没有胆量下的好棋局。

盛老板的话传到邵老爷耳里，他长长松口气，连连吐着吸足水烟的烟气说，真是我肚皮里的蛔虫，说得对极了。

这话也算是俞伯牙摔琴觅知音，帮了邵老爷的大忙，在柳泉居茶馆里着实给邵老爷挽了不小的面子。

难怪邵老爷要说，看来，这古柳泽还勿是世界上顶顶不开化地，还有几颗好良心……

7

镇上的消息纷纷传到包老爷的耳里，众说不一。其中指责包老爷的为多，尤其是梅老爷，虽然他与包老爷有过一起享用怡春院头牌的旧故事，至今关系甚好，在柳泉居门口见着包老爷，说，多年来，这镇上都是你主持公道，维护全镇大大小小的秩序。现在，几千农户的春茧，你就不想问问？

"问——！"包老爷应着，在柳泉居门口，他两臂一个舒展，左手顺弯腰之势，伸两指拎提右门襟，右腿朝前一个方步，姿态优美、干净利索地登上了柳泉居茶馆台阶。据说，这动作很上规矩，大臣上朝，登殿都是如此这般"蹬蹬蹬……"进殿，然后一个唱喏，跪见皇上。包老爷在候补期间，整整练了数年，没想到皇帝会那么快地不容他一展英姿便退了。每每谈及此，他总是恨愤交加。今天也不例外，他愤愤道，都是那帮乱党贼子，搞得皇上没了安稳椅子坐，国将不国，民则不民，天下成何体统。

梅老爷听了，朝随他一起进茶馆的众人看看，摇起了头。

众人故意搭腔逗包老爷，问：今日镇上春茧的事也是这理儿？

何能离了这理儿？民众的职责就是维护皇上的绝对权威。王臣的责任就是保护地方安宁。唯此，普天之下，方有歌舞升平。军队乃王臣之手臂，焉有同为皇奴而相互敌视的道理？文武不和，天下乱之本源也……说着，包老爷并没停，脚数过三级台阶，手依旧提着门襟，大步穿过外间大草台、长板凳，粗碗大壶茶，朝里间迈去，嘴上继续说道，吃了清王朝饭，背地里做了反清骨干的袁世凯等人，不是乱党贼子是什么？还有更要紧的是那些用银钱暗中支持革命党的商人，他们比乱党贼子更可恶。一路嗓门不减，临了，语气重重地补上一句，奸商。奸商的始祖就是吕不韦！嬴政杀掉的那个吕不韦。

包大少爷包坤均纠正说，不是嬴政杀的，是他自己饮毒酒死的。

包老爷停下，看看儿子，不悦道，怎么做先生的？中国的文字，内涵深邃，非简单看表面。然后对身边人说，训诂学，范先生是行家，我不行。一个"杀"字，到底是泛指还是特指？杀羊待客，谓杀；杀生者不死，与杀羊同义否？天子杀，则下大绥。又指何义？摇着头，笑着继续向前。

包大少爷想反驳，旁边人扯扯他衣角，他只得诺诺而言：孩儿明白。

旁边人接口道，包老爷说的商人是上海报纸上最近连篇累牍出现的人吧！

大家明白，是指用银钱支持孙文革命的张静江、虞洽卿等人。

包老爷道：中国那么大，一个张静江是可以好好治住的，问题是，到处都有李静江、王静江、邵静江。

有人故意问，有没有包静江？

包老爷说，这也难说。包青天的子孙也做出对不起祖宗事的。秦桧的孙子做清官，也不要大惊小怪。

众人连连说，是、是、是是是、是、是是……

一向与包老爷在收茧上有龃龉的胡老板听到这话，缓慢下步子，他知道包老爷今天敢如此公开指摘众商家，必有恶语，没准又是借和尚骂秃驴的那套，用茧行门口农家的嘴来说自己的话，得有个准备。思忖之际，眼稍瞟着门外走来的盛老板，心头一亮：盛老板不做茧丝生意，这祸事染不到他身上，而且他的女儿与包府有些勿清爽，跟着他后面，吊死鬼伸手先找个替身。

盛老板是来了，但他在门口停住，与一个人说话。

胡老板与谢家父子高一句低一言地瞎搭，眼观屋里景致。

外间茶座挤满人，壶里冒出来的蒸汽，旱烟杆上溢出来的烟雾，赤膊光膀子喷出来的汗气，全搅在一起，似一锅热烘烘馒头开了笼。就在这汗臭、口臭、吆喝声中夹着细牙牙的一个滩簧调。牙疼似的哼哈哈一把二胡，接不上气似的要茶客们去吊一把，帮着忙才能滑过门。细牙牙的滩簧调如同这黄毛丫头瘦小的身子，淹没在杂乱吵嚷之中。胡老板听得清爽，接着调儿赶紧哼上：……莺莺月下呀……红娘其间传书信……弥陀寺里烧香去，保佑我……早成双……

谢省俭接话，胡老板还是票友啊！

年轻时在苏州客串过角色，沧浪戏社还挂过牌哩。胡老板得意地回道，两眼移到了通向里间的那道中门上，顺势瞭了瞭店外，见盛老板一时还没结束的样子，又不见与自己说得近话的其他老板过来，心里也就不急，眼睛闲放起来：这柳泉居里外都是一色的三间，中间用六对镂花漏窗格子门隔开。门是红木的，框是楠木的，漏窗一式柏木檀香雕花，中间由细绢满装。门前周围有落地牌楼烘托，用红木镂空雕出浮景，气势很足。胡老板明白这座门牌楼的价值远远在那些紫砂壶上好几个档次。

胡老板，一向吉祥？盛老板的声音终于在胡老板背后响起。

胡老板赶紧回礼。

盛老板的身后，陈老板芮老板等也都到了，大家相互寒暄着一起步入里间。刚刚坐下，胡老板就对着也兼有几爿丝厂茧行的陈德怡叹道，闹得没了规矩，从前茧好的时候，你包老爷、贺老爷、梅老爷、张员外家家都收，收了转手得暴利，现在怎么不收了？没肉的骨头还是丢给我们，有这理儿吗？

众人听胡老板的话，一笑而过，并不当回事。

胡老板的亲家，恒泰布庄占股份的束朝奉愤愤道，这叫规矩。

规他娘的屁。陈老板低声骂道。照说他这个木行老板与收租盘剥吃红利的地主包老爷没什么利害冲突，但他的生意做得日益红火，又兼办丝厂茧行，包老爷便常常想着点子弄些开支给他，他支得不情愿，拒又拒不得，恨得咬断牙齿朝肚里咽，有此机会，当然要出出晦气。骂声虽低，大家都听到了，不约而同地把眼睛朝着包老爷。

包老爷自然也听到了，他没有立即反应，而是握着铜质水烟壶慢慢地吸着。心里道，水里一年四季出的鱼勿同，地里一季也出几种不同的庄稼，这南北要紧的古柳泽，自然会养出各种花头精的人。酱醋大亨盛老板是盛老板的风格；木行老板陈德怡有他的处世噱头；有家丝庄的胡老板办事说话用的都是《通鉴举要》的语言，平板滑爽，富有丝的质地；首富商会会长邵老爷那又是新的格式。对待他们，得摸透秉性脾气，对症下药。否则，虎未擒，人先伤！

现在，包老爷开口说话了。他说，只听说民国换总统，没听说换规矩。什么是规矩？规矩就是礼，世有周公制礼，史有孔子成礼，宋臣不遵礼，高祖偷撤群臣座椅以警示。打个比方说吧，皇帝没了，天下那把只能盛一个人屁股的龙椅，改盛两个人的四爿屁股好吗？肯定不可以。既然一张龙椅不好装四爿屁股，那么天下还是一个人说了算。它龙椅，还是龙椅；他皇帝，还是皇帝。只不过，龙椅不叫龙椅，换个名称叫叫，好比皇帝不叫，叫总统；过一阵子，总统叫腻了，再换个什么叫法也一样。天下道理就如此，万变不离其宗。规矩！勿听，是要吃大亏的！亏是不好吃的。大亏亡国，中亏丢命，小亏失财。这是谁都知道的道理！勿用多说。

话说到这份上，还有谁不能明白？包老爷就此打住，笃笃烟灰，重新装一锅，吹吹捻子，吸着烟，慢悠悠地抽着，然后再喝口茶，用指面笃笃桌面。

店小二明白，提壶颠过来替他把茶斟满。

包老爷咬着烟壶那支弯弯的嘴，两只眼睛盯着店小二倒茶的动作，看着茶水软软地无声无息软入茶杯。包老爷举目环视周围，见众人有的在抽烟，把铜质水烟壶抽得咕咕咕直响；有的在闭目养神，而那副耳朵却都明显地朝着他；喝茶的尽量把发出的声音压得低低的。嗯，他明白了，自己的威严依然如故。于是，他开始指和尚骂秃头起来。

包老爷骂谁，众人心里很有数。

大家从包老爷指桑骂槐的气势，提这规矩那条件的，就晓得他又在起雀头要做什么牌。果然，话终于扳到正题，包老爷说，梅老爷的火气还不如贺老爷大。贺老爷指着我的鼻子要我叫那班商人开秤收茧，我能吗？

梅老爷说，为什么不能？有资助贼子乱党的钞票，好好叫收两季茧，阔得廿四扛的轿夫抬棺材哩。

众人哈哈笑起来。

突然，外面有人冲进来，对着陈德怡耳语。

陈老板的脸色顿时白了，两眼死死地盯着包老爷。

包老爷看到装着没看到，把头转到别人的桌上，耳朵恰捉了他们的对话，说是打听清楚了，也回了话，守茧行的真给绑票了。

胡老板一怔站起来，又坐下，唇齿相依，唇缺齿寒，这绑票风会不会蔓延？眼睛朝邵老爷那桌看。邵老爷孵着新娘子，连茶也不喝了，也没听说他过问茧行风波，他这商会的会长还当不当呢？

其他几家茧行的老板，闻此言，茶也喝不下去了，有的离去，有的问包老爷：这绑票的事，你问吗？

捂着茶壶蒂蒂儿，半闭着眼睛的包老爷，嘴里吐着不高不低的音：如今县里派了镇长。

你把着镇团防，叫谁问？亏你说得出口。窗边一个大嗓门喊道。话音刚落，坐在河边窗口那张桌上的刘师傅站起来朝外走。他是樊老板店里掌勺。长得人高马大，为人热情又好急义，镇里选他做了镇救火会的领班，执掌全镇火烛防卫安全。救火会是个义务事，做公益的补偿，便是在这里间占个座位。他最看不惯众人这种冷漠无情的态度，站起身来就出去了。

有人揶揄道，啊哈，若是你刘师傅开茧行，这天下的茧农都笑颜尽开。

陈德怡逼逼地问包老爷，我家的人被绑票了，你真的不问？

太湖强盗新近成立救火队，刘师傅去替他们培养人才，也算功德哩。包老爷王顾左右而言他。

走到门口的刘师傅怒冲冲地说，我要毛教头倒夜壶。省却他再搞绑票，弄得人家孤儿寡母的，缺德。

这话，点得包老爷打个寒战，明白什么了。

陈德怡说，我不问在座的谁是太湖强盗的内线，我的人给绑票了，我得找你包老爷要人，如果不给，我们商会一起断镇团防的供给！胡老板，盛老板，芮老板，走，找邵老爷，他是商会会长，他得管！

包老爷笑道，你若开秤收茧，你看还有没有人绑票？

陈德怡问，这是什么意思？

包老爷说，依我看，这绑票的事，都是茧农逼急出来的。所以，我提醒你们，开秤收茧，太平无事。

众茧行老板顿时怔在那里了，该怎么说哩？今年蚕茧形势不好，去年的丝还压在库里，再收，那是亏呀！盛老板温温的语气说，包老爷，收，我看他们也应该收，什么事都应该有个公理。

包老爷气壮壮地看看他，什么公理？

大家明知今年收茧，是亏，如果让那几家收了亏，显然不公。应该由你做个决断，去年开秤收的今年都得收？至于有的人家收了，自己没有丝厂，会转到什么地方去，那就是他的事，他去年能收，晓得钱好，今年就该别人替他受过？这理儿，到哪里说去！

胡老板以少有的激动站起来说，这话说得公道。

包老爷抱着紫砂壶，一声不吭，那脸上就有一行字，众人读起来是这样的：

这年头，公道何处有？

商人们读的恰是另一层意思：

公道，多少钱一斤？

8

竹为告诉张义，村上吉老五，不仅给包老爷占去三亩好地，还让女儿给骗去困困后卖到吕城妓院里去。

张义渐渐听明白，贫苦地区的财主们采用掠夺霸占穷人家姑娘的做法，在这里就成了靠阴险巧夺和欺骗愚弄来"娶"走。事情的本质没变。张义告诉他，为了几亩地，不择手段置穷人于死地，是封建地主贪婪无耻的脸面，有钱人惯玩的手段。

张义告诉竹为，在世界的那一边，有钱的白人，把人当商品买卖，男人做奴隶，白天劳动，晚上用铁链子锁在牲口圈里。女人呢，叫奴隶与她们睡觉，生下的孩子再做奴隶卖掉……

竹为打断他的话说，我们村里的有钱人与你说的那些坏人一样！个个心黑得像炭。相中了你老婆，不让他睡睡，他就勾结官府，说你私通太湖强盗，把你抓起来，关进牢里，然后弄得你家破人亡。等你晓得事情时，那老婆是死是活，你都没办法打听到。玩够了，再卖给妓院，赚一笔钱。

张义点点头说，天下穷人受的苦是一样的。所以，有个大胡子的犹太人，说了一句话。

说什么话？竹为问，眼睛看着张义。

他说：全世界的无产阶级联合起来。只要大家团结起来，就可以把旧世界加在我们脖子上的锁链彻底砸碎！你相信吗？

相信是相信，这世界到底有多大，我心里没底。又不认识别人，怎么团结呢？竹为忧愁道。

张义劝道，不要急，慢慢来，你还年轻，一辈子做强盗，一辈子让官府追杀，提心吊胆活着，有什么意义？不如干一番轰轰烈烈的大事。

什么轰轰烈烈的大事？

革命啊。

那鸟革命，有钱人的夺利分赃。竹为愤愤道，古柳泽也有过革命，结果哩。包老爷拿了镇团防，邵老爷拿了商会，清政府的镇衙门老爷满载金银美女而去，别的什么也没变。倒是死许多穷人……

张义问，你听说过共产党吗？

知道，我们横沟里就闹过。前不久还有两个教书先生到村上宣传共产思想哩。给老财爷赶跑了，那都是好人。奇怪的是，东家反对他们，佃户也反对他们。你说这是为什么？说着，竹为一把拉着张义的手说，我生出来就是一个种田郎，与其让地主老财盘剥成排骨，不如我自己为革命去消瘦！我愿意。

这就对了。革命对于你们这些种田的，是什么？就是土地，就是老财们的财产，他们那些高院深宅都是你们的血汗堆筑起来的。你们从他们的手里夺回财富是完全应该的，理直气壮的。不管你是去太湖里做强盗还是去古柳泽做工，你见到别人，要多说说革命道理。打土豪，分田地，就是最大的革命道理。

我明白了。说着，竹为扑通跪下去，说，张老师，你救救我吧！今生今世，我一定随你走，听你的话，好好为百姓做事！

张义把他扶起，说，我们不兴下跪。你若真听我的，就不要到太湖强盗那里去，去古柳泽，那里有民众教育馆，学习文化知识的同时，也可以汲取革命的养分，说不定，那里就有共产党组织哩。

先生去古柳泽？竹为兴奋地表示，我们一路结伴而行。

当有人进舱来时，他们就没再说下去。

饭后，竹为的情绪很高，他躺在船头的船板上，望着两岸的风景哼起小曲。

9

柳泉居茶馆递信叫邵家去人商谈一件事。管家把这事告诉了师爷冯先生。冯先生问清了是为收不收一个小孩在镇上落脚的事，冯先生感到吃惊，收茧的风波这么烈，他们却有闲空在讨论收不收一个小孩学生意的事？怪了。没准又是包老爷拿小孩做"药引子"，让邵家大补大泻？罢了，冯先生说，若是要邵家收，那就着人领回来。

管家说，他给谢老板说了，人家不依，说是包老爷吩咐的，一定要邵老爷亲自到场。

话到邵老爷耳里，他鼻子哼哼：你姓包的不是等闲角色，难道我就是软柿子？偏不买你的账。走着瞧，你有满清残党，我也有北伐后盾，不是汉子不在古柳泽走街串巷，登楼入室喝茶玩女人！

正在后院里侍弄花草的乔乔忍不住过来插嘴说，我们家吃亏的事体里，一直有些东西没弄清爽。面粉船走在越漤河里为啥也遭抢劫？

躺在烟榻上的邵老爷，笃着铜质水烟壶，一边咳嗽一边断断续续地说，女人家晓得什么。这是你管得了的吗？就像你现在弄的这盆花，可晓得它是什么花？你见没见它开过花。当然没有。我告诉你，这花先前是德寿种的，他花了六七年的时间才弄会。现在他死了。别人死了，我是勿会淌多少眼泪的。因为我给过他们好处。只有德寿，一辈子在我家，是个只会做事勿会多嘴的人。我爷给他一个漂亮的丫鬟做老婆，没想到他却享用勿好，没几年，这个女人跟戏班子跑了……

跟戏班子跑的女人，乡下多的是，平常事。乔乔说，要是不跑，戏班子还到乡下来做什么？他们来，就是勾引那些心路高的女人，把她们勾了去，可以唱戏的就唱戏，勿可以唱戏的做做家妓婆，做得勿顺心时就卖到堂子里去。有的女人日脚过得不顺心，自己把自己卖到堂子里去。她说这话时，把声调弄得软软的，发出一种叫别人听了直起疑心的味道。

邵老爷停住吸水烟的动作，看着她，想说什么，还是没说。

乔乔把那盆兰花的土换好了，放到窗台上。

邵老爷过来用手指拨开叶子，看看，戳戳，说，这棵熊谷兰，是当年张增澄做商务参赞随孙宝琦出访法国……

我晓得格，是张老爷的助手李老爷带来的。是法国一家最好的植物园里弄出来的非洲有名的兰花，值多少多少银子格……

邵老爷听她这样说，叹口气道，你还是没把我的话搁心里。李佑仁先生是个大人物。张先生更是个大大的人物，张先生可以在纽约开张支票三万两银子给孙中山先生做革命的活动经费。那时的三万元是什么价值？这是个何等的人物？有几个能比？说来说去，也只有帮助秦始皇家的吕不韦做过！他弄到几盆这种名贵的花，带给孙先生放办公室里。后来李先生要到我们这一带走走，就托他带了一盆给我。花，有价的。情义是无价的。鲜花同情义一样无价。这一点，你要明白。我给你娘说过，你一来，小小的年纪就做主家的太太，要明白这里面的代价。

乔乔明白邵老爷话里的意思，不再吭声，慢慢抬起那张未脱孩子气的幼稚的粉嫩的少女的脸，一双鲜活得会说话的眼睛含着感激还是饱满情恋，说勿清爽，慢慢抬起脸的同时也慢慢地把两只细细的好看的手臂舒开，犹如春风摇过来的柳枝，垂到邵老爷的肩上。

邵老爷感觉到她的脚在跐起，手便抄了她的细腰，把她紧紧地抱住，用力地抱了抱。他看到她在用力的时候闭上了眼睛，明显地感觉到她脸上的红晕强潮般喷出，使他身体某个部位的作用也明显突发。他俯下脸去吻她。她感觉到了。她还没有完全从少女的影子里走出来，徘徊在懵懂之中，男人每一次强烈的冲击，使她从自身的强烈渴望，并非莫名的被动式里渐渐知道，那就是一次一次地把她由少女送入少妇的行列。她努力地配合着，从一次一次的强烈冲击中，寻找自己能体验到的愉快，但还没找到。那次回娘身边时，娘儿俩坐在房间里说悄悄话，娘问过她这事。她回娘说嫁人不好，夜里老是做噩梦，每回就像要撕了人哪。娘告诉她，女人最最快活的就是被自己爱的男人撕啊揉的那一刻，哪能说是撕了你？说明你开化得还迟，还没感觉到，就怕你感觉到的辰光会缠得夜夜勿歇。你要好好伺候老爷，他是你的靠山！那种事体只能当小菜过过饭的，勿好倒过来把饭当菜，菜当饭，大户人家败家子小K做的事体，你万万勿可以学。女人没了男人才是世上最苦的人。特别是没了疼自己爱自己的男人，那滋味你一天都不要过的。乔乔想到娘说的开化迟，她想，迟什么呢？我已经来过红了，怎么还感觉勿到那种冲击的快意？感觉勿到这种快意，就无法感觉到少妇的滋味，没有少妇的滋味还叫什么有男人喜欢的快乐？这正是她感到费解和恍惚的。她想多多地得到邵老爷的爱抚，一切与男女有关的感觉！忽然间，她想，也许，这种事要慢慢来，慢慢地，就会好起来的。想到这里，她开始渴望邵老爷的吻。

邵老爷没吻她，也没把她抱起来放到楠木长椅上弄弄。

邵老爷只是在她的额上吻了吻。

乔乔感觉到了一种失落，一种前所未有的不满足。她闭上眼，等待着那嘴和舌头产生麻麻的吻。但没有，就像好多次在床上不想与她困时的吻一样。这种吻，他解释说是长辈对儿女的吻。她不高兴。她说我是你的老婆。邵老爷说，你是我的太太，你又是我的女儿；是我的太太，那是你与我的婚姻关系；是我的女儿，那是你与我的年龄关系；现在民国了，文明了。我们也要文明。乔乔想，你说这种话，是不是还想在戏厌了时候，一脚蹭掉我？

邵老爷说，那是两码事，我勿会无故对你那样的，有的话我早早就说了，现在没必要再倒来颠去说，我对你寄着天大的希望。

那是什么呢？乔乔想：就是跟有甭、有鼎一起听听洋文教师骆小姐念念外国人写的小说书，听听她弹的钢琴音乐，做做西洋文字的游戏吗？她实在不想，她想的是尽快进入邵老爷的心，叫邵老爷困得她拆骨头一摊肉泥似的快活，当然，先是邵老爷快活得躺在那里三天三夜爬勿起，嘴里还在叫着乔乔、乔乔，我会困得你勿晓得叫爷娘格，我会困煞你格……据说，只有那格样子，女人才能化在男人心里扳勿开，再坏的妓也弄勿开。她就盼有这种事……

她的两只手臂是邵老爷自己扳开的。

邵老爷把她抱到一张椅子坐下去，问她怎么啦？她这才"醒"过来说，没什么……

你现在就到柳泉居去。去看看那些吃饭没事做，欢喜嚼舌的一班人会说些什么话。你去。邵老爷说着站起身来，走到窗口望着熊谷兰肥肥的阔叶，望着窗外满院青色，不再言语。他这样安排，一来想让乔乔经历经历；二来想看看古柳泽一向不让女流进柳泉居茶馆里间的规矩，今日如何维持。

10

整个镇上的空气都被茧的气息穿透。

满街都是垂头丧气的茧农，茶馆里、小饭馆里、酒店里、桥头上，到处传播的消息都对茧农不利。有人说上海的丝厂关了门，茧行里的茧没运到丝厂去，全让老板倒在苏州河里了。懂事的掰扯说，那是打嘴巴也不做的，好好的茧，缫了丝，做丝棉也好啊！丝棉袄，又轻又薄；丝棉被，盖在身上，再压棉被，冬天热得要赤膊。

河边传来话说，有几条船朝无锡去了。

想到湖州去碰碰运气的说，湖州的茧行收茧哩，就是价压得太低，洋种茧也只是二十元一担。旁边人叫道，还不够二十担桑叶，你用二十担桑叶，能养出这么又白又厚的茧吗？人工不是钱？

到无锡去看看吧。

河边上甩过话，今年无锡不来人，就是不妙。哪里也勿去。这么多人可以等，我就不能？

有人传过话来说，包老爷在柳泉居里说收茧的话哩。

茧农燃起了希望。谁都清楚，商会与包老爷不和，他说的话，能有用吗？

用枪逼了，看他要命还是要钞票？好事的说。

坐在镇上空场子一边美人靠上的妇女们，嘀嘀咕咕地说着养蚕的艰辛。我家的"宝宝"上山前的"大眠"，吃了十几担桑叶，今年的桑叶比去年贱了五角一担。一个妇女说，我家的十担茧，出手得好，得笔钱，把房子好好翻一翻，穷归穷，娶门亲回家过年。说到娶亲，女人们最热心，关心女方是哪里的，说是寺庄老张家，旁边就有人说，是他家老二还是老三呀！最漂亮的是老二川娣。远处一个人说，长得是好，就是不安分。要做婆婆的老人听到这话，立即飘过话来，说，那位阿婶，想必是寺庄的？远处的说，我就是他家老大的婆婆，晓得些。这边的就坐到那边去了。两个老婆婆坐在桥塊的孤独的角落里，说起悄悄话。

突然，桥上发疯地冲下一群人，追着一个人打，说那人是小偷。满街的人，顿时从萎靡不振里弹起疲惫的身子，兴奋地参与追逐。

这边的景致还没完，那边女人的哭闹声炸起。天气热，女人在河边小解，给事先藏在那里的好事者捉了，有的没被捉，只是用狗尾草从屁股后面逗了逗那惹事的所在。嫂嫂家给戏了就戏了，捉了就捉了。姑娘家可受不了，被捉的沾着：你们镇上人就会在我肚皮里下种，不娶我回家，没歇……

身上有几文的，打了酒，先醉了，然后再到茧行门口去闹，太阳晃晃的就掏出鸟，对着茧行的门撒着臊气，冲得大家高一阵低一阵狂叫，引得那些生过孩子的女人也想当众脱裤子撒尿，冲晦气。

镇长史进耀耳闻目睹这一切，顿时忧心忡忡，担心要出事。

包大少爷说，毛教头早早准备好了，一旦闹起来，就捉，男人全部用洋丝线扣鸟。

史进耀闻所未闻，小心翼翼地问，女人呢？

包大少爷说，女人总比男人烦些，多费点丝线。

史进耀问，为什么？

两个奶头嘛。

史进耀苦笑笑，背人处仰面长叹：何处能有我民众扬气舒心地？悲哉！

第二章

11

包老爷肚皮里的鬼主意，没人知道，也没人想知道。众人只是想，你包老爷的表面文章，也得糊啊。要不，你做什么"镇衙"，管什么镇团防？

你有你的想法。

包老爷有包老爷的念头。

你的想法不能强加于包老爷。

包老爷有念头就要统帅你的行动！

这就是包老爷！

两天前，在镇西南的石板路上，"荷香舫"的胡朝奉牵着一个小孩朝包府走去。

天黑下来了，星星开始出现在天上。回窠的鸟儿在路边树间喧嚣着，蝙蝠在空中乱飞，蠓虫不时地扑咬着行人的脸面。胡朝奉一边走一边安慰小孩，包老爷会让店铺收下你学生意。

到了包府，胡朝奉请家丁递话进去，包老爷感到纳闷，这个时候胡朝奉带孩子来做什么？

胡朝奉说，这小孩在镇上已经好几天了，饿得昏过去好几回。

包老爷听着，打着饱嗝，不高兴地晃动着刚刚装满晚饭的肚皮，说，这小孩的事找我有什么用呀！胡朝奉说，这镇上的大事小事还是你作用着呀，你说句话，让哪家店铺收了他，这孩子不就有碗饭吃了吗？

镇上天天人来人往的，光要饭的有多少，你收留得尽？

胡朝奉见他这么无情，只好说，这个孩子不同，他的爷和几个伙计开着船到这里收茧，已经好几年了，都是你……说到这里，他突然刹住话，不知该不该说下去。

包老爷一拍椅子扶手，爽朗地说，后面的话，你就不要再说了。

那后面的话是不能说了。说也说不下去的。

前几天的夜里，越溪河里发生了一起抢劫案，船上的人都死了，只留下一个到青云寺里给母亲上香的孩子。这件事，临河最近的胡朝奉看得一清二楚。敢在镇上出没的强盗，能会是谁？外面的歹徒敢在毛教头侯老七地盘吐痰，怕是要看看皇历的。外地歹徒到镇上，连怎么走路都不晓得，还敢舞刀弄棍？

话再说深下去，别的船工家勿遭劫，为何单单是你？

胡朝奉也弄清爽了。这船家近几年，年年到这里收茧，然后转到无锡出手，弄了不少钱。这船家抠，真金白银都随身带着。能不惹事吗！

现在，尸首不见，船也没了。留个孩子在胡朝奉做事的店门前待着，眼看要饿死。怎么办？胡朝奉与几个小店铺碰碰头后，认为：该替孩子找个出路。在这里找出路，自然回避不了包老爷。

我看你的热情用错了地方。包老爷说完，身子朝躺椅上一仰，不再说话。

胡朝奉晓得没戏了，只好带着那个孩子退了出去。

望着胡朝奉和孩子的背影，包老爷想到县里官派镇长来，邵老爷为首的商家对新来的镇长是什么态度，自己还摸勿清，不如用这个孩子做篇文章，探出深浅，自然晓得目前镇上这班人的倾向。我这个"在野镇衙门"何去何从，不就明朗了？对，他拍拍身下椅子的扶手，望着离开的胡朝奉背影，说话道，你的心真善，连我都不忍黄你面子，这样吧，改日到柳泉居里等消息。

胡朝奉连忙叫孩子朝包老爷下跪，谢他的救命恩情。包老爷大度地说，谢什么呀！偌大的镇，几百爿店铺，收个学生意的，算什么事哟。

盛老板担心再过几天，这久不下雨的高温天气会把茧农的情绪弄失态。到那时刻，一人高喊，千人响应，光那数千支扁担就够砸掉几十爿店铺。叫镇团防出面吧，那是恶讼师上公堂，原告被告吃个遍，外加剥你三层皮！他把这想法对邵老爷说了，没想到，一向胆小怕事的邵老爷对数千茧农闹事，一点也不担心。甚怪！叫盛老板毫不明白。此刻，他眼睛朝着窗外，想起另一件事——

窗外的天气乍阴乍晴，越过田块朝远处的河边看，那就是盛家露天置酱缸的场子，里面正浸着收购不久的小莴苣、小黄瓜，都是用来做嫩乳瓜条的。以酱油出名的盛记酱醋坊数年前经邵老爷牵线，搭上了去南洋的商船，带去的几缸酱油醋很快销掉。他这才晓得，那些南洋的外国人，许多是中国出去的，虽说有了后代，血脉根柢还都是中国的。连吃粥都是中国的吃法，泡饭也是中国的做法，小菜也是萝卜干、酱菜。于是他说，要是我的酱菜运来，你要勿要呢？对方说，好啊！你的酱菜，是用银子换呢？还是别的……盛老板想了想说，要你们的橡胶。对方说可以，一坛酱菜换一桶橡胶好勿好。一坛酱菜放在上海码头上，能换到什么？三五块大洋就了不得了。在南洋竟可以换一桶橡胶？那橡胶在广州可是金子啊！一桶就是二百块大洋，这一来一往是什么利？人家说，运来的运费是我出，我的货去也是我出运费。这是第一回的买卖，往后做好了，各付各的运费，好不好？盛老板连连说，好、好！好！！心里想，做下三五年，包老爷还敢小视我？我的女儿，他敢不娶，进了他家门，敢对我女儿不恭？

一回到家，盛老板就动员古柳泽周围农家大量种莴苣、栽小黄瓜，又把镇南那片空地买下做新晒场。到了收购季节，人手不够。照平时的规矩，忙工都是就近农户趁闲插插空，弄几个闲钱。现在既是长年做，就要做长久的打算。镇上插插空抓几个外快的就不肯干了。说不干，扔下就跑。刚刚收下的三万担嫩黄瓜，才晒了半干，腌了头趟卤，加上连连阴雨，弄得朝烘房运货的人手都没有，气得盛老板鼻子冒烟。放出告示，当天就从四乡八村招来几百个年轻的姑娘小伙，做事利索，工钱要得少。日夜抢活，总算损失不太多。

没想到，第三天下午这些姑娘小伙就被镇上人围攻殴打。有人站在盛家晒场门口，见到镇外的人进去做事，就拳脚相加。

盛老板要邵老爷出面主持商会讨公道。

商会与镇衙门磋商结果，让镇团防到盛家晒场维持秩序。没想到，那镇团防的人明里说是维持，暗中依然故我。盛老板一气之下，不要镇团防，包老爷说，能是说要就要，说不要就不要的？你在镇上发财，乡亲顺着沾点辛苦钱，那是鼻涕淌到嘴里，顺吸一口的事，谁都会做，就你盛老板的胳膊朝外拐？

陈老板帮腔说，出钱请人做工，有什么规矩说是不可以请外面的，一定要请你才行？

包老爷笃笃紫砂壶，镇上众人的利益，我得护着，这就是规矩。邵老爷，你以为呢？

邵老爷想的事情要比盛老板复杂些，表面上看，包老爷是维护种田人的利益，实质上，他一刻也没忘掉他的镇衙门。他要的是，站那儿对四乡百姓放个屁，没人敢不听！无奈，商家不买他的账。自然就会生出许多无法解释的怪事，比如邵家的货船在越凟河里也被劫。邵老爷权衡利弊，竟然做了让步：先满足镇上做工，再收镇外人；工钱上，镇里的人要比镇外人的高些。这种有失公允的做法，使商家纷纷不满，大家说，如此下去，以后的事就难做了。

盛老板每想到这件事，就气得肚皮要炸！

邵老爷劝他，要发财就要先学会忍气吞声。想想也是，不恪守和气生财的信条，没周围农家的农产品，你盛老板再有托天的本事也没用。没有邵老爷，三万担的酱菜，还会变成三十万桶橡胶？

唉，偏偏那女儿玲子不争气，与包大少爷来来往往不清不爽，叫盛老板气不打一处来！

今天的包老爷，会起什么雀头，出什么牌？

12

今年收茧亏本，早在包老爷预料之中。他就是要把这笔亏债做到以邵老爷为首的商家头上去。这话他不明说，想拐弯抹角弄个人替他说出来。谁呢？看来看去，盛老板最合适。他是商会的人，又没有茧呀丝的缠着。想到这里，包老爷便对盛老板发起口令来了：盛老板，你倒是先开句口哟！

盛老板拿不定主意是应诺还是拒绝。

芮老板提醒说，盛老板，包老爷对您说话哩！

盛老板依旧是一副听不到的表情。

包老爷见盛老板这个态度，也不吭声，手抚着紫砂壶盖上的那个小蒂蒂，轻抚轻揉，弄得众人很纳闷，猜不透包老爷与盛老板两人的闷葫芦里卖什么药。

钱庄的钱老板年少气盛，说起话来目空一切，麻天木地。他说，你们把养"瘦马"，金屋藏娇，嫖洋妓，天天上怡春院找头牌的钞票拿出来就够打发茧农了。

一棍打着两边。

一向与盛老板走动很勤的芮老板，听他这种话，火气顿时蹿上来了，说，暴发户自然是勿晓得怜悯落难人的。

听这话，钱老板急了，他一急就口吃：你、你你，你是说的哪……一……个人……人的……

说谁？只有自己心里最清爽。

脑门上热血一涌，钱老板站起来了，朝芮老板走过去。

众人一看，着急起来。

钱老板站着，眼角扫视到众人的表情，又看到顾老板、包老爷的脸色，脑门的血顿时凉了下去。他是个机灵人，脑子一转，双手便抱成了拳，半空就一个作揖：芮老板，你是开染坊的。良心这东西从你的店堂过一过，你说，还会是原汤原汁吗？

芮老板顿时一怔，两眼直打愣，不知钱老板哪锥对哪码。

钱老板这一手，就连众人也闹蒙了。

众人面面相觑，肚子里面纳闷：小子玩的什么名堂！

其实，没什么名堂玩，还是他那句话的翻版，只不过打了个小小的弯，放一码水漂。这小小的把戏，倒使他一时得意起来……倡导和为贵的豪士聚饭庄顾老板恰看不过了，厉声喝道，钱家小老弟，你太放肆！他芮老板是你那个死鬼丈人的好朋友，说你重点轻点，不可以吗？

包老爷补充道，救过他的命！

顾老板点点头，说，一点也勿错。你勿要再想掰什么扯，马上给芮老板赔礼。谢老板，记着，今年芮老板的茶钱由钱老板支。芮老板一把年纪，德高望重，受用他的完全应该。我晓得你勿在乎，但这是面子！小老弟，你还有什么想法，可以说说……

钱老板还能有什么想法？坐不是站不是，鼻尖尖上沁出了汗珠子，连连说，自小没爷娘好好管教，多有冒犯，还请前辈多多指拨。

陈老板喝着茶，话外有音地说，再好的白足布，走芮老板的店堂过，都要变变颜色。好比这世道，良心再好的人，混迹三五年，还有那颗善良的慈悲心吗？再贞再洁的女子进了怡春院，又能扛几天干净身子？说来道去，最后也只有戏文里唱的那句词：奴家的心，还是干净的！

坐在对面的杨木匠听到陈老板这么说，压着声音劝道，德怡兄，勿要卷进去。姓钱的小子，勿晓得轻重。吃吃苦头有好处。

救命想着叫人家小辈人还德。勿好！陈老板说。

芮老板连忙说，你问问钱老板，我可曾提过这事？

钱老板已经"清醒"过来，晓得惹出麻烦还是自己的铜钿倒霉，赶紧表示歉意。

包老爷没想到话题会偏得如此之大，忍不住把茶杯略略用劲地一笃。表示对陈德怡的不满，想说点什么话摆摆权威，镇镇不识抬举的他，但一时找勿到合适的托词。一眼看到顾老板，计上心来：不如挑动顾老板去对付陈德怡。

顾老板从包老爷笃放茶杯的声响里晓得了意思。他犹豫着，今天陈老板向他订了桌酒，说是要会一个有身份的南方客人。晚上的接风酒，光是紫贝、紫参就要用三斤，发的白木耳就是一缸盆，还有一道菜，用三个月的小山羊舌尖尖剁成半寸炒鲜菇，这盘菜要用一百六十只小山羊；还有一道龙筋盘青螺，是用一年的公羊生殖器中间那段没膻气的，一只公羊身上只有一小段是最具雄力而又没有膻气，就是尿道的上方那段，一盘菜要用三百多根，那就是三百多只公羊，青螺肉不是青螺的肉，而是十来斤重的鲫鱼嘴上的那一道圈，一条鱼身上只有一块，半斤货要从几百条鱼身上割。别的菜，就更勿要说了。陈老板说了，晚上的女人陪酒也是由他去怡春院请，铜钿多少不管，只要客人尽兴即好。可见这里面的赚头不薄。如此景况，他顾老板能说什么？

嗨！做生意注意的是铜钿进项，察言观色接的是四方客，管人家被窝困几个人，问人家灶火有多旺，勿是吃饱了没事干吗？依我看，要紧的还是眼面前的事……

顾老板这话，倒也真的提醒了大家，七嘴八舌岔得差点儿忘掉了今天的正经事，这茧农的事想不出办法是不行的。

胡老板说，为什么一定要我们几家收茧？要真帮，你包老爷把镇公田的收益拨些出来，还有去年收茧的那几家，也都出来收收，不就平息了？现在，你说要叫邵老爷来商量，他就是叫我们收，我们也要看看是贴个小妾，还是贴个老婆进去。你包府有的是"瘦马"，再赔多少也不会卖小妾、老婆的，我们就不同了！

桌间有人飘过点话音：听说邵老爷自己来了。

束朝奉提醒说，不是说了嘛，这是规矩；不过，陈老板也说话了。陈老板，你说了什么话？

钱老板不知事理，脱口而出：他陈老板说，规他娘的屁。

众人大笑。

包老爷没有笑。他明白：靠生意发达起来的资本者是依靠土地生存的老爷们最大的天敌，如果不能抑制住他们突飞猛进的膨胀势头，一旦北伐成功，中国将没有从前那种封关自守，陶陶乐乐的地主生活。趁着北伐军未到，把他们扼杀在苗头里才是上策。擒贼先擒王，治这些商家，先要治头。他们的头就是那个喜欢不断换女人的邵老爷。茧收不收，就在邵老爷一句话。这句话，从邵老爷嘴里吐出来，不是件容易事……

想到这里，包老爷清清嗓子道，你们自己有能耐，那就动起来，省得邵老爷烦神。听说他新娶的夫人暖被，暖得比《素女经》还妙，够焐他那把老骨头酥酥的哩，所以，他来不来，还说不准。

包老爷说这话，众人面面相觑。

13

没人搭腔，包老爷只好自己说话了。他说，收茧的事，我说了几遍，没人动，那就不是我的事了。现在，我要说另一件事。这件事，胡朝奉惹来的。说着，他把脸对了胡朝奉说，这事十有八九是对你家老板来的，你家老板对革命很起劲。

胡朝奉说，怎么可能？我们是生意人。

包老爷瞪眼道，那你自家为啥不收下？嗯！

胡朝奉喃喃道，老板给绑票了……说着眼睛朝包大少爷看，包大少爷立刻把头扭开。

这个细节，别人不注意。盛老板看出了名堂，忍不住插话道，我常常走盛泽那条路，从来没遇到什么女人，你家老板难得走一趟就拾个顶顶漂亮的，也勿问来路就上床。快活了？这回好，头搬了家都勿晓得怎么搬的。我早就说过，路边的野花勿好采。可有人总与我唱反调，说什么路边的野花勿采白勿采，那你采吧！采得你割脑袋。

众人晓得盛老板的话是说给谁听的，大家也勿作声，听他继续说。

我问你，那个女人呢？还没有出现。两万块大洋交没交？也没有。

胡朝奉说，那两万块大洋的纸条，说是张老板写的……包老爷，你是看过的。那上面的暗记，就是说，老板并没真正要两万块大洋！捕快也出动了。半个号头过去了，一点消息也没有。要说老板和那个女人出走，有必要吗？好好男人，只肯孵一个女人？让家里几房太太都歇着？

陈老板说，莫嫂男人也给绑票了。怎么就不来绑票这孩子呢？想必这孩子鸟嫩，绑了没用。

钱老板说，跟鸟硬不硬有什么关系？强盗都是男人，有的是鸟。

陈老板弦外有音道，绑票的家里有漂亮女人呀。

众人哦哦哦，哦哦哦……

捕快也没用？胡朝奉问。

捕快？陈老板说，上月，省里成立警察局，都督不兼局长。警察局要建房子。都督说，没钱，你们想办法。怎么办？警察局出个告示，谁帮助建房子，就给他免费服务一辈子。

众人说，有没有人去啊！

包老爷没好气地说，邵老爷应该去做做。

陈德怡说，第二天，警察局门上一副字。

众人问，什么字？

妓女打桩，嫖客灌浆，小偷上梁，赌棍砌墙。

众人哇——！叫起来，好点子。

胡朝奉连连晃着双手说，你们不要岔七岔八，说正经事。说着，站起来双手一抱拳，作揖道，各位，荷香舫老板再勿有消息，在下的饭碗也怕捧勿稳了。你说，我忍勿忍心把这失了怙恃的孩子拉进去受罪呢？最好是找点镇上的公益事给他做做。

事不关己高高挂起的曹老板摇头道，不妥，让人家把光阴荡掉了，一辈子没出息。

众人又是一片嘘声，七嘴八舌议论、赞同、附和。

芮老板心里也同情那孩子，胡朝奉找他时就表过态，生意清淡倒还在其次，他那里正要减掉两个人，好在也是快出师的，想喘口气，再来一个？不妥！

大家的眼光现在聚到了坐在东边角上的郦先生身上。

包老爷问，郦先生，你店里人手勿宽余，到你店里做做如何？

郦先生把茶杯盖慢慢合上说，讲话都听勿懂，能吗？出药勿是小事，儿戏勿得。

包老爷问顾老板的态度。

顾老板说，我要伙计能做事，饭店里的事说轻也就是一只碗两双筷，外加酒壶。说重，挑水是八担的大缸一天要挑几十担，劈起柴火，一劈就是一座山。说到这里，他支吾道，家里若多几担米怕霉掉，添张嘴还好说，现时手头银根紧得接勿上气……说到这里摊摊手，意思明白了。

问到杨木匠，他直率地说，我已经有十七个徒弟了，再要一个也是要，但我让他住哪里？总勿好让他困在那些半成品的棺材盖上吧！别人可以做，我是做勿出来的。

杨木匠的话有所指，说的是包老爷的七舅爷家曾经开过棺材铺，伙计、徒弟都睡半成品的棺材板。有一回，伙计家的指腹亲姑娘来，伙计就让她在棺材板上落下几朵"花"，漆匠眼睛鼻子尖，告诉了老板。老板勿说，伙计倒是传开了。成了老板落众人嘴里的一句笑话。

有人挑那话头道，住的地方好说，你家六丫头的床那么大，弄个小丈夫焐焐脚蛮好。

众人大笑起来。

杨木匠的大女儿给徒弟焐脚焐得十三岁挺大肚皮只好出嫁的旧话，又从众人的嘴里跳了出来。

杨木匠生气道，有什么好笑的。我就是勿肯！勿想再出大丫头那种事，你们称心了吧！

众人见状，止住笑，晓得讨了没趣，一个个无话可说。

束少爷一鸣惊人道，老大的镇，就是白养个人也是养得起的。你看那怡春院的姑娘，个个又白又嫩。老爷们呀，说句不中听的话，怕的是太湖强盗的线眼虫虫，钻你们家白米囤里养着，到辰光脸一变做了强盗内应！世上的事，难料的，怕的，就是万一。他这么一说，好似拎了桶冰水浇在众人头顶上，个个顿时噤若寒蝉。联想最近包老爷起劲的事情：胡朝奉店的老板"失踪"，东街磨坊失火，邵老爷家的事就更不用说了，凡他包老爷沾边的总会生些蹊跷。这么一想，大家的心里便存下疑问，眼下这孩子的事是不是也在其中呢？盛老板、陈老板、胡老板、芮老板立时就把眼睛朝向了包老爷。

满屋的人，你看我，我看你，谁也不说话，都在打肚皮官司。

14

镇上有座刻有"景平癸亥"年号的古石桥。

岁月把桥面的石块磨打得坑坑洼洼，凸凸凹凹。桥心那块八卦石和桥栏边上残存的亭柱脚，都告诉人们此桥心上曾经有过风雨亭，岁月恰没能留下它。历经沧桑的是那桥栏边的美人靠，半爿弯凹如椅的条石，光滑如镜。茂密的从石缝间长出来的浆果树遮掩住夏日的烈阳，造就一幅古道热肠的好风景。

此刻，桥上静静地没人来往。

随胡朝奉到包老爷家去过的孩子，此刻把羸弱的身子搁到桥栏边的条石上，低头愁眉想着心事。

桥东边走上来一位年轻女子。她走路的姿态，抬脸看人漫不经心的一瞥，都没褪去姑娘家楚楚动人的婀娜娇妍，抬手提袖，眉间的一颦一展，都足以使古柳泽的男子为之动情。她的发结恰是少妇式的。

这是谁家的新妇？

从男孩面前走过的这位少妇年虽十五岁出头，尚不足十六，却已是进邵府三个月的太太。虽说是太太，却不是上房而是第六房。虽说是第六房，倒也不是那种外人眼里看起来是大太太的丫鬟，白天老爷午休时陪睡的小妾，里里外外的用人都不给脸面的那种角色。这位第六房太太，就是邵家主妇，除她之外再也没别的太太或女人敢在邵家颐指气使。

她就是乔乔，现在走过桥去，直朝西走。

柳泉居门口出现了乔乔与冯先生。

冯先生是邵家恒泰账房的总管，替邵老爷掌管着家业，用包老爷的话来说，此人是个怪物，整天孵在他桥南的恒泰账房里，出入除了邵家的店铺，别处一概不到。为邵家忠心耿耿十几年，没出过一丝一毫的差错，深得邵老爷信任。

对于这样的评价，包老爷闻之一笑说，水清则无鱼，人精则无友。

邵老爷听到包老爷的话，捋着下巴没言语，倒是勾出他深藏脑海十几年前的旧事。

那是一个深秋。正值事业发达的邵老爷在桥上相遇落泊的冯先生，见其瘦骨傲然相貌不俗，问话三两句，学问深邃非一般人可比，便邀他到邵家做他的随身使唤。半年后，这位冯先生便升为邵家账房，执掌邵家在镇上的家业。邵老爷对进人十分谨慎，尤其是要重用时，更是慎之又慎。说到起用冯先生，还有一则故事。那日深夜，邵老爷独居书房翻阅旧报，偶然读到光绪二十四年八月十三的旧《京师快递》，上面有篇《御前陪士携炸药劫法场 菜市口六君子含愤就义》的记闻，引起了他的注意，不知为何，他突然把报上所说的那个携炸药救戊戌六君子的青年，与冯先生联系在一起。他越想越觉得冯先生的身世有点蹊跷。大早起来，看到冯先生在院子里闭着眼睛，像只猫似的独自退步。他来到冯先生面前，冯先生知道他在身后，连眼皮也不抬。他只好轻轻地咳声嗽，冯先生这才缓缓地转过身来，邵老爷笑问冯先生，昨晚睡得可好。

冯先生回说，还可以，老爷您呢？

邵老爷说，昨晚看了张旧报，觉得先生与报上那青年有些像哩，说话间，眼睛观察着冯先生的脸色。

冯先生为之一变，很快镇定下来，缓缓地说，既然老爷您知道我就是当年光绪帝面前的小伺候，今日想如何？请便。

邵老爷一笑，说，从先生出现的第一眼，我就知道先生非常人，但不知先生屈就我处，有何打算，如若暂居邵某处修养，乃我之荣幸，若需万计用金，听便使唤。邵某不才，对为国家社稷效力的英雄敬仰，愿为先生的知遇而奉献微薄之力。

他敢说这话，自然也是对清王朝的腐败恨得入骨。

邵老爷与冯先生在一个早上

冯先生淡淡一笑曰：少年时的莽撞，导致半生荒废，今日追悔不已。思后生之路，唯求务实，做些有用之事，了度残年。

邵老爷见他这么说也就不强求了。话说回来，一个天生的革命党人，岂能甘心寄于人下？

邵老爷闯荡江湖几十年，何时见过蛰伏十几年不露声色的革命党人？

冯先生知道邵老爷时时处处在提防考验他，更是小心翼翼，刻意为邵家的生意进财增源。十几年过去，太太平平，邵老爷与冯先生之间戒备消减友谊递增。邵家偌大家族的经营大小事，渐渐均由冯先生支撑。冯先生到了这份上，做起事来真是如鱼得水，在邵家的地位，也只是一人之下千人之上。

刚才冯先生到桥西店铺里办事，半道上看到乔乔一人，赶紧过来问明说是去柳泉居茶馆，便说了乔乔几句：你怎么不带个丫鬟用人呢？你那小扣呢？

乔乔生气地说，那个丫鬟，简直就是我的亲娘老子。

听她这话，冯先生不吱声了，赶紧一步不离三寸地守着这位新太太。同时着人赶回邵家报信。邵家能在柳泉居这个"法力无边"的"政治旋涡"面前吃得起败仗吗？马虎不得，邵老爷想不到的地方，他冯先生可要替着邵家步步设防，处处小心。

乔乔念着柳泉居大门口的那副对联："花间渴想文君露，竹下闲参陆羽经。"没理睬门口的阻拦，一脚踏进茶馆，店堂里无人，她在前冯先生随后，两人一前一后，竟然到里间雅室。这两人的出现，顿时令一屋子人诧异。乔乔看着那一双双莫名其妙的眼神，轻轻地抖了抖拽地裙，稳住自己的阵脚，同时也想好了对策，不慌不忙地对冯先生说，是不是要坐下来说话？

是的。冯先生说。说完，就没下文了。不像平时随邵老爷那样，忙着喊茶房挪座搬椅子。

乔乔不高兴了，杏眼圆睁道，老板是谁？为什么勿过来！

气喘喘飞快跑来的谢省俭也是不省油的灯：我的茶馆里没有女眷吃茶的地方。

乔乔碰了钉子，恼着，脸上却不动声色，温和地问，您是老板？刚才说什么？再说一遍。

喘顺气的谢省俭又一字一顿地说了一遍。

乔乔问，你有没有娘？

谢省俭说，这与有没有娘是没关系的。

乔乔说，冯先生，你问问他。女为男存，男为女生，人类之自然。这个人竟连娘是女的都勿知道，还配在这样的地方待着？说完跺跺脚又道，真笑话，要是太后还坐在金銮殿上，他敢不敢这样说话？

太后坐的金銮殿要是坐得好，能把我泱泱中华帝国弄得一败涂地吗。谢省俭说着，眼睛瞟瞟大家，见大家都有些赞许，劲头更足，提高嗓门回敬道，孔子曰：唯女人与小人难养也。

回得好！包二少爷大声说道，快步从门口追过来，接着谢省俭的话说，依这位夫人的见解，太后若还在金銮殿上，我们是不是都成了老佛爷重修《大义觉迷录》，让她效仿秦老太爷焚书坑儒的典范啊！

说到《大义觉迷录》，乔乔明白。清王朝对文化践踏最难释其罪的，还是南浔庄氏《明史》案，冤死几千人。乔乔眼睛扫视大家一圈，说，什么秦老太爷，有话就说，绕那八竿子弯做什么？说得明白些，不就是庄家瞎眼老大刻朱相国遗稿《（明朝）列代诸臣传》的事？那是康熙帝的事，与太后有什么关系？又牵到秦始皇做什么？葫芦牵着扁豆藤，洋山芋掉进豆腐缸，睁着眼睛瞎牵瞎搭。乔乔这话，响声高高的，满屋子的人都听得清清爽爽。

众人闻此言，人人咋舌，晓得来者不善。

包二少爷被乔乔这一顶，好似刚下河就呛了水，没回的词。

谢省俭刚才升腾起来的勇气，此刻却不知到哪里去了。

屋里顿时冷清下来。

包老爷坐在太师椅里挪动着肥胖的身躯，浮躁不安，想说话又觉得自己直接与这个小女人搭腔，有失体统，不开口吧，儿子分明不是她对手。且众人睁眼看戏，更多的是看风使舵……

乔乔得理不饶人，向前一步，亮着嗓子说，种过田的人都晓得，好水走渠道，好秧出壮稻。读过书的人应该知书识礼，做俗人的先生，叫吃粗粮说粗话的讲文明礼貌。有这么拿着皇帝丑事瞎编捉弄人的吗？这种人，不要说是皇帝，就是我，也会把他杀掉。为什么要杀他，就好比家里养只吃好食勿长膘的猪，早杀早好！不，这种人比不长膘的猪更可恶，简直就是吃里爬外的一条恶狗。

这话倒是激怒了一些人。

南街的保长贺老爷不高兴地说，一个女人，竟敢在这里放肆，就勿怕别人说你少了教养？

好男不与女斗。绅士张员外不痛不痒地咕噜一句。

钱老板说，女子无才便是德。至理名言，越发正确！

谢省俭见束少爷捧着茶壶想开口却又不说话，便挑衅道，世道所以不太平，都是有女人做祸水的缘故。你说，这话在不在理哇！

束少爷摇摇头，说，读过书的女人就是不同。困上去的滋味都别有情趣。这一点，钱老板最有经验。

最有经验的是邵老爷！包老爷实在忍不住了，没想到这里全是一堆饭桶。

包老爷这话出来，满座惊诧。很快，众人恢复平静，一个个睁着眼看着他。

包老爷毒辣辣的眼光射过来，商家一班人慌忙回避。

包老爷毒辣辣的眼光射过来落在盛老板头上。他慌忙低头喝茶。包老爷心里明白：这风韵绰约的乔乔，是邵老爷的心肝宝贝，你盛老板有几个胆敢得罪呢？除非不想做生意。包老爷鼻子哼哼，心里道，好啊，我看你是要生意，还是要你那宝贝女儿的名声……

郦先生看着双方的架势，忍不住说了一句：管人家是男是女，人，是你们喊来的，哪有不让座之礼？他的话，引得商会一边的人点头赞许。

冯先生见时机到了，双手一揖道，一句话的事，拨么一大堆的废瘪稻子剔稗子，也不嫌累！有什么事，讲了，照办了，不就没事了？事要人家办，却不给人脸面。皇帝老子这样做，也没理啊！何况这镇上，谁大谁小，看勿清爽吗？

话里明显存着杀机，不知为啥，那些平时牙狠嘴凶的名流都没回击。

没人开口。

谁若先开口，不就等于对眼前这个小女人认输吗？

堂堂七尺男儿，谁肯？

你不肯？那好。商家那班人乐得抿不拢嘴，看场不花钱的戏。

此时的乔乔占了上风，她也不想让人觉得自己是个得理不饶人的角色，转过头看看冯先生和颜悦色地说道，给不给礼，那是别人的事。这个地方的礼，难道还能比皇帝家的礼大吗？比民国政府大总统孙先生的礼大？我就不信。说句坦诚的话，想争礼的也不在这里。左太冲有名言："郁郁涧底松，离离山上苗。"他解释这一句诗时，仍用一句"地势使之然，由来非一朝"。我想，大家都明白这诗里的意思……说到这里，她停了停，说，你们叫邵家来人商讨事情。老爷正忙，派个下人来，又恐丢各位的情面。所以，我来了。有什么人勿晓得我是谁。冯先生，您可以告诉他们。其实，我看出来了，茶馆老板是晓得我身份的，既晓得身份又故意如此，那是不把邵家放在眼里啦！也好，从现在起，供应这爿茶馆的一切，全部断绝，包括坐船出去也勿可以免票，以示邵家的尊严！说完，乔乔转过身，欲走却又不动身，须臾，又转过来，加重语气说：

我是邵老爷明媒正娶的夫人，你们竟敢如此待我，可见你们是不把邵老爷放在眼里。既然邵老爷出钱总是肉包子打狗一样没好回报，那我现在就说一句，

乔乔勇闯柳泉居茶馆

在座的各位以后想靠邵家支持什么，得先考虑考虑……冯先生，我们走吧！

说完，大踏步地走了出去。

等到她的身影已经出了柳泉居二道门，包老爷似乎才醒过来，想到了问题的后果，也顾勿得体面和身份，立即喊道，还勿快请邵夫人！

谢省俭也像是从无常鬼的手里回过魂来似的，立即喊小二：还不快给邵夫人看座。

已经迟了。

乔乔在外间的那道门前停下，轻手抚着楠木门框，感慨万千：这些柏木檀香格子窗，这楠木门框，这红木牌楼都是什么样的排场啊！可惜成了遗老旧臣怀古之俗物，毫无一点新时代的革命精神。靠这样的古董能够拯救危难之中的我中华民族？她对冯先生说，一爿茶馆也要摆出男尊女卑，有什么意义？民国了，男男女女都是国家的国民，没有尊卑之别，只有贡献大小之分，长幼之别。凡一切有关国家的前途命运，都是我们大家应该关心的。革命不应分先后，革命也不应分男女。说到这里，乔乔问冯先生，他们喊邵老爷派人来是为了什么？

冯先生说，到底是什么事，他们也说不清楚，好像是为收茧的事。

乔乔把手一挥，那事儿老爷另有主张，还有呢？

冯先生说，为桥头上的孩子。

乔乔赢了棋，自然要宽容些的。她优雅地转过身子，转动时，故意把手慢慢从那楠木门框上移开，移得风情千种，韵味万般，然后那手又把长长的拽地裙轻轻一提，提的是那么慢而有序，也让她那苗条修长的身子由此而轻轻地朝上一蹿，一股诱人的生气和活力都在这动作中显现出来，在这古老而凝重气氛的茶馆里宛若一道闪光掠过，在众人心头一振。

众人再也守不住她进来前的镇定了，目不转睛地盯着她那最能显示女性特点的部位，那儿丰满地一扭，万般姿情随裙子飘逸而出。众人"哦——！"犹如膨胀的皮球被利刃猛地一刺，长长地泄完了气。

屋里又静下来。

只有冯先生气喘的嘘声。

还是在中间隔门处，乔乔对着里间还是外间，仿佛根本就没有对这里的谁，事实上也无须对这里的谁。她只是说，冯先生，我们回头时把那个孩子带上。话语说得很轻，但大家都能听到。

里面的人听到了，大家相互看着，没有回词。

15

柳泉居的消息传到邵老爷耳里，乐得他要抱住骆小姐亲一亲，他没敢，也不会那么做。自说自话，手舞足蹈一番，便冷静下来。

邵老爷让家丁喊陈老板、胡老板等茧行丝厂的老板到他西街茧行楼上，大家站在临街的窗前，悄悄观看街上茧农们的动静。

茧行前的空地上，满满一地的人，满满一地的筐，人挤着筐，筐挤着人。筐里雪白的茧，在夕阳的斜照下，分外诱人。人躺在筐边上，一片片地躺着。从楼上看，就像晾着一堆霜打过的菜，或者是萝卜。冯先生说像冻豆腐。邵老爷点点头，说，酥得到味了。他又说，共产党派人来了，就在路上。冯先生听了，没有反应。邵老爷又说，夏天先生已经到了吧。冯先生点点头。邵老爷又说，烂狗屎也可以引得拱头蛆、屎壳郎、绿头苍蝇如云飞来。这就是古柳泽，莫要说收茧风波了。

冯先生接口说，勿晓得还有多少人会来。

邵老爷一笑，还有红鼻头、蓝眼睛，不过，再来也迟了，我们该出手了。

站在另一扇窗前的陈德怡说，该出手，就出手。

邵老爷说这话，是有意思的。这意思，在场的人是无法识得的。

陈德怡说这话，是他弄明白了邵老爷的意思吗？

冯先生看看他陈德怡。

陈德怡赶紧把脸转了过去。

冯先生扫视在场的大家一眼，明白了在场的人未必都识透了邵老爷说的"该出手"！

邵老爷的眼睛跳过这些霜打过的菜、萝卜、冻豆腐，他只看到雪白的茧。这雪白的茧刺得他两眼发亮，心窝窝里发烫，雪白的茧成了白花花的丝，白花花的银子！现在，中国的丝在欧洲不好销，洋人把丝的价格压得等于白送给他们。这个顾虑，邵老爷还没遇上，他手头有老客户。这消息他不愿意让别人晓得。这是商业机密。商业机密就是钞票啊！此刻，他脑子飞速计算着这一商业机密的获利率。心里有了底数，指着躺在地上的茧农说，人心比己心，他们躺在这里日晒夜露好几天了，忍饥挨饿，你们都无动于衷吗？

陆记茧行的老板说，如果他们从前一直送茧到我行里，我脱裤子上当铺，也得收！

萧老板说，包老爷不是拍了胸脯吗？他今天怎么萎啦？

邵老爷摆摆手，屁话不要多说，你们派些人到他们中间传传话，告诉他们今天包老爷在柳泉居吃瘪的事，听听茧农们说什么话。如果他们真对包老爷失望，这牌就赢了，赢了得让让人，这是处世的道理。

众商家看着邵老爷，不明白这砸银圆铜板的事，会还总赢？肚皮里嘀咕，肚皮下的脚还是要动的。

众人离去，窗前只剩邵老爷与冯先生。

很快，情况回笼，茧农早就对包老爷失望。

好。邵老爷亲自口授，冯先生一手的瘦金书，落到告示上：镇商会兼县商会邵会长体察茧农之疾苦，与各茧行丝厂老板经过多日磋商，提出保护本镇茧农利益的措施，实属万般无奈中的权宜之计，杖正持重，以维护茧农之再生产积极性。本着自愿的原则，茧农可以请茧行保管，代为缫丝，商行可以代为寻找客户……具体的做法是：茧行按值收茧，打给欠条，一年为限，如果一年内茧行未能替茧农寻找到客户，茧行退给茧农原物，并给予百分之五十的补偿金，以视茧行未尽力之惩罚；一年内出手，按时间先后，茧行收取5%的佣金。如果茧农愿意让丝厂缫丝，亦视茧同等办理……

第二天清早，家家茧行、丝厂门口均有这样的告示。

茧行的门开了，丝厂的门开了，秤抬出来了，收茧的人站出来了。

躺在地上的茧农都活过来，围着那告示看，不识字的，听别人念。然后就问，做不做呢？

胆大的上前去问，现在收，照什么价？

茧行的回说，不定价，老板会按最好的价替你们出手。

谁晓得你们是不是骗我们哩。

姜太公钓鱼，愿者上钩。

放在家里要出蛾，给他们，出不了手，还有百分之五十的补偿。那是多少呢？

茧行说，根据你的茧成色定。

我的茧是一等货呢？

那就五十元一担的价。

哇，放你这里一年，除了拿二十五元一担，茧还能拿回去。是勿是格理？是这理儿。好，我做。说着，就把茧送上了秤，响亮亮的一声喊，开秤。

有人敢开头，就有跟上的。茧行丝厂的门口灯火通明，成了最热闹的所在。街面的酒店、饭店都不愿意失掉这个赚钱的机会，纷纷开夜市。闹了多少天的收茧风波，一个昼夜，如同一场雷雨，把古柳泽洗得清清爽爽。

剩下来的事，没有人晓得了。

邵老爷与冯先生轧了一下账，没花一文，把几百万担的茧收了下来。接着，缫丝机全部开动。不过，现在做得比过去精明，派人挑茧，把茧分出单宫、双宫，然后分别缫丝。

包老爷与商家争收蚕茧几年的结果，现在有了分晓：最终苦的是流汗一年的茧农，竟无分文进项！邵老爷冷冷一笑，不这么做一做，他包老爷还以为你大相公哩。今年叫你吃吃苦，谅你以后再也不敢！谅也没人敢再做！

本来是要叫商人们放放血的，想不到这班奸商倒做成了一桩无本获巨利的生意。包老爷探得底细后，气得七窍冒烟。他现在算是真正明白透了宋老爷胡县长的话是何等的英明正确：

那个曾经一直属于他，属于他包家统治的时代，从一个小小的女子闯入柳泉居里间，宣告结束了。这个结束，不完全是他包老爷的势力在古柳泽消失，而是中国将不再需要他这样的人。邵老爷，新兴的资本者，这一大批掀浪推波的老板，靠洋人生意发达起来的新商人，号称"革新派"。他们靠着生意上赚的钱，资助叛逆，把皇帝弄下台。好好一个朝廷，现在弄没了，天下乱哄哄。皇帝没了，科举也没了，状元更是没了。普天之下的男儿都到什么地方去比试争功名？没有科举，天下千千万万有学问的年轻人走什么路？国家的将来又将托付给谁？能够照那些叛逆们说的，读西洋书吗？西洋书是什么。不就是算术吗？不就是用小刀子剖人的肚皮吗？不就是能够在纸上画出个房子让人照着样子造吗？这也能够治国？从古到今，连八十老妪也晓得治国要的是雄才大略，还没看到一个算账先生风水先生可以坐江山治天下的。唉！十拿九稳得功名的大儿子，闹得只好在李督军那里做幕僚，李督军自杀，儿子便没了出路。二小子回来说，有钱可以捐个民国政府的官做做。这种事，坚挺吗，老子不就是捐的官吗？又有什么用的。堂堂的包家，包拯的后代能靠捐官过日子吗，那算什么仕途？

包老爷的手轻轻地抚着那只紫砂壶，默默地喝茶，脸色更沉了。他放下茶盅的时候，脑子里又冒出了新镇长史进耀。从这几天史进耀在柳泉居只喝茶不开口的样子看来：柳泉居将不能再充作古柳泽的政治中心。柳泉居不能左右全镇的政治，他包老爷自然也就替代不了镇衙门，没了他包姓的镇衙门，便没他包老爷的权威，没有了权威，他包老爷还做什么事，称什么老爷，坐什么柳泉居里间喝茶！一切的一切足以证明他包老爷在这一方土地上的威望，正在被靠钱财滋润起来的商人削减着，被商人养肥的军阀蹂躏着。不！只要还有一口气，都不能这样让他们得逞！

从报纸上的消息看：北京的政府与广州的政府是对立的。就国民党而言，也不是铁板一块，再加上共产党掺和在国民党里面，也搅得国民党左左右右乱七八糟。包老爷联想到县政权的一盘散沙，国民党县党部书记暗中忙于筹集钱款准备迎接广州政府分裂出来的军队，胡县长见到县党部书记要钱粮就头痛。孙文路过镇江时，晋见过孙文的宋老爷对包老爷独有好感，但他手上没权，放屁不响。握兵权的麻团长呢？没遇过，还没搭上他的脉。

麻团长是什么脉？

16

贵州人的麻团长，原本是督军里的一个连长，讨伐张勋复辟立了功。他自己动手扩编成师，得到孙传芳的器重。无奈处境江河日下，朝不保夕，早抽一团，晚调三营，渐渐地，麻师长的兵力被抽得只剩几百人，最后只能作为县团防驻守县城。麻团长对孙大帅的做法恼得很，整天发牢骚。县党部书记是个革命派，天天鼓动民众造反，要把县城办成黄埔军校、韶关军校，还不时地到麻团长面前说些煽动的话，什么人处乱世一或静观，二或占山为王，划地为主，什么静观为文治铺路，占山为武霸添雄。自古如此，等等。这些话，大老粗的麻团长信着，放在心里，不对外人说，这是他粗中有细的地方。麻团长知道县党部书记手上有民众教育馆的工人农民，还有商家的家丁，那是多少兵力，没准数，一旦拉起队伍，也是猎猎有风的。还没摸清县党部书记背后的网，不敢多嘴多舌。

在翰林宋老爷的府上，包老爷得悉胡县长兼任了警察局长和稽查税务长官。常常把征来的军饷入私囊。麻团长明知也不多言。从此后，胡县长下乡征粮，回程总是遇到强盗拦截。警察打不过强盗。一连几回，搞得满载却不能满归，胡县长恼了，暗中察防，蛛丝马迹逮到是麻团长所为，想治他，恰证据不足，只好打落牙齿朝肚里咽。就在这时，县党部书记与麻团长为争夺女人弄毛火了。胡县长赶紧上门安慰，趁势与县党部书记联手。再下乡，县党部书记派工人纠察队、农民自卫队介入。把半路拦截的强盗杀得屁滚尿流、片甲不留。麻团长损兵折将，哑巴吃黄连，有苦说不出。宋老爷形容他们的勾当，只用一句话：妓女搭嫖客，焐不暖长久的被窝。

宋老爷还说，胡县长和县党部书记合作一阵子，忽然发现县党部书记暗中发展势力，搞到了胡县长身边的人。胡县长怕了，赶紧踱到麻团长面前，漫不经心地抖抖被县党部书记夺去的女人。麻团长恨恨地要咬县党部书记一块肉解恨，嘴上也答应与胡县长联手对付县党部书记。但麻团长有麻团长的处世方法：有"食"啄一口，没油水时，蛰伏静候。天下何日宁静了，凭着实力捞个督军、巡阅使做做。不亦快活哉！

包老爷听糊涂了，搞不清谁可以依靠。

宋老爷说，真正对你有用的，就是他麻团长。

包老爷闻之一沉，喃喃道，他靠得住吗？

宋老爷大大咧咧地说，怕什么，就算你把家当全贴给他，你养的那些瘦马都给了他，又怎么样呢？他能带走多少？你得了这水陆十字交通要害，还愁什么？千金马，万山银的财富还不都滚滚而至。再说，你略施小谋，他姓麻的能不是瓮中之鳖？你呀你……右手朝左掌一落，只见黑纸扇"拍"一声拢齐！说道：你应该与麻团长联手，两边的兵力一合，眼下这县城，还不全听命于你摆动？到辰光，我也要沾沾你的光啦！我劝你一句，不贪财、不好色的共产党，千万别碰。虽说我与他们不合，为了你老弟的事，我也不避什么了。告诉你，他胡县长有点嗜好，人凡有嗜好，必是吃五谷的，那就好处。号称是特殊材料做成的钢铁意志的人，最为可怕！

宋老爷一番金玉良言说得包老爷连连点头。

点头归点头，县政权名存实亡的现实让包老爷很难下决心。你看，县衙门前的牌子都挂不硬挺。农会可以取下砸成两截。过路的散兵可以取了烤火。那街上的地痞竟然能在光天化日下对其撒尿，警察还说，撒得好，撒得对。胡县长路过，看看，摇摇头，嘀咕道，民国政府与小儿同戏，也是黄帝的造化。于是，新学堂的先生就把黄帝与县衙门牌儿沾尿一事，相提并论，阐说民国政府的民众劣根性……嗨，国不像国，县不像县，民则不民也。包老爷目睹现状，暗自思忖：看来，还是枪杆子有用。胡县长的嘴，县党部书记的手腕都将败在麻团长的枪下。

如此认定，包老爷连夜朝麻团长府上奔。

17

麻团长见包老爷上门，倒是一怔。

麻团长晓得江南的乡绅个个都是狐仙家的娘舅，精明得吓煞人，不到十二分的急难处，不会乱投医。轮到他的府上，还能有什么好事沾的？好，你既然进了我的门，也就休怪我……想到这里，一对贼眼就盯住了包老爷：来得好，过去一直没机会敲诈你这胖老头，今天送上门了，倒是应该好好刮一刮你的板脂油。否则，人活着还有什么意思。赶走怀里的小太太，起身掸掸身上的灰，说，不知包老爷屈驾，有失远迎。请上坐。上茶！

包老爷病急乱投医，上了宋老爷的贼当，撞了麻团长贼门，还以为是得了救星：一头热气烘烘双手抱拳道，夜深搅扰团长，很是不安。只因敝镇地处要冲，今乱世群寇蜂起，恐本镇防务不慎，殃及父老百姓安定。特来请教团长，盼能联手把地方治安搞好。那古柳泽就是团长的取财金盆！

麻团长笑笑，大言不惭道，军人以保护民众安危为天职。心里直乐：你小子有太湖强盗，别以为我不知道。既然你请了我，顺手牵羊，几只羊总是要拿的。

两人各自肚皮里拨算盘珠，一个狡诈绝顶，一个绝顶狡诈，话说到深处，包老爷揖手问麻团长几时可以去古柳泽。麻团长拍拍脑袋说，半个月后吧。

包老爷一听，头皮发了胀，那还等得了吗？我这可是眼下的急事呀！

怎么着，迟了？再早了不成。我那几房太太，一一安慰过来，也要半月十天的。

包老爷想，这阎王爷的事儿不好多掰扯，便把本想说的话都统统放回到肚里。也好，等吧。明天再与太湖强盗再联络一下，太湖强盗总不是他麻团长，要防他赖着不走。强盗不喜欢坐地不动，打一网，溜之大吉是他们的上上签！

那好，团长到了镇上，我用船接您到府内一叙。包老爷说着，又道，一来可以领略我镇著名的水乡风光，看看青云墩上的寺啊庵的，还有古树什么的……

麻团长说，到了那儿，就全听你安排。

包老爷这边星夜赶回家，急急地做一番布置，该派人与太湖强盗联络的，抓紧联络。该准备的准备。他想，只要麻团长点头，里应外合，借着整治，趁机对邵家进行一次彻底打击没问题。邵家一灭，其他各家自然就会俯首称臣。不能都灭了，老虎还晓得饱不急食，留着活羊总比啃死羊好啊！

第三章

18

二十年后的九斤，虽然已经是个半老徐娘，但她那手握锈迹斑斑军刀，一下子捅入马脖子的胆勇，大概就是在今天生成的。

陈德怡一掷三百块大洋的定金，要在豪士聚饭庄请客。

开饭店不怕大肚皮，就怕一掷千金的阔佬。定金三百大洋，那要多大的场面来支撑？随父亲做十几年助手的顾老板没见过。到自己上手才几年，恰有这么一笔大生意，乐坏了顾老板。前些日子，北京来的一位客人说，《世界晚报》上刊过一则消息，说京师最红的九华楼妓女，一夜才五块大洋。上海的客人说，十块大洋困开苞的雏妓，一百块大洋包头牌一个月。这兵荒马乱的年头，小小的二流富商陈老板，肯下如此赌注，会是小事吗？

镇里平时的话题原本就不多，除了说说皇帝的座椅又轮到谁的屁股外，没什么可说的了。现在好，到处都说陈老板请客！全镇所有的饭庄茶馆，南来北往的班船，还有"万盛航运股份有限直达行"，哪里不说？连码头上的搬运工都说，阔得廿四扛的棺材没门进。

钱老板说，上海的报馆晓得也会发发消息的。

好哇！快马京递四海播扬。天下都晓得我豪士聚一桌酒值三百大洋！这是什么世面？坐在旧太师椅上监看伙计切熟菜的九斤，手指揉着兴隆绸庄胡老板新近幽会时送的绣花手绢，说话声音软软的，像唱戏，骂得人狠狠地没回词：没见过大世面小瘪三，捧了猪头找勿着庙门。

走过来的顾老板，把眼睛朝伙计的腮帮上盯看，鼓，就是一块五香牛肉，鼓得快，消得快，就是一块熟猪头肉；这是他过去在爷手里做事时积下的经验。看看伙计嘴边上连油色都没有，心里乐道：裁缝不偷布，三天一条裤；老虎一瞌睡，羊羔精精光。看来，这个伙计找得好，香喷喷的熟肉在手里盘来盘去，都不作兴送一块进嘴里？忍不住说道，阿四啊，我在爷手下做生活，肚皮是第一要填好的。

阿四的嘴里正塞着肉，不好讲话，只能点头。

九斤恼道，没出息的东西，哪家老板教伙计做贼呀！

吃块熟肉也是贼啊！衙门里都装勿下了。顾老板笑着，三个指头拎一块牛肉仰头放进嘴里，嚼着道，你看，嘴边勿一点油迹，别看老板娘坐镇，好手艺照样填饱肚皮。

气得九斤过来打他，他乐呵呵地绕几个圈，跳到饭桌后面，突然看到伙计的喉结一动，大叫道，好哇，你的本事真好哇！过来要卡伙计的脖子。

伙计的嘴里已经没了赃物，一点也不怕他道，你、你、你……老板娘，你看老板要、要……

不明事由的九斤跳起来阻拦道，死鬼呀，伙计做得好好的，你来凑什么热闹。人家手里拿着刀，失手出了事，你的铜钱作践！

顾老板想了想，也罢，传出去自己脸上无光，乐道，拿你开开心的。

九斤说，这心可是随便开的？老娘看得紧紧的，肉屑屑都飞勿到嘴里去的。

开你的大头鬼，煮熟的鸭子飞了，还以为天鹅哩。罢了，罢了，女子与小人难养也。顾老板忍住肚里的话，言归正传道，一会儿陈老板亲自来看地方，你说是让他在"翠云轩"还是"宽裕斋"？

九斤想都没想地说，翠云轩。

包老爷会不会说我太那个了……后面的话没出口。

他那嘴，只有女人的东西堵得住。

扑哧——！伙计听到这话，笑得满嘴的肉屑直喷。

夫妻俩一眼看出，跳着过来，一个拎耳朵，一个扭鼻子，伙计拼命挣扎脱开，吓得号叫着没命地朝外奔。

九斤叫道，别跑，回来！

顾老板一边追一边怪老婆，下手太狠了，那不是猪耳朵。九斤怪顾老板，你想捏得憋死他呀！伙计跑到店门口，一头撞在进门的人怀里。后面脚头快的顾老板也正好一把拉住了伙计。那进门的道，呀呀呀！出了什么稀奇事，你这豪士聚也如此热闹。

顾老板见来人正是陈老板，忙把伙计推一边。

九斤一把接过伙计低吼道：小赤佬，你的腿脚比狗还快，到厢房去。随即招呼使唤婢女：秋香，陪阿四"说说话"去。秋香应声过来，阿四只好垂首而去。这边夫妻俩点头哈腰请陈老板进店上楼，入包厢，到翠云轩说话。

做生意人请客是常事，但动用豪士聚的"翠云轩"则是不多的。在古柳泽，与柳泉居相媲美的是豪士聚饭庄。饭庄里数一数二的厢房又是"翠云轩"。陈老板自然是要来看看的。

九斤对有身份的总是亲自接待，她支开顾老板：死鬼呀！像恶狗挡道，没看见陈老板吗？说着，自己的身子风摆柳枝般过去了。顾老板只好强作欢颜对客人道：你看我家，女主内，男主外，分得多清呀！

九斤一点也不领情，手快嘴快道，客人进了店，该我料理。头是头，脑是脑，脚膀勿撑肩胛，背心穿勿到腿上当短裤。勿像人家，慈姑百页萝卜丝，混得一锅腊八粥。啊，陈老板，您请，请呀！死鬼，还勿快点把楼上收拾一下。请，陈老板前面请。

还是老板娘前面走。陈老板说着，让过九斤先进屋，朝楼上去，眼睛看看退出去的顾老板，笑问道，顾老板，楼上收拾好了？

早早就收拾了，早早就收拾了。顾老板说着退出去，肚里恨老婆恨得直咬牙，嘴里嘀咕：非要把她给休了，明年非把她休了。

陈老板揶揄道说，我看用不着明年，现在就休。我那里给你备着好女人哩！

前面的九斤回过头来问，你说什么？明年什么？

没什么，没什么。我给顾老板说，你们店的生意越做越大，明年到天津请个掌勺的，做些北方菜。

哦，你说你备着鱼席菜谱？九斤说。

正是，正是。陈老板笑得前腹贴后背，指指顾老板，意思说，真有你的。

九斤在上面喊，陈老板，你看这楼上……

陈老板朝顾老板挤挤眼，我上啦。噔噔噔上了楼，看看这楼面整洁如新，临街一面的窗上安着上好的绢丝窗帘，又看那圆门后面的"翠云轩"，果然有皇帝御笔"天下第一镇"的题字，连连点头，在这地方请客，不亏人家。

当然不亏。乾隆下江南，在这里品尝了地方小吃，留下话：这等清雅之地，不上档次的人，不要随便朝里面坐。有了这话，这翠云轩就整个儿地闲了。要不是皇帝没了，您再出三千，怕也没人敢请你里面坐呀！九斤的腔调让陈老板听了，骨眼眼里酥酥地发痒，忍不住动手朝她胸前摸了摸，九斤也不避让，把身子朝他近了近，说，陈老板好本事！吃了碗里带锅里，顺便瞟着街对面？小心烫了你的二先生。

陈老板见左右没人，一把抱住九斤，嘴就啃：我才不怕哩！烫了二先生，那就让它一直放在你那里，养成铁棍棍再出来见世面。

九斤的手也不安分，抓着了，用劲捏捏：肯不肯借个种给我。

就现在？

那边小厢房。

他在下面哩。

没事，他不会上来。说着，九斤推开陈老板的脸，朝下面喊道，秋香，喊阿四把楼梯好好抹一抹。听到下面的应声，九斤说，没事了，一个楼梯，从下抹到上，没半个时辰不会了手。陈老板笑道，这点时辰，给我是不够的；弄得好，两个时辰还要抹抹油。九斤道，这么厉害，那改天好好较量，今天先练习练习。说着就朝北边最深的厢房去。那里现成的床。这个季节情绪来得也快。事毕，九斤说，这镇上哪家的生意做得像我这么好？

这倒是，乖乖是世上最甜的美人。可可得很。九斤的肉头，皇帝佬的御笔，都是天下第一。说着，陈老板见她还不想穿衣裳，手伸过去，抓住那里拧一把：皇帝困了你，再提笔写下"天下第一"，你就用不着穿衣裳了。

九斤一个翻身，朝着陈老板扇过一个耳光，狠狠道：你吃扣头吃得最爽快惬意。天底下没有这种好事，吃昏了头。

陈老板被打得蒙蒙的，一时不知说什么是好。

要是我晓得你的客人住人家店，吃人家酒菜，我就……她止住话头。

正听着的陈老板，见她戛然而止，抬头一看，九斤两只好看的眼睛里朝外喷的已不是女人情欲难填的渴望，而是深深的黑得无法猜测见底的洞穴，那儿有蛇毒正欲朝外喷吐，顿时，升腾起来的那股子热情劲，全没了，嘴里喃喃道，你是母老虎呀！

好的时候，是你的乖乖，甜甜的小兔。弄狠了，雌老虎。九斤起身问，酒席还做不做？

做，自然是做的。陈老板心里道，不吃亏，生意没做，先有美人安抚，快活哉！

定金带了吗？

陈老板这才想起身上带着恒泰账房的三百块大洋现票，立即取了给九斤。女人见了，眉开眼笑地主动亲了亲陈老板，走到楼梯口，见阿四才抹好半层，喊道，别抹了，把老板喊来。

顾老板耳尖，早就听到了，过来问，今天陪客人就说这么短的几句话？

死鬼，你看，这是什么？

顾老板眼尖，见是银票，高兴地冲过来，一眼见到胜利者姿态的陈老板，头脑顿时清醒了，摆出老板的架势道，那是定金，应该付的，有什么大惊小怪。

陈老板还想说什么，大概也是做贼心虚，没有说什么，就下楼走了。在门口，顾老板堵住他问，满意不满意。陈老板连连说满意。

真的。

千真万确。陈老板说完脚下抹油，逃也似的跑了。

拿着三百块大洋定金的顾老板还没来得及动新脑筋，九斤逼上来：送手镯还是项链？

顾老板看看她，送？整天送，还有什么意思？就没别的？

别的什么？

我还没想到哩。

九斤想了想说，你呀，头脑就跟驴一样。

顾老板笑笑，驴可是好东西啊！我们这里还没有哩。他附在老婆耳际说，驴皮可以熬阿胶，女人服用了，红光焕发；那驴屌，据说是世上最坚挺的东西……

你见过？能比你还坚挺。

顾老板摇摇头。

人家拿你扛木梢，还当真。犁头耕地，耙子扒草，各有用场。男人的东西，不是驴子，不好比。老婆看他被说得懵里懵懂的，苦笑笑，摆摆手，罢了，你又不是女人，想那东西做什么？就勿想想别的？比如，把新镇长请来作陪……

顾老板惊讶道，请他，他那熊相，也能做别人的靠山？我是想不出他有什么可以让我靠。

九斤提醒道，他在落泊之中，早早巴结上，日后发达，少不了你我的好日子。那包老爷，死蟹一只啦，斗不过蒸蒸日上的商人。

顾老板一捏老婆的小脸，乐道：你也懂这？

老娘是做什么的？从小就在吕城镇上打滚，这点名堂看勿出，还来做你的贤内助？好了，你请一请！是你的诚意嘛。借花献佛，有什么不好。油多不坏菜，礼多不伤客，和尚偷香烛，另有孝敬嘛！

顾老板再见到陈老板时，提了这事。

陈老板看着他俩，心里道，你们掺和什么呀，嘴上却说，有理。

九斤问，正式的请柬递了没有？

陈老板说，那倒还没。就托你们递吧。

夫妻俩这就去请镇长。

没想到新镇长无心做这等事，回了一句，有那钱，能打发多少茧农呀。

顾老板讨个没趣。

陈老板闻后摆出一副料事如神的腔调开导顾老板说，我就知道你们想靠他这后台，他算鸟？没生意人的铜钿，孙先生还是瘪三一个缩在日本……说着，拍拍顾老板，我的这位朋友钱多。你就好好办你的酒吧。别胡思乱想，三更梦游跌跟头捡元宝。

顾老板听得如此气粗的话，诺诺地应着，连屁都不敢放。

19

第二天下午，喧嚣的收茧风波偃旗息鼓了。

热闹了几天的镇上，一下子冷清下来，大家还有些不习惯，伙计们站在柜台上，心不在焉地朝外看，想看看街上还会出什么故事。比如，绑走的人怎么啦？挤得小裤衩掉了的小媳妇结局如何？恶作剧的人受没受惩罚？种种的"戏"，都得有结果，都得在街上展示啊……没有，一概没有。古柳泽天天都有更新鲜的事挤着登台演出。你看，最后一只卖茧的船还在河里，码头上就有接贵客的人了。

今天上岸的贵客，是南方来的生意朋友，叫夏天。他在镇上一甩头露脸，就引起了人们的关注。大家希望他就是收购大宗丝的巨商，那么一来，茧农们的苦就不白吃了。遗憾的是他不做茧丝，说是做橡胶，不到茶馆吃茶，更不与人甩长袖暗中摸指头揣名堂。整天穿扎熨得很挺括的长衫，白白净净的脸上戴副圆圆的细边眼镜，对谁都是一副和蔼的样子。其实，明眼人一看就知道这个叫夏天的，不是生意人。原来，他到这里来，一不鼓动革命，二也不捕鱼网虾。静静地伏着，暗中数塘里的"鱼"，逐个逮了送给北伐军总司令蒋中正。这一点，没人知道。与陈德怡走近的商人自然晓得他是北伐先驱联络官员，若想日后发大财，夏天这个门槛是蒋中正放来给你们攀的，你要不攀，那就是你的不是了。发财是要靠机遇的，机遇是有风险的，风险是要胆量的，胆量是靠智慧的，一环扣一环，环环不能脱，一脱百脱。这道理，邵老爷最明白。

邵老爷通过陈老板一掷千金招待夏天，就是向张静江传递"信息"，包括他处理收茧风波的手段，都能让蒋中正看到古柳泽商家的实力和手段，递增对他的信任与真诚。当邵老爷摸清夏天的底细后很惊讶，如此共产党高层要员，何故背叛仲甫，难道他认定将来是蒋中正坐江山不成？

那是后话。

冯先生说，以广州政府特派员的身份跑跑南京、镇江、无锡、苏州、松江一带的事情。偶尔也走走太湖周围，做一些外人以为是生意场上的事，实质是发展一些势力，调停各种力量之间的矛盾。这角色很适合他夏天。比方说，共产党渗透进古柳泽的民众教育馆，趁着收茧风波组织工会妇女联合会，有风声出来说还要搞工人武装。夏天这个时候来，再适时不过了。

虱多不痒，妓多鸨多嫖客愁，领袖多了不治国。清王朝留下的这条破船太大，船上的食客蛀虫太多。邵老爷仍然说着他的话，我看不出蒋中正有解决蛀虫，驱赶食客的新招妙术，倒让人看出他做事的捉襟见肘、制裳裹踵风格，处置问题又少有端平，总是出些亲者更亲，疏者更疏的故事。

冯先生认为，蒋中正握有军权，摆布好了，还是比别的军阀有希望。但他的脚还没伸到江浙，孙传芳这个老奸巨猾的家伙一向手段毒辣。夏天的到来，对我们有利！

邵老爷捋着下巴道，一向反对外来势力进镇的包老爷，晓得后，莫不逮了我活靶子揍？

一天，邵老爷得悉夏天和民众教育馆联系上了，又与史镇长谈得很投机，他倒是不急着想会见夏天了。

得悉邵老爷这个态度，冯先生不能理解了。他问，上海方面专程把他介绍给你，你推给陈德怡已经叫人不可理解，现在你再不想见人家，人家会怎么想？再说，他的工作就是社会活动，如果他是真朋友，再怎么闹故事也不会把你抖出来的，这就是革命党的优点。闹得凶的一面，正是为了掩遮与我们的来往。

邵老爷犹豫道，怎么见，到我们家？包府那些狼，饿得很久啦！

冯先生说，好猎手还怕饿狼？

邵老爷身板子直了直，道，依你？怎么说。

选择另一个地方会面。

什么地方？

青云寺里庵堂会！

邵老爷吃惊地问，跑那地方做什么？

冯先生一笑，曲径通幽。不好吗？我们去时，轿不用自己家的，改用轿行的。到了青云寺，搁轿不先揭轿，打发轿夫退到墩这边。我们出轿，混在香客里去宝殿上香布施，然后观景。那个客人也到青云寺观景赏物。你们禅房见面，看好即收，谈得投机，依旧用原轿接到家中继续谈，不能走漏一丝风声。

邵老爷将着下巴点头道，这么做，我放心。

照冯先生的安排，神不知鬼不觉地在青云寺那个紫藤下的禅房里，邵老爷与南方客人夏天见了面。两人一谈，便有相见恨晚之意。在一旁的冯先生搭准了脉，立即让轿接他们到邵家。走时也和来时一样，不让轿夫们站在轿前，待到人进轿，轿夫才能过来起轿。落轿也一样。这做法并非冯先生想出来。在富有的人家，请轿行的轿接送女眷都这么做，成规矩的东西，轿夫们自己也晓得。所以，轿夫也勿晓得从邵家出来的是些什么人，进去的又是什么人。他们以为是邵家的新太太到青云寺烧香，但轿子的沉重又使他们纳闷：新太太体福超常人？

事实上，邵家的下人也都以为是乔乔与小扣出门，只是不明白为什么不用家里的轿。

邵老爷在紫藤园里的一个地方接待夏天。

20

古柳泽进入张义的眼帘，就再也没离开过，随着距离的靠近，这个陌生世界里的一切令他百思不解：充满沧桑感的古老河湾，有着无数岁月的古墩、古桥、古镇、古树、古石、古墙、古老得不能再古的街道，他在别处见的不少，但那都与贫困紧紧相连。大漠茫茫黄沙天，孤庙残壁几破寺，是古的最显著特征。清水长绕林木森，寒江茅屋饥民泣，是贫瘠的象征。这里寻不到那种古。这里的古，虽然也笼罩着郁郁陈旧之气，却是那进镇河湾里数人抱不过来的大树，透着如冠似云的新嫩枝芽，喷发着无可估量的新鲜活力，在古气里回荡，勃发着雄性的伟岸，令他惊叹而畏惧，更令他有越近越胆战的感觉。这种感觉是他见到岸上临河街面店铺的繁华，脸色红嫩的富有者举手投足的表情，匆匆而过衣着整洁的行人时，所强烈震撼出来的。

张义明白自己面对的不是欧洲古堡，不是那些富有的行动迟缓的古老家族后裔，更不是中国北方贫苦农民和广东的海陆丰。可以看出，这里老百姓生活富有，精神生活也比别的地方愉悦，不存在饥寒之迫，更无卖儿女乞求生计之苦。让这样一种生活环境里的民众为追求真理，丢弃原有的宁静安康生活，去接受动荡，是不可能的。彭述之和陈独秀提出的先团结好有钱阶层，唤起他们对民族和国家未来希望的责任，接受共产主义思潮，并非空穴来风。但是……张义没有忘记组织上要求他做到的是不惜一切代价去发动群众反对地主资产者，把这种貌似宁静的生活打破，组织起新的生活秩序。张义明白，无论陈独秀的观点，还是现在党内负责人的态度，谁都看得出，要想让民众持有长久的温饱生活，目前这种状态是不行的。他望着岸边的景致，苦苦地思索着办法。他知道，只有打破原来固有的一切形式，才能谈得上无产者的真正解放……

在船头待久了的竹为，进舱见张义身边没人，挪过来悄悄问：如果我造了富人的反，就能困乔乔吗？就可以要想困哪个女人就困哪个了吗？

张义苦笑着摇摇头，看着他，心里明白，这就是他们脑子里装的东西，这就是流氓无产者。

竹为又问张义，能不能大白天逮到一个地方的女人就像狗打嬉，架起来干她？说着，眉飞色舞道：那好啊，痛快，舒坦，过瘾，我就是要那样，反正我的老婆给别人抢了，我没有老婆，困别人的是赚。那好玩！快活！再也不用怕谁。连娘老子的话也可以不听！造反有理！革命万岁！革命了，一切都是我们的了。把女人都弄来，困她几天几夜。过过地主老财们的风流瘾，有钱人的女人就是皮肉嫩相。

张义严肃地说道，你有点像做梦。真想狠狠骂他一顿，转而想，骂，能顶用吗？中国有良知的知识分子整整"骂"了三千年，有什么改观？刘邦、朱元璋还不是利用他们这些流氓无产者打下了江山，过起竹为说的，困遍天下女人不犯法、不花钱的日子！江山依旧！不！我们无产阶级的革命不是历史上的流氓造反，更不是农民夺权！我们要推翻旧世界，用马克思的理论建设一个崭新的没有人剥削人的，新的和谐社会，走世界大同的幸福康庄大道！

想到这里，张义耐心地开导说，造反并不等于革命，革命更不单单是造反。革命是靠自己觉悟后的自觉行动。造反是跟在别人后面跑，没有远大的目标和理想。你接受了革命的道理，就会自己觉悟、体味，自己起来砸烂万恶的旧制度。

我知道。竹为嘀咕道：坐稳了江山，漂亮的女人会像庄稼那样，一年几季地冒出来，割掉几个又长出来，收都来不及，有什么好担心的呢……船快到岸时，竹为缠住他说，张先生，我一定听你的话，好好干。你叫我放火，我决不放水。你叫我杀人，我决不杀鸡！

张义恼恼地回道，我叫你不要困女人，你肯吗？

竹为没回话，想了想，说，有女人不困，那女人到世上来做什么的呢？

张义明白，像竹为这样典型的流氓无产者，改造和利用他们是一项非常艰巨的工程，得慢慢来。想到这里，他先安慰几句，告诉竹为上岸后自己先去找事做。如果真的找不到，再来找他。

竹为说，我想上学，可不可以找你？我还要学会洋文，将来留洋做事。

张义劝他先安顿下来再慢慢计较，来日方长啊！

竹为听了他的话，连连点头答应，船一靠岸，他就跳上了岸。

船家一把抓住张义说，先生，你要替他付钱。

还要付多少？张义拿出一块大洋放在船家掌心，笑着问，够了吗？

啊，那太多了。只需两个铜板，我找给你。

那就不必了。就算我先替以后付不起船钱的穷人预付了吧。

船家连连说，先生的开导，一定记住。先生的吩咐，一定照办。

张义见他鞠躬的样子很好笑，乐道，船家不必认真，请告诉我镇公所在哪里。船家还没回话，码头上招揽住店的客栈小伙计耳尖尖地跑过来热情接待：先生上来哟，我带你去镇衙！

船家应道，去吧！那是镇上最守信用的客栈。听他的，没错路走。别人会把你引到怡春院去。

旁边挑夫笑着接口：那是好去处嘛。

上了岸走出一段路的竹为回头提醒：张先生，那是妓女窝。

你走好啊！我晓得的。张义随客栈小伙计先到了客栈里。店主听说是到民众教育馆里教书的先生，便让小伙计直接引张义去镇公所。朝镇公所去的路上，小伙计告诉他，你早来几天就看到好戏了。还没等张义问，小伙计就说，啊，满街都是茧农呀！可怜呀，惨呀！

张义看看平静的街面问，平息了？

邵老爷本事大，一张告示把几千茧农打发得服服帖帖。小伙计又说，昨日这里也很热闹。

什么热闹。

豪士聚饭庄啊，喏，那空场子。对，就那么空的场子上云一样多的羊，只够做一道菜。满镇的人就是没见过那种场面。你听说过吗？

张义摇摇头问，那是多少羊呀！

小伙计说，几百头吧。就割它们屁上一小截截，几百头羊，能有多少？当然就炒一盘菜啦！

张义吃惊了，什么样的客人？

听说是南边来的橡胶商人，来头很大。一桌饭就吃了三百块大洋，还是陈老板请的。要是镇上最富的巨商邵老爷请起来，市面就更大啦。我们老板说，怕要三百两黄金才抵挡得了……小伙计说着摇晃着身子，想不到，想不到，真正的想不到。先生，你说这皇帝没了，世道是不是也就全变了？

张义嘴里随口应道，也许吧。他脑子里开始思索这个南方来的橡胶商人，会不会是广州政府的？只有他们的派头才会那么摆，没钱给北伐将士填肚皮，恰有钞票甩派头，搞潇洒，世界称绝！他是谁呢？

伙计是不是可以呛喝老板？小伙计的问话把张义从思索中拉回来。

张义应道，哦！是的，你说得对。人人都是平等的，伙计和老板只是分工不同。

小伙计把头摇得像拨浪鼓，没那么简单。我家老板吃的比我们苦，做的比我们累，他常常对孩子说，要想富，舌头尖尖挑得苦。孩子问他为啥给做工的吃好食。老板说，要得伙计出力，舍得猪肉白米喂。伙计肯出力，才有客人来呀。你说老板累不累哩！

张义一时语塞，细细一想，小伙计说得也在理，有钱人，并不都是靠剥削得来的，有许多人是靠自己勤劳、节俭。这些人称得上剥削阶级吗？记住这一新情况。闹不好，影响大局。

说话间，两人就到了镇公所。张义顺小伙计指的地方抬眼看去，只见高高的一堵墙，像破庙的山墙，山墙朝东开个门。两扇沉重的大门，病恹恹地斜倚在破败的墙上，暮气横陈。

张义问，没正门吗？

有正门，是大殿门，有些年代不开了，大家都忘了。打有镇衙门主事，都从这门进出，升堂也是从这门进去，朝那边绕一绕到大殿。别看外面破败，里面气派大哩。据说，这大殿只比京城的金銮殿小一个轮廓，别的都一样，是皇上封号下来的。说着，小伙计又补充说，新镇长也是刚刚搬进去。

听到这话，张义把伸进门槛里的脚抽回来，问，他怎么才搬进来？

你说新镇长？小伙计说，没人把他当回事，像咸鱼一样晾了好久。最近，他到民众教育馆理理事，这才有人正眼看他。他也才敢搬进衙门里来住。先生来了，是不是也像史镇长，先在我们店里住上几个月？哪个老板替你付账呢？

张义看看他，没接口。

走着走着，张义突然问，这进门的地方，原来是宗祠的院落吧？

小伙计跳起来：先生神也。说得不错，是宗祠！前面是衙门，后面是贺氏宗祠，长毛造反的时候，贺氏一族灭净了，没人了。镇衙门就收了这屋，改造一下，做了衙门的后院。

继续向前去，右侧有一排房屋，里面人头攒动。张义高兴地对小伙计说，里面有人理事就好办。小伙计回说，理事，谁理事？新来的镇长买尿壶的钱还没有哩。张义不解地看看他，问，镇公所不是有公田收入吗？小伙计嘀咕道，公田收入？都在包老爷手里攥着，他不给，新镇长能有鸟用？

说的也是。张义附和道。接着又问，新镇长怎么到民众教育馆去理事？

在那里混混，能支些零钱花花。那是邵老爷的商会支撑的，这镇里啊，真正势大树旺的，还就数邵老爷，还有商会。

哦——！张义明白什么地点点头，回过身对小伙计说，回你们家老板话，我定下了就去住客栈。

小伙计鞠躬说道，不用再来了，民众教育馆里连陪夜的女人都成群备着。说完就跑。

21

张义找到镇长史进耀。

大家坐定，张义把介绍信呈上。趁着史进耀看的光景，他打量起这间布置极为简朴的屋子：一张旧桌子，几把旧木椅，墙边条桌上放着盛水的瓦罐，墙上高悬着总理的遗训。另一边墙上的条幅写的是："多难兴国，殷忧启圣，盖事危则志锐，情苦则虑深，故能转祸为福也。"张义想了很久才记起这话是《新唐书》上的。

介绍信上说张义到民众教育馆任政治教员。史进耀看了介绍信，感到纳闷：夏天来是做生意的，却一点也没生意人的说相。他来了做教员？这个教员是不是也没教员的相？政治教员，生意人，全他妈的狗屁！统统下来策动造反，这才是真正来意。没准这姓张的还有对他取而代之的可能性！

在这个风云多变的世道里，个人命运朝夕不保是常事。孙大帅安置史进耀任苏州市市长。苏州人一向不服孙传芳，便不把他放在眼里。史进耀眼看无望，赶紧疏通，谋到了这一职。上任后才知道这庙里连个和尚也没有。有几个居家"和尚"，把持着镇政权。新来乍到的史进耀晓得民国政权怎么来的，这镇上，哪些是支持旧军阀的？哪些是支持新军的？哪些是倾向国民革命军的？这一位呢？介绍信是国民党江苏省党部的，那么，是共产党呢，还是国民党？国民党里又分左右、派系，嘿！斟酌良久，他再次起身施礼道，张先生是位大学问家，又在法国留过学，到小镇上来，不会单单是教书的吧……

听话听音，张义明白对方的意思，赶紧起身回礼说，敝人到此，只想以所学服务民众，报效国家。

这里是开放的商埠，思想也十分活跃，周边地区的农运搞得很热烈，尤其是国共两党在无锡和宜兴发起的农运影响很大，比如横沟村，那里已经有农会，还挂过一阵子廖仲恺的像哩。

张义插话问，没有挂孙文先生的？

有，当然有。先生有没有发动民众革命的想法？比方说，反对封建主义，提议进步自由的思想，还有赤色宣传……

革命之洪流锐不可当，处在前列之贵镇，难道还需要一个教书匠来发动？我以为，这里正是让我接触民众，得到学习的机会所在。我从学校到国外，如今从国外回到国内，虽有报效民众之心，但还都停留在书本的教条上，接触实际，多多从民众中得到教益是我目前的希望。还望史镇长多多关照。

看面相，此人绝非刁钻之辈，处着再说吧。史进耀心里想着，便站起来说，我们到民众教育馆去吧。

22

民众教育馆设在一处很大的空宅院里，进门一幢走马楼，设有慈善机构，诸如育婴堂、完节堂、赈济会、慈善会等。穿过花园，是片荒芜的废林，过去便有块空地，在空地的那头盖了数排平房，是民众教育馆的教室。朝后又是花园、水榭、藕塘、假山。在一片森森树木的地方，史进耀指着幢旧楼说，这是员工宿舍。这座旧楼已经被炸掉半边，残存的半边依然庞大，可以看出当年非同寻常的气派。

杂工老耿过来。

史进耀吩咐老耿：你先去替张先生把床铺好，我陪他去走走。

在二楼，史进耀把工作人员介绍给张义，告诉他，这里的工作人员都是城里来的义务服务人员，大家热情地寒暄。中午，以民众教育馆的名义宴请张义。饭后，史进耀提议说，张先生，你不必急着上课，应该先熟悉熟悉情况，听听课，再备备课。三天后正式上课。好不好？也不等张义有什么反应，推说有事就告辞。走到门口，又回头嘱咐张义到镇上走走看看，说，这是一个很值得走走看看的古镇。

张义与史进耀分手后，回到宿舍。把带来的几包泰州泰兴隆的旱烟丝送给老耿。喜欢吸旱烟的人都知道泰州泰兴隆的旱烟丝是烟丝中的上品，明白这份礼的厚重。杂工老耿的话自然也就多起来。他告诉张义，这里教师的身份很杂，有国民党员，也有共产党员，有的无党无派，其中邵家教洋文的骆小姐，每天由邵家人陪着来上课，上完课就走。说到这里，老耿压着嗓子说，很奇怪，这位骆小姐暗中与许多做工的人，种地的人往来哩。她待人很热情，也肯接济穷人。

张义来了兴趣，问，她为什么与穷人接近？

我也不知道。听说她与那个莫嫂很要好，还有一些定下娃娃亲，进厂做工后闹退婚的姑娘也和她好。女人与女人，话容易说近些吧。说到这里，老耿见张义直点头，不高兴地说，你认为她对？我不这么看，女人不安分，就不是个好女人。你说那莫嫂，男人给阉了，守不住孤单，那劲道不就朝邪处发了。

张义想说什么，还是忍了，问，这里穷人多吗？

穷人？要看什么样的穷人。在古柳泽，只要肯吃苦，就不穷。除非天灾人祸。真到那份上，众人也会相帮一把主动接济的，镇上的慈善堂也会主动上门的。

哦——！

好吃懒做的二流子，整天抽白粉，吸鸦片，赌钱，老婆孩子几乎就成了有钱人家的负担，有的靠慈善堂接济。那种人才是穷的。别人替他养家，他却好吃懒做。你说他是不是穷人？就说何书坤家吧，有老婆还要嫖妓，包了怡春院的姑娘，又到苏州包两房养着，后来又吸白面。家败了，儿子恰能在南京读书，靠什么？不就是邵家拉扯的吗。

张义问，他们反不反有钱人？

反啊！人心隔肚皮，你对他好，他还要反对你。何书坤强奸邵家的丫鬟，还有邪理，说老爷们天天换着娘子困，我为什么不可以换换口味！这种没良心的东西，给乱棍打死活该。

乱棍打死？谁打的。

勿晓得。有人说是邵家。邵家答应把那丫鬟给他，只要他出十块大洋的聘礼，叫人家姑娘脸面上说得过去就行。有这话，会害他？

钱，出了没有哩？

没出。何书坤的老婆没肯。张先生啊！话说回头，就是肯，他们家从哪里来十块大洋？十块大洋，多不多？不多。在有钱人的身上，拔根毛还比它粗壮些哩。穷人可就不同了。听说他到钱庄偷钱给捉了。钱老板是个绝情人，你以后见识见识就晓得了，他的出手厉害，给何书坤吃了生活……

张义点点头：明白了，就那顿棍子打死了的？

不！没有。他好了以后还出来吃过茶的。

那……

勿晓得了。

张义问，没人申诉？

谁管这丑事。再说，何书坤的老婆后来到邵家做用人。邵家也没亏她，把她儿子送到洋学堂读书，儿子争气，考取两江师范学堂，听说是一张卷子做得好，两江总督张之洞调阅了他的考卷，两江师范学堂监督李瑞清专门来拜访了何家，又与邵老爷做了深谈。以后不久，何家这个儿子让朝廷送出国去了，好像还没回来。如今没皇帝了，回来做什么呢？要是皇帝还登金銮殿，何书坤的儿子一定是个三品官。这功劳可不是何书坤的。在这镇上，做好事，做善事的人家是很多的。

包老爷也做吗？

老耿停了停，想说什么，见有人走过来，停住话题，看着迎面过来的人笑笑说，做也做的。等那人到面前，忙站起来把张义介绍给人家。张义与那人寒暄后默默送出很远，问老耿，那人是谁，你惧怕他？

油坊的小K，包二少爷的把兄弟。张先生，你新来乍到，记住，多说好话没坏处。可不能说不该说的话，到辰光，头搬家都勿清爽为什么搬的。世道险恶得很哩。总之，这是个好地方，这又是个险窝，遍地是金银，就看你有没有福气拿了呀！

张义点点头，明白了。

老耿见来来去去的人多了，借口说是事情忙，走开了。

张义到街上逛逛，这个古镇果然很值得一走。他得赶紧到青云寺走一趟，与党的地下交通站接上头再说。他想到刚才老耿的表情，不由得想，嗯，他倒是个好联络员。

23

走开，走开。你也想做我这朝奉事？撒泡尿照照你的脸吧，到码头上扛包还差不多。

到镇上一直找不到事做，饿了好几天的竹为，再一次遭到拒绝。他沮丧极了，眼睁睁看到别人找事做一点也不难，轮到他，咋就不行哩？罢了。扛包就扛包，只要能糊住嘴，什么事都干。他来到古柳泽通商的大码头。人家带他到码头老板侯老七面前。

码头老板侯老七,四十岁上下,四肢短且上身长,肥胖,穿着件西式的粗呢长衣,这件长衣的后摆高高地像雀尾巴似的翘在屁股上。邵老爷一看就知道他穿的是外国人出席社交场合用的燕尾服。令人惊讶的是,侯老七穿得很荣耀,他告诉别人,这衣裳是从外国人那儿赢来的。那是前年夏末,赢到手披上身,至今没脱下。他里面穿的是中式背心,中式裤子,鞋子恰又是皮鞋。说到这双皮鞋,又是一段故事。那天他看到怡春院的妓与洋鬼子水手鬼混,他给当场逮着。在古柳泽,妓女是不允许与洋人睡觉的,逮住了,洋人可以不追究,倒霉的恰是妓女。重则沉河,轻则扒净衣裳绑在场上示众。妓女晓得这厉害,笑脸喊他一声哥,转身朝洋人撒娇,洋人疼着怀里热乎乎的一团肉,想都没想,脱下脚上的皮鞋。救女人,一副骑士风度。妓女说,你的布鞋给洋鬼吧。他不吱声,换上皮鞋,把布鞋塞进怀里,告诉妓女,此鞋不能给洋人穿,让他赤脚抱你走吧。那洋人懂两三句中国话,OK!没关系,这样更浪漫。

他的脸短而圆,眉毛粗得像根麻绳横在一对小眼睛上,两颊肉特别多,脖子、脑袋、面颊和鼻子什么的都显得软软的,像柯记馒头店浸了水的烂馒头。这种面孔让人看上去既凶恶又没主见。他咬着洋人用的烟斗,斜眼看着门外进来的竹为,手一挥道,去,给我把那几个穷鬼赶走。

竹为看看他,没动弹。

我喊你,没听到?说着走到藤椅前,正要坐下,见竹为还没动弹,扭过脸看他一眼问,你是新来的?

竹为嘴里含糊地应了一声。

码头老板的小眼睛一眨,哦,你是随那个教书先生上来的。

竹为心一惊,想说什么,话却卡在嗓门口吐不出。

码头老板侯老七站到屋中间,抬着烟斗,眼睛不知看着什么地方,声音从梁上弹过来:什么船靠岸,什么人上岸,能逃脱我的眼睛?你看这绿头苍蝇,飞来做什么……只见他手一扬,竹为还没弄清楚怎么回事,眼皮下面就伸过来冒着热气的烟锅,那发烫的烟锅边粘着只硕大的绿头苍蝇,翅膀还在动。竹为看看苍蝇,再看看码头老板的脸,那脸像花岗岩,寒气逼人,逼得他有点受不住。

侯老七不动声色地握着烟斗抽烟,烟锅里的烟丝烧得滋滋响,烟锅旁粘的苍蝇被烤得冒青烟。

你来这里做什么?想和我合穿一条裤?好哇,中国人的裤子就是好,一条裤腿可以伸进三四个人。进都可以进,就是合不拢,要窝里斗。别怕。我这回想透了，就我两人。对，就是你和我！丑话说前面。如果你为码头上那些扛包的说话，休怪我，躲过十五的逼债，躲不过初一夜里怡春院姐的热被窝！我给你相这一面，不信，走着瞧。

竹为像只抽了筋的狗，说话的声音也在打战：侯老板……

喊我侯老爷，我和邵老爷平起平坐！说着，转身瞧门外人来人往的热闹。那气势神情，好像包邵两家已经斗败，收拾大好河山的就是他侯老七。

侯老爷！竹为喊道。

不！应该喊老爷。自家的奴仆，称主人应该怎么称，要教吗？

竹为还没明白过来，嘴里已经吐出：老爷。小的听着吩咐哩。

侯老七轻指一弹，那苍蝇从烟斗上掉下来，还是那握烟斗的手，伸出三指铺成掌面，接住了那只苍蝇，手掌一扬，苍蝇落进了侯老七的嘴里，听得牙齿嚼得脆响。奇怪的是，那声音一点也没让竹为感到嫌恶。事后，他与张义说到这件事，感觉非常惊讶，亲眼见吞食苍蝇，还没嫌恶感，这是为什么？

张义只有一种解释，侯老七的气势镇住了你。

是的。竹为那一刻只有顺从。

侯老七像使唤一条狗，使唤竹为驱赶门外的人。门外是些什么人，竹为不知道，他也没必要知道，只要赶走就行。竹为来到门外，看清楚都是来向侯老七要工钱的。竹为叫他们走。

他们七嘴八舌告诉竹为，我们都和你一样被他使唤过，有的已经三天了，一个子儿也不给，汤水也没喝的。有个人冲到竹为面前，口沫横飞道，小子，侯老七没好骨头让你啃。

竹为问，你们做了工，会没工钱？

大家异口同声道，没有。

侯老七从来不付工钱。你向他要工钱，他就叫新来的人赶你走。先前的人接着话说道，反正这河里有船就会不断有人上岸，他就不愁没人替他做事。

竹为说，大家一起与他说理呀！

说理？哎哟哟！快快快，他的打手来了……说话的脚底抹油跑了，边跑边喊，快逃呀，挨一棍，躺半个月。竹为果然看到几个打手提着棍棒过来了。刚才还拥在这里要钱的，顿作猢狲散，偌大的空地上只有竹为一个人傻乎乎站着。一个满脸横肉的人过来把棍子压在竹为肩上，用脚蹬蹬他的小腿，嗯，还算壮实，怎么样？去那边扛包，一包一文。

竹为说，现给？

当然现给。

竹为不相信地问，刚才许多人在要工钱。

那些人是痞子，你做不做？

不做。竹为坚决地说，我家老爷叫我在这里赶走那些人。说着，转身朝刚才的屋子走去。

站住！那人喊住他：你朝哪里走？那是你去的地方吗？

竹为再一看，那门已经上了一把大锁。还没容他思忖，那人逼过来，你做不做？不做，就滚！竹为看看他，把头一昂，滚就滚。说罢，抬腿就走。

在他的身后爆起一阵大笑。那人大声说，臭小子，不出三天，你会发现你还在老子的掌心。

听到这话，竹为猛然回头，那人已经转身走了。竹为想，他是不是侯老七呢？当他走过两条街后，他就不再想了。肚子里咕咕响，他得找地方先填饱肚皮再说。走过一家饭店，见门口的泔浆缸表面上有几只没浸过汤水的馒头，看看四周没人注意，一个转身，两个还有热气的馒头抓到了手里，快步跑到桥洞里狼吞虎咽地大口吃起来。等他吃完抬起头，见有几个人围着他。

你们看我做什么？竹为说。

嘻嘻嘻，你不看我们，就知道我们看你？

起哄的附和说，我们洪哥是条汉子，讲义气。

竹为问，你们是做什么的？

替人家运货的。

运货，是不是出力扛包的活儿？

正是。不同的是，我们夜里运货……

竹为说，那是偷。

嗨。那词。陈啦！霉啦！如今流行一个词："运货"。你若是干，就入伙。不干。对不起，你知道了底儿。不少条胳膊腿儿，别离开。要不，你没记性，会说出去。

竹为瞅空想溜，但没给他溜的机会。他只好乖乖地站住，几个人像看犯人一样围着他。他站累了坐下去，他们也坐在地上陪他。他去撒尿，他们也围着他，有的就欣赏他的鸟，说些笑话。那洪哥对左右说，你们说他的鸟好？转而对竹为说，今晚运的货，可不能让它沾。大家笑了。洪哥说，不用笑。然后看天色，说，到东街酒店吃饭。

大家一听到酒店吃饭，顿时开心极了。

酒足饭饱。洪哥又独自带竹为到僻静的后街上，那地方，家家店铺门口都站着花枝招展的姑娘。洪哥问，你看中没有，看中了，进去玩玩。竹为说，没票子。洪哥说，这里有我。竹为看看他，你真的给？洪哥说，给！竹为壮着酒色，高声说，我就真了，说着，伸手将路边的姑娘搂入怀里。姑娘立马勾住他脖子，身子游上来，嘴里哥啊妹地甜起来。洪哥从身上掏出几块大洋，塞给竹为。竹为见真的是钱，想也不想，便和她进屋去了。一阵潇洒过后，竹为逛出窑门，脚下被什么一绊，如梦般惊醒，睁眼一看，见是洪哥，酒顿时大醒，小腹便有收缩般的疼痛。

洪哥爬起来笑嘻嘻问，这滋味怎么样？

竹为张了张嘴，没吐话。

洪哥又问，放净了？

竹为慌忙松开合于腹前的手，不知所措地看着他。那就走吧。洪哥和他一起来到一个地方，指着对面的一座房子说，那后面是个空地，你一会儿就猫到那里，伏下去，三更后，从西边那截墙翻进去，顺北拐，那儿有一扇窗，轻轻推窗入内，南墙边床上，摸着人抱了就走，要是她讲话，你只说是隔壁小顺。如果她还是叫，你就拿出身上的臭布塞她嘴，然后扛了就跑。我在这里等你。

竹为问，那人是谁？

用不着你管。你摸着了就扛，扛了就走。

要是两个也扛？

有多少都扛。洪哥说，真笨，要是几个，还叫你去？要是男人，还让你嫖了妓再扛吗？

竹为没声息了。

照着洪哥说的，竹为伏那地方一直待到寒露压得头皮发麻，听得三更鼓响，翻身爬起，只见月色朦胧，四周景物抹着一层可怕的寂静。侧耳听听，除了虫鸣、树摇，没别的响声，安下心，重新想了想洪哥的吩咐，然后一一照着去做，轻车熟路到窗下，先用手轻轻推推窗，窗臼上过油，一推就开。月光下的屋里，看见南墙下有一床。进屋后，先过去开门，再虚掩上，然后到床前，双手朝被里一伸，手顿时触电般退了出来，心惊肉跳道，滑溜溜的女子？手又复入，抚摸得非常舒服，那温暖的肉体在他的抚摸下开始动弹。一个激灵，脑子清醒过来。顿觉不妙，赶紧抱起，人起被落，月光下，一具美丽的姑娘肉体赤裸裸地展现在面前，腹部起伏，乳峰颤抖。胯下又勃起，体里顿时如山洪暴发，但觉阵阵火辣，饥渴难止，急欲释放。他把姑娘放床上。姑娘醒了，谁？竹为忙回，隔壁小顺。姑娘一下子紧紧地抱住他的脖子，你真的来了？没给毛教头沉河？

没有，我没有。我们快快……竹为说不出话来了。

你再不来，我就投井了。姑娘说着急切切地把他扳倒压在身上。竹为想到洪哥的交代，抱起姑娘说，快走。姑娘顺了他，很快到了街上，夜风吹得姑娘神志清醒了，睁眼见不是心上人，急切地问，你是谁。问着就大喊起来。竹为想塞臭布已经来不及，幸好那些人早早在等，大家七手八脚用臭布塞了姑娘的嘴，又用衣裳裹好她，手脚绑好。忙好后，洪哥过来见竹为。竹为正想说什么，比方钱呀什么的。洪哥朝他龇牙冷冷地笑着，迎面给他一拳，打得竹为眼睛冒火星儿。

他捂住脸问，打我做什么？

磨蹭了半个时辰，什么事也都做完了！

竹为心里一惊，莫非他刚才在旁边？没容再想下去，周围人拥上来，一阵拳脚相加，打得他只有抱头寻地缝逃的慌乱，没喘气的份儿。最后，瘫倒地上昏死过去。那帮人打得手酸脚疼，扬长而去。

竹为醒来，已经在医院里。

24

张义与地下交通站接上头后，上级指示他到横沟村找农会。在向老耿打听路时，老耿说，应该去横沟看看，待这镇上，红眼绿鼻都盯着你！邵老爷有新的资本，包老爷有旧的势力。你想在他们中间立立脚，就得到横沟村去搬点兵来。那个周山，是个热情豪爽的老光棍，前些年救过一个反清英雄……

张义问，您有什么熟人可以顺路带我去？

老耿说，范家山地货老辛，最近常跑那边催账，看看他肯不肯带你。说着，把旱烟杆朝腰眼里一插，招呼张义到老辛家去看看，路上对张义说，去了就说是我的亲戚。到了老辛家，见老辛正闲着，老耿便托了他。老辛一口应了，说，正好我明早去，你在镇东外的岔口等我，那儿有棵大白果树。老耿不想多坐，怕来来往往的人瞧见了，传出话去不好，交代完就拉张义走了。第二天，张义在镇外的那棵大白果树下等到了老辛，两人一路做伴说说闲话，不觉就到了营里，那儿又是一棵白果树，拐树东边，顺河走，很快就到了横沟村。老辛把张义交代给孙有便走了。走出去一段路后，又回来对张义说，我给老耿说了，你我是在路上遇到的。别的，你知我知，天知地知。说完就走了。

望着老辛的背影，孙有嘀咕道，胆小鬼，成不了大气候。

张义点点头，到底是有家业的人嘛。

老子才不问哩！他们把我的家烧了，把我的老婆弄没了。老婆如衣裳，兄弟似手足！革命同志是兄弟，不能少！你看，老婆不比先前的年少吗。出不起聘礼，出嫁那天，革命同志帮忙在半路上抢。

娘家肯的？

生米成熟饭，肯也如此，不肯也如此。

孙有把张义请到家里，老婆见到张义，起先倒也热情，听他们说了几句话后，不高兴地说，当家的，不能再让人家把我也给弄没了！死要整尸给我爷娘。送进窑子，我变鬼找你。

孙有回说，嗨！老婆啊，张先生是教书的，又不是从前的那些人。你急什么呀！

张义连忙说，嫂子，大哥做的都是替穷人说话的好事，坏人害得他妻离家破，是要遭报应的。嫂子放心，这回再也没人敢对你下毒手了。

孙有老婆烧着茶水，嘀咕道，托你的福，小民有安宁日子就好了。

我还想到北京坐金銮殿哩！孙有说。

你也不撒泡尿做镜子照照，痞子造反，不是挨刀就是沉河。老婆没好气地说着，狠狠地把灶膛里正燃着的火一抽，扑熄了，骂道，老娘不想伺候你们。撅撅屁股走了。

孙有要发火，张义忙对孙有使脸色，拉他出门，两人来到祠堂屋里坐下来。孙有去喊人烧茶水。人来了，自己又去找原先的积极分子。一会儿，大家陆陆续续到了，毕竟有些基础，看到正在捧柴草的张义，大家又像见了从前的那些"好人"，像接待远道来的兄弟一样热情欢迎他。处在这样的氛围中，自然就有了许多热烈的话题。张义把自己带来的《生活周刊》和《教育职业》分发给大家，给大家读了一篇列宁的文章。议论了一阵子，收茧风波又成了大家的话题。众人说，辛辛苦苦忙一季，分文看不到还欠一屁股的债，那茧行的白条能抵什么呀！

张义问，大家为什么就肯做了呢？

寺庄的法根说，不肯，你能搬砖头砸天去？茧行的人回话也有理，要我们找包老爷。往年包老爷他们收茧，收得商会的人直翻眼。现在茧子没人要了，包老爷他们就勿收了，商会自然是勿高兴的。茧行只收他们固定茧农的茧，这于情于理都对。包老爷叫茧行收，那他自己为什么不收？都是一个镇上的有钱人，大家松松腰包，穷人的日子不就过去了？

另一位说，闹也没闹出什么名堂。真正精明的还是邵老爷。你们闹得疲惫了，他出来说句话，话说在节骨眼上，叫你不能不听。你不听，那茧能熬过夏天吗? 包老爷的话再响得如雷, 也是疯子舞棒, 上蹿下跳瞎折腾。到最后还是败在邵老爷手里。

大家笑起来了。

有人叹道, 受苦的还是茧农! 今年是这样过去了, 明年呢?

明年还养不养蚕? 张义问。

法根说, 养还是养的。养蚕, 总是活钱哇。说着, 他递上一份材料, 这是先期的同志作调查后留下来的, 从这份材料上可以看出: 一亩熟田的时价为一百一十元, 一年的纯收入是十四元七角五分。

每亩熟田一年的细目是: 春熟麦七斗, 每石五元五; 麦草四担, 每担三角; 秋熟米二石五斗, 每石九元; 稻草五担, 每担三角; 总收入是: 二十九元零三分。

支出: 稻种六斤, 麦种七升, 计七角; 耕作人工: 稻七工, 每工六角, 麦五工, 每工五角, 计六元七角; 畜工: 稻麦合一工, 一元; 肥料: 春熟一元, 秋熟三元; 戽水费, 秋熟一元五角; 农具修理费三角, 合计是十四元二角。

每年租一块熟田的价格是: 最高十一元一角, 最低六元一角五分。

这里纯农户一般种十亩熟地, 一百二十元左右的毛收入。

这里一间新农舍的建筑用费大约是五十元。

从材料上看, 农户种田还是有利可图的, 如果种桑树等其他经济作物, 如饲洋种茧, 一张纸可以收一担, 一担的价是五十元。养几张纸, 收入就很可观了。由此可见佃户们维护东家利益, 也是有原因的。东家不租地给他, 或者抬高租价, 就意味着农户一年收入的锐减。现在, 茧行收茧不给钱, 怎么办? 有的东家能够体谅佃户的难处, 以茧行白条抵租, 还有的缓收租。这样一来, 佃户就很听东家话, 东家也愿意在许多事情上护着自己的佃户。有的佃户没权势, 又想要权势, 便与土匪强盗勾结, 这么一来, 地主东家便不敢为难他们; 相反, 地主东家有了难处, 倒过来要请佃户们疏通黑道。地主与佃户的关系复杂如何, 可想而知!

张义明白, 像古柳泽这样经济发达地区的农村真实情况, 与湖南广东是完全不同的, 但也不是像竹为说的, 有钱人与穷人势不两立。

张义问, 有东家压迫你们吗?

坐在边上的一位说, 从前有, 现在没啦!

张义问, 为什么呢?

上过夜校, 识字了呀! 东家使坏点子骗不了我们。

张义问, 农会恢复夜校好不好?

大家说, 当然好哇! 就怕东家不肯。要不是东家们联合起来反对, 我们村的夜校还有哩。孙有说，恢复不难，就是没教书先生。再说，许多道理并不是通过识字能明白的。张义笑道，这正是我想的，目前我们的教师还不能到村上来。这里的夜校，还是以读书会为主，以读听讲，听读与认字识图相结合，让大家明白革命道理为主。说到这里，张义把话锋一转，说，我想听大家说说这里农会的情况。

孙有告诉张义，以前这里的农会工作开始得很好，没有像别的地方那样一开始就斗东家。

张义赞同道，富裕地区的农运不能那样。那是一定要失败的。

孙有高兴道，你说对了。夏霖在这里做的先期工作就是从东家那里得到支持，让农民的孩子先有书念。有的东家还主动出钱粮支持办夜校。他们认为，农民识字未必是坏事。但他们没想到农民上夜校，识了字，就会晓得算账的细末关节。佃户与东家为了利益斤斤计较时，东家真后悔让他们念书。一旦红开脸就不易收场。东家要脸面，农民要实在，逐步变得势不两立。农会不是挑动激化，而是两边说道理，指出合理的利益是会得到农会支持，得到社会支持的，靠欺骗愚弄剥削榨取别人劳动血汗的时代一去不复返了。许多明理的东家识大体顾大局，站到了农会的一边。有些东家不甘心，暗中串联结派成立与农会对立的武装。加之包府的怂恿，矛盾激化。阶级矛盾的对立，使农民和劳苦大众求翻身的渴望越发迫切。尤其是深受过东家坑害的佃户，敢于面对面地与他们讲道理，争是非；更有甚者，对那些平时蛮不讲理欺压群众的地主恶势力宣战，公开斗争他们，追讨说法，偿还血债！一些平时为非作歹的地主恶霸纷纷逃离农村住到了镇上。

这是好形势哇！张义乐道。

孙有沮丧地说，可惜这大好形势都给孙传芳这狗东西破坏了。

张义给大家鼓劲说，孙传芳已是过街老鼠，长久不了了。同时告诉孙有要有多种准备，革命绝不会是一帆风顺。你们都是党的骨干，是党播下的革命种子，要明白艰苦卓绝的革命斗争是长期的，必须要有精神和思想上的准备，包括牺牲自己的利益甚至生命。党需要通过你们的工作，让农民明白革命是他们自身的需要，自觉起来与阶级敌人作斗争。

孙有快人快语道，种田人，只看眼皮下的事实。只要值得，砍头也愿意。这就是农民的朴实！

眼皮下的什么使他们愿意起来？张义打断他的话问。

孙有想都没想地说，你不是说了吗，全国形势很好，别的地方比我们走得快啊。人家湖南斗地主分田地，好热闹哩！像张先生这样大学问的好人，不顾辛劳，冒死拼活地到乡下来替我们说话、办事，教我们识字，不让我们吃那哑巴亏。你说，为什么？还不是为了我们这个世道上少些穷人吗。人心都长着肉，我们再不干，对得起张先生吗？

有人说，干起来呀！

大家商量怎么干。

有人对张义说，你早些来就好了，借着收茧风波好好闹一闹。

张义说，那不行，对象不明确，不能乱来。目前的形势下，我们还不能把矛头指着邵老爷。这些民族资本家，他们也与我们一样是爱国的，北伐战争需要他们。

邻村的说，那我们先把地主慎老爷家的牛毒死，那牛在赵酒鬼家里，慎老爷必找赵酒鬼。赵酒鬼胆小怕事，但又还不起慎老爷家的牛，不就有故事了。

张义不解地问，这有什么故事？

那人说，慎老爷逼得赵酒鬼上吊死了，我们就支持赵酒鬼家声讨慎老爷呀！然后再惹点事，故事越做越活嘛！孙有问张义，行不行？

张义心里恨恨地要骂他们，这算什么点子，没事找事啊！见大家情绪高涨，也不想泼他们凉水，便问，有没有比这更好的法子？

寺庄的法根说，把我们村上申小天的猪场捣了。

张义问，这猪场有什么故事？

这猪场是申老七租的，老两口的儿女都短命，留下好几个孙子孙女、外孙外孙女，日子过得很艰难。要是没了猪场，申老七没了去处，全家人都得饿死。

孙有说，你准备怎么弄？

有人说，下点药把猪毒死。

大家没声响。

法根说，申小天才不会管申老七的死活哩，他那猪场里几百头猪是什么代价？再说，县衙会来吗？镇公所会管吗？史镇长自己还愁着早饭哩。

众人都将眼光看着张义。

张义想，上级要他不惜一切代价把民众发动起来，这算不算？关键要看申老七与申小天之间会不会发生矛盾冲突，上升为阶级仇恨，逼申老七走绝路，没申老七的绝路，戏还是成不了气候。再说，革命能这样做吗？这能叫革命吗！他站起来，语重心长地说，如果你们想不出更好办法，一定要这样做。那么，这个猪场的代价一定要成为革命的最少代价，将来革命成功了，再还给申老七。他这么说，众人七嘴八舌议论起来。望着大家兴奋地议论，张义心里想，斗地主分田地，一句话的事，在这里做起来可能就是这样不道德！但封建地主、资产者给过多少道德于穷苦百姓呢？几千年的统治淌了多少百姓的血？别的地方的经验不能在这里照搬，这里的做法也应该有它的独特性吧，应当根据这里的特点去发动大家。他站起来，把话锋一转说，我们是正义之师，这样的方法，非我们所取，今天我们暂不说这话题，改日再议。好不好？

众人都附和表示同意。

时间过得真快，转眼就是深夜了。散会后，张义留在祠堂屋里过夜。孙有也不回家睡，抱来一床被子，两人在稻草上合被而睡。刚躺下，又有几个人抱了被子进来，大家盖着被子，躺在稻草上继续聊。张义哼起了《国际歌》，大家跟着哼，很快，在低低地哼着《国际歌》的歌声中迎来了新的一天。

张义到横沟村的消息是无法躲过东家们的。

张义只好礼节性地拜访了几户有影响的东家，向他们宣传北伐的重要意义，只字不提农会和共产党员的身份。消除了东家们对他到来的警觉与顾虑，当张义再在村与村之间走动时，东家们也不太介意了。

很快，张义就到了在民众教育馆上课的日子。

张义离开横沟村那天，孙有单独送张义到村口。

孙有提供了前不久离开的同志交下的古柳泽进步人士名单。由于这些名单是用口述心记方法保存下来的，孙有希望张义记住，然后去找他们。

张义复背了几遍，确信已经记下，紧紧握住孙有的手说，谢谢你，谢谢同志们做的工作，我希望你能尽快到古柳泽来配合我工作。

孙有答应了。

第四章

25

天渐渐透出亮色，毛教头摇摇晃晃迈着八字步来到空场子上，伸腿展臂地晃了一阵后，两臂一个大展抄，合于两侧膀骨，目示前方，屏住呼吸，慢慢从丹田运气向上，随之两手向前直伸，于胸前方做转球状，然后……同在场子上晨练的殓翁晓得，这接下来的，就是收拢贴胸，向前推出。这一招厉害，说是有千斤的推力。当初包老爷聘他时，验过。毛教头一下子将碗口粗的青杉树齐刷刷劈断。今天，他做到这个地方就停下了，从头再来。反复几次，还是下不去。有几次还叹大气，跺脚。

旁边有人看出名堂，私下交头接耳：毛教头被女色耗空。

虽说如此，那拳出来还是够打你个穿心孔的。大家都在远处眺看，顺带伸伸腿脚、展展胳膊，活络活络腰腿筋骨，至多来个五禽戏，打打太极拳，闲来才把眼朝这边瞟。

毛教头原本住包府里面，得势后在桥西北街弄到一座三进带天井的单门独院。每日清晨起床后，他喜欢到处走走，空场子是镇中心的一个要紧去处，又临近他的住处。但他不在那里显手脚。侯老七等恶帮闲少起哄乱抬，煽起了他的虚荣心，隔三岔五地在空场子上摆点武当拳、少林功夫，还有什么长拳、短击什么的。习武之人，出手的一招一式自然都上板眼，成了一道好看的风景。不知底细的外地客人见了，夸他功夫好并虚心讨教一二。他说到拜某某为师学武当拳，人家说，那是当今武当拳圣；他说到少林几代师宗亲手把教，人家听得两眼直直的；他说些拳道武门的事，人家像听天书。人家问他在哪里做事，他不说在镇团防做教头，只说在这镇上大户人家闲住。江南人称"闲住"，便是"食客"。说到食客，自然让人联想到战国四公子：孟尝君、信陵君、平原君、春申君。

这毛教头也能给主人出谋划策？

冯先生听了一笑。

话传到包老爷耳里，自是喜欢。养着这样的"门客"，可不是一般的角色，毛教头的晨练也是他包老爷向外展亮招牌的一道风景。

毛教头终于运上了气，脚一跺，双手合力一推，众人就觉得整个清晨的空气如墙被推倒，惊得众人"哦"的一声怔在那里。毛教头也在这一推后，僵住，约有些时分，才慢慢缓力收回，开始正常的程式朝下一招一拳……

好！远处有人喝彩。

毛教头听多了这种喝彩，本属正常，但今日不同。他收住势，双手抱拳道谢。

赞誉者非别人，正是南方橡胶商人夏天。他住的客栈，临窗看到场上的景致，本想与这好功夫人接触接触，打听后，便丢了那念头。出来散步，偏绕不开这迎面的一见，干脆就夸他一句。

夏天正要离开，毛教头猛然想到什么抬眼看了看他，重新对夏天施大礼。

夏天明白，那场接风酒把他的身价抬得不低。果然，那些旁边活动身骨的人，都停下来，正正衣冠，向他行揖作恭。他也赶紧一一回礼。

不料，斜刺里出来了史进耀，朝他招呼：夏先生，早啊！

啊，久仰，久仰。夏天回礼时，用蔑视的神情扫了一眼毛教头，哦！镇长也有此雅兴？

哪里，清晨走走而已。

这镇上很宁静，宁静得像一池死水。

史进耀看看他，不解其意。

夏天望着毛教头言外有音道，就数这里有点活气，要不，这一天怎么开始呀！看史进耀一脸的困惑，又说，劳心者治人，劳力者治于人；孙猴子本事再大，总在如来手里翻来覆去。世界就这么奇妙。

听出了眉目，史进耀欲问其究，又感觉初次见面，不能莽撞，嘴里便含糊地哦哦几声，然后邀夏天用早茶。夏天笑道，还是我请，我请是借花献佛，让人花钱，自己开心，这是当今有钱人的时髦，新的刺激，来劲道，不亚于血气方刚地来场搏斗。世界真奇妙。

是的，世界真奇妙。史进耀应着，犹豫着随不随他去喝早茶。

夏天看看史进耀，当得知对方不喝他的茶时，大度地拱拱手称有急事，先走一步，回客栈里去了。

望着夏天疾去的背影，史进耀觉察出夏天对毛教头似乎也有不恭，精神顿时一振。想到昨日有人评判毛教头架势上路，内虚实耗，经不起折腾的话，那一刻，史进耀闻而一惊，忙作揖请教。那人笑笑道，你若不信，上前对他的马步架踢一脚试试？若不塌，你找我，我在借翠云轩备一桌请你。说完就走。

史进耀追上道，是看我这样子不敢上前蹬他？

那人停下看看他说，是吗？那我上前蹬他一蹬，那桌饭你请？

史进耀说，请不请都在次，在下想请教个原因。

那人笑笑，说，练功者讲究个童子身，元气固守，贪女色必耗内精损元气真神，出手伸臂少了些许接力气，不是贪欲过度又会是什么？说着，把手一摆说，我认识你，你是新来的镇长。正苦于这个人挡着，收不回镇团防，是不是？无碍，快了。

先生神也。史进耀想再问明白些。

不料，那人停下步子，罢了，罢了，就给你说说白吧，通常习武者，应该先活络周身筋骨，缓运气力，使气行于体内渐若河道之水畅通，行车之道无阻。那一刻，气听命行，舒展裕如。虽旁人观之弱如羽游，则万钧之力系于一毫，击掌出拳踢脚如钉锤棺板、针刺命泉、掌击天灵。

听着，史进耀越发敬佩，忙问他名姓。

对方一笑，做工的苦力，天生没名姓。说罢，迈着如虎的步子而去。

望着那背影，再看场上的毛教头，史进耀好有一比：这个不报名姓者，阔肩猴腰，步如风，眉宇间透着英武之气；毛教头虎背熊腰，展腿伸臂呼呼有风，一脸横肉，浑身霸气削去了他的七尺英武。这一比，顿时要对那离去者结相识之缘，追过去。可惜人已远去。

今晨的史进耀便想再次会会昨天那人。在场子上转了转，没遇上，心里有些着急起来，那人是谁呢？是路过的人，还是这镇上的？嗨，昨天就该问一问人家的名姓才是。

突然，从桥的方向传来大呼小叫的声响。空场子上的毛教头也正好收了棍棒，朝那街上呼喊的方向看去。原来是侯老七拥了一帮人过来，大呼小叫：毛教头，黄相那茶馆又得了几只活猪心，给您下酒哩！

好，那东西要生嚼，吃得脆响，来劲，添精气神儿。毛教头迎将过去，嘴里急切切地问，猪活着？侯老七回说，活着。两人说话间便凑到一起，一帮喽啰前呼后拥。

新来乍到的史进耀别的事知晓不多，这对活宝的故事倒也从街头巷尾获知了不少，见他们相拥而过，心里一叹：这帮霸市流氓，活得真潇洒，莫非吃过活人心不成。

夏天回到客栈，见有他一封信，拿进房间打开，上面几个字："包动邵静，武戏难唱，煽。"夏天看完，顺手着火把信点燃，烧了。躺在床上时，他一直在思索，这上司是何人？说是胡县长与我联系，这分明又不是胡县长。是谁？在这镇上吗？一定在镇上，要不，能那么熟知情况？邵家静观，很正常呀。商人的心理，就像他们做生意那样，世道乱了，才会急着找靠山，靠山找到了，生意做得欢畅，心里就踏实，静下来了。这个"煽"字，如何动？想着，躺不住了，起身朝窗外那空场子上随意观看，正好看到那帮恶闲的咋呼，又看到了呆呆站在那里的史进耀，顿时有了主意。走到门口喊小二。小二来了。夏天问，你们这地方活吞猪？

小二不明白，想了想，听到外面的声响，明白过来说，那不是活吞猪，是吃活猪心。说是能提精气神儿，助张力，我也不懂。毛教头好这口。

夏天说，那多腻怪，镇上人不说闲话？

小二摇摇头道，说？恶他。恨他。没人敢惹他。人都怕事，没逼得投井下河，都说随他去，千斤的大猪早晚有人斫，还说快了。

你们再加点饲料，喂快点嘛！

屠夫没到，加什么饲料。

夏天一笑，给小二手里一块大洋，你去说，到了，来了，就等他膘再足点。

小二盛钱的手掌不敢收拢，嘴巴抖颤着：客官，你、你、你不是橡胶商人？

你说我是谁？

革命党。

哈哈哈？小二，莫怕。我说的话，别张扬，叫你说什么，你就说什么。懂吗？夏天又给添了一块。

小二手一紧，脸上绽出朵花，客官莫要加钱，只需吩咐就是，小二的嘴呀，紧得像衙门前的石狮。说完就跑，到楼梯口又回来，小声问，都说到？见夏天点头，便又说，客官放心，我有一帮人，他们就是天生的播箕笭，一斗的稻播出三石的糠。我不说出客官，也没人知道是你。夏天乐道，我就是要看看你稳不稳，好的话，日后有你的小财发。看着小二离去，夏天的情绪开始振奋，决定会了邵老爷后，立即与史进耀会面，好好施展自己的宏大计划。

毛教头和侯老七这恶帮闲少，过桥到了桥东街面。这街角落上有爿小茶馆，是殓翁老丈人开的，后来盘给了屠夫黄相。黄相开茶馆就等于开猪什店，酒菜荤腥均沾，文武吃法不论。名流能上楼，扛包的码头工照样占席喝酒。此刻，毛教头与一帮恶少踏进店，就听得后院里屠宰场上有猪叫。侯老七闻猪叫声，急奔出去。回来时，那活猪心还在他掌心里跳着，朝调料盘里一搁。毛教头伸刀快切快沾，狼吞虎咽，几口就吞掉一只猪心，又上来一只，慢慢嚼出了些滋味。这才拍着侯老七道，兄弟们都尝尝。他发话，轮到恶少们品尝。大家现嚼着活猪心，喝着千年陈酿，快快活活。

新加入的小泼皮捞块猪心放嘴里嚼着问，真补吗？

那还假？提精气，引火归元。侯老七不知从哪儿听到的中医术语，显摆着。嚼着生猪心片的毛教头点着头，喝着酒，高兴地扬手一拍侯老七：兄弟，你码头上有没有人找碴儿？没有就好。不过，有更好，能生钱。太平了，倒是死水一潭没活钱来。

侯老七乐了，他指望的就是这话。身边的小厮与小泼皮不知嘀咕了些什么，凑过嘴对毛教头说，祖师爷的话中。给你扛美人的竹为，听说有后台。众人忙问，后台是谁？小泼皮说是民众教育馆新来的政治教员。毛教头一听，两眼竖了，莫要说他是耍嘴皮子的，就是孙大帅、蒋中正，老子怕他鸟？明儿你们去看看，那里有几张漂亮的脸？都给我扛来享用享用。这些穷鬼，芦席上翻跟头，能翻到金銮殿上去？穷鬼可以反天？哈哈哈……

侯老七倒是没笑，提着嗓门对毛教头一字一句说，那个民众教育馆是邵老爷的钱财支撑的，可不能小视。

老子就想替包老爷出这口恶气，捧着猪头找不着庙门哩。来吧！我的拳脚痒多时了。

教头的拳脚一痒，黄金万两。侯老七说着，顺势伸出两只指头夹片猪心扔进嘴，一嚼，果然香脆可口，落舌尖尖的小葱，也比拌别的菜出滋味。

啪！毛教头一拍桌子，呼地站起来，盘碟里剩下的猪心片都跳起来，盘翻碟滚。毛教头吼道，谁想与我过不去，就这下场。那丫头，不给老子困？给阎老三困去。怕了？那就张开，不张？哪条腿不张，斫了。怕了。跷得高高的，张得大大的，看上去紧紧的，劲头猛猛的，哼得痒痒的，心头乐滋滋的。吃，吃上了滋味，和她娘一样，烧不透的火烧地……毛教头展开手掌，从半空中朝下猛地一合，扣了装猪心片的碟子，然后朝窗外一扬，就见碟子在空中打个漂，洒下些残汤剩屑，扑哧——！落河里去了。

哈哈哈，就这么着，撳在水里呛死。毛教头说着，喘口气，嘴里酒气直喷，睁着被酒烧红的眼睛补上一句，这才叫搅浑水捞钱财。

恶少们立即欢呼：搅的就是钱财进门呵。

26

冯先生向紫藤园走去。

依他的感觉，正在兴起的实业家，注定要击败统治古柳泽千百年的封建地主。这道理，不知道邵老爷明白没有？好像有点明白，又让人感觉很浅显。冯先生认为，一定要明白。光明白还不行，要付诸实施。冯先生积几十年的经验，欲做之事，必做成。这不是自信，是他的经验所致。

进了紫藤园，冯先生脚踏在鹅卵石铺就的地上，眼前晃过去的都是好景致：左边是一道长长的汉白玉的栏杆，一直向前围去，围入看不见的房子后面。栏杆外是个荷花池，花季刚过，水面依然还有未凋谢的荷花，引来三五只鸳鸯在戏水。几只红蜻蜓飞逐着花叶，小青蛙从这片荷叶跳到那一片荷叶，煞是欢快。进入藤架走廊，扑面的馨香令人耳目一新。藤是由人腰粗的桩上长出来蔓延过来的。这就是引以为园名的紫藤。冯先生每每走到这里，总是想到自家的独门宅院，小小的天井里有口井，井台上有一块搁东西的石头，石面经岁月磨得光亮如镜，他小时候常常把那石面当镜子照着玩。石头的一边是蔷薇，枝蔓茂盛，每逢花季，香溢满院。墙角里有三五株天竹。在绍兴城里，这种宅院不失温馨。可惜都让爷吸鸦片吸掉了，害得他小小年纪进宫。每每想到此，顿时就有莫名状的情绪涌上来。

拐出去，再穿过用假山石垒成的山，上了一条小路，过亭下山傍水进入一片树林。伴随阵阵鸟鸣雀语，树林深处的房子渐次出现。到这里，冯先生放慢步子，边走边听着动静。

鸟鸣雀语变成了钢琴声。一座很有特色的建筑矗立在冯先生的面前，这是邵老爷的书房。迎门正堂上悬匾，上书"导和怡泰"，中堂挂着一幅《孔子读书图》。左右对联曰："充海阔天高之量，养先忧后乐之心。"屋里有张榻床，榻床的左右各有一组红木的茶几。茶几上放着一本正翻开的书。屋里没人。冯先生知道，此刻老爷在孩子的学堂里。

邵家聘了几位教师设家塾教子女读书，其中教洋文的骆小姐最受邵老爷器重。是骆小姐的洋语说得特别好还是她的美貌所致？似乎都不像。冯先生隐隐觉察到邵老爷对骆小姐另有所图，是什么，他还不清楚。邵老爷曾担忧地对冯先生说过这位骆小姐很像包府那位愤然出走的千金。不料却让冯先生落在梦中，梦里的冯先生正好推门进来，看到邵老爷被骆小姐骑在身下，她正疯狂地舞着一把剪刀要杀邵老爷，邵老爷问她为什么，她说我为母亲杀仇敌！冯先生惊出一身冷汗，醒了。冯先生想想很纳闷：你报仇要找包老爷、你的生身父亲，找邵老爷是哪路的神砸哪路的碑？多少次，他想告诉邵老爷这个梦，话到嘴边还是忍了。

冯先生到邵家孩子的学堂，看到一位胖胖的头发快掉光了的人，对着一个男孩说话。那个男孩拿着书跪在地上，目光呆呆地听着。他就是邵老爷。冯先生撩起袍，准备踏阶而前，忽然看到乔乔从屋里的另一个门出来，他只好收住步子站在门外。

乔乔过去对邵老爷说了什么，邵老爷好像没理会，还在对男孩说话。乔乔她走到男孩的身边，男孩虽齐乔乔肩高，大他五岁的乔乔毕竟是少妇，抬眼举手都初露出女人的姿势与态势，老轧轧地从男孩手上拿过书，对邵老爷嗔怪地道，有霈很用功的，说着，就动手拉男孩起来。男孩膀子一甩，并不领情。

这表情使邵老爷很生气，厉言道，怎么没对你娘称呼？

有霈没反应。

乔乔道，嗨！你没听到，他早就叫了的。有霈，你去吧！

有霈没起身。

邵老爷说，既然你娘说了，那就起来。趁冯先生在这里，把《诗经》里的南音、北音好好请教请教。

冯先生听到这话，慌忙上前。

有霈站起来，恭恭敬敬地对着爷鞠躬，然后又对进门的冯先生鞠躬，道别。当他转身朝外走时，邵老爷提醒道：有霈，你还没对你娘告辞。有霈只好转过身，极不情愿地向乔乔告辞，然后走出去。

邵老爷回到自己的座椅上，把胖胖的身子在椅子上顺好，也把精神从刚才对儿子的烦恼中收了回来，不紧不慢地说，我闹不明白，拿孩子学生意的事折腾，这是借题发挥呢，还是指鹿为马？是不是太闲得无事了？说话间，他看看乔乔，吩咐道，你先去吧，我与冯先生要说些话。

乔乔走了。

眼前没了女人与孩子。需要做给女人与孩子看的种种作为丈夫与父亲的形式，都没必要再摆了。没有了那些羁绊，邵老爷的活力一下子冒了出来，出现了甚至与他五十岁年龄还嫩相许多的举止。欠起身乐呵呵地朝身边那张满月靠背藤椅拍拍道：坐下，坐下。来点什么？

外边正好路过一个丫鬟，邵老爷喊住她去传了贴身用人取茶来。然后对冯先生说，还是喝茶吧！我有点洞庭银毫。冯先生推辞：不可，不可，那太费了。

用人拿来茶。邵老爷吩咐取西洋进口磨花玻璃杯来。他亲自动手泡茶，说，用这种杯子喝茶，才叫享受哩。接着又说，乔乔本来要带小扣去柳泉居，那丫鬟硬说要洗小裤衩，就不听使唤了。连贴身丫鬟都管不住的人，竟然镇得住包老爷那只修炼千年的老乌龟！也勿晓得是该祝贺她，还是说她太张狂？或可以放心让她主事家政？

冯先生分明看到邵老爷说话时的脸上，洋溢着止不住的喜悦。

邵老爷亲自把茶端给冯先生，感叹道，如今生意越来越难做，冯兄只知太湖强盗与我过不去，却看不到我的货被山西、广东、福建的地方势力和军阀吞吃。这使我越来越明白，没有官家的保护，乱世的商家何能生存？官商勾结，自古如此，又不是今天才让人明白的道理。我想找条路，像他吕不韦那样，干干脆脆资助一支力量让他们成气候。

冯先生认为可行，但不知随从何人？

邵老爷说，当然是张仁杰！

冯先生颔首称好。

若得成功，子孙万代不敢说，三五代儿孙的安稳日子总是有所保证吧！邵老爷缓口气，手一伸说：请用茶。

冯先生摆摆手，没端茶杯，而是继续说话道，从您的话里，我明白你是想追随他们做那种天下革鼎者，您做生意图的是为天下集兴国强民之财。老爷此念若诏示天下，必被视为义举！商人，从古至今多如牛毛，人人都会在他所生活的朝代遇到。他们能想到的，大多是想收买军阀、恶绅图自己发财！又有几人敢有老爷这种胆识？数遍历史，也只有吕不韦。我听说许世英、沈钧儒、褚辅成、黄炎培等名流要在上海以人民直接选举实现民治为目的的"三省人民联合组织"。这种好事，我劝你，也可以在古柳泽做做啊。

学他们的样，成立地方自治？那么一来，置包老爷于何地？

包家历来都是革命的逆流！

邵老爷摇摇头，先生不可为抬我而贬他人。包怀夏乃世代名绅之后，吾镇能有今日，包家有不可磨灭的功劳。就说这次收茧风波，没他的反作用，我能不拔一毛而获大利？银行挪钱还要算利哩。再说，当年长毛子造反，他家先人坐镇柳泉居指挥，引兵从越溪河上灭长毛，府志重修时还特意加进了这一条。

邵老爷还记得镇上从前有爿桐油店，道光皇帝时的桐油店。

邵老爷打个怔，问，道光皇帝时的事，你也晓得了？

古柳泽有句谚语：一船桐油困半只妓。你应该知道它的来历。

邵老爷点点头。

冯先生说的故事在咸丰六年，江西婺江的曹氏从福建弄来的桐油。那桐油是整整的一只船队，路过此地，因为雾大，怕过太湖出事，在古柳泽一宿。不料，怡春院的鸨婆使计让他输了一船队的桐油……说到此，冯先生不再说下去。

邵老爷提醒道，说下去，说下去嘛。

……婺江曹氏第二天知道那些桐油落到包府手里，他还听说，这批桐油就算在古柳泽不到包府手上，也会在过太湖时被劫走。包府家丁船，在太湖里的黑船，那是多少，哪条船不要桐油啊！外人不知道他家的船，白天在古柳泽，夜里走太湖……冯先生说到这里。邵老爷震动了，两眼逼仄，连连道，不必说下去了。我只问先生一句，先生对此事如此清楚，想必……

天下事，莫非未做，做，必有隔耳传之。我只是提醒老爷，人无远虑，必有近忧。

邵老爷抚额久久无语。

冯先生站起来，在屋里慢慢踱步，捋着下巴，徐徐进言：依在下看，你的生意做得越大，对包老爷越是威胁。他明白了自己在收茧风波中的失利，必会寻找别的途径报复。你当前之急应该利用把握商会的机会，积极与苏州总商会合作，一旦他们成立商会武装，你也要搞。要更多地得到虞氏张氏相助，张氏乃当今的新贵，他与蒋中正的关系你也明白，你依附北伐，必使包府不敢小视。听说，包老爷与孙传芳的一个副官很好，是吗？

江苏督军李纯的副官。邵老爷吐露真言道：那也是旧事了，李纯一死，包大少爷闲在家了。要不，哪有他到新学堂教书与盛老板女儿的那出戏哟！

冯先生提醒他，近忧！你切不可大意啊！

邵老爷疑惑地吐了一句，敢问先生，近忧何解，唯有灭包？

非来，此时过早。依在下的看法，应该在盛家女儿身上打打主意。盛老板的女儿与包家大少爷的事，是您目前可用的最好一着棋。

邵老爷平和地点点头。

盛老板一厢情愿做春秋美梦。包老爷尾巴翘得高高的，眼皮都不下滑。这中间的文章你难道要我教吗？……说到这里，冯先生打住，抱起茶杯，观看杯里的景象。

邵老爷一脸的狐疑：这有什么好文章？让他们做亲家！

冯先生摇摇头。放下杯子又拿起，放另一地方，说：

要能够让盛老板的女儿有个体面婚家，但又要能叫包府像吃鱼被刺鲠在咽上一样。

说着，冯先生把身子朝邵老爷靠近些说，不是找什么靠山，恰恰要的是平民，比如他盛家的一个用人就是个好角色。

谁？

冯大。

嗯，那是条汉子，高大马架，魁梧体壮，女人喜欢。她们觉得这种人的床上功夫好。依我看，那事未必真都是包大少爷的不是。丹凤眼的女子，看人就喜欢斜斜地用眼稍挑，然后一笑，一颦一笑，再刚烈的男人也会心动情至，或是魂飞魄落。冯大这人我见过，怕不合她的口味啊。当然，作饵，又当别论。说到这里，邵老爷手抚椅子扶手，慢条斯理地问，依先生之见，妙在何处？

冯先生侃侃道，盛老板想让女儿嫁给包二少爷的事，你也没有听说？当然啦！也可以说是别人饭后茶余的闲话资料，闹狠了也狠不到什么地方去。身份在这里！盛老板就是看重包府这个身份，老大用用让给老二！他家的传统……

扑哧！——邵老爷听到这话，一口茶喷笑出来，泼得到处都是。冯先生忙喊仆人。邵老爷却拉住他，笑个不停：你知道我，为什么笑？

冯先生明明知道，却故意摇头。

邵老爷：你是知道的，你看你的眼神，告诉了我。在我面前，你别想蒙出什么来……

冯先生一惊，慌忙镇定自己，从心底里收敛，暗自道：果然厉害！

邵老爷忽然发现言重了，赶紧赔不是，拉他坐下，给冯先生杯里添水，用话调侃。

冯先生看着仆人收拾完离开。摆摆手，说，老爷不必在意。

那你说下去，好主意。

是啊！我在想，若是弄个没身份的掺和其中。你说，这故事又会如何展开呢？

对、对、对！你心里是否已经有好的人选？不妨说出来，我们斟酌斟酌？

冯大！我以为冯大是最合适的。这冯大，一个苦命人，能攀上盛家，不是饿老鼠掉米囤吗？支他做什么事能不尽心？……

邵老爷捋着下巴插嘴道，命也上哟！

就是嘛！

不知盛老板怎么想。

冯先生说，盛老板肯定认为门不当，户不对。这就看您老爷的功夫了。盛老板听您的。你把利害说与他听，包府这门亲肯定是搭不上了。若想别的有模有样人家肯要，好像还没有！除非上海、苏州、杭州去找找。找到了，人家一访，她与包坤均的故事能掩得住吗？退一步，塞人家做填房，那是让女儿受苦！

依你的，干脆台阶下到地面上，舒展手脚做主家婆！

对啊！找身边贴心的伙计招了，那多好。女儿还是在身边，女婿也有了。天伦之乐，盘璋弄瓦，乐不可支呀！

邵老爷合掌道，妙妙妙，就这么着。他离席在屋里踱了几个来回，越想越妙，连连说，冯兄啊！我真少不得你哟。

冯先生连连道，老爷莫过奖；这主意虽好，还是不能从根本上铲除对你的威胁。

邵老爷在屋中间站住问，什么威胁？

太湖强盗！

邵老爷一震，心里道，这冯先生果是有来历，把我的心事摸得透透彻彻，也罢，就听听他的。问道，你捉住了包府与太湖强盗的来往？没有？你说这闲话不怕包府指责你。是的！多少人向官府告他通太湖强盗，官府也抓过多次。结果呢，口供没得到，人却死了。你说，这古柳泽，谁不晓得，又能奈何他包府？冯先生，我何尝不知你心。该怎么办，我自有主张。

冯先生说，既然你把话说到这份上，我也明白了。只是眼下的事，你要好好把握。那包府绝不是等闲之辈！依我看，你得出出场。

邵老爷看看他说，我没出场吗？

冯先生笑道，我说的是另一种出场。比方说，利用某些力量抑制住包府。接着，冯先生慢慢端出了自己脑子里想的一盘棋。

邵老爷听着，点着头，忽然说，听我太太说，你想收下那个桥头的孩子。这又为何？难道你与孩子有什么关联？

冯先生说，我看这孩子眉间有股非凡之气，好好培养将来能成才。

那就让你带去吧。我别的不怕，就怕什么人从中玩把戏，插到我家做内奸。要真那样，可就惨了！到那时候，我叫声对不起列祖列宗也来不及了。

冯先生心一惊，冷不丁一个寒战，突然左腿一跨，右膝一跪道，冯某蒙老爷错爱，在此残度半生。今也已垂暮之年，老眼虽已昏花，但对邵家未来之景不敢有一丝幻想，故在残年想为老爷做件事。就是为您物色一个好的看家狗，以了却我的终生之念眷，来年之幸宿。

啊呀呀！冯先生快快请起。我邵某何功何德，蒙先生如此大礼啊！还勿快快起来。休要折煞我也……邵老爷把冯先生扶了起来。他没想到冯先生对那个孩子如此重视，倒也不可小视了，两人重新入座，此时此刻的邵老爷更把冯先生视为知己了。

两人从收春茧到目前的蚕豆粉丝，还有几爿店里的经营，再说到各地分店近来的收支状况。话越说越投机。冯先生对邵老爷最为敬佩的有一点，就是邵老爷并不忌妒手下人发财。厨子黄师傅一家包了水面，是邵老爷有意给他发的财。就说藕粉一项吧。邵老爷一句话，邵记商行还不全包下了。还有上海、天津、广州那几爿店经营的是洋货，利润相当丰厚。邵老爷却将这几爿店拿出三爿做了股份店，让在他家做事的下人，拿自己的工钱投股，年年分红。这种收买人心的手段是别的老板不好比的……

转眼就到吃晚饭的时候了。平时，邵老爷只是和乔乔、有鼏、有鼎、有卣、有荆一起吃饭。骆小姐是女士，邵老爷便容她与家人共进餐。今天，邵老爷不与家人一起吃饭，只和冯先生两人在书房用餐。四只小碟分别是拌黄瓜片、醋炝萝卜、薄片蹄筋、干切驴肉，另加一盘鲜菇炒脊里肉、一碗开洋烧豆腐，再有一只河蚌汤。酒是自家酿的好米酒。邵老爷也不多饮，只是三五小盅，感觉热气上脸即止。用人在门外候着，这是规矩。

饭后，冯先生起身要告辞时，邵老爷说，刚才管家来说，那个孩子已经在等了，你带到店里去吧。依我的想法，还是不要让他住在店里。万一，真是个什么角色，后悔就迟了。

您放心，我一定照你说的办就是了。冯先生说完就告辞了。

27

冯先生住在"万盛航运股份直达行"对面斜北的一个小楼里。

小楼下面是邵家的恒泰账房。这个账房实质就是一家私人银行，一方面它是邵家在古柳泽对外进行商务活动的金融机构。另一方面，它又是外面银行在古柳泽的总代理。它行使着外地银行与古柳泽各商家的信贷业务。

一段时期，包府想以汇丰银行代理的身份在古柳泽开设分支机构。海关已经被包府请来巡视过，英国本土的汇丰老板也答应镇上最大的钱庄钱老板"承兑汇票"业务在他那里办理。消息到了冯先生手里就有了花样精。冯先生琢磨，一旦在这个人口不过上万的小镇另置一爿正宗银行。恒泰账房就真的只能是邵家的账房了。别人家的铜钿勿走你这里过，进出的收益尚在其次，要紧的是你无法掌握全镇资金的流向，控制不了整个金融行情。依他的看法，不是阻止，而是争先进位，抢先进入汇丰，占了那席。冯先生这个主意真正是良策。邵老爷赶到南浔会着正回家祀祖的张增澄，一份厚礼是上海的一块苏州河边近外滩的地皮。

张增澄虽说不在乎这些小礼，他能够看中的是邵老爷的事业和潜力。张增澄做保，汇丰银行吸收了邵氏，允许恒泰账房作为汇丰银行在古柳泽的办事机构。

这一着，弄得包府很不惬意。

包老爷找到张增澄，声明私人账房不可做银行代理。但是张增澄这个人最恨官场混角，见包老爷不是实业人，心里就有隔阂，说话自然就偏侧。可怜包老爷没看出，白费精气神儿。

冯先生在这件事上立了功，汇丰银行在古柳泽代理的最佳人选也自然非冯先生莫属。于是冯先生可以拿两份薪水。这一点，邵老爷并不计较，相反还给冯先生在邵家的年俸加了些，虽不多，以示奖励吧。冯先生这个银行总管，一面管着邵家庞大的家业，一面又介入世界银行的金融活动。令人惊讶的是冯先生在古柳泽没有一点私人家业。他不仅在这里没有，这世界上就没有他冯先生的私家产业，他连个相好的女人都没有。这是为什么，谁也说勿清楚，也没有人愿意去打破砂锅问到底。当然，在邵老爷那儿，另有一家银行的存单上开着他冯先生的名字，那是一笔非同小可的数字。冯先生却不知道！这也是邵老爷对人的厚道之处。

恒泰账房是一幢小洋楼，人称"红楼"，十分坚固。四周有一些附属的建筑，都是假的，起到保护这家银行的作用。这些假的建筑，现在都成了职员们的宿舍或一般的办公用房。

冯先生带着那个叫行义的孩子来到恒泰账房，他只是让行义在恒泰账房外围的一个会客室坐了一会儿，然后就把他带到东面清洁工住的小屋里，那屋里还有一块空间，冯先生让人支了一张床。

行义就睡这床上。

冯先生告诉行义，每天早上必须五点起床，起床后要做的事，是先读书。读的是《吕氏春秋》。行义弄勿懂，为什么不读《四书》《五经》，却不好多问。然后，他到冯先生会客的办公室里打扫卫生。余下来的事，就是在冯先生身边做事。冯先生要在这里接待各种各样的人，处理生意上的各种各样事。行义为他研墨、铺信笺什么的。光是研墨就要花许多的时间。晚上，行义在子时之前是勿好睡觉的。冯先生要给他讲解《吕氏春秋》和别的书，还要练一个时辰的毛笔字。

有的时候冯先生高兴了，会拉着行义到"万盛航运股份直达行"东边的田野里去散散心。但冯先生从来不带行义到恒泰账房的正楼里去，直到许多年以后，冯先生撒手西去前才对已是革命者的行义说，他的遗憾是一直想带行义去看看正楼的，却没做到，因为邵老爷有过话。邵老爷有过什么话，行义是勿晓得的。但是行义说，你说的就是"红楼"吗？我已经去过了。

冯先生大吃一惊，差点儿一口气吊勿上来。

行义抹着他的胸脯说，我说去过，并不是说人去过，其实我没去过，但我的思想，我的意志，我的精神是天天都去的，我对那儿已经非常熟悉了。

28

邵老爷与冯先生吃过那餐晚饭后，就决定在紫藤园接待夏天。

紫藤园里有座两层小楼，楼上楼下都有西式的会客厅，摆的也是西式款件。古柳泽人看不习惯的东西，在这里能够寻到，比方说楼上的西式浴缸，水可以在里面对流，邵老爷喜欢和太太在里面洗鸳鸯澡。楼上平时不住人，只是重要的客人来了住住。

这幢小楼里，现在只有骆小姐住。她每天早上从房间里出来到楼下厨房用餐，然后踩着钟点去不远处的学堂里给有萧兄妹们上英语课。不上课时，便在这楼的走廊沙发上看看洋文书。邵老爷高兴时，也招她去陪陪。邵老爷喜欢听洋文，听不懂也装着很懂的样子。史镇长邀请骆小姐到民众教育馆任正式洋文教师后，骆小姐就很少在这走廊沙发上闲坐了。

乔乔对于骆小姐是心存戒备的。邵老爷知道女人与女人总有些醋坛油瓶底搁不平的事，对于乔乔的话，他脸都不红地说，那是听个味儿，味儿这东西很重要。味儿是填不了肚皮的！

哼！乔乔说，洋学堂里比这妞水平高的教师就没有？说这话的时候，骆小姐还在那边的沙发上坐着看洋文书，风吹过来鼓过去都能把话传到她耳朵里。邵老爷见她并不回避，便胆壮气粗地笑笑说，你吃醋？没那必要。有你在身边，再漂亮的女人都吊不上我的胃口。实话告诉你，骆老师的洋文，是镇上洋学堂，苏州的洋学堂里的中国洋文教师不能比。你不信，可以听听。

乔乔说，当然要听听，我在吕城读书时，也学过英语！

邵老爷说，那就好。

好——？一声怪怪的答词，又嗲嗲地乜眼，声音拖得长长的，然后，乔乔慢条斯理地说，是吗？你真成了没牙的老狼？男人没性，烂铁无刚。莫不是你连我也嫌多余的了？

邵老爷尴尬地笑笑，哪能哩！你没体味到我那性刚小伙子的劲道？他说这种话，乔乔脸红得没了摆处，看看读书的骆小姐，软软地骂句：没正经，便走开了。

骆小姐的功夫真正到了炉火纯青，外人不知，她的心里透亮：我大事还忙不迭哩。

看到乔乔走开，邵老爷开心得像孩子一样手舞足蹈，跑过去朝沙发上一坐，连连催：快读，有意思极了。骆小姐开始读原文，然后现买现卖地翻译。

在紫藤园接待夏天先生，邵老爷认为最适合。

冯先生笑笑，明白所说的适合，无非是美女加洋楼的气氛。

夏天到了这幢欧派风格的小楼前，情绪果然就不一般，笑着说，在这个地方能看到哥特式建筑，真是奇迹。当他无意间在楼下走廊上发现一本敞开的洋文书时，惊讶极了。看了看书名，又放在那儿。参观完了小楼，三人坐进一间西式会客厅，开始坐下来喝茶继续谈在青云寺里没谈完的话题。橡胶商人对政治如同庖丁解牛，他从身上掏出一本杂志递给邵老爷，然后侃侃而谈：这本杂志可以让您看到一盘散沙的中国，最需要的是什么？……

接着，他感慨地告诉大家，在与我们相距很远的一个国家，也曾经发生过推翻皇帝事件，这个国家叫德意志。八年前的十一月十日，皇帝退位，替代维特尔斯巴赫朝的也是一片混乱的"革命"。一会儿是共产党上台，一会儿是社会民主党执政；上午还是共和国，下午就成了政客沃尔夫冈·卡普博士的天下。没几天，工人罢工又卷土重来。就这样混乱的国家，几年后却能够正常地朝着国家富强的道路上突飞猛进，靠的是什么呢？夏天念了一段话："以民族的概念，把我们的国家社会主义革命首先成功地在国内获得胜利，同时进行到国界之外。国家社会主义以种族的概念将把整个世界重新铸造……我们的这个革命是伟大的法国革命的真实副本。苏联的革命没有能够取得像我们这样的可以推进到全世界胜利性的成功程度。"念完后，夏天说，他们靠的本民族的自信力，靠着全体国民对领袖的绝对信仰与服从，使整个民族凝聚到一起，向着复兴的道路突飞猛进。他们能够做到的，我们为什么不能？

邵老爷翻着杂志，脑子里想的是另一个问题：报纸上说，支持共和的那么多，这到底有多少是真支持，有多少是借着支持的幌子搞名堂哩？眼皮下的这几位：是孙传芳不共和，卢永祥不共和？还是他齐燮元不共和？这些人，无一不是打着反清拥护共和的旗帜发迹的，可惜没一个真正支持共和。邵老爷想的，全在脸上显现着。冯先生把邵老爷脸上那些"文字"看得一清二楚，但他不说，他要看夏天怎么表演。

夏天认为中国的问题在于，孙中山先生的三民主义思想还没有真正深入人心，成为民众心里的太阳和灯塔！要做到那一点，眼下没别的选择，只能选择一个最新的体制，那就是表面的联俄、联共、扶助农工，实质是收买旧军阀，寻求资本的强大支持，将共和政府办成一个"股份"式政府，去进行三民主义革命实践！

说到这里，夏天开始进一步阐述自己的观点。

他说，要把最底层的民众动员起来，成为革命的先驱部分。从经济的角度来讲，民众的要求是极低的，革命的成功，对于他们只是分到一亩地，有间遮雨的屋而已。他们的生命和所摄取的财富是那么微薄，这是由他们生命的价值所决定的。一个农民的生命不如富人家的一条狗，这种极为低廉的生命正是我们取之不尽的源泉。在他们卖命的问题上，我们与旧军队所不同的恰恰不是金钱，而是这些人时时渴望的东西：土地、美女、官爵。这些东西的诱惑力相当可怕。一旦到真正需要兑现时，前来兑现的人数几何式地减少，革命的成功就是千百万人生命的最终句号。古希腊人和雅典人早就知道这种等式，屡试屡验。诱惑，足以使人们为之而拼命，遥远无望的东西正是人体所需要的精神鸦片。

邵老爷说，这种说法让那些农夫、做工的晓得了，谁愿意啊！哪能这样对他们说话？

夏天踌躇满志道，黄埔军校在培养我们自己的军官，一支由军官领导的军队，只要军官忠于领袖，别的还怕什么？

这是蒋中正先生，或者是汪精卫等人的思想吗。张静江好像讲的是另一套理论……话说回来，用什么思想来鼓动还不都一样？反正是用人的性命去铺条让他们登基就位的路。作为商人，想的是什么？不是政治，也不是官爵，是买卖！天下太平了，才能有商人的快活。什么是商人的快活？那就是从买卖成交的愉悦中得到大洋与大洋敲打时发出的响声，晒着太阳，喝着自己喜欢的茶，搂着自己喜欢的女人，这就是商人的快活。如果没有这些东西，商人就应该去营造一个，去争取一个。想到这里，邵老爷点点头道，穷得躺着等饿死冻死，不如站着撑死！重赏之下，必有勇夫。

冯先生觉得他讲话的机会到了，他说，刚才夏先生说的德意志的崛起，利用人们的渴望改变现有贫困的想法，去鼓动进行一场新的革命。说千道万，落到现实，只是一句话。

邵老爷扭动一下身子，问，是中国的，还是我们古柳泽的？

冯先生说，当然先要顾得了眼前。

邵老爷说，你对我的孩子不是常常说，君子当先思国后为家吗？

冯先生说，君子欲施绝技才华于国家，必先安家；欲安家者，必有志于国，其家方有规矩于王法。一个连国家都不晓得的人，他的家弄得再好，又有什么意义？一个整天都叫嚷着可以治理国家的人，连自己的小家都管不好，他能治理好国家吗？就说我们现在吧。你在上次太湖强盗搞得家丁骤少后，竟发誓不再增加家丁。虽说你现在用的是镖局押镖，那只是保证做买卖进出太湖到各地的生意安全。忽视了我们自身的安全。难保有一天太湖强盗和镇上的人勾结起来，摸黑上镇或青天白日地来一场洗劫……夏先生，你认为呢？

夏天点点头。

冯先生提高嗓门说，我是赞成靠拢蒋中正，对付眼前包老爷这一策略。具体地说，还要像广州商人那样组织商会武装，过去这里也有过，不叫新成立，叫恢复。不然的话，我们就会永远听任他们的宰割！

这就是一句话，"现实！"夏天举双手赞成道。

邵老爷心有所动，但仍不表态。商人搞武装，外人怎么看？一个镇上有两支武装，他包老爷会容吗？他忽然觉得一向与自己合拍的冯先生对此特别积极，是何缘故？他把话一转问夏天，你到上海转了？

夏天不明白他话锋一转是什么意思，眼睛看看冯先生，冯先生的眼睛里是没有答案的，他只好说，给陈其美烧了香。其实，陈的门徒真正有本事的还是蒋中正。

邵老爷高兴地点点头，嗯，他现在几乎就是一个人从广州政府里冲出来，又与北京政府挑战抗衡，真不简单。邵老爷又问，你还去了哪里？

去了一趟证券所。

邵老爷敏感起来：那个是非风云都有的地方，听说现在又多了许多朋友。陈都督的侄子果夫、闻兰亭、戴季陶等等。他们必将成为主宰中国一段历史的群英啊！他们与广州、北京所不同的正是选择了自己的与其他人不同的方式为中国设置新的政权。

夏天插嘴道，能说得详细些？

不知为什么，此时冯先生突然看看怀表，试探地问，该是吃饭的时候了，是不是吃了饭再谈？

邵老爷在自己滔滔不绝讲话时突然被打断，脸上顿显不快，但马上意识到冯先生的提示必有重要原因。于是，站起来说，好吧，我们先吃饭，饭后让夏先生稍事休息，再慢慢聊。

夏天心里纳闷，这两位为什么都要吞吞吐吐？

午餐虽不及那次陈德怡招待夏天的昂贵，但鲜美可口，最令夏天开心而又吃惊的是，在邵家又与民众教育馆的洋文教师骆小姐见了面。骆小姐庄重大方，陪在夏天的身边，令夏天感到无比的愉悦。夏天在民众教育馆与骆小姐第一次见面就有似曾相识之感，在那里没机会深谈，现在他抓紧机会向骆小姐倾吐。对方一点也没回应。他感到尴尬，顿时告诫自己，不可唐突，慢慢来，慢慢来，别急。

午餐进行一半，夏天举杯对邵老爷说，我这次来的真正目的是想请你配合我们。配合的方法是很多的，首先能够使这里成为我们可靠的根据地；同时直接以经济资助北伐。至于民众教育馆里进行三民主义思想的传播，也是一种支持，一旦蒋先生君临天下，还是需要民众的！做这种功德事，可是千秋留芳名，万世垂不朽呵！

见夏天如此直率亮出来意，冯先生两眼紧紧看着邵老爷。

想不到，邵老爷突然站起来，举酒杯说，对于北伐一统天下的伟业，我邵某给予支持，绝不失言。具体做法，容我考虑再三。我在上海与虞张两位面前一再提及歼灭太湖强盗一事，还望先生能让蒋先生高度重视。至于说到成立商会武装，时机尚未成熟……

举起酒杯的夏天听他这么干脆利落的话，不解地问，时机还不成熟？那要等何时？

邵老爷说，非分之事不是邵某该沾的。国家兴亡，匹夫有责，邵某是尽炎黄子孙的一点责任而已，别的就不多去想了。迎接北伐，乃系关民族前途之大业，请夏先生放心，我邵某知道该怎么办。至于……后面的话，邵老爷不想再说下去，鼻子里轻轻地哼了哼，算是他的态度了。

夏天明白，有的事情并非急能急出来的，只好缓下再说。

当最后一道菜上来时，该在桌上谈的事也都谈了。

饭后，骆小姐主动邀请夏天到屋外的一个草坪上喝茶。

夏天欣然响应。

邵老爷吩咐用人拿上好绿茶泡两杯送过去。又吩咐厨房上了一盘水果，还有一包开口的云南松子。

冯先生岔出话题说道，我看骆小姐是对夏天真有好感了。

邵老爷问，你也看出了？

骆小姐并不像是她自己对我们介绍的那种身份。

邵老爷说，你连这也看出来了？

夏先生想识破她，给我圆场掉了。什么事都忌讳太暴露。我想，她不外乎是共产党方面的人。

一个女人，就是共产党，也没什么可怕。能阻止她不躺在床上叫男人享用？邵老爷得意地微笑着说，喜欢玩小聪明，是女人的天性。男人的聪明恰恰是不愿意揭穿，让她们的虚荣心得到满足。于是，女人总是觉得她们是顶顶聪明的，其实不然，女人一旦坠入情网，她的任何点子和聪明都是感情色彩的点缀品，失去了这些点子和聪明的本来价值，便是女人的可悲。这一点，她们从来不敢承认。

倒也是。冯先生应道。

接着，冯先生笑笑，没有再说话。

对于冯先生的态度，邵老爷没在意，他继续说下去：夏天先生对北伐的看法与张义先生很不一样，张义先生把北伐看成是一次民族前途的机遇。夏天先生则干干脆脆是对蒋中正先生个人的一次机遇。看得出，夏天先生还有些个人的打算要在这里施展，他若与史进耀有缘分，那真是有本好戏唱的。

镇上的坐探说他们俩这几天靠得很近，看来就是你说的这个原因吧。冯先生说。

邵老爷赞许地点点头，应该说是。

29

在树林营造出的草坪地上，清风夹着花香，美丽的骆小姐就坐在夏天的身边。

他们谈了许多话题。骆小姐听夏天先生侃侃而谈，她很少插嘴。当夏天先生再一次提到"革命的成功就是千百万人生命的最终句号，个别少数人分享胜利的美味"时，她的脸微微抬起，看着他问：你引用的是否是两个世纪前葛利尔·恰尔说的话？

是的，你记得他？

当然。他说过：一切的政治结成的党派，它总是给大多数人创造牺牲，而将少数或者几个人的掌权享受留得那么吝啬，吝啬到了谁也不知道谁能熬到最后。不过，他是资产阶级的发言人，此话不能代表无产阶级的奋斗目的。

夏天笑笑，说，那当然，那当然。看到骆小姐脸有愠色，连忙岔话道，想不到骆小姐英文好，俄文、法文也这么好。您在美国待过？

骆小姐告诉他，是表哥家资助去读书的，时间不长。

夏天问道，你知道美国这几年文坛上最热闹的话题是什么？

骆小姐看看他没马上说话。

夏天兴奋起来，以为怜花惜玉的好机会到了。呷口茶，神侃起美国文学，说去年出版《美国的悲剧》作家德莱塞，大概是现在美国最热闹的话题。

骆小姐淡淡地说，这本书倒是没什么意思。

噢？

热闹的是德莱塞的另外几本书，《嘉莉妹妹》和《珍妮姑娘》。我都读过。这两部书才是热门话题。那次，我与表哥看到一本精装本，好贵啊！后来有简装时，我们才买上的。

夏天赞同地点点头，又问道，你表哥叫什么名字？你说说看，也许我会认识的。看到你，使我想起认识的一位朋友，他的未婚妻和你长得很像，应该说是一个模子刻下的。

经他这一说，骆小姐心里顿时十五只水桶七上八下，暗自道：莫非这位昔日同人认出来了？不。要是能认出，在民众教育馆就认出了。父亲与兄弟都没认出，他能认出？想到这里，她的情绪镇定下来。

我见过她，那是在上海的一次外交活动礼仪舞会上，就在徐家汇。好像是为了一位德国朋友。后来，他们就失踪了……

骆小姐何尝不知道他是那次舞会上的佼佼者。现在听他这么说，心里骂他，蠢猪。表情依旧故作矜持道：先生对错号了。你还与他们往来吗？

再没见到过她。张义刚刚和我在这里见面。告诉你，我是广州政府派来的，到这里还有别的重要任务。邵老爷虽然深居乡间，但名声在外。虞洽卿、张仁杰等人都熟知他。你在邵老爷家做家庭教师，这个身份很好，我想请你配合我做些事。说着，把椅子挪她近些，压着嗓门道，最要紧的就是如何将邵家的钱财真正弄到支持北伐上。一旦北伐成功，你功不可没，蒋总司令会亲自嘉奖你。说着，夏天伸出了手。

骆小姐也伸出了手，心想，这是他来的目的？这就是他找我的目的，没别的吗，比方说男女间……

两人握了握手，骆小姐感到夏天的手特别有力，充满着炽烫，使她感到了那个久违的男性的诱惑，给她一种立足大地稳稳当当的感觉。

夏天感受到的则是骆小姐掌心上奔过来的，如潮水般冲击他心房战栗的温暖，几乎使他不能自主。

骆小姐没能够拒绝掉夏天先生送她进房休息。

夏天先生将骆小姐送到屋里就立刻退了出来。

骆小姐后来十分后怕又后悔。照她此刻的心境而言，夏天完全可以拥她而眠。那一刻，她有渴望，渴望还是很强烈。她希望夏天先生勇敢地闯进她的房门，要是进了，她想，她一定是无法支撑住自己虚弱的身子而倒在他的怀里，或倒在地上让他把自己整个儿抱起来。要真是那样，他就会占有她的身子。占就占吧。但她又害怕，害怕什么呢？她自己也说不清楚。是张义吗？不！她已经决定不再理睬张义了。是害怕邵老爷清楚自己的身世来历？……她摇摇头，她想不出害怕什么？只感到无数的害怕都向她涌来，排山倒海般涌向她，欲置她于死地，她害怕了，真的害怕了，她不想死！活下去的欲望，革命成功的欲望使她要活下去。慢慢地，那些男男女女之间的欲望骤然降下去。她关上门，倚在门后面，软软地瘫了下去，就这样倒在地上躺了很久，才慢慢地打起精神，站立起来，走到窗前去，趴在玻璃上看着窗外刚才陪夏天先生一起喝茶的地方，看着那远处的云，远处的树林，远处的什么，让它们都慢慢地在视角里化成了上海黄浦江边那个美丽的傍晚……

第五章

30

张义回到古柳泽。

横沟村农运成果的经验使他渐渐对组织上的要求有了信心，相信自己能够代表最基层的民众改变这里的一切。正当他踌躇满志地在街上走着，突然，眼光瞟着街角里躺着一个人，走近细瞧，见他浑身污垢，苍蝇围着嗡嗡飞舞。赶开苍蝇，忍着臭味上前拉起，竟然是竹为。扶他靠在墙上，问，出了什么事？

竹为听到张义的声音，把眼睛睁开，哭道，先生救我。

别哭，有话慢慢讲。张义扶他到河边码头上坐下，替他把身上洗净，又给他买来两个馒头。竹为啃着馒头，一五一十地把自己的遭遇告诉了张义。张义闻后十分气愤，他先让竹为到民众教育馆去。自己则去找史进耀，争取让竹为在民众教育馆做个临时工。见了史进耀，没说几句，就办成了。

张义回到宿舍，见老耿在屋外扫地，带着愤慨把竹为的事简单说了。

老耿定神看看张义，诧异地问，先生也关心那些事？

张义说，不能问吗？

老耿说，像先生这样的外地人，还是不问别人的事好。说着，叹道：这个竹为，犯了什么星宿呢，说是前天晚上把人家莫嫂的女儿，赤条条地抱了跑掉了。那女儿至今也不知道在哪里……

衣食无着落的去抢人家女儿做什么？张义回了一句，又说道，你听到什么，能说说吗？

这世道，叫你想不通的事太多太多，唉——！老耿长叹一声，压低嗓门说，听说是镇团防毛教头设的圈套，手段残忍得很，与包老爷没两样。他看莫嫂人俊，趁着收茧风波叫她男人吃了暗苦……

原来莫嫂男人吃的暗苦比绑票更为残忍。别的人家交了赎金，人回来，少趾头，缺胳膊，还是个男人。这莫嫂家的男人，活囫囵的一个人回来，不少胳膊不少腿，脸上也没个疤啊痕的，就是愁着眉。晚上到床上，莫嫂才真正伤了心，男根阉了！她哭了半夜，还没法对人说。常言道，死寡好守，活寡难熬啊！莫嫂人长得水灵俊秀，走起路来腰摆屁股扭，碰碰都生小团的年轻女人守得住吗？婆家大人们一合计，让他男人的自家兄弟过来合灶。莫嫂嫌小叔丑，出不了街面。劝让她改走一户，这十五六岁的女儿怎么办？再后来，就听说毛教头常常朝她家跑。起先女人不理睬，慢慢两人合到一起了。这女人愿意的事，男人也没办法！一家愁的是女儿。女儿长得一棵水葱似的，比莫嫂年轻时更秀气，人见人爱。人前笑脸的莫嫂，人后不是哭就是愁。更叫人吃惊的是，莫嫂前几天让女儿跟隔壁的小顺合被窝了。莫嫂的男人反对。莫嫂骂道，你这残相，狗都不敢赶，能打狼吗？打不得狼，我就只有让她早早出嫁。男人恨恨地咬牙，明知是那毛教头占了他老婆又想他女儿，想与他拼，一看到毛教头虎背熊腰展腿伸臂的样子，再对他摆一脸横肉，扬浑身霸气，他是只有逃命躲避，没照面的勇气。

好景不长，没几天，听说小顺又给绑架了。小顺的娘哭瞎了双眼，叩破膝盖，烧香求佛毫无用。大家知道这恶事又是毛教头做的，谁敢去碰？有人埋怨莫嫂明知毛教头有恶念，就不该让善良人家吃这苦头。莫嫂当街大声喊，他毛教头害了我男人，你们不主持公道；我女儿早晚也是死于他手，找个垫底做伴的，你们才晓得叩叩良心，才晓得要救救平头百姓。

莫嫂这话出口，谁还有个响屁敢放？说起来，这毛教头动她女儿念头被莫嫂看出，说了几回，没人听。真动手时又给莫嫂撞上了，扇过他几个耳光。毛教头用手把脸一抹，吐了真言，老子想困你，你躲了？阉了你男人，躲不掉了吧？送上门了吧！骂了莫嫂，又骂她男人，老子叫人阉了你，你有本事浇她火烧地呀，你浇！你还能浇吗？只好看我浇了吧。哈哈哈，敢困你老婆的，就只有老子！老子可以当面叫她褪光了躺下，把腿又到天上喊着叫着让我困，我不困，她就难受！

气得莫嫂夫妻骂天骂地。

毛教头大言不惭地对莫嫂说：你女儿能躲过我，不让我困，我就跪在地上喊你娘，喊你亲娘，喊你嫡嫡亲的亲娘。毛教头敢有如此嚣张的气焰，说到底还是仗着包府。事情闹大了，民愤也大了，包老爷推说是绑票阉人的事是因为收茧风波，查无实据是毛教头。霸占莫嫂女儿，单凭莫嫂的话不能做准。

不！——义愤填膺的张义拉着老耿的手说，过去是没人敢问。今天，我来了，就该问。

老耿不解地：你问？你拿什么问！

张义说，我来这里做教员，就是为了穷人不受欺负。为了穷人的翻身，只要值得，命也可以丢掉！拿与他问，总是可以的了吧！以我一命除了一镇人的心头之患，我值不值啊！

老耿摇摇头：他一个毛教头，怕个甚！

张义冷冷一笑：就是整个社会，我都要推翻！重新建个我们穷人自己的世界！

老耿叹道：我说先生，你的想法好。历朝历代都有这样的志士仁人，敢作敢为！闹了，打了，造反了。结果还不是被砍头？成功的有几个呀！就算成功了，过几年，不还是穷人是穷人，天下还是富人的？不同的，只是这个富人，不是原先的富人，换了一批罢了！所以啊！穷人是永远做穷人，能跳到富人窝里去的，没几人。就算有，那也得从芮老板的染缸里过过，黑了心才行啊！

张义说，这回不同了。真的不同了！是我们无产阶级，就是穷人自己起来了。

老耿摇摇头：朱元璋不是穷人吗？他做了皇帝，虽说体恤穷人，那是几天的阳光啊！他一死，他的儿孙们待穷人如何？……所以我说，一代一代的穷人都这样忍过来了。到了我们的身上，就不能忍？

张义说，共产党坐了江山，决不会像旧皇帝那样鱼肉百姓。因为他们是穷人的党。

穷人的党？朱元璋不也是穷人吗？老耿缓缓说道，谁做皇帝，百姓都是官家案板上的肉。先生啊，我看你是个教书的本分人，可别太天真了。

说着，老耿站起来朝外走，走到门口，远远看到了路上走过来的竹为，回身悄悄对张义说，这后生，面相不好，最好少与他往来。

张义不但不听，反而劝他说，世上只有穷人与富人。面相好不好，都是骗人的，不要相信。老耿还想说什么，见张义这副态度，晓得说了也白说，叹道：我知道你是好人，有菩萨心肠，愿老天赐福给你。说完，走了。

等一等。张义拉住他说，我与史镇长说好了，从明天开始，竹为就在民众教育馆做工。你带他到总务那里报到吧！老耿说，既然先生这么看重他，我也没说的。

竹为走到了面前。

张义把他介绍给老耿，并叮嘱竹为，报到后就到伙房去吃饭，晚上插班上课。

竹为给张义鞠了躬，跟着老耿去了。

张义坐下歇脚时，想到竹为与毛教头的事，猛然一拍大腿，对！就从这里下手发动民众，打击毛教头的邪恶势力，这才是真正的造反！正思索如何进行时，史进耀来了，他询问晚上课的准备。张义告诉他，按照事先说的计划讲时政，并简要地介绍了大致的内容。

史进耀听着听着，忽然问，德意志国家的崛起，你讲不讲？张义问，要讲吗？史进耀笑道，来上课的大多是店员，平时能看懂报纸，来上课是想知道一些报纸上没有的内容，或者很少看到听到的道理。依我看，说说德意志的崛起，说说它的主要经验，可以开阔大家的视野。

这倒也是。张义问，镇长以为德意志的崛起是什么原因？

高度的集权，统一的意志。要不，怎么叫德先生的意志，德意志哩！

张义扑哧一下差点笑出声来：照你说，赛先生又怎么解释？

那是竞赛啊！好比春秋时期诸侯列国竞争。秦国本是小国，后来成了大国嘛。德意志的崛起正是中国秦王朝成功经验在全世界的最佳注释。只有权力高度集中，才有极强的战斗力。一盘散沙，什么也成不了。为了中华民族的强盛，要像德意志那样搞集权，清除一切影响集权的思想和异议，直至种族和人的肉体……我希望张先生能够贯彻这样一个意思，镇长是镇政权的当然代表，他就应该拥有指挥镇团防的权力！非官方任命的人，竟然抓支武装在手不愿意交出来，这天下能不乱吗……史进耀的话，一下子让张义明白过来，倒抽一口冷气，暗自悲叹：中华民族亿万同胞寻求独立之精神，自由之思想的"五四"精神，竟被引入如此歧途。

张义说，镇长看得起我，我一定为镇长效力。只是……我一介书生，教学相长是我的本分，别的就不好多说了。

史进耀说，教书匠怎么啦？造反没有教书匠，还就成不了气候……张先生，我希望这个民众教育馆成为我们治理和稳定政权的培训班，用它来影响整个镇，建立我们稳固的基础。他问道，您有信心吗？

31

开课前，教员们都先到了。

史进耀向大家介绍了张义，并把教员也一一介绍给他。大家相互认识一下。当介绍到一位楚楚动人的女士时，史进耀说她是邵家的私人教师。镇上天天有洋人往来，各家店铺都需要会几句洋话应酬，特意请她出来义务为民众教洋文。

张义一进门就注意到了她，因为离得远，没看仔细。此刻看清了对方，心情异常激动，对方却使眼色让他忍住。张义一个激灵，马上意识到了什么，大大方方伸出手去，小姐，你外语流利，想来一定是新时代的女性，我们握个手可以吗？

骆敏落落大方道，当然可以。随即伸出了手。

一股火流向了张义的全身。

骆敏的两眼也分外的明亮。

两只手紧紧地握着，许久才松开。

史进耀只顾与众人说话，没注意这两人的细微动作。

张义却从对方传递出来的只有夫妇间熟知的表情，顿时一振：是她？是包漪澜！对，一定是她。正待证实时，史进耀过来拉张义到别的教室去。转了一圈，史进耀告诉张义，按照镇上的规矩，第一堂课在祠堂屋里集中上，镇长和镇上的绅士名流耆老都要旁听，这是对新来教师的尊敬。他提醒说，要上好哇，束脩的标准就靠它提哩。

张义问，不知祠堂屋大不大，坐得下吗？

千儿八百的人不成问题。

没多一会儿。听差来说，祠堂里座无虚席，镇上除了邵老爷和包老爷派代表外，其他都是亲自到场。

史进耀闻后高兴地对张义说，这场面，除了骆小姐，别人还没有过哩。

张义问，骆小姐上课时，镇上那两位大人物都到的？

史进耀笑道：情况特殊嘛。说着，两人一前一后朝祠堂屋走去，走到门口附近，听得阵阵吵闹声传来：滚，让他滚。他也派有书读？

打，打死了好。

做贼做到了人家黄花闺女床上，胆真不小。

……

史进耀对张义说，快些，我们过去看看，这节骨眼上不能出事。两人赶过去。见镇长来了，众人让开道，史进耀与张义走过去，见地上躺着竹为。史进耀问，怎么回事。

学员们七嘴八舌。史进耀也不知听谁的好，摆摆手喊，都先进屋上课，以后再说。有人喊道，不行，不能让这个贼进课堂。

张义看看喊话的问，谁是贼？

那人见张义看他，不敢说话了。

旁边有人接着说，就是那个地上的人。

竹为连连喊，我不是贼，我没偷东西。

见状，史进耀悄悄对张义说，那就不让竹为上课，挣工钱糊口总不会有人反对吧。没想到张义不但不听，大声说，课要上，有什么事，到课堂上说，说好了，大家想通了，再上课不迟。

旁边的人大喊：不要，我们不要这个贼进课堂。

张义大声说，他是不是贼，让他到课堂上讲嘛！如果是的，那就让他走好了。你们不让他说话，这说明你们心虚，怕人家说出真相。是不是贼喊捉贼呀！

一听这话，史进耀脑袋开窍了，接着张义的话说，有事放到课堂上公开讲。说着，他一眼看到了盛老板，便大声征求盛老板的意见。没问事由的盛老板连连点头赞成。众人也只好闭嘴。

未上课前，史进耀站到讲台上说，今天到民众教育馆来做杂工的竹为要来上课，同学们不让他进课堂，说他是贼。他自己说不是。到底是不是，我们允许他站到台上说。他讲得有道理，我们听。讲得没理，再赶也不迟。对不对？同学们别先说话。让后排的老爷、老板、先生们先表态。

后排一阵骚动过后，有人站起来反对让竹为讲话。

史进耀问，你们是哪家店铺的？

对方一听问店铺名姓，又坐下去。

张义说，坐下去的，说话呀！

陈德怡店铺的一位朝奉嘲讽道，他们敢亮牌子？我请他们喝早茶！

史进耀偏偏哪壶不开提哪壶，这么说，是包府的？

众人哈哈大笑，此时的盛老板和几个有名望的老板站出来支持让竹为说话。

有人撑腰，史进耀更是胆大嗓门高：既然老板们说了这话，大家也没必要再争了。有他这话，学员们便没了声响。张义把竹为拉到台上，让竹为自己说在镇上找不到事做，饿了从泔浆缸里拿东西吃，还遭了顾老板女人的巴掌。顾老板就坐在后排，听了脸上一阵红一阵白。竹为一直讲到扛出那个赤裸的姑娘后，整个课堂上哗然了。

张义没想到事情会出现这样的变化，心里好高兴，他要利用这个机会，把民众的情绪调动起来。但自己又不能做得太明显，让谁来做呢？他想到了横沟村的孙有，他们毕竟是有过农运经验的同志，应该让他们赶快到镇上来帮助自己打开局面，最好今晚来看看这个场面。想到这里，张义便请史进耀掌握几分钟课堂纪律，自己匆匆赶到宿舍那边找到老耿，让他跑一趟横沟，把孙有喊来。

32

张义回到课堂时，竹为的故事还没有说完，他坐下来听着……

要说这一辈子倒霉的事，就是让我亲着咬着长大的女人给人家弄去做太太了。气得我在家里砸了锅，把夜壶扔到墙上，一声，啪——！夜壶砸碎的声响淹没在爷的骂声里，娘的哭声里。在妹妹的恐惧尖叫中，落下一片碎散着臊气的片片。爷说，这值三块钱，是清乾隆年间的货，你老爷爷留下来的。爷说着就舞起竹竿追我打。我的脚头比爷的竹竿快，只有爷的骂声跟着我人跑：赤杀鬼，有本事就不要回来；娘还添话说，早晓得你这样，那时候就撤你粪桶里，脐带也勿剪，活活窖了你。爷娘恨毒了我。我也觉得这家再待下去没意思，乔乔睡到人家肚皮下面去了，我还有什么指望？

后来我就上了到这儿来的船，再后面的事，我起头都先说了。

竹为说完，整个课堂里鸦雀无声。

张义大声地问，同学们，大家说，该不该让竹为同学上课？

台下异口同声：应该。

骆敏在台下带领大家高呼口号，要求镇长主持公道。

史进耀怕大家闹起来，课上不成，连忙对张义说，先上课吧，别的事，课后再说。

张义想想也对，这第一堂课真的要上好，不能让人家看出我在煽动造反。

课间休息时，张义到课堂后排听取绅士名流耆老们的意见，大家都觉得他讲得好。忽然，张义看到课堂外面站着孙有与周山等人，心头一喜，这么快就到了？赶紧过去与他们招呼。

原来他们下午就到了镇上，在民众教育馆外面一直不能进，老耿出大门遇上了。

张义向他们做了交代，他们告辞而去。

这一切，史进耀看到了，迎着进课堂的张义重提前面的话题，低声问，你真的就是想做做教师？

张义问，史镇长不相信？

史进耀说，哪里。我只是觉得像先生这样的才学，不应该做教师。我和先生见面一二，看得出先生非久居人之下者。起码应该在民国政府里任个高官之职。今日夜色尚好，先生课后，可否与我畅怀吐真言。说着，史进耀指指远处那亮着灯的屋子说，到那边饮一盅，如何？

张义也想更进一步了解史进耀。只是……他想到了包漪澜，但还是点点头应道，下课后，一定赴约。

史进耀高兴地伸出手，两人握着。

33

周山、孙有从民众教育馆的学员中探得毛教头的家。到了毛家，先着人翻墙入院，探明毛教头睡在后排屋里，那屋的后窗距围墙有三尺左右空地，地里有几棵大树。商量后，决定引毛教头从后窗出去，然后用扣网逮他，悬空了他，治起来方便。

后墙是个死角，没路通。众人翻墙进入，用绳索做下许多网扣，然后猛砸后窗。

女人先前也听到后墙有声响，何曾想到有人敢来算计他家？竟没当事。现在乒乒乓乓砸窗声响大起来，吓得直朝毛教头怀里裤裆里钻。早早入睡，正香得很的毛教头懵懵懂懂爬起来，朝外冲。女人拉亮了电灯喊，在后窗。毛教头大喊，何方毛贼，敢到太岁头上动土？便奔过去。

老子来割你的鸟。周山的嗓门大，喊起来地动墙摇。

毛教头喊道，休跑，看我收拾你。他说话间，一个箭步，飞出后窗，不料，手脚被绊住。听得树上有人喊，起网。毛教头大叫不好，身子已悬于空中，嘴里仍然大喊，何方毛贼，还不快快放你爷爷下来。须臾，那树上、墙上，顿时射过来几柱尿，骚尿朝他没头没脸地乱喷。苦得他手脚扣在绳网中，动弹不得，听任那尿朝自己的嘴里脸上冲。这帮"英雄"，把尿放完，一个个从树上墙上下来，跳进后窗。女人见来了这么多的男人，吓得光溜溜的身子朝外跑。孙有手一挥，有人快步过去，一把抱住她，后面的人上来，架住这女人，朝床上一扔。那毛教头见了喊，你们困我的女人？我困你祖宗。

周山叫道，毛教头你霸占人家妻女，我困困你的女人，有什么不可以。可惜老子对她没兴趣！

孙有喊道，你的女人，我们不困，太贱了！找的是你，乘人之危，加祸害人，不得好死！

毛教头倒也英雄，喷着满嘴的尿气喊，英雄，把我放下，我们好好切磋切磋？

孙有说，快说，莫嫂的女儿在哪里？让我们带走。如果你还想玩什么点子，阉了你！

这话让毛教头怕了，此刻莫说阉了他，剐他三千六百块也只好乖乖听斫呀！他只好说，锁在柴房。说完，他没忘了问一句：英雄留名。

周山说，我们是民众教育馆的，不怕你报复。

没想到毛教头说，活着就要报复，除非老子不是英雄！

众人听这话，商量是否杀他。

孙有悄悄道，杀了他还有什么戏？我们这是布戏眼。大戏还在后面没有开幕哩！

大家明白了，没理睬毛教头的号叫，救出莫嫂的女儿就走。

毛教头的宅院里，除了几个使唤的用人，并无他人。夜里的热闹，竟无一个用人敢出来张望。大家快快活活带着莫嫂的女儿，轻轻松松从毛教头家前门大摇大摆走出去。把莫嫂的女儿送回家后，大家又到民众教育馆里来见张义。

34

张义得悉孙有周山救了莫嫂女儿，让大家先在一边休息，不要声张。权当没那回事，继续上课。

大约过了半个时辰，外面闹起来。

门口跑来说，毛教头带镇团防来砸烂民众教育馆。

史进耀一听，蒙了，不知所措。

冷静沉着的张义，一边安慰史进耀，一边把课堂里的地方绅士名流耆老请到门口，说明情况，众人十分气愤，都愿意站在祠堂门口等待毛教头说话。

白炽如阳的汽油灯下，这群人在学员们的卫护下，一堵坚实的墙矗立在那里！

史进耀和张义站在最前面。

张义旁边是孙有周山带的横沟村的人，他们紧紧护着张义。

毛教头在众泼皮的簇拥下过来了。灯光下，他虎背熊腰，两眼如炬，怒气冲冲。他在家受辱那一刻，没能看肇事者的脸孔，此刻只能乱吼乱嚷……

全场没人应话，更没人说话。

都是死人，都给鸟堵了嘴！刚才的英雄都死了？

毛教头大闹民众教育馆

毛教头，休快了事，老子也来凑个份儿。说话的风风火火从另一边赶来，众人一看那打扮，就知道是侯老七，暗自叫苦：这两个煞神来了，还有好事做吗？只有张义心里叫快活，沉着应付。

见势害怕起来的史进耀，一把拉住张义的手，连连问怎么办？张义明显感觉到他的手在颤抖，连连安慰他，别怕，我们能镇住这个场面，只要镇住，就赢。脑子里急速想着法子。

两边对峙着。

张义悄悄对史进耀说，你马上请邵老爷包老爷到场。

史进耀愁道，他们肯来？

张义说，你自己请包老爷。邵老爷那边，邵家的人回去请。

史进耀问，伙计们去行吗？

管他是谁，只要能请得动就行。说完，张义对身边人传话下去，让邵家回去人请邵老爷。须臾，骆敏传话来，她直接去请邵老爷。史进耀一听，劲头来了，说，我去请包老爷。

张义送走史进耀，壮着胆子对毛教头双手抱拳过头，然后道，不知教头光临，有失远迎。

何方毛贼，敢这样对我说话。速速把对我不恭的小子送出来，老子当场一巴掌毙了他。

哦！我还以为教头光临指导的，没想到是来杀人灭口的。

在这里杀个人，还是小事吧！你敢对我不恭，老子先拿你开刀。

张义毫无惧色地回敬说，就怕你狂言出口，收不回去。教头，睁大眼睛看看，站你前面的都是什么人？容你在此无法无天，太没王法了！告诉你，这是民国政府为民众普及三民主义教育的民众教育馆，不是你撒野的狗场！你若识相，那就乖乖给我滚。

谁也没想到，张义敢这样说话。他此话出口，身边便是一阵骚动。

毛教头听到这话，怔住了。在此数年，还没遇上敢顶撞他的人。顿时大怒，张口要骂，突然一个激灵打住。心想，何处妖孽，敢到老子的地盘上作威作福？莫非他……嗯，他敢向我撒野？必有些说法，且慢，看他动静说话。

待在一边的侯老七不知轻重，嘀咕道，什么人，吃了豹子胆？老子倒想请教请教，嘴里说着，身子就动，手腿也就张扬开了。毛教头见侯老七要上，也不阻挠。侯老七手下的人对张义，更是丈二的和尚摸不着脑袋，心里没底，看侯老七上，只好跟着。侯老七晃晃手，你们后面一点。手下人如获大赦令，脚钉在原地不动，张着两眼看。

侯老七来到张义面前，话不说，上前就是一拳，张义让过，喝道，有话好说，你先动手，可就别怪我了。说着，张义身子随着他的来拳左右避让，并不回手。侯老七见状，以为张义是个屠头，更猖狂。不料，张义趁其不备，身子朝地上一蹲，腿朝侯老七裤裆里一伸，左右一扫，再顺势向上猛击，听得啊一声惨叫，侯老七就在地上打起滚来。

毛教头并不笨，先前的暗亏吃得惨，现在又看到了侯老七遭败，再瞧这帮乡下人，心里就有些后怕，没敢动静。

侯老七的手下见毛教头没平时那种张牙舞爪，顿时弱了，不敢动手。

张义则嗓门大起来：听着，任你们胡作非为的时代结束了！只有乖乖收敛起你们的野性，好好重新做人，否则死路一条。谁要是不信，等着瞧！

这话在静静的夜空回荡着。

谁也没想到一个文弱的教书先生也能动手治人。搁一个时辰前，这毛刺刺的泼皮侯老七，谁敢碰呀！怡春院的妓女见了都白送他玩的。

这时，邵老爷派的冯先生已经到场。包老爷也派了大少爷到场。冯先生把两边的对峙现状用眼一扫，心里明白了，把手一揖道，包大少爷，我看这事可以放明天再议，这地上的人若不救，会疼死的呀！

包大少爷对毛教头原本就看不顺眼，见状便对毛教头低声道，先把侯老七弄走，有事明天再说。

毛教头正想着下台，听这话，赶紧顺水推舟应了，气势汹汹地喊道：今天且饶了你们回家与老婆亲热，留个绝命的种。老子明天叫你们好看！喊完，手一挥，手下人抬着侯老七一团尘烟似的消失了。

35

周围静下来。

祠堂里的课继续上着。气氛却已是两样。

学员们扬眉吐气情绪热烈，但一个个的心里也都明白，毛教头不会就此罢休。

史进耀吩咐护卫们加强巡逻，防止毛教头再来捣乱，他自己却脚下抹油早早离开了。

公开课上完后，大家回到原来教室上正常的课。

张义今晚就没课了。他独自一人在院子里等候骆敏。凭着感觉，这个骆敏就是他寻找多时的妻子，他要告诉她，自己利用毛教头做的开篇文章再次证明，在富裕地区发动民众是可以成功的。这个经验不是广东、湖南那样暴风骤雨、迅猛异常的农民造有钱人的反，而是与正直的有良知的有钱人团结一起，共同对付社会上的恶势力，从维护社会稳定中逐步提升农民和工人的社会地位，秘密发展党员，一旦时机成熟，揭竿而起就会有相当厚实的社会基础了。这样做也是符合组织上指示的。他相信，骆敏一定会支持。

趁着馆内路灯照不到的角落，张义不时地踱到骆敏上课的教室外，急切地渴望把这一切都告诉她。他还要说：漪澜，我终于找到你了，找到你了，你千万不要再离开我。

然而，骆敏却没有张义那种重逢的激情，明知他在教室外面走动，也几次看到他的身影，下了课，她本该走出教室与他相会，却没有。

张义又不便贸然进去影响她，只得在外面等着。

一会儿，乔乔的丫鬟小扣从另一间教室下课过来约骆敏一起回去，她们走过张义身边时，骆敏只是用眼稍瞟了他一眼，一缕清淡的月光照着那睫毛不可见地颤动着。

张义想上前搭话，见状还是忍住了，默默目送她俩的身影远去，空旷的院子里留下了张义和一院的清明月光。

他一时不知道应该怎么办？

夜很静。

这个夜，完全不是上海的那个夜，更不是巴黎的夜。这个夜，静得鸦雀无声，偶尔有不知名的鸟儿穿过云层发出一串短暂而尖刻的鸣叫，不远处的河面上时而有船夫的号子声，还有身边的秋虫低鸣，混杂的声响，时而如天籁，时而像发自自己的体内，让人更感到这夜的沉静和寂寞。一个黑影幽灵般过来，到了眼前，张义才发现。他问，你怎么不回宿舍？

来人是竹为，他说，我担心今晚要出事。

你去睡吧。这里有人，再说，你也帮不上忙。

竹为沮丧地站在那儿不走。

张义说，走吧，今晚有没有事都与你无关。

竹为见张义这么说，只好走了。

望着竹为的背影，张义有种说不出的感觉，什么感觉，一时不清楚，只觉得心里并不顺畅，联想自己以后在这里将依靠谁时，他想，绝不是竹为这样的无产者。张义清醒地意识到，在竹为的身上，决不会比毛教头侯老七之流少多少野蛮和邪道劲。一刻都不能忘记，他们是流氓无产者。这样的流氓无产者，绝不是革命的根本力量，只是利用的力量之一，用之不当反获其祸，切不可大意。

36

民众教育馆里发生冲突之时，夏天正躲在暗处观看。他虽不清楚整个事件由张义炮制，但张义那一手，令他吃惊不小，好似鱼刺鲠喉。回到客栈思忖良久，忽而大笑道：夏天啊夏天，你嫉妒的哪门子事呢！他张义是共产党，共产党要的是民众，你要的是钱财，两人的目的不一样，怕什么？再说，这富裕地区的穷人可不是广东湖南的农民，一旦惹怒得邵老爷包老爷联合起来，他能有好果子吃？乱，正好助我一臂之力，让要命的快快松腰包，朝我这里送钱呀！啊！对了，得让他张义与我联手，再把史进耀弄进来，三个男人一本戏，国共两党加旧政权，武打文唱全有，这戏就好看啦。对了，趁着这天色好，连夜先把史进耀稳住。想到这里，夏天立即赶往镇公所。

史进耀还没回来，听差的见是橡胶商人，允他在史进耀的办公室里坐着，泡杯茶给他。

史进耀急匆匆回到镇公所，一推门，见夏天在，心里一惊：你你你，你怎么进来的？

夏天站起来双手一揖道，不速之客，还望镇长谅解。

史进耀缓过情绪，想说什么，还是忍了，用手梳了梳长长的头发，理了理思路嘀咕道，此刻到这里做什么？我有什么生意好让你做吗？

夏天作揖道，在下想与镇长相约，若有时间，聚一聚，如何？

与我相聚，说什么呢？史进耀疑惑地问着，肚皮里却是翻腾开了：我史进耀虽是镇长，没权没势，与平头百姓无多少区别。惹不动侯老七，更与毛教头挑不起矛盾和瓜葛。今晚的事，祸起张义，也亏了他张义，要不，我还不成死蟹一只？虽说风波暂时过去，危险恰与时骤增。自己心有余悸悄悄溜回镇公所，正思忖下一步的打算，不料这橡胶商人深夜造访，他相约叙什么呢？没敢再往下想。连忙说，大商人与我有什么相约的好事呀！是否想捐助民众教育馆的公益？

在贵地闲住，自然是要对贵地的公益有所表示。夏天呷口茶道，只是今天不说那些事。然后有意地玩味着史进耀屋里的闲物，两眼却时时观察着他的表情。

史进耀知道对方两眼盯着他，心里就有些不乐：这里能有你橡胶商人看中的什么呢？除了一座没人看得上眼的破庙，一个没去处的住持和尚，还能有什么？破庙里的鬼神，都是荒草丛中的狐仙、树精、鼠王。你想与它们攀亲结故，还是你探知这破庙哪堵墙里藏着稀世珍宝，地下埋着金银不成？如果都没有，你这深夜莅临，便不是商人的性格。思忖到此，史进耀忍不住也来点幽默地说，那边祠堂屋里的热闹不去掺和，倒是看中住穷庙穿百衲衫的我呀！

夏天笑道，镇长是怕我骗了你镇公所的地盘开妓院，然后自封延陵令李封，凡是不听话的，有背约于我的，一律不加杖罚，而令其裹绿头巾以辱乎？

史进耀连连作揖道，哪里，哪里。在下不敢。那是梁章钜戏辱吴地人的，没那事。嘴上说着，眼睛紧紧地盯着夏天的脸色指望能有什么兆示让他明白。

镇长大人好才学，我说什么你都知晓呵！

夏天高兴地过来拍拍史进耀的肩，又用劲搂搂，表示特有的亲热。这种举止，在民国初的古柳泽还是不多见的，史进耀有点受宠若惊，连连说，不敢，不敢。夏天低声道：我给先生壮势力而来，不知先生肯听我进一二言？

壮我的势力？史进耀想，生意人给政府壮胆，那就是用钱与政府媾和，冲着获巨利而奔。你不拿我的地盘开妓院，也是开赌场。且不说我这新来乍到，不能放胆允诺，就是你有这想法也不必找我，找我也没用。谁都知晓镇政权是别人掌上的玩物。救火会的刘师傅形容得更好：怡春院昨日的末牌，靠别人恩赐着，早一顿晚一餐，说不定哪天就会一年半载没人问。张员外说话总是站在包府一边，他人前人后大声喊，镇公所的鸟想放商会的牝里，没门。

初来乍到的他，听到这些闲言碎语，不说如履薄冰，不贸然卷入也是应该的。所以，顾老板请他作陪夏天，他拒绝了。事后，他看到夏天屎壳郎逐大粪似的追着骆小姐，又在邵家走动，看出了夏天在古柳泽可以依赖的作用，倒后悔那日回绝顾老板夫妇太急了。

有这样想法和念头的史进耀，现在自然是吃惊而又惘然的。

夏天用一副真诚而又坦然的表情面对着他。

史进耀忽然明白什么似的把门关上，然后邀夏天到办公室后面的里屋，大礼相邀道，请坐下说话。夏天看看四下，摇摇头道，这不是说话的地方。

那就请到后厅说话。

夏天应道，好！

皓白的月光下，史进耀前面引路，夏天随后。

镇公所的后宅与前面隔着一个大院落，里面亭榭楼阁败落坍塌，假山池水蒙灰涸辙，野草茂盛翁败藤枯，月光下处处显得凄凉败落。夏天尾随史进耀穿过这杂乱院落，来到一处建筑前。这排房屋虽然陈旧，但在月光下，气势不凡。有几间收拾得干干净净，史进耀开了灯，说，这地方很安静，没人来打扰。两人进了屋，史进耀拿了暖壶，摇摇，里面有水。重新泡了茶，坐下开始聊谈。

夏天在谈话前，先聚神看了看史进耀。

被看得坐卧不安的史进耀，此刻也看出夏天几分政治家的来头，心里思忖：商人邵老爷外表慈善，内心深不可测；胖乎乎的包老爷手狠心毒；他们是古柳泽的两只虎。你这政治家若能把这两只虎除了，到那时，我宁可做你的傀儡，让这镇成为你夏天的取钱柜，享受窝。除了这，别的话题，免开尊口。

夏天从紧身处拿出一只信封，递给史进耀。

史进耀从中抽出张纸，打开见是民国政府的委任状，肃然起敬，立刻像在军队里那样，后跟一碰，两腿一靠，头一垂，道：长官有事只管吩咐！

夏天上前拍拍他肩膀，笑笑说，都是自家的兄弟，不拘礼节。到这里多日，现在才让你史镇长看，不会怪我吧。邵老爷的眼里，我是商人。包老爷的眼里，我还是商人。

史进耀苦言道，包老爷把镇团防抓在手里，毛教头胡作非为，我的日子很不好过。

夏天摆摆手说，快了，快了，对你说句实话，洪洞县里无好人。新生的民国政府是绝对不需要他们的。无论是邵老爷，还是包老爷，都在消灭之列。当然，现在民国政府还很弱，需要他们的财力相济，更不能让他们知道我们将来的心思。

听了这话，史进耀赶紧用布抹好摆在正中上方的太师椅，请夏天入座，自己垂于一旁。

夏天说，你也坐下，我先向你介绍外面的情况，你再说说镇上的事。

史进耀高兴地说，我就是想知道知道外面的事。

夏天说完外面形势，话锋一转问，你对张义怎么看？

史进耀倒也坦率地说，刚刚接触，是省党部介绍来的。看得出来，很有学问。说时，眼睛不时地注意夏天的表情。夏天喝口茶，润润嗓子，不急不慌地笑道，他今天能到这里来，自然不是单单做个政治教员，更不是看上你这个破镇长交椅。他是肩负重大革命任务来的。这任务是什么呢？

夏天说到这里，卖个关子，停下来，把二郎腿跷晃着，眼睛看着史进耀。足足有分把钟之久，然后，徐徐道来——

共产党得知北伐转战江浙，想先拿下这个孙中山夸为"一坝断南北、一关堵东西"的富饶之镇作为资本。这是他们的目的，几天来，他在横沟村好好地活动了一番，颠来倒去就是鼓动穷鬼造反，建设他们的那些农会、工会、妇联什么的。可惜都没逃出我的掌心。他要干什么，让他干，等他成气候，猴年马月远着哩，八竿子勾亮月，横竖不着边。我告诉你这些，是要你有些政治眼光，一个做镇长的，没有政治头脑是不行的，尤其是古柳泽的镇长。你明白吗？你要团结他，拉拢他，让他的活动都在你的监视之下，你还要在穷鬼组织里发展国民党党员。注意，不能惊动共产党，现在共产党对我们还存有幻想，是利用的最佳机会，公开场面上，共产党搅和穷人造反，弄得有钱人坐卧不安。有钱人就要找你说三道四，这个时候，你提点稍稍过分的要求，比如数额不大的钱财，他们都会答应。这就是有钱人胎里带来的致命弱点。抓住他们这个弱点，就是抓住了我们取之不尽的财源！好吧，你现在说说镇上的情况。人们私下纷纷传闻包府与太湖强盗过从甚密，有这事吗？

史进耀——作了答复。然后提出毛教头的事如何办才好！

夏天阴险地一笑，说，张义想怎么干？没听他说？他一定有打算，不会就此罢休，这是他的风格。他不会让毛教头占上风。那一来，民众教育馆倒成了输家，岂有此理！说到这里，沉思片刻道，依我看，最好的办法是让毛教头闹到邵家身上去，闹成包、邵两家的争斗！

史进耀听着，慢慢皱起了眉头。他说，当然不能输给他毛教头。输了，民众教育馆就得关门。现在的镇公所没经费开支，全靠从民众教育馆里挪点用用。

夏天听着，把手一摆道：史镇长啊，我怎么听来听去都是个钱字？你想钱的时候，可不能想钱，要站高了，想比钱更重要的事，事儿一成，钱不就顺带着滚滚而来了吗？我给你出点子！你说，包老爷手里攥着镇团防，敢在镇上吆五喝六！民众教育馆是邵老爷支钱办的。你这明里就站在邵家一边了。两边旗鼓相当，你左右走走动动，从中弄点戏，还不把你那几寸大肠润滑得天天腹泻！

史进耀却说，毛教头的事摆不平，你我都没法在镇上立足。两眼看着夏天，肚里还留着一句话还没说出来：你橡胶商人弄狠了，可以拍拍屁股溜得无影无踪，我能吗？除非回到穷得大姑娘没遮羞布的家乡去！

夏天说，你这样看我干什么，我说得不对？

史进耀说，哪能说长官说得不对。长官的主意个个都好，到了卑职这里，恰好比捧只熟透的喷着肉香的猪头，不知怎么下嘴？

夏天笑了，这比喻妙，妙极了。那你说说，这猪头上最好吃的地方是哪里？

史进耀想了半天，想不出。

你说包老爷与太湖强盗勾结是实。毛教头的事一旦弄大了，包老爷少不了要找太湖强盗帮忙。这忙一帮，邵老爷与商家能听任包老爷摆布？不能。那就好哇！那就有好戏看哇。猪头上最好的一块肉，不就让你吃着了？

夏天这话说得史进耀直点头。

夏天又道，好在我现在还是中共党员，这个身份对我有利。我知道有一批中共党员渗透在太湖强盗里面，早期同盟会和国民党也有人在里面。我摆弄起来还是得心应手的。你的任务就是密切注意张义的动向，叫他们都能听你的。任何时候都要借助和利用他的力量。民国政府在南京正式建都后，我可以呈请蒋校长封这里为天下第一市，表彰这个镇在中国革命中的贡献。

民国政府在南京建都？

夏天点点头，又赶紧说，现在还是机密。转而又问，对于毛教头的事，你还有什么高见？

史进耀喃喃道，我还能有什么高见出来。万一动起真的来，能对付得了镇团防吗？

夏天托着下巴想了想，搬弄桌上的东西，做着比喻，慢慢开导说，人不在多，在精，精兵用在刀刃上。假设这支笔是利箭，我们放在最后面，前面用这些东西挡着，就像今天晚上那样，让张义他们这些草包挡在前面。他们面对面地先冲突，我们在一边观察。如果这边失利了，不要急着退，用撒手锏，力挽残局转败为胜。撒手锏在我的手里。必要的时候，我要人，你给我人就成，我要成立敢死队。用暗杀的方法挑起混乱，比方说，杀了包老爷，你说是我们胜了，还是他们赢了？说不清楚了嘛。但一定会引出重大冲突，矛头就会指向邵老爷。一旦他们都没了。他们的财产都将以革命的名义为我们所拥有，发展我们的革命事业。

史进耀听到这里，眉开眼笑。一会儿，担心地问，能成功吗？

毛教头的事燃不起火，再想别的办法。有北伐军压境，还怕什么？

史进耀突然说，古柳泽一旦归属北伐军，他们随便弄个人来，还有我说话的地方？再说，这吴越之地，美女如云，"一年镇衙内，三万金锭垒"。人生能得到的，不就是钱财美女吗？

站在桌子边上的夏天实在没料到这个蠢猪会说出这种话，心里很不是滋味。

这刻的史进耀倒是活络起来，他请夏天坐下，给他添茶，然后讲个故事给他听听。

故事很简单，是他小时候家乡发生的。说他家隔壁有个姑娘长得很俊，一心想嫁有钱的读书人。一天偶然看到村上路过个斯文的读书人，人很年轻，又很俊，就央父母打听其来历。一问才知道是想到这里找个老实可靠姑娘做妾的。她就想去，那读书人有镇上南货铺老板做保，姑娘也就嫁了过去。后来，听说那人把姑娘卖到窑子里去了。镇周围一连发生了好几起这种事，都是因为这个读书人。大家就找南货店老板打官司，官司告到县衙门，那南货店老板只是随口应的保，没有保具，不存在官司责任。过了两年，他到姥姥家小住，又见到了那个读书人，读书人并不认识他，只说是来给弟弟找女人的。他告诉大舅自己村上发生的事。大舅没说什么，拍拍他的头，笑笑。然后就与那个读书人到镇上茶馆里喝茶去了。后来，表姐就随这个读书人嫁到城里去了。他问大舅，不怕他把表姐卖到窑子里去？大舅问他，能卖多少钱？他摇摇头。大舅从身上掏出一块金条，说，表姐的聘礼，就是这块金子。这块金子，在这里可以买到几百个好看的黄花闺女，你说，他只要了我一个女儿，划得来吗？自然是划不来的。男人做这种生意是他的本性，但男人也要有家呀！要女人给他快活，续香火呀！我给他挑明了说，他想透了，愿意了，留这块金条给我押着。我也说了，你如果嫌我闺女不好，只要没开怀生孩子，我退你这金条。我想他不会的，你表姐那人多水灵俊美呀！

说到这里，史进耀站起来说，特派员先生，我送你回客栈休息？

夏天站起来，没有表情地应了一句，好吧！

两人走到院子里，夏天问，你是不是要我给你一个承诺？

不用了。你我都是明白人，我说故事只是消磨时光的，没别的意思。

夏天看看他，月光不明朗，一个模糊的史进耀出现在他的眼睛里，回到客栈，躺在床上，半天都没有回忆出史进耀那一刻的表情是什么样的。

37

包老爷是第二天清早在莲莲肚皮上听说毛教头事的。他震惊了。震惊的原因不是毛教头占有莫嫂母女俩，而是昨天晚上祠堂屋前的那场戏。他喊来大少爷，狠狠斥责：如此大的事，竟不叫醒我？

管家赶紧说是他没让喊。

包大少爷扬手打断，一张脸对着父亲笑而不言，那里面就有话：你老人家哪里是睡着了？分明在莲莲的肚皮上，能叫吗？受了惊吓，你以后会怎么骂我呀！

这两人，顿时都没了声响。

包老爷缓了口气，挥挥手，罢了，罢了。你说说，他们还想怎样？

还要怎样？没怎样，没事了呀！包大少爷说。

管家见包大少爷这样说话，急得额头出汗，碍着包大少爷那眼神，话到嘴边还是咽了下去。管家看得明白，闹不好，毛教头真会没命。他不能再不吭声了，便把昨天祠堂屋里上课时的情景说了一遍。包老爷听罢惊诧万分，连连问，那张先生是何许人？有如此道行。唉，有本事的人，怎么就不朝我府里奔？

包大少爷说，一个穷教书的，有什么道行。管家别把人家下巴掉的饭渣渣当爆米花！

包老爷说，当年秋瑾在这里教书，也是这样闹的。毛教头的头难保事小，祸及包府事大！说着，指指包大少爷：你什么时候去与姓史的套套近乎，与人家张先生搭几句讪。他们能为别人做事，就勿可以替我出力？火候到了猪头烂。

包大少爷见爷这么说，也不好掰扯头，只得点头附和：爷说得对，我正要与他们碰面哩。只是毛教头的事弄得大家都勿愉快。我看，不要再指望毛教头了。

管家一听着急了：老爷，现在正在用人的当口上呀！

包老爷正了正身子，想了想，说，管家，你先着人到宿州，那里有个洋传教士，他有好拳脚养着。请他速来我这里做教头……

包大少爷乐了，爷这着棋下得好。毛教头早就不该用了。

你晓得什么？说完，包老爷挥挥手。儿子与管家知道他要起床了，退出，莲莲过来给他穿衣。平时莲莲给包老爷穿衣时，他那双手总是不安分的，今天却像两根枯葵秆任她摆动，那嘴里自言自语了好几遍：麻团长真的要半个月才来？

莲莲说，老爷今天起得太早了。

包老爷摸摸她脸说，不早起，怕是难保这个家啦。

莲莲一惊，大清早，老爷说这种不吉利话。

包老爷说，嘿，什么吉利不吉利，得势人讨口吉，有钱人把财发，我都到了退一步扎篱笆的份儿上，吉利跟我能有多少交情！罢了，早早去给他毛教头烧烧利市，烧得好，保他一条命，烧不好，由他认命吧！

包老爷把起床后的事弄妥后，喊住管家说，走。

管家听命随过去。

包老爷也不说什么话，只管在前走。

管家紧几步追上告诉他，已经着人去宿州，虽说来洋教练，这边的毛教头也不能少。

包老爷站住，看看左右没人，低吼道：谁说毛教头少了的？

管家听这话，心放下了，乐颠颠道，没人说，是我多心。

不是你多心，是我那逆子不顺眼他。包老爷招手管家走近些，悄悄说，你该明白有人敢对毛教头下手，这说明什么？打狗还看主人面。这不是明摆着吗？

你是说，我去毛教头那里，让他出出场？

这倒也对。

只要毛教头把真功夫弄出来，民众教育馆的草鸡窝还不一锅全端了……管家的话没说完，包老爷打断道，不可轻敌。如果把民众教育馆端了，就是斩断了邵家伸向镇里的手，这家伙利用民众教育馆跟我来第二武装。说到这里，包老爷直了直身子，脸上笑容可掬地道，管家，这就托你了。说完，包老爷挪开了步子：我这就去镇上打打招呼，好叫他们能够把话递到邵老爷那里，让邵老爷晓得毛教头的事我也尽了力，他能宽容则宽容，放人家一马，都是糊口混饭吃的，绷那么紧做什么？这回，听仔细了吧？没听岔气吧？

老爷的话，我全听明白了。

这时，城堡里走出了毛教头，过来朝包老爷请安：老爷这么早到镇上去，有急事？

包老爷没好气地回道，我能有什么急事。你昨晚闯的祸，不去料理料理，怕是难收场。

毛教头一脸的不乐：老爷您尽管放心，小的这点事，今晚就给你喜讯，让你高枕无忧。

包老爷没想到他是这么一副态度，脸顿时就沉下来了，问，你今晚能摆平？

毛教头头一昂，那些草鸡，一腿脚扫七八个！你放心。

包老爷没好气提高嗓门道，你没听说一根绣花针送掉大象命的故事？真没听过？改日我说给你听，只要你命大着！

跟过来的管家是个好角色，看出包老爷的态度。也许是兔将死狐亦哀，连连作揖道，毛教头对老爷这番好意，叩头都来不及的。随即提着嗓门喊，毛教头，你说是不是……毛教头再笨，再狂妄自大，管家的意思还是能够明白的，立刻三拜九叩，行满清大礼，多谢包老爷。

包老爷顺了这口气，又拿出了大人不记小人过的得意情绪表白道，你今晚怎么摆平，我不问。听说昨晚店铺和镇上的名流耆老去了不少，你给我包府惹了麻烦，我出场消消他们的气。说起来，也够给他们脸面了。以后，你在镇上要多多谨慎。姑娘哪里没有，女人就是古柳泽的特产，怎么就只要莫家的？天晓得你。当然，青菜萝卜，各人喜爱，强求不得。罢了，不说那些了。说完，包老爷出府而去。

老爷，您走好。管家看着包老爷走远，转身把脖子一提，嗓门也提高了，对毛教头唬道：你是狗嘴啃猫皮，充了虎？告诉你，去宿州请洋教练的人马上就走。

毛教头一听急了，难道是真的？

还会有假？你给我好好练着，今晚上，端了民众教育馆，就没你的事。若是端不了，惹下祸，包府的规矩你知道。

毛教头额头冒汗了，我的娘哟，我还以为唬人的哪。

管家板着脸说，唬人？这是什么时候，能有闲空唬人玩吗。民众教育馆可不是简单的识字班，是革命党的造反窝，蒋中正要消灭封建地主，共产党要打倒土豪劣绅分浮财，都是冲着包老爷来的。邵家仗着商会趁势欺人！你若灭了民众教育馆，国民党、共产党都将在这里偃旗息鼓，那邵老爷更是死蟹一只。反过来，那后果，你明白吗？

毛教头的肚里没什么墨水，没办法与管家论之乎者也，搔着头皮道，您老再说得明白些。

管家恼道，你真是驴脑袋，不开窍。告诉你，如果你败了，包老爷就顾不上救你了。这形势你看不到，我们可透亮着：靠着发国难财的黑心资本家们，他们要消灭包老爷，把中国变成洋人的天下，你说行吗？

毛教头嘿嘿笑道，那有什么不好，洋女人的滋味就是比我们的女人好，我嫌那地方太松。

混蛋！管家骂道，我看你是活到头了。

毛教头吓得连忙叩头，管家先生不要发火，我是说说玩的，这就去操练，包你明天早上醒来全是抹过蜂蜜的好消息。

管家没好气回他，但愿如此。

38

在柜台里忙着包茶叶的谢省俭把眼睛朝外面街上打闲，一眼看到包老爷，好生诧异：平时都在午后上镇的包老爷今天大清早到茶馆里来？正想迎出去打招呼，不料，包老爷压根儿就没看到他，提前襟，抬腿，跨过街面那道四牌坊下的高槛，直朝北去。谢省俭还有个发现，包老爷今天的步子迈得有些虚晃且不实，明眼人一看就晓得他心里有事。哦！谢省俭明白，准是为毛教头的事。包老爷亲自出马，料定此事前景不佳。

谢省俭没猜错，包老爷刚刚吃了一个瘪，镇西沟湾里的胡老板喜好晨练，天天到种瓜的黄老五那里学太极拳。然后跨过桥到墩上的庵里看看月白小师傅。这是几年如一日的事，一如月白师傅的功课。月白师傅今年已经十六，大尼姑说她的月信早就来了两三年，如今越发生得标致。胡老板几次想弄倒她，叫她返俗做他的小妾，月白也有这意思。前天差点成功了，被大尼姑的敲门声惊得月白裤子掉在地上。这个时候的胡老板只要把月白放到榻上，就成功了，他偏偏没有，而是去开了门。硬叫月白整整哭了一天一夜，她的哭声没有惊动青云寺里的师傅，倒是让河对岸的黄老五清早顶着晨雾过河给她抹眼泪。及时过来的胡老板，感觉黄老五的瓜棚屋不大对劲，赶过河去问大尼姑。偏偏大尼姑从前天早上的故事里看出了胡老板缺乏男子汉气概，便不再喜欢这个外表文静的胡老板，有意拖着。等他悟出点名堂，赶到黄老五的瓜棚屋里，黄老五正实施月白做种瓜娘娘的计划。月白听到他的脚步声，扭着屁股想挣脱，黄老五的勇猛匹敌抵住了胡老板的脚下速度。

月白还是挣脱出来，拖着全是血迹的裤子，扑通倒在胡老板面前。

胡老板面对弱女子的求救，看看黄老五两根铁柱似的臂膀，扔下一包大洋，抱了抱流泪的月秀，叮嘱黄老五好好待她。

包老爷找到他时，他刚刚到家，闷闷地坐在书房里发呆。

在收茧的事上有过龌龊的包胡两人，这个时候能对准榫？袖子里合得拢？果然，包老爷说什么，胡老板都没听进去。包老爷讲了半天，反反复复重复，终于使胡老板想到昨晚祠堂里的课，他双手一抱拳说，包老爷，这世上还有谁能去护一个弱小的女子？弱女子如久旱枝头的叶，碰碰都掉。

包老爷见他这么说，肚皮里的火呼呼朝上蹿，恰又不好冒，只得忍了道，是啊！与其去扶那要掉的叶子，不如对苗壮的树木加些肥。

不！包老爷，此话错也。胡老板回过神来地说，像毛教头这样的人，对于您，少一个好一个，多了，包府久有的好名声就没啦。说完，起身要仆人上茶。

包老爷听到上茶，只好告辞。

胡老板温和地征求意见，不再坐坐？椅子还没坐热，茶还没上嘛，再歇一会儿，喝了茶。喝了参须茶再走？

包老爷心里恨恨的，明知我要走了，你才说上参须茶，早做什么的？嘴上却说，只要大家能看在我包某的脸面上，不与那猪狗不如的毛教头计较，就心满意足了，参须茶，改日吧！

您的好心我明白，让我带话给盛老板、陈老板，还是邵老爷？

您看着办。包老爷说着，迈起了步子。

胡老板过来送客，一直送到路口上。回家的路上，胡老爷琢磨开了：包老爷怎么会替一个教头亲自出马说情，甚觉蹊跷，摇着头，嘴里哼着"各人自扫门前雪，休管他人瓦上霜"，回屋思索送九斤的礼物去了。

与胡老板靠得近的是新学堂的教师范先生舍上。

范先生虽是清政府试行新学时派到镇上来的，但他素来对旧学有好感，深得镇上耆老的信任。冯先生也常常向他请教，郦先生对范先生更是另眼相待。范先生的态度可以左右一批人。这个关键人物，包老爷过去从来没当回事，尤其是范先生单身独处，靠束脩难以圆成家梦时，邵老爷出面让范先生在镇上唯一的本家老板，范氏山地货栈站腾出几间空房，各店铺以资助学堂的名义凑钱圆了范先生三十衣破无人补的窘境。

吃了胡老板软钉子的包老爷，路过范先生宅前有些犹豫不决。

哟，是包老爷。范先生见到包老爷，忙施礼。

包老爷回礼。

范先生问，请屋里坐？

包老爷嘴上说，那就不客气，脚跨进了范家门槛。

范先生跟在后面进屋，心里忐忑不安：狼的牙没掉光，总会想着啃羊。这老狼进屋是为女人呢，还是另有所谋？范先生总觉得自己的娘子是天上的七仙女下凡，人人都想抹她的油。两人进屋，在堂屋坐下。范先生喊丫鬟过来上茶。丫鬟在灶屋里回话，大清早的，锅底灰还是冷的。房间里的小娘子听到这话，放下胖儿子出来，见了包老爷，倒是一惊，笑盈盈道了万福，踏着碎步去灶屋忙茶水。包老爷一眼先看到范家娘子胸前两摊奶渍，倒是不想坐了。范先生说，你进寒舍，必有指教，哪能不喝茶就走？包老爷与他说了那个毛教头事。

范先生道，这点小事，着听差的吩咐，我替你美言就成，何苦劳驾您。

包老爷没想到范先生会如此爽快，颇受感动，又说了些春暖夏凉的闲话，这才告辞。他走出门，那边灶下的茶水也烧好了。小娘子过来见人走了，问，怎么就走了？范先生反问，不走？你留他宿。小娘子恼道，你把你的娘子看成何种人！他到底来做什么的？

范先生说，他能有什么好事，还不就是为毛教头霸占莫嫂的事。

小娘子问，你怎么说？

范先生说，我能怎么说，他面前该怎么说，他背后该怎么说，要你教吗？

小娘子感激地说，有相公的话，我心里就舒坦了，世道不好，穷人的心再不贴着穷人，那还有什么指望。

没走多远的包老爷一字不漏地全听得明白，摇摇头，什么话也说不上了。

一上午走访了南街贺老爷、张员外，还专门与李学监细细地剖析了毛教头会有怎么样的下场。李学监对包老爷的为人是很清楚的。包老爷来找他出场，实在抬举了这个与世无争，整天在家里研究"瘗鹤铭"的迂夫子。

包老爷重重叹口气，下面还能指望谁呢？他一个人单单地晾在街头那牌楼前，心里不痛快，气也喘不顺。强烈的，几十年来从未有过的失落感顿时涌了上来，一下子浓烈地包围了他，使他第一次感到孤独难熬。如果再不按他的那个谋划实施，包府将很快从舞台上消失掉！今天的遭遇，是包府在这个镇上气数快尽的信息，是警钟！

不！包老爷倔强地挺直腰，他不相信这一切，他要挽回！

第六章

39

处理完日常的事务后，张义前往邵家约见骆敏。

邵家守大门的家丁在夜校读书，认识张义，知他来意后，笑着说，骆小姐这厢很忙，那个广东巨商天天来找她哩。你要在这里找骆小姐，我得先禀报老爷。

张义听出话音，问，还有哪里能找到她？

家丁低语道，赈济会呀，上那里找，没人问。

赈济会设在永福寺。

张义一进大殿，就见堆积如山似的旧衣物，许多妇女在忙着整理，打包的打包，缝补的缝补。他想起镇公所把县里下达的赈济苏北水灾衣物的事交给了妇联，她们就在忙这事。这里许多人认识张义，与他招呼。乔乔问身边的小扣，此人是谁？小扣说，他就是救了竹为的张先生。乔乔哦了一声。正巧张义转身见到，乔乔有些尴尬。一边的阿倩忙做介绍。

张义看她，果然长得国色天香，心里道，这种美人，怎么能让竹为娶到手呢？这话放在肚里没说出来。捧着旧衣裳过来的骆敏见到张义，怔住了，刹那间，脸上的表情定格住……

张义迎过去从骆敏手里抱过旧衣裳，并低嘱说，特意来找你的。

骆敏无法回避，只好与他说话，把他引到自己整理的衣裳堆前。这里除了一个十来岁的丫鬟外，没别人。

张义一边动手整理旧衣，一边开始说话。

骆小姐问，你知道我是包漪澜？

任何假象能瞒住别人，瞒不住同床共枕的人。张义说着，趁势暗中握住她的手问，漪澜，你为什么要脱离组织？骆敏没想到两人几年后重逢的第一句话就是这个，心猛地一紧，泪水就涌出来了。她不想哭，但脆弱的妻子情感使她浑身抽动起来。

张义提醒她，别让人家看出。

她克制住了情感，默默地整理旧衣堆，两耳听着张义说话。

一见面，我就认出了你。你在我的心目中是永远不会改变的。这儿是你的家乡吗？一个人回到阔别多年的家乡应该是高兴的事，你为什么要整了容才回家乡？

党内有人瞧不起我。骆敏抹了眼泪，王顾左右而言他。

张义点点头，说，我知道，他们说你无组织无纪律。

不！骆敏固执地回道，事情不是那样的。争取教会支持劳工神圣运动是领导同意的。我把英国教会学校争取了过来。领导却因为共产国际代表的一句话，全盘否定我的工作，说我是在帮帝国主义的大忙，还说蒋校长恨英国人，如果知道我们和英国好，会影响国共合作。这是什么话呢？蒋中正又不是我们党的领袖，我们党内的事情要他管吗？联合团结国际上支持劳工解放的正义力量，有什么错！现在党的领导对我不信任。就知道听共产国际的，等待北伐成功后分一杯羹。除此而外，他们还想什么？我回到家乡开展工作，让他们知道中国劳工解放的道路，绝不会是共产国际给我们指的那一条。凭着我的工作实践和感觉，中国劳工的解放应该是多种途径的，但主义只有一个。你说对吗？你说呀！

是的，道路万万千，真理只有一条；认准了理，走在任何一条路上都不会迷失方向，最终都能走进共产主义大厦。张义说着，心里很高兴，骆敏说的发动民众的方法，经过自己实践证明也是正确的。党内有不同的看法，这是很正常的，处在年轻状态的党，需要逐步成熟。张义耐心安慰她，我们不仅要把这里建成党的新根据地，还将把周边地区也争取过来，建立赤色革命政权。

骆小姐摇摇头，说，迟了。

为什么？张义不解地问。

我的爱情生活出现了偏差。本来，我不准备再在你以外去寻求什么爱情。可是……不过，我还没对那个人讲。我想征求一下你的意见后再做决定，你认为可以，我就与他公开此事。

那人是谁？张义惊诧地问。然后说，不会是夏天吧？

骆敏痛苦地点点头。

张义提醒她，夏天是个人主义膨胀后与党的领导吵翻离开的，他不是组织上指示加入国民党的。是个人跑过去的。党的纪律不会允许你与一个离开党的人结婚。

骆敏低沉地说，我正为这苦恼哩。

张义轻轻地问，没人知道你是包家女儿？

骆敏抬起头，问，有人认出了吗？

张义摇摇头。

骆敏情绪又变好了，洋洋得意地说，中国古已有之的变形术，到今天还没失传。我回过家，没人认出我。史进耀还叫我过几天一起去包府，说是接待谁。

谁？会不会是夏天。张义问。

外边喊，喂，快点，挑些单衣来，打包不够了。

骆敏应着，来了。起身抱起一堆单衣，对张义说，不清楚，不像是他。张义也捧起一堆单衣，随她而走，一边听她说。骆敏告诉他，听史镇长说，包老爷听说我的洋文好，想听听，会不会有别的什么目的，还不清楚。其实，我父亲是个很典型的封建霸主，不允许外来势力入侵他的领地，与邵老爷他们的矛盾就这么来的。我想去，把他们的秘密统统掌握在手里，成为革命的资本。

到了打包的地方，两人迅速换了上课的话题。旁边人听了高兴地夸说，张先生与骆老师真好，这么忙还切磋上课的事。乔乔眼尖，看出些名堂，不愿意点破，乐呵呵地说，那都是你们劳工的福啊！多学了文化，将来有了出息别忘了张先生骆老师。

大家说，自然忘不了的。

张义和骆敏不好意思地笑着回说，应该的，应该的。送完打包的材料，两人又回到原来的地方。张义挑着重要的事问她：夏天来的目的是什么？

骆敏告诉他，为北伐做些先遣工作。

张义点点头，他要拉拢网罗一批人，你得与史进耀套套近乎，弄清楚史与夏之间的利益和冲突，他们在哪些事情上会沆瀣一气？

骆敏不满地说，你在吃醋？

张义笑道，是吗？你说吃醋，那就吃吧，史进耀这个人不像军人，不像商人，更不像一个教书的人。说他没文化，也不对，他很有些文化，但不外露，从不炫耀，对不对？你也赞成，那么，我吃醋就不是没理由了？骆敏气得紧握着两只小拳想朝张义身上擂：你说什么呀！你使坏……看看周围，她只好气鼓鼓地噘着嘴唇，须臾，她那为人妻的软处还是凸现了出来，低语道：听说史镇长从不沾女色。倒是夏天很活跃，史镇长也说他备受邵老爷的器重。哦！这个邵老爷是个开明人士，我争取了他……

张义一针见血道，你爱上了夏天？

骆敏点点头。

张义的心猛地一紧，看来不是戏言了，脸上还是表现得若无其事的样子说，能否等我与夏天谈过话再决定？骆敏担心地问，你不会向他抖出我的底吧。张义说，当然不会。骆敏说，我希望你继续帮我隐瞒下去，我再也不想作为对民众犯下滔天罪行的包府后人了，我要做民众的女儿，做革命的女儿。党内个别人敌视我，想阻止我不革命，那是不行的。请你相信，如果革命到了民众起来对包府声讨血债时，我会跳上斗争台，对着我的父兄大义灭亲。

这就是你到这里革命的原因？

是的。我本来想把家作为革命的大本营，后来发现根本不行。父亲为了他的利益六亲不认，不但不听我的话，还要加害于我。我逃出来，准备回我留学的法国去，在船上醒来后，改变了主意，途经香港下船做了整容手术。我返程到上海去找你，何洛与刘尊一都告诉我你的行踪，那一刻，我非常羡慕你，也想见你。但我暗暗下了决心，一定要把古柳泽改造成为我的赤色苏维埃。你相信我能成功吗？

这我相信，骆敏。请你允许我叫你骆敏好吗？

我从今以后，就叫骆敏了。原来那名字的人已经死去。

是因为组织上对你不信任才与我分手，还是不爱我？张义问。

骆敏想了想，痛苦地说，我也说不清。见到夏天的第一眼，发现他是那么活泼可爱，从他的身上，我感觉到自己没衰老，应该和别的姑娘们一样有着热烈的爱情生活。现在不是要全力以赴支持国民党完成北伐大业吗？我和夏天一起支持北伐大业难道不对？相比之下，我想到我们在一起生活时的沉闷，那种没有爱情，只有工作狂式的生活。偶尔为之，尚可接受，久长下去，实在受不了。

听了她这段表白，尽管张义的内心很痛苦，但还是振作精神说，请你给我一个机会，或者说，让我与夏天会面后再回答你，好吗？对不起，是我没很好地照顾到你的爱情需要，这是我的过错。为了对你负责，对一个我曾经爱过的姑娘负责，我应该知道那个替代我的男人到底是什么样的人，他若能给我心爱的姑娘爱情生活，我就放心了。我向你坦诚地表示，革命工作的艰辛和责任的重大，我不可能分出多少时间像诗里说的那样对你罗曼蒂克……

这我知道，就依你，等你会了夏天再说吧。骆敏抱起一堆挑好的单衣，说，你走吧，在这里待久了，会引起别人的猜测。请放心，工作与爱情，我分得清楚，在需要牺牲爱情服从工作时，我一定会做到像牛虻，还有许多革命者那样，请相信我。

张义说，我相信你，我亲爱的妻子、同志、战友。

骆敏突然无法控制地浑身颤抖。

张义忙抱起一堆衣裳走过去，替她掩护，告诫她注意。

她痛苦而温情地说，我多么想让你紧紧地，再紧紧地抱一抱我呀！

40

张义和大家一起，把装上车的救灾物资推到河边码头上去。在永福寺外，巧遇夏天。

夏天过来帮忙。

两人推一辆车，一路说话，路过一户办丧事的人家门前。围着许多人，张义一眼看到老耿也在，便喊他。老耿过来随大家一起走，边摇头边叹息：入土的棺木，又要挖出来，做得太绝情绝义了。

张义忙问究竟。

老耿见橡胶商人在旁边，欲语又止。

夏天怂恿道，什么稀奇事，说来听听，也好开开眼界。

老耿站住不动身。

张义招呼说，走，一起把车推到码头，找个地方喝茶说话。老耿见状，主动说，我来推。夏天叫好，张义却不让，连连说，我推，你们扶。老耿还要争，张义说，不用争，大家快走吧。老耿只好作罢，在一边相帮推着，三个人很快到了码头上，那边的工作人员见张义和夏天也参加赈济会义务劳动，都很高兴。大家忙着卸了车，把包运上船。张义把车交给码头上的人。

三个人回头的时候，张义对夏天说，茶就不用喝了，到我那里坐坐，听老耿说这事。

夏天应了。

老耿说，这事，我三言两语就说完。原来这家叫宗白华，是包府的一个佃户，祖父病故，无地可葬，孙子自愿卖与包府做用人五年，租包府乱荒地让祖父入土。说到这里，老耿补充说，先生们有所不知，这入土为安也不是长久的，只有二十年，过了二十年，你没续租约，就算乱坟平掉了。

能有二十年，就先提着，往后的日子谁说得清呀！夏天说。

张义朝他白白眼，没好气地说，还往后哩，眼下就熬不过去。

就是嘛。老耿说，才入土一天，就要挖出来。理由？据说就是包府得知他家有人到民众教育馆读书，心里不痛快。人家得知包府态度，赶紧说，不去读那书，行不行啊！包府说迟了。夏天恼道，入土为大，别的都是放屁。张义笑起来，没想到橡胶商人的正义感还挺粗实的。夏天对老耿说，找史镇长说理嘛。接着又鼓动张义，我看可以利用这件事好好整整封建地主的劣性。

老耿着急地摆着手连连说，别说那远的了，还是先了却这眼下的事吧。

夏天恼恼地说，岂有此理。忽然问，这镇上没乱岗地？

有啊！过去镇衙下面有几千亩公田，还有一部分荒地，收益用于赈恤济困的公益。几年前，镇团防用金开支太大，卖给了包府！说到这里，老耿叹道，张先生呀，你们要是有点办法就帮帮人家吧。

张义听着，一路思索，越想越开心，真是天助我也，这么好的茬子合在毛教头的事一起闹发起来，那是多大的场面呀！脸上却表现得异常平静说，你可以去找史镇长，看看他有什么法子想。

老耿没开口。

夏天不高兴了：你这什么狗屁主意？让老耿愁的，脸垂八尺！

张义说，叫史进耀想法收回原先属于镇公所的公田呀！他想足了收公田的念头，包府的心头能不作疼？一作疼，就生事，发出来，不会是小事。

夏天听出了名堂，两眼一亮，高兴地一拍手，好，工友师傅，就依他说的找史镇长，就说我们找他，让他到我们这里来，这回叫他包府铁公鸡也得松松翅膀。

张义说，真正闹狠了，可就不是铁公鸡松翅膀啦！

夏天应道，那当然，没好处的事还干他做什么？

张义纠正说，不是我们个人得好处，是全镇民众得好处。

夏天看看老耿，连连道，还是张先生说得好，众人有了好处，我们也就尽了责任。

说话间，老耿陪大家走过了桥，他去镇公所。

张义和夏天从近路绕进了民众教育馆。

张义开了宿舍门，对夏天说，我这里虽然简陋，很清静，适宜喝茶聊天。说话间，见夏天站在那里不动，便说道，您来那么长时间，怎么到今天才来找我？

哈哈哈，夏天笑着回话，老兄还是那毛病，怀疑一切。马克思的信徒！说着，找张椅子坐下去。

张义问，您真是来做橡胶生意的？

坐下去的夏天，正了正身子，也把精神给提升起来了，一语双关地说，和你一样，传播"三民主义"。张义道，我教书，你也是？

夏天站起来，抚着他的肩，缓言道，老兄，我们还是党内同志嘛，说话何必那么尖锐！我今天找你有要事。好了，先祝贺你一下。怎么？你没茶水？

张义立即给他泡了茶。

夏天举杯说，昨天你的公开课，镇上名流评价很高，薪水每月一百块。老兄可以小撮一顿。不过，它的意义绝不在吃饭喝茶上，是不是？来，以茶代酒祝贺你。

张义没接应：我听不明白。接着又问，你怎么知道的。

史镇长呀！这大笨蛋，连女人都不敢玩，孙传芳怎么看得中的？天晓得。

孙大帅要做皇上，选不好色的人做总管，他史进耀正适合嘛。

那是美梦。夏天摇摇头说，这地方真怪，教师束脩要名流们来定。镇长当得窝囊透了。什么时候我们像黄炎培他们那样闹苏浙皖自治组织，搞个独立政权。手上有了权，什么主义啦、思想啦都可以自由地飞翔。老兄要办什么刊物、报纸也就不用为印刷费发愁啦！……

张义心里想，你说的也正是我要做的，但不能告诉你。忍不住笑道，堂堂的北伐先遣，就是为了这蝇头小利？

闻此言，夏天顿时戗住了：怎、怎么？你知道我的身份？

张义笑道，天下事，只要做，焉有不传出的道理？

夏天嘀咕，一定是姓史的，可见旧军阀的人都不可靠。

张义说，你在镇上做事，能少得了他吗？

夏天额首道，说的也是，言归正传，我今天找你，就为镇上的大事。你知道，包府是靠不住的。他们派人找过我，谈过合作的事。你知道我怎么与他谈的吗？想想也好笑死人哟。

张义警觉地问，怎么谈？

他们既把我当作橡胶商人，又想猜出我的真实身份。说话也是东一句西一句，不着边际。我看得难受，干干脆脆对他们说，我的生意不小，只是愁你们手上的钱不够。他们听了很来劲，问到底要多少钱，是什么生意，可不可以透露一二。我说，可以啊！钱多就做大生意，钱少就做小生意。他们又问，小怎么做？大怎么做？我说，小的做橡胶，大的做军火。他们乐了，你真的是军火商呀！我逗他们：你们说我是军火商？我可没有说呀！他们又蒙了。哈哈哈！有意思。

你捉弄人家做什么？

蒋中正先生北伐开篇的第一句话就是"消灭封建地主"。包府是典型的封建地主嘛，你没看过他的城堡，看看就明白了。

那……你意下如何？

夏天搬出了他的设想：我负责把邵老爷等上层人物抓到手，你发挥煽动民众的优势。那个毛教头的事，还有这入土再挖出棺材的事，都合在一起，大煽特煽，搅得旧世界天翻地覆，兄弟的国共两党在这里诞生民众的新世界，一旦北伐军过来，这里就是我们的大本营。共和政府从这里开拔出去。

见夏天眉飞色舞，张义趁势鼓动道，老兄不愧为政治家，有远见。我再加一句，史进耀，一定要用，毕竟是上面派的镇长。

夏天点头说，老兄提醒得及时。不过，包大少爷也可以用，他是李纯的手下，充充数还可以。说着，夏天站起来说，老兄还要体谅小弟一点，现在的我与你不同，我是双重身份，既是共产党员，又是国民党员。这种身份要求我的公开活动受到限制，许多场合只能有劳兄长了。说着两掌抱拳作揖。

张义笑道，你也太小心谨慎了。现在的革命同志，谁没双重身份？怕什么呢？其实，张义想套出他夏天的真正身份。

无奈，夏天见好就收口：老兄有所不知，情况特殊，有些话，以后说与你听！好了，我告辞。哦，史进耀那里，我与他说过来找你的，他到现在没来，一准是有事缠着，我也不等了。反正，三人联手，是好主意……

张义接过话说，内外有别。

对、对、对。内外有别。

我们之间也是？张义有意地刺他一句。

夏天顿时尴尬起来，连连道，同道中人，那就不必了吧。

张义伸过手去，紧紧握着：希望言而有信。

一定，一定。

41

张义送走夏天回到屋里，见屋里坐着一个陌生人，他吃惊地问，你是谁？怎么进来的。

那人起身布大礼道，在下奉父亲之命，请先生到舍下一叙。

张义问，令尊是？

包怀夏。

呵——！张义打量他一番，回礼道，原来是包大少爷光临，有失远迎，请坐，请坐。

坐下去的包大少爷又站起来说，家父为人豪爽，喜结天下英才。听说昨晚先生的课讲得极妙，着我前来打扰。

张义想了想，这倒真为难了，眼前这个人是自己的大舅子，大舅子请妹婿去见从未谋面的岳父大人，焉有不从之理？从自己对包府的浅显了解中，这父子下饵，必有企图。便故意对包大少爷说，在下何德何能，蒙包老爷这样的名流器重，实在惭愧至极。思索再三，还是请转告令尊大人，免了吧。

家父诚心诚意，欲听听你的高见，也有利于家父适应当今时代之潮流。先生感到不便，在镇上如何？

张义见他非要见面，便只好说，那就在镇上吧。

镇上的茶馆里？

张义问，是柳泉居吗？我这个教书的，去那地方合适吗？

家父从来不上别的茶馆。说着，又道，翠云轩，如何？中午，边吃边聊。陈老板请客的豪士聚饭庄，那是个好地方！

张义推辞道，饭就不必了，午后我准点到。

包大少爷见状，也不好再说什么，只得告辞。

走到街上的包大少爷，心里很不是味儿，这三个外来人都怪怪的不知得的是什么病，夏天开口就是一通革命大道理，把毛教头骂得狗血喷头，挖棺材的事又是一顿臭骂，要斗争、消灭包老爷。这张义呢，不阴又不阳，品不出是咸还是甜？想来思去，还是史进耀好，说话干脆，通情达理，也愿意与包府说说话。只是……这史进耀到底有多少能耐，实在摸不透。

午后，张义到了豪士聚饭庄，不见包老爷，又是与包大少爷对坐，两人都觉得无话可说。沉闷片刻后，包大少爷起身欠礼道：家父身体有些不适，不能前来赴约，仍然派我与先生见面。接着，从怀里取出一只金锭，悄悄隔着桌子推过来，家父知道先生在这里开销很大，一点小意思，请笑纳。

张义一脸正色道，君子无功不受禄，望大少爷能够体谅。

那推在桌子中间的手十分尴尬地停住了。

如果真的没什么事，在下倒是有几句话，请大少爷代为通达令尊大人。张义侃侃而道：今日革命乃新的时代崛起，顺应时代潮流乃识时务者之幸福。还望令尊大人能够支持府上的下人、仆人、劳工们积极参加民众教育馆的夜校读书，使他们成为有文化有教养的一代新人。我就这请求。

包大少爷连连点头，我一定转告。

张义问，还在洋学堂里教书吗？不教了？那上民众教育馆来吧！这里缺少教师，恕我进一言，当代青年，应做时代之先锋，创革命之精神，为国家的统一，民族的昌盛，肩义不容辞之责任。

包大少爷突然明白什么似的站起来说，张先生宣传赤色革命？

让穷人有饭吃，就是赤色革命？如果说这是赤色革命，这个赤色革命好。就是好！张义站起来，激愤地说，想不到你这么一位青年，听说穷人有饭吃，就像惊弓之鸟……

包大少爷脸有愧色道，别误会，我不是那个意思，我担忧一旦宣传赤色革命，会乱套。

乱套好嘛！革命的目的就是要乱套，不乱套，新的社会秩序怎么能够建立，你说对不对？其实，我也只是空有大志，徒有一张能说的嘴，真正叫我做起来，也是叶公好龙啊！旧的秩序毕竟现在还能保证我有一顿饱饭。乱套了，谁给民众教育馆的教师发饷呀！没人发饷，大家只好饿肚皮。人就是这样，嘴上说说，行动上则又是一回事。由此可见，真正革命的人，是很少的。这倒使我想起从这个镇上走出去的一位革命者，她叫包漪澜，不知你知道吗？

包大少爷两眼睁得大大的，先生认识我妹妹？

张义故意道，怎么？她是你妹妹？我不相信，那种革命者，竟会有一门逆时代潮流的哥哥和父亲？还豢养毛教头那样的恶帮，吞没几千亩公田，毫无人情人性地把入土的棺材挖出来勒索？

包大少爷羞愧地低下了头，喃喃地争辩道，有的事包府并不知道，更不是包府所为，全是下面家丁用人借主人名声敲诈。

张义听着也不去反驳他，又说了一些大道理，包大少爷这才离去。

一个人静下来时，张义认真地思索了眼前的事，决定把目前的情况迅速向党汇报。信写好，封好，交给老耿说：请你帮我把这封信送到青云寺伙房烧饭的贾师傅手上，说是老家带来的。接着，又道，如果没有记错的话，贾师傅与你还是老乡，都是宝应施家桥的。

老耿吃惊地看着张义，张先生神啊，我没告诉你我是什么地方人呀！

张义笑道，从你口音上猜的。记住，一定要在没人时给他。

老耿应道，请你放心，受人之托，得人指使，都是高兴的事，应当以性命相约。

张义见他这么说，心里很高兴，给了他一块大洋，说，买点上好的旱烟丝。

老耿高兴地走了。

42

是夜，上课后没多久，民众教育馆正大门跌跌撞撞冲进来个人，气喘吁吁大叫道，毛毛……毛……教头……带人……话没说完便倒在地上吐白沫了。众人上前救起，灌下水，缓过神，断断续续把话说清楚，是毛教头带人来问罪了。

消息如瘟疫般立刻弥漫开来。

整个夜校里的秩序顿时被搅乱了，大家无心再上课，纷纷奔出来问怎么办？

从小路赶回来报信的说，毛教头带的是镇团防，还有洋枪队。

谁也没料到毛教头会拉镇团防的洋枪队来，怎么办？

史进耀一把抓住张义，声音都抖了：这……这……

孙有却一点也不怕，对张义和众人大声说：明的玩不过他们，暗处的背后动作，他绝不是我们的对手，请你们宽下心上课吧！话没说完，大院门口就响起了人声。

张义拍拍史进耀安慰说，你看，是谁来了呀！被他这一提，史进耀定睛细看，原来大门口的响声是盛老板带着家丁赶来了。大家这才舒口气，迎上去，盛家的家丁后面是其他几家店铺的家丁，实力最强的是邵家的，有洋枪。

史进耀纳闷道，你们都知道了？

盛老板笑笑，我哪里是神仙。今天下午在柳泉居，桥东宗白华家的事众人议论不小。敢这样大胆指摘包府的举动，还是头一遭。包老爷的脸色当场就不好，我们估计包府不会善罢甘休，多提防点。晚饭前从包府的内线那里得知毛教头拉镇团防，包老爷让他配上最好的武装，还有洋枪队。这就明摆着要灭民众教育馆嘛！我们商量后就把精锐的家丁都拉来了。

史进耀问，邵老爷知道了？

盛老板摇摇头，要他知道做什么，我们做的事，我们负责！

张义说，倒也是。这洋枪谁派的呢？

盛老板说，是冯先生差来保护骆小姐。

史进耀费解道，骆小姐是他掌上明珠不成？

盛老板笑道，我也问他，难道就只有骆小姐是你的命根根，别人不重要？你猜他怎么说。史进耀问，怎么说？盛老板说，近墨者黑，冯先生那样子越来越像跟屁虫了，亏他还压着嗓子对我说，人家洋人做事都是"女士优先"，男人是绅士，要什么保护。你说，他这话像不像邵老爷？

张义把包老爷一大早到各家替毛教头说情的事说了。

盛老板倒也替包老爷说了句公道话，毛教头这回把他坑苦了，话说回来，若不是包老爷的放纵，也不会到这地步。这件事过后，镇团防一定不能再落在包府那里了。盛老板说着，看看后面各家店铺来的人很多，要史进耀快快准备。然后说，我们的家丁都在后面，不到万不得已，不要先动手。

史进耀见盛老板这么说，急了，馆里几个护卫能抵得住他的洋枪吗？

盛老板不乐了：你还指望我呀？

史进耀被他这一说，饿得没了回词，只好朝张义求援：昨天是你的那套看家本领吓跑了毛教头，我看今天还是由你先挡一挡。张义悄悄对他耳语，夏天没对你说吗？毛教头越疯越对我们有利！我指望他大疯一场哩。野鸡伏在麦垄地里，不飞起来，怎么打呀！

这几句话，让史进耀低落的情绪有点儿起色，嘴上应付，脚下还是想开溜。张义看出了他的鬼肚肠子，对他说，别溜，横沟村的农会来了，那是敢拼命的。你赶快去请他们参加民众教育馆的护卫，由他们负责，你还怕什么。

史进耀想都不想地答应，由你定吧。

由于事先没准备，临时的布置便显出混乱。横沟村的农会人员没有洋枪，张义对他们的要求只是保护学员中的弱者。由商家的家丁对付镇团防的洋枪。听到这话，盛老板不高兴地说，我们的家丁人手少，抵不过他们的洋枪。我只保护我们的店员。

史进耀不乐意道，都是镇上的乡亲，你盛老板能两样对待？

盛老板顶撞道，都是乡亲？他毛教头怎么不说这话？

你——！史进耀气得话也说不上了。

张义故意怪罪史镇长说，千错万错，镇团防不在你的手里，这是血的教训，若搁我，也不保护你。接着又对盛老板劝道，都在一条船上，他不会只对我们开枪，不对你撒野，那毛教头你比我们领教得多了吧！说着，他朝大家挥臂喊道，乡亲们，他们没什么了不起。古人云，擒贼要擒王，你们谁能把那毛教头擒住了，今晚的灾难就过去了。

大家七嘴八舌喊，知道了。

盛老板见状，倒也不好意思了，爽快地对张义说，看来，您对付这种场面有经验，我带来的家丁，还有陈老板他们的，都交由你指挥，趁这难得的机会，好好练练我们的家丁，日后真有强盗来也能顶一顶。

史进耀又喊，逮了毛教头，置他于死地，看还有谁敢逞能。

盛老板顺了他的话朝大家喊，杀了毛教头，有赏。

众人欢呼雀跃。

那就我来指挥。张义义不容辞地朝高处一站，俨然像将军似的指挥起来——

将院内的灯灭掉，只留大门口的。带武装的人由大门向内分成三个层次，每一层次均在暗处，有退路，能近目标，枪手后面是大刀。屋顶上、树上均布上枪手。一旦门口出现敌情，第一层的得到信号就开枪。随着敌人的进攻，第一层的朝后退，让位第二层，暂时退到后面休整。等前面短兵相接，第一层的枪队再出来收布口，把敌人拢进口袋里打。

盛老板看着张义布置，连连叫好，千枪守一关，万箭射一矢。

史进耀听了也补上一句，十枪九枪中，一枪就送终。

张义说，你们都认为布置得对，那就得听指挥：民众教育馆分三个分队，周山、孙有各带一支，另一支在我身边；盛老板的家丁在第一层，陈老板和胡老板的在第二层，第三层是其他各家的，你们马上推出领头，到我这里来。所有人隐在暗处，只有我和盛老板等人站在亮处等他们。

张义回头问盛老板这样好不好。

盛老板把冯大喊来问，怎么样？

冯大点点头，说，是指挥过大仗的人。

盛老板振奋了，亮着嗓门对张义喊，现场总指挥张先生，你就开始吧。

他的话一落，各家都有领头出来，拢到张义身边。

张义一一做了交代。

接着，张义邀盛老板、史进耀像昨天那样迎着毛教头。

盛老板二话不说，喊了几个家丁在身后，暗中让冯大做好另一手准备，以防不测。

史进耀趁大家不注意，悄悄溜得不知去向。

须臾，宁静的镇街上传来喧嚣的混乱声，平时吆五喝六的镇团防，听说教训民众教育馆的学员，还有洋枪队助威，个个神气活现，好像对手躺在案板上等他们宰杀。队伍未到，声势就扬开了，惊得满街鸡飞狗跳。不明事由的店铺住家以为来了过境的败兵残勇，赶紧加门闩，有的朝自家姑娘脸上抹锅底灰，做好避难准备。

镇团防是按新军的训练方法培训，又加上毛教头的武术散打功夫，很有威力。到了民众教育馆门口，队伍停下来重新编排，学西洋战法，鼓队在前面，洋枪队紧随，大刀队随后，武术散打收尾，大有扫平民众教育馆的气势。民众教育馆的几个护卫见这阵势吓得屁滚尿流，跌跌爬爬跑到第一排教室前，话都说不上了。在大门口刺眼的灯光下，大家清楚地看到镇团防的洋枪队八人一排，英式排枪，在鼓队的助威下开始朝里面进攻。谁都明白，一旦排枪开进来，没人能挡得住。

张义对盛老板说，这势头怕有点不对劲，得让你的家丁们上好弹药等着，万不得已，先开枪。混乱中，谁说得清楚第一枪是哪个打的。先下手为强，后下手遭殃。

田鸡要命蛇要胆，听你的。盛老板发下话去。

咚咚咚……

洋枪队在鼓声中，嚓嚓嚓、啪啪啪，整齐划一，步调一致地走进民众教育馆大门。在灯光的照耀下，很是威武。

张义默默计算着他们的步子，一旦进入射程，他就发出命令，同时要保证他与盛老板等人从亮处退入暗地。

突然，毛教头手一挥，鼓声息了，单枪匹马过来对着亮处的张义盛老板等人喊道，你们像英雄哇，敢站在这里让老子开枪？叫老子日后让人家骂吗？老子偏不这样做。喂，老子并不想难为你们，只要你们把那叫竹为的小贼交出来，还有你，何方来的贼人，敢对侯老七撒野。晓得你爷爷的厉害，就乖乖过来送死，我保证你们民众教育馆平平安安。

张义没有应声。没想到身后竟然有人说，盛老板，快把他们交出去，免得大家吃苦。孙有喊道，放你的屁，要交，先把你交出去。周山叫道，你们镇上的人都是缩头乌龟，刀搁在脖子上，还以为亲你哩！盛老板低喝道：不要争，谁信毛教头的，就自己去，那狗东西杀人不沾血的。有盛老板这话，后面的人才不敢瞎说。

毛教头见没人应声，骂道，喉咙里都塞了鸟啦？还是阉了？怎么没声息。告诉你们，再不开口，我就开枪了，先把你们给扫了。

张义哈哈大笑起来，那笑声在夜空突然炸开，伴着张义清脆响亮的声音在夜空回荡：你这么嚣张，是说你胆怯，还是说你有本事？拿着洋枪欺负手无寸铁的百姓，这就是全镇人平时养活你们的结果。太可怕了，养条狗还晓得看门，养你们这群狼，养肥了竟然来咬主人！团丁们，你们想想吧，这里有你们的兄弟姐妹，有供你们钱粮的老板。为毛教头自己泄私愤，动真枪，对你们的兄弟开枪，对供养你们的老板们开枪。你们的枪举得起来吗？你们的手指勾得动扳机吗？你们今天开了枪，明天，不，你们回到家就要受到上天的惩罚！你们对不起祖宗，对不起供养你们的老板……

毛教头喊道，你少啰唆。

我可以不啰唆。但你毛教头，身为习武之人，却没一点习武人的良知，拿着全镇人供给的俸禄，不思维护治安，趁着收茧风波阉人家丈夫，抢占民女，你禽兽不如，你不配让镇团防的兄弟们为你壮胆。镇团防的兄弟们，洋枪队的勇士们，你们的枪，你们的刀，应该对着太湖强盗，对不对？全镇的百姓养你们千日，指望你们保护镇子的呀。你们却来枪杀无辜的乡亲，天地不容啊！

张义这番煽动，极具效力，镇团防队伍的那股雄赳赳气势顿时消了大半，开始乱起来。急得毛教头骂道，快开枪，快开枪呀！你们给老子开枪呀！

洋枪队开始立正，哗啦啦举枪，听候口令。

这千钧一发之际，张义暗中对盛老板低嘱：快，你该出场了，否则来不及了。

盛老板大声说，教头，你好歹也是一个角色，我们有什么话不可以靠近些说呢？

不知是计的毛教头气壮如牛地回道：老子愿意这么做，你有什么屁就放，我近些闻闻也好通鼻塞。他说着，走向前来，指着盛老板的鼻子道：老子火了，拿你那女儿填了肚皮下，快活，你能吃我？

盛老板气极了，正要说话。不料身后飞出一人，只见那人如光似电地朝毛教头掠去，就听得"啊——"一声，众人感到面前有血腥。待眼睁开，毛教头已倒在地上，只有四肢动弹。再看场上，并无别人。连盛老板自己也感到奇怪，他很快明白，此类事，只有他的家丁冯大可以做得。想想也真后怕，若无冯大，这教头今天莫不要了我的命！民国一团天昏地黑，到什么地方去讨公道？

毛教头在地上喘过气来喊，快快快，照包老爷的吩咐，冲上去。接着，发出像呼叫或者说更像呻吟的长长的滑向上升的尖厉声响，大家害怕极了。

镇团防里的头目叫道，开枪，冲上去。

鼓声又响起来，队伍里子弹上膛的声响不断传来。

张义拉着盛老板说，听到没有，他们是得到包老爷允诺的，要记住这事儿，快弯腰躲开。

史进耀不知从哪里冒了出来说，我也听到了。

大家从正面刚散开，院内暗处埋伏的洋枪抢先向门口扫去，乒乒乓乓的枪声和哭爹喊娘的声响乱成一团，洋枪队的阵势顿时乱了。前面的想后退，但队形只能前进，不能后退，后面的枪顶着前面的背。到了这个地步，镇团防的团丁也只有拼死朝里面冲，见到人就开枪、砸。里面的人见到这状况，也只好出来应战。两边短兵相接，洋枪的枪优势发挥不了。孙有周山带的农会大刀起了作用，一阵厮杀，镇团防终究是专业队伍，农会的大刀一时给他们抢去许多，反过来杀民众教育馆学员。

站在暗处的张义看得明白，他拉拉盛老板说，赶快把毛教头弄到手。

史进耀听他这么说，不知哪来的胆，竟敢冒着乱飞的弹雨大步过去，指着躺在地上的毛教头说，你看看，恶贯满盈，众人不与你计较，天与你计较。你说你还有什么可以讲的……

张义在一边悄悄提醒他，快躲开，当心枪。

史进耀突然想到危险，又吓得退下来。

张义说，你是镇长，借此机会可以一举灭了他，以绝后患。

史进耀脑子一转，好极了，连忙喊道：护卫，快快与我拿下，绑好，吊于空中，防他逃走。明日与包老爷共审此案，杀人偿命！害人抵命，决不轻饶。

一听说要把毛教头弄走，镇团防的人又过来抢。两边争了一阵子，到底还是让他们把毛教头抢过去了。就在镇团防将毛教头抢到手时，突然从暗处飞出一支镖，正中毛教头咽喉。那镇团防的人，个个吓得惊呆了，顾不得毛教头，逃命要紧。

盛老板见状来了劲，跳出来大叫：冲上去，杀光他们……

话声没落，子弹就对着他盛老板过来了，幸好只擦着他的头皮。挥大刀的冲上来要砍他，家丁忙上前护卫。孙有周山在暗处大叫，冲呀，杀掉他们领赏金啊！顿时如洪水涌出，人们从三面卷围过来，把镇团防的团丁统统困在院门里，杀得他们喊爹叫娘，就差肚皮下的腿短。真是昏天黑地一场大厮杀，一直到半夜过后，镇团防吃尽了亏，乖乖撤走才慢慢静下来。有好事的把莫嫂喊来，她看到毛教头被绑，怒火中烧，拿起旁边一张木凳就朝毛教头脑袋上砸去，听得一声闷闷的细弱的声音，哎哟！——毛教头脑袋上血流如喷。

众人说快快送医院。

没有人敢接近他，有人说，他是一只虎，万一松了绑，莫不先害了自己的命。

史进耀走近看看说，送也没有用了。

张义说，送，一定要送。

盛老板明白了张义的意思，让家丁送到洋人的医院去，进了医院就放到了停尸房。

包府的人像从地下一下子冒出来，包大少爷与管家到了现场。

张义见状，晓得这个场合自己不宜出面，悄悄拉了周山孙有赶快走开。他们去过问宗白华家坟上的事。说是有人去挖坟，被赶走了。张义吩咐增加力量，守到明天再说。走在夜色中，清风习习，张义好兴奋啊，形势来得这么快，始料不及，往后去，邵包两家矛盾必然公开，要利用毛教头的死，利用镇团防的事，宗白华家的事，煽动得民众教育馆组织武装，成立苏维埃政权。

孙有担心地说，太快了，我们都感到措手不及。

是啊！张义此刻多么希望与骆敏交换一下看法，迅速建立党的基层组织，有了基层组织，工作才能正常开展。

43

孵在紫藤园深处的邵老爷，震惊了，"毛教头的拳脚，侯老七的码头，包老爷的衙门"，多少年来，谁抗得过？怎么到了宗白华家就会顶住了？毛教头在这镇上对你撒撒野，你敢抵抗？莫嫂的男人给阉了，莫嫂抗得了他的强暴吗？前夜吃瘪，现在竟一命呜呼，毛教头命就这么不经蹦跶了？今天早上，竟然还会有新学堂里的学生到包府声讨。怪了，现在，他们竟然都成了冻豆腐，不堪一击。怪了，怪了，真是怪了。

邵老爷找冯先生请教。

冯先生淡淡一笑，说，包老爷还没真正认清多行不义必自毙的道理。

邵老爷问，他会认为是橡胶商人夏天，政治教员张义引来的吗？

冯先生没好气地说，人家包府认为全是你的指使。别急，听我说，那收茧风波热热闹闹多好啊！眼看你们乖乖听他指挥松腰包了，不料你出了那一招。茧农也贱，竟认了，让你得个无本也万利的好处。他能忍下这口气？还有，夏天来了，是陈老板出面请的吧，三百块大洋，那气派，那排场能是他陈德怡铺得开的吗？

邵老爷紧口气道，那也不能说是我的指使呀！莫非是你透出去了？说着，邵老爷摇摇头，叹道，要是人不知，除非己莫为。他坐将起来，问道，你说怎么办？

冯先生心里很高兴。冯先生不管高兴不高兴，那精瘦的脸上都吊只碌碡。他在屋里转着，慢慢说，就不知你老爷有什么打算。邵老爷说，能有什么打算，最多请他们三人来打圈麻将。

冯先生神情一变，狠狠地说，麻将桌上定个一举灭包府。镇长还是史进耀，镇团防在他的手里与在你的手里还一样吗？这么一来，蒋中正一定很高兴。

邵老爷不满地说，他高兴，他在哪里？还在武汉城外的路上颠着，有什么用。他高兴，孙传芳就不高兴。这孙阎王不高兴就有他的急脾气，一支军队抄了我的家，血洗全镇。蒋中正的远水救得了近火？你这馊主意怎么想得出？别忘了，还有太湖强盗没动身哩！

依你怎么办？冯先生嘴上说这话，心里恰是骂得他狠狠的，没想到你这个商人还真有政治头脑。

邵老爷下了烟榻，踱到门口，看着那院中的景致，意味深长地说，还是你以前的那句话。

什么话？

任凭风浪起，稳坐钓鱼台。说着，他转过身来说，你马上开张十万大洋的支票，速速给蒋中正汇去，他的前线将士军饷很紧。

冯先生不动声色地应了。

邵老爷又说，夏先生的开销够不够？听说他把怡春院那几块牌子都焐过一焐了？

冯先生惊讶地看看他，不解其意。

邵老爷笑笑道：年轻人，总要有个地方泻泻火，那么做了还会来缠骆小姐吗？一边戏红牌，一边讲良缘，只有现在的新潮派做得出，你说是不是？听说张义拒绝了包府的贿赂？其实，拿了也没关系。这年头，谁能拒绝人情世故幌子下的诱惑与勾当？是史进耀没拿过包府的贿赂，还是夏天拒绝了包府的"瘦马"、怡春院的姑娘？都没有嘛，独独是他拒绝。人太本分了，可怕。水至清则无鱼，人至察则无情。我猜想，他不会没嗜好，年少血旺，找个知己泻泻火的事，总会有的吧。

你的意思是想见见他？冯先生不希望邵老爷与张义合拍，他说这话也全非真诚。没想到邵老爷一口肯定的语气说，我是要见见他，这样的角色我需要，你该明白。出奇的是，不是我请他，是他来找我。今天，他是一定要来找我的。这话说得冯先生好生疑窦，但又不便点破。邵老爷继续说他的话：

你马上去找史进耀，亲自去，用你的话说，叫他不要玩得太过火。狗赶急了要跳墙。

冯先生说，这话我能说吗？

邵老爷不高兴地说，为什么不能说？难道你要说，史镇长，我家老爷支持你收回公田，还有镇团防？你若说出那话，会是什么后果？你别以为包老爷总是不想让人家进他的领地，逼急了，把县城里的兵，太湖强盗都弄来走一趟，他做得出。

冯先生顶了一句，你这样做他包老爷就会善罢甘休？

邵老爷突然很坚决地回道，当然不会。说着，又补上一句，不是不会，而且是肯定不会。

冯先生迷惘了。但他很快就明白过来，眼前这个邵老爷，满脑子的鬼主意，不是能轻易玩得转的，得忍着，慢慢来。他答应去说。邵老爷这才愉快地告诉他，如果史进耀真想公田，叫他寿长着，一定会到他手里的，急到手的烫山芋，烫坏了胃划不来。

冯先生应着，走了。

邵老爷拉了骆小姐、冯先生作陪，把麻将桌拉开，恭候着张义的到来。骆小姐不知底细，见平日出场的乔乔未到，笑说，今天不来平分秋色？邵老爷看看冯先生一语双关道：按性别，三对一；照势力，各一半。

骆小姐哦了一声，还有谁？

说曹操，曹操到，张义出现在门外，不只是骆小姐惊讶，连冯先生都惊诧，他一点也不知道邵老爷从乔乔说的赈济会里的接触，由此断定这两人之间必有旧情。他要用这桌麻将验证自己的判断。

邵老爷迎上去与张义抱拳握手寒暄，一起入座：张先生，有雅兴搓几圈？

张义本是有事来，见这备下的麻将，再看看桌边的人，知道推辞不掉，便大大方方入座。冯先生坐在张义的下手，骆小姐坐在张义的上手。邵老爷坐张义对面。

邵老爷招呼道，请用茶，上好的碧螺春。眼光恰聚如细细的一条线，那线里折射着一种不可见的什么，张义感觉到了，坦然地笑着迎将过去，截住，顶在那里。邵老爷一笑，哈哈哈，好后生啊！两眼大放光芒，乐呵呵地扬手洗牌，来来来，先玩几圈。洗牌。切牌。邵老爷就此介绍了冯先生，然后问骆小姐，你们俩还用得了我介绍吗？

骆小姐一笑，未做表示，张义则道，邵老爷何必明知故问哩？

哦——！邵老爷摇摇手，不必，不必，手拿了骰子，朝张义伸过去，张先生先掷？

张义推辞：还是邵老爷先。

冯先生说，每人都掷，数小者开局。

邵老爷笑问何故？

冯先生道，小者，小姐在桌也。

众人笑起来。

邵老爷乐道，你真会怜香惜玉，好吧，我先掷。

骰子落桌，面上六点。

冯先生掷出三点。

张义掷的是五点。

骆小姐伸出白白细细好看的手臂，一扬，骰子旋出个二点。

哈哈，邵老爷朝冯先生说，今日的赢家，大略是冯先生了，他的马屁拍到位了。

冯先生乐道，如果骆小姐在我上家，我有此福。

邵老爷眼一扫，哈哈笑道，骆小姐，你在我上风，可要多照顾啊！

骆小姐拿起了骰子，准备开局，说，老爷指望我给牌，这老爷真是庸才。

邵老爷笑道，好，我就不指望你给，做老爷的凭硬家伙叫你服帖。

张义接过话道，这自然，一如镇上这几天的故事，邵老爷是不会指望他们恩赐什么的，倒是要好好地引导一番，否则，还怎么显示邵老爷的硬处呀。

冯先生暗道：好小子，是个角色，嘴上也不失恭维了几句。

邵老爷的心里更比冯先生透亮，眼睛看着骰子说，不要给我戴高帽，骆小姐，掷！

骰子落定。六。

切出牌头，开始抓牌。

邵老爷感叹道，世事如牌局，难以料测。这几天的事到底会向哪个方向走，张先生应该比我看得更清楚。张义故意反问，商人也关注时局？邵老爷说，先生差矣！自收茧风波平息，民众教育馆又起事，让毛教头吃瘪的不是强龙霸主，恰是手无寸铁的民众，一镇民众尚如此，全国呢，莫说是我邵某，也莫说是他包府，就是溥仪，就是袁世凯，不也淹没在他们的唾液之中？张义见他开篇直奔主题，明白邵老爷在镇上乃至蒋中正张静江心目中地位的由来了。

邵老爷见他没有反应，停下抓牌的手，问，先生以为如何？

张义：邵老爷能从牌扣住镇上的事，又迅速联到全国政局，良医啊！

哈哈哈！邵老爷一阵朗朗大笑，说，商人不应该关心时局，是贵党的态度，还是你个人的看法，或是一句笑话？

骆小姐岔话道，大千世界，芸芸众生，一如这院中的草木，逃脱不了上天的掌握。商人问时局，虽不能说是郎中式的悬壶济世，但可以知道哪些与民生民权无益。本属正常嘛！

正是，正是。张义望着邵老爷坦荡开怀大笑的神情，明白笑自何处了，迅速做出反应，对邵老爷重新布礼：晚辈说话欠礼，还望名流海涵；依晚辈愚见，今日不问政治者，恐怕只有两种人。

邵老爷问，哪两种人？

张义笑道，未出世之婴儿，入土之逝者。

邵老爷望着面前的牌，思忖道，先生之高见，有道理。

骆小姐开始出牌："三条"。

要。邵老爷见第一张便让自己吃着，逗趣道，骆小姐是要我做庸才？话没说完，张义那边，"碰"，把三条拿了过去，打出一张"白皮"。骆小姐抓了牌，扔出"一饼"。邵老爷不要，动手抓牌，脑子转着：这张义果然不是夏天，更不是那个史进耀，若用好了，不亚于我多一个冯先生，说话间便格外多用些心起来。心里想，嘴里说话也自然多了。他开口道，张先生的话在理，当今中国，皇帝没有了。想做皇帝的人天天都在冒出来。今日的中国，握有最强大军队者唯蒋中正先生。他就像骆小姐的西洋书里的拿破仑、华盛顿。我们唯能依赖他一扫顽敌，平定华夏，安我黎庶！

张义扳了一句：非也；依我看，北伐军到了以后，很难说站在码头上迎接蒋中正的是谁？毛教头没有了，但有洋教练，有包老爷。

冯先生出牌，碰。八万。接过话：张先生的话极对，我们与蒋中正靠近，是明里的事，他包老爷比我们更积极，是暗中的功夫。没法闹清楚他包怀夏出的是什么牌。依我看，只有财力支持到位，张仁杰替我们说话才说得响。那一刻站在码头上如若不是你老爷，他蒋中正才会让副官举枪，娘希匹，谁敢占我朋友邵老爷的位置，胆都没了。

骆小姐添话道，能说出这样的话，该要多少银两堆啊！

冯先生说，张静江多少银两裁了？我们才多少。

邵老爷不吱声，玩味着手里的牌，眼睛眯成一条细缝，那细缝里一道不可见的光，如刀刺探着桌子对面的人。他的心里琢磨，冯先生明知包府与蒋中正无接触，怎说这种话？

张义抓牌，是张杠牌，喝杠。然后喝口茶故意道，国家兴亡，匹夫有责，给北伐送银两，是应该的事。但就镇上的利益而言，我以为最重要的是谁能说响话。如果是你邵老爷，你分文不支蒋中正，你站在码头上，他敢朝你开枪？我想，他依然是双手一揖，与你称兄道弟。政治家嘛，总是政治家。邵老爷以为我的话如何？

这话令邵老爷十分震惊，细想有理，抓牌后，请教理由。

张义说，乱世之际，各地的安危都是靠自己。黄炎培先生在上海发起苏浙皖三省人民联合组织，搞地方自治，就这道理。但不知你如何看？

邵老爷看看他问，你认为可以成功？接着又摇摇头说，依我看都是文人一厢情愿。

武打天下，文治江山，自古如此。张义说，我虽初来乍到，但见镇团防成私家保镖，帮匪恶少任意欺凌民众，这样的局面肯定不行。说着，张义就桌间双手一抱拳说，邵老爷，恕我斗胆进一言，古柳泽应该有个真正替民众说话的政府了。我说这话，不是废除史进耀的镇长，而是建立健全新的社会秩序。现在弄得穷苦的人家活的活不舒坦，死了也不能安葬，成何体统，有失这个千年古镇的风范。

邵老爷心里明白，这个话题接过来，这位政治教员一定会引出一篇大文章，不能接口。他不动声色，冷眼相看。许久才淡淡地说，他史进耀可以动手做嘛！说是连喝茶的钱都没有，自己不会去张罗吗？难道要我双手送到他嘴里？他跑到哪个店铺支点小钱，人家会不给？冯先生，他到我店铺支过钱没有？没有！就是嘛！他也是男人，不该自己去争取？……不过。先生这话里，还有一层意思！

支小钱过日子，靠别人恩赐，那还来这里当什么镇长做什么官哟！张义把话一撩，开口道，收回镇团防，收回公田，成立民众推选出来的自治组织。这才是大事！有了这个组织，邵老爷作为镇上德高望重的开明绅士，责无旁贷挑起重任。史进耀才真正有用武之地！……

想法很好，那么包老爷是不是副会长？邵老爷说完，摇摇头，补上一句：文人天真啊！

骆小姐打张牌给邵老爷，把话接过：如今镇上的许多恶事都根根绊绊牵着包府，民众心目中的形象不佳。不妥！

冯先生点头说，从报上看，北伐誓师的内容之一就有消灭封建地主。说话间顺手打出一张五万牌。张义接话道，如果让包老爷继续执掌古柳泽权力，民众的翻身就是空话。

邵老爷抓过冯先生打的五万，喊了一声，成了，推倒自己面前的牌。接着桌上的话题说，许多事，不是可以一夜改变的，从这几天的事来看，毛教头只是一个表面，也可以说是瞎猫碰着死老鼠，给你们逮个侥幸，暂时的，一时的胜利。人家的能量还没发挥出来。

说到这里。邵老爷端过茶杯，呷口茶，缓缓神，双手去洗牌。嗓门提了提，带教训的口吻道，你们这样闹，把原本好好的清平世界真正搅乱了。

在哗啦啦的洗牌声里，张义听明白了邵老爷话里的意思，注意扫了一眼冯先生。

冯先生一副浑然不明的样子，认真洗牌。

张义暗想，这个账房师爷真正是好角色，骆小姐怎么没能够做到他的工作呢？

洗牌的空间，用人送上水果，装在盆里，用牙签插好的。

邵老爷招呼大家享用。

张义没去拿水果，一边洗牌一边说，你认为毛教头是好人？宗白华家的遭遇应该？

邵老爷放块梨在嘴里嚼着，说，请张先生别误会，我并不是那意思。毛教头是条恶狗，包括侯老七。他们欺压民众，罪有应得。如果由此牵连到包府，先生发动民众斗地主分浮财，把包府灭了？从此这镇上的权力就可以归你们？我不这样看，你不要忘记包府与外面势力的关系，那些势力时时刻刻都想利用包府渗透到这里做美梦。依我看，外面的势力迟迟不能进入，这也是包府的一份功劳。一旦外来势力渗透，这古柳泽就无太平可言啦。年轻人，凡事过了则必有后患。依我看，有时候恶帮闲少的存在还有必要。灭了，让竹为他们上台？我看也不是什么好事；那竹为，只是苦于无权无势，一旦权力在握，只会比侯老七有过之而无不及。先生是读书人，天生善良，不识狼性，所以我劝你到此为止。

张义说，恐怕有人不会到此为止。

这我知道，我们也不是睡得那么沉……邵老爷说着，把牌洗得欢快起来，言语也从容了许多：张先生不认为我们今天牌桌上的话说得太近了，近得很像一家人吗？

张义赶紧接口，本来就是一家人嘛！

邵老爷脸上表情定格，一声：噢？然后看看骆小姐，是吗？我还没感觉出来。

骆小姐说，那就多感觉感觉。

心有灵犀一点通的冯先生马上说话道，张先生如此年轻英俊，我们老爷能与你谈得投机，可是不多的。

张义笑道，多谢先生器重，晚生莽撞，不谙世故，还望邵老爷与冯先生多多指教。

冯先生不失幽默道，桌间四人，只有我俩可以指教于你？

邵老爷哈哈笑起来，对，对对，依张先生走南闯北的经历看，应该先求教于骆小姐才对。

张义只得说，晚生之晚，正迟钝于此，这里对骆小姐有礼了。

骆小姐故作矜持。

邵老爷怂恿道，冯先生，我看还是安排他们俩单独见教见教，或者说切磋切磋？

冯先生说，要得，要得。

张义看得出这两人的表演完全是故意的，倒也学做蒋干，来回"中计"，与我的心上人幽会一番，乐做逍遥游。

44

麻将散后，邵老爷引张义到骆敏住的洋楼去。

张义到洋楼时，一个女佣正在擦地板。她趴在地上，屁股朝天，鼻子贴地，滚圆的臀部像小山丘，那姿态是有动物以来雌性所具有的标志。她看到有脚步过来，倾过脸朝大家看看，汗水也不抹，光着的手拧着粗布，继续使劲擦地板，表现得特别卖力。在她爬过的地方，地板光亮如镜。邵老爷走过去，在她那滚圆的屁股上拍拍，手挥挥。

女仆知趣地直起腰走了。

像有规矩似的，整个楼的用人都随着邵老爷离去的脚步而离开了。

邵老爷的苦心，别人不知道，冯先生明白，他从张义的身上看到了不可低估的力量。

邵老爷的苦心，骆敏与张义恰忽视了。

张义走进骆敏的房间。屋里摆设一如共同生活时，只是缺了那张合影照。张义抚弄着每一件自己熟悉的物品，情愫回到了共同生活的那些日子。骆敏没有像从前那样撒娇般地扑入张义的怀里，而是温情地，脉脉地看着他，为他挪过椅子，给他切好柑子。说，过去的一切都过去吧。听到这话，张义回过头深情地默默地注视着她，问，你能做到吗？我亲爱的妻子，你这里的摆设告诉了我一切。

骆敏眼睛看着别处，说，真正的爱情，只能有一次。有人说，美好的爱，只需一次，足可享用终年。张义向她走去，骆敏慢慢垂下了眼睫毛。张义看到她在说这话时，肩胛在不可见地颤抖，心里忍不住叹道，女人啊女人，你何必要这样痛苦地守着内心的秘密？爱情难道能比人类的最高追求还伟大、珍贵、神圣吗？他轻轻地摇摇头，他不想在这里探讨这个玄而又秘的话题，这样的环境和氛围都不宜。

张义上前轻轻地抚住骆敏的肩胛，感叹地说，我何尝不想与自己心爱的妻子在一起花前月下，享受那美轮美奂卿卿我我的生活，这眼前的现实给我们这个机会吗?

他的话,令骆敏一振,仿佛清醒过来,她抬脸望着张义。

张义抬手轻轻抚着她的脸,语重心长地说,邵老爷不会成为你说的那种舍家为国的人,尤其是为共产党的主张,他是以经商手段参与革命的生意人。

骆敏问,你的依据呢?

张义说,他今天的表现说明了这一点。说着,拉她一起坐下,给她讲述半年前湖南毛润之在党内刊物上发表的《中国社会各阶级的分析》一文。张义认为此文是解决共产党作为民众革命"向导"的眼光的清醒剂。

骆敏高兴地催他,那就快点说嘛!

依毛润之的观点,每个人在社会中占有的地位各有不同,看问题的态度,做事的把握度都不会离开他在社会所占据的名分。有钱人对打仗后果的考虑,是先想自己的财产,是损失还是增益。一个做官的,你要把他赶下台,还能叫他支持你的观点吗?人人都会出之既得利益去看待社会,去表明自己的态度,去做自己可能做的事。毛润之把这一现象概括为一句话,那就是"社会分为多个层面,每一层面就是一个阶级的阶层,属于这个阶层的人只会维护自己阶层的利益,并且为自己的阶层多争取利益。"这个观点,他称之为"阶级分析法"。按照这个观点看,邵老爷这个人,在一定的时候,会为赢利多少把你像当年那些人推出秋瑾一样出卖。做生意的人,只有属于金钱的灵魂。我们可不能犯幼稚病啊!

金钱的灵魂就是贪婪和忘义。骆敏说。

对邵老爷,你只能把他作为革命的同情者,而不是合作者,更谈不上同志。我细细琢磨了邵老爷刚才对我说的话,越发明白毛润之观点的伟大。

骆敏认为他的分析有偏差,从她与邵老爷的交往看,她认为许多事是邵的善良所致,他不想让生灵涂炭,平时哪个有难处,只要找到他,都会得到帮助。拿收茧的事来说吧,虽然他没花分文,但风险是存在的,许多老板都不肯做,他做了,全压在库里。丝的国际市场给日本人占了,中国丝卖不出好价钱,积一年推不出去,损失还是他的呀!镇上的人,谁不说他是个大善人?他天天提心吊胆说包府是祸害,临到终了恰又不敢下狠心,做起了缩头乌龟。这是他性格中的懦弱。

张义摇头道,乡愿,德之贼也。好好老先生,最大的坏蛋!依我看,是他自感目前实力不足以抗衡对手,才不敢轻率造次。一旦实力强了,他会比谁都凶猛,不信你等着瞧。接着,张义加重语气告诫说,不能等他实力大了再动手,到那时,邵家成了古柳泽一霸,这个与军人政府合股的资产者,可不是土豪包老爷。

说到这里，张义提醒骆敏，趁着包邵相斗加剧，我们应该迅速发动民众，把权力归民众所有。富裕地区的工农运动，不是陈独秀的议会观点，也不是张国焘的工运法。照广东湖南农运的方法，在这里肯定行不通。只有利用富裕地区民众希望安居乐业的心理，在打击恶帮闲少势力中，团结正直的有钱人，得到他们的支持和帮助，逐步壮大自己，一旦时机成熟，即可全面出击。

骆敏说，史进耀和夏天赞成对包府打击，可否甩开邵家进行呢。

张义笑道，骆敏啊，你对生身父亲敢于打击，怎么就看不到邵家明里暗里的势力？

骆敏不解地摇摇头，我不明白，你说仔细点。

张义说，我不说，让你走着瞧。

骆敏嗔怪道，你就会这样待我。她一把拉住他手臂，撒娇道，我要你说嘛，我要你说嘛……

张义沉思片刻说，表面看邵老爷忠厚，其实他比谁都恨包府。我们就是要利用邵老爷的心理开展工作。他那里，冯先生是个关键，你了解这个冯先生吗？

只知道他，不近女色，不贪钱财，对主人忠心耿耿。

张义问，别的呢？

骆敏摇摇头。

太湖强盗都晓得古柳泽地理重要，拉住包府做内线。一代枭雄的蒋中正却不知道这一着？我实在不敢相信。夏天？你说他夏天吗？！他认为，他只是一张明牌，放在那里给大家看的。我敢断言，那位潜伏得很深很深的，才是真正的危险分子。但他是谁呢？……

你说是冯先生吗？骆敏说，你怀疑冯先生是不对的。他到邵家很多年了，那时候蒋中正还不知哪里寻牌楼柱子歇脚哩。

张义反问她，就没有别的远见卓识的革命者？

你说孙中山吗，他死之前能不告诉别人？不可能！……说着，亲昵地靠在张义的身上道，你的怀疑一切，对于哲学家是需要的，对革命家来说正是潜在的祸根。

眼下，对你来说，最关键的是：危险的爱情最好放弃。张义说。

骆敏掰开他的手，不高兴地噘起小嘴：你让我离开夏天，不会是我爱他而遭你嫉妒吧！

张义知道骆敏的脾气，不撞在南墙上头破血流是转不过那个弯的。他敦厚温情地劝道：革命的原则，决不能让儿女私情凌驾其上，更不能替代！

骆敏倔强地顶道，有的时候，儿女私情导致大事件，国与国之间尚且可以发生，两个男人与一个女人之间就可以避免吗？

你们的关系到了什么地步？

骆敏生气地站起来问，什么意思？我会随便与男人上床？她痛苦地抱住脸，天哪，想不到你也是个醋坛子。张义拉住她劝道，冷静点，我问你，你了解他的过去吗？听他这么一说，骆敏情绪渐渐缓和了些，斜靠在藤椅上，手支着头，说，你说出他过去的一切，所有的一切，一切的一切！

张义看着她，在屋里踱着，思忖后说，好吧。他这个人，活泼，健谈，有思想，人长得也很帅，特别是他的舞跳得很好，这你知道。在中共成立之初的一些日子里，大家都很忙，而且绝少有空去参加没工作意义的舞会什么的。夏天和我们党内一位重要领导住在一起。那位领导的年轻妻子也是我党领导成员之一。有一次，这位领导的妻子非常慎重地向陈独秀提出要离开丈夫，其原因是她爱上了夏天……

骆敏忽然跳起来，你是说……

张义立即打断她的话，希望你不要说出她的名字。她没有过错，也许谁都没有过错。我们不要再提这事了，我不想提。我应该告诉你的是，他真正的身份是蒋中正派来进行打前站的北伐前驱人员。他打的旗号是广州政府进驻上海国民党中央执行部的特别官员，地位不低，来头不小。

骆敏慢慢抬起头，那眼睫毛上不知何时挂上了莹亮的泪珠。

张义轻轻叹道，夏天此刻的身份，还不足以看出问题吗？就这样，我们还是要和他合作，利用他的北伐牌子，发动民众，在这里诞生民众的新世界，即我们的苏维埃。张义说，现在，我关心的是，突然来到的大好形势，应当如何抓住，掀起革命新高潮。

骆敏的情绪渐渐有些缓和。她是个理智的女性，知道革命工作的重要性，自觉地把藤椅挪到张义身边，让自己能够靠近他，温柔地把手伸过去，搂住他的脖子，转过脸去亲了亲张义，含情脉脉道，对于你的革命意志和献身精神，我是终生不会忘记的。当初我追求你，就是为全人类大众献身的那股忘我精神。现在我的感情发生变化并不是对事业的，只是个人生活上的。我们是新时代的青年，我相信你能够谅解我。

张义问，你有什么打算。

骆敏说，我这两天想好了一个打算，那就是离开你们。不与夏天有瓜葛，对于我来说，能够从良心和道义上对得起你。我也可以省却许多旧的怀念。从今往后，我从内心开始对性进行抵制，厌恶它，冷淡它。别的一切，我希望你都别再提，哪怕是一点点，都别再提了，别再刺伤我那已经流血的伤口。现在，面对我的，只有我最初的追求，那就是为人类的共产主义事业而奋斗。我想以出国留学的名义，把邵家的孩子带到国外去学习。这也是为革命培养力量。希望你能帮助我。

张义觉得这个主意不错，问她，邵家肯吗？

骆敏说，不是我提出的，是他聘我做教师时主动提的。

张义提醒她，邵家还不知道你的底细；你最好先取得组织的支持，那样在国外就更方便。对于培养他们也有方向，利于他们成才。

好啊！骆敏高兴地说，你与组织联系吧。最好短期内做好准备，我相信邵老爷还没那么快晓得我的身世；我托杭州的胡庆余堂做了保，以防邵家打探我的来历底细。从目前的情况看，他信任我，会让我把有鼐、有鼎带走。至于有卣、有荆两个女孩，我也想带出去。

张义问，你是真的放弃这里的工作了？

骆敏说，这怎么能说放弃，我出生在这里，如果不是出去留学，我能够成为什么样的人？我选择了人类最伟大的事业作为自己终生的追求，我更想自己的追求能够后继有人。我相信，强盗的儿子不会再成为强盗，商人的儿子有可能成为鄙视金钱的哲学家、政治家。我要用自己的实践来证明这一点！邵老爷对我说到过包老爷的女儿出国的事，还很羡慕包老爷比他有远见。看来，他不清楚包漪澜是在知道母亲身世后愤然逃出去的。当然，不知道也好。他也说了，陪他孩子出国，还能像在他家一样拿工钱。我还是与你在一起并肩战斗呀！

革命成功的路还很长，你的努力会让革命得到收益。张义说，我向组织上请求帮助你；邵老爷要你去巴黎，你去巴黎后，再去苏联东方大学，我有同学在那里；曾经与你提到过的那位女士也在那里，是那里的中国小组领导，她的个人素质很好，你与她在一起会学到很多东西。说到这里，张义又问她，你还有什么事要对我交代的，比方说你在这里发展的党员？

骆敏点点头，从身上掏出一封信，慎重交给张义，说，这是用密码记下的，古柳泽准备发展的中共党员名单，一共有五十七名。还有一些人是直接与上海党中央联系的，我还没有找到。这些同志非常可靠。有几位绅士，我没敢发展他们，怕他们靠不住……

张义问，包括这位东家在内。

骆敏点点头，可能吧。接着又说，总觉得邵老爷与别的老板不同，应当争取他，起码说，他敢于把几个孩子让我带出去学习，就是个非凡的举动。

张义把名单藏好，然后问，怎么与他们联系？

单线，他们之间都相互不知道。

我怎么找他们？也是单线吗？

是的。骆敏说，这是我在法国学到的。这样做，有不利的一面，我不找他们，他们就会失去联络。但这种方法能够保证组织不受突然打击而暴露。

张义问，我先找谁呢？

骆敏想了想说，你找丝厂的莫嫂。自己找她不方便，就找阿根。阿根的女朋友桃花的伙伴叫阿倩。这个姑娘很可靠，是我们妇联的骨干。骆敏提醒道，妇联的活动，公开露脸的都在名单上。

张义问，你不抛头露脸？那么，平时组织学习怎么搞的？

有阿倩她们几个人出头，我在这里还是深居简出好；你的所有活动，我一律不参加，但工作我照做。对了，新学堂里出来声援宗白华家的事，总不能就这么歇掉吧。

张义突然想到了县国立中学的进步学生要到镇上宣传北伐的事，骆敏得知后高兴地说，好事哇，什么时候到？最好就在这几天，能够和新学堂的学生一起行动。张义说，这是史进耀和夏天说的，情况到底如何，还不清楚，只晓得要与民众教育馆学员联欢。你不想露脸也好，免得有人认出你。

第七章

45

回到宿舍，张义把名单用密码编成形状记在一块布上，然后缝入新鞋垫里，烧掉原件。做完这些，突然，一阵"咚咚咚——"门被敲得骤响。

隔着门缝见是陌生人，张义问，找谁？

有旧书出售吗？

什么价？

天书天价，地书地价。

哦，是中央来人了，开门看看对方，似曾相识，恰不敢相认。

那人进屋，把头上草帽一摘，墨镜一拿。

是你？老田。张义没想到，此时此刻，党的负责人老田会亲自到这里来，他惊喜地招呼：快进屋，要不要先吃点东西？

老田说，我在路上吃了。组织上从你的来信中知道你目前工作开展得很顺利，有些情况必须尽快给你说清楚。进屋后，他四下打量问，平时开会在什么地方？你这屋子的后窗通什么地方？张义一一作了答复，然后问，你不会为这些小事来的吧？老田很严肃地说，这是小事吗？没有生命，何来主义？走，到你屋四周看看。张义只好随他出来。老田绕到屋后看看后窗与围墙的距离，自己快步跑到围墙处，双手一搭，跃上了围墙，朝那边一看，是一片灌木林，便喊道，你过来，我们从这里过去。说着，老田骑上了围墙。张义一个飞身跟着上了围墙，两人一起下到灌木林里，老田问，这就是包府占有公田的一部分？不等张义表示，他大步流星地走着说道，张义同志，你应该知道越是形势好，越要提高警惕啊！你的个人生命安全，永远不能看成是小事，应该看成是党的大事。现在我们到镇外的沟湾里去，从那里去老宗铁匠铺，上海武装暴动急需大刀长矛。

张义问，老宗铁匠铺在哪里？你很熟悉这里？

老田笑笑说，如果那次暴动成功，历史就会重写。

张义问，这里怎么没听人提？

老田怔了怔，问，没人向你介绍横沟村的农运？

那是有的。

老田说，我们原先是决定在这里暴动，后来走漏风声，军阀提前抓人，我们只好深夜到横沟村，临时决定在那里发动农民暴动；现在想起那些牺牲的好同志，我心里很难过，也使我下了决心，一定要派最好的同志到这里，像广东湖南那样燃它一把农民暴动的熊熊烈火。你能做到吗？

张义没有立即表示态度。

老田意识到什么，拍拍张义的肩膀，笑笑说，走吧。两人穿小巷过僻弄，来到镇外一处无人的沟湾，这里除了树林和那一望无边的水域，就是雕鹰野兽出没。老田告诉他，过去常常在这里开会，出了事，哪里都是出路。两人在水边一块石头上坐下。老田取出卷烟，给张义一支，张义说不吸，老田自己吸了。然后开始下达指示。张义望着远处水中的芦滩，飞翔在雾蒙蒙水面上的鸟，认真地听着老田下达重要任务，默默地把一些重要指示记在心里。老田反复强调古柳泽的经济、政治、军事的重要地位，最后说，我再一次警告你，你在长江边的农运做法是非常错误的，你没有接受教训，还把它当作经验推广。也只有毛润之才相信你的观点，只有他才狂妄地说出"把马克思主义与中国的革命实践相结合"的话。马克思主义是灯塔，照耀全世界无产阶级革命的。与你的地方特点相结合，那算你的思想胜利还是马克思主义胜利？张国焘同志说了，国际共运的做法应该是统一的，一致的，中国不能另搞一套。毛润之的做法受到批评，但湖南的农运在全国影响太大，党也就睁一眼闭一眼了，你如果照湖南的经验做做，我也好替你说话。现在你另搞一套，怎么得了。说到这里，老田大概感到语气重了，缓了缓，说，好吧，过去怎么搞的，就不多说了，从现在改过来，还来得及。

他把语调一转说，张义同志，现在我代表组织正式指示你放弃那一套，收茧风波，你没有利用好，那是你迟到一步，不怪你，组织上不再追究你的责任。现在，你必须利用横沟村农会支持的有利条件，发动农民和作坊工人进行暴动，迎接北伐。张国焘同志说，北伐中我们的方针，是反对蒋介石，也不反对蒋介石。暴动后立即成立自治组织，建立武装，伺机成熟时把队伍带出参加上海工人起义。走，去看看老宗铁匠铺，它应该在桥东的北墩街。

张义想了想说，那是邵家的铁工厂，骆敏发展的积极分子六指和阿根就在那里。

老田说，那更好啊，现在就去。

一路上，两人继续谈事情。

张义说了与邵老爷见面的情况。没想到，又挨老田的批评。依老田的看法，张义现在的做法，肯定是有悖中央和共产国际鲍罗庭先生的精神的。从根本利益上讲，国际共运与邵老爷代表的阶级是敌对矛盾，国际共运对中国革命现阶段的具体要求是先斗封建地主，后整资产阶级。先，是因为要与国民党共同完成共和；后，是无产阶级最终占领整个世界的需要。这是马克思主义的精髓，好好吃透，才能有无产阶级胜利的灯塔。说完，老田要张义想一想"十月革命"的成功是怎么来的？从卢梭的《社会契约论》，到法国大革命，再到巴黎公社，归宿于十月革命。贯穿这条线的是什么？马克思总结出来了，就是"阶级斗争"！相当长的一段时间里，就是要牢牢把握住马克思列宁主义的精髓："阶级斗争"！只有通过"阶级斗争"才能获得无产阶级的根本胜利。胜利的标志是什么？强大的无产阶级政府机器，对付和管理很小的社会天地，敌对势力就成了无牧之兽，缺水之鳅。

面对这种理论，张义不想争论，争论也不会有结果，他相信历史会对这种理论有个正确的评价。张义话锋一转，问老田为什么没能在古柳泽暴动成功的原因。

涉及这个问题，老田十分尴尬，默默抽着烟，不时地用带着情绪的眼光瞪张义。

张义不管他高兴不高兴，顺着自己的思路说下去。你说说，对我以后的工作有直接的指导作用呀！

你是这样想的？老田不高兴地对他说，你小子肚皮里几条虫，我不知道？

既然这样，我也谈谈我的想法。你批评我错过了收茧风波？我鼓动茧农对谁？叫包老爷收购吗？杀他头他也不会干！包老爷要叫邵老爷放血，资本家们肯吗？不斗地主，斗资本家，你说是不是又违背了中央在现阶段的政策？茧农们也不肯闹下去。横沟村来了几十个人，镇上能配合的又很少。对付毛教头和侯老七，是民众教育馆和商人们的一致行动才得以成功。现在再斗老爷、整老板，谁肯干？

老田反驳道，那你为什么要先斗恶帮闲少？应该利用他们，把这些社会底层极其贫困的流氓无产者利用起来，就是一支非常有用的力量。

这种话张义并不是头回听到，在德国、在俄国、在法国，无产阶级的革命初期都曾经利用过这些街头失业无产者。他们理解革命的含义就是暴动、掠夺、报复。过去，他们被压迫、被剥削，恰恰不能自己起来反抗，只有马列主义对他们的命运做出了关注，他们才能有这种愿望。不可否认，在欧洲无产者的革命中，"苍蝇和跳蚤"起到了非常重要的作用。可以想象，如果没有他们，富人们原有的生活和资产阶级生活的正常秩序一时很难被打乱，原有的物质分配链将推迟为贫困者松解。"苍蝇和跳蚤"的伟大，就在于他们改变了世界原有的不变定律，使社会的秩序不得不重新组合。新的组合是由新崛起的无产者来支配的，他们绝不再需要"苍蝇和跳蚤"。如同任何一位新客人坐上桌子就餐时，将毫不犹豫地消灭苍蝇是一样的道理。因为他们永远不会放弃自己身上固有的东西，他们只会用报复、掠夺、发泄来展示成功的喜悦。这对矛盾，张义看得很清楚，他亲耳听到巴黎游行队伍中喊着"把资产阶级的老婆拉来睡觉"的口号。但在这里不行，是真的不行！

老田见张义没有说话，便问，你想什么？你说呀！

张义把自己想法说了，接着又说，以扫盲为主要任务的民众教育馆，却有相当多的人在学外语。他们有文化，有知识，知道需要什么，更明白憎恨什么。如果我们陷在收茧风波里，只会越陷越糟。我们对恶帮闲少打击，很快得到了民众的支持……

老田呼地站起来，看来，拉你到这里说话是对的，我就料到会与你撕破嗓子地大辩论一场。他严肃地指出：张义同志，我是受组织的指示与你说话，如果你还把组织放在眼里，那么，你就照我说的去发动农民斗争包老爷，举行暴动，成立古柳泽苏维埃。你说一句，执行不执行？如果不执行，我现在就宣布清除你出党，这是组织的决定。

张义知道老田这话的分量，没有马上回答，拉断一根草放在嘴里嚼着，苦涩的草汁令他眉头紧皱，他默默地站在一棵大树前，声音很低，像新的锋利的犁头在僵硬的土地上顽强地犁着，尽管犁头常常无法插入土里，带空滑过，但没有泄气，一次又一次地重复着，他相信犁头能够进入土里，能够耕开这片僵硬的土壤，最健壮的种子会在这片土地里生根发芽开花结果——

与其他同志交换后，都赞成对待包邵两家采取不同的态度和做法。对于包府的丑陋卑鄙脸面，在夜校有计划有分寸地揭穿，让邵老爷自觉地扮演一个开明绅士的角色。激发劳工们对剥削的认识，造就他们与老板之间强烈的阶级对立情绪。在目前的事态上推波助澜，利用和借助外界力量：如借县里学生请愿等，要求自治，自治组织的成立便能够水到渠成。有了自治组织就可以成立武装。说到这里，张义对老田恳切地说，中国无产者的出路应该怎么走，我总觉得不能由共产国际来定。中国地大幅员辽阔，各地的情况不同。广东的农运就与湖南不同。这里的农运也不能与其他地方相同。马克思列宁主义的真理，不能教条啊！

老田生气道，什么？你批评领导教条。张义啊！你知道，谁在党内给你扛着。好吧，你还没答复我，你对党的指示的态度。

张义的声音低下去了：党的决定，我会执行的，请你相信我。

听到这话，老田冒上来的火退了下去。他没有急着说话，眼睛放在远处的水面上，那里好像有只船什么的，但很远，看不清楚。他回过头来看看，张义的背对着他，那个背，就像一块光滑的坚韧的顽石，他轻轻地并不察觉地叹口气，直起身子，过来抚着张义的肩，语重心长地说，我们党很幼稚，人家共产国际主动来支持我们，他们是这方面的专家，我们要虚心向人家学习。作为老党员，我知道你会与党步调一致的。实话告诉你吧，张国焘同志根据鲍罗庭的意见决定开除你，路过上海列席会议的伍豪将军建议我多听听你的意见。好吧，不说那些，我们到工厂去，路上，你把贯彻党的决定的想法说说。

两人顺着小路朝镇北方向去。老田问起夏天的情况后说，他给旧军阀做事，是广州政府暗示如此，还是他自己一脚踏两条船，我们还没有找到证据。伍豪将军在分析夏天时曾认为，是受蒋校长的指派。蒋急于统一中国，想和稀泥地把旧军阀中的口头支持派也拉进来。

……现在的中国如孙文所言，一盘散沙。谁能统一，谁就可以做得了大总统。想这念头的，窥视那宝座的大有人在。这现实很残酷哟！话说回来，如果我党在这里扎下根，牵制住江浙沪，粉碎孙传芳独霸江南一隅做皇帝的美梦，就是对中国革命的一大功绩。上海发动工人起义，成立武装迎接北伐，其目的也是搅乱孙传芳的后脚跟，为共和做贡献。说到这里，老田松口气，问起包漪澜的情况。

张义简单地把情况说了说。老田沉思许久颔首道，她回来倒是件好事，如果没她，局面还不那么好掌握哩。看来，要感谢她的勇敢。但是，必须把她调走，否则你会受到她无政府主义的影响。张义说，她已经决定出国，邵家的几个孩子要到法国去读书。

老田一听，兴奋地说，好哇！最好能够送到苏联去，把邵家的后代培养成我们无产阶级的接班人。你详细说说。

张义把知道的都说了。老田击掌叫好：很好，先让他们到国外，再由我们的同志送到莫斯科的东方大学去学习。要敦促她快些实施，避免夜长梦多。什么时候动身？

照你的指示让骆敏近日找邵老爷落实。

老田的情绪好起来，高兴地按住张义的肩说，不管党内对一些重大问题的看法存在如何严重的分歧，上海的武装起义就在眼前，支持北伐，尽快统一，这是国人之渴望，也是大势所趋。东方睡狮该醒了。我们的任务一方面是支持北伐，实现全国统一。另一方面，也要看到国共两党的合作远不是精诚的，我们要有另一种准备。蒋介石先生目前这样做必定是个草头班子，经不住一点儿风浪。中国共产党的宗旨是实现无产阶级的彻底解放，因此，我们要有准备！

张义问，什么准备？

老田说，武装暴动！在全国城乡播下革命种子。争取上海武装起义成功后，立即有计划地在全国范围内举行暴动。你这里成立中华苏维埃大本营。当然，那要看中央的态度，还要看共产国际支持不支持。

张义试探着提出，镇上成立自治组织，一定会让邵老爷出任会长，史进耀任执行会长，也许还会有包老爷任副会长。我暴动推翻他们，行吗？

没想到老田竟然支持说，可以顺从他们的安排，你做政治委员，或者叫督政什么的，暗中掌握权力。组织上相信你能够做到。

这里的劳工与老板们的关系都很融洽，他们能够在夜校里读书，是老板们准许的。以前有人在民众教育馆里听了县中学一位教师的课，激动得很，回去找老板论理，理没论到，一气之下辞工回了家。回家后，做什么？想开店没本钱。上码头做搬运，受到黑社会性质的侯老七盘剥，更惨！家里老婆孩子生计成了问题，他只好找我们。我们能解决多少人的饭碗呢？我们找老板，老板不臭骂一顿才怪哩？

老田问，找了？

张义说，找了。人家要那教师当场承认课上说的话是放屁。你说能吗？我认为，不管采取什么方式，成功是正确的，失败是错误。拉起队伍，从表面上看是邵老爷和各店铺保卫自己，也可能是镇里管理，但经过我们的策划，内在性质变了，人心掌握在我们手里。一旦我们需要，这支队伍就可开出去。现在党内斗争激烈，但也应该面对事实，不能搞教条。

老田不吭声，认真听着，不觉已经走到大街上，他看看周围，压着嗓子问，你还是说我们在对你讲教条？

张义笑笑说，我哪敢说这话呀，我是说，条条大道通罗马，你就让我在这里再试一试嘛！

不行！坚决不行。老田发现自己声音太大了，马上低语道，你小子玩的圈套呀，想叫我支持你，办不到。说着，缓了缓口气，无奈地说，张义呀！平心而言，没人能够说服得了你。这不单单是你的理论水平，重要的是你的做法总是成功。但是，共产国际的指示，我们不能不照办；张国焘的指示，你不能不办；鲍罗庭的话，你能不听？几个不能不办，就决定了中国共产党的艰难历程。唉！他颇有感叹地说，不说那些，我们快到工厂看看。

张义指着前面的大烟囱说，那里就是。

46

到了邵记铁工厂，张义找到阿根。张义介绍老田是自己的领导。阿根见到老田，说话有些拘谨。老田拉着他的手，亲切问起他日常生活上的事，又问他参加革命的目的，阿根渐渐不再感到拘谨。他说，张先生是好人。小辰光爷就教我，跟好人学好样，跟瘸子学拐脚，他叫我参加，错不了。老田说，喊几个与你要好的过来。阿根看看张义。

张义说，叫你喊，你就喊。

一会儿，六指他们来了，还有几个女工。老田问女工，为什么愿意到夜校去？芦叶说，我从小和街坊的阿才一起玩，是他叫我去的。另一个姑娘说，爷在我小时候许了北街卫家的亲，那男人抽鸦片，我不想嫁给他，上夜校能自己看中男人。

老田高兴地对张义说，他们这些朴素的阶级感情要靠我们正确引导啊！接着问六指，参加武装暴动，干不干？六指问，给不给钱？老田说，给。六指说，夏先生叫人参加国民党，每月给一块大洋，你们呢？老田问，你参加了？六指回说没有。

老田说，没有就好，参加无产阶级的武装，每月三块大洋。

阿根高兴地说，真有三块大洋，大家都干。老田说，那好哇，你去动员他们。说完，又问，如果要你们偷偷打些大刀长矛，你们干不干？

六指说，只要有钱，干！

张义拱拱老田，你带了多少钱呀？老田看看他，悄悄说，没带一文，靠你。说着，又吩咐道：上海的起义迫在眉睫，你这里一时又拉不出队伍，所以我想，你尽快筹集些大刀长矛支持一下。怎么？你为难了，在你面前，还有难住的事？

张义咬牙回说，请组织放心，我会努力完成任务。

不是努力，而是不折不扣。老田强调说，下个月初三，北新桥下码头，三条并排停靠左边的乌篷船，记住。张义点头说记住了。

从铁工厂出来，老田又交代了一些任务给张义，然后说，革命形势对我们很有利，但也潜伏着极大的危机，一定要谨慎、谨慎、再谨慎！另外，松江南汇一带已经有我们的地下党，你可以与他们直接联系，以便相互支持，办法是……

张义重复了几遍，点点头，记住了。

两人一直走到北新桥下码头上，老田说，就此分手吧。

张义说送你到船上吧。

老田摇摇手，不必了，此时，老田的话不再咄咄逼人了。关于防止包府制造事端的事，他告诫张义：包府有可能会制造更大的事件来达到目的，铤而走险，是他的阶级本性决定的。一旦危及全镇人的安危，应当顺从自然，做好两点，一是激发劳苦大众对包府乃至所有地主资本家的阶级仇恨；二是争取在消灭包府的过程中，将包府的镇团防收编。不能直接收编，策反其中有基础的人作为以后起义的内应。从长远的形势来看，包府这种封建霸主越早铲除，对人民越有益。在打击包府的过程中，让邵老爷感觉到无产阶级的厉害，尤其是骆敏带走他的儿女，这就无形中让他与我们捆绑在一起了。这是战略问题，但也要注意策略。

张义明白地点点头。

老田紧紧握着张义的手说，再见，我等着你的好消息。看看周围没有人，老田附在张义耳边悄悄道，还有一个重要情况，夏霖同志曾经安插人在青云寺，法号是慧能。已经很久了，不知情况如何。暗号是：太湖涨水了。说着，再次握手，加重了些分量，叮嘱，这是党的重要交通站，没任何人知道，你可以用他与党中央直接联系。

回到宿舍，张义又默默重复了几遍老田讲话的全部内容，心情十分沉重。党的指示，没有讨价还价的余地。他立刻去找孙有、周山他们，商量如何在劳工们中间强化对剥削的仇恨。利用现在的好机会，让妇联支持莫嫂和女儿向镇公所请愿，工会、农会声援，迫使史进耀正面与包府交锋。视情况的进展，借机会成立自治组织。

说到对于成立自治组织，张义与夏天个别沟通时，夏天表现出了异常的兴奋。张义一眼就看出他的热心自有他的目的，张义不想现在揭穿。党组织交流情况时，张义说到了夏天的异常情绪，告诫大家一定要巧妙地利用好夏天和史进耀这两个人，实现我们既定的目的。

应不应该马上告诉骆敏呢？

张义想着，想着，骆敏那活泼美丽的笑容又出现了，不！她紧紧地偎依在他的怀里，当他有些伤感地吟出：六朝旧事随流水，但寒烟、衰草凝绿。至今商女，时时犹唱，后庭遗曲。

骆敏立刻甜甜地吻着他，低语：两情若是久长时，又岂在朝朝暮暮！

他们默默地又一次背诵，生命诚宝贵，爱情价更高；若为自由故，二者皆可抛。

一次又一次的分手，没任何甜言蜜语，倒真如词家所说，金风玉露一相逢，便胜却人间无数。

47

太阳在桥面上欢快地躺下时，夏天又被那个不愿意露面却好熊人的"上峰"喊到了青云寺，他天真地以为这回能与"上峰"面谈了，没想到禅房只是个通道，下到伸手不见五指的地下室里，且不让夏天再向前走半步，直到离开都没能见着"上峰"的真容。上峰对邵老爷汇给蒋中正十万大洋，嫌太少。夏天听到后的第一个感觉就是"上峰"不近人情，钱在人家腰包里，愿给多少，那是人家的恩赐。蒋中正传来的口信更叫他可怕：这是让我拿红利吗？我的革命与他入股分利，他明天也与我的政府投股分红利，娘希匹！"上峰"学起蒋中正的宁波话，还蛮正宗。这不是听戏，夏天没那种闲情，挨了"上峰"一顿骂后，刚出山门，就听到说街上闹起来了，他急赶快走，进街就看到游行队伍。

根据张义的策划，妇联发起组织了几十个人打着横幅在镇上示威游行，为莫嫂母女讨公道。她们在镇上转了几圈，一路上增加进去工会、农会还有民众教育馆的人，尤其是收茧风波中吃了苦的茧行，尝过毛教头苦头的店家，这一刻也打出声援的横幅，让伙计们参加进去；支持宗白华家的学生也赶过来，队伍到镇公所附近时，越来越庞大，形成近千人的浩浩荡荡请愿大军，来到镇公所前面的空地上，大家围着镇公所门高呼口号，要求史进耀主持公道。

夏天见此情景乐呵呵地跑到史进耀屋里大叫天上掉下个林妹妹。

史进耀恼恼地说，特派员先生，人家急得火上烧油，你倒快活。

好哇，油热了炸油杀鬼，再到莫家豆腐店弄点豆浆，不亦乐乎？

炸你的大头鬼，外面的人都在喝豆浆哩！史进耀没好气地说。

那就吃呗。这是个好事嘛，不管哪一种情况出现，公田、镇团防都能够到你史镇长手里，你现在有钞票了，还不够开支一顿早餐？史进耀停下那双乱舞的手臂，收住跺得没节奏的脚，站在夏天面前，恳切地说，特派员先生，你给指点指点迷津吧！

夏天苦笑笑，心里道：我给指点迷津？我指的就是镇里大乱，好戏开场。他拍着史进耀的肩说，这可是好机会，你若不动，过了这店就没那村了。

史进耀问，张义的态度呢？

夏天打量他，半晌无语，看得史进耀浑身汗毛排队，连连问：你怎么啦？你这么看人，我又不是变戏法的，可以看出名堂。夏天说，是吗？我怎么就越看越觉得有意思，比看怡春院的头牌还有劲。说着，夏天拉他到椅子前按他坐下说，你给我坐在这里当你的镇长，我和张义，人前马后替你张罗，你让镇里支些钱，到门口，每人一块大洋，这些游行的不就散了？

史进耀听着，头皮发涨，我哪里来那么多钱，一千大洋都不够开支。

夏天悄悄说，要你出吗？到恒泰账房支呀，然后打到包府的账上，或者是镇上的开支，总有人认这债的。支二千块，然后，你拿五六百出来，花露水，大家撒撒，就够了。扣下的谁晓得？撒的时候，主要对那些工人农民，人手一块足够。史进耀想不出更好的办法，悄悄从后门转到民众教育馆，找到张义，听听他的看法。张义正苦思冥想游行万一没结果怎么办？见史进耀来找他，听着听着，灵机一动，心里有了主张，但脸上不急着显露，装着一副替人担忧的样子道，你不是他夏天，搅坏了事，夜里悄悄上船，天亮就到苏杭。你也不是我，教书完了就可以走。你可是打万年桩的！

史进耀连连点头道，这话要听，要听的，便把夏天要他支钱的话转着弯子说给他听。

张义问，这都是你的主意？

史进耀不想说是夏天的意思，不好吗？你还有什么更好的打算，可以说说？

张义点破说，这些主张只有一个人想得出。

史进耀：谁？

夏天。后果就是：钱，你先支了，包府不认这债，民众又闹，闹大成火海，灭了他包府。

史进耀担心道，不至于吧。

张义说，世上的事都难说，真到那地步，谁来收拾局面呢？

史进耀说，那当然是我来论功行赏。

张义冷冷一笑，就怕到那时，没你说话的份了。

史进耀问，会换了镇长？

张义说，这难说，北伐军说到就到了，军阀任命的镇长，人家认不认呢？

史进耀说，夏天已经给上峰说过了，人家认哩。

张义把头摇成拨浪鼓：我觉得你顶顶要紧的是得到民众的支持，如果你是民选的镇长，北伐军来了，人家是要给面子的。

史进耀高兴地抓住张义的手说，这话要听，说到我心里了。张先生，眼下的事该怎么办？

张义问他，你想达到个什么目的？

史进耀说，我只想达到一个目的：收回属于镇公所应该有的一切。别的事，不想多介入。

张义笑道，这还不够吗？论起来，毛教头的事，还有那宗白华家的事，哪件都可以搅得天翻地覆。说着，他推开窗，远处的口号声飘了进来。张义说，你听，只有顺民意的官才能得到民众的拥戴，我劝你还是早拿主意。史进耀眉头皱皱问，怎么拿呢？张义问，夏天除了说发钱的话，还有什么？史进耀说，没了。张义说，那我建议你见见请愿的人，表表态，然后以镇公所的名义发个告示；同时你还应该做一件事，那就是请全镇各店铺、社会团体、保甲长、社会名流、耆老、绅士、地主到镇公所公议决断！所谓决断，应该是你的镇长权威下的大家顺从。可不能是他们定了，你执行，那你的镇长还有什么用？史进耀苦愁着脸说，这恐怕难办。张义心里也明白，能做到那份上，除了邵老爷包老爷，这镇上还没别人。但他明白，如果不做，永远还在原来的地方！于是劝道，事在人为，你不煽动，后面的戏就难演，一旦熄灭，冷灰爆火星，可不是件容易事。

史进耀觉得张义说得对，要他与自己一起去面见游行的人。

张义说，现在我还不能那么抛头露面，名不正，言不顺。史进耀想想也对，便说，如果镇上成立自治组织，请你出山，你要出来啊！张义说，那自然，只要大家看得起我，我一定为大家服务。史进耀又请教了一些具体的细节，这才赶到恒泰账房说是支二千大洋。冯先生问派什么用场。史进耀便说，那些游行的人误了活计，家中冷锅清灶的，得给补贴。冯先生爽朗地说，好，算在包府管的镇公益事上，你签字。

史进耀领了款回到镇公所，请那些请愿的人派代表进去谈。

七八个请愿的代表商量了一阵。推出阿倩等三人作为代表，对史进耀说，我们就是来递请愿书的。你接受了，我们就不进去了。说着，她问大家的态度如何。众人七嘴八舌嘀咕，谁都摸不透史进耀的底，他躲在里面这么长时间不出来，现在突然态度那么好，会不会在里面设了埋伏。这年头人心难测，大家说，我们还是回去，听你们的答复再说。

史进耀不吭声，心里琢磨，张义说的游行队伍不能熄火，你一退，不就熄火了吗？他迟迟不开口，场面冷下来。阿倩说，我们让你考虑考虑，明天再来？史进耀听到这话，心头热浪翻了起来，眼睛里露出了笑意，明天还来？六指说，不来？就这么便宜了你？没门。阿倩问，镇长是真要我们来，还是假意虚邀？史进耀连忙说，你们来好，你们来好，说着就拉开抽屉，拿出几封大洋，说，你们今天一定误工了，给大家每人一块大洋作为补偿。阿倩高兴地说，那我们天天来好了。六指说，一天一块大洋，那是什么好差事呀！史进耀问，要不要叫各家店铺准备点吃的？六指笑了，史镇长好，还备下酒席了吧？旁边有人叫道，宋江哥哥的酒，俺李逵心里有底；哪个说，鸿门宴啰？众人起哄骂将起来。史进耀急了，连连说，不是那回事嘛，不是那回事嘛。阿倩也朝大家喊，别闹了，冷静些，史镇长没请你们赴鸿门宴，你们自己要，那是你们的事。六指道，嘿，阿倩姑娘偏了镇长？小心啊，镇长还没夫人哪。阿倩顿时脸红了，追打六指，没见过这样无聊的人。六指躲着求饶。其他的人劝着，众人平息下来。

史进耀说，每天一块大洋的话，我不敢说，反正今天的我给你们弄到了，明天你们一定要来，没有大洋也来，让镇上的耆老们看看你们的威力，一旦真的权力归镇公所，你们个人有什么事，我自然会偏了你们。六指说，这话像人话，没有功劳，苦劳也不该忘嘛！

捧了大洋，阿倩对六指说，那我们就走吧！到了外面，各人招呼了自己带来的人去分大洋。有些不晓得有大洋分的，傻乎乎地三三两两地围在那里继续议论，观看镇公所里会有什么新鲜的事出现。不一会儿，大家看到镇公所的听差，从大门里出来，急匆匆地向各家店铺和名流耆老绅士地主老爷们家里疾跑，史进耀亲自起草通知，要他们立即赶到镇公所开会。

看热闹的高兴地说，看样子是真的，镇长捧了猪头做朝供了。

48

通知到各店铺，不想多事的不理睬：祸来还躲不及，上街寻是非？那是吃饱撑得。

在当铺里与管家议事的包老爷听到史进耀有这等动作，打起了算盘：正愁没机会哄史进耀这小子哩，来得正好，鸡蛋自己裂了缝，就不要怪苍蝇找错地方，不过，怎么开这口呢……

管家揣摸出他的心事，连连说，要去，您不去，让包大少爷去。

包老爷嗯了一声，问，他能顶住阵吗？

管家说，张员外、贺保长等都在嘛。

好，依你。包老爷起身急急赶回家，推开他平时抽烟的屋门，抬头见一对男女赤裸着在他的烟榻上苟合。定睛注视，女的不是别人，正是自己最疼的小妾莲莲，坐在大少爷的身上一锉一提地浪着，声音大得吓人。他正想发作，突然间，做了个从未有过的举动，悄悄地退出去，把门虚拉上。在门外过道的椅子上一屁股笃下去，跑在后面的管家赶过来，见他坐在那里，忙问话。包老爷摆摆手，不让他说，要他离开，管家只好离开。看管家走开，包老爷那一口气也像从屁眼里全跑了，人散了架似的瘫在那里。

没过多久，门开了，大少爷和莲莲出来，一眼看到瘫在椅子上的包老爷，慌忙扑上来。莲莲像平时那样抹着他的胸，大少爷站在一边呼唤。过了一会儿，包老爷睁开眼，看了看这对狗男女，恼火地重新闭上眼，抬手挥挥对莲莲说，你到他房里去吧。

莲莲哭道，老爷，我错了……我不到大少爷房里去，他的大太太不比邵老爷家的大太太差池。我与大少爷说了，从今往后，我们不了。

包老爷慢慢睁开眼，定神看看儿子，微弱的声音问，不喜欢莲莲？不等儿子回话，又道，你们也不看看这是什么时候？人家欺负到你爷头上了，还有心事玩。罢了，罢了。我也倦于房事了，莲莲总不能空着。过几天给你们办了。儿啊，她去了，应该是几房？

大少爷没开口。

莲莲说，老爷做主的排起来，应该是三房。若照少爷自己排的，七房了。老爷，我不去；做了三房，那些醋坛子要与少爷过不去。做了七房，老爷你也不愿意，我更不高兴。莲莲嘀嘀咕咕说个不停。

包老爷站起来，朝屋里走去，走到门口，转身对大少爷说，把管家和你弟弟喊来。

包大少爷迟迟不走。

包老爷进了屋又回身问他，怎么不去呀！

包大少爷说，爷，她怎么办？你不会把她沉了河吧。

门外的莲莲一听，吓得瘫在地上，连哭声都没了。包大少爷忙把她抱起。包老爷看看说，放在那儿。包大少爷看看烟榻，想到父亲马上要躺，眼睛就朝别的地方看。包老爷没好气地说，看什么呢？刚才你们在上面做事做得好欢，现在放放，再加些暖意有什么不好。

包大少爷只好把莲莲放到烟榻上。放下来，莲莲就哭出声了，在烟榻上滚着，扑到包老爷的身上，抱住他，求他别让她死，大声叫道，老爷喊人把我那儿缝上吧，不再想男人了。包老爷没吭声，只是捧起她的脸，轻轻地替她抹着眼泪，唉！都是人嘛，年轻，火上来了熬不住有什么奇怪？猫要偷鱼，女人要男人，天地如此安排，我能扳得过天理？我想通了，不让你沉河，你们也要给我脸面呀，怎么可以在这地方胡来，门也不关。好了，今天不说这些。你先走吧。

莲莲走后，包老爷朝烟榻上坐下去，没有躺，端端正正地坐着，对包大少爷说，儿呀！那些养着的瘦马，没开苞，你可以去玩，反正养了也是给客人的，你去玩嘛！后面的话，他就不说了……

包大少爷站着，没言语。

去把管家和你弟弟喊来。

包大少爷抬手抹抹额上的汗，转身走了。

望着他的背影，包老爷想捉住他跳出自己眼帘的最后一个表情，始终没有。叹道，别弄急他们毛了，下些药与我送命，划不来。说到莲莲，包老爷又有点无从下手了，不能说这个女人对他不体贴入微，年岁大了，男人应该挑的担子挑不动了，心有余而力不从啊！要是没那些事缠他，服点壮阳药，再用缅铃配合配合，她的欲火还是可以灭灭的。唉，不说了。他相信，儿子不至于为女人弑父。有了又能怎么说，那种事不单单是皇帝家有，哪里没有，只是不落谱经传罢了。

一会儿，管家与二少爷都到了。

包老爷让人喊莲莲来。莲莲来了，见他们在场，心里倒是一惊，包家每逢紧要的大事，他们都会在一起，一个个阴着脸，像阎罗殿上阴朝会。莫非现在要决定我的命运？会是什么样的决定，且看着，不行就一头撞死在柱子上，血染了他家的大殿柱子，也叫他心惊肉跳。

包老爷说，你怎么站着没声响，让下人给他们来点什么？

莲莲听这话，心放下了，脸上透出点儿生气，应道，好的，是来点水果还是茶？

二少爷不高兴地回说，在茶馆里喝茶，回家还喝茶。

包老爷说，喊你来就是叫你拿那些鲜荔枝的嘛！

莲莲想把那鲜荔枝留了自己享用，有些舍不得，看看包老爷的脸，只好应了去拿。

包老爷看看大家问，你们有什么想法呀！

二少爷装蒜地问，爷问什么事呀？大少爷不高兴地回道，现在能说什么事？你才从天上掉下来呀。管家见他兄弟俩一见面就这样饿饿地说话，怕相语龃龉下去，亲兄弟反目，连忙先端出自己的态度：毛教头的事是他自己的错，会水的溺水而亡，舞枪的死于枪下，自古如此；只是……

兄弟俩拉着脸，异口同声：只是什么？

管家看看包老爷。

看我脸上有花？想说就说呗！包老爷生气了。

管家赶紧直了直腰说下去：……让镇团防伤了元气，叫人想不通。至于宗白华家的事，从前哪回不是这么做的，怎么没人敢顶撞？……

包老爷打断说，不要说从前的旧事，我喊你们来，本想听听你们有什么高见。想不到全是废话。说着，坐起来道，若不是他邵家的势力起来了，这些事会有吗？你们可要把眼睛睁大了看准了，看走花了，自己倒霉！那倒霉的下场，怕还不如毛教头。停了一会儿，又说，看来只能孤注一掷了。老大，你去一趟太湖，看看他们那边如今可方便出来？老二，你还是到县城里去看望宋老爷，在他家孵孵可以，别老打人家孙女的主意，就是想，也别让宋老爷看出，暗处是暗的勾当，明里是明的花样，教都教不会。胡县长那里怎么不去走走，上次让你带去的两个丫鬟，到底给了谁啦？

二少爷说，他胡县长傲翘，说是不要别人开过苞的。

包老爷嗯了一声，他就那种人，玩玩也当真，风派，吃不准。管家，那麻团长应的时辰到了吗？

管家想了想，又扳指头算算，唔，应该在今明两天。

包老爷精神起来了，从烟榻上下来，朝门口走，你们去吧，抓紧去办。说完又对管家问，洋教练到了没有？管家脚下不停，回说，快了，也就这几天到。

包大少爷过来问道，爷，我去太湖里可要十天半个月的……

包老爷看看他，明白他肚皮里的那点花样，说，谁叫你自己到太湖里去的，让黄小狗去一趟嘛。哦，对了，你这几天不能离开，到史镇长那里走走，看看橡胶商人，还有那个张先生，你去招呼过的，还是你去。我唱了红脸，你们得唱白脸嘛。

包大少爷应道，知道了，孩儿还想问一问，爷给的应酬盘子多大？

该花的地方就花，要紧的是稳住阵脚，毛教头那么个有能的人，怎么说没用就没用了，出我意料。宗白华家的棺材，不挖就不挖吧，十年百年掘祖坟算旧账也不是没有。

包大少爷说，过几天把那地给平了，不就没心事想了吗？

包老爷捋着下巴想，也对，就那点说项，值几文，这些穷鬼，实在不像话。转个身，想到了自己强有力的对手，那火气又上来了：若不灭了他邵家，这些穷鬼都要骑到我头上屙屎了。抬头见大少爷要离开，抬了抬嗓门说，你把史镇长喊着，与我会会，我有事请他，真不明白，他给游行的发什么大洋？

通知到了邵家，冯先生用了点心思对邵老爷说，没准是惩治毛教头、侯老七的会，请愿是假，放引子钓大鱼是真，真正的目的又是借刀杀人。

邵老爷点点头，说，镇团防在包老爷手里与前几天不一样了。

冯先生说，干脆拿过来，也了结你的一块心病。

店易新主，炉灶重开，是什么景致？聪明的冯先生糊涂了？

听了此话，冯先生倒抽口冷气，浑身一震，心里道，莫非他看出了我的心事？连忙打岔道，病狼嘴里有牙，放羊的心里总不踏实；你怕史进耀手面大了难驾驭？

邵老爷哈哈笑起来，不愧是我的好师爷。冯先生啊，包老爷毕竟是我多年的棋手，知他的深浅嘛。

听这话，冯先生暗中叫苦，罢了，暂且顺他的意，切莫大意失荆州。于是问，依你……不急着料理那些事？

邵老爷高兴地扬臂做了几个展臂动作，深深呼吸，愉快地望着湛蓝的天空，意味深长地说，高远之鹰毕竟不是鸟雀能比的。

会就不去参加了？

邵老爷说，有劳先生去一趟吧。该说的，你就说。如果大家要闹一闹，你也不必坚持。他们若不把我放在眼里，该闹还是会闹的。说到这里，停顿了一下，又问，你赞不赞成他们的请愿呢？

冯先生心里恨恨的：你的情绪，你的心思都早早地晾在你的脸上，你不赞成，我若说支持，你反对；即便我把你说服了，你勉强支持，后果会怎样？细想起来，史进耀真收回镇团防，又有公田收入的经济实力，会听谁摆布？既然没十分的把握听自己的，何必急哩。冯先生这番心理活动，全是在自己的心尖尖上来回蹚着刀刃，脸上恰暖如春风：老爷待我不薄，你真要我说说心里话？我说顺了史进耀的，那镇上乱起来，对谁有好处？是我吗？

邵老爷笑道，当然不会是你，我不也挑明了话吗，闹个三七成就可以歇了，过头了，适得其反。灭了包府，成就史进耀，能是好事吗？还有那张义，没准他是黄雀在后啊。我现在是卧在薪堆上，稍不注意，火起身下。游行还发饷，亏你支！……我不怪你，反正可以打到包府的账上去，但我得说，这是一步臭棋！

冯先生听这话心惊肉跳，没想到邵老爷对他也是把得仔仔细细，小心啊！切莫功亏一篑。

49

史进耀站在门口笑盈盈地迎接与会者。他的情绪特别好，心头的喜悦全堆在脸上，在太阳的照耀下，远远看去，一团火光。这是他上任以来第一次召集会议，从到会人数上看，他成功了，足以表明他镇长的权威已经有了。

顾老板悄悄对胡老板说，这小子要发了。胡老板有他的想法，他说，包府答应来，邵家也说要参加。这有名有姓的店铺都给他面子，我就担心这小子日后会做什么事坑大家。一个外路人，总是有夜里租船载上细软、小姐溜之大吉的故事备着。旁边的插话，他敢，翅膀还没硬哩。顾老板提出：这小子逼大家做什么事，大家心里不情愿，又没法抵制，怎么办？

胡老板摇摇头说，没拉住邵家包府做后台，这种事就不会有。顾老板高兴地说，有你这话好，我随你胡老板坐。旁边几个都附和了，大家高兴地朝镇公所走去。

镇公所门口，与史进耀寒暄过后，顾老板在门槛前停住，请，胡老板请。

请，还是顾老板请。

请，胡老板年长，还是胡老板请。

请个屁。众人背后响起了救火会刘师傅的大嗓门：闪开。话未到，一双手臂已经插入两人中间，不由分说，朝两边一推，胡老板顾老板被分别撞到两边的门框上，随着一阵哈哈哈大笑，刘师傅又去拍走前面老板的肩了。

胡老板摇头叹道，他也来参加？这是什么会？

镇公所后面的大屋里，摆了一圈会议桌，主座后面墙上是孙中山像。与会者到了现场却不坐，都站着聊天，直到史进耀过来，邀请大家，才有几个人三三两两动身子问什么会。

回答了他们的提问后，史进耀说，这摆式就是不分高低、贵贱，大家随便坐。

张员外瞧不起救火会的刘师傅，便借题发挥说，摇把子的、秤戥的能坐一张凳上？

立即有人附和说，是啊！我们这些整天拜阿堵物的，与读圣贤书的坐一起，人家怎么说。

顿时乱哄哄地失去了秩序，倒是夏天有能耐，把手臂一举喊道，诸位，大家都是贵镇的名流，今天应史镇长邀请共商大事，为贵镇灿烂的前景理应弃前隙，向前看。

妇联、工会、农会的代表们连忙响应：我们恭忝于尾，就坐在边上。说话间，都朝门口墙边的几张空凳上坐去。众商家见状也不知该不该朝桌上去。这时，冯先生来了，他朝长条桌一边坐下。那商家店铺的见状也都朝他一边坐下。张员外朝贺老爷、梅保长招招手，在另一边坐下。商家左边，绅士地主右边，工会农会妇联坐墙边。最尴尬的是胡老板，他与顾老板虽然共享一个女人的体温，恰不敢与顾老板同坐一桌议事，见夏天在面对正墙的一边坐下，便也挨他坐下。史进耀见到包大少爷进来，心里念着那二千大洋，堆着笑脸请他坐主桌。

包大少爷推辞不坐。

史进耀硬要。

两人一来一去扯了许久，众人都看不下去，胡老板站起来说，史镇长，那是你镇长坐的，你让包大少爷坐了，莫非你今天要让贤？这一说，史进耀怔了。

众人哈哈大笑起来。

包大少爷忙到张员外的边上空位上坐下。

打杂的过来给大家沏茶。

环视全场，史进耀看看人到得差不多了。他站起来，先介绍夏天，又介绍张义，说，他们虽是外路人，目前长住本地，对本镇的时政关注，特请他们参加，赞成的话，大家就鼓掌通过。话声刚落，那墙边的掌声先起，商家一边也响起。绅士地主一边，包大少爷拍掌了，接着张员外、贺老爷、梅保长等响应，胡老板接着也拍起手，顿时，全场都响起了掌声。

史进耀见状，高兴地说，那我们就开会。

会议的主要议项是对妇联的请愿做出回应，我请民众教育馆的政治教员张义先生陈述事实。也是我们今天请张先生的目的。现在，有请张先生。

张义将莫嫂母女的不幸和毛教头的为非作歹着实进行了一番叙述，激发与会者对毛教头恶劣行为的愤慨，引发众人七嘴八舌说出自己的意见。说得最多的是墙边上的。奇怪的是，桌子两边的人很少介入。看这形势，夏天心里明白，这桌子两边的火点不起来，一切都是白费，他赶紧朝史进耀使眼神。史进耀心领神会说，毛教头死了，可以不追究吗？那么，再来个李教头怎么办？已经贴了个莫嫂，还要贴上个青嫂，再来个青嫂的男人给阉了？

胡朝奉笑道，哪里会有这种巧事。

夏天说，关键在这种保护势力上。没人助长其恶习，他毛教头长十八颗脑袋也不敢。收茧风波闹了有些时日，别人怎么没事？有人滋长此风，他自然能相中莫嫂下手！此风不刹，没有毛教头，还会有李教头、张教头、王教头，改明日，和尚当街强奸黄花闺女也没什么不可以。张先生，你是学过西洋法律的，你说说是不是这道理？夏天的话刚落，张义引经据典支持。然后说，这不是指某个人，而是泛指。就好比我们推翻清王朝，并不等于杀了溥仪。溥仪个人没有罪，那个王朝有罪！

周山站到屋子中间说，我们做工的喜欢说实在话，绕圈子，没必要。我说，毛教头的事，还有宗白华家棺材挖出来的事，天理不容，竟然出现在我们眼皮底下，大家看得过去吗？

胡老板站起来说，周师傅，这种事我们过去都可以容忍，今天就不行？

贺老爷连忙接过话说，这就是乱世，乱世人浮躁，自然不能忍。

与胡老板唱反调的顾老板当然要说几句，他一开口，就有人嚷：乱世法典，用严刑酷治。芮老板恰不知听谁的是好，把头不断地转过来摆过去，拿不定主意。屋里顿时像戏班子的乐队走了调，鼓锣各唱各的调，二胡、京胡各响各的音。弄得史进耀不知听谁的是好，只得站起来双手扬着，大声喊：请大家让张先生说完，再一一发表高见。

周山见状，只好退回座位去。

张义抓紧抛出了自治组织的话题。

这话像热锅里泼了一瓢冷水，满屋的人又叽叽喳喳议论起来。

史进耀站起来喊，大家安静，大家安静，一个一个说话。

陈德怡突然站起来对着史进耀喊道，你小子的胆也不小，今天这事与邵老爷商量过吗？

包大少爷站起来不客气地说，为什么要与他商量？他能决定我们全镇人的命运吗？

杨木匠笃笃水烟筒，声音不高，恰很重：搁过去，这话有道理。放今天，就是屁也不响了。现在是铜钿的世界，你拿铜钿出来，自然有人听你的。你包府想坐稳这个江山，那日收茧时就该像邵家，你能吗？你想把他史镇长装在篓里沉河，能吗？起码得要大家表决吧。你用什么叫大家表决？

胡朝奉说，他用铜钿买。

有钱能叫鬼推磨！杨木匠说，包大少爷啊！光景还是这个光景，道理却不是这个道理啦。同样，有铜钿，我们就可以决定你包府的命运。

包大少爷被说得一脸的煞白，没有回词。

杨木匠不慌不忙说下去，霸着镇里的公田，花得爽快的恰不是自家的铜钿。当然，人活着要讲良心的。会不会都被铜钿买了，我不清楚。过去买了毛教头，送了命。还会有人买你史镇长，或者你橡胶商人、张先生，但不会买我。

梅保长挖苦道，买了你有屁用。

杨木匠不高兴地回道，你晓得屁，我做的棺材是不会脱帮的。

众人大笑起来。

夏天有意挑话说，镇长空手说白话，能不乱？说着，对包大少爷一抱拳，我这话不针对谁，纯属就事论事。

包大少爷点点头说，我明白，这是历史造成的遗留问题，我爷早就想交了，只是交不出去。众人笑起来，你现在说交，看有没有人接受？包大少爷也不恼：说交就交，那还要什么规矩；出了差池，你负责吗？说句不中听的话，他史镇长卷卷细软带几个姑娘夜里走了，怎么办？再叫我爷来管？看人挑担不吃力，轻巧言语不闪腰。

夏天摆摆手说，我的话还没完哩，我说镇公所是个空架子，什么事也做不成，建议再思考思考刚才张先生说的公推一个组织的事，如果有组织来管理，组织不会是一个人，是几个大家信任的人。史镇长能在一个晚上载船美女细软逃掉吗？现在上海就有许世英、沈钧儒、褚辅成、黄炎培等人在动议苏浙皖人民自治组织，一个地方组织一个自治会，有会长，执行会长，委员。遇到重大事件，大家像今天这样坐下来讨论，决定了，就由执行会长去颁布实施。这个办法好不好呢？

周山立即喊道，这办法好。

墙边的人都高声喊着赞成。

围着桌子的，却是你看我，我看你，都不开口。杨木匠看看大家，看了几圈也没看出名堂，便回说，老朽对镇上的事一向不感兴趣，这是你们年轻人的事。

顾老板悄悄问胡老板，看来，横竖里要钻他的鱼儿套了？

陶老板问冯先生：您见多识广，您说说看法？

冯先生抱着茶杯，笑笑说，还是大家说，大家说。

商家一边都说道，冯先生就说说吧。

绅士地主一边的说，说说也不会说出什么名堂来。

史进耀见状道，冯先生谈谈个人的看法，令我等长长见识。

你们真要我说？冯先生看看大家。

大家听到冯先生这话，都把眼光齐齐地向着他。

冯先生明白此刻在众人心目中的地位，说内心话，他是极想支持夏天张义的话题，但恰不能流露出来，于他实在是件痛苦的事；怎么办？答应过邵老爷的事，不能出尔反尔，他站起来，镇定自若徐徐而言：邵老爷在我来前传话说，毛教头人死了就勿追究了。至于镇上的其他事，邵老爷没有指派，也无法传达他的意思。我也是外路人，也在这里吃饭、做事、听戏、看呆嘛！自然关心镇上的大事。能不能说些意见哩？我说了，你们能听吗？你们定夺了、决断了的事，我说了能翻过来吗？都不能嘛。集思广益嘛！

众人连连赞同：冯先生说得在理，叫人心服口服。

史进耀摆摆手示意不要插嘴，让冯先生说下去。

……刚才两位的意见，非常英明。我个人认为，公推自治组织是利大利多，应该赶快组织。说到这里，眼睛扫视全场，转到张义那里，与他四目对碰时，冯先生老辣地一个冷笑，张义冷不丁地一个寒战，想再接触，那目光已经从夏天脸上掠过，不知扫到哪里去了，声音却留在屋里，久久地在梁间缭绕：这个组织光有人，行不行？没有钱财支撑，撑得下吗？钱财在这里可能不成问题。把公田收回，一年的收入也不少。问题是你讲话，人家听不听？听，好办；不听，怎么办？你有枪，有军队，能杀人家吗？都是一个镇上的乡亲，能那么做吗？就算你能杀人，靠杀人叫人家服，那是必败无疑，古人立言，示后世曰：武治必败，仁治久安。这道理，在座的人人都明白，不要我说。所以，只有选举仁德圣贤之人出任领导，才能做到仁爱治天下。张义先生，我说的对不对？

对啊！张义应道，晓得他后面不会有什么好文章，连忙道，冯先生此语令我辈顿开茅塞呵。今日的中国，何处是净土？依我看，冯先生的态度是支持我们公推社会贤达，成立自治组织。只要有了组织，军队和权威都会慢慢有的。当今古柳泽，圣贤非邵老爷包老爷莫属，两者有其一，这天下便可安也。

非也。冯先生声音不高，却充满痛苦的惨叫：莫说邵老爷不愿意出来，就是我说服邵老爷出山，他包大少爷能保证他爷支持吗？退一万步说，就算邵老爷支持，包老爷放弃争夺，也支持。孙大帅愿意你们自治吗？你们忘记了这个古柳泽是个什么地方啦！

众人的心被他这一提，个个都悬到了嗓门口：什么地方？

范先生说，汇水之央，谓"泽"，古柳泽，明万历十七年，神宗皇帝改赐镇建。

冯先生喝口茶，不慌不忙道，范先生说得对。我是说，把越渎河堵住，会怎么样？

盛老板说，长江与太湖的通道切断。

再把平政桥下堵住。

胡朝奉说，太湖通上海的水路绝了。

在镇南把大路封了。

陈老板说，通南京、皖南、赣闽旱路没了。

后果如何？

杨木匠说，必会引起兵家相争。

冯先生说，杨老先生这话就说对了。古时称"一坝断南北，一关堵东西"的地方，孙大帅能让你们自治？莫说孙大帅不让，就是蒋总司令也不会让的。你张先生讲的政治课都是为劳工说话的，你一定是共产党。那么，你愿意让这个地方自治吗？

史进耀战战兢兢地问，你的意思，这地方就应该乱？

不！冯先生说，我们一定要自治。但不是现在。你们开这个会是好的，心是诚的。操之过急，适得其反。我说这话，一点也不虚晃。我这话，既是个人看法，也应该是得到我家主人赞同的。说完，坐了下去，缓缓地又说道，当然，诸位一定要决议自治，我们老爷也表示愿意理解，不反对。

冯先生的话说完了，全场鸦雀无声，谁都知道这就是反对的态度，再笨也听得出来，何须多说。

全场一片寂静。

冯先生眯着眼睛，细细地，用那刀尖尖般的目光非常谨慎地在细缝后面，扫视着全场，当扫到张义时，他心头一跳，暗自道：张先生，我这席话把大家不想挑明的，不敢亮出来的，都划破了，都捅了，撂到了太阳底下，亮晃晃的，够挑起一场大乱了。你有本事，干吧！

有几家店铺愿意干的，听说是邵老爷的态度，赶紧咽咽口水，把到嘴边的话咽下去了。

包府一边的，个个看着包大少爷，能看出什么花头精呢？他包大少爷怎么说，骂冯先生放屁？那不是把自己晾了做活靶子？不，识时务者为俊杰。包大少爷站起来拍着手，笑嘻嘻地说，冯先生的话，句句点中要害。我个人的体会是，大家应该看清形势，释前隙，精诚团结，防备外来的侵扰是第一等的大事。至于毛教头的事，至于侯老七的事，我代表我爷向大家表态，只要镇上认为做得对的，我们都支持。要我出钱，我照出。我在这里表态。然后，他朝大家深深鞠躬。

有人喊道，还有公田哩。

包大少爷说，只要大家认为有人可以接受了，照缴。

话到这地步，众人倒也原谅包府了。

冯先生冷冷一笑，心里道：蠢猪，信了他的话，请狼看羊圈。

张义虽然早就预料到这会不可能有什么收获，但绝没想到是这种结局。

夏天倒是一个激灵，气得真想站起来大声骂人。张义暗示他，不要太急。夏天只好忍住，找个台阶自嘲道：也好，能够这样当然是最好的。我们客居此地几天，也有个安全感啊！上怡春院就不用提心吊胆，功课做一半啦。

众人被他这话说得笑起来。

周山站起来说，毛教头的事就这么没说法？

史进耀赶紧说，大家得对毛教头的事有说法。

大家又都把眼睛朝着冯先生看。

冯先生明白，这种事总是邵家带着说话，于是他说，邵老爷交代了，如果包府能够承担莫嫂家的生计，可以不再计较毛教头的事。包大少爷，你说哩？

包大少爷连忙说，家父也交代了，愿意照镇上的公决做。

那好。邵家另外资助大洋一千，作为莫嫂家投股在邵家西街粉坊的股金每年分红。冯先生说完看看大家，问，满意吗？

众人哇地叫起来，天上掉下个金元宝。

冯先生话锋一转说，史镇长支了二千大洋给请愿的民众做误工补贴，谁认账？包大少爷，你领了吧。包大少爷叫起来：什么钱，二千大洋？这……

陈德怡揶揄道，说到正事，你包府做缩头乌龟了吧。

包大少爷对梅保长说，事先没我，事后也没我，我掏，我憨大？

有人挖苦说，就是二百块，你也不爽气，这是你家祖传的脾气。

众人又是一场大笑。

转入钱的话题，七嘴八舌又是一通议论没结果。

史进耀看看，晓得没指望了，公田、镇团防也不用提了，这会开得实在窝囊，只好宣布散会。夏天顿时就含沙射影地骂开了。众人晓得是骂冯先生。冯先生哩，听了也装着没有听到，一个人优哉游哉地走了。

夏天跳着跑到大门口，对着远去的冯先生大声喊道，我一定要让自治组织在这里成立。

站在门口与周山孙有莫嫂说话的张义冲着夏天说，你撕破嗓子喊，喊破了，谁替你补呀。处在激动中的夏天，一把拉住张义，为了北伐，为了未来的共和政府，我们一定要在这里成立自治组织。

张义说，只要你吩咐，我一定尽力。他把周山孙有莫嫂阿倩拉过来说，他们都会支持。

夏天说，有你这话，我就更有信心了。

50

当夏天回到客栈里，见房间里的桌上有封信，拿起一看，见右上角有一标记，明白是上峰来的指示，连忙拆开，上面有几行字：尽全力促成自治组织成立，二千大洋的事可做小文章。阅后即焚。夏天反复看几遍，又把信封看了看，上面没有邮戳。琢磨道：这个上峰一定在今天上午的与会者中间，是谁呢？会是冯先生吗？不！不，绝不会是他，一个没出息的绍兴师爷。他把客栈小二喊来问此信谁送来的。小二说，邮差送来的，说是要当面呈你，我们客栈信誉好，就交我转你了。不妥吗？

夏天应道，哦！没有，没有。

就在夏天在琢磨自己的上峰是谁时，包大少爷悄悄来到史进耀房里，坐了很长时间，他们之间谈了些什么事，外人不知道。然而，这次与包大少爷的会面却让史进耀看到了古柳泽社会的另一副面孔。他的心里也开始打起小九九，告诫自己切不能顺从一边，不能靠在一棵树上，得有自己的主张：人人面前打哈哈，关键时刻装糊涂，各方都不得罪。包大少爷告诉他，请他出面参加麻团长光临包府的活动。史进耀问，就请我？镇上别的人呢？比如张员外贺老爷他们。包大少爷说，家父不想多惊动人。说着，包大少爷笑笑，低语道，镇长忘了？不是说好了由邵家那位洋文教师陪你的吗？

史进耀突然想了起来，哦！你是说过，我以为……妥当吗？

包大少爷说，有什么不妥当？又不是他家的用人。这事您如果肯帮忙，一定要做得天衣无缝。

史进耀费解了。

包大少爷说，家父对她很有好感。我的意思你也应该明白，我还没一位懂洋文的太太，外面的社交场合，她倒是适合。如今的人，都得在外面走走啊！

史进耀想，你上次只说陪客，今天说的实话，如果包骆成姻，这局面又会如何？

史进耀在与张义、夏天两人又一次碰面时，只字未提二千大洋的事，只说会了面，简单聊了几句。夏天心事不在那上面，自然不多问。张义明知包坤均玩花样，也故意不揭穿……

邵老爷得知冯先生在会上的表现，大为赏识道：让你做师爷账房真是屈才，罢了，时局如此，你也只能委屈着。冯先生附和说，做师爷的，附和主人是一种做法。把自己的退路想好了再与主人谋划，也是一种做法。如果说第一种是下路货的话，那么，第二种就是一般师爷的常规做法。真正为主人舍命的师爷，是要把主人的利益放在比自己性命还重要的地位上的。

邵老爷一惊，连连问，那是一种什么样的做法哩？

冯先生说，士为知己者亡。

邵老爷语塞：那……是一种极致了吧。

冯先生点点头，表情极为严肃：知己，也有高低之分，从主人的想法里分析出三五步远的去处。好比下棋，三步之外是高手，五步十步呢？对方出手第一步，即知结局，那种人是什么手？

哦！先生是……

依我的推测，老爷并没放松对包府的警觉，说句你莫见笑的话，灭包府之心，你分分秒秒没懈怠。你迟迟不下手，是时机不到。

邵老爷顿时觉得有一股气从脚底涌向脑门，透体强壮，神志清朗。他目不转睛地盯着冯先生，说，冯先生，有了你，我睡得安稳，吃得香啦！

史进耀与骆小姐约定在西餐馆见面，两人喝了咖啡，吃了西洋点心，谈了许多话，最为重要的是达成共识，一起参加包府接待客人的活动。史进耀念念不忘要骆小姐帮他的忙，让邵老爷相信他要依附邵家，从而达到放松对他的戒备，最终置邵家于死地。史进耀说出这一可怕计划后再三强调：这是你我两人的秘密，生死契，说出去，必死无疑。

骆小姐说，这倒是个严峻的问题。你手上还有撒手锏？

史进耀想到夏天说过的话，心里有了底，说，现在没有，但我会有。

骆小姐想，没必要现在与你争个明白，于是说，好吧，听你的。

史进耀高兴地说，赞同我的意见了？说着，站起来，伸出手。

骆小姐没有伸出手去，而是问，你想怎么摆布古柳泽？

史进耀把伸出去的手在半空中一挥，做个强有力的停顿，中华第一强镇，由此而始。让北伐的部队永远在江西打转转，让孙传芳这个军阀永远在长江边上滞留，我是一枚钉，我是一道坝，我是一道关，叫他们在哪儿还在哪儿，谁也动弹不了。

骆小姐站了起来，一点也没流露出被他的话语感染的兴奋，淡淡地平静地说道，我祝贺你，但也告诉你，没人会让你成功。

史进耀怔住了，神情沮丧地喃喃道，这我知道。

知道了，为什么还要干？骆小姐的两眼被染得特别明亮。

史进耀说，因为我是男人，这就是男人的秉性。

愿你心想事成。说着，骆小姐伸出手，来，我们握握手。

骆小姐见史进耀没伸手，揶揄道，怎么？不想握！

见骆小姐这么说话，史进耀连忙伸出手去与她握了握，并没立即松开，似乎还有话要说。他要说什么？骆小姐那对明澈清亮的眼睛在问？

其实，她是明知故问。史进耀想。

51

包老爷提醒大少爷说，别指望骆小姐做你的姨太太，她能将邵家的底细透些给我们，这个家业就全交与你掌管。

包大少爷问，骆小姐有什么底细？

包老爷说，你就不要问了，他邵老爷敢用她，是高手啊！可见蒋中正看中他邵老爷，也不是件寻常事。他孙传芳没看中我，活该他注定灭亡。包老爷把后面两个字咬得很响，很重。说完，长叹一声倒在躺椅上。良久，叹道：儿啊，别人没看到这个镇的要害，儿看到了吗？

包大少爷俯身对父亲说，你是说它的经济地位，还是军事作用？

包老爷说，不管哪一项，都是要命的。所以，为父要拉住有远见卓识者共谋大事。不知这个麻团长如何？

包大少爷不满地说，他要有真能量，孙大帅能闲晾着他？

这话也对。话说回来，他来，我们也不蚀什么，陪顿饭，陪只妓耍耍吧；若是处好了，再做计较，想驻扎是不行的。唉，爷走到这一步，也是万般无奈啊！说着，又问道，与张先生照过面，感觉如何？

不是省油的灯。国民党、共产党，现在都要消灭封建地主。

封建地主就不是资本者啦？有地的是封建地主，那有作坊、工厂的算什么？经商的有地又算什么嘛。你弟弟有几个熟人在广州，听说蒋中正心里是向着资本者的。这话你存在心里，不要轻率抛出去。

包大少爷应着，孩儿知道了。爷还有什么吩咐？

麻团长该到了。我去接他，你在家安排好，不要再出洋相。你管好洋教练别乱跑，万一麻团长恨洋人，岔出枝扎盘根节累赘。

好，儿去办。包大少爷走后，莲莲过来伺候包老爷更衣出发。

麻团长对包老爷邀他造访始终想不通。

那天送走包老爷后，破例没招姨太太进来与他共度良宵。几房姨太太见他谁也没招，都以为又有了新人，各自变着法儿悄悄过来探听虚实，见他独自一个躺在床上，个个吃惊不小，噫，太阳从西边出来了。身子便在门口蹭着，磨着，嗲声嗲气挨过来，挪进房，慢慢朝床上靠，朝被窝里钻。滚，老子今天有大事要办。你们谁破了我的财，老子剥光你们扔进马厩。姨太太们吓得溜回房去了。麻团长见姨太太们不再来干扰，被窝里跷起二郎腿乐道，骚娘们，一天不收拾就难熬了！脑子里将这些姨太太一一过脑子，总觉得少了个。少谁？他忽然想到自己贴身勤务兵的姐姐，就是那个原本第二天就做县党部书记太太的女人，被他抢来后寻死觅活三天三夜的。对了，独独就她没来。想想人也怪，饿得她没了精神，软软地躺着，任他给困上了，不喘气地困了她十个来回，这才屈从了。这个女人，从不见有个主动。你要弄得她高兴起来有个主动，嗨，麻团长就自叹床上功夫不是对手了！那功夫，别的姨太太没一个能比？……现在，不想那些。麻团长翻个身，越想越觉得这包老爷好似那心比天高命如纸薄的黄花闺女，不让人糟蹋糟蹋，就贱得活不了。嗯，如此说来，这天下乱也真好，竟然会有我麻某的利益了！好好谋划，别出差池。这一夜不眠，又接连多天的精心策划，这才喊过勤务兵，告诉他去古柳泽。

勤务兵问，就我一人？

你们俩都去。

麻团长骑着一匹赤兔马，带着两个勤务兵从旱路赶到古柳泽。

52

虽是第一回踏上古柳泽这块土地，但这远近闻名的富庶之地，早让麻团长唾涎三尺，立足苏轼亲书的"古柳泽"三个大字的镇名碑前，他歇住马，抬眼眺着镇上那棵古柳树：如云遮日，凉意弥播。再看那一湾河水，远处百川齐来，近地水泽草肥。忍不住叫道，果是名不虚传的好景致，好地方。

两个勤务兵随他跑得两腿发酸，歇下来忙着的第一件事就是喘气，年岁大的勤务兵嘴里上气不接下气地喊着，这鬼地方好个屁，妞都不见一个。

麻团长坐在马上龇牙乐了：好弟兄，那肥老头儿府上有的是妞。不急着上那，先去镇公所看看，拜会镇长大人。说不定，镇长会有更好的招待。牵羊抱妞的事用不着急!

年岁大的勤务嘀咕道,还有比抱妞更乐的事吗?

麻团长手里的缰绳一拉,两腿一夹,马一声嘶叫,冲向前。

两个勤务兵赶紧跃身尾随而往。

进了镇,麻团长让他们在那空场子上歇了,自己到镇公所去找镇长。

勤务兵把马绳朝柱子的铁环上一扣,便一边去玩了。

这古柳泽虽是个交通要冲之地,因为地处水网河汊,众人见得多的只是船樯桅橹的式样,见过马的很少。那马拴在场子上,立时就让原先圈在场子上的一群膻公羊乱了套。

顾老板让伙计过来说话。

勤务兵说,你们把羊牵走!

伙计没办法,只好把兵痞的态度告诉顾老板。

顾老板摇摇头,秀才遇到兵,有理说不清,牵,牵,免得惹事。羊牵走。

勤务兵又见前面有家豆腐店,便叫豆腐店里送几斤豆腐渣给马吃。

老莫最怕兵,连忙叫老婆送豆腐渣。

在房间里的女儿早早就竖耳朵听到了空场子上马嘶,听说要送豆腐渣,连连说她去,她想看看那马,看看骑马的男人是什么模样。

老莫把酒盅一笃。响声加爷的权威镇住了女儿,女儿嘀咕着回房去。老莫还不放心,追到女儿房门口,说,你忘记了吗?芮老板的大女儿怎么死的。

女儿反驳道,怎么死的?生小囝死的,谁勿晓得。

哼!你这小黄毛丫头,只晓得生小囝死的,就勿晓得是给过路的兵骗大肚皮的!那个卢永祥,天底下第一等的草包,只晓得放些兵出来困人家的女囝,骗人家的女人。一个小小的排长,长得蛮体面,挽着芮老板家的女囝在镇上走过几个黄昏后,就不再挽芮老板的女囝,去挽了钟先生的女囝。跟钟先生的女囝在一个天还勿亮的时候,携着好几家女囝的私房细软,两人悄悄上了"万盛行"的船去了南洋。几家女囝知道后,大闹一场见肚皮没隆起,也就偃旗息鼓了。芮老板的女囝恰不肯歇,挺着肚皮,疯子一样寻找那男人。据芮老板说,女囝的私房细软什么加起来足足有万把块大洋,都给小排长弄走了。有人劝芮老板去找钟先生。芮老板红肿着两只眼睛说,找钟先生有什么用?照这相看去,小排长骗了钟家女囝也勿过日子。戏厌了朝南洋的妓院里一卖,这种事,当兵的做起来,一点也勿吃力。你说,当兵的心勿狠,能下手杀人吗?能杀别的人,杀起女人来,还勿是掐小鸡头?老莫说到这里,眼睛有些湿润,声腔也变了：

爷指望你叫男人欢喜。女人没男人欢喜，那还叫什么女人呢？那爷娘还生什么女囡，吊什么女儿酒埋地下！小囡啊，我们是正经人家。正经人家的女囡勿是怡春院里的小姐，随便给男人糟蹋的。你看那里面的女人多可怜，勿像是爷娘身上掉下来的肉。哪个要做那事的吗，也都是轻信人家的花言巧语，上了人家的当，受了人家的骗呀！有几个是自己愿意的？

女儿没了声响。这是要害。女囡家，见了俊些的后生，哪个不动心？一动了心，就把握勿住自己了。女囡想想自己幸好没遇上那个小排长，弄出芮老板女囡那样的丑事，才真叫女儿家的苦哩。

见到女囡没声响，老莫退出来，打发老婆去送豆腐渣。

莫家老婆刚把豆腐渣放到马面前，那些已经牵走的膛公羊又跑回头围过来争吃豆腐渣。马见羊吃豆腐渣，自己就退一旁静静地看着它们争吃，不时地昂头长啸，告诉膛公羊们：你们太可怜了，我对这东西不在乎，我吃的是豆，那是精细的好东西。

不明事由的莫家老婆走上前去，要赶开膛公羊，让马吃，那马一点也勿听她的。她想也没想就动手把缰绳松了，让马自己赶开膛公羊来享用她进贡的珍品。谁知那马见松了缰，立即长啸昂首，四蹄腾立，场子上的膛公羊见这怪物发威起来，吓得四下逃散。膛公羊乱跑，反过来惊了马，马在镇上的青石板路上飞奔起来。莫家老婆没想到事情会是这样，惊呆在那儿不知如何是好。

两个勤务兵刚刚走到桥东，站在十字街头观望。听到马的嘶鸣，察觉不妙，转身快步过桥，正见那马顺着北面的来路飞奔而去。是赤兔马迟了。人腿怎么也赶不上疾蹄踏破飞蝶翅的赤兔马的，怎么办？一碰头，两人分开，一个去告诉麻团长，一个先去追。

去告诉麻团长的说，你在路口等我，我只说去追，说完就出来。

那个说，就怕你说了，没回来的机会。

不，我说去追，他能不让我追？说去的跺跺脚，恨恨道：没想到会出这种事。还是我去吧。他要是真把枪一掏，你姐还有什么指望？我去！说完，蹭蹭蹭跑去了。

追马的只好撒腿飞奔去追马。

那年长的赶到镇公所，告诉麻团长说马跑了，说完就要走。

麻团长一声喝：站住！

勤务兵只好站住。

正与史进耀说话说得起劲的麻团长听说自己心爱的赤兔马跑了，唰地站起来，眼珠子一转，嘴里嘀咕一句，送财上门，焉能不收。只见他两眼射出一束冷光，朝站在那儿的勤务兵扫去。手慢慢放到腰间，又落了下去，问，就你一个人回来报告？

魂已吓飞的勤务兵胆战战地回道，是的，他去追了。我马上也去！说着拔腿就跑。

谁知，麻团长的手比他的腿快，一个闪光，就听见"砰——"一声，勤务兵倒了下去。

史进耀惊魂难归，回头看麻团长，那枪已经落进腰间，如果不是有缕轻烟，根本不会相信他掏枪击毙了自己的勤务兵。麻团长没事地说，坐下，坐下嘛。我们谈得正对味哩。

史进耀哪里还有再谈下去的兴致，嘴唇哆嗦着，语词不连贯地说，你、你说……包老爷，用船、船……我、我……我们……就到码头上看看……包老爷的船来了没有。

也好。

麻团长从勤务兵的尸体上跨过，像跨过一根烂木头那么平静。

见状，史进耀心里嘀咕开了，一条人命在这杀人如麻的混蛋手里，好比掐死一只蚂蚁。他潇洒，恰苦得我要找棺材铺赊棺材，还得找地方埋。真可怜，这个兵叫什么名字哩？他是什么地方人，家里还有谁，家中可晓得他是这样死的？小小百姓的命不如一棵草啊！史进耀忐忑不安地与麻团长一路走着，麻团长全然无事，伸手一拍史进耀的肩说，你还想着那个小混蛋？告诉你，现在孙司令顾不到我了。这些小王八觉得我靠不住了，想弄我的马去献给蒋校长。你说，这赤兔马做了蒋介石的坐骑，那是什么威风！什么事都不可只看一张脸皮，要看看那脸皮扎下去的地方，出的血是红还是黑。

是，长官说得对。史进耀肚里想，只有你这草包才说血是红是黑！秀才遇到兵，有理说勿清。不搭你的腔，免得你勿高兴，枪一掏，把我也给早早送给阎老三？那就划勿来了。

杀人如吹灯的麻团长眼珠子一转鬼点子又上来了，对史进耀说，我损了马，又折了个兵。虽然他现在是个勤务兵，说不定将来就是一位战区司令。这种事没什么可能不可能的。你说是不是？你是这里的地方官，你说该咋办？

史进耀自然明白他的意思，连忙说，团长不要生气，这是我没侍候好阁下。您看……依您的意见，该怎么办才好？只要你说个谱，我照办就是了。

你我都是孙大帅的人，目前的处境都不佳。没权势，弄点小钱总是好的吧。这样，你给三千块，算是赔我的马。那个勤务兵，死了就算了。

史进耀吓得伸舌头。你的胃口也真的不小，一开口就是三千块。我的娘哟！这三千块，能是小数吗？从何而来？前面那二千大洋的官司还没了哩。史进耀正愁，不料，桥边一条通码头的巷子里走出包老爷，史进耀一眼瞟着，顿时心头一乐：这下好了。他高兴地对麻团长说，三千块，阁下几时要哩？

我走之前。不！马上。

史进耀倒抽一口冷气，这马上要，能成吗？

正在此时，包老爷已经看到他俩，老远就快步作揖过来。

在包老爷的屁股后面蝴蝶逐花似的跟着轿行的几乘轿子……

53

两人迎过去。当街互道贺词。

轿子过来，问是否要轿。

包老爷眉头微微一蹙。旁边的花根立即驱赶轿夫。

包老爷朝两位问，各位是先到柳泉居茶馆稍坐片刻，还是现在坐船？

麻团长问史进耀，包府离镇有多远哪？

史进耀摇摇头说，我到任不久，还没来得及去拜会。

麻团长说，这就是你的不是。应该多多向包老爷这样的名流请教。接着又道，如若不远，那就走走也好。久在城里待着，闷！有这缘分，何不结伴而行，看看这田野美景，也是人生一乐呀！

包老爷不明其目的，见如此说，也就真的放弃了上船，史镇长把麻团长交给包老爷后，决定放弃陪同。不料，包老爷一把拉住，不是说好了的吗？寒舍暖茶还是有一杯的。

麻团长喝道，腿长想跑？

史镇长连连说，没有，没有，对包老爷悄语道，骆小姐还没请。

包老爷说，啊呀呀，怎么能要你去？说着，吩咐花根，快快快，快船接骆小姐从水路回府迎候。接着又问，骆小姐还住在邵家吗？那可没办法接哟。史镇长低语，这般如此。包老爷连声喔喔，高兴地应道，这般甚好，这般甚好，喊花根立即派人去办。包老爷过来又是相互谦让一阵，最后还是麻团长豪爽，腿一抬道：好，还是小弟走前面。

那包老爷赶快对花根道：还不快快在前面开道。

麻团长突然不高兴地嗤鼻道：这鸟地方还他妈的汉口码头？要是我的赤兔马在，半鞭子下去，准撩他娘的半个镇。

包老爷一怔，那……那就改乘轿？我嫌轿行里的轿子不干净，都是给怡春院嫖客坐脏了的……

史镇长连忙说，将军痛失爱马，伤心哩。

包老爷不知内情，连连问：痛失爱马？

麻团长要发作，史进耀拱他一下，抢先作揖对包老爷说，就在那边的场子上，团长的赤兔马被人盗走，一位勤务兵不知去向，另一位前往报告，被人用枪从背后打死在我那儿……

包老爷大吃一惊，手脚都有些战栗起来，连连说，不可能，不可能，这号称天下第一太平地，光天化日之下能出现这种事？……

麻团长一声吼道：照你的说法，我堂堂走南闯北的军人在此诈你不成？姓史的，你给这老家伙说说清楚，既是天下第一太平地，邀我来做什么？难道是他家的麻将搭子都死光？没了，到县城专程请我来陪他搓麻将？还是他们的鸟都阉了，堆如云的女人没男人解骚，要我来以一当十！说说清爽，到底是我诈他还是他引我来此设计偷走我的马？说着，麻团长把枪一掏说，当年吕布，那是何等的威风？靠的什么，不就是赤兔马吗？后来，关云长军中取上将首级，酒温尚存的间隙，靠的什么？不就是赤兔马吗。老子随孙大元帅南北征战，屡建奇功，浑身上下无一伤疤，靠的就是赤兔马。今日好马却丢失在这屁眼大的镇上，你说，这气怎能叫我咽得下？

晓得这不是戏言了。包老爷心里叫晦气，脸上却连连堆笑，双手作揖道，团长息怒，在下方才实是不知内情。史镇长，你是一方父母官。你可要拿出一个让团长满意的答复。

史进耀回道，我初来乍到，能有什么满意的答复拿出来？

包老爷眉头皱皱道，全凭史镇长一句话，包某照办不误！

史进耀心里暗暗好笑，也有你为难的时候？他说，麻团长通情达理，体谅我等难处，只要三千块。这笔数字，是多少呢？说句搁轻的话，不够到塞上重置好马的一半经费。就不用说那马价值连城的话了。包老爷，您说呢？……史进耀把话说到这里，便刹住了口，用两眼望着包老爷。包老爷叫苦连天，这尊佛是你姓包的请来的，请佛容易伺候难啊。罢了，罢了，反正羊毛出在羊身上，又不要我姓包的掏一文。想到这里，包老爷双手朝麻团长一擎，旋即当街一个九十度大礼，说，在下以古柳泽乡亲的名义向团长致歉。还望团长大人念我等心诚意切，高抬贵手。古时圣贤道，天下之乐，天下之悲，天下之庆……

听他这一番话，行伍之人的麻团长倒是不解其何意，心里打起了小九九，看他这样子，莫不要玩什么魔道鬼术？中国历史久远，巫术魔道遍及全国，动辄遇上个什么其貌不扬的，说不定就是绝技满身的大侠。也罢，看他这肥嘟嘟的熊相，能有什么巫术魔道？我只要你三千块，别的不管。斗不过你，拍拍屁股走路，也不会失掉什么。这么一想，便站着不动声色。

这临街之上，来来往往的人特多，都站在远处看着，好似看不花钱的戏，恰不知这戏到底演的是哪一本，都只是一半的猜测，一半的看相。

史进耀站在一边心里道：你在这里跟丘八道礼论八股，岂不是对牛弹琴吗？忍不住插嘴道，包老爷，我说，你与麻团长来点直的。都是世上混的角色，讲实在些，说个怎么给钱，别的留着慢慢儿说……

对！镇长的话在理。你包老爷就直说一句，好叫我麻某心里有个底。要不然，我可是难憋这口气的。就算我给你这面子，我那百十号弟兄，他们咽不下这口气。这有一比，比如你在外面平白无故遭人欺负了，你的家人能咽下这口气？能咽下？你这鸟甚鸟？鸨婆都搓勿硬的软鸡巴，你的女儿全是别人给日的，与你没那么一点关系，没血缘的牵缠，疼不到心上……

麻团长这话辣辣刮刮，换个人怕是一点也受不了，包老爷自然也是无地自容，好在他还是执信不移，慢慢把他的那套理论说完，直起身子，朗朗道，至于铜钿的事，你镇长说，可勿可以少一些哩？

麻团长吼道：不可！

这一吼，真是地动山摇，震得那看呆的一个个惊得朝后退。

包老爷心里咬咬牙，说道，那好吧！

史进耀悄悄道，你别再说下去了，你给什么券票不行，非给大洋吗？再闹，闹得他一下明白过来，翻成现大洋，你吃得消吗？

包老爷顿时悟过来，连连点头：是是是。

麻团长过来问，怎么给？

包老爷说，如果要现钱，怕没这么多备着，要期票，倒是可以马上给。包老爷这么想，自有他的打算。期票一时难变成现洋。眼下的形势，一天十八变，广州正在热热闹闹地动着，北京政府又一直得不到民众的支持，武汉还是乱哄哄。无论哪一派得势，都不会放过脚下这块肥肉，无论哪边到了，你麻团长都抗不住，他一走，期票就等于没开。闹个竹篮子打水、猴子捞月亮。

那就期票。麻团长也有他的主意，你包老爷的花样精，他行伍人未必就真的一点也勿清楚。

包老爷轻轻舒口气，对下人说，去把恒泰账房的冯先生喊来。

下人立即就去了。

史进耀问，你怎么到邵老爷那儿去拿钱？包老爷说，不向他借，一时从哪里来？史进耀说，不好这样。麻团长道，管他谁的钱，到我的口袋里就成，一样花的。那些婊子会问钱是张家李家的吗？

史进耀对麻团长悄语道，邵老爷是张静江的红人，你玩得过他？

麻团长故意提着嗓门问，哪个张静江？

史进耀回道，孙文先生的第一大红人，现在又支持蒋中正。

麻团长不乐道，包老爷，我们是朋友，我是看在朋友面子上来的。在你的地盘上出了点小小的事情，你都没办法摆平。不够朋友！对于不够朋友的人，我也不会替他想着身家性命。

包老爷一震，连连说，没那么严重。钱还是从我的钱庄里出，只是对外的期票，一定要从恒泰账房出去，他们代表银行嘛！说着，把手朝前一伸：请，团长大人请走前面。

麻团长应道，如此，这便好。

包老爷又展臂请各位挪步。史进耀与麻团长相互看看，史进耀不动声色，倒是麻团长快人快语地说，走吧，包老爷的家里，搁着母夜叉我也不怕，正好让老子日翻她，再喝她下蒙汗药的酒，叫她下我肉陀陀的刀抖得尿湿透裤子，扎不下。

包老爷笑道，怎么会哩。镇长大人，你说哩？

史进耀打趣道，只怕你麻团长到了包府，见了那么多漂亮女子，吃掉几个，倒是真的。

哦！包府还是个藏娇纳秀的宝库？我倒要见识见识。

包老爷这下叫苦不迭。

史进耀扯扯包老爷的袍角低语，我堂下还躺着一具尸体哩。

包老爷一惊：难道是真的……

喔，闹了半天，你包老爷还以为是人家诈你的呀！

对不起了，那怎么处置，你看了办吧。是不是叫人先到杨家棺材铺赊口棺材，把人葬了再说？这事就交老朽去办，镇长今天可要把团长陪好，让他尽情尽心尽兴！明白我的话了吧……

戏班子备了？

家中现成的。

史进耀说，那就好。不弄他醉酒寻美入巷深，绝不放他走！

那就好。

54

麻团长造访包府的消息，传到邵家，邵老爷吃惊不小。

冯先生脸无表情，心里恰幸灾乐祸：想后悔也来不及了。他包府不单单靠太湖强盗，还拉上麻团长，这架势是要与你一决雌雄，你却蒙在鼓里，还说他会顾及自己的名节？顾吧，没准哪一天把你剃了，看你怎么办？

偏偏邵老爷没一点反应，这倒使冯先生不敢轻举妄动了。

邵老爷一遇大事，心里反而特别静，他跑赈济会查看支援苏北灾区的衣物，到育婴堂看弃婴情况，保育员说现在的洋奶粉有的像石膏粉，邵老爷抓在手心一研，果然不好，再看包装是日本的。他问，还有多少？保育员说，还有几十包，已经不用了。邵老爷问，这近百个小团吃什么？保育员说，骆小姐教我们用米粉、玉米粉，还有益寿堂郦先生开的"八珍糕"方，和了做糊糊，比洋奶粉好。邵老爷笑道，骆小姐没做过娘，怎么就晓得这些？说着对身边人叮嘱道：通知明天出洋的船，育婴堂用的奶粉，全部改从荷兰进口。

身边的人回说，是。

邵老爷在铁工厂里发现工人见到他，神情不对。着人暗中察访，发现工人私下锻打了许多大刀、长矛。厂长问，怎么办？邵老爷示意，不许声张。他出了铁工厂到民众教育馆，与张义聊天，顺便说说上海的形势，明白了那些大刀、长矛的去处了，心里多少平静下来。邵老爷又去看望夏天，问他的生活起居，然后问他发展了多少国民党党员。夏天一怔，想不到邵老爷连他发展党员的事也晓得，一时答不出话。邵老爷笑笑，抚着他的肩说，如果单是你一人，什么事都好办哟！我是支持你的，在这里还有别人与你争夺啊！夏天听出话音，也就默认了。看到夏天的悟性，明白了他的意思，邵老爷也就达到了目的，然后轻轻松松到柳泉居喝茶，谈笑风生。这一刻的他，比平时更开心。心里只有一句话：水面上的文章是靠水底下功夫撑的，你们忙的表面文章，能经得住人家暗中的进攻吗？这话，他没给冯先生说。

冯先生问邵老爷，包府的事要不要告诉张静江？

邵老爷淡淡地说，提一提吧，那里大概又要银两了。

冯先生见他这个态度，也不好再说什么，只是提醒他，最好亲修书信一封给蒋中正。邵老爷摆摆手，还是你写好，张先生喜欢看你的瘦金书。附一张在广州、福州、南昌、武汉等地银号兑现的三万两银票。

邵老爷要做些水底下的文章了，第一步是找盛老板，凑成玲子与冯大的婚事。现在这个时候，冯大成了关键人物。他决定亲自登门去找盛老板谈。

盛老板家住在桥西的南街，邵老爷到时，门口下人见他是软鞋轻步走过来的，身边只带了一两个随从，非常吃惊。平时，都是人家到他邵老爷府上请教，几乎已经成了全镇人的"规矩"。对这种做派，包老爷有看法：你又不是什么世袭正黄旗，连个旗的影儿也没有，更不是汉臣之后，区区生意人，摆哪门子的鸟威风。邵老爷听了不高兴，回的词，你听听：如今的官价如何，也不是没秤可以称，三千白银知县官，五千纹银坐府台，我家的银两可以捐个多少一品官，老爷我都不要。像你包某人，捐个河泊所官，没品级，还是候补。清皇朝没了，你把那牌儿挂到镇衙门，那是你的河泊所官衙吗？

两人有这种开头，后面龌龊故事自然是越发精彩。

现在，盛家大开正门请邵老爷，并快步飞报盛老板。

盛老板与陈老板、芮老板、胡老板，正在搓麻将。一听说是邵老爷只身前来，知道有要事，众人慌忙停下手里的活，回避！

盛老板提着前襟快步过来迎接。两人在过道相见，盛老板行大礼。邵老爷连忙双手扶起盛老板，说，自家兄弟，何必拘礼。在家闲得闷慌，出来走走，顺道看看你。你那一片晒地弄得很有点气势。做事情就要讲气势，拉开架势才能叫人看出主人量口的深浅。盛老板连连谦让，哪里，哪里，还要靠邵老爷您多多提携啊。把邵老板引到正堂上，以大礼待之，上茶递烟，然后盛老板小声道，还有几位老板在旁边屋里哩。

邵老爷直起身子道，哪几位呀！做什么的？搓麻将？好，我们一起玩玩？

请陈老板、芮老板、胡老板。

邵老爷起身，不！我们过去。

盛老板陪了邵老爷一起过来，在麻将屋里重新坐定。洗牌。叠牌。邵老爷问，你们怎么玩的？众人说，听邵老爷的。邵老爷无兴趣玩，但这过门过场的"客套"若省略，反而不好，便说，我们就叠倒糊吧，不来钱，纯属消遣，如何？

众人道，好哇，那是高雅。

两圈下来，芮老板起身告辞，其他人也知道邵老爷不是真闲闷得慌来玩的，便也告辞。大家礼仪一番后，盛老板送大家到门外。

送走客人，宾主重新入席。

邵老爷没那些虚意了，开门见山对盛老板说，我待你如何？

盛老板惊恐道，长兄何出此言？

听说你到现在还没对包家少爷死心？

盛老板低下了头，这是他最不愿意提到的事。现在邵老爷提这事，是什么意思呢？他心里一点也吃不透。邵老爷语重心长地说，盛老板啊！女婿这东西不是强求的。包老爷肚皮里几根筋，是你不清楚还是我不知道？你偏要对他抱幻想。我知道你的难处，我就不懂，女婿一定要那种人吗？别人行不行？比方说，你现在没儿子，你招一个可靠的后生做你的女婿，肯为你卖命即可嘛！若是还在想门当户对，这镇上又没几家寻得出你合适的，到吕城、导墅、陵口去找找，远不远？苏州、杭州呢？你又不放心。

盛老板诚服地应道，兄长的关照，小弟心领了。家丑也不必对兄长隐瞒，玲子这孩子从小娇惯，才有今日丢脸的事。原本我想若包家收了她，算摆平我的脸面，照现在的情况看，包老爷在耍我。你说我该怎么办？这后生的事，真乏好策。谁家愿意？若从我家长工里面挑，大家都知道玲子的事，就肯吞这苦果了吗？日后如果与玲子翻了脸，男人总是男人，玲子受得了？难啊！

邵老爷见事情很顺当地说到了这份上，便快刀斫下去：你家里的长工中，有没有你喜爱的后生？

有倒是有几个。

哪个最好？

就数冯大，这后生身大力强，听话，有一身的好武术，三五个人上不了他的身。毛教头就是他摆平的。水性也好，那次你家太湖出事，他不是随你去处理后事的吗？你也见过他的功夫。就是见人不会说话，有点耿直，没好好人带着，会吃亏。

邵老爷端起茶杯，喝口茶说，有你挡着门面，愁什么？你要的是女婿，不是老板！女婿的作用多种多样，有的就是做做家里的保镖！说着，又放下茶杯道，听你这口气，好像你有过那意思？

盛老板为难地说，与内人说过几次，那是没办法时想出的下策。这种事，谁愿意做呀！好好的小姐下嫁个长工。心里能平服吗？没办法的办法，自然是最后的选择，只是没说开。

邵老爷高兴地说，还是说开了好，你认为可以，我邵某亲自为他冯大做媒，送份厚礼！

盛老板抬起头，疑惑地问，这是真的？

邵老爷问，我几时与你说过假的。

兄长的为人，我知道。小弟觉得他冯大没这福分请您出面呀！

邵老爷正正脸色道，盛老板你搞搞清爽，到现在我还没与冯大见过面说过话，好像还并不怎么熟识。是你引荐给我做过几天家丁，印象不坏，仅此而已。你可不能误会说我是冯大请来说媒的。盛老板，我是为你好，冯大那里，我不会去与他说的。

盛老板连连解释：长兄别见怪，我没那意思。您为冯大说媒，可是冯大三生修来的福啊！既然邵老爷说破了这层意思，容我与家人商量一下如何？盛老板怕邵老爷误解，忙又解释说，说与家人商量，还不就是要请出人来与冯大说话。玲子那里也要说白了。这姑娘性犟，到现在，那颗心还在包家。

邵老爷笑道，女人的事，你又不是不明白，那些个纨绔弟子，想的就是玩女人的花样。你家玲子这种深宅大院长大的，能不被他迷得失了方寸？贪他床上把戏多几着。什么事，你自己掂白了，就明白了。别人的话都可以不作数。

经邵老爷这般点拨，盛老板是茅塞顿开，心里又激动又欢喜，双手抱拳连连叫好，然后试探道：要不要告诉冯大这事儿？

邵老爷见事情差不离了，摇摇头说，不必，到时候我会着人送份大礼的。说着离席走到盛老板身边低语道，冯大用得好，你我都有福。包府镇团防的毛教头都敌了，还怕谁？你要把他当人才使用。记住，我们用得着他的！说完就朝外走。路上，盛老板对邵老爷一味地迁就农工们的做法有意见，他说，为什么要叫这些做工的读书？我实在不明白。

你就明白我邵家被太湖强盗杀妻夺货？你就晓得强盗黑夜摸到镇上杀了店家，恰找不到凶手？你就只会说县团防的军人全是粮行伙计、箍桶匠，给顾老板箍饭桶的？邵老爷对盛老板说话语气硬硬的，也有熊熊他的意思。盛老板受着，低头不语，听着邵老爷的话，像听老先生授课，愿意挨熊，邵老爷熊他有好日子给他过。包老爷的话听不得，听了就会倾家荡产。

邵老爷问，你听勿听？

你的话，谁勿听？

听就好。现在的天下，军阀在争。古柳泽的天下，过去是包老爷一统天下，自从我们商人地位上来后，他没了市面，现在明里是民国政府的，暗里怎么样，是你不明白还是我不清楚！包府任镇衙时，有太湖强盗来要我妻儿命吗？有黑夜袭击镇的强盗吗？没有。你们要了他包老爷的镇长权，好！这镇里的怪事就多起来。你说，把镇长权给你，你是做镇长好，还是做生意好呢？

鸟镇长有什么好。用点银两也是看别人脸色，哪有做生意赚钱花起来惬意。

那么好哉！晓得这道理，就要用心计。你以为史进耀真甘心做跑腿的镇长。他的野心大着哩。观音与如来斗法，你说谁赢谁输？

盛老板搔搔头皮，说，这倒没想过。

没想过的事，从现在开始，多想想。

说完，邵老爷优哉游哉地步入了芮家染坊。

第八章

55

不像别的富家挤在镇里置屋造宅，螺蛳里做道场，摆不出大的威风气势。这包府出镇单铺一条宽阔的青条石板道，至包府一丈远处渐渐辟成九尺的宽道依坡而上，路面改成六角麻石，两边为三排纵深江西杉木，经年浸月，杉木已进入成材期，棵棵都有一人抱的粗细。越朝包府走近，树木森森，气势逼人。路在一个高坡上形成可以容千百人的广场。高势临俯，视野开阔，且周围无一建筑遮挡，真正是一副雄踞气势。

史进耀看着那排排树木想，莫说握有兵力者心里不快，就是我这镇长的心里何尝平静？

麻团长脱口骂道：这狗日的，了不得，有他，哪里还能有我麻某的饭吃！

包府四周空旷，没任何遮挡。距包府最近的不是古柳泽，而是南边的一个叫鲍家湾的村庄，就在高坡下，与包府一河相隔。此河冬天干涸，夏季盈水。河上无桥，两岸长满芦苇和参差不等的高大粗壮杂树。这些树早就进入成材期，其中有些青冈木树，那都是好木材，包府吩咐人去伐，还没动，说话的人立时就头痛，后来便得了一种怪病。据坊间风水先生说，要不是及早取消伐木的打算，那人就没命了。于是，这也成了包府的一个祖传禁忌。包府祖上曾请教风水先生看过这带地理，得其真言：甲子南风起，草木依府倚；花甲一轮过，刀火不留薥。意思是说，南边的树木助了包府的气候，甲子年内有兴旺；甲子年后便有刀火之灾。这是同治三年间的事，祖上虽不信，仍作为家训代代传着："以善德感化，惠民延泽，深居不仕，简出不喧。"到了包老爷这一代，结识本地巫师荆小六。照荆小六的卦：南边虽有紫阳之气，但千山阻隔。包府应在"蒙"卦上。蒙，位于坎下艮上之间九二，少阴与太阴之间；蒙，集山与水。荆小六对此的解释是：你包姓，应该是庖，居人之地又远恶之所，说白一些就是你住的地方啊，应该是有镇有村的所在，但你又应该远离小人求清静。人丁兴旺当在东方，北方帝王之辉斜照着你，使你多少也沐浴一些上天给予的恩赐，恰恰是东方旭日给予你最最强大的能量。山地之高你已有，水泽之栖你也不缺，当依木迎金，选皇土而居。五相齐全，六经泽润。必三世出相才！如此的解释，包老爷信服诚服，他大骂那蒙了先祖的风水先生，害得包府少出几位一品相爷。他赶紧花钱捐个官，破了祖训，等待补缺多年，凉了心，前年正好是甲子年，提心吊胆了一阵子，问荆小六，回说筑高墙、深积粮、移刀灾、宽走路。结果是邵家的两房太太死在太湖强盗手里，包府安然无恙。包老爷也就高枕无忧地坐稳他的柳泉居茶馆喝茶。

当邵家的荷塘清风徐来时，包府享受着森森林木给予的凉爽。包府宅院是纵向形三个相互联系又各自为体系的宅屋。各宅屋之间有辟道、暗道、密室相通。从外表上看，包府与众不同的是那道城堡的外墙。这外墙，让走近的麻团长顿生警觉。他出生入死过多座这样的宅院。今天，竟然在太湖边又看到了，心里很不平静。

麻团长端详这迎面的城堡墙：高九丈，四周没门窗，有一些不起眼的气孔。别人不明白，麻团长不仅明白，而且能够看到这些气孔里，正张着一双双眼睛对视着他。这是护墙，后面还有暗室，他对走过来的史进耀说，要多少兵才能攻下这鸟玩意儿？

包老爷正欲开口，见麻团长没问他的意思，便竖长耳朵听。

史进耀多少晓得些军事常识，说，快则一二个时辰，慢则一年半载。

麻团长笑笑，将着下巴，对包老爷说，我在云南、贵州，打过这样的城堡。这种城堡，你是学了那边的样子，不是北边的。

包老爷暗中称奇，嘴上却仍然问，你怎么看出的？

麻团长不着声，只问，你真要我回答？

包老爷不甚明了，便点点头。

麻团长手快枪出，等包老爷叫不好时，麻团长的枪已点出子弹，听得城墙里面有人叫，只是叫，却没人喊救命。原来，麻团长的枪法好，百步之外打香头是只打火点，不打到一分以下的，那几枪都是从墙的气孔里把子弹穿过眼珠送到后脑开花，来不及叫爷娘救命。

包老爷叫苦不迭时，麻团长收了枪，回道，拿下它，不用一个时辰。

包老爷连连服帖：长毛攻了几个月，都没打掉一块皮。

麻团长却有话，自古一个理，坐了江山就怕乡下拿枪造反的。皇上健在那会儿，怎么没定你谋反罪？如今皇上没了，更见你精神了。不过，说起来还是拿枪的神气。不问谁坐江山，只管打仗，说大道理是：对外国人打，不让他们到我们土地上来拉屎撒尿，奸女人，抢财产。对内说，谁给饭吃，就为谁卖命！这就是现在的军队。你说，你这鸟城堡还能挡得住枪炮？……

这时，有人从包府大门奔出来，跌跌撞撞跑到面前一跪，还没开口，包老爷眉头一蹙，用手摆摆，制止不让说下去。跪下去的只好起身退走。后面来的见前面的架势，便收住步子，立在路边，不再多话。

包老爷依旧请大家向前走。

到了包府的大门口，包老爷停下，手朝前一展，

请！麻团长对史进耀说，镇长，请前面走。

史进耀明白此时此刻自己的身份，把手一伸：还是团长请。

麻团长又是当仁不让地走在前面，进了包府一眼扫过去，先打量这外墙的厚度，揣摸出它里面的夹层时，包老爷赶到了正殿上，旋即快步下来，以大礼相迎麻团长。麻团长见这包府处处藏着机关，提着心，处处小心翼翼，进了大殿，分宾主依次坐下。

仆人上茶。

包老爷开场白是那番保一方平安的话，也夹着对商家不满的牢骚话。

众人听了，打着哈哈，不作回复。

大约一道茶刚喝净时，外面有人进来，门口挡着一番耳语。

众人听得明白：恒泰账房不肯开期票。

包老爷恼道，冯先生啊冯先生，你这个时候为难我，真及时哟！他问，还有什么法子？下人说，写借据。包老爷想了想，对众人打了招呼，到书房，他不写借据，而是写字据：因本镇防务之需，急用期票款项三千块。然后交给了下人。忙完后，过来有意发发牢骚，说这恒泰账房是邵家的，商会成了天下老大，有句顺口溜：婊子招手，商会来；商会掏钱，政权来；官达贵人指挥枪；枪听老子打仇家。

麻团长恼道，放他娘的屁。枪在我手里，我愿打谁就打谁。

包老爷长叹一声，像大人这样侠胆勇为的英雄，这个世界越来越少啦！

麻团长摆摆手说，那也不见得。你真的认为姓邵的不好，我宰了他给你做包子馅，信不信？麻团长正说着，忽见史进耀朝他使眼色，忙刹住嘴问，邵什

么的，他是……

史进耀低声说，方才不是对你说了吗？张静江的人！

麻团长眼珠子一转，乐了：他奶奶的，闹了半天，大水冲了龙王庙，一家人嘛！说实话，对付别人，我还不说大话，小菜一碟。对付姓邵的，那就要费神些了，他后面的张静江、蒋总司令开销起来能是小数打发？镇长大人，你说是不是啊！

史进耀听得明白，这是抬价码，也就顺了应酬几句。

天色暗下来的时候，家丁又来报说，那期票仍然不肯开。包老爷问原因。家丁回说，恒泰账房的冯先生倒是肯通融的，只是钱庄的钱老板勿肯。

麻团长插嘴问，他们还有什么屁没放完？

家丁说，钱老板说我们家老爷早把镇上的防务公款挪用超支了，上次用于宅墙修整的钱是不应该由镇上出的。还有毛教头的安葬费用，昨天又支了什么二千大洋……

包老爷连连摆手，不愿听下去，别说了，姓钱的这小子，敢这样编话损我，看我怎么治他。那家丁可是要把该说的话说完的：钱老板说，新镇长早就到任上，理应把镇防务款项统统交给新镇长……

包老爷气得手发抖，毕竟老于世故，靠在椅子上静养片刻，对众人说，请稍坐，我再去写张条子。说罢回到书房。这回，他写的是让钱庄开给包府一张期票，以包府在苏州阊门城下那爿丝厂为抵押。兑现的时间是一期上海通泰股票中期分红。写好以后，另派家丁快速到县城，向钱庄说明情况，不予提前兑现，否则不认债，并且给了手牌。这种手牌是一种铜质的牌，看到这牌，就表明拥有这笔股票者的态度。包老爷想，上海通泰股票的中期分红是后年腊月底，如今的战局，谁也说勿准。

办好这些事，包老爷才回到客人中间，把那张字据给了麻团长看看，并说明兑现的情况。然后说，我只能这样了。

麻团长把手一挥，行了！

包老爷到天黑时才真正拿到三千块的期票，交给了麻团长。

交给麻团长时，包府的晚餐已经准备好。

麻团长对史进耀说，我想出去一下。

史进耀告诉包老爷。

包老爷问，是不是要出恭？麻团长摇摇头说，我有个习惯，到这个时候就要出去走走。你放心。我不会走掉的。你不要让家丁盯我，白白送命划不来。

史进耀问，我陪你好吗？麻团长摆了一下手，就一个人走出去了。

包老爷望着他的背影，深深叹口气，朝史进耀招招手。

史进耀走过去，包老爷哭丧的声调说，我该怎么办？史进耀还没摸清他的底，自然不愿意说什么，回道，你找他来的，有什么想法，你得先拿主张，别人才能帮着出主意呀！包老爷点点头，这倒也是。我实在没想到这人跟阎老三一个模样。

史进耀说，原本天下的兵与匪，就没什么区别。兵，可以救百姓于水火；兵，也是百姓之灾啊！这个道理，你早就该明白了。依我看，这种人，多数还是没什么头脑，好弄得很。他敲了你三千块，真敲到手吗？我看，一个子儿也拿不到。

听这话，对于先前不放在眼里的史进耀，包老爷此刻要正视他了。从大少爷那里得悉，这个史镇长现在与那说不清是什么来路的橡胶商人和教书先生已经苟合在一起，掀得满镇都是他们的威风，难说他们有什么密谋。如若拉住了史进耀就是拉住他们三个人的一条胳膊。包老爷想到这里，靠近史进耀巧妙而婉转地悄语道：你看出了我的做派，有什么想法？

史进耀笑道，这很正常，不见兔子就撒鹰。

包老爷仰面大笑，好，好，我们有缘啊！史镇长，镇团防、公田该是你的早晚都是你的。眼下你还稳不住阵，拿了也是给别人夺去，我暂且替你管着。帮你壮实了身子骨，镇长威风起来了，权钱在手就没人敢动邪念。

史进耀连忙起身作揖，多谢包老爷。

包老爷说，你怎么谢我呀。

史进耀说，听包老爷吩咐，你怎么说，我怎么做。

包老爷乐道，好，有你这话我放心，你得先与我一起对付那些商人，把他们治服了，你这镇长的威风才能久长。史进耀想，拉我先整垮邵家，到时候你回过来整我还不就是小鸡啄米、小菜一碟了。且慢，将计就计，且看你怎么玩花招。

包大少爷过来插话说，你与两个外地人做的勾当，别以为我不知道。你想想看，他们都是水上的浮萍，哪天水大漂走了，你呢？你走得了吗？你不想和从前的镇衙那样，走时有几条船，载的是金银细软，美女成群？

史进耀接口说，男人没野心，就不叫男人。

听这话，包大少爷乐了，我说嘛，我们是能合条袖子拉手的。

包老爷高兴地说，只要我们能够合拍，那些商人再有多少本事，都是纸扎的封神榜，真不了。

史进耀连忙附和：这古柳泽的事摆得平整不平整，还不全在您包老爷肚皮里吗？

包老爷捋着下巴道，也是，少了你的帮衬，镇不住三丈的风浪！

哪里，哪里……史进耀笑道。

包氏父子也嘿嘿笑起来。

56

麻团长迈着稳健的步子胸有成竹地走出了包府大门。他一出门，脚下生风，呼呼直奔南边那片树林。后面紧跟着的包府家丁，见他行步如飞，知道有诈，便紧追不舍，忽然想到包老爷的吩咐，一个趔趄站住，相互道：不可造次，这狗丘八的肚子里没常人的心肝，命再不值钱，也没必要给他练枪法！

麻团长到了树林前，看看后面没人，闪身进了树林。须臾，树林里发出一种古怪的鸟鸣，这种声音特别难听，但又特别悠长。随着鸟鸣声的悠长，在树林的另一个什么地方，传来马的嘶鸣。

听到马的嘶鸣，麻团长放下了塞在嘴里的两只指头。顿时，树林里就没了古怪的鸟鸣。一会儿，风走叶摆枝摇曳，树林的深处传来沙沙沙的响声，声响先是细细的，水淹沙丘若无声；渐渐大了，风卷残叶翻浪花，枝头弹果似枪响。包府的家丁们还不知道是怎么回事时，两耳高高耸着的麻团长脸上慢慢松弛开了，他开始在原地走动，步子踱得轻松又灵便，嘴里打着呼哨，顺手把树枝上的叶子扯下，放在嘴里嚼着……

随着一声马的嘶鸣，麻团长终于见到了他那匹走失的马。

麻团长快步迎上，抱住马的头，轻轻地抚着它，脸贴着它说，你怎么能够就这样不打招呼走掉呢？你去散心，叫我的心里像掉了魂似的！他这么说着，那后面紧随马跑步跟过来的勤务兵，心里酸酸的，眼泪顿时就滚下来了。那一刻的勤务兵好后悔啊，他想，我为什么要追马呢？马能走多远呢，尤其是好马，知道主人在附近，更是不会独自离开而去的，就说会走远，也只是回到县城去啊！他拍着脑袋骂自己笨蛋，白白地失去了一个伙伴。看着团长与马的亲热劲，心里越觉得同伴死得太冤。他想问一问，为什么要开枪打死他？你不该打死他。他真的想说时，却没了那种勇气。

麻团长过来，拍拍他的肩，诧异道，哭了？哭什么？是为你的那个同伴哭的？没出息！当兵了，命就是草了，没什么可惜。说不定，哪天我也这样被人一枪打死，然后一丢，没人理睬，让野狗吃得一塌糊涂。你说，他的死不比我好？还有一口棺材躺躺，叫我羡慕还来不及。人到这世上来，做什么？就是作孽的。作了孽，然后就朝阎老三那儿去过堂。再后来哩，二十年后又一条好汉。继续再那样作孽。人就是这么地轮回着，作孽着。所以啊，你不要为别人伤心掉眼泪。你还小，等过几年，我给你弄几个漂亮的姐玩玩，尝到了那种滋味，你就晓得人活得有没有滋味了。你听到了没有啊！

勤务兵低低地应着，听到了。

听到了？那好。现在就回县城，找着二太太，把这封信给她。记住，路上不能打开。

勤务兵答道，明白了。

麻团长把那张期票叠成一指宽的纸条，解开勤务兵的裤带，将纸条藏在裤缝里。又用手在外面摸了摸，的确不大摸得出来，这才放心地叫他骑马回去。

勤务兵说，我能看一眼他吗？

你还想看他？他对你好吗。那次为一块大洋，要是枪里有子弹，你今天还能站在这里？孩子，男人要心狠手辣。你想你姐的命，就不去看他。你不想你姐活得笑嘻嘻的，就去看。说着，麻团长从裤袋里摸出几块大洋，放在他的手掌里，说，孩子，我不是不疼你们。这世道就是这样黑啊！我不黑，我就会没命。我没命，你姐就成寡妇，你说，那该多可怜。再说这千儿八百的弟兄，没了我，你们还不都要散去，死的死，逃的逃，到人家的麾下，能有什么好果子吃？想开些吧。先回去，我会给你一笔钱，让你在老家置几亩地。当兵总不是久长的事，有几亩地，也好有个归宿。

勤务兵还想说什么，抬眼看看麻团长。灰暗的暮色里，麻团长的脸冷冰冰地透着寒气，他吓得倒抽一口冷气，什么也不敢说了，跨上马，滚进了夜色里。

包老爷与史进耀坐在堂上谈古今趣事，两人不约而同地说到关云长的坐骑，说到吕布的马。说者无意，听者有心。史进耀忽然明白过来，赤兔马忠于主人的故事早就随说书人的嘴名扬海内外。如此说来，麻团长的坐骑是绝对不会失掉的。史进耀悟出这个浅显的道理时，抬眼见麻团长迈着轻松的步子进屋来了，他心里恨恨地，转而一想，包老爷还没急，我担什么忧？令他不解的是：包老爷这么一个上知天文，下知地理，人间、神仙、地狱无处不通的人，竟连赤兔马的秉性都不知道？莫非包老爷故意如此？他故意如此，那么，麻团长呢？是真的想钱想疯了？不！看似平常的事，就是奸雄设"陷"，英雄做"眼"的好机会。看来这两个角色之间的交往不会简单。

骆敏与史镇长、麻团长在包府吃饭

三千块大洋的故事，决不单单一个"钱"字了事啊！

三千块，数虽不大，但对于一条人命，那总是更小吧！

包老爷与史进耀的看法，到了麻团长的眼里，正好倒了过来。三千块难弄，这吃兵粮的，在你这富庶之地难抓一个，皖赣冀豫苏北，讨饭杆子一举，还聚上一群哩，何况是吃兵饷？哪里找不到成千上百。

唉！你说世上的事，怎么论理才是对的？

57

麻团长到了，包老爷起身告诉他，家宴开始。

说是家宴，其实这偌大的大殿里，就只有包老爷陪着客人，他坐在家主的位置上，贵宾席上是麻团长、史进耀，骆小姐坐在麻团长的身边。骆小姐此刻的身份是包家的小姐。骆小姐这么坐了，包老爷便要考虑史进耀，于是，史进耀的身边也有了一个女子，那是包老爷六十二岁时收了一直没名分的小妾莲莲。莲莲本来坐在史进耀的左手边，后来，她坐到了右边，正好在包老爷和史进耀的中间。史进耀想，你这是陪我呢还是陪你的老爷？包老爷也有些看出来了，便把翠翠喊来坐在史进耀的左边，算是陪了史进耀。包老爷对面还空着，他喊管家过来。管家说那边蛮好，不便过来了，这边就宽坐吧。

麻团长说，不来正好，让我们尽兴。

到这地步，包老爷对麻团长的为人和奸诡也透白了一二，且不说麻团长想与他做朋友，就是眼下的事，包老爷也只想让麻团长达到在这里走走露露脸的角色，酒席一散，你麻团长该朝哪去就朝哪去！包老爷眼眉动作间传递着这个信息，让史进耀、骆小姐配合。同时也频频暗示麻团长，到这一刻，就看你麻团长够不够意思了。

麻团长和史进耀，好像都没明白。

骆小姐更是心不在焉，她与麻团长坐得近，麻团长手脚不安分，她得防备些，自然就顾及不到包老爷的暗示。包老爷顿时心头一悲，举起酒盅，因为心里搁着事，动作起来就有些拘谨。说过几句客套话后，就让大家开席了。

麻团长端着酒盅问骆小姐：我怎么称呼您呀？

骆小姐眨巴几下眼皮，说，喊小姐呀！我是包家的小姐，你不喊我小姐喊什么呀！

这话引得包老爷两眼盯着骆小姐看，看得有些神不守舍。

骆小姐自然明白内中的奥妙，赶紧暗示包老爷。

包老爷一个激灵，明白过来，情绪顿时也调整好了，脸带喜色地举起酒盅道，小女不才，令两位见笑了。妞子，还不快给麻团长敬酒！

骆小姐忙给麻团长敬酒，几声麻团长喊得一介武夫酥塌了半爿身子。麻团长的膀子斜落在骆小姐身上，骆小姐也不避，承着，一手端酒盅劝麻团长的酒。摆出一副非把他灌醉才罢休的架势。

史进耀频频暗示，不要太急。

坐在中间的包老爷看得一清二楚：妙，果然这女子好角色，与我那冤家的女儿同出一辙的放肆。今天的场合，如果她在，我多高兴啊！想着，那眼角倒是有些湿了。骆小姐看到了，心一紧，到底是父女情感有相通，想说什么，没敢流露。坐在一边的史进耀虽不解其中之缘，但也未觉察出什么不妥帖处，他赶紧向骆小姐暗示，避免出现破绽。

酒过三巡，包老爷举盅敬酒，说，麻团长乃我中华栋梁，今日能屈尊吾镇，乃我包某之万幸。说到这里，正巧上来一道点心，蒸笼里放着的包子，个个都只有银圆大小。麻团长看着说，这地方真他妈的细巧，天津卫的包子，又大又好吃，你这小不点的，比女人奶子大不了多少，一口几个？说着就动筷。

包老爷忙拦住，说，且慢，这包子看似小，急不得，慌不得。不信，你的筷一夹，汤水就没了。

筷子夹过处，果然都捅破了皮，麻团长放下筷子要骆小姐替他夹。

骆小姐边夹边说，这包子吃的就是里面的汤水，是蟹黄做的。名曰：蟹黄汤包。爷，对否？说话间，骆小姐将筷子轻轻地提，慢慢把包子放到麻团长面前的碟子里，然后教他嘴对包子皮，轻轻咬破，慢慢吮吸。麻团长照她说的做，果然味道鲜美无比，连连夸好吃。舞着油手搂了骆小姐，放肆道，我是个粗人，女人们都说我实在太粗，当然，女人是喜欢粗壮的，你软不拉几的，她盼什么。我这个人，粗归粗，就喜欢个干脆。你请我，我来了，你说出几家仇，我给一锅端了；用千儿八百弟兄的理由，说了，我照上，生死与你无关。至于佣金，都好说，上万的大洋在你也只是小数。怎么样？哥们义气一场，来场好买卖，如何？

包老爷叹道，难啊！——

日他娘的，难他只鸟。麻团长酒气冲天道，你搁不出那钱财，喊我来做什么？

麻团长误会了，钱财，那都是早就备好了的……包老爷看看有些把握了，说，实不相瞒，我请你来正是想杀一杀，压一压镇上几家发了横财的商人们的邪气，倒不想让谁家破人亡。到我这年岁人了，要积德，不可那么做。

几杯酒下肚后的麻团长，放出他那个豹子胆道，嗨！好比这酒，好比这女人，我想要了，我能想到她是你女儿，那是你小妾？想那么多，盐都馊了。男子汉大丈夫，想干就干，干了再说。女人就是女人，你干我干，不都是干吗？小姐，洋人都怎么说？

骆小姐含糊不清地点点头，又赶紧摇摇头。

史进耀倒是苦心品出甜滋味，真想看看他怎么教训邵家？

邵家是镇上最最重要的不安定分子，治他原本也是小菜一碟，何至于动用牛刀。但他有后台！……那张静江，蒋中正，虞洽卿，吴稚晖，都是邵家的后台。虽说这些人不能与黎元洪、林森、袁世凯、李烈钧比，就是毛润之、周恩来、廖仲恺、阮啸仙，也是比不上的，就更不用说宋教仁、黄兴了。总之，这些不赞成天下莫大于黄土者，都是革命派。革命，乃叛逆之举，背弃祖训，无视孔圣人的教诲。你说，他们这么一闹，这天下还成什么天下？这国家还有什么体统！小和尚坐了皇帝的交椅，那交椅是做佛事呢，还是批天下文章？……

麻团长打断包老爷的话头说，座椅下藏小女人，闲时用用快活。边说，手就在桌底下偷偷摸骆小姐大腿。骆小姐毫无反应。麻团长心里乐了：别看她表面正经，端个大小姐的架子，骨子里竟是个骚货。

坐在对面的包老爷把麻团长的小动作看得一清二楚，装着浑然无知的样子摇摇头，继续自己的感叹：一个国家只能有一个皇上，皇上多了，百姓伺候不了，天下就乱。天下一乱，百姓就遭殃。现在的中国，个个都说自己是定乾坤的领袖，问题恰恰是虱多不痒、妓多鸨多嫖客愁，领袖多了不治国。你说这苦的可不是天下百姓嘛。这天下百姓的命都由不了自己，你们说是不是？

骆小姐的脾气倒是上来了，争辩道，爷说的不对。天下百姓的命是自己的，从前是硬给别人夺了去的。今天孙中山先生要让天下百姓自己掌握命运。天下为公，民族、民权、民生。孙先生又提出，"联俄、联共、扶助工农"。把"民族"原来的推翻满清皇朝，恢复汉族统治，改为反对帝国主义，主张国内各民族一律平等。把"民权"建立民国，成为建立为一般平民所共有、非少数人所得所私的民主政治。把"民生"在原来均地权的基础上，增加节制资本……

麻团长歪着脑袋说，小姐，你很政治啊！

包老爷恼恼道，政治个屁。你翻翻天下的历史，有多少是女人坐江山坐好的。信了那"三民主义"，能白胖了身子，天上掉馅饼？

麻团长乐道，嗨！你把女儿给我，包她一年给你生一窝外孙。

听了这话，包老爷哭笑不得，想说什么，史进耀摆摆手。

不料，那麻团长把桌子一拍道，中国人真他娘的活得太累。咱皇上、大总统的事不想管，也管不了。这屁眼大的小镇，总是可以管管的吧！包老爷，你放心。我去弄些人，把他邵家灭了。那几十口，光肉也有好几百斤，精肉做馅，肥肉熬油。做几十笼人肉包子到码头路口，用不了几个时辰，准卖得精精光。那漂亮的，你可以留的也别留，会惹祸。对付女人，我有经验，越是漂亮的越不中留。那财产，哥们三一三十一平分了，会有谁来问？你不信，端了邵家看看，你看他蒋中正会来吗。顶多说一句，娘希匹，老子又少了一个去处，好在天下早晚是我的，我去的地方多着哩。

包老爷摇摇头说，你灭了邵家，能灭掉盛家？灭掉盛家，能灭掉陈家？就算你都把他们杀净灭绝，杀得你成孤家寡人，荒镇孤店的有什么意思？当皇帝的，没了百姓大臣，你那皇上还有什么当头？你麻团长喜欢女人，把天下漂亮女人都弄去一人弄，那有什么意思？皇帝还讲与民同乐。天下封邑，讲的是兴旺。什么叫兴旺，那就是人丁、财源都不断地周而始复地正常循环。

麻团长一脸的疑惑道，你这是……

治人于心怕、胆怯！古人说，闻风丧胆，就是这意思。

史进耀心里明白了包老爷歹毒：这就是他请麻团长的真正用意。嘴上连连说，包老爷，果是圣人不露相，说得太有道理了。治国之妙计，安邦之良策啊！来，我敬您一盅。晚辈初来乍到，以后镇上的大小事，还望你老多多提携才好。

麻团长说，好是好。不过，我可没那么多的耐心。

翠翠赶紧上去敬酒，麻团长，该喝小女子这盅酒了吧！

麻团长就喜欢女人敬酒，见翠翠虽然貌不及骆小姐风韵外露，倒也是个含秀在内的角色，心里便也有些动心，应着一饮而尽。

骆小姐说，麻团长，当今世界正在崛起，中国也从腐烂的旧王朝里升起民众新政权。凭你年轻勇猛的胆识，趁蒋中正势力尚未到达之际，联络各方残部，成一方势力。他日虽不做总统面南称帝，可以在他人的政权里以实力争一席位置啊！她这话，是套麻团长肚里那口井的深浅，看看他对包老爷的一番用心真正态度。果然麻团长深思片刻说，在理，在理，我正想这样做啊。

包老爷听了，心里恨恨地骂道，你这坏女子，怎么是哪壶不开偏提哪壶，这杀人不眨眼的魔鬼能是你依靠的角色？嘴上却说，今日请大家相聚，实质是为一方安定。这并非是我包某个人有什么野心。他日蒋中正到了这里，照现在的形势，说到也就真会到。到那时候，还会有别人的插足之地？那一刻，你麻团长想来都不大可能。你史镇长那一刻，说不定早就给撵得不知何处去了。既要有一个收益的富邑供自己源源不断的财源，又要稳住自己的地盘，这说到底也是治国道理的一部分。地盘大小，道理还不都是一样？君子无邦，何以立命。

麻团长说，服你了，你说怎么办吧！

包老爷说，太湖上有一种鹰，你们见过？

史进耀问，什么鹰？

莲莲说，水老鸦。

史进耀笑了，妙也！

包老爷问，史镇长也晓得水老鸦的事？

自然是晓得的。渔人买得那鸬鹚来，先把它训练好，然后在它的脖子处用绳子扣个结，小鱼可以由它下肚，大的鱼，它就一定会放到船上来……不等史进耀说完，骆小姐故意亮白包老爷的用意，对麻团长大声说，把邵家、盛家、陈家、胡家他们这些有钱人弄得像鸬鹚一样，小钱让他们用，大钱都交给我们。要是真做到那样，麻团长，你就是一方诸侯了。到那时，你还记得我吗？

麻团长立刻在桌下抓了她大腿内侧一把，说，你是诸侯夫人，只有你忘了人家，哪有人家忘了你的。骆小姐脸红了，伸过手在桌上打麻团长，你使坏！

妞子，对客人尊重些。包老爷真把骆小姐当起女儿般保护。

他欺负人。骆小姐噘起小嘴，道，罚你的酒！

麻团长也不示弱：如若娘子要我罚酒，我就罚！

使坏。竟想讨便宜。谁是你的娘子？

那你罚不罚酒？

罚、罚、罚、罚罚罚……

那就娘子、娘子、娘子、娘子娘子娘子……

骆小姐端起酒盅送到麻团长的嘴边：你喝！

麻团长说，我喝！

一盅下去，麻团长说，娘子，还喝？

骆小姐又是一盅送到他嘴边：喝！

麻团长张口一仰脖：娘子，我喝了。还喝吗，娘子！

骆小姐又是一盅：就叫你喝，看你还叫不叫娘子。

麻团长说，啥时没酒了，也就没娘子叫了。这古柳泽出千年佳酿，倾国美女，我能没有酒喝？能没我的佳人相拥？我今天真正快活，又有了一个新娘子。这个娘子娶得好，到国外不愁听不懂那些鸟语。说着，骆小姐又是一盅过来，他把骆小姐搂到怀里，吻了一记，然后再喝了那酒。

骆小姐羞得脸通红，愠怒道，强逼人家的，不算。

那好，下回我叫你自愿！

58

怕出事的史进耀看他们闹得越发不像话，连连朝包老爷使眼色。包老爷虽感到不妙，但一时拿不出什么主意，急得脸上白一阵红一阵。心有犀角一点通的翠翠，趁着大家闹酒时起身离席。

一会儿，外面进来许多人，一起向麻团长敬酒。

包府两个少爷轮番上阵，加上莲莲和翠翠的介入，你一盅，他一盅，把麻团长灌得连连叫不醉，摇摇晃晃站起来，对包老爷说，我已经不行了，今晚睡在哪里……别的地方我都不要，就睡小姐的床，抱一抱，我这条命就卖与你！

包府两个少爷上前阻止。

当然睡我那儿了。骆小姐拉开他们，朝包老爷悄悄挤眼：你得备两手。

包老爷明白了她的意思，悄悄吩咐翠翠也去。

麻团长看他们嘀咕，吼道，你们这些老财主的手段，老子全领教过。明天上午我不到县城，你这镇不出傍晚，一准被杀得鸡犬不留！

骆小姐拍着他说，你是包府的女婿，谁敢来害你！

麻团长笑起来，他把骆小姐一推，哈哈大笑起来，我真醉了？哈哈。没醉！心里清醒着哩。这样轻轻巧巧地把一个出洋才女弄到手，这可能吗？难道你包府已遭灭顶之灾？没看出。我只看出你们想利用我，可也该晓得值不值花这个代价。不管你们怎么想，我总觉得这个代价太大，不值得。史镇长，你说哩……

史进耀也算是见过世面的人，但没见过这样酒量的，吃惊地一边应话，一边赶紧让骆小姐安顿他。骆小姐笑呵呵地搀扶着麻团长，边走边笑道，想不到我一个留过洋的，今天会陪你睡觉。也好！总比给黑人睡强！麻团长摇摇晃晃地走着，搭腔着：美国黑人怎么啦？美国的人是黑的？

麻团长这半醒半醉的话，令在场的人人胆战。灌下七八斤酒，头脑还能这么清醒，此人非同寻常！包老爷胆怯起来。

59

翠翠不紧不慢地说，依我看，喝的还不足他酒量的零头，没醉。

包老爷看看她问，你怎么晓得？

翠翠说，我一直注意看他，开始喝酒不猛，小口小口地抿，越喝越来劲，像喝水，这样的人，我见过，酒量大得吓人。

包老爷急了，问，那怎么办？

翠翠又说，叫我去陪他睡觉，发现不是那小姐怎么办？

包大少爷不高兴地说，这点办法都没有？

翠翠嘀咕道，那要说好了呀。

包大少爷不高兴地说，什么事体，不就是钞票吗，给你就是了。

翠翠鼻子一酸，朝包老爷想撒娇，没想到包老爷把手挥挥，别烦我。翠翠哭泣道，就这样把我扔了？包大少爷说，谁把你扔了？还在包府嘛！说着，趁爷不注意，手轻轻地摸摸翠翠背脊，这是他们之间的一个暗示，翠翠立刻止住了哭泣，过去搀扶包老爷坐到喝茶的椅子上，喊莲莲过来给他捶肩胛。

包府两个少爷把史进耀拉到隔壁屋里，向史进耀摊牌。依他们的看法，史进耀与骆小姐都已经知道包府的阴谋，不介入便不可留活口。史进耀看出了他们的阴谋，佯装不知地说，我是粪坑里捞出的一杆枪，闻（文）不了，舞（武）不成，给你们跑跑腿差不多。

包大少爷道，夜壶里浸丝线，乱牵尿（谦虚），你那本事我见过，老二你说吧。

依包二少爷的态度，要史进耀配合连夜除掉麻团长，把县团防弄到手，到时候，你是司令，我们这些不会弄枪的，给你做副官。

史进耀心里道，吃了我，能吐骨头就不错了。

包大少爷看出史进耀的情绪，嫌弟弟说得太露骨，婉转地提出趁今晚绑了麻团长，连夜缴了县团防的械，然后再拉上太湖强盗，做做一方诸侯，等蒋中正过来，借此要个位置。那朱元璋建国，宋王朝立国，就是他唐宗汉祖始创，对于强兵游勇还不都是采取安抚收买政策嘛。

史进耀顺嘴说，这个办法好。

众人见他这么爽快答应，也就对他放心了。

管家倒是说，依我看，除麻团长的命只是迟早的事，眼下不如先用他做绑票，联络太湖强盗，再引奇兵收拾麻团长的残部。那么一来，两败俱伤。我们下山摘桃收残局，既得了县团防，又收了太湖强盗残部，有何不可？

两位少爷连连说好，看着史进耀。

史进耀心明如灯，晓得这几个人心野无正谋，都是螃蟹洞里爬出来的蟹——大不过铜钱。不如顺他们的意说几句不痛不痒的话。

这一来，包府两个少爷和管家更是相信了史进耀。

不一会儿，包老爷喊史进耀过去。

两人一见面，包老爷蹙着眉头朝他摇头：现在最最叫人担心的是骆小姐出事，那不是闹着玩的。我的脸面还怎么在柳泉居摆啊！

史进耀欲擒故纵道，麻团长想做你的女婿，您又真想要，认个干亲，不就全美了？

包老爷摇头道，那人胆邪！上镇就撩了一个，到我家，你还不知道，已经撩了四个。往后……唉——！我哪有那个意思啊！你误解了我。你负我也！

那你的意思？

如果真像你说的那样，倒也好，可惜他从头到尾就是只白眼狼。

史进耀明白，包府利用麻团长的心仍没死。心里忍不住哼道：这样甚好，让我玩你们一把！于是，他对隔壁商量的事发表看法，表示现在还不宜对麻团长蛮来，宜软骗而不应硬攻。至于女人，你包老爷也看出骆小姐不是简单人物。有的话，我就不多说了。

说完，史进耀坚持要回镇。

包老爷一把拉住他说，嗨，走什么？客房已经备好，两位小姐陪。你看欢喜一个就留一个，只要精气神可以，两个留着也有两个的味儿！

史进耀推辞道，今日多喝了几盅，的确有些困乏。你的好意，改日消受如何？坚持要走。

包老爷喊住他，既然真要走，不妨等一等。说着，他拉着史进耀来到内室，悄悄说，我给你看一样好东西，说不定能令你今晚大大地助兴。要是你没兴趣，给你也没意思。说实话，女色这东西，上了年纪就有些不济，但有那玩意儿，情况不同。

史进耀心里想，那会是什么新鲜东西呢。

包老爷拉开床里柜子的一格抽屉，取出只精美的象牙盒子。

盒子的角边都是纯金包的，在灯光下闪烁着迷人的光芒，史进耀明白这盒子的价值，两只眼睛盯着包老爷手里的动作。只见那只肥嘟嘟的手掌此刻突然注入青春活力般灵巧起来，以其平时少有的敏捷，把盒内两粒弹子大小的球抓起。那球银白色，在包老爷掌心暖着，一会儿，那球自己竟在掌心里动起来，而且发出一种嗡嗡然的声响。

史进耀不明其为何物，有何用。

包老爷在他耳边悄悄叮嘱这般如此，如此这般一番。听着，听着，史进耀脸顿时燥热起来。包老爷说，你急什么，这是对付女人的。叮嘱了，又叮嘱，这才放心地把球放回盒子，合上交与史进耀。拍拍史进耀的肩，低语道：胜却汉宫遗照，仙家灵丹恨弱；鸳鸯帐中交锋，方知其乐无穷。哈哈，老身已无幸临之力，全托于你啦！

史进耀想，他玩的是什么计呢？我怎么没听说过世上有这种东西？便一把抓住包老爷的手，问，此为何物？会伤人吗。

此叫缅铃，顾名思义，出之缅甸。据说是一种鸟或马与异类相交时产生的物质。这种相交时产生的东西必定是在最初，因突发的什么刺激而使它们中断，落于地，入土，又得阴阳之气长成，取其精华，又置于球内，不是你看到的这只球，而是里面的你看不到的球，这里面有好几只球，一受热就会自己滚动，在女人的牝内产生一种强烈的刺激，令她欲死欲活，紧紧地缠你，以为是你给了她特别快活的效果。好吧，你该明白了吧！去吧，没事的。会出事的事，我能让你去干吗？

史进耀听他这么说，知道是稀世之物，便不敢要了：君子不夺人之好，你将心爱之物赐我，难道也是和麻团长一样的目的？要是那样，我倒是不收的好。此物于我也无用，这话他不能说出来。

包老爷笑道，一个玩物，虽说稀世之物，毕竟是玩物，且又与女人连在一起，更是俗物。当然，它毕竟是我心爱之物，心爱之物赠予人，非常之举。镇长是个明白人，看出我的用心。唉！麻团长那里还不知要栽下多少银两啊？难道你不也应该有些收益？看出你不是那种贪财之人，所以没把你当俗人。古时君子之好赠予美女，予物与美女分不开，我赠你此物，不也是古风犹存，雅兴依旧……

史进耀想想，既然此物得之不易，没准以后用得着。便说，既如此，只得从命了。

60

骆小姐对麻团长的那些表演，都是为了探明包麻之间的勾当。情况明了后，她便想着如何脱身，对于酒量大的男人，该用什么办法促使他尽快进入醉态，唯一可行的就是让他进入热腾腾的浴池。麻团长浸入浴池，水一泡，酒兴发作，昏昏然。酒后的麻团长稀里糊涂地搂住女人直叫心肝肉肉宝贝。浴室里，骆小姐换成翠翠。翠翠本来就是包府养着专门接待客人的"瘦马"，那手段、那绝技，只叫麻团长钻肉眼眼骨头星星里舒畅，哪里会想到假。

此时，外面人对麻团长脱下的衣裳彻底搜查，就是不见那张三千块期票。

包府上下顿时有些着急。

包老爷急了：这狗团长若是真的去兑，兑不着，会怎么样？

管家说，兑不着，定会兴兵问罪。

包二少爷说，干脆今晚结束了他性命，省得夜长梦多。

包大少爷犹豫道，就怕孙传芳另派人，那么一来，反而不妙。

包老爷决定先不动他性命，当务之急，立刻与太湖强盗联系，等兑不到，几天时间过去，这边铺垫做下了，还怕他鸟。

管家说这办法好。

两个儿子一听不杀麻团长，嘀嘀咕咕不高兴起来。

命不该绝的麻团长在翠翠肚皮上睡到半夜，迷迷糊糊睁开眼，见不是骆小姐，怒冲冲问，你是谁？

翠翠说，我是包府的小姐呀！

麻团长揉揉眼睛，再细看，越发不高兴了：包老爷有几个女儿？

好几个呀！

麻团长想起来了，你是翠翠。你不是妞子。你是翠翠？

翠翠噘着嘴说，哪有什么妞子，早跑到国外给洋人享用去了。

那女子是谁？

翠翠说，我哪里清楚，突然从地上冒出来，又消失得无影无踪。这种事在这里常有。

麻团长听罢，脑子一转，思忖道，这包府全把我丘八当作了粗人，好，我就粗中有细一把。抱过翠翠哄她道，你好好伺候我，弄我舒服了，有你的好处。翠翠道，我是伺候你的，你舒服了就行，我不要你伺候。说着，翠翠赤溜溜的身子又游上去，使出包老爷教过的房中秘术弄起麻团长。虽说麻团长有过无数女人的功力，终究未曾见识过全盘古今房中术真传女子的交合。数个回合下来，果然销魂散魄，对翠翠自有一番爱意。翠翠趁势亲昵地问，翠翠好不好？麻团长清醒时就有许多的防备，心中警觉，嘴里说，我说翠翠，如果我喜欢你，你要什么呢？

翠翠说，钱财给我也没用，都给他们搜走。

麻团长故意说，我给的也敢搜？

翠翠说，你走了，到哪找你呀！你们这些男人，快活的时候都说疼人家，离了就忘。

麻团长说，我不会忘的。

是我的功夫好，让老爷忘不了？

麻团长嗯了一声，这倒也是，但不全是。

翠翠惊喜道，难道翠翠有值得老爷喜欢得念念不忘的地方？

麻团长搂过翠翠，甜甜地亲亲她问，要是老爷我带你走，你高兴吗？翠翠说，高兴是高兴，老爷喜欢几天，厌了，把翠翠朝妓院一送，可就苦了翠翠。麻团长叹道，是啊，女人就担心这个，说着，动手捧了翠翠的脸亲了亲，我是真喜欢你，要你做我的小，好不好啊！翠翠乐道，真的吗？我可以以包府女儿的身份出嫁，在这里是很正常的。说着，翠翠那女人的动作更比先前温柔了许多。

麻团长问她晓得包府为什么要请他吗？

翠翠突然停下动作，你问这做什么？

看火候到，麻团长一把捉紧了翠翠的肩胛，眼光聚得尖刀一般：告诉我，包府有什么秘密？

哎哟哟，弄疼我了。你心真狠，欢喜人，是不是就这样恶欢喜啊！

麻团长松了手，你说吧！告诉你，想诈我，怕是还嫩……

是不是真娶我？要是不娶，我说了，给包府晓得，我就没命了。

你在包府不快活？

快活个屁。老爷困我，大少爷困我，二少爷也困我。来了客人，不管老的少的，都可以困我。那些老得不能动的，还要我先弄得他们上来，不中用的东西，他没上来，人家这里倒先给撩上了劲，结果，他马不到城门就泄气，你说恼不恼。有的时候，一个夜里，我都弄勿清爽是多少人爬上身……

麻团长笑笑，总不会是狼、是狗吧。

也差不多。

那好。我把你带到县城，你自己找个好人家出嫁，如何？

你有这样的好心？

麻团长听她这么说，心里一阵悲哀，难道自己真的这么坏吗？转而又想，这世道叫哪个人的良心能不喂狗？就是好心人，这世道也难叫他活得舒心。于是说，你翠翠的床上功夫倒是不浅，那骆小姐一定不如你！我对你不能不说实话，我不能娶你，一来我已经有很多女人，二来你床下的功夫玩不过我的那些太太。那拉氏的床上功夫差不差？不见得比别的女人高，可她把别的女人害了。所以，床上功夫好的女人都没处世经验。甘蔗没两头甜，一个女人没两种本事，明白吗？我让你在县城找一户好人家，以后我也偶尔去吃吃茶什么的。当然，想困你的时候，只要你男人不在，也是可以的，你那时肯不肯哩？

翠翠连忙说，我的好日子都是你给的，那要不肯的话，只怕到辰光你勿肯哩！

麻团长不想再多说了，把手一挥，说，说说包府的秘密吧！

翠翠说，秘密也不叫什么秘密，包府是只铁公鸡，给你的那张期票是兑不到的。麻团长笑笑，不可能的事。翠翠说，那就看你的本事啦，包府与太湖强盗要好得很。从前太湖强盗弄邵家的事，都是包府通的信，他们还分成哩。前几天，镇团防的毛教头害人太多遭了报应，弄得镇上联合起来向包老爷要收回公田，包老爷这才请你来的，他要你做事，又不愿出钱……说着，翠翠见他没声响，便也停住动作，问，这个秘密没用？

唔！是没什么用。麻团长嘴上这么说，心里却乐开了花，我日你八十代的祖宗，原来你真是太湖强盗的内线，看我好好摆弄你一番。想到这里，对着骑在身上的翠翠拍拍屁股，累了吗？要不要我来？翠翠嘀咕说，你来就你来吧。

这一番轮战，麻团长是今生今世没尝过。他明白，过去的那些女人，都是畏惧于自己，没一个肯这样主动的。那些黄花闺女，更是躺着像死的一样。戏些这些女人，就像是用棍子捅着什么。现在这个女人，让他真正体验到男女之间那种从未有过的快意。人活着，有多少自己无法明白的事呵！

不觉间，两个时辰过去了。两人浑身如同从水中捞起，好在都没掩遮，那汗，那水，那兴奋都在褪去后，全抹在身下的被上。

躺在床上的麻团长，毕竟身经百战，想起包府昨晚的酒宴，想到漂亮动情的妞子，想到包府夜里玩的这出换包计。终于一条妙计上得心来。

61

早餐桌上，对于包府的盛情，麻团长说出了报答的办法。他的办法，就是来一次伪装行动，把自己的兵全部伪装成太湖强盗进镇洗劫，对象就是邵家盛家陈家胡家。然后，弄一些弟兄对事后的古柳泽进行安抚，原本就是自己保安的范围，这也属正常。

史进耀从话音里听出了麻团长想驻扎在镇上的苗头，暗自思忖对策，表面丝毫不流露。包老爷更是将计就计，表示赞成麻团长的方案，由麻团长来一次"太湖强盗"袭击古柳泽的事件。具体日期，由麻团长定。席间麻团长没说具体日期。

一餐早点，桌间数人，各怀鬼胎，各打各的如意算盘。

麻团长起程时，包老爷单独送他到门口。上轿时，麻团长见轿后果然跟有一乘，再一看，史进耀步行在一边，晓得那轿里是翠翠了，心头一乐，把她卖掉，还可以得几百块大洋哩，转而一想，既然答应了她的要求，成全她也不是件难事，何必一定要做得又恶又绝哩！他见包老爷单独在一边，悄悄咬耳道，十月初一，如何？

包老爷一笑，两眼一亮，点了点头，直了直身板喊道：起轿！

轿走了。

包老爷松一口气，请来的瘟神送走了，还赔了个丫鬟，想到翠翠每回认真的侍候，真有些舍不得。静下心来想着麻团长说的十月初一，那也只是一个多月后的事。顿时觉得这麻团长上轿那一刻告诉自己日期，是真诚的表示，他得守口如瓶，莫要出什么差池。倒是担忧这瘟神一下子兑不到那张期票会怎么样？现在，他赶紧把两个儿子和管家找来继续商量对策。

二少爷说，他麻团长伪装太湖强盗，那些真正的太湖强盗为什么不可以扮成县团部的兵趁着混乱，把麻团长吃掉？生擒了麻团长，或者杀了他，那些兵还不都成了镇团防的团丁？重兵在握，谁不听我的！

包老爷点头赞同，但不知道太湖强盗的态度如何？

大少爷说，强盗生来做什么的？有了货不劫，那做什么强盗，窝什么贼？自告奋勇再走一趟，只要礼足话到，不愁强盗们不给面子。瓮中捉鳖，一网打尽，然后将计就计，把强盗队伍开进县城做县团部，扫了那些自己不顺眼的，坐江山面南称王。

包老爷说，不可造次。

管家却说，这种事，现在多的是。那边长兴城几个人也拉了一支队伍，杀了县长，又能怎么样的，不是收编到江苏督军帐下了吗？再说，如此一做，那些被洗劫的不明真相，反过来要谢我们。不就可以达到老爷你钳制他们的目的了？何乐不为。

包老爷总有一种感觉，说不清楚这感觉是好还是坏。

包大少爷说，那你说有什么好的办法。

这种情况下，包老爷是说不出好办法了，他要说的，也只是他的担忧。他的担忧在哪里呢？那就是他的观察，凭着他几十年的火眼金睛判断：这个麻团长非等闲角色，不可小看。管家连忙附和着说，大凡这种角色也都外强中干，真正对付到他们，他们也怕。不是我说一句大话，他蒋中正来了，也勿会允许这种角色存在的。包老爷摇摇头，没说话，只是抱着紫砂壶。看到他抱紫砂壶，大少爷就有些不高兴，这是爷的兴趣爱好，他也不好怎么说。

二少爷说，既然没别的好办法，坐着被人欺，不如站着与人拼。

包老爷回到自己的房中。一眼看到莲莲正在翻书，想到前面的事，心里便有些龃龉，闷闷不乐地坐下去。莲莲见他进来，撒着娇过来问，螳螂捕蝉，黄雀在后，为什么还有个人拉了弹弓在等呢？问者无心，听者有意。好似一缕寒意袭入，包老爷心头一震，心里道：莫非此事不妙乎？顾不上答莲莲的话，奔出房门，赶紧叫人，让轿子去把新镇长请来。

半个时辰后，轿子空回，说新镇长根本就没回镇公所。

会上什么地方去？包老爷暗想：用我送的玩意儿去怡春院了？不会的，这种人要是真会去玩妓，我包某就乐歪嘴了。

家丁悄悄道：探子密报，说是到邵老爷家去了。

听这话，包老爷好似腊月里迎头浇了盆冰水！

这边的家丁走后，那边的家丁又来报，树林被人用梳子篦了好几趟，连一棵棵树上都搜了，石头都搬过来了，就是没看到昨天给麻团长的那张期票。

像麻团长这样的角色，会把期票放在外面？包老爷突然悟过来：翠翠既然会跟他走，他麻团长没分开许愿，她翠翠更没有公开表示，一切都那么自然顺当？哎呀呀，聪明一世，竟叫这两个狗男女耍了一把。哼，她翠翠替这丘八夹走了那张期票！好！我看你到我铁公鸡身上来拔毛！你拔得到，我就不姓包了。

62

昨晚麻团长下了浴池后，骆小姐便要离开包府。

包老爷也不强留，两人边走边说话，骆小姐此刻心情紧张，怕包老爷识出破绽。她越怕，包老爷就越觉得自己的猜测正确。两人走到前院的过道上，包老爷轻轻喊住了她，说，你就是我的那个女儿，刚才有几个人认出了你……的样子很像我的女儿。

骆敏浑身一震，好在灯光不太亮，她赶紧用话支道，是不是我在酒席上说的那些话让你感觉到了？那是你教我这么说的嘛。

你到我府内，那么熟门熟路，你的举止谈吐，你与府内人的说话，明眼人，谁能看不出？大家都感觉到我的女儿回来了……

不等包老爷说下去，骆小姐赶紧找话岔开道，新来乍到，谋碗饭吃，演技不高，献丑了……

妮子啊！生的儿，做父亲的能看不出吗？罢了！你不想认我，我也知道你的难处。刚才那几个用人，给我狠狠熊了她们。你别在意。其实，这样也挺好的。包老爷说，挺好，我就喜欢你这样。要是不好，我会请吗？说着，从身上取出一扎银圆，递给骆敏，说，一点意思，不成敬意，还望以后多多关照。

骆小姐想不收，怕引起怀疑，只好收下。

包老爷高兴地说，我盼你做个红皮萝卜，心里惦着我们，表面上还是邵家的教师，这是最好的事。骆小姐连忙表示，一定做到。

包老爷看看她，是吗？骆小姐又说，如果不那样，我就不会到这里来了。

包老爷说，好，就图闺女你这句话。说完，大声道，送客！

轿子过来了。

骆小姐此时的眼圈顿时有些红了，她想说什么，嘴角抽搐了几下，还是忍住了。起轿后，她好像听到包老爷说什么话，没听清，事后在路上细细想起来，似乎就是，龙生龙，凤生凤，老鼠的女儿会打洞，我的闺女不是孬种。听到这话，骆敏差点儿昏过去。到了民众教育馆，骆敏赶紧把伪装去了，脸上的眉毛又变成弯弯的了，头上那高耸的发髻没了，衣裳装扮也完全是先前那个文文静静的样子了。片刻不敢耽搁，赶紧去找张义。

张义见到她，一颗心才放下来，说，我真后悔让你去。

骆敏不以为然道，后悔什么？不入虎穴，焉得虎子。我这不是好好地回来了？

张义仍然心有余悸道，你说没事，人的外表化装，表现出来的一些特征，生她养她的爷能看不出来，与她朝夕相处的哥哥们能看不出来？还有那些个姨娘能察不出苗头？府里上上下下的丫头用人也会看出来的呀！好吧，我们暂且不说这话，你把他们的事说说。

听了骆敏的介绍，张义感到不妙，包府有如此歹毒的蛇蝎心肠，是他想不到的。邵家知道后会怎么样？骆敏提醒道，你不是要和夏天史进耀三个人联合行动吗？这正好是个机会呀！

好机会是好机会，上级会不会同意呢？张义把老田的态度毫无保留地对骆敏说了。

骆敏听罢，柳眉高竖，不满地说，张义啊张义，你前怕狼后怕虎的，革命还搞不搞？一个叫要团结资本家，一个叫要消灭封建地主，一个又叫像湖南那样进行残酷斗争，你到底听谁的？革命是残酷斗争，但也要看在什么地方，怎么个程度呀，一味胡来，就是葬送革命啊！

所以，我很矛盾。老田倒是觉得像湖南那样的农运，在这里搞搞，有了毛润之在前面挡着，党内不会把我们放前面批评的！问题是这个地方搞得起来吗？

骆敏不满地叫道，明知搞不起来，还要搞。老田他不是教条主义吗？

张义痛苦地说，服从，在服从中将问题向组织上提出，让组织上来觉悟纠正，这才是一个合格的共产党员。骆敏吼道，放屁，中国共产党已经到了这样的地步，我参加个什么意义？

张义惊呼道，你，你，你说什么？

骆敏也意识到自己说漏了嘴，连连说，对不起，我太冲动了。

张义过来安慰她，漪澜，革命斗争非常复杂，党内有派，党外有党，我们不能凭自己的感情来处理事情。骆敏缓缓坐起来喊一声，义，我的好丈夫，一把紧紧抱住他说，没想到，你在党内斗争中表现得那么坚强，本应该我来劝你，结果还是你劝我，我选择你没错，这是我个人的幸福，也是我们事业的幸福；我敢说，在党内像你这样觉悟的同志是不多的；请相信我，只要你需要，我会听从你的，就是牺牲生命也值得，为你牺牲我的生命，是一个女人最幸福的事。

张义紧紧地抱着她，吻着她，安慰她，慢慢地，大家都从理智中清醒过来，面对现实，张义提出了利用目前的游行示威，让民众教育馆介入，再伺机暴动的设想。骆敏认为可行。但张义提出自己的担心：夏天和史进耀说联合，到底会联合到什么样的程度。我们心中要有数，不能让他们牵了鼻子跑。说到这里，他抚着骆敏的肩说，包老爷召你去这着很厉害，他一定看出你是他的女儿。也就是说，证实了他那些坐探们的看法。下一步，他要利用你。你还是尽快出国，党组织也不希望你留在国内，你的无政府主义已经在党内很出名……退一万步说，只要能让邵家的孩子出国，就是成功。未来很重要，是一张胜券。说着，张义又提到党内会议的事，一定要开，不开会，更会给一些人找到把柄。开，有争吵，也要开。

骆小姐表示了赞同，她说，我想参加党内的会议，好为你分忧。

你参加，事情会更糟，党内有些同志对你并不了解，但上面的倾向影响着他们，他们就像是一些没脑浆的空壳，靠着上面安装的浆液生存着，起到的只是传声、应声的作用，这样的人，历史上很多，也很吃香，将来？将来会更吃香。因为将来的统治者更需要他们，而我们是不受欢迎的，好了，为了信仰而生存的我们，不与那些人一般见识。亲爱的，你听我一句，为了我们的将来，应该学会忍受委屈，后退一步，正是为了更好地前进两步或者三步，对吗？

骆小姐点点头，低语道，只有你在我身边，我才感到有主心骨。你知道史镇长为什么要我去吗？陪麻团长是假，为我那兄弟说亲是真，如果不是我爷看出我的身份，这事儿还真有成哩。你说笑话不！

好了，我们走吧。张义陪骆敏朝邵家走去。

63

再说黄昏时，那勤务兵接过麻团长的信，快马回到县城，把信交给二太太后便到姐姐处说话。刚坐下，二太太着人来催勤务兵必须马上到麻团长那儿去。

勤务兵喝些水，咬了几根油杀鬼，又急匆匆翻身上马背，借着黑夜直奔古柳泽。说来也活该有事。勤务兵到了黄泥岗渡口，正准备过渡。这是县城通太湖的必经之路。勤务兵到渡口看看没人，寻着渡船，把马牵上船，自己再上船过河。就在这时，听得有人声。侧耳听，像是女子求救。这兵荒马乱的岁月，弱女子遭殃的事常见。阵阵越来越凄厉的呼救声，直朝勤务兵的心里扎……勤务兵把马拴好，跳下船，朝那声音传来的地方奔去。原来就在河边渡家的屋里。推开门，灯光中一个壮汉正对着少女强暴，旁边还躺着一个老人。那少女已经精疲力竭，身上的衣物全都撕光，只剩一团肉在挣扎。仍然得不了手的壮汉恼了，掏出枪就要对少女的头砸下来。说时迟，那时快，勤务兵抓起长凳，一个箭步冲过去，只听壮汉"啊"一声，枪掉在地上。勤务兵大声喝道，何人，敢在这里强暴良家女子？

壮汉没想到深更半夜还会有人来，倒是一惊，转过身，借着桅灯的光亮，一眼认出了勤务兵的身份，连忙叫道，啊哈，是你，偷了你们团长的马，害得我们老爷白白地赔了三千块。

你是包老爷家的人？怎么在这里？

你要是识相，就一起玩了这妞，到太湖强盗那里去。

你是逃出来的？

壮汉说，逃？哈哈，哈，我用得了逃？我是给我们老爷送信去的。告诉你，你……嗨，反正你也不是他麻团长的人了，说给你听听也无妨。这封信送到太湖强盗那里，要让太湖强盗趁你们到古柳泽下手时，从背后把你们一网打尽。你说，我会是逃出来的？怎么样……说着，壮汉又过来对着瑟缩在角落里发抖的姑娘动手。勤务兵想，这小子说的如果是真的，可就不是小事了。干脆捉他做了俘虏。下手要狠，不然反被狼伤。他这么想时，那手也就痒了，运作力气，上前手掌一劈，正中壮汉后脑要害处。壮汉一声没哼就把脑袋歪到一边去了。勤务兵拎过壮汉，见那姑娘仍然害怕，便扯过一件衣裳对她说，别怕了，我把他打昏了。那姑娘看看，怔了怔，一下子扑过来，抱住他放声大哭起来……

抱着这赤条条一堆活肉，勤务兵真不知该怎么好，想到这壮汉并没死，醒过来怎么办。他推开姑娘，从那壮汉身上剥下衣裳和裤子，也不管姑娘肯不肯，强行动手给她穿上。然后问她屋里有没有绳子，姑娘点点头，指着里屋。勤务兵说，你去找来。

姑娘寻来绳子，勤务兵把壮汉绑好，又用麻袋灌上，扎好口子。从船上牵下马，把麻袋挂在马背上，他对姑娘说，我帮把你的大人埋了，然后，随我走吧！姑娘点点头。默默地随他在河边挖个坑，埋了老人，又在那坟上移了一棵五星白杨树，以便将来好找。姑娘问他，是不是带她回去做媳妇？勤务兵问，你愿意吗？姑娘先是点点头，后来，她晓得天还没亮，就扑到他的怀里说，只要你给我一口活命的水，我就做讨你欢喜的小狗。

没想到，那勤务兵叹口气说，我也想，只是我做不到。姑娘倒抽口冷气问，为啥做不到，是你家里已经有老婆了？勤务兵说，我就只有一个姐姐，姐姐现在是我们团长的小，我们团长没别的好，就好女人，要是他看中了你，要你做了他的小，你肯不肯？姑娘说，不肯，我不肯。要是你没法抵得过你们的团长，那么，我谢你的救命之恩，谢你替我报杀父之仇，我现在就给你困吧。你困了就走！是死是活，那是我自己的事。勤务兵拦了，好姑娘，我不图你报答。这年月，天下的穷人命都不好，你也不要这样想，活下去吧，说不定，天意可怜穷人，会给我们一条出路。

姑娘说，恩人，我听你的话活下去。给你吧，就现在这一次。我是黄花闺女，就这一次，留下你的根。你走到天南海北都记着这儿有个杏花，是你的老婆，给你生了个儿子。相公，你来吧！来吧……

勤务兵说，不，我不能。带你回县城，把你托给我姐姐吧！

我要快快地成你的人。相公，你放心，我有地方去的。古柳泽的邵老板，是个好人，他家的冯先生有一次过我们渡口，和我爷聊得蛮对味儿，还托我爷做过事的。我天亮以后就去找他，他会收下我的。他不收我，我就到青云寺里的尼姑庵做尼姑，等你来接我们母子。你这就该放心了吧！我是真心给你的，没有什么坏意呀。你可别以为我是坏女人……

勤务兵抱住姑娘时，那心里就有一种非常奇怪的想法，姐姐和麻团长都说要给我说个女人，姐姐总是说很难，可现在，天上掉下个姑娘。刚才急乱中忘了看清她是麻子还是丑八怪，要是丑八怪，我可就倒霉透顶了。

当两个未曾经历过那种事的男女寻找"自由之路"无门时，勤务兵兴趣锐减：算了吧！

不——！姑娘紧紧地抱住他，两条腿箍得紧紧地，你朝这边……姑娘把身体朝他一挺。一股撕裂的疼痛令她本能地朝后退了退。慢慢地，一种六月潮涌般的感觉从她的心底里喷出来，她身不由己地扭起来，他也就迎合着，渐渐地，他们操练得顺当起来……

天色在这对萍水相逢的患难男女恩爱中悄悄揭开了，当一觉醒来的勤务兵看到躺在自己怀里的姑娘姿色绝伦，又看到她没忘记把烙印着少女贞洁的绣花手绢交给他，他激动极了。姑娘一次次地承着他的爱，直到时候的确不早了，催他起程，勤务兵这才去检查那只装着送信人的麻袋。

送信人还在麻袋里。勤务兵把他重新挂上马背，朝县城而来。

姑娘送走勤务兵，把家里整理后，便到古柳泽找冯先生。

回县城的路上，勤务兵想，要是自己真留了一条根，日后自然有着相见的日子，要是没有就不必让人家守空房，白白耽误了青春。他相信姑娘久等不到他，会另择人家的。想到这一层，他的心里也宽慰了许多。到了县城，麻团长还没回来。副官非常看重他在路上捉到的送信人，当着麻团长的二太太和众人面说，勤务兵立下了不小的功劳。二太太说，功劳再大，那是功劳，我只想着我的夫君平安，我要他赶快去找我的夫君。副官对勤务兵说，你就再去一趟，不过，这回你能在路上遇到团长。

副官的话是对的。勤务兵果然在路上遇到了回城的麻团长。

麻团长说，真是妇人见识，不是叫你不要来了吗？要是那老狗日的撞上，我的脸面朝哪儿搁。好了，过来，先见了新姨太。接着，麻团长与他咬耳朵说，你别不高兴，她排在你姐姐后面。勤务兵说，最好现在就去换大洋，他家老爷想同强盗联合杀你哩。

麻团长不高兴了，你小孩子家胡说什么？

我捉了一个送信到太湖强盗那里去的人。

你捉的？

半夜找你的路上捉到的。

他在路上躺着等你捉的？

他想困一个姑娘，人家勿肯。他就杀了那姑娘的爹，我到的时候正遇上姑娘喊救命，救了姑娘。送信人说认得我，说我是偷马贼，约我一起奔太湖强盗。

麻团长的两眼一眨不眨地听完了勤务兵的叙述，他知道小舅子的话没假，立即先随勤务兵赶回县城，提审送信人。再把信一看，顿时头皮都气炸了，这狗绅士，竟然会算计我？照麻团长的脾气，他要立即派兵灭了包老爷。

副官却劝他不要那样做，会引起全县的民愤，失了这块领饷之地，再上何处去？

兑期票的回来说，没办法兑。

麻团长气得嗷嗷叫，难道是张废纸？办事的说，废纸倒不是废纸，就是现在变不了现洋；人家还说了，要是签发的人声明作废，那就真的废纸一张。

麻团长脑子一转，好，我叫邵老爷给我变现洋，说着拿过那期票，带了送信人坐上小火轮再去古柳泽。走之前，对副官说，带来的那个女人，你着兄弟们玩玩吧，玩痛快后，把她卖给妓院，给兄弟们打牙祭，我不想再见任何与那老狗有关的人。

吩咐完，麻团长便出发了。

64

夏天又一次向邵老爷提出汇款给北伐前线。

邵老爷让冯先生把这个月的进出账轧一轧，冯先生很快就理出明细账，这一个整月邵家的账务很清爽，进账五千六百三十七万，支出一千九百二十一万，进货款三千一百二十七万。邵老爷问，含不含天津卫的？冯先生说，连旅顺口的都不在里面。邵老爷又问，支出的除职员工钱，还有别的吗？冯先生说，所有支出都在内了。邵老爷点点头又问，净利应该是多少，能不能突破上个月的？冯先生说，赶不上。邵老爷叹道，现在的生意越来越难做，过去是什么进出？冯先生说，至少千万。邵老爷又是一叹，那是走下坡路了，得赶快刹住些，不能再下滑了。说着，又问，骆小姐到包府吃晚饭，你晓得吗？

冯先生看看他，没有马上回答。这镇上发生的一切，无一逃得脱他这位整天孵在恒泰账房的师爷。但他不能在邵老爷面前表现出知晓的情绪，比主子聪明的奴才，十有八九没好下场。所以，他只能问邵老爷，去包府做什么？

你也不晓得？邵老爷说这话时，松了一口气，然后回说是与史镇长一起去的，史镇长还没回，看样子包老爷留宿镇长了。

冯先生说，年轻人总是喜欢那些事的。

邵老爷问，留得住什么呢？

冯先生摇摇头，这世道除了钱财能留住人心，其他什么都留不住。

邵老爷看看他，声音怪怪的，是吗？

冯先生就不开口了，这话没办法让人开口。

又有消息来说骆小姐亲口说，史镇长没出息，竟然拉了她想去给包大少爷添个太太，气死她了。

听这消息，两个人都怔住了，四目对视，满眼疑惑，可能吗？邵老爷下了烟榻，走到门口，手扶着门框，看着门外夜色不知道应该说什么才好。

冯先生走到他身边说，没什么事，我就先回了。

邵老爷看看他，说，好吧。冯先生走出几步，又被喊住。邵老爷问，北伐的几笔钱都在开支里吗？冯先生说，回老爷话，都在。喔，邵老爷点点头，又问，蒋中正的队伍真向江西来了？几时能到这边？冯先生说，张静江的意思是镇住苏浙皖，保得半壁江山。邵老爷听了这话，情绪渐渐好转，说，这是有谋略人说的话。转而又问，近期的支出上升吧？冯先生答道，货物遭受匪劫的损失比较多些，支出自然是大的。邵老爷说，我是说我们支给北伐的是不是多了些。冯先生连忙说，不多，我替你把握着哩，你那次说汇两万，我才汇了一万。邵老爷问为什么？冯先生说，细水长流，喂得太饱了，他不想动了，你还指望什么？邵老爷笑了，你说我真的能指望他们什么吗？

冯先生无言以对，默默地走了。

冯先生走了，邵老爷回到屋里，拿出自己掌握的另一本账册，拨弄算盘，半晌，脸上呈出笑容，冯先生的账目做得没有错，但冯先生不知道邵老爷算出这个月的净利应该是二千一百四十七万，如果把国内与海外的都统统算在内，那数目是相当可观的。邵老爷明白自己的家底，如果蒋中正愿意与自己交好，他就不必那么小钱地给，而是养他这支军队。现在的问题是他蒋中正到底何时能到这里，这镇上的局面又该如何摆布，他一筹莫展。

邵老爷想不通史进耀替骆小姐牵这红线，为什么选在麻团长去的时候？更叫他不明白的是：冯先生怎么也没看出来？百思不解的邵老爷，半夜里骨碌一下坐将起来问乔乔，睡得蒙蒙眬眬的乔乔睁开眼看着他：你怎么不要睡觉呀？是不是想做那事呀，人家困乏得很啊，改天好不好？邵老爷不高兴地道，你们吃饱了就晓得个困，困、困，困你的大头鬼。乔乔揉揉惺忪的睡眼，愣愣地看着他，嘀咕道，不做那事做什么呀！邵老爷扳住她那好看的肩问，你说，骆小姐这个人怎么样？乔乔一听，来了气，半夜三更就叫人家听你说这话？你想收她做偏房还是立她为大太太呀！邵老爷不高兴地道，女人怎么总是想着这些事呀。乔乔不高兴地说，女人不想这些事，那想什么呀？骆小姐长得好看，可人家不是黄花闺女，你不是不喜欢别人困过的女人吗？邵老爷说，我是问你一些事的，没想到要困她，更不想纳她为妾。

乔乔坐将起来，依在邵老爷的肩上，暖暖的胸脯将一对乳房夹贴着他的膀子，渐渐将他那几乎麻木的身体暖和过来，他本能地动了动，用手抚着乔乔好看的脸，那脸在电灯光下有一种朦胧的美感。他情不由己地说，你真好看，说着，便把骆小姐下午与史进耀到包府的事说了。乔乔说，你别对什么事都怀疑，这男婚女嫁还会有假？大少爷没另起灶头，什么事还是由着爷做，这没错吧！

邵老爷乐了，一下子抱起乔乔，疯狂地吻着，叫道，啊哈，还是我的乔乔好，说得对极了。

第九章

65

张义紧急召开附近地区党的基层组织负责人联席会议，对当前的形势商量对策。

在大动荡、大分裂时代前夕的共产党基层，人员参差不齐，情况复杂，鱼目与珠子混杂。许多人既是共产党员，又是国民党员，有的甚至是混入党内的旧职人员，有的人虽在基层，耳观八方，各种消息比党内领导还来得快。会议开始后，许多人并不把张义放在眼里。他们各敲各的锣，各响各的鼓。黎焕之到会第一件事是掏出一张书单子，问谁能帮他找几本孤本书，然后大谈刚刚觅到的《姑妄言》。因为老婆年少自己二十岁而给老板骗走的布先生，是吕城同泰商行的账房先生，他与老板的情敌斗争经历逼使他参加了革命，但他恪守旧规，抖着长衫，用揶揄的口吻说，《灯草和尚》的书，你看过吗？黎焕之说，我家里的是清小字刊本，白口，单鱼尾，单栏，每半叶九行，每行二十三字……布先生说，我家有元刻本。黎焕之惊呼，临安高则成的原本？啊，那是价值连城，运到巴黎可以拍卖好价。布先生说，不卖，等革命成功了捐给共和政府博物馆。旁边有人小声说，你老婆偷偷溜回家取走。布先生骂道，放屁，她的门钥匙已经给我取下。黎焕之大叫：好，好风格。众人大笑起来。

有的同志竟然把党内高层的矛盾带来，企图把这个会议当成赢得支持者的阵地。充满激进倾向的青年革命家桑兵侃侃而谈主义。此刻，他离题万里慷慨激昂：对于统治阶级阵营，只有人民的暴动才能使他们意识到历史改写的可能性和重要性，统治阶级的阵营不分裂，便无人民大众笑颜之时。说着，不时地扯扯西装口袋上的饰花，对身边的女士彬彬有礼道，受压迫的人民就是地火，现在是爆发的时候了，让我们大家都成为时代的先锋，我建议，立即暴动，震动军阀，迎接北伐。熊小姐，你认为呢？

挣脱了旧婚姻锁链，带着寻找爱情目的参加革命的熊小姐，低头记着什么，听到问话，顿时就把脸蛋红得燃烧起来。有着丰富情场经历的商女士，抢先站起来，显示着她穿旗袍身材的优雅，这是她招揽男人的招牌。她对桑兵有好感，欲抢先发言取悦于他，以战胜熊小姐。她说，熊小姐正在作发言提纲，我就先说几句，她说，人为了生存的基本条件，要卖掉一些东西，如土地，如劳动力，图得生存活命而无奈出卖肉体，也包括妓女。但人出之贪婪，而出卖灵魂、良知、肉体，是与生存式的出卖完全不同的。以生存为目的出卖肉体应该同情。但是，我们应该区别，在什么样的情况下女人出卖肉体供养全家生存是对的？就此而言，我们还应该提到一个问题：革命应该提倡男人出卖性器官……她的话被布先生突然打断：女人到了公开说需要男人时，那是人性的退化。

李新潮先生说，当前的重要矛盾是民众觉悟，不是暴动。启发民众认清剥削阶级本质是根本。

你不尊重同志……商女士的话被打断很生气，叫起来：已经阳痿的男人与没落的清皇朝是等同的。

众人大笑，有人叫好，有人鼓掌，有人嗤鼻，但商女士不以为然，倒是熊小姐站起来，拉她坐下，不让她再说下去。

有的人还在起哄，商女士的话题很好，说下去，有哲学味！

埋头写发言提纲的熊小姐，实在按捺不住了，抬起漂亮的脸，用她那会说话的乌亮眼睛扫视着大家，说，同志们，性的解放与革命的罗曼蒂克，不能混为一谈，也不是我们今天会议的话题，我们应该按照鲍罗庭先生的指示，使中国革命能够分阶段性逐步取得成功，眼下先取得北伐成功，进入共和，再通过议会席位使我们党在三五年内成为执政党。

码头搬运工出身的石磊喊道，这是中国，不是他们俄国。暴动，只有暴动才能使中国革命在最短的时间里解决问题。这话一出现，好几个人站起来支持暴动，大声疾呼：暴动才能使原有的财富分解成几个新的分配形式，中国的未来应该是四万万五千万同胞共同的，希望在大家的身上。

李新潮指责张义：你为什么不策反镇团防？一旦策反成功，加之学生的拥护，革命就成功了。

张义笑道，还是天真啊！

李新潮反驳道，我天真？我在苏联学的就是马列主义，只要照着教科书上搬搬，革命就会在某一天早晨降临，一定会的。你没学好马列主义，还怪马列主义不是真理吗。

张义挥手道，关于中国未来的话题，可以朝后放一放。眼下要尽快解决的问题，是包府与县团防联手洗劫全镇，我们怎么办？是袖手旁观还是介入！大家说说……

主张暴动的说，暴动！暴动与暗杀双管齐下，一定有用。

熊小姐和几位先生则赞成邵家在毛教头的事情上按兵不动的做法，说其不失维护大局的做法，即使现在情报正确，包府与县团防联手洗劫古柳泽，我们仍然可以通过国民党县党部揭露其阴谋，使其不攻自破。多数同志认为邵家知道了包府新阴谋不会坐视不问。两边一旦反目，生灵涂炭，百姓遭殃；中共位于其中，到底该怎么办，聚讼纷纷，莫衷一是。

商女士对自己的观点没说完而怨愤，总想找机会说完，她刚张口，曾经是南社社员又是同盟会会员的国民党党员林立三说，孙先生提出"联俄、联共、扶助农工"，是指的联合，而不是以自己屈于次位的方式完成的。这个词的定位问题，我请各位多多注意。国民党是孙先生创建的，他为什么要创建这个党，目的就是在以同盟会完成推翻帝制后，要用政党的形式来聚集力量进行有效的行动，这也是他对同盟会完成历史使命后的又一次飞跃，是对中国革命杰出贡献的新的形式。至今，没有什么迹象能够说明国民党不革命，也没有什么可以证实国民党不能领导中国实现孙先生遗嘱。至于以后会变成什么性质的党，现在还不能说。大家应该清楚，对于任何一个政党，都可能存在着内部斗争使它蜕变或新生的问题。已经过来的历史证实：这是全球性的政治问题。

张义问，你的意思是……

布先生站起来支持林立三的话说，通过国民党县党部完全可以挫败军阀与封建地主的阴谋，根本无须到这个会上来讨论。桑兵持支持态度说，现在应该公开号召国民党里一切要求进步，团结工农的革命分子进入到共产党里面来，而不是共产党参加国民党！他还想说什么时，被张义打断了：共产党集体的，或者个别的，公开的，或者秘密的参加国民党，用我们的解放全人类而不是解放一个国家一个民族的宽大胸襟去感化、影响，推动国民党或者其他别的政党，使其成为建设新中华国家的成员，有什么不好？

布先生说，我的话还没说完，我是说，当前革命还是以国民党为统帅；现在与国民党对立，是错误的；服从国民党领导，积极努力完成北伐，统一中国，实现共和，是维护大局的重要途径……

你他妈的抢什么话，桑兵骂断了布先生的话，说，革命并不存在谁服从谁。国民党好，共产党也好，都是兄弟党嘛！国共合作是兄弟党合作，不是老子儿子联手!

夹着一册《中国教会新报》合订本来开会的黄先生，合上书站起来说，理论上没有解决好，必然影响到行动。说着，翻开书念道：夫人之所以异于禽兽者，固在降衷之性，尤在教化之良……

有人不满道，这个会开得太糟了。

张义见势大声疾呼压下那吟唐诗诵宋词的腔。他慷慨激昂地提醒大家注意两个人的观点，一个是前几年在上海的毛润之，以他的诗人气质，哲学和政治敏感，深思熟虑地提出了马克思列宁主义与中国具体实践相结合的问题，受到许多有识之士的看重；另一个就是专业革命家周恩来的观点：无产者革命的根本是消失剥削，解决这个首要问题，先要解决团结对象，利用对象的问题，就是靠谁来解决谁的问题。靠有钱人中间的觉悟同情分子去解决众多贫苦工农的生计，是不现实的，也是不可能解决根本问题的！只有劳苦大众的自身觉醒才是旧世界埋葬的开始，新生活崛起之时。天下受苦受难的民众用双手创造着世界的万般财富，却忍饥挨饿，这就是现实，血淋淋的事实。共产党依靠一无所有的工农，把他们组织起来进行自身的解放，这是一种彻底解决中国命运的唯一途径。中国只有通过这个途径才能获得真正的新生。

说着，张义转身从桌上拿起一本新出版的杂志晃了晃说，这是《政治周刊》。目前还没有被大家关注的问题，湖南的毛润之已经提出了，那就是我们依靠什么人来革命的问题。

商女士站起来打断张义的发言，太枯燥了，这种会开得太枯燥无味了。她提出，应该讨论一下妇女在性解放上的优越性问题，从纯生理到纯感情，都应该先考虑女性的客观存在事实，一个女人有数个丈夫的配比才符合生理需要，难道事实不正是这样吗？她的话引得全场戛然而静，旋即爆起嗤鼻大笑。

布先生抗议道：再让这种骚物卖弄，我们退出会场。

附和的道，简直浪费时光。

在众人的指责下，熊小姐又一次将商女士拉得坐下。

商女士不服地说，讨论嘛，开会嘛，自由之思想，开放之精神，有什么话不可以在这里说，那还能到哪里说？

黄先生无奈地说，张先生打断了我的话，对我之精神的侵犯，我不计较，他的发言有一定之意义，请继续说下去。

张义接着刚才的观点阐述起来，照他的分析，革命，那就是对自己的生命进行一次残酷的手术。诸君是否可以设想一下，当我们的生命，这个唯一的与世界对话与活动的肉体，通过"手术"达到新的复苏。想到了它的危险了吗？

想到这种革命的成功概率是多少吗？那是无数生命的献出，那是成千上万人头的代价！只有那样，我们这一代人的思想才能成为后来人分配胜利果实时的灵魂！这里说的是灵魂而不是生命。换言之，到了那一天，我们早已不在人世。面对我们为之献身的事业，面对我们成功的伟业，我们能够得到的也只是"面对我们的骨灰，高尚的人们将洒下热泪。"同志们，在金钱与利欲为中心的资本主义世界里，他们有谁能够，有谁肯这样做呢？你们听说过一个叫牛虻的革命者吗？那是十九世纪意大利民族解放运动中的爱国志士，他被人们称为苦行僧！我们共产党人就是为全世界劳苦大众献身的苦行僧！同志们，为了这个高尚而伟大，久远而缥缈的理想，你们愿意牺牲自己吗？

张义那如炬的眼光慢慢扫视屋里人一圈，每个人的心灵都在这强烈的光束扫视中震慑，灵魂颤动着。就在这每一颗灵魂的怦然颤动之中，张义再次大义凛然道：有谁不想献出自己的生命，为滋润革命的灿烂之花添一滴甘露，那就从这里走出去。这里同样也不需要空谈政治的说客！

世界在这一瞬间沉入了万古寂静，周围没有一丝声响，只有张义那激荡的声响在回荡着，冲击着，起伏着，宛若八月十八的夜潮不可阻挡地吞噬着所有的灵魂……屋里静得连呼吸的起伏都能听见。

屋外夜色中偶尔飘落于地的枯叶碰击物体发出轻微的声响；老鼠在屋里的地板下吱吱吱地窜动；远处传来的木织机一下，一下，吭当、吭当地响着；粉坊里夯米粉的夯声在静夜里听起来更是缓重而沉凝；中药铺里合膏丸碾药的碾槽、冲筒碎药声在这一刻显得格外年轻活泼欢快。沉重而迟缓，一下一下落在大家心坎里的，是远处码头上传来的挑夫夜作的呻吟……

大家就在这静夜里坐着，低头深思着、聆听着，谁都明白，此时此刻屋里的每一个，绝不是因为要聆听那屋里屋外的那些自然之音而聚会于此的，他们是在面对超越自然声响冲击每个人的灵魂后，在面对灵魂的拷问做出选择的回答……终于，林立三打破沉静道：请你不要这样说，国民党也是为了民众。他开始像几年前站在上海四马路临街阳台上演说般疾呼起来——

如果想享受，就不会到这里来。这里不是上海的跑马厅，也不是天津卫的劝业场，更不是巴黎的枫丹白露。莱茵河，伏尔加河上载着漫浪中尉的游船不会开到这里来。商女士想的一把茶壶配四只杯的快意，在这里没有市场。这里没有什么娱乐，连熊小姐幻想的罗曼蒂克都很难有，更不用说李新潮和桑兵先生指望的高雅舞会了；这是一个熊熊地火就要爆发的山口，这是俗世的烈焰即将喷发的炉！大家到这里来，只有一点可以解释，那就是：为着这火山喷发的兴奋，为着这俗世烈焰的燃烧。说不清楚是革命还是狂热，还是要做拯救中华的试验！总之，他们都有民族自尊，有天下兴亡，匹夫有责的责任感；他们愿意用自己的鲜血，浇灌明天灿烂的革命之花。革命的烈火从这里向全世界喷泻！为着中华新生，如果需要流血牺牲，他们都将是谭嗣同的后人……我这里想说的是，我们是否可以选择一条少流血或者不流血而获得成功的路呢？革命尚未成功，同志还须努力。孙大总统的遗嘱，并不是叫我们都统用生命做无谓的牺牲。如果说，唯有牺牲才能获得成功，我们都去献身好了。同志们，大家冷静下来好好想一想，革命尚未成功，同志却已经陌生。这不更可悲吗？……

布先生马上附和赞成道，陈独秀同志的意见，我觉得很可取。中国的革命应该走议会制。

请不要打断我的话。林立三继续说下去，支持北伐，中共参加共和政府，这是中共领导与蒋先生在内的国民党党魁们商定的既定政策。我们只能维护，不能破坏！从这一原则出发，面对包邵两大势力可能出现的争斗，我们应当派同志做好说服工作，他们毕竟不是军阀，不是当前革命的主要对象。

石磊挥挥手说，我不这样认为，更不赞成林立三的观点，我们要像别处的工人兄弟那样，把工友武装起来，成立工人纠察队……

他的话没说完，有几位站起来支持说，应该成立，现在什么人最吃香，不就是带枪的嘛！

大概是发言引起了黎焕之的兴趣，他放下奇书孤本的话题，提出，这是大事，不能草率，应该得到上级的指示后才能行动。

黎先生的话说得对。林立三附和说，现在是国共合作时期，这样大的行动应该和国民党省党部联系后才能行动。还有，国民党特派员夏天也在这里，为什么不请他参加，听听他的意见呢？我们单独搞？这是一家之言啊！

张义说，我们这是党内先统一意见嘛！老田同志代表上级已经指示过，希望在适当时候组织武装。目前我们的条件与湖南的农民暴动有所区别，即便成立武装也只能利用现有的店员工会和各家店铺的家丁武装……

你这是与中央的方针对着干！李新潮站起来愤怒地打断张义的话，说，你这是组织资产阶级武装。接着，他大声疾呼：老田已经被隔离，是混进党内的托派分子。张义是老田的人。我提议现在对张义隔离审查，绝对不能再让他把持这里的基层组织了。

他的话说完，桑兵立即附和表示同意，并提出由黎焕之以公开的国民党党员身份在古柳泽担任领导工作。

商女士提出以举手表决的形式通过。

布先生与熊小姐表示弃权。

林立三与黄先生则退出。

事情发生这样的变化，张义万万没想到，他严肃地指出，李新潮在如此重要的时刻，煽动对党中央派遣干部的攻击是错误的，在没有得到中央的正式通知前，谁反对我，请出去。

李新潮并不示弱，站起来叫嚣道，以少数服从多数表决是符合党的原则的。

会场顿时乱起来。

黄先生站起来不慌不忙地对布先生说，我们是来开会的，不是为篡夺哪个人权力来的，张义同志是党内的老同志，在中央没有通知我们对他审查时，这样做，党纪不容。大家应该冷静，好好就当前的形势阐述自己的见解。

黄先生的话说得许多人坐下来。

李新潮喊道，我是对的，国泰同志再三对我说过的，不要怕，把他枪毙了都不过分。

李新潮这话出口，立即有几个真想对张义动手。

张义喝道，谁敢动？我慎重地告诉大家，在中央没有撤销老田同志的指示前，他对我们下的指示还是代表中央的。我再重申，我是党派来主持工作的。

李新潮并不卖张义的账，暗中唆使靠近张义的人伺机动手，但张义一边的人多。觉出苗头的熊小姐站起来对李新潮痛斥道：你一会儿歌颂孙中山，一会儿歌颂列宁，一会儿歌颂蒋中正，前几天又歌颂鲍罗庭，现在你又散布张义同志的小道消息，你自己就是风派、托派人物，还在说别人。

众人立刻像凉风吹醒了似的异口同声责问李新潮：你想干什么？

见众人态度如此，李新潮像下河呛了水，四下看看，然后怔怔地望着熊小姐一言不发。

桑兵鼓动说，你怔什么，说呀！

李新潮连忙辩解道，我这样做是想替代他在这里举行暴动。

熊小姐愤然道，我们不需要这样的暴动。她声明站在张义一边。

桑兵则声明退出会场。说，这是个托派的会场，我没义务参加，说完拂袖而去，在他的身后陆陆续续离开了一些。

商女士紧跟李新潮而去，对商女士有恶言的布先生也走了。

66

党内会议开得不欢而散，已经不是一次。

张义看看屋里留下来的同志，向大家表示歉意后宣布散会。接着，张义让在外面等了很久的周山孙有阿倩他们进来，原先与会者中一些同志又自愿留下来要参加。他们说，张义同志，我们支持你，在你这里，毕竟大家还可以心平气和地讨论一些问题。熊小姐赞同说，有些事只能分析争论，不能把争论变成敌对斗争，那还有什么意义哩。

黄先生劝道，张义同志，你可不能消极，党内的不团结由来已久，残酷斗争也已露出端倪，要振作精神，党还是信任我们的呀！

张义紧紧握住他们的手表示感谢，并说，谢谢同志们，人类的解放使我们有的人会牺牲在敌人的屠刀下；也有的人会牺牲在自己人的枪下；也许还会有那些从内心里惧怕革命的人，最后篡夺了革命成果，使无数革命志士的鲜血白流。在人类历史上，这样的事还少吗？但我相信，中国共产党是不会重蹈覆辙的，因为我们的事业是人类最光辉的事业。

黄先生说，真害怕有人从背后捅刀子，而且是自己人。

张义笑笑说，这就是革命斗争的复杂性。

有人说，暴动虽然激进，但能够让有钱人看到底层民众的威力。

熊小姐说，话不能这么说，有钱人也不是个个都是坏人。有的有钱人对穷人还是同情的。据张义的介绍，邵老爷能够拿出钱来支持北伐，就是进步。但他进步到哪个程度？他对北伐是不是与我们的目标一致？这要看清楚！不但要看清楚，而且要帮助他认识清楚，团结他一步一步走到我们这边来……

张义高兴地说，熊小姐的话说得对极了，对于有钱人的阶级，我们应该分析出几个层面，各个击破，各个团结利用。

熊小姐点点头说，我读了几遍毛润之的《中国社会各阶级分析》，觉得眼界开阔了许多，应当按他的方法看待我们这个社会，如果把有钱人统统赶到对立面去，我们自己不就孤立无援了吗？

孙有说，小姐，那个邵老爷可是滑头啊！他玩女人都是讲技巧的。别看包老爷现在欺负他，他似乎也认着人家的欺负。我看，好戏在后面，最后笑出来的声音才真正响亮哩！

张义点点头应道，眼下，根据革命斗争的需要，团结和利用邵老爷这样的商家，让他们出钱帮助无产阶级，而不是北伐。同志们，这一点，心里一定要明白。

黄先生说，看来，中央对你的批评，正是你自说自话的一套。我认为你有条件搞一次湖南式的农民暴动。即便失败，也让中央看到你是服从的！

张义大义凛然道，那种事我决不做，无谓的牺牲是不能做的，那是同志们的生命啊。革命的残酷，并不是叫我们盲目蛮干。这里的特点与湖南广东不同，正是它的特殊性决定我们利用邵老爷支持北伐的举止，来达到目的。在支持中，保存壮大无产阶级自身的力量。万一蒋介石与我们翻了脸，共产党成了背腹受敌，还有什么指望？

大家连连说有道理。

张义继续说，照我的看法，现在的邵老爷，明里温和善良，实质，谁知道他在干什么？如果他是个笨蛋，他能把祖上的家业盘得如此之大吗？我们明里抓住包府的阴谋支持邵老爷，他当然高兴。邵家赢了，包府输了。我们无产阶级呢，也已经在这个过程中诞生了自己的武装力量。到那时候，翅膀硬了，还怕什么呢，对付起邵老爷来还不就容易得多了。

熊小姐高兴地说，你既然早就有了打算，那就干吧。成功是正确的，失败是错误的，我相信实践的真理性。

黄先生和其他人也都纷纷表示，如果真正搞起武装什么的，需要支持，只管说，无产阶级不能团结，这世上还有什么阶级是血脉相通的。

张义见他们这样说，精神大振，接着他说起了自己的打算。

67

又一个使张义万万想不到的是，夏天会在大清早到宿舍来请他与史进耀共进早餐。

张义诙谐地调侃道，国民党中央主席特派员，什么好事想到我？

夏天乐道，到底还是我们共产党内的早期同志好，革命的嗅觉灵敏。我的真实身份，你是见一次通报一回。在这镇上，怕只有你知道得这么准确吧。

是吗？我看未必，有些人就知道。

谁？

怡春院的姑娘哇！

怎么好这样说哩。我们总是党内同志啊，革命战友嘛！别把玩笑开大了。夏天掩饰着自己的窘迫，看着张义的清贫劝道，还是搬到我的客栈里去住吧。有事商量起来也方便啊！

张义揶揄道，你需要幕僚了？

夏天有点尴尬，忍不住说，你还是那么尖刻。好吧，这里没外人，就上次达成的协议说明来意：现在北伐的进程很快，蒋总司令为经费着急哩，这里搞来搞去，就是几笔小数目，不够啊。叶挺领导的独立团将在这两天与吴佩孚于杨林塘下面接触。武昌拿下，形势就会急转。我们这里的形势也将出现一个新的关键局面。

张义问，你有新的打算？

夏天说，不是我有，是上面的指示，要我们好好携手像上海的同志那样发动暴动。

张义说，你说具体些。

夏天靠他近些说，就是要商量嘛！我找你，说明还是内外有别的呀。史进耀毕竟是孙传芳的人。但又不能没他介入，还要利用他嘛。说着，夏天看张义的态度有所缓和，又进一步说，包老爷请麻团长来对付商人。我们要保护商人，明的保护，使这些商人支持北伐的劲头更足。照目前的形势看，利用矛盾，把游行示威上升到支持北伐，趁着热闹，把自治组织搞起来，不是不可能的。我认为这是当前的大事，重中之重。

张义想，这小子脑袋倒是很好使，便问，怎么搞？

夏天起身说，就是要坐下来商量呀！

张义应道，那就走吧。

走在路上，夏天高兴得信口开河：把包府抄了，能弄到几百上千万的银票，对北伐也是一笔钱财啊！

张义笑道，好哇，你什么时候想端他，我一定跟上。

夏天道，就不知道上司态度如何？

张义揶揄他，说了半天，橡胶商人还是个缩头乌龟啊！

夏天说，什么缩头乌龟，你要是干，我跟着，你敢？

张义说，一言为定，到时候你可要敢上啊！

夏天说，当然，当然要上的，就像当年冲太和殿。

说话间，两人到了史进耀那里，史进耀已经备好了早点。水煮干丝、肉汁汤包、姜丝、肴肉、香荽等。

张义一看，乐道，镇长知道我喜欢淮扬早点？

史进耀搬着椅子请大家坐，说，哪是我呀！是夏先生让顾老板专门做的。据夏先生说，你们从前在一起共过事？来，来，坐吧。边吃边说话。

夏天故意道，那是在哪里？张先生记得的。

张义坐下，接口说，还不是出了学校没事做，在一家书店跑腿。那时的夏先生就显出才高八斗的优势，我们是仰头望他的呀！夏天被张义这一捧，乐了，扬起筷子，高兴地招呼大家动筷，吃，吃，先吃肴肉，说是镇江的特产。

那年在上海，丹阳的黄竞西先生请我们吃过他家乡的肴肉。张先生在不在呀？

在呀！那次黄先生为朋友出一册课本的事，黄先生家是开中药堂的，他的朋友夏先生是教书的……张义说着指指夏天，你说呀！夏天应道，对、对对对。他们对时政还是很关心的，那时比现在险啊！史镇长，你昨天在包府听到些什么？可以对我们再说说。夏天主动把话题引上正道。

张义已经从骆敏那里知道了一些，现在史进耀说的更叫他吃惊，忍不住道，身为镇长，你向县里报告了吗？

史进耀叹道，县里的情况你又不是不知道，告诉谁呀？

张义点点头，说得倒也是。

夏天把桌子一拍，我就不信，国民政府能够允许他包府蛮来。

张义添火道，真是天下没王法了。说着，他按下夏天，说，您的身份不同，要好好斟酌啊。

夏天闻之也很激动，忙以茶代酒敬张义：你的聪明才智，一向为大家称道，这个关键时刻不能客气，这是党国大事，相信兄长不会开玩笑的。

其实，张义一直在琢磨，怎样才能做成昨夜党内开会没统一的事。话到嘴边，猛然想到夏天这个人的秉性，还是拐个弯说，夏先生在这里怎么说也该算是长官了。我看，主张还是夏先生拿。我在一边给你们俩出出点子。

夏天连忙说，要的就是你的点子呀。快说说你的好点子。

张义故意说，依我看，顺了史镇长的话，我们支持包老爷，让他灭了邵老爷及镇上商人。

夏天骂道，你这是馊主意。要你出这主意，我请你？

史进耀也说，到时候就连麻团长有没有份儿都很难说。

张义不以为然说，麻团长与包老爷一定会翻脸的，那么一来，我们不就坐收渔利了？

夏天恼道，你想是美。我宁可现在斩了包老爷，也不能让他伤了邵老爷一根毫毛。

张义问，为什么？

夏天道出真情：邵老爷是蒋总司令的朋友啊！北伐经费困难，邵老爷支持啊。

张义哦了一声，那么，我们就琢磨支持邵老爷的主意。

夏天说，其实都不必说支持谁，反对谁。我们就利用他们的间隙，发展我们的势力，我已经暗中发展了一批国民党党员，到时候迎接北伐军就名副其实了。

张义虚与委蛇道，把镇团防拿过来呀！

史进耀说，谈何容易。

张义又进一言：那就再成立一支武装。

夏天乐道，就想这事儿，但怎么找名目哩？

张义说，这还不好办？《申报》前些日子登了消息说，北京大学的教授李大钊等人，领导北京总工会、学生会等工人学生举行对日本炮轰大沽口事件集会和请愿，段祺瑞政府出兵镇压。全国发动声援，各地群起热烈。偌大中国，上上下下翻腾得像一锅热粥，好不热闹。我们可以凑上一凑嘛！

张义这一点拨，夏天乐得拍手，对，把现在的游行示威，再热火热灶地接着烧，把县里的、上海的名流请来煽动煽动。闹得大家都感到不安宁了，成立自治组织就顺理成章。说到这时，夏天举起茶说，我们三人临时成立一个筹备组织，赞成的，就与我碰杯。

张义立刻迎上去。

史进耀也迎过来。

三只茶杯碰在了一起。

史进耀说，这就等于盟誓啊。

夏天高兴地说，我想，现在应该有个大致的考虑，即"自治组织"的领导成员安排。你们说，是不是？张义和史进耀都表示赞成。张义又补充说，先有个方案也不碍事，省得到时候手忙脚乱。我看，如果成立自治组织，邵老爷应该是会长，挂挂名。夏天点点头，这个主意好，没有大财主，哪来的鱼肉香。好，就让邵老爷挂名，蒋总司令那头也好交代。他接着说，至于会长，也就是执行会长，我看是史兄合适。史进耀一听连忙说，不行，还是夏天先生担任吧。

张义听了，倒也真一怔，一向官迷的夏天怎么会把真正有实权的位置给别人，那他忙乎什么呢？原来，他打的是另一个算盘。夏天说，会长一职，我和张兄都不适合，外路人嘛。再说，你是县政府派来的镇长，把你落掉，也不妥当。至于我们两人，做做实事，抓抓人头，抓抓思想，张兄以为如何。

张义举手赞成，觉得夏天没想自己独揽大权，是明智之举，当然，想也未必有人肯给。

看到大家都赞成自己的意见，夏天正式亮出想法：我和张先生担任政治顾问，凡抛头露面的事由你史镇长去，需要定夺决议的一律由我们三人讨论通过方可执行，史镇长无权一人决定，这是西方文明的规矩，也是以后中华共和的趋势。张义听到这个决定，这才明白夏天的用心，眼睛看着史进耀，不知他有什么反应，没想到史进耀一口应了。夏天又说，史镇长应该迅速把包府的阴谋告诉邵老爷……

张义说，他的信息不比我们迟，没准已经在动作。

　　夏天精神抖擞地继续说道，我马上到县城、上海、苏州、镇江、杭州请名流来煽动。再搬县城学生来闹闹。张先生与新学堂的关系好，你去请他们再多搬些学生出来，如何？

　　张义与史进耀一致表示赞成，大家又讨论了一些具体的细节，这才分手。分手时，夏天说，不能对任何人泄露出去。

　　张义笑道，别人不怕，就怕你对组织效忠。

　　夏天脸一红，没再说什么。

　　史进耀怔了怔，不解地看着张义。

　　张义明白史进耀想探明什么组织，赶紧找打趣的借口支开，我说的组织，是那边，怡春院……

　　夏天恼火地冲张义挥手，没见过你这么个兄长。

　　三个人的早餐吃得津津有味。

68

　　史进耀对夏天在成立自治组织中，将他作为执行会长的做法，非常高兴。三人分手时，史进耀又找借口挽留夏天再说说话。

　　夏天爽快地留下。

　　史进耀有他的想法，从眼下看，无论是张义的主张，还是邵老爷的态度，包老爷的亲热，都让他清醒地知道古柳泽非一般地方，没那三钱吊金龟的资本，玩不转这"陀螺"！怎么办？能抓住的，不能放过！夏天这张牌是他绝对要抓在手里的，但不能依赖，毕竟人家是过路的船，歇脚的车。所以，他的心里总是悬荡着，落不到实处。两人一边继续喝着没完的茶，说着投机却不投心的话。史进耀的心情开始出现迫切的渴望，这种渴望导致他在激动情绪关照下的失态，一失态，男人那种从根子上带来的弱点彻底显现了，个性中喜欢炫耀的卑鄙相也露了出来，竟然捧出包老爷送他的缅铃，我有一好东西，让你见识见识。

　　莫说夏天出娘肚皮没见过这种东西，连听都没听过，他说，你说说它的妙处。

　　史进耀如此这般地一介绍，说得神乎其神。

　　夏天听得两眼直直地问，你试得如何？

　　史进耀听他这话，那嗓门立刻就萎下去了，声音低得没一点刚性：这不是刚刚拿来嘛！

夏天感到惊讶：是非不经不知道。闹了半天，是那包老鬼让你栽木桩，还当是器重你……

史进耀推托道，怎么试呀！没家眷，就算有家眷，谁舍得朝老婆身上试？老婆是过日子的，相好是睡觉的，总有个区分吧！再说，我也没相好，要是到怡春院去试，不妥。

有什么不妥？那地方不就是玩这个的吗？你不去，那就让我拿去试试。

史进耀忙告诫他不可去怡春院，说是这东西曾经让怡春院的小姐气绝身亡了几个，人家正要找这祸根子报复哩！

夏天愣愣地问，怎么找？

史进耀说，你知道饿死鬼怎么治？

夏天眨巴着眼，心里道，这与饿死鬼有什么关系？

色狼怎么治？

夏天道，那还不简单？弄他十个八个的妓女围了，你不是要快活吗？那就让你快活几天几夜，给你灌那金刚药，叫你一天十二时辰都搁着上，看你还能快活得直起腰来！

史进耀说，人家连这都不要用，保你快活。不但叫你快活得骨头眼眼里痒酥酥的，还叫你骨头磨得散了架……

那怎么讲？夏天打断他的话说。

让你像那西门庆，射血而死。你说，你去不去那怡春院？

夏天听他这么说，心里思忖，那地方不去，上什么地方去试？想了一阵，他忽然笑起来，那骆小姐第一眼就让他看出是个见识过男人的雌猫，渴得急喘哩。若得了骆小姐，让她用上一用，那是妙不可言的好事啊！想到这里，他便向史进耀借缅铃，说是想见识见识。这一刻的史进耀倒有些舍不得了，但牛皮已经吹出去，收回也不好，只得借与夏天。

东西到手，夏天把脸一抹道，史兄啊！男子汉大丈夫，眼下是女人重要，还是权力要紧啊！

史进耀喃喃说，当然是有权就有一切。

夏天突然拉长脸一本正经地说，嗯，你头脑还清醒。权力在握，什么样的女人不听你的？什么钱财能没有？你这玩意儿暂存我这里。免得你要紧时候分了神，忘了党国对你的期望、民众对你的重托。这话说得史进耀陷入云里雾里上上下下波动得没片刻的宁静。夏天见他那么害怕，扑哧一声笑了，拍着他的肩说，革命和爱情都是我们应该牢牢抓在手上的。我们不学那一套，什么"生命诚可贵，爱情价更高，若为自由故，二者皆可抛"。我为什么要抛弃生命与爱情？

史进耀看着他，不知道是该点头还是该摇头，他越来越糊涂了。

69

在湘赣北伐战区某地扎营的蒋中正得知叶挺初战告捷，脸上微微露出喜色，对侍卫官说，这是个高兴的事，应该祝贺，给叶将军发贺电，告诉他给所有将士发几块大洋，犒劳。

侍卫官正记着的笔停下，总司令，他们已经几个月不发饷了。是我们送去，还是……

拿什么送？我的头，倒是值些钱的，给了他们，还要他们打仗吗？娘希匹。

侍卫官看着他，不知该怎么办。

蒋中正站起来，在屋里来回地踱着，眼睛不知望着什么地方，口授着电报文：他们如果要我的头，可以等到北伐胜利。那个时候的蒋某真正是山穷水尽身无分文，只留祖坟一座，儿子一双，一个还在苏俄做人质。头颅算是最值钱的了。可以送与我的那些北伐将士。那时，他们会看到我的腹中也是草填泥装，无一粒米粮。为中华之崛起，蒋某对得起国父及四万万同胞。

这电报……

发。照发，问起来，就说我先欠着。告诉他，蒋某人是为国家前途高兴，他的胜利标志着我们这个灾难深重的民族，有了希望。这比几块大洋好吧。就这样。蒋中正，民国十五年八月三十一日。

侍卫官念给他听时，念到那段关于头颅的话，蒋中正挥手打断：不要。说着，自己过来坐下，亲自拟出电报文，交给侍卫官，去发。

侍卫官去发电报。蒋中正看看周围没人，从陈洁如简易的随军行包里找出一瓶法国红葡萄酒，又从陈洁如的梳妆箱里找到一对高脚酒杯，自言自语道，三月不知肉味。曹操可借杨修头颅解决粮饷，我到何处借个杨修来啊！接着，撩起军服准备擦酒杯，察觉有人，放下衣襟，从口袋里掏手帕，问，谁？

是我。

蒋中正一听是陈洁如，高兴地招呼，快来，我的北伐夫人。

陈洁如听此声音，乐道，什么事让你这么高兴？

用手帕擦酒杯的蒋中正说，你猜呀！

陈洁如过来，踮脚亲了亲他的腮帮，看到他用手帕擦杯子，高兴地赞道：嗯，竖子可教也；西洋的文明会影响到你，这是一大进步。

蒋中正挺了挺胸，抬抬手臂，用国外酒吧调酒师地道的动作，两只指头夹着手帕擦净了酒杯，吹了吹，对着门外的亮处说，你看，够干净了吧。

陈洁如脱下洁白的手套，伸出纤细的手指，轻轻捏着酒杯腿，看了看，满意地点点头，北伐如果失败，我们就去开酒吧。

蒋中正说，怎么可能失败！他将手指竖在陈洁如唇上，用祈祷的语气说，在这个神圣的时刻，上苍的敬意是不可以亵渎的，愿上苍保佑我的北伐从胜利走向胜利。

陈洁如打开酒，在杯里斟了一点，递给他，问，军饷搞到了？

蒋中正说，把酒再倒些。是的，我喜欢喝法国的葡萄酒。我恨英国人，他们占了我的香港。但我对乔治五世个人很有好感。说着，他把电报递给陈洁如。

陈洁如一目扫过，兴奋极了，举杯祝贺道，夫君，你不愧民族精英，如今前线将士饿着肚子浴血苦战，雪片似的飞来要军饷的电报，你可以不理。昨日你说，我军虽获大捷，而前后方隐忧陡增，共党作祟，非使本党分裂与全军崩溃而不止，遍地荆棘，痛苦万分。今日突然要犒劳他们？

蒋中正举杯对着门口，对着苍天，遥祝道，希夷兄，你我虽然在主义上有分歧，但你是我的良师。蒋某如有明天，必是你给予的。这杯酒，我敬你这位"北伐名将"和你的"铁军"。无论将来我蒋某怎样，决不忘记你今天的功绩！没有你的今天，必无我蒋某之明天，更无中华民族之未来。

陈洁如也举杯：叶将军的胜利，是中华民族苦尽甘来的开始。

是我民族人人振奋的时刻。如若处置不当，必是国共两党兄弟反目之时。蒋中正转过脸来，眼里蓄着泪，默默地望着陈洁如，动情地说，人都说我清静寡欲，你最知我。苦难之民族，自国父始，有了曙光，只有今天才真正见旦之希望，是我蒋某人给的。此生，我蒋某若难以统一中国，后人也可以不再恨我，骂我。那时，我可以送头颅于汪精卫，也可以送统一之中华给中共。

陈洁如担心地问，你真会那么做吗？

夫人，待时而动，见机而行。此时可讲之言，未必彼时实践之行。乃大丈夫之所为。

陈洁如举杯的手缓缓地软下，她明白了蒋中正的意思，这正是他的为人和秉性的写照。照目前的形势，北伐真的是无法再进行下去，除了共产党在全心全意地支持，其他党派无一不在公开或暗中搞"迎汪倒蒋"，某些团体也再三通电全国要求罢免蒋中正北伐军总司令一职，且此时北伐军中无粮草。如果不

蒋中正与陈浩如

是共产党的叶挺"铁军"，北伐的胜利从何而言。汪精卫这狗娘养的，以为共产党会选他做领袖？做梦吧！黄炎培、蔡元培之流，搞什么"苏浙皖人民联合组织"，搞吧，孙传芳这老狗不会让你们得逞，如果悖逆于蒋，蒋也不会轻饶。

蒋中正背过脸去，抬袖抹去泪，强打笑脸对陈洁如伸过杯来，说，没有人知道我喜欢法国红葡萄酒了。我早就不沾酒色，正是为了这个生我养我的苦难民族，为了我那苦命的母亲。今天，我高兴，与我的患难的北伐夫人共饮此酒。当然也是感谢中国共产党里的一批英雄，他们没有因为党派之争而不支持我。由此可见，明天必将属于我！

陈洁如伸过杯去，两只盛着红色葡萄酒的杯轻轻地碰在一起。

两人高兴地一饮而尽。

酒下肚，蒋中正的情绪好起来，朝着外面喊，备马。

说到备马，陈洁如的眼睛下意识地朝蒋中正的脚上看了看，今天穿的是马靴，放心了，她拿了蒋中正的披风给他穿上，悄悄问，腿好了吗？蒋中正板着脸低声道，动则通，不动则滞，动动好。

陈洁如见他这么说，便挽着他一起走出军营，马已经在等候，两人上了马，慢慢踱着。半个月前，蒋中正的狼狈残景又浮现在陈洁如的眼里：

八月十四日李宗仁和唐生智集中了第七、八两军在长沙东门外大校场接受北伐军总司令的阅兵典礼。两位将军尾随总司令策马向前。蒋中正在坐骑上认真整了整军服，颇有大将风度地平端目光，从容肃穆，勒马缓缓而前。到了军前，蒋中正举手以军礼在马上慢慢将七军检阅完毕。在保定步校读过书的唐生智有点喜欢玩场面，故意在第八军接受检阅队伍中插入军乐队。当蒋中正走到第八军时，排头的军乐队立刻奏乐欢迎。领头的号兵一声口令，十余名号兵同时举号吹奏。此时太阳正好，军号一举，金光闪耀，刺得人两眼一黑，加之突然号声炸耳，刚刚到达号兵面前的蒋中正坐骑，没有防备，猛然受刺激，顿时大嘶鸣叫，前啼高举，旋即向校场中心狂奔。蒋中正一时没勒好马缰，瞬间重心失却，手足朝天，翻落马鞍坠地。右脚套在镫里脱不开，人被拖了朝前奔。接受检阅的军兵大惊失色，想救也无法。好在蒋中正穿的是马靴而不是皮鞋，且很松，拖出三丈远，靴便脱了镫。蒋中正倒在地上浑身是泥，白手套上也是乌七八糟，狼狈不堪。他爬起来，一声不吭，站在那里整好军服，仍然把那污垢的白手套戴好，对着赶来的李宗仁和唐生智没一句话，自己朝受检阅的官兵行着军礼一颠一跛完成了检阅。检阅结束，蒋中正依旧训话，赢得众官兵如雷般的掌声。当蒋中正重新上马与李宗仁唐生智在一起时，蒋中正说，德邻，你觉得我今天的表演如何？

李宗仁愧无言答。倒是唐生智说了一句，总司令无愧于当今领袖，官兵如雷的掌声就是最好的说明。

蒋中正笑笑，大丈夫理当如此。

事后，蒋中正对李宗仁说，德邻啊，孟潇口是心非的事真做了不少。他以为我过不了八军！我过给他看看。

现在，蒋中正对着身边的陈洁如说，马上的江山可要好好守哩。说着，一拍马，那马朝前一跃，飞驰而去。陈洁如紧紧跟着，双双骑马在山涧秀岭里奔驰起来。两人高兴地奔跑了一段路后，蒋中正突然策马飞至陈洁如身边，一把将她从马背上掠过，让她坐上自己的马，双双飞驰。蒋中正得意地说，现在的马技可以了吧。陈洁如没他那么潇洒，心里悬着，脸上却笑着说，像英雄。过了很久，他们才收住缰绳，马喘着气缓着步。坐在马背上喊笃疼了屁股的陈洁如跳下马，又帮着蒋中正下了马。蒋中正高兴地抱起了陈洁如，突然，脸上的肉不可见地抽了一下，他心里骂道，伤腿痛的不是时候，好在陈洁如没有看到，抱着她跳了两圈舞才放下，说，你看我的腿好了吧；德邻想看戏，看不到啦。后面的马弁赶来，牵走了马。两人慢慢散步向军营走去。蒋中正说，娘希匹，他陈独秀一定要我推迟北伐，说是政治上、经济上准备不足。我没理他，不是打胜仗了吗？只要我靠着中国的爱国的资本家们，真心实意地为他们谋利益，这个北伐就一定会成功。叶挺这个人不会和我共长久，但他会为我出力。他知道出力报效的是他的国家。我捡的正是这个便宜。

陈洁如问，我们的俄国朋友说国民党是柠檬，宁可联合，叫中共吃苦果。这是什么意思。

蒋中正说，柠檬汁还是西餐的一道好点心饮料嘛！从内心讲，他们还是希望我成功的。一旦成功，会与我合作而把中共蹬掉！这种鬼肚肠别人看不明白，我是一看就透。现在的中共有人看不透，那就没有办法了。我可以不理睬，将来不会是他们与我握手相骂。但是，我的翔宇兄，是会在意的，他会理睬我。他现在更名叫伍豪，和叶挺一样，在上海为我忙着哩。还有我们湖南的那位朋友，他明白俄国朋友话里的意思，他对北伐的态度是明朗的，这没有关系，他手里没有权，位卑言轻，明白与明朗又有什么用？不明白的狂妄自大，这是今天共产党的实质。我要担心的就是那位卑言轻的润之兄。

路上飞跑来卫兵。

蒋中正迎上去问什么事。

卫兵说，张先生来电报祝贺。

蒋中正朝陈洁如一笑：没有希夷兄的胜利，仁杰兄就会跑到汪精卫一边去。

现在，他与蔡元培一起喝早茶了。听说南浔那个码头上的早茶很有特点。可惜现在他们用的是广式。

你家乡的早茶也应该很有味道的，什么时候带我扫祖坟呀。

蒋中正看看她，你真想？

做了蒋家的媳妇，应该去扫一扫祖坟呀！

到了宜兴，我带你去扫祖先的坟。

你祖上是宜兴？从前没有听你说过。

人高兴了，就说些愉快的事啊。毕竟是胜利，大家的高兴心情也不会一样。说着，蒋中正看到有人过来，他与陈洁如分开贴得过紧的肩，继续说道，人心难测。希夷把他朝我这边狠狠地推了一把，别人会再离开，这个跛子是不会的，一定会死心塌地支持我的。

你咒他做什么？没有他，你我可以在一起吗？

当然。你代我写封信给他。信上写一句我在日记上用的话。

什么话？我看你昨天写的匾额很好，"忍辱负重"极有内涵。

蒋中正扬扬手口授道："政治生活全系权谋，至于道义则不复问矣。"他更会明白比"忍辱负重"深的含义。另外，你再给伍豪将军去封信，就说我很念及他。告诉他，对于国际共运方面的意见，我是会坚定地按孙中山先生的既定方针办，请他放心，也请中共的朋友放心。北伐一旦胜利，国共将携手创造中华民族的明天。这封信，你盖我的印，不签名了。仁杰兄的，我签名，加印。

陈洁如压着声音说，古柳泽来消息说，共产党准备武装起义。

蒋中正感叹道，有这么快？好本事，才多久，就站稳了脚跟。共产党的能人不可小视。

中国还是穷人多，他们为穷人说话嘛！

蒋中正点点头，说，富足之地能让他们站稳了？不可能。那一定是乱了。嗯。好！乱了就好，这年头，越乱越好。等我的队伍一到，快刀下面自有头绪。怕他什么，娘希匹。

又一副官飞跑而至，总司令，十万火急电报。

娘希匹，又是何事？念。

> 八月二十九日，英国太古公司轮船在我四川云阳长江中撞沉中
> 国木船十余艘，淹死官兵与民众数百人，情况正在调查中……

蒋中正没有说话，半晌叹道，多灾多难的中国，又将是一起弱国无外交

哟！娘希匹，我是顾不上那头的事啦！

70

夏天和张义与史进耀共进早点的消息传来，邵老爷断定与骆小姐到包府有关。大清早的话题不会是床笫男女艳史。这三个人在一起的力量，他一直没敢低估。上午，他故意走到骆小姐面前，挑她话题，令他失望的是除了谈有骉有鼎出国的事，骆小姐只字未提包府，且似乎神情自然，谈吐有分寸。

邵老爷这回相信了乔乔的分析。但情绪上还是将信将疑。

午后，邵老爷走在紫藤园树木间的鹅卵石路上，呼吸着从树林枝杈间飘过来的夹着细雨般重雾的空气，感觉渐渐好起来，头脑里的混乱也像这紫藤园里的景致那样——呈出错落有致的顺序和层面，他慢慢地走着，眼前的一切令他赏心悦目，愉情宽达，信步而至，渐渐将那些不快之事暂时忘却。

生活就是这样，年轻人有着年轻人的好奇，老人有着老人的好静，贪欲的人总是不能满足。眼下的古柳泽出现种种奇事怪事应属正常。要紧的是自己坐而不乱，视而不慌，言而有威，动则有序，行则有获。思忖到此，他在一棵高耸入云的大树前站住，伸出手去，展开掌心，让那叶上的水滴在掌心，一滴、一滴，渐渐地有一小泓了，轻轻地拢起掌，那泓水在掌心滚动着，顺着掌纹慢慢地游动着。想起了什么，微微一笑，开始顺那鹅卵石路朝前走去。

走过一道圆门，家丁跑来说史进耀在前面等候他。

他来了？依邵老爷的看法，这三个人中，夏天是北伐的线，牵紧牵松都关联着蒋中正，不可马虎；张义抓的是民众，这是地火，惹不得，必要的时候，甚至可以牺牲夏天，张义不能得罪。史进耀是戏台上的串角，少了没戏，多了碍事。对付他们都得分寸适当。现在史进耀来干什么？

家丁见他眉间的情绪不透明，小心地问道，那就不见他？

邵老爷说，见。当然要见的。史镇长来了，哪有不见之理。

邵老爷正堂屋会见史进耀。两人一阵寒暄后，史进耀看看气氛很好，便端出来意，刚开口说了一句：包府对你不善，要有些准备啊！邵老爷便冷冷地打断说，没准备，也不可能准备；国忧未除，何论家愁？他这话出口，史进耀顿觉不快，后面的话自然卡住不朝外吐了。

情绪走着极端的邵老爷，顺着自己的思路慷慨而言：古柳泽毕竟弹丸之地，与中国一片桑叶形状的地图而比，谁大谁小？我邵家老少人口不过是几百。这中华一国之家，人口又是多少，四万万。少了我一家，只是几百。少了一个中华，这世界还能是全的完整的吗？我想，这片桑叶形状的地图上，可不能因为内讧引来外贼，导致损边缺角啊！

史进耀渐渐听出了些味道，不安地说，你是说……

现在时局很乱。镇团防在包府，你这个镇长空有虚职。我又不便再搞一支商会武装。但我顺应时代潮流，支持办夜校，搞民众教育馆。让做工种地的人都能识点字，免得到时候连个状纸上的字都识不得。你说我做得对不对？心，正不正？有人竟然到做工种地人中间煽动，说什么天下的乌鸦一般黑，地上的老板都贪财！你凭凭良心，这世界上到底有多少人的肚皮里装的是狼心，多少人的肚皮里装的是菩萨心？狼心蜜嘴皮，嘴毒菩萨心。人就会跟着蜜嘴上当。所以才有良药苦口能治病，忠言逆耳利于行的话。

这些出自夜校课堂上的话，史进耀听着听着，额上冒汗了，脸色渐渐由红变白，由白转灰，灰里透白。他想：难道自己与夏天商量的事都让他邵老爷知道了？极有可能，骆小姐与夏天眉传眼递那么亲密，外人不知详情，但能瞒得过他吗？张义说他夏天对"组织效忠"，看来不是没根据。史进耀越想心里越不安，掏出手帕抹汗。邵老爷佯装不知其因地问，史镇长身体欠佳？

史进耀掩饰着连连说是，是的，有些不适宜。

邵老爷站起来说，要不要让我的小姐陪你散散心？

史进耀一听，更是两腿直打晃，包老爷吃人不吐骨头，你邵老爷再来个吞肉不嚼，我还能有活路？赶快离开。想到这里，连忙站起来，推辞道，我也该回去了。

邵老爷说，那好，我也就不留镇长了。至于你说的那笔经费，改日我让手下人送过去。有空我还真想好好向镇长当面讨教讨教。说话间，下人递过一只礼包和两匹湖绸。

今日的史进耀，竟不敢像平时那样接受此礼。

怎么啦？是这玩意儿烫手，还是镇长心路高了，不把我邵某的小礼放在眼里？如果是这样，你史镇长说句话，我家里的人口财产，随你点拨。送与你，也省却让别人抢……听邵老爷这么说，越发让史进耀心惊肉跳，哪里，哪里，这话从何处说起！我史某再没有眼珠，也晓得傍您这棵大树好乘凉啊！

邵老爷笑道，就怕我这大树底下不长苗。

史进耀尴尬道，哪里啊，有凉乘就好啦，谁还敢撑大树与你争呀！说着，伸手接那封包，托在掌心，沉甸甸的。心里想，还是夏天和张义的主意好，这一弄，把他给套住了，可是……

细察着史进耀表情微妙变化的邵老爷心里是另一番念头：不怕包府的手段，就怕赵公元帅出手大方，原先担愁的心底稍稍有些平静，口气也变得温意了：有镇长这话就好，晚上睡觉也踏实了。他亲自送客到庭外，下台阶时又用西洋的握手礼节，紧紧握住史进耀的手说，兄弟杂事繁复，问候不周之处，还望镇长多多谅解。民众教育馆要真正靠你啊！尤其是那些做工种地的……

邵老爷这话，史进耀还能不明白？嘴动了动又想端出来意。不料，邵老爷拍拍他肩膀道，有的话，你不说，我明白哩。邵老爷自作的聪明，恰把史进耀本想和盘托出三人商量的事，又缩了回去。

71

送走史进耀，邵老爷刚刚抬腿转身，大门口来报说有人求见。邵老爷一挥手说，让二管家去见吧。一会儿，家丁又来报：那人一定要见老爷，有要事当面禀告。

邵老爷没好气地回说，来人都有要事。

家丁没回词。

邵老爷见状，看了看，又想了想，软了那心，既然如此，你就先去看看那人，如果真有要事，也不要让人家误会了我。

家丁接话而去，一会儿把那人带了进来。来人见面就从怀里急急掏出一封公文呈上。邵老爷拆开，一目十行，急急扫去，信阅到尾，那额上已是虚汗直淌，身子朝椅上一笃，人也失去元气似的蔫了。众人在一边见此情景，也不好说什么，只是呆呆看着。伶俐一些的，撒腿就去喊人，跑到门外，站在檐下，两腿生根似的打住，喊谁呢？照关系，要喊的自然是夫人乔乔。但老爷是看了信才发呆的，这信上说的什么？如果是生意，或是什么大事，应该喊冯先生。对，去喊冯先生。

这边正要走，堂上传来老爷的声音：给客人看座。

家丁收回腿脚，回到堂前，给来人看座。

邵老爷又复看一遍，见那信上说，县团部两日前凌晨捉得一名与太湖强盗送信的人，从他身上搜出一封与邵家有关的密信，云云……请邵老爷立即来县议事。因事情紧急，务请邵老爷接函即启程。

邵老爷思忖起来：说是两日前的凌晨，那就等于三天前的事。那正是麻团长造访包府的第二天，怎么拖到现在？这里面又生出多少细枝末节呢？是真有其事，还是麻团长诈了包府，回过来再诈他邵家？邵老爷轻轻吁口气，思忖道，史进耀这两天跑上门几回，每次都欲言而止，莫非就是这事？刚才分手时，他那表情……呵！怕是真有大事要出。也罢，这风雨迟早总是要来的，也好，早来总比迟来好。包老爷啊包老爷，若天助于你，地利于你，我何不成全于你？想到这里，邵老爷决定把冯先生喊来商量一下。起身时，他的眼光扫到那信上，这才想起信上叮嘱切勿告诉任何人。告诉不告诉冯先生呢？他权衡再三，最后还是决定先独身前往，但必须让冯先生知晓自己的去向，以防不测。

邵老爷匆匆安排完手头的急事，随来人上路。

来人说，镇外二里路处，有人在候您。

谁？

去了，您就知道了。

我还开勿开船去？

开还是要开的。

我可以带几个人？

您想带一个军，我们绝没意见，你若一人，我们也绝对保证你来去安全。若连这一点都做不到，我军何以保证地方安危呢？

听他说这话，邵老爷心里冷冷一笑，对包府也这样说的吧，你们的麻团长诈起包府，玩的比麻将牌还娴熟。这些话，邵老爷不会朝脸上搁，他看看来人脸相和善，不像那种做惯杀人越货营生的角色。再说，人家毕竟只叫他到离镇二里处，就是有什么事，也来得及营救。这么想，心倒也放得下了。

72

邵老爷带上几个保镖，坐上自家那条机器船，没多一会儿，到了镇外青云墩，在水湾的高树密林旁歇下。正要着人上岸，就见斜刺里出来一艘小火轮，船上站着一位军人。

邵老爷并不认识麻团长。麻团长请的就是邵老爷，自然是"认识"的了。远远地，麻团长站在船上双拳一抱说，幸会幸会。邵老爷还了礼，问有何指教。麻团长说，可否让下官到你的船上说话，或者请你到我的船上？邵老爷听他这么说，心里道，把我当作什么人了，于是说，我上你船。

麻团长说，那就劳驾你了！

船近，歇机停稳，两船靠拢，水手放过跳板。

邵老爷过了船，两人在甲板上恭维寒暄。麻团长将邵老爷引进舱里。一进舱，邵老爷见绑着一个人。借着舱里昏暗的光线看了看，看不清脸面，便没多想。麻团长从桌上拿起一封信，递给邵老爷说，这是我的弟兄从这人身上搜到的。因事情关系到您，所以请您来了。

那信上说，包某已经用手段把县团部的麻团长骗好，定于十月初一动手，先让麻团长的部队扮作你们土匪到镇上洗点银两。但你们必须趁他们洗得得意忘形之时，穿上政府军的制服，在镇外埋伏好，伺机一网打尽，务必斩草除根，若留后患，将无你我的安宁之日。同时趁乱杀掉邵、盛、陈三家大户，如果得逞，这三家的资产足可再建一个天津卫！具体步骤容我大儿到岛上细述……

信没看完，邵老爷已是大汗一身。此时此刻的邵老爷脑子里冷不丁地冒出点逆反思维，他想，会不会是麻团长使的计谋？这么大的事，骆小姐和史进耀会不知道？还是袖手旁观，或隔山观虎斗？

麻团长也好像看出了邵老爷的担忧，他让士兵拿掉被绑人嘴里的东西，用皮鞋踢他一脚道，招供来，你说你的信是谁叫送的？送给谁！

那被绑的人吞吞吐吐说是包府要到太湖强盗的点上去送信，他不认字，只知道把信送到。

邵老爷问，你是镇上人？

是的，小人是东街醋坊的作头。

东街醋坊的作头不做，做跑脚，为什么？

小的一言难尽。

你送给谁，直接到太湖里吗？

我已经说了几遍，送到横沟里黄小狗家去。有的时候，只要送到北街的永福寺里就行。

邵老爷问，给谁呢。

那人回说，黄小狗的儿子在那里出家。

麻团长过来问，还不信吗？

邵老爷问，你准备怎么办？

麻团长说，这不是说话之地。

那就上我的船吧。邵老爷带着麻团长过船。到了邵家的机器船上，分宾主坐下。

麻团长说，你我初次交往，就在这样的情况下。你当然可以不相信我，因为我诈了包府。说着，他从身上掏出那张期票，递给邵老爷。

邵老爷看了，倒也大度地说道，我让恒泰账房兑给你就是了。

麻团长乐了，这古柳泽上，地盘不大，放个特殊点的屁，打个喷嚏工夫就会全镇晓得。但我一定要请邵老爷能理解我，为什么找你。因为我听说你对太湖强盗有深仇大恨……当然，你还不相信，可以叫人来认他。或者我把他交给你处置。

邵老爷听他这么说，倒是喜欢上了这个快人快语的兵痞，便说，交我处置倒是没必要，让我的人来认他一认，是一个主意。

麻团长问，你的人来了吗？

我着人去喊！邵老爷随即让人去喊冯先生。他叫冯先生来，一方面是看看这个送信人，同时也自感与这个从来没打过交道的丘八交往还欠些经验。

这边人正要出发，那边岸上已经有人高喊邵老爷。

家丁眺看后过来说，来人好像是冯先生，旁边还有个姑娘。

邵老爷说，那就快请他过来。

冯先生到了船前，气喘喘说，我赶到府上，听说你走了，他们说你走得不远，就在镇外。我就快跑紧赶。嘿嘿，人上了点年岁……哦。这是杏花姑娘，是黄泥渡老杏仁的女儿。

邵老爷不解地问，你把她带来做什么？

冯先生看看麻团长，欲语未吐：有桩事要说与你听，这里……

邵老爷点点头，似乎明白了什么，但又觉得奇怪，他看看麻团长，见麻团长两眼盯着那杏花姑娘看走了神。他顺手把那张期票给冯先生，要他马上兑现三千块大洋给麻团长，并且说，这位麻团长不是外人，期票虽然不值那价，但麻团长这情义，就是送也应该送的。

麻团长问，不值三千块大洋？

冯先生一听是麻团长，心头一块石头放下了，当时听了杏花姑娘的述说，心里可没底，不知道送信人会不会半路杀了勤务兵逃掉？现在，他真是要暗自大笑一场，原先摆布的路子如今一一兑现。他对麻团长施礼，并告诉他期票一般都是可以抵押的，只作对折，至多只能四六兑，像这张没信用的期票，三折还没人敢收。

麻团长想，还好，到底还有九百块，不是废纸，于是对邵老爷说，那就九百吧。

邵老爷连忙说，原价照兑，请麻团长放心。

冯先生拉过杏花姑娘与麻团长施礼见面道，这位姑娘的爷被人杀了，有人救了她。听说那救他的人和杀他爷的人在说话中都提到包府要害邵家……

麻团长嘿嘿笑着说道，我那小舅子。真是石头不开窍，这么漂亮的姑娘不玩，还想玩什么样的？

众人听麻团长这话，莫名其妙，有点丈二和尚摸不着头。

听此言，杏花恰是羞垂下脸，她明白眼前此人是谁了，忍不住用眼梢瞟了瞟，暗思想：郎君说的莫非就是这个人，若真是的，还幸亏没随他去县城，要不真的就没救命恩人的份了。

这时，邵老爷把那封信递给冯先生，趁着冯先生看信，邵老爷吩咐道，带姑娘先去那边船上看人。家丁立刻带了姑娘过船去。

这边冯先生看罢信，半晌无语，他明白这封信的分量，抬脸看看两位，问麻团长说，包府想动你，可见是有实力。否则敢与你这位南征北战的将军试高低？

麻团长觉得冯先生的话实在，屁股惊得从坐凳上弹跳起来，手舞足蹈道，老先生的话很在理，在下不敢小视，但也不必惧怕。我请你们来，是想一举铲除此霸，古柳泽天下我们共享。不知两位意下如何？

邵老爷看看冯先生。

冯先生明白，邵老爷是想借他的嘴说出他的念头。冯先生怎么说？冯先生又能怎么说。此刻的冯先生深谙邵老爷已经不是前几天的邵老爷了，便故意深深地叹口气说，他包家如若是真正的一霸，倒也可以铲除。事情偏偏他不能算是一霸，只能说是有些事情做得不近人情。麻团长不高兴地说，老先生怎么善恶不分？人家要杀得你们不留一丁，你倒还说只是有点做得不近人情，这世上的东郭先生还是实在太多。停顿后又道，莫非你与他包府有瓜葛？有瓜葛也不打紧嘛！他还送我姑娘做小的哩。那情分，是昨日的露水，蒸不得今天的热馒头！该做的，还就得做干净。

冯先生这回可是逮住了主动：依将军呢？

麻团长说，这眼下到十月初一，尚有些日子。你我可以好好操练弟兄们。但就我的力量而言，尚不足抵挡。蒋中正先生的北伐先遣部队已在江西，从横路插过来也是赶得上的。如若能仰仗邵老爷的市面，先调他一部分兵力，那么一来，对付小小的太湖强盗，哈哈，瓮中捉鳖。

邵老爷摇摇头说，调蒋中正的军队，那是空话，不实际。十月初一，西历十一月五日，那一刻北伐军到底在何处？没准。

听了这话，麻团长笑脸急收，两珠突出：那你能有什么办法？

冯先生说，在下倒有一法，可解燃眉之急。

麻团长急急地问，什么办法？

冯先生说，将军可将这个送信人交给我们，由我们找包府算账。依我看，这信是包府管家的手笔，他想赖，是赖不掉的。当然，我们可以自己不出面，由新来的镇长处理。

麻团长打断冯先生的话说，那个镇长，还有个会洋话的姑娘，都是包府一条裤管里伸腿的，没准那女人就是镇长的姘头。

冯先生摆摆手，说，不管那么多了，他指望我们把包府手里的镇团防拿过来给他哩，这一刻，他多多少少还得听一听我们的。照我说的那么一做，包府与他还会热乎吗？必要翻脸，或做一较量。这较量也就避开了把邵家作为锋头的危险，转祸于史进耀，那就变成全镇人的事了。自然，他包府也还会送信给太湖强盗。到那时，你可以用兵力沿线伏击围剿，铲除他们。在你来说，还不就是烹小鲜嘛！铲除了他们，那就真正高枕无忧啦。说到这里，忘不了补上一句：目前军队训练的银饷，我想，邵老爷也不会吝啬。数量多少是另外一回事……

麻团长乐道，人道你们爽快，果然。说着，把手指一伸，这个数不能少。

邵老爷明白，少则五万大洋。当即爽快表示，不成问题，说着，邵老爷又表示，还可以动员其他商家也出一些，足以保证军队这期间的需要。

麻团长高兴地说，好！我就是喜欢与你们这些豪爽的人打交道，不过……他看了一下左右。邵老爷明白，扬扬手让众人出去。麻团长说，兄弟虽是军人，但也听说了邵老爷您的威望。孙大帅的世道已经过去，在下想投靠蒋校长以求新生，不知邵老爷肯引荐否？

这……邵老爷感到为难，冯先生却抢先应了：可以，可以。好事嘛！当然。

麻团长高兴地说，如此说来，太好了。兄弟愿意为你们好好效劳……他的话还没有说完，那边船上高喊道，不好了，俘虏跑掉了。

麻团长以军人的敏捷，迅速站起来冲出去，跳过船，大声问怎么会逃掉的？他非常清楚，这个送信人一旦逃走，太湖强盗就会迅速与包府勾结加快行动步骤。顿时破口大骂道：他娘的，老子就是防的这一着，所以才迟些来的，没想到你们这几个饭桶，还是给放跑了。老子让你们吃禁闭！

邵老爷和冯先生过来，见状倒也是很尴尬。

冯先生悄悄对邵老爷道：现在的麻团长是进退两难了。

邵老爷长长吁口气叹道，包老爷啊包老爷，你逼我至死路啦！

冯先生说，他不逼你到这地步，你会听他的？罢了，我们回家再说。

邵老爷点点头，两人过来问明情况，原来是看管的人在姑娘认俘虏时，俘房撞倒了姑娘，趁大家救姑娘免于落水时，跳水而逃。事情既已如此，怪谁也没有用。好在那个姑娘已经看过，说正是那个坏人。

邵老爷回到舱后的态度又比刚才更为积极了许多。

临别之际，邵老爷主动对麻团长说，丑话说在先，不搞小动作，也不谋财害命，真诚待人，以诚服人。麻团长以为如何？

正是我的为人处世信条！

邵老爷知道他是兵油子痞腔，也不与他计较，顺势利导道，这样甚好。至于以后军饷的补贴，我叫县商会再出一些。刚才那数，明日由盛老板拨过去。

麻团长爽快地说，何时要部队过来，你可以打电话。

邵老爷有自己的想法，虽说麻团长有这态度，毕竟是用钱买的阎王人情，靠不住，得罪不起，这当兵的说话没个准，万一撒起野来，请佛容易送神难！这些话，他没说出口，就连引荐给蒋中正的事，归途中他还嫌冯先生嘴太快了，到时候做不成反倒落他麻团长一个话柄。冯先生说，那就是你的错了。他孙文可以把清王朝的北洋大臣弄过来，蒋先生就不可以收罗愿意投靠他的人？多一份兵力，不就少了几条对付他的枪吗？在今天的枭雄掌中，定有嫡系，也有庶出，方可运筹帷幄，动用裕如，否则难以平天下……

邵老爷点点头，他不能说冯先生的话没有道理。

73

冯先生握着那封信，脑子里想的与邵老爷完全不同。

冯先生搭得清邵老爷的脉，晓得他并不因为麻团长的出现就愿意与包老爷闹得你死我活，但冯先生极渴望那样，偏偏又因为他的身份而不能公开挑明态度。在邵老爷问他时，他说，我准备亲自到照相馆把那封信翻拍制板，印出照片若干张。手书一则新闻，着绝密可靠之人用十万火急的快速送递上海，让报馆在近日将消息并照片一并在报上披露。迫于新闻舆论的压力，十月初一的灾难必将化险为夷。

邵老爷叹道，如真那样，我就可以高枕无忧了。

冯先生听了，顿时心悬到了嗓门口，这最后的话正是他担忧之处！如果不是邵老爷这种态度，收茧风波、毛教头的事，任何一桩事都可以牵出一场大火把包府烧个精精光。一忍再忍，闹得包府一日比一日神气，干脆拿出灭邵家的手段，是可忍，孰不可忍呀！

邵老爷的心里怎么想？隔层肚皮如隔山，冯先生猜不透邵老爷肚皮里的故事。

船回镇的时候，冯先生便去做他想做的事，他在北新桥上了岸，说是到青峰之庐照相馆去，实际他要找个人把包府的新阴谋炒作一番，逼邵老爷出山，达到自己苦心积蓄十多年的目的。这个人是谁呢？当然不能是他自己，想来思去，他选择的是史进耀。

太阳快要落山了，夕阳烧起的晚霞映得镇外的山水抹起了一片红色，分外妖娆，冯先生逛进镇，到镇公所门前时，正好见到史进耀送客出门，两人见了面，史进耀招呼他进去坐坐，冯先生说，你这公家衙门轻易进不得，哪日你有空，我请你坐坐茶馆？史进耀顺口道，还是我请先生吧！

冯先生心里想说好，嘴上却推辞说，镇长是上柳泉居，我可没那资格，如果到桥东的小茶馆，镇长肯赏光，今天就去用点晏茶？史进耀见他顶真，倒也如实说今天没时间，改天行不行？冯先生笑笑说，我就知道镇长是个大忙人，虚邀的情多，实话少。

史进耀见他这么说，想了想说，那就随你走一趟吧。

冯先生一把拦住说，那就不必了，其实也没什么事，想与你聊聊，你忙，就不必了……说着，冯先生突然问，我给行义选读《唐诗三百首》用蘅塘退士编的本子，不知可好？你们给学员选读的是哪个本子？史进耀说，大概也是这个本子。冯先生道，这最后一首，为甚要选那诗。史进耀被他一提，想起来那首杜秋娘的诗："劝君莫惜金缕衣，劝君惜取少年时；花开堪折直须折，莫待无花空折枝。"看看冯先生，又道，先生才高八斗，还要取笑晚生？

冯先生说，没有的话哟，只是觉得它讲得很有意思，花开堪折直须折，莫待无花空折枝。讲得多妙啊！指着院子里的一棵柿子树说，这树上的熟果子你摘了才能算你的，对不对？

史进耀看看他，没作声。

冯先生又说，不摘，挂那里指望掉下来用嘴张着，这果子能正好落你嘴里？只有趁它快熟时摘了，自己焐着才实，口福才有保证，是不是？世上许多事，是不是都这理儿啊！一首《金缕衣》，压轴得妙啊！

史进耀忽然明白什么似的低语道，冯先生点拨得好，只是你们家老爷聪明得让人水都泼不进，怎么说呀！冯先生装糊涂问，说什么呀！史进耀便把自己晓得的包府阴谋略略一说。

冯先生想，果然那夜包府的酒喝得有滋味，嘴上却说，这么大的事，你就是让我说给邵老爷听，他也不会信。史进耀为难道，万一真的动起来，怎么办？冯先生装出一副替人释难的腔说，大凡做老爷的，不听你的，不听我的，难道也不听要好朋友的、哥们的？你朝那上面想想？就好比你想那镇团防，想那公田，千方百计动脑筋。那脑筋你会动，这倒不会了？

这席话无疑是醍醐灌顶，史进耀一拍脑袋，乐道，先生高见，改日好好请先生喝酒，聆听指教。

冯先生这步棋走得妙。当他回到邵家，邵老爷再次与他说到麻团长时，果然态度变了，说，只要包府罢手，就放他一马吧。冯先生不解地问，这是为何？

邵老爷说，得饶人处且饶人，我这万贯家业得慎之又慎啊。

冯先生不高兴地说，你一次次被动，还嫌不累啊！你不累，我可真累了。

邵老爷想了想说，照你的说法，我得站到前面了？

冯先生说，你不站到前面，包府会推你到前面。依我看，你担心夏天张义史进耀他们三个人联手起来与你争夺，大可不必。夏天与张义只会替你做成事情，他们需要的是你对北伐的支持，利益都是一致的，北伐军一到，他们该到哪里就到哪里去了，你担心什么呀？那个史进耀哩，独脚羊，连躲包府这只狼的能耐都没有，更不用怕。

邵老爷看着冯先生，迟迟没话，看得冯先生也有些莫名其妙。

邵老爷叹道，你说得也对。

冯先生脸上没任何表情，他不需要表情了，会有人替他表达那些他要表达的意思。这个人就是史进耀，他在与冯先生会面后把该说的话，"悄悄"递给了盛老板陈老板芮老板等几个人，让他们自己去问邵老爷。这几个与邵老爷顶顶合得来的，称得上是"兄弟"的商人，闻得这个消息不啻是头顶上落了响雷，震得有些蒙蒙的比死了爷娘还要急。芮老板胆小，平时对邵老爷都是仰着脸看的，此刻倒了半碗白干，喝着闷酒，用一年到头都是染缸里出来的五彩色手掌掰着鸡腿啃着，看着他俩不说话，半晌才嘀咕一句：他不愿意得罪包府？他的家业比我染坊还贱？

陈德怡拍拍桌子，一下子把芮老板的酒碗掀得飞到墙上，啪，落在地上粉碎，你的驴尿喝了能壮胆你就喝吧，喝死了也省心！芮老板睁着两只红红的酒眼看着他，嘴里语无伦次道，盛、盛、盛老板说说，你这屁威风在这里发得狠，你敢对着邵老爷发？

陈德怡说，有什么不敢，走，现在就去。

芮老板站起来说，走就走。说着，他把没啃完的鸡腿依旧用荷叶包好，又看到那摔破的碗中间还有点剩酒，过去拎着，吮了。盛老板笑道，你这吝啬鬼，一滴酒都舍不得浪费，怎么舍得人家把你的染缸底砸个洞？芮老板问，谁要砸我的染缸，我日他亲娘。

陈老板说，包老爷要砸，你敢日？

芮老板抖抖精神，把三丈的威风抖上了九丈六，声音高了些，你敢我就敢，我跟着你。

盛老板见他们说得太顶真了，揶揄道，进怡春院你也这样？

芮老板回说，也这样。

大家笑起来。

陈德怡说，胡老板捧着猪头找庙门，这回看他找得准不准？走，到他那里去。说着话，三个人就动身到胡老板的丝行。胡老板正拿着一张绣板翻来覆去琢磨着什么，陈德怡一见面就上前夺过，朝地上一摔！吼道，这里面有灵丹妙药？胡老板看着陈德怡说，凡事都要琢磨，琢磨里面出学问……芮老板骂道，翻个屁，晚上你跟你老婆好好翻屁股闻她的臭屁吧，现在兄弟们需要你。

胡老爷不高兴地说，都是斯文人，怎么能这样说话，到底出了什么事，闹得你们变疯狗了。

盛老板打圆场说，狗急了还跳墙，人给逼急了，杀人放火。

胡老板听听腔调不对，睁眼看看三个人，满脸怒气，又闻着芮老板的酒气，更是丈二和尚摸不着脑袋，忙给大家让座，上茶。盛老板说，茶就不要上了，陈老板快说说那事。陈德怡三五句说了个大概，胡老板也坐不住了，便说，一起去邵家吧。

几个人拥到邵家，问邵老爷的态度。

邵老爷不动声色地问，谁告诉你们的？

陈德怡说，我的兄长呀，都什么时候了，你还喝了三缸定心汤哩；别问谁啦，你想一想，这不仅关系个人身家性命，也联着古柳泽的存亡大事啊，马虎不得的。你说一句，你掏句心里话，我们听你的。盛老爷说，是啊，兄长可不能再手软啊！还是召集各店铺商家集中，商量对策吧。

邵老爷看看大家说，我晓得从哪里来的消息了，冯先生说的？

众人一怔，相互看看。

盛老板恼道，兄长休提他，要是他能说，我们就睡大觉了。

陈德怡说，他是你的看门狗，不会顾及我家门楼失火。

芮老板说，他只会咬着人家裤腿不让救火。

邵老爷听着众人的埋怨，心里倒抽口凉气，琢磨道，这就怪了，只有他晓得呀，他不说，那会是谁？那一刻只有我与冯先生和麻团长见了面，要说晓得，他冯先生不说，那就只有麻团长或者包府父子透与你们。他想了想，要么还有一个人。众人异口同声问，谁。邵老爷说，史进耀，他在包府里过了一夜，一定知晓这些，不过，他连我都没说，会告诉你们吗？盛老板说，好了，好了，你不要追究谁说的了，这事是真的了吧。

邵老爷点点头说，是真的，他们计划在十月初一动手。

众人听了没话说，整个屋里一时静得空气冻住了，人都喘不过气来。

盛老板哭丧着脸说，你有什么好办法呀？

邵老爷说我想约他包老爷喝一次茶，喝过茶后，我才能该怎么就怎么，这是我一贯做法，请求大家准允。

众人叫道，你这么说了，我们还能说什么。

盛老板恼道，你去做吧，要是失败了，后悔药是买不得的！

邵老爷笑着说，我还没笨到那个地步，该说的照说，该做的照做，说和做同时并举，有什么不好？我要你办的事办得怎么样了？怎么没听到喜讯！

盛老板心头一亮，他明白是冯大的事，此时此刻邵老爷能够想着这件事，足见冯大此人大概也是个用得着的角色。他连忙说，正在办。内人商量妥了，就向您老呈上细目。邵老爷说，好了，别的不用再提。说着把脸转向其他店家叹道，看来你是逼我要把话说白了，也好，你们拎清爽，面对的是握有镇团防兵力的包府，死了毛教头，又来了洋教练，你能怎么对付他？我已经让冯先生把那封信送到上海报馆里去了，报纸的作用是一方面。另一方面，我们还要向做工的种地的把情况说明，让大家明白，包府针对的不完全是我们商家。失火还要带邻居，更何况这兵灾人祸，能保证那兵痞不闯到人家抢东西？见了漂亮的姑娘不施暴？自古的兵荒就有马乱，跟着的是百姓遭殃，地无人种工没人做，一切都是因兵灾而起的荒！众人听得明白吗？说到这里，又缓下道，现在都还不是时候。

众人听到他最后的话恼了起来。胡老板高声道，还不急，再等下去，心都要愁得萎了。

盛老板顾着些面子，说，事情到这地步，总该像人家广州那样成立商会自卫团了吧。

邵老爷刚回了一句，还没到时候……芮老板就叫起来，邵老爷，你有钱换老婆，我们可陪不起啊。再说，原配总比招配的贴心些吧！你说哩……

还换老婆，自己的性命都难保啦！

他在暗处，你在明处，他说要杀你，还会出告示吗？

唉！我的哥呀，你是给女人的米汤灌蒙了，还是怎么啦？陈德怡突然大叫一声，坐落到凉爽爽的地上，双手蒙脸哭了起来。

第十章

74

当商家正在邵黎泽那里争论不休时，张义已经将紧急会议上的决议付诸实施。并且通过民主选举的办法，选出了以张义为总指挥的行动委员会，具体行动则由孙有和莫嫂负责。周山、阿根配合孙有，阿倩和小青配合莫嫂。张义提出的分几步走的方案也得到了大家的肯定。按他说的，第一步，游行示威继续，但主题要升级，挂上为对国家大事的声援；第二步，要大家听从史镇长的安排，把积极分子安插到学生里面去，伺机把学生的情绪煽得高高的，对于学生的过激行动不能泼冷水。在排具体积极分子时，小青说，竹为可以作为骨干使用。周山也表示可以用。

张义却反对，提醒他们：有人把他看成是我的人，对他另眼相看，这对教育帮助引导他都没有好处！在竹为的身上，流氓习气很重，稍不注意就要出事。

周山不以为然道，那怕什么，反过来看，不正是大胆的表现吗？在这里，敢于向有钱人斗争，还就要有点流氓的手段和勇气才行，要不，前怕狼，后怕虎的，怎么行啊！

张义说，你们这样说，我也不想多说了，该怎么办，就怎么办吧，现在我再强调一点。就是包府与太湖强盗勾结的事。通过这件事，我们无产者要在帮助邵老爷在对付包府的过程中，获得的利益应该包括钱财、武装。即便锻炼也是一份收获。我们将来的路很长啊！张义又具体地说，在成立自治组织中，共产党员必须都能成为骨干，一旦成立武装，握枪杆子的人起码是听我们话的工农。一有风吹草动，暴动才能稳操胜券。

75

夏天是八月二十九日晚上离开古柳泽的，七天后，夏天在杭州给张义打来电话，告诉他，自己现在就在朱惺公主笔的《浙江商报》打电话。

张义问有什么新闻？

夏天说，今天英国军舰炮轰万县，千真万确，《泰晤士报》记者电讯消息。这消息对我们有利啊，好好做篇文章。让那些见钱眼开的商人们也晓得晓得爱国才有出路。

张义听了很高兴，要他赶快去上海，拜访彭述之、张崧年、李隆郅、向秀理、蒲修之、周法等人，争取得到他们的支持。

夏天说，马上就走。

张义说，把郑超麟和施存庵请来。施存庵的小说很有味道，对人的精神培养极有益，请他给学员上上文学课。

夏天表示：能请的，我一定去请。夏天没有告诉张义，他与这两人曾经恶过口，且是他不对，尽管人家谅解了他，他还是觉得无颜去见人家。搁了电话，夏天又与朱惺公再次敲定到古柳泽的时间。

这天晚饭后，夏天即乘杭沪夜班快车到上海，下车后，坐黄包车直奔张崧年那里。去得太早，张崧年还没起床。夏天等他起床后，两人在弄堂口上喝了豆浆，咬了两根油杀鬼，事情说妥后，夏天就去联络李隆郅、向秀理、周法。晚上在松德堂餐馆请他们吃饭，席间夏天说明来意，大家都没有推辞。夏天又向张崧年提出要联络郑超麟、施存庵、蒲修之、彭述之等人。张崧年说他多时不往来了，夏天问别人，也都表示目前几乎无往来。

在座的周法私下问张崧年何出此言。

张崧年道，仁兄有所不知，便将数年前夏天在上海的龌龊行为稍稍漏了些。周法听罢道，这么说，我们不去。张崧年道，我们为谁去的？是张义老兄与"大律师"来了电话，不是"大律师"出面，我们谁去。不过，你对任何人都不要说是张义请的。到了那里也不要说出来，只当不认得他。党内复杂，他想做点真正有益于民族的大事，我们要成全他的一番苦心。周法这才没话说。事后，夏天去找那些人，奇怪的是所有人都突然搬了家，夏天全扑了空。

也活该有戏，第二天下午，蒲修之和一个女人在四马路与夏天不期而遇。用蒲修之的话说，命里注定卖与夏天了。一番口舌，夏天就把蒲修之从那女人的身边临时掠走三五日。

蒲修之和张崧年、李隆郅、向秀理、周法乘上张静江在上海商行里的小火轮。夏天又去还请了《申报》记者随行。大家一上船，报童就送来刊登《英国军舰炮轰万县　无辜民众死以万数》报道的《申报》。众人一路以此为话题，痛心陈述国衰民弱遭列强凌辱的种种事实。记者随行采访，当日傍晚到了古柳泽。

西斜的晚霞里，史进耀率领镇上部分社会名流在码头上举行了欢迎仪式。

迎接仪式结束后，客人由码头到客栈住宿。

一路上，民众教育馆的教师带着学员，阿情和孙有他们带着原来的游行示威队伍、钟先生范先生指挥新学堂男女学生，夹道欢迎，气氛热烈。客人们见地方如此接待，深受感动。住店后纷纷表示愿意为镇方的需要做些力所能及的事。史进耀与夏天再三表示，镇方没有任何要求你们做的事，请你们来上上课，开阔开阔乡间愚民的视野。主人的谦虚，客人越发不安。大家委派记者与夏天沟通，夏天又把张义推出来。张义只说自己是教员，想请名流到民众教育馆看看，也可以就英舰炮轰万县的事给学员讲讲话。

上面是社会名流演说，下面竹为等人暗中串联，年轻的学员经不住煽动，热血沸腾，当场纷纷表示要主动配合好县中学和镇洋学堂的学生，组织更大的声势浩大的游行队伍。并向史进耀提出连夜在空场子上筑起高台，欢迎社会名流贤达做时政演说。

张义私下又向记者透露了许多本地消息。年轻记者按捺不住情绪，在返回的船上急就一稿，第二天上海各家报纸纷纷在头版显要位置刊出，着实影响不小。

76

天亮后，县中学和镇新学堂的学生们早早地在大街小巷转了两圈，回到桥西的空场子上集会。一夜不眠的民众教育馆学员们也和外地学生一起在那临时搭起的高台下，等候名流们的演说。

史进耀陪名流们吃完早点，在商会里与邵老爷等商家见面。

邵老爷代表商会对当前形势，尤其是北伐表示了态度。大家很高兴。邵老爷建议，季节虽然进入秋天，但暑气有增无减，集会还是趁早上凉爽时分为好。客人们表示赞同，太阳还没升高时，邵老爷请大家赶紧到空场子的高台上就座。

早于夏天到的《浙江商报》主笔朱惺公，在集会上对列强凌辱我国的暴行表示愤慨，陈述自己对封建主义的深恶痛绝，引起蒲修之的同感。蒲修之以自己对时政的见解、发扬五四精神，慷慨陈词痛斥军阀割据，其他先生们则借题号召民众起来支持北伐革命。

台上慷慨激昂，台下大唱新式的歌曲，高喊白话文口号，一直闹到中午都没散场，古柳泽大有天翻地覆重现数年前的那场混乱。烈烈炎日，就像有个红色的魔鬼在空中舞着鞭子，随着鞭子的响动，一阵噼噼啪啪作响，热浪如火而滚。热浪滚过后的人们，浑身炽烧了一般，手热、眼红、嗓门冒火，浑身都有什么东西要急急地朝外呕吐、宣泄。站在阴凉处一动不动都感到闷热难熬。

学生们的热情在天气的蒸煽下更为高涨。

许多店铺的伙计用人隔着柜台看场子里的热闹，说是看热闹，多数还是看那些粉嫩的女生，这些新潮女子身着夏装，胸腹臀腰，曲线毕现，膀子腿袒露，在伙计们的眼里，这是多么难得的观赏机会啊。

史镇长出面让店家犒劳学生，他们殷勤有加地把店里最好的食品送到场子上，给学生们享用，眉眼还带着情波，挑动得漂亮的城里女学生春心荡漾。胆子大的女生过来搭腔，伙计们以为她们与怡春院的姑娘们是一个意思，于是就大胆地在太阳底下动手摸她们的腰腿，女生们发出了尖叫。

伙计说：叫叫叫，叫什么叫，还没摸奶头就叫，这么容易叫窝！场头田间做起来，受用了你，让雷公公歇业，叫你撑天雷？

女生们吓得乱成一团。

这种时候，男生自然是保护人。接下来的事自然是伙计与学生发生冲突。愤怒的学生呼啦一挥臂，队伍开过去，把店铺里的东西砸得稀巴烂，酱油淌到了街上，芮老板染坊里染的布拖到了桥上，鸡蛋也成了对仗的武器，满地是锅碗瓢勺、碎砖破瓦，饭庄里的椅桌都缺腿断背地躺到了街上，搅得老板们很头痛。

状告到了邵老爷那里。

邵老爷让人传话给史进耀，让他打商会的旗号务必请各家店铺处罚那些瞧不起学生的用人伙计。定下规矩，严令各家店铺挑逗女生，一经发现，关到镇公所后面的茅棚里喂三天蚊子。伙计们晓得喂蚊子的滋味，闹不好染了疟疾送命，划不来。心里痒痒有歹念的伙计，到了这一刻哪敢再胡来，见了女生躲魔鬼一般逃开。

史进耀出面安排民众教育馆统一解决爱国学生的喝水、吃饭问题，镇公所专门找了女佣人为那些女学生做些女人方面的特殊服务。中午的时候，增加专人监看饭庄订的饭菜，学生们吃了饭，也就不再喊口号了。像鸟叫久了要歇歇似的三五一群地在镇上闲逛。镇里安排人给学生导游，领着不知镇上的花样景致的县城学生，上青云墩，到永福寺，走十字桥，跑竹林滩，逛店铺，游奇景怪巷，到许多外人看得稀奇的地方长见识。

77

史进耀出风头，最不高兴的是包老爷。

包老爷觉得，你史进耀能有什么神气？你想神气，我不给，你神气鸟！扇肿脸皮充胖子！他决定竭尽全力抵制捣毁史进耀的官派镇公所。结合密探情报，窥视商人与民众教育馆策划的阳谋，包老爷基本摸清楚镇上满天飞的口号绝非空穴来风。这一刻，他还是有些纳闷，担心"十月初一"的事泄露。细细琢磨，又不像。

当茶客们议论纷纷英国军舰炮轰万县时，包老爷正步入。他慢条斯理接话说，那都是制造出来的。

包老爷把"制造"两个字吐得很重。

这个很新鲜的词，古柳泽人至今还没听到过，有人不甚明白其中的内涵。加之他吐得怪怪的音腔，叫人一时识不清。但意思众人听得很明白，是邵老爷与民众教育馆那班人捏出来的故事。

中药店的郦先生说话做事都有来自《雷公炮制法》《汤头歌》《本草纲目》的依据，对这个词，回说，只知"炮制"。既然是炮制，那就有物才可炮，才可制啊。绝非空穴来风！

众茶客都点头，表示赞同。

包老爷斜眼瞟一瞟，不急于搭理，慢慢朝自己的座位踱去。

遣词造句，范先生是权威。

范先生看看包老爷，琢磨不出包老爷那话是在思索郦先生的话，还是另有什么念头。好在做先生的人，总有那种表现欲，开口道：制，申义于造币，发端于刀耕火作的原始农业。《商君书》有曰："衣服有制，饮食有节，则出寡矣。"皇帝下书，曰"制书"；更改朝政，曰"制变"；军营出令，称谓"制命"；《左传》有书言："夫帅师，专行谋……师在制命而已"；公布令，又称"制令"；做寿的人准备寿品，也连个制，叫"制寿"；皇帝关犯人的地方，不叫监狱、牢房，也不叫天牢，实际就叫"制狱"；要不，科举怎么叫"制举"……总之，还是郦老先生说得对，这"制造"，老祖宗没给，是什么地方来的？我看八成又是小日本运来……

包老爷坐下去，毫无表情地摆摆手打断他的话，训诂学在范先生这里，应当是最走运的。

范先生听到此话，那脸部的肌肉本能地朝上一堆，眼睛朝包老爷一瞥，立刻又垂下去了。明白自己那番话拍到了老虎屁股上，吃力不讨好。好在做先生的脑子活，他把话一转说，这个词，使我想到了日本人的洋丝。日本人的丝都不是蚕吐的，是机器吐的，就是包老爷说的"制造"，全是制造出来的。一天就可以"制造"我们一季的蚕丝。这制造，很可怕。要不，今春收茧风波能是这种样子？唉！小日本的洋丝"制造"得太多了，满世界都是，怎么办啊！好在包老爷用"制造"两字，告诫各位眼光莫只看到紫砂壶的一块，要看得更远些。见包老爷额首点头，范先生一振精神道：夫子前行，众生自是有福矣！……

胡老板插嘴道，福个屁！孙文推倒了皇帝，福祉于何人？

包老爷一听，不满道，胡老板，我是跟他孙文的人？哼……

天下大概只有"耻辱"是不上斤两的。这话声音不高，恰有夜潮吞沙之势。众人抬眼寻去，见是陈老板，着实吃惊不小。陈老板如今也敢说这种话？你惹得包府发怒，先开你的刀！

众人等他包老爷朝木行老板的干木材上泼洋油，划洋火。

偏偏包老爷听了这话，看看陈德怡，没有接应。

陈德怡无奈，把头昂了昂。

包老爷见陈老板头昂昂，出奇地一反平时的做法，既不笃紫砂壶，也不指桑骂槐，看着店小二手头的忙碌，等着茶来。

众人见这两人没有声息，甚觉奇怪。其实，陈德怡今天这着棋是斗了胆的。邵老爷说要与包老爷会会后再做计较，他要抢在前面吊吊包府的斤两，瞥瞥苗头，看看包老爷有什么能耐，那么值得邵老爷会？

包老爷的不理会，反倒让陈德怡不知怎么办才好了。

店小二到了面前，先道个安，顺势将水壶放地板上，起身时，朝桌上搁去那只精贵的紫砂壶，摆好茶盅。然后，开壶盖，注水，合盖，让壶里的茶闷一闷，干身的茶在高温里松着身子。这一刻的店小二开始为茶客弄纸捻。纸捻平时都是事先做好的，今天他是现做。手里半张棉纸，左指头捻住一角，右手中指卷抵，大拇指食指配合，就见那纸徐徐从左指间升出成支纸捻，再把头一拧，掐了。用打火石点着。磷纸火柴已经风靡大江南北，但柳泉居讲究古朴之风，仍然使用火石。店小二单手置石块，那么一动，火星从石间迸出，纸捻着了。只见他舌卷若柳絮拂红杏，火星一点点地在纸捻上亮起来，呼！起火了。纸捻着了。此刻，他的额上沁出汗珠，顾不上擦。先看看客人烟袋里的烟丝是否要重新购买。各个客人的口味不同，有人欢喜泰兴纪庄的，有人欢喜吕城河北老耿铺的。包老爷讲究用漳州烤烟旱烟丝，那种旱烟丝，镇上只有邵家店铺有。包老爷与邵老爷是明里暗里都勿对劲，这包老爷为何要专用漳州旱烟丝呢？泰兴纪庄的旱烟丝，上海滩上的白俄都说比鼻烟差不到哪里去，你包老爷为什么不用呢？偏偏要吸作对的邵家经营的漳州旱烟丝？令人费解。奇怪的是，没人见包老爷着人到邵家店铺买过漳州旱烟丝，从哪里来的？没人说得清。此刻，店小二看看包老板存在店里的烟袋里还有些，便用手指甲挖些装上，双手递上铜质水烟壶，让包老爷先吸一壶，吊吊精神；包老爷接过水烟壶，店小二递给燃着的纸捻，包老爷接着，纸捻头对烟锅，眼睛微闭，两腮鼓动，开始吸烟。

店小二揭开紫砂壶盖，提大水壶对着那里面沏水，水冲茶香起，雾走清气扬，整个屋里弥漫起茶的清馨。合盖，放下大水壶。提紫砂壶，将茶水倾入盅。摇一摇，转一转，倒掉，这叫洗盅。再软满。这一刻的倒茶，用个"软"字，恰如其分。那茶水出壶口，软如线，与先前的冲茶、倾倒均不同，见功力，出感觉，茶香四溢。到了此刻，店小二启唇道，请包老爷慢用。这就算一应事件细细稳稳办好了，退后一步，双手垂膝，低首问，包老爷，您还有什么吩咐？

吸了几口水烟的包老爷已经驱逐了烦躁，像平时一样点点头，拂拂手，示意你先忙，有事再唤你，便又埋进那吸水烟吊起来的雅兴里。吸完一锅烟的包老爷，眯眼看着那抹得锃亮可以当镜子使的桌面，那儿慢慢地，放洋片似的放出了他心底旧事的几个镜头。这些镜头曾经令他陶醉过、得意过、作为一种资本炫耀过，他是百看不厌，越看越有精神，情不自禁地抚着紫砂壶盖上的蒂蒂儿，轻轻地哼着只有他自己明白，自己听得清的曲调，欣赏够了，这才慢慢抬起头，扫视屋里一眼，然后把眼光放到临河的窗上，在那儿歇个绊，像欢快的雀儿站在窗台上逗伙伴，然后快快活活悠闲地飞向窗外那个无边无垠的天地里去。约莫有了一些时辰，他的神情才像挂在窗外檐下风干水分的干菜，枯燥而干涩地回落到桌上。这一回落，使他越来越清醒地明白茶馆外面的那些热闹，竟然都是邵老爷送来给他"享用"的。

这一刻的包老爷，心境越发沉重，好似千斤担压着。

78

茶的清香完全出来了。

包老爷用三只指头捏起了茶盅，呷了一口，放下。思绪换了个角度——

一起推翻秦朝的刘邦项羽会分手，联合讨董卓的将军恰恰是自己在争夺天下；推翻清王朝的功臣是孙中山，坐江山的恰是他袁世凯，现在又换了别人。这皇帝的龙椅像妓女的肚皮，还勿晓得最后会转到谁的手里享用！做皇帝，做执政党，插块尿布说是国旗，都有人信着朝那儿聚；竖根葵花秆说是洋枪队，准有人会跑来响应，没准还问你今天是皇帝登基还是新总统上任。这世道要多糟有多糟。想到这里，包老爷把身子换个坐姿，接着想下去：人常说同行必妒，这古柳泽的商人怎么没有窝里斗？对了，喊陈德怡过来喝茶。

陈德怡听到邀请，怔了怔，站起来，乐呵呵地应着走过去。

听说你现在吸的都是纸烟，强盗牌，大炮台？包老爷的开场白！

陈老板道，嘿！您对外面纸烟行情还蛮熟呀。在外面，做生意应酬，自然用那啦！回到家里，你说，这铜质水烟壶一握，感觉还就是不同！

包老爷笑起来，说，你这个人就是这张嘴油滑。包老爷笑的时候，也没忘掉用那双眼睛打量对方。他心里最最担心的就是这几个奸商，把联手做生意的劲道用到联手对付他……他脑海还在翻江倒海：今天镇上的"制造"是不是他们联手的结果？

包老爷，添茶。陈老板一声喊，包老爷游走的神魄唤了回来。

哦，哦哦哦！何必劳驾你，我自己来！说着，包老爷顺手抄壶朝自己茶盅里添茶，动作起来时，心里恰又有些不快：狗日的难道不配给我添添茶做做下手吗？我谦让他娘的哪门子鬼礼！嘴里说，你撒了好些银两，就为一顿饭？

您说得对。都是没见过大世面的瞎折腾嘛。皇帝被赶出皇宫，三千粉黛散人间，九万万珍宝当垃圾的大手笔，轮不到我们。所以哩，闹个情绪，自我解瘾。反正啊！酒肉穿肠过，千金散去还复来。本想请您压压镇，抬举抬举，斟酌再三，怕那个台面太小，委屈您……

包老爷恨得牙咬得吱吱响：这是实话吗？你这小奸商，也敢到我面前来玩把戏、耍嘴皮子！还嫩哩。你既然这样，我也就不客气啦！于是，温文尔雅道，您能看重我这乡间草民，乃草民之荣幸啊！请不请，在其次，重在你有这个心，我也就满足了。话锋一转问，没拖怡春院的乌龟去陪？他那身材、貌相，哪一点走不出场？你还应该请邵老爷陪。即便他勿来，冯先生陪陪也好呀！冯先生满腹经纶，才高八斗，还陪不好你的客人？

陈德怡说，要说请邵老爷，我是一定请勿动的，除非您请。至于冯先生，那是什么人，您还不知道？一个死心塌地给邵老爷卖命的老头儿，能有什么说项？说不定，邵老爷没看出来的一点点事，给他一捉就捉了去，你说我这往后去的日子还要不要过？……

包老爷又探道：如此说来，你那客人不是做一般生意，倒有点像做军火生意的，这种生意是要做大的，小的做勿起来……说着，包老爷故意停一停，观察一下对方的神色态度，见没什么异常，便又说下去，南方来的，做军火生意的多啊！可要小心。听说他不光跑怡春院，还跑镇公所；与那位"政治教员"也近，就怕是假经商，真军火生意。他把"军火生意"几个字咬得很重。

倒是没说到军火。可惜得很！陈德怡说。

包老爷说，照你这口气，好像你真想做。

陈德怡鬼点子一闪一个，趁机提着嗓门说，这年头的生意也不好做。如果有，当然做做也好。有点军火，把家里弄弄好，也是好事。枪总比棍子好使吧。

包老爷应道，说得倒也是。紧接着，眉头一皱道，你还是对镇团防不放心？如果还为毛教头的事，那就有点小鸡肠子了。

那倒不是。

那么？……

包老爷说，广州革命军的人在这一带活动得很厉害，你要小心别上当受骗。广州是什么地方？一边是革命，中国最革命的所在，十字街楼横挂白布条，上书大红的动人口号，革命造反标语；长堤一带烟馆林立，给滇桂军阀提供税收财源；满街是军人拥有的汽车，载着太太招摇过市摆威风，赶得漂亮的妓满街飞；那书刊都是什么？旧文学加光屁股女人的睡觉动作！大白天，灯火下，妓女满街拉客，动辄就在大街上看到系着红领巾的革命军人在游行，里面也有妓女吊军人的膀子。广州政府的革命是什么样，说勿清爽。我以为，人家革命是人家的事；地方的安宁是我们自己的要紧事。你说是不是呀！

陈老板点点头。

包老爷问，你那位客人是广州派还是别的什么派？

陈老板心里一惊。回说，越说越糊涂，我只晓得做生意，这些事一点也勿清爽。难道广州已经不是孙先生的了？

包老爷聚起那对火眼金睛，直直地射刺过去，问：你那个南方朋友就只晓得说生意而勿说打仗。打仗是个大事，要影响路上的通行。一个做生意的人，能勿说到？就是本县本镇的牛贩子也要说到路上有没有断路贼哩，做大生意的人岂可不问？分明是在戏老夫！

陈老板暗想，老狗闻出异味了？他眼睛朝盛老板瞟瞟。

狗眼里装着狐狸眼珠的包老爷冷冷一笑：再藏得紧，你的尾巴还是要露一露的。他不动声色地添茶，呷茶，慢慢说道，这什么年头？广州政府想这天下最富的地方想得困勿着觉，汪精卫整天想把国民政府的首都放在他口袋里带着跑。要不，那蒋中正就口口声声北伐，北什么，伐什么，扫平天下坐江山啊。现在的生意人，早就勿是光做生意啦。要真那样，孙文到国外去，怎么勿找别人，单找在国外做买卖的中国人？你的那个南方朋友分明是革命党！最后几个字是咬牙切齿地从嘴里蹦出来的。

陈老板心里一惊，乖乖隆嘀冬，还真有几下子。故作惊诧道，包老爷，你能肯定那个人是革命党？

包老爷叹道，现在的革命党时髦！

陈德怡揶揄道，要是包老爷这话提前告诉我，我就捉了他交县里，弄几千大洋赏金。但是，包老爷，捉错了，怎么办？

包老爷说，怎么会捉错？你现在去捉，看会捉错？一定是与孙大帅唱对台戏的。

陈德怡又说，要真是个商人，怎么办？

包老爷说，那也好啊！骗他几千大洋货，吃了，换成军火。说着，那双眼睛一动不动地盯着陈德怡。

陈老板连连摇头道：使不得，使不得。生意人最讲究的就是一个信誉。你这种做法，不是生意人所为！你要做，自己去做。我是勿好做的！

包老爷说，你不是说那个人是广州的吗？那就一定是革命党人。你与他们来往，又那么请客，弄得一镇上下都晓得，你说，这外面的乱哄哄不正是你引来的吗？

哎呀呀！包老爷，你可真是，欲置人死地，莫须有啊！陈老板亮开高嗓门，弄得满屋子人都听到。

包老爷吃惊地抬手道，你喧哗什么，我只是推论推论，你就急了？坐下，坐下。包老爷有些慌起来，他只是想诈诈这个敢对他仰脖子的人，不料，反把自己的本意露了出来。这一来，如何收场？

众人都把眼光放到这边来。

盛老板瞅准这是个好机会，过来说，德怡，你什么时候做起革命党来了？对不起，你那位朋友的货，我勿要了。弄勿好，到县里一告，我的那点家产还勿够他们抄没哩!

陈老板连连辩解:我什么时候说要做革命党的?是他包老爷要我做呀!

盛老板喊,啊哈,是包老爷要你做革命党的呀!

整个柳泉居里间都惊讶了,有人故意借题发挥道,啊,包老爷要你做革命党,还要不要你做毛教头?

陈德怡加油添酱说,包老爷说可以吞那商人的几千大洋货,做镇团防的饷。

众商人趁势七嘴八舌叫起来:包老爷,万万使不得呀!伤天害理事,做勿得啊!

包老爷,你以前都是这么做的吧!

包老爷,你就这么教毛教头做的吧!

包老爷,那是以前,现在民国了,天下人都是平等的,弄不好,北伐军一来,先拿了你开刀,你这一世的名节还有什么意义呢?

没想到,包老爷也会做这种事……

人心难测啊!

包老爷是有口难辩,着急地站起来,挥着两手说,各位,各位,误会,误会。完全是一场误会……

盛老板说,包老爷,别的误会我们可以担当。这个误会,万万担当勿起!孙大帅最恨革命党,在他的地盘上,你跟我们开这样的玩笑?你说,包老爷,我们什么地方对勿起你的呀!

包老爷连连作揖道,没有的事,我只是说那商人,那商人……

你说,用那商人的货换军火!陈老板说话的时候,腮帮狠狠地咬着。

包老爷还没糊涂到任人宰割的地步,连连叫道,你们想做什么?难道我说说南洋人的货都勿可以?

有人道,那要看你说什么货。军火,就是说勿得。孙大帅早就说过,私藏军火要杀头。

包老爷辩道,那种广州商人,与我们做什么生意?做大的,除了橡胶,说说别的也不行?犯法吗?他急于要说明情况,嘴动得又急又快,额上的汗也出来了。

偏偏陈老板凑上一脚说,你是撒谎,明明你说,要是有军火,我也想一点。你还叫我把他几千大洋的货吃了,换成军火。

包老爷急得胸口发闷,指着陈德怡:你、你、你……血朝脑门上涌,气得话也说不上。

盛老板要的就是这个,他像个把握火候的窑工,看看差不多了,便出来做和事佬，连连劝告大家说完全是一场误会，你们想想看，包老爷是什么人？我们古柳泽的绅士，有身份，有地位，就是那毛教头，包老爷也是一点不庇护的。你们说，他还会去与太湖强盗勾结吗？这是一定不会的……

包老爷听到这话，贼人胆虚地跳起来，气急败坏地打断盛老板的话说，我什么时候说到太湖强盗的？

……就是没有的事嘛！盛老板不让包老爷有插嘴的空隙，一字一顿道：既然没有，也就根本不可能会让陈老板找个借口把那个商人当作革命党杀掉，吃下他的几千大洋货。没有的事嘛。那个南方商人好好活着，快快活活地戏妓哩，包老爷，您说是不是？

当然。包老爷气呼呼地道，没想到你们这些奸商也来算计我。

肯定是没有？盛老板毫不放松地追下去问，然后说，一定是陈老板做人勿诚实了……盛老板卖个关子朝众人扮着鬼脸，洋洋自乐。

众人见状，忽然悟出这场戏完全是在戏耍包老爷，这在过去，怎么可能？想都不敢想的呀！可见世道不同了，连包老爷也敢戏耍戏耍了。好吧，要戏耍，那就干脆戏耍个彻底。有人大声道，陈老板还没做过对勿起乡亲的事哩，他总不会空穴来风吧。

盛老板不等包老爷喘顺了气，把住时机激将道：这么说，是他们两人中间有一个说错了。那会是谁呢？依我看，是你们这些人在这里乱哄哄地又是说书，又是下棋，闹得声音太大，一个听错了，一个岔远了，所以，误会了。既然是误会，那就勿多说，省些话好，省些话好。

有人说，都是误会，那就不必多计较了。

有人劝着陈老板回到原来的桌上去，他带过来的茶壶和茶盅，也由店小二挪过去。

人们这才慢慢散去。

79

没碰断商人一根毫毛，倒让自己的鼻子给牵去沾了一身屎，气得包老爷回到家，没精打采地朝太师椅上一坐，闷闷不乐。莲莲领着一群女眷们过来问候，他摆摆手，统统赶走。

莲莲小心翼翼说，老爷，你躺睡椅上吸两口万福膏吊吊精神？

包老爷站起来，走了几步又坐下去，抓起茶几上的水烟壶。莲莲见状，连忙找来纸捻，起火，递上，包老爷接了，朝水烟壶上一插，也不说话，默默地挖烟填满了锅，然后用指面揿揿紧，拿了纸捻，嘴对着它，嗯！捻头篷火，对着烟锅，憋足了劲，猛猛地吸了足有刈一垄麦的时辰，这才回过神来，有了些精神，抬眼看看周围，身体朝后一仰，慢慢脱了心里的邪火，静下来细细把茶馆里与陈老板对的话一一回味。猛然，彻悟出真正的恐惧：人心大半已被这些商人拉拢去了……铜钿好啊，人还是经不住铜锈侵蚀！可见贱民，贱民，民是贱的，只要对自己有好处，哪怕是锄头尖尖上的一点点便宜占了，都会得意若狂；难怪古人发明这个民字，就是顶着"口"忙碌的奴隶！一口食就可以叫他们像狗一样摇起尾巴。照说这柳泉居茶馆里间的人，应该比那些贱民要精贵些吧，哪里也这样下作？商人这么一"制造"，也都就跟着跑了。嗨，人心不古，为一点蝇头小利，自尊都不要了！贱民，贱民，民真贱哟！

忽然，包老爷想到了那个送信人，他早就应回来了，怎么还没人影？急呼管家。管家过来。包老爷连捶带敲地说，奸商已经识破我们的计划，镇上的"热闹"就是由此引起。

管家闻此言，一声，啊——！人顿时就萎了下去。

周围人赶紧上前扶起，又是抚胸，又是擂背，忙个不亦乐乎。用人们心里都怪怪地想：这包府里的事就是怪，皇帝勿急，急煞太监。老爷坐在那儿好好地吸水烟，你一个管家，一年才拿他百把块大洋，倒急得瘫下去了，这何苦？众人勿知内情，管家恰是对包老爷的脾气秉性摸得像自家身上的疤一样熟悉。包老爷用管家，不是邵老爷用冯先生，做朋友使唤。下得一手好棋的包老爷，最得心应手的是"丢卒保车"。就说这眼下的事吧，要是败露了，倒霉的恰恰不是包老爷，而是包府的下人，包括管家。了解包老爷脾气秉性的管家闻此言，怎能不急？急的还不是饭碗，闹不好搭上条性命也是常事啊。这种事，管家经手已不在少数，现在轮到自己头上，能不七窍绝通？

包老爷阴着脸，没一句话，在屋里没头苍蝇一样地转着，不时地看看郎中掌上盘弄着的管家。没多一会儿，管家醒了过来，见一大堆人围着他，眼泪立刻就滚了下来，挣扎着要给包老爷行满清大礼。管家明白，这是最要紧的一帖救命方，包老爷很看重……

见管家这么做，包老爷皱着眉说，都是什么时候了，还讲那些做什么？免了，免了……说着，包老爷问郎中，眼前有没有什么危险？

郎中说，不要紧，是热痰攻心，一针扎下去，把痰推到一边去了，再服几帖中药，将那痰化了，就没事。只是他太瘦，年岁又大，阴阳失调，骨头里的精气油都熬干了。后面那"房事理应节敛"的话，郎中没说出来。

包老爷明白，心里道，没这一手，能拢得住这个江左才子吗？送走郎中，包老爷赶走周围人。

许久，管家说，没想到我是这样不中用，大概寿数到了。

包老爷说，这是什么话？人上了些岁数经勿起急，不奇怪。我刚才在柳泉居茶馆也差一点，好在我还能扛得住。管家见他说话时脸上气色还好，自己的神这才慢慢缓过来，小心翼翼地问，刚才你说他们识破了我们的计谋？

你还记得前两天我与你说过盛老板和一帮商人对我不恭了的事吗？今天，那个木行老板陈德怡的胆更大了，简直就不正眼看我，分明是晓得了什么？

管家吁口气问，就这？没有别的？

包老爷看看他，就这还不够吗？

管家哑然失笑。就这么一句话，怎么也使你吓得如惊弓之鸟？莫非真是威风走到头，气数快尽了？不，不可能的事。天意即便如此，还有人为三分挽天力啊！想到这里，管家爬起来，精神振作如初说，眼下要做的尽量提前，恐夜长梦多！

再找麻团长？

不，着人先把邵家镇住……管家说，我还有一着好棋，说着，在包老爷耳际，如此这般地说明。包老爷连连点头，说妙，唔，这不是仅仅扣住麻团长，而是一箭三雕，把太湖强盗也扣在里面。

80

城里来的学生没见过古柳泽镇上歪歪曲曲弯弯斜斜的景致，都觉得很稀奇。

有个漂亮的女生对桥右边的街感兴趣。她问过来的路人：您是镇上的人吗？来人正是竹为，看到漂亮的女学生问他话，赶紧点头。女学生问他，沿河而建街还顺桥沿河一路吊脚楼朝北排出镇去，这什么气派啊。

竹为不明白地问，不对吗？

她对竹为说，如果家家的楼前阳台走道都像南浔百间楼的走道，下雨的时候，桥上的人就可以通过这些走道一直走出镇去。

竹为点点头，两只眼睛不敢看她，嘴里应着，心里鬼胎恰正孕育。

年少的女生朝前走。见竹为前后随着，对他有了几分信任感。一路也就话多了起来。她看到水磨房，正想问话。竹为抢先说，这是磨米粉的，磨好的米粉从房里的一个小门送到作坊去做糕点。磨水米粉时，房子里的地板就会掀起一个洞，放只桶下去吊河水上来用。这里许多人家的吊脚楼里都有这样的一个洞，平时用木板盖着，要用的时候就掀开，比别地方人家的院子里掘井，不知可以省掉多少冤枉力气；连楼下的洗菜码头都省了，连井栏都不用了。

随后跟来的姑娘们叽叽喳喳说，住在这里面的人家，快活得常常要身子散了架一样躺在地板上，戏得天昏地暗忘了日头几时出几时落。

陪着后面女学生的桥南仙人醉饭庄的伙计插嘴道，你们晓得戏戏是什么意思？

女学生中胆大的问，什么意思？就是玩呀！

那伙计说，玩也有多种多样的呀！女人与女人在一起叫玩，女人与男人在一起也叫玩，要是像绞麻花那样玩，才叫真玩。她们听明白了他话里的意思，脸顿时就泛潮热，不再言语。竹为看到女学生笑起来的动人样子，顿时联想到邵老爷抱了乔乔在这种吊脚楼里戏的可能性，恨得牙齿咬得吱吱响。他就想，眼前这个漂亮女学生，肯不肯与自己在吊脚楼里弄点快活的声响呢？想着，心里就盘算开了，嘴上用一些不着边际的话糊住她，把她拉去看别的店。比方说，莫家豆腐店。

莫家豆腐店关着门。门上挂着一把长锁，门没有关严，隙出一条缝。学生们顺那门缝，看得怔怔的，那脑袋里就像有一双翅膀，把他们的思想穿过这把铁锁一直带进这爿豆腐店的里面去。

里面有什么呢？

那里面的什么，他们看不到，屋里太暗。

城里的学生知道豆腐西施的故事，但不知道豆腐是怎么磨出来的，他们叽叽喳喳的话语都是围绕豆腐西施的传说。陪在一边的竹为听着，又想起了乔乔。在村上时，常常听人磕莫家豆腐店和豆腐西施的传说，乔乔听不明白，就问竹为。竹为告诉她，有些话姑娘们是不应该听的，她就问，为什么姑娘就不好听？真怪，一道门把两个男女与外界隔了，让他们待在一块做许多叫别人不知道的事，后来就多出一个小团……偏偏人的嘴巴又勿肯让这种秘密永远锁住，于是就有戏看，有舌头嚼，是不是啊！竹为就点点头。她又说，人家说摸摸豆腐西施的屁股都长寿。是真的吗？豆腐西施的屁股难道勿是女人屁股？是不是男人们瞎说的？天下的女人都是一样，上天勿会因为开豆腐店的，就专门给他家来个特别的女囹……现在，竹为想到了乔乔，心里总是怨怨地，说不出什么。他希望有一天乔乔还能回到他身边。

莫家豆腐店紧隔壁是一片木行。店堂里架着一棵粗大的圆木，两个男人正一上一下地拉锯。站在圆木上面的是徒弟，光着膀子，一条宽腿的裤子打个折塞在腰眼。汗水油光光地滋润着肌肉还没有丰满的身子，虽说身子单薄，但那动作一展一曲都比下面仰着的师傅显出活力。那种活力，吸引着城里来的男女学生，也有学画西洋画的用纸和笔当场画起来。没画几笔，有人过来不准画，说是和照相馆里的那玩意儿一样会摄了人的灵魂走。

竹为想到光着身子扬鞭赶牛下水田耕地，鞭在空中扬起一道虹，响出呼哨，一道虹，一声呼哨……每每这种时候，只要乔乔在，她总会伸出手去摸他的背，摸那肌肉正长着的身子，摸得他心里许多许多的冀希在长，在向上攀。现在，这一切都没有了。呸！你这个没良心的贱女人，做了别人的老婆，还有什么叫人好想的。

竹为转身见那漂亮的女生不见了，忙去寻，她正傻乎乎地问别人空场子白白浪费着多少亩地，耕开种一季庄稼也让几十口人得一年的糊口粮吧。人家回说，你这姑娘说傻话，镇子总不是村。在镇上，空些地是没人问的。镇上空出场子也是有用场的。要不，你们疯起来，上哪里搭台玩呀！

姑娘咬着嘴唇离开了。

人家说，你再看这个场子，是不是有些特殊啊。空空的场正中央，高高地立着一根粗壮的木柱，旁边还有一些低矮的木柱。那棵粗壮的木柱很高，高得看勿清爽顶上那只在太阳底下耀眼的到底是铜还是金铸的龙。木柱腰眼的不同高度处都吊着铁环，有好几只。那些矮的木柱上也有一些铁环。铁环上锈迹斑斑，有的地方被磨得锃锃亮。你知道做什么用的吗？

她勿晓得这是做什么用的，见到竹为过来，姑娘高兴极了，亲近地依着他，要他答。竹为其实也不知道，姑娘见他红着脸答不出来，连忙安慰他说，没关系，只是随便问问。她这么说，竹为就特别对她有了好感，更想入非非。

在一边的荷香舫南货店的伙计笑道，杀人用的呀。有个女的好本事啊！在这里中学教书，叫什么鉴湖女侠，煽动大家反对清皇帝，后来她走掉了，到南浔做教师，说是在绍兴被砍了头。她在这里的几个朋友也被砍了头，都将头吊在那柱上。皇帝退位不久，一个穿着洋人那样短衣短裤的军人，单枪匹马来到这里，朝那柱跪下长久不起，后来又跑到几家大作坊里游说做工的跟他一起做祭祀，起先没几个跟着，后来越跟越多，没多久，倒也随了百号人，再后来就听说要成立什么队伍。包老爷慌得让镇团防忙了好一阵子，终于没让队伍成立。不过，照那些纳凉、嚼舌头的男人的口气来看，那人好像也不是什么歹种，到无锡宜兴真的拉起了一支队伍。就在这年正月里的地神节那天，一支外乡的队伍开到这里，千年古镇搅出了鲜活气。最糟的要数盛记酱醋坊和包府的几爿丝厂，波及全镇各家作坊都停了工，要不是邵老爷及时交涉调停，暗中又是包老爷的镇团防出兵包抄，软硬夹攻。否则，古柳泽的遭殃一定是很大的。据邵老爷说，那个外路人好口才，一句天下兴亡，匹夫有责的话，把包老爷说得只有招架的喘气，眼睁睁看着人家把几百号人的镇团防拉走了，现在镇上还有人在广州政府做事哩。他们说，那个人还在镇里升过旗，就是在这个染过抗清英烈鲜血的柱子上。

太阳下的柱子，还有那没人坐的台，都被阳光晒得金光四溢。

哦，哦哦，哦哦哦！听了这故事，众人对柱子肃然起敬。

有人小声问，升旗？怎么升旗？升的清龙旗吗？还是……

当然是革命的旗！漂亮女生说，从她的表情看，那个英烈在她的心目中，高高大大，像洋画片里的人物一样精神。

这时，有一行人走过来。

学生连忙边喊边施礼：张先生，李先生，向先生，周先生，朱先生。

伙计们见学生如此恭敬，也都笔直站立，目送先生们过去。

先生们没有说话，只是朝学生们点点头便过去了。

伙计们说，他们上柳泉居茶馆喝茶，学问都是从茶里喝出的。城里学生听了就捂嘴笑。竹为聪明，晓得伙计们说错了，忙转移话题：那个走在最后面的，你们知道是谁？他呀，最有学问，杭州报馆的主笔，叫朱惺公，听说过吗？你们怎么最后称呼他呀！

城里学生不以为然地摇摇头。

竹为便有些失望了。他还想说什么，这时，有人大声喊叫召集学生，又要开始集会游行了。大家赶过去，空场地上已经进了许多人。民众教育馆的队伍，周山的工友队伍，孙有的农会代表队伍，莫嫂的缫丝女工队伍，还有各家店铺的店员工会的队伍，这几支队伍的人数不比学生们少，一起拥在空场子上，好不热闹。一会儿，夏天出现在台上，他以一个橡胶商人对革命和政治的热情，慷慨激昂，大讲三民主义对民族资本家利益的保护。引得不明真相的学生，激动得一阵又一阵地呼口号，此起彼伏。夏天也有些激动，差点儿就要当场宣布自己的真实身份，幸亏在一边的史镇长见机行事，借添茶水的空儿暗示他，这才没闹出笑话。他的演讲足足有一个多时辰。

事先，史镇长和各方来的代表们坐在柳泉居茶馆听取了各界人士的看法，夏天代表外地商人，盛老板代表县商会，学生代表，还有教师代表张义，妇女代表莫嫂，工友代表周山，农会代表孙有，店员代表齐师傅，大家在一份联合声明上签字画押，声讨英国军舰炮轰万县，欢迎北伐军到江浙，等等。

现在，各界代表签字的声明由朱惺公在大会上进行宣读。

忙碌完后，大家按前后秩序开始绕镇游行。

81

在这热烈而暑溽的气氛中，漂亮的女生不时地在竹为眼前晃动，弄得他骚躁难忍，邪念徒长。于是，他悄悄约漂亮女生到吊脚楼里玩。姑娘问还有别人吗？竹为说，有，是镇上洋学堂的男女学生。姑娘点头答应了。竹为说，你对同学说回家了，好不好？姑娘问为什么？竹为扯谎说，那儿最好不要让你的同学知道，不然，大家热哄哄捅了去，还有什么幽静可寻呢？姑娘想了想，点点头。

后来，他们在相约的地方见了面。竹为在前面带路，领她径直到那间空屋里。姑娘进屋后，竹为在后面将门关死。姑娘说：你关了门，他们怎么进来呀！竹为慌忙打岔，他们会敲门的。要是门不关，有人路过，推门进来见我们在这里多不好啊！我是不要紧的，你是姑娘家……姑娘放心地说，我看你也不是什么坏人，说着就在地板上坐下，开心地说，这地方真好，凉快哟！竹为说，我们到楼上看看，那里还可以观赏河上的风景哩。姑娘不知有诈，便依了他。竹为过来拉她手，两人一起上楼。到了楼上，竹为将姑娘引到一个房间里，姑娘看看屋里暗暗的，四周都没有门，想走。

竹为一把抱住她，她想喊。竹为威胁道，没人听到，都在场子上，远着哩。姑娘胆怯地问，你要做什么？竹为说，我什么也不要做。

那你……

竹为咬牙说，你长得很像我的老婆。可惜她给别人抢去了，做了有钱人的老婆。我恨有钱人。

姑娘说，我也恨我家的人对穷人太狠。我很同情你。

竹为抱住她，轻轻抚着她的肩问，让你抛弃那个家，肯吗？

姑娘说，为什么不肯？我接受了新的教育，明白了革命的道理，我要走上社会，去革命，去号召大家起来埋葬旧世界。姑娘说着，声音渐渐低下去了：她的肩膀，她的后脖，她的腰背都在竹为的抚摸下发生着异常的变化，那层薄薄的衣裳实在抗拒不了竹为的进攻，声音颤抖着：你……你……你要做什么？

　　竹为见机会到了，猛地一把撕开了她的衣裳，疯狂地扑上去吮吸两只丰满的乳房，嘴里喃喃道：和我的乔乔是一样的，你就是乔乔……手却轻揉细抚地在姑娘的皮肤上慢慢动作起来，等姑娘感觉到什么时，已经无法自控。竹为将她扒得一丝不挂。雪白的皮肤，曲线优美的身段令竹为兽性大发，姑娘惊叫着拒绝，但还是让他得逞了，随着时间的流过，姑娘不再挣扎，这时的竹为突然问，你要我吗？姑娘只好说，要。竹为问，你能给我钱吗？姑娘说，你如果娶我，我爷爷喜欢我，会给我钱的。竹为说，那好，我与你快活，你要记住，这是我为你做的。她害怕地问，有了小团怎么办？你什么时候娶我呀！

　　娶你？别做梦吧！你自食其果。

　　你不娶我？

　　娶你？我堂堂正正的无产者，娶你一个剥削阶级的女儿？哼！等革命成功，你送我困，还要看我愿意不愿意哩！

　　那你为什么要困我。

　　我对有钱人恨，我要报复。我困你，我还要困那个被抢走的老婆。叫你们都晓得竹为不是好惹的！

　　姑娘见他这么一种态度，顿时受不了地哭了。

　　哭什么？起来。你想引来人家看笑话吗？

　　姑娘突然止住哭泣，从地板上跃起来喊道，你是个坏蛋，喊着一把抱住竹为狠狠地咬他。竹为没想到姑娘会有这一手，被咬得嗷嗷叫，跳开躲着想溜。姑娘追着他满屋里转，嘴里嚷着，我要叫同学们一起来，把这个镇砸烂！竹为听到这话，冷冷地一笑，边跑边穿好衣裳，然后朝楼下走。姑娘追到楼下，竹为想开门走，一看姑娘这赤裸的样子，又折回到屋里，决定寻找杀死她的工具，然后到太湖里做强盗去。他万万没想到这屋里的动静，被此刻路过的莫嫂听到了，她从厨房小门进了屋。竹为与她正好撞个满怀。姑娘见到有人来，大叫道，他强暴了我，他是坏蛋呀！

　　是你？莫嫂见是竹为，很吃惊，赶紧过去抱住姑娘安慰她，然后提醒竹为说，张先生知道了会怎么样。竹为诡辩道，是我不对吗？你知道她是谁。莫嫂说，不管她是谁，你强暴就不对。竹为说，她是有钱人的女儿，是我们的造反对象，杀死一个有钱人，不是罪，是对穷苦人有功。

　　莫嫂愤怒地说，你，你怎么能这样说话，她是个无辜的孩子啊。

　　姑娘哭泣道，他强暴了我，呜呜呜，你说我怎么办。

　　莫嫂怎么劝也没用，只好说，姑娘，你就当被狼咬了吧。姑娘说，狼咬了？亏你还想帮他，你说，狼能咬得肚皮大起来吗？姑娘还要说什么，忽然啊的一声大叫。莫嫂不知发生了什么，身体一转，感到身上什么地方撕裂开似的疼痛。再看姑娘，已经倒在地板上。这时，莫嫂看到，劈倒姑娘的竹为再次捡起柴刀，举着向自己劈来。莫嫂本能躲闪，那刀又一次劈倒了姑娘后，竹为开始真的对着莫嫂砍。

莫嫂躲闪着喊，你砍了姑娘，还要砍我，我是你的阶级同志，你能脱得了干系？

这话让竹为猛地收住了手，锈迹斑斑的柴刀掉下来，落在姑娘的身上。这一落，很准，就在姑娘的后脑勺上。莫嫂站在那里，冷冷地看着，没有眼泪，没有哭泣，如果不是腿上的伤口在流血，她真像一尊雕像矗立在那里。没了柴刀的竹为，吼叫着徒手扑向莫嫂：是你害死了她，你要还给我。

莫嫂后怕地看着他：是我？你胡说什么！

竹为疯狂地叫道，你对我说，你快对我说，你说，你就说，我把女儿嫁给你。

莫嫂拒绝道，不！我不能这样做。

竹为一把揪住莫嫂的头发，狠狠地说，我要你。你一定要说，你说你把女儿嫁给你，我就不杀死你。这样你才能永远保住命。你用女儿连住我，也保住你自己，明白吗？他咆哮着，双手在晃动。莫嫂哆嗦着，无奈地点点头。竹为放开她，说，这还差不多。然后告诉莫嫂，这家的灶房里有口井，把姑娘塞到井里就行了。莫嫂劝他不要那么做。凶相毕露的竹为喊道，你不听，那就连你杀了一起扔下去。他逼莫嫂帮他把姑娘运到灶房。莫嫂看着他把姑娘扔进井里，说，我们得好好说说话了。

竹为笑着说，是的，我们应该好好说说话。说着，把裤带一拉，朝莫嫂扑过来。

莫嫂朝后退着说，不，你不能这样。

竹为像只发疯的狼，根本听不进莫嫂的呼喊，冲过去一下就把她扔在地板上，几下撕开她的衣裳，莫嫂反抗，他就朝莫嫂的伤口上打，疼得莫嫂昏了过去。当她醒来，已经在竹为猛烈的强奸之下，她拼搏着，痛苦地流着泪，心里一遍又一遍地说着，张先生啊，张先生，竹为这个人是恶魔呀……不，张义不会听我的！

当竹为离开时，莫嫂恐惧地看着他，没一滴眼泪。

竹为恶狠狠地说，看我做什么，难道不认识我。

你要遭天雷劈的。

少废话，我们马上回队伍里去，什么也没发生。明白吗？什么也没有发生。你我已经有了奸情，你告发我，我看你的脸朝哪儿搁。我娶你女儿，你还能告发我吗？

我的伤怎么办？

就说是给机器轧的。这点脑筋都不会动，怎么带人造反呀！

莫嫂慢慢爬起来，突然感到下体疼痛难忍，只好又坐下。竹为过来踢她，到空场子上去，然后找出借口说昨天受的伤，让老板相信……莫嫂说，拿摩温是看得出的。竹为说，她是女人吗？好办，我去困了她，看她还怎么说。

你就知道杀人，困女人，你说你还会什么？我求求你还是娶别人吧。那个小青，不是很喜欢你吗？竹为恶狠狠地说，小青也要娶的，等我革命成功了，我会娶几十个女人，你的女儿是上房，小青是二房……

莫嫂突然悲从心里上涌，我怎么会给恶魔牵上的呀！这是梦吗？怎么做得这样糟的梦呀！

82

包府管家的那着好棋还没出，镇上乱哄哄的局面已经惹得许多人喊糟得很、乱透了。张员外贺老爷当街拦住包老爷，要叫他出面制止，包老爷手一挥，你们也闹嘛，要乱大家一起乱，天要沉，一起沉，不会浮你一块。想不到包老爷会这种态度，两人气得白眼直翻。

包老爷看看他们，缓缓气，说，镇团防的元气还没恢复。我拿什么制止？

两人哦哦哦地叹道，这天下气数快尽了。

站在边上的韦甲长一把鼻涕一把眼泪地对包老爷陈述宗白华家的严重后果，说许多人在学样子，要推翻以前的做法，叫东家对挖棺材再埋的事赔偿。包老爷听着，恼恼地说，好哇，让镇里那点公田收益都拿出来折腾，我看朝后还有什么指望的。说完，拂袖而去。见包老爷如此神情，大家一时没了主张。

韦甲长叹息着转身。

贺老爷说，你走什么，不就惦着那几亩荒地做坟场吗？

韦甲长说，是啊！

张员外说，阎王爷白给你活了，穷鬼一闹，能把你惊成这样。

韦甲长拍着他长长的鹤脖子，半晌才明白过来，斜着斗鸡眼道，你的意思……

贺老爷笑道，皇帝家差饥饿兵，宰相府里支白丁，只有你才那么想。没人指使，你闹闹看？穷鬼可不比我们，一只白馒头能叫他们拼杀几条性命的。

张员外道，这就点拨明了。

韦甲长不耐烦道，明白个屁，我们闹，谁支钱粮？那可不是一只白馒头可以打发的。

贺老爷说，你闹了，就有人支，就怕你折腾不出人家那么大的声势。

韦甲长说，那没准，侯老七的余党多着哩，乡党靠的是锄头钉耙，只要有钱粮，一呼百应。

贺老爷看看左右没人，一字一顿地说，包老爷不给，我给！

韦甲长说，张员外，你刚才看包老爷的脸色，好像……

张员外说，没好像，只有是。说完转身就走，走出几步又扔下一串话，闹狠了，没准姓史的会跟在你屁股后面颠。

韦甲长跺跺脚叫道，老子这就去煽他奶奶阴沟里起邪火。

这边街上的话，转眼就到了张义耳里。

张义知道这后果，他先下手为强，让史进耀出面攥住包大少爷，许愿他做新政权的官，包大少爷有了这甜头，暗中捣散了韦甲长的阴谋。全镇表面乱哄哄的热闹，都在张义的把握中，顺他的意向发展。一招一式，均展现出张义非凡的谋略，运筹千里，勇冠三军，宏谟之勋，令夏天、史进耀十分佩服。大家说话做事的步调自然也就合力齐心，紧锣密鼓地根据事先议好的程序，迅速进入推举自治会成员阶段。

古柳泽各店铺、商家和绅士、富豪、员外、保甲长、工农妇代表各色人等，推出了工作班子。张义把张员外贺老爷韦甲长等人都请到工作班子里，让他们有举手的场合，没背后下烂药捣蛋的机会。

举手唱票，按票的多少推出组长。很自然地，这个重任落到了张义肩上。

在张义的精心策划下，再次顺利推举出邵老爷为会长史进耀为副会长的古柳泽自治会，张义和夏天任督政，包大少爷和钟先生任助理。

包老爷要儿子出来，包大少爷不肯。这一刻的贺老爷张员外韦甲长等人反过来劝包老爷忍一忍，有人在里面总比没有强，消息透着，比花钱雇探子实在。到了这地步，包老爷也没办法。接着准备召开成立大会。有人建议选个黄道吉日隆重举行成立大会，古柳泽自治会正式登台亮相讨吉利。

不料，情况骤变，夏天遭到上峰的批评，要他退出这场热闹。

夏天委屈地说，明明是他指示，要我煽风点火，现在却又怪我。

张义给他出主意说，想办法与上峰见见面，说说想法嘛。

苦丧着脸的夏天无奈地说，向谁去说？都是来信，又不照面，也没说过我可以找他，只有他找我！

张义明白了，嘴上却说，命该如此，你不听他的呢？

夏天说，成吗？

如果你真愿意吃苦，想在共产党里继续革命，经过考验，党还会考虑让你担任重要工作。

夏天摇摇头，算了，那就不想了。

张义对夏天说，不管怎么说，蒋总司令安排你在这里，是来工作的，并非真叫你吃喝嫖赌，要那样，不能在上海吗？

夏天明白地说，张兄的话对，我是来革命的，我要把工作做好，起码得把自治组织建立起来。

邵老爷退出，他不想做会长。让他推荐别人顶替，他推荐了包怀夏包老爷为会长。

包老爷听说邵老爷推荐他做会长，脸上没显出喜悦，慢慢地用三只指头捏起了茶盅，呷了一口。放下。舌尖上抿抿，感觉出来了。跷起二郎腿，悠闲地晃荡起脚尖，朝深处再想下去：姓邵的玩的是哪出戏路里的哪个调呢？嗯，一定是黔驴技穷，只能照我给他安排的路子一脚一脚走过去，走过去，走到末路穷途束手就擒。生意人总是生意人，永远不会成为历史舞台上的正角。能看到这一点，还算聪明……我当会长，这镇上的风景不又顺着我的意思转了吗？自己旧日的威风不就又回来了吗？包老爷轻轻抚着紫砂壶盖上那个滚圆的顶，入情入境，想着这个问题的可能性。

这当儿，陈老板走他面前过，见他沉思入境，故意提高嗓门说，包老爷坐禅的功夫已经到了炉火纯青之地，你看，苍蝇飞过，不辨妍媸；手抚茶壶顶，宛若弄奶子，形入境出，独求其自我境界的升华，置外界尘事于隔世，俨然禅功佛功都到家了……

闻此戏言，众人笑起来。在众人的笑声里，包老爷出境脱禅回到尘世间，缓缓地举手抹了一下脸上的肌肉，那一抹，脸皮感觉松快了许多，两眼聚光如炬，朝众人扫去。这一扫一瞟，心里打一个冷战，吕不韦的子孙，奸诈着哩，没准那是个烟幕，对，就是烟幕！

邵老爷的提议遭到了拒绝。

张义心里纳闷，这邵老爷葫芦里卖的是什么药哩？

邵老爷越想越觉得众人择了火坑让他跳。

张义和夏天都是搞运动、煽动民众闹事的行家里手，他们热衷的事，一定不会对商人资本者有好处。冯先生恰一改过去两耳不闻窗外事的态度，这使邵老爷又想到了那个重要的《京师快递》。看来，包老爷说他冯先生水清则无鱼，人精则无友是对的，他有大谋啊！这眼下是不是他大谋发端之时呢？这一闹一轰，古柳泽还不从根柢上给彻彻底底弄个底朝天，这与包老爷拉了太湖强盗血洗全镇有什么区别？怎么办，他想到了张静江，打电话给他。

无奈张静江此刻在蒋中正的军营中，无法联系上。

冯先生轧出苗头不动声色。

在陈德怡面前，冯先生只做一件事，就是将那张翻拍的照片不经意地从账册里掉出来，又假装慌忙收起，一切做得很自然，让刚好到这里的陈德怡看得心惊肉跳。

陈德怡问冯先生具体的情况，冯先生佯装不知，推三阻四，迫使陈德怡亲自去问邵老爷。陈德怡问邵老爷那照片的事，问得很巧妙，不说照片，只说麻团长告诉了他包府下手的时辰，你兄长瞒了我们这细节，不够意思。是不是到哪天你卷了家眷，留下我们替你看空巢？

邵老爷被问得没话回。

陈德怡敢说也敢做，从身上掏出一块铜板，亮了亮说，兄长今天不必多说，我这块大清的铜板，朝天上一扔，落于地，若是龙呈上，就依你的话，你不当会长，我们也不去折腾，听天由命，任凭人家宰割；若是龙朝下，那就说明民国胜利，你要当会长，要真当！

邵老爷问，为什么是龙朝上不当会长？

陈德怡说，龙是清皇朝旗上的标识，没别的意思。

邵老爷看他们的认真样子，也觉得好笑，你们这是小孩玩家家？

众人说，没办法的事，上天要我们玩一把，那就玩一把，可不可以？你说。

邵老爷想想，也是天意，怎么就接不通张仁杰的电话，这个跛子跑到北伐军里面去做什么，难道他也学了诸葛孔明，坐在推车里摇鹅毛扇，运筹帷幄？罢了，就依了他们，听听天意。邵老爷正了正脸色，果断地说，那就掷吧。

陈德怡说，一次为准。

邵老爷说，不来二回。

盛老板喊，扔。

陈德怡就把铜板握在两只指头间，对着大家说，你们看好了，它飞了。果然，那铜板就朝天上飞去，大家看到它在空中划着斜斜的线，把宁静的空间划开一条细细的口子，然后，它到了大家都盼望着的，却谁也说不清楚的那个高度，在那个高度，神可以亲吻它，上天可以抚摸它，然后带着神的意志，载着上天的祝福，缓缓而下，降于地。不知是什么原因，大家仰着头看着它飞上去的，众人脖子望酸了，还没见它下来，久久地在神与上天那里做着什么事，一直没有下来。

陈德怡问，看见下来没有？

盛老板把眼睛朝地上寻找，没有。

胡老板说，根本就没有下来。

芮老板证实，它可能落在梁上了。

天下的巧事就多，那铜板飞上天，竟不下来了，蹲在那梁上了。

会吗？邵老爷看看大家，不置可否地摊摊手，意思说，怎么办？

陈德怡说，重掷。

邵老爷摇摇头，不可对神明玩把戏，一次足以说明需要冷静。

盛老板问，你的会长还当不当？

邵老爷说，神明喻示，不可轻率，也不可盲目。

陈德怡急了，你到底是什么意思？

邵老爷说，我也说不清楚，我相信现在这个时候不是明朗的时辰。你们都请回吧，让我好好思索一番，自会有个明确的答复给众位兄弟。

大家没有想到今天会是这种结局，都有些扫兴。

83

邵老爷送走各位后，独自步到冯先生处。冯先生对革命的热衷使邵老爷心里不安。当邵老爷走到恒泰账房时，听到冯先生在生气，他觉得奇怪。与冯先生交往的时间也勿算太短了，冯先生一向遇事没有火气。一个平时不发火的人，一旦动肝火，必是真伤神。什么事让他伤神呢？循声过去，见声音是从下人的住处传出来的。邵老爷很快明白，哦！是那个行义。不提倒也真把这个小孩给忘掉了。近来行义都读些什么书，会了些什么本事？春风拔树节，岁月催人老。年轻人是不晓得岁月残酷的，一定是没有好好学习耽误了功课，或是没把冯先生交办的事办好。且让我上前看看。

想着，邵老爷便走到了那屋前，他朝门口一站。

屋里的两人见了邵老爷，慌忙过来行礼。

冯先生吩咐行义去给邵老爷挪椅子，问道，有事找我？

没有，随便走走。邵老爷说着，就在屋里转着，看到桌上摊开的簿本，取过来见那上面有首词，呃，还是一首《江南好》。随口念道，"江南好，大脚果如仙。衫布裙绸腰帕翠，环银钗玉鬓花偏。一溜走如烟。"好词啊好词。冯先生，是谁填的？这小孩吗？

那倒不是。老爷说是好词，依我看，不是好词。

为什么？

天下正乱，男儿当学激扬奋进之思想，图国家之强途，思民族之未来。读闲书，抄《胭脂词》，于己有何益？白首为功名，旧山松竹老，阻归程，十年一梦扬州路。虽是老夫之写照，但岂可再是他们的延续！新的一代，应是"壮岁旌旗拥万夫，汉箭朝飞金仆姑"。岂可将万字平戎策，换得东家种树书？那样做，谁还寄语生子当如孙仲谋，天下英雄敌曹刘！千古兴亡多少事，非悠悠啊！可惜老夫白发生，问我尚能饭否，又有何用，不如唤取红巾翠袖，拭失意泪。

邵老爷闻冯先生如此之言，忙双手抱拳，作揖道，冯先生之心，苍天可见。只是我有些不明白，你为何要对这个孩子用此心血？冯先生叹道：白驹过隙，时光如流。你看这形势之发展，岂有我们等待的吗？包家之所以生此野心，正是你过去纵虎为患的结果。事情到了现在这个地步，我要替你想的不是眼下，而是以后。你的儿子尚在弱冠之年，出了意外，谁帮助他们。没一个忠心的仆人，岂能保你邵家从此不会败落？

冯先生这番话，令邵老爷心灵一振，说得何等对啊！透彻、透彻！原来冯先生处处都在开导他，也真难为他了。

邵老爷慌忙对冯先生行大礼。

冯先生一把拦住，我受泽于您多年，没能替您解忧，做些小补小修，不必如此大礼。

邵老爷问，依你看，今日的事已成定局了？

冯先生点点头说，来势之猛，恐难抵挡，此势一如孙先生的革命。孙先生握戟扬弓，所向披靡，势如破竹。但旧势力坚韧橐革，皮厚糅顽，全不把新生的革命放于眼中，更勿识形势。所以，革命之艰辛乃非我辈想象。剑虽利则革糅抵，一如农人挖泥，遇软土淤泥，不善用力则功倍事败……

先生的考虑极好。我也想与你说说我最近的想法……邵老爷的情绪一扫先前的疑虑，真诚地对冯先生说了刚才自己疑虑的事。

冯先生一怔，看得出邵老爷并没与他玩假，便点点头很坦诚地说陈德怡到他这里过，看到了那封信的翻拍照片，是从账册里掉出来让他看到的。

邵老爷扬扬手，没让他再说下去，我们找个地方好好聊聊？

冯先生说，里间好吗？

邵老爷应着两人出门来。邵老爷见行义双手垂直远远地站在院门口。便问，你站在这里做什么？

行义说，老爷与先生要说话，我给你们看着。

邵老爷看看冯先生，问，你教他这样做的？

冯先生摇摇头，说，没有。

邵老爷问，先生没教你，你为什么要这样做？

行义说，现在镇上很乱，凡事多谨慎些好。老爷来了一定是有事的。不该让学生听的事，自然也勿可以让别人听到！

邵老爷高兴地笑道：好，好！我要的就是这种机灵的孩子。冯先生，我真不知应该如何报答你啊！好，我不说这些……我们到里面说话。你请——

冯先生说，还是老爷请走前面，我与行义说几句。他对行义说，你若再读那些《胭脂词》，休怪我。我若在你这样大的年纪时，有你眼前这样一个人对那时的我严加管束，何至于落得一身无功名，碌碌无为寄人篱下！我说这话，并非要你有野心，而是要有奋进！听到了吗？

行义垂首答道，先生之教诲，学生已经记住了。

记住了，你就要好好去做。你记住，我给你说过的话。秦始皇巡视路行，道旁的项羽只说"彼可取而代之"，而同样站在道边看秦始皇的刘邦则说"大丈夫当如此也"！这是为何？

学生记住了……

邵老爷颇感兴趣地回头问，记住什么了？

行义说，项羽以自勇量秦王，以为自己可以替代他。而刘邦则以秦王的皇帝威仪看自己，认为大丈夫就是应该这样的。项羽替代的只是一个秦始皇本人，刘邦要的是秦家的天下。所以，项羽是匹夫之勇，刘邦是枭雄。匹夫之勇非我所取，枭雄之为亦非我所爱……

邵老爷问，那你要做什么？

行义说，做什么不是重要的，重要的是对社会历史起什么作用。

哈！想不到你小小年纪，如此老成。那你说，人对社会历史应该起什么作用？邵老爷问。

冯先生曾经对我说过，修身、养性，齐家、治国、平天下，是过去的士大夫所为。今天的天下已经与过去不同。如果能够保得一方的平安，如果能够辅佐别人成就一番有益天下民众的事，就是我的理想。

邵老爷高兴地抚着行义的头，连连说，好，好，好！说得好。

邵老爷，我们去说我们的话吧。冯先生催道。

邵老爷点点头，随他一起走向里面小楼。路上，邵老爷说，冯先生啊，有这样的孩子做你的接班人，还怕身后邵家的家业败落？高兴地摇晃着脑袋，连连说，勿愁，勿愁了啊！不过，你说你年少时虚度光阴，我看不是那么回事啊！

冯先生说，莫提，莫提当年事哟。

第十一章

84

罢工的势头有增无减，邵老爷开始急起来。看到他真的急，冯先生倒是蹊跷起来：前面发生那么多的事，你都没急，现在这罢工，又不是针对你，急得哪门事呢？

邵老爷摆摆手，一副料事如神的腔调说，这罢工一旦罢出滋味来，你说是做工好呢，还是闲着两手在大街上逛得快活？凡事都怕上瘾，上了瘾，就难收场了。话到这份上，冯先生也后怕。乱了套，那是谁的天下？张义的天下……

事情果真来了，在厂里上班好好的莫嫂，突然昏厥送进医院。

医院查出是伤口炎症引发高烧。拿摩温看了伤口后说，这伤不是在厂里弄的，不能给钱治疗。医院简单处理后，让她自己回家治疗。在家待了一天，高烧加剧，生命垂危。消息传到厂里，工会和妇联纷纷指责厂主陈德怡，并组织又一次游行示威。张义悄悄着人将内幕传递给邵老爷。冯先生得悉后感到纳闷。没想到邵老爷说，这就是做人的诀窍，你不用问了。然后摆出毅然决然的态度，袖子一甩，说，走，到厂子里看看，这个张义够义气！我们也与他配合配合，安抚安抚？

冯先生还能说什么呢？

快到陈家布机坊时，有人提醒邵老爷，莫嫂现在是革命的积极分子，很活跃。

旁边人开玩笑说，没了毛教头，自然也没了填空缺的，能不急？

邵老爷看得深，他知道，没有张义，一个妇道人家能这么出人头地说话？这就是共产党的厉害之处。一面搅得天下大乱，一面又做大好人，还给我通消息，乱中有所图，乱中有所治，全在他的掌心把握着，真是个了不得的人物啊！夏天与史进耀怎能与他……走着，邵老爷忽然听不到大家的议论了，问道，怎么都不说话啦？

冯先生说，见你不开口，也就没人敢多话了。

邵老爷笑道，女人出来抛头露脸就是为了找姘头相好的？

旁边人回说，常理是这样。

邵老爷对冯先生说，女人抛头露脸总有原因：不是逃婚，就是受不了夫家的虐待，也有嫁了不称心丈夫跑出来的。你们以这样的常理看莫嫂，就走眼了。依我看，莫嫂是有头脑想做大事的人，她不是恨包府，也不是恨毛教头，她是为别的女人不再受她那种苦才出来的。所以，我们要格外关顾她。

冯先生连忙表示赞成。

进了厂，工人们见邵老爷过来，也都远远地站着。

邵老爷望着他们，觉得很有意思，一眼望过去，触觉的全是脑袋，这些脑袋各个不同，许多脑袋头发稀少，像只浮在水面的瓜，烂叶子半枯半烂地奄在上面。有的脑袋很有些风度，梳理出新式的发型。唔，这些脑袋里有些油水，用得好才能淌给你。更多的是老实的圆脑袋，在光亮下把鼻子也托了出来，这些人很实在，也好打发。邵老爷在心里长长叹道：平心而言，这些做工的，还真是可怜，他们每天都在制造出一个个财主。只要我们的心路稍稍宽出条缝，他们就会弄得你的日子富油直淌，甚至关键时刻愿意为你送命献身。这一点……他笑道，没人能比我看得清楚，这正是我比别人高明的地方！也说明我是个真正能够抓得住劳工的老爷。他心里这么想时，情绪也就调整得很好了。

他大步走过去，微笑着向工人们打招呼。那些做工的见邵黎泽过来都朝后缩。这使邵老爷十分尴尬，连连说道，都是自家乡亲，怕我是老虎不成。众人笑了，这才停下后退。

邵老爷过去，朝一个机器件上坐下去。

有人喊叫着不能坐。

邵老爷慌忙站起来。

那人脱下衣裳，垫在上面说，你和我们不一样，这样坐下才好。

邵老爷很感动，坐下去时，还是把那衣裳从屁股下抽出来还给他，说，这位师傅的好心，我领了。别把我当什么高贵的人。你们中间有人脑袋比我还好使，但他没我这么快活，这是为什么？他停下看看大家，然后一字一句地说，那是祖上没留给他好财产，他只能做工，靠自己的力气挣钱。我相信有一天，他也能为子孙积点钱财，做做有钱人。钱财传世，大不过五世，没什么可怕。

我现在用脑袋计算生意上的事，也很累啊！我累的是心，是劳心。你看我的脑袋上还有几根头发呀！众人笑起来。

邵老爷见气氛融洽，便说，大家认识我，不知愿不愿意对我说说心里话。

刚刚调上来的气氛又冷落下去了。

冯先生慌忙调和气氛，这才使胆大的鼓起勇气说，邵老爷，你们做资本家的太心狠。

邵老爷点点头，这话有道理，归根到底还是钱这东西使坏，让一些人的心进了芮老板家的染缸。你们说，我还是那种心黑得令你们怕的人吗？

大家说，你邵老爷当然不是那种人，但陈老板的心黑，你要治治他才好。

跟着说话的胆大了，说去喊记者了，让他在报纸上曝光。

冯先生问，谁去请记者了？

总有人的。

另一人悄悄说，张先生出面的，他说《浙江商报》的朱惺公，这位松庐大主笔很关爱大众。

邵老爷闻后思忖，又是张义，放火的是他，报信的也是他，救火的还是他，搞什么名堂呀！暂且放在肚里，看看再说。嘴里问冯先生，那位朱惺公，不就是吕城镇上的后生，靠了上海的什么先生得了点道行的吗？他想对古柳泽做什么事？难道那些给名流的奉银，没到他手上？这话出口，众人都听得明白，哇地叫道，原来记者也是可以用钱买的。

这世界就是钱推着转的，没钱你出门试试？冯先生说。

效果达到，邵老爷满心喜欢，接着问，张先生亲自出马去请的？没有。他到哪里去了？

有人回话说，他在跟陈老板交涉哩。

好。邵老爷说，交涉？应该好好给他陈德怡上上课，让他晓得些事理，明白轻重。嘴上这么说，心里倒是放下了许多，他张义不来这里好，横里插扛反而搅得我乱了方寸。这么想着时，说起话来也就硬扎扎的了，他说，记者也不能瞎写瞎登呀！

有人说，莫嫂是上工轧伤的。拿摩温硬说不是。到底是不是，让记者给评理，好有个分晓。

邵老爷的随从说，拿摩温的话大概不会假。

对方骂道，你是说我们做工的玩花头？臭狗腿子，没好话。

随从也不示弱：屁臭不在响，有理不靠嗓门，骂人做什么？

那边顶道，我骂的就是走狗。

随从的嘴也是一把好刷，你祖上要是皇帝的走狗，你能在这里做工吃苦？两边说话的嗓门大起来，大有拔拳相骂吵架的势头。冯先生劝大家不要吵，邵老爷来解决事情，你们吵，我们就只好走了。工人们私下相互劝说，气氛渐渐又缓下来。

冯先生问，大家为这事罢工，是不是有点小戏大唱？

这还不够吗？做老板的不把人命当回事，那就等着破财……

不等对方说完，邵老爷抢过话头道，说得好！溃堤之患，一只蚁穴；送命之疾，一个小疖。这道理谁都明白。我这个老板，镇上店铺几十家，上海广州天津，还有国外许多地方都有店铺，利害轻重我更明白。有一点我从来不敢忘记，这些财产是我和我的祖宗们靠智慧创造下来的。其中包括许多默默无闻的伙计用人们的出力流汗。没有做工的相帮，我有天大的智慧也只是纸上空谈。你们靠自己诚实的劳动获得养家糊口的钱粮，有的还要积累将来做老板的本钱。

邵老爷说到这里，不由得感慨万千，往事历历在目：这古柳泽靠他爷爷、父亲和他手里成为老板的人家，少吗？就说现在"辑里丝"做得最有名气的梅家"福字号"，怎么来的？只要问问刚刚从日本回来，在杭州做蚕丝学问的朱新予先生就清爽了。朱先生对梅家丝坊做过了解。别看现在的丝行大户梅老板神气，祖上最早只是邵家的织工，积三年织工钱，借了邵家半斤好丝，一台织机是邵家送他的，至今还放在他家祠堂屋里，吃水勿忘掘井人嘛。梅家从养蚕开始抓，先后不过十年，成了四十张机的梅家丝坊。"福字号"一直在法国德国卢森堡销得很畅啊！这时，邵老爷朝大家作揖道：

这里待不住，我可以到外面去。你们呢？能走的是少数吧！大多数人要失业挨饿，明白了吗？老板与伙计唇齿关联，一条船上的同渡客，船破了，对谁都没好处。只有大家相帮着撑起一片好天地，才有众人的快活。这个关系，你们明白吗？

众人顿时一个个大眼瞪小眼，鸦雀无声。

邵老爷这番精辟见解，其足可与张义的无产阶级理论比一高低啊，令冯先生暗暗惊讶。突然，他想起了自己的那个家，那个记忆中的有着父亲，也许是祖父用的书房，母亲一直很好看的纤纤玉手，还有花园，还有马车，还有……薄暮里的外游。最多的是母亲夹着东西，害羞地拉着他到当铺里去，朝奉们越过高高的柜台，一边称呼母亲老板娘，一边把手很不规矩地落在母亲的脸上脖子上，母亲没有动弹，只有无声的眼泪滚下来。朝奉们怕了，连连说，哭什么，哭什么，又不是我们要你家败落的，快快快，给她银两，给她银两……从感情上说，他应该同情这些做工的，但不知为什么，他觉得自己更大的责任，也许是一种冥冥中的力量，让他对有钱人怀着特殊的敌视……

掏心里话吧，我就是真诚地喜欢你们，是你们做工认真负责，才有我家业的壮大。只有我家业的壮大，也才有你们的家业。说到这里，邵老爷问，你们中间有没有人想学梅家祖上。我全力支持！做了我家多年的用人，做得好，我可以送一爿店与他。

众人七嘴八舌道，你邵老爷的为人，没说的。你要我们做事，说一声，赴汤蹈火，在所不惜。听到这话，邵老爷的胖脸上漾起了笑，心里道，张义这条共产党的狗，你晓得拉人心，可晓得怎么宠人心吗？

冯先生提醒道，要紧的是叫他们歇下来，记者来了也白来！

邵老爷把脸板板说，他们愿意请就请吧。我相信记者会公正。

众人说，邵老爷的话说得这么白，我们就不要再请记者了。

邵老爷傲翘起来了，说，请不请是你们的事。我去找陈德怡，你们快些着人把莫嫂送医院，钱我支着。听这话，立即有人抢在前面去告诉莫嫂家人。

工人们非常感激，私下相互说，还是邵老爷好啊！

阿灿说，邵老爷，你不要做好人。这钱应该是陈老板支的。

有人说，莫嫂顶过陈老板。陈老板想找理由辞退她，碍于现时的状况，才缓着没做。这是迟早的事。鸡蛋哪能跟石头碰。

听到这种话，邵老爷的心里乐开了花：你们的头脑都是木头做的，不晓得动动！老爷是靠得住的，要是老爷靠不住，你还有什么饭吃啊！整天听着城里来的老师学生胡言乱语煽动，闹，闹出什么好处？芝麻长熟要榨油，当了工人要做活，做一天伙计就得做一天事。天经地义，你闹闹，能闹得颠倒过来？店砸了，铺烧了，家破了，老婆死了，丈夫没了，看还有什么闹。邵老爷心里乐滋滋，嘴上恰说，这陈德怡不像话，做工的，做老板的，都是人，命要紧的呀！说着，他又表示，我去找他。说着，便挪动了步子。

见邵老爷要走了，冯先生让下人从包里拿出大洋来，每人两块，只要在场的都有。

大家拿了十分高兴，说，他们游行一次发一块，我们才一个时辰就两块，这差事好；也有觉悟好的，说给莫嫂凑个数子。邵老爷听到了，连连说，莫嫂的事你们就不用管了，有我哩。说着，朝街上走去，后面紧随着。走没多远，就看到有几个人急急地朝这边迎面而来。

有人老远就喊：那不是莫嫂的女儿吗。

这边听到了喊声，紧紧步子快速过去。

两边人迎合到一起，邵老爷见是史进耀，倒也脱口说出句诙谐的话：这事惊动了你，不好意思啊！

史镇长有点受宠若惊道，邵老爷被惊动，在下实在不安。

邵老爷没与史进耀多说话，当务之急是稳定军心，刘备让新野的百姓携幼扶老带着逃难，借口只有一句话，莫留在曹操手里受苦。让古柳泽的百姓都知道我的仁义，跟着我跑，想到这里，他一把抓住哭哭啼啼的莫嫂女儿，哄孩子似的拍拍她，安慰她不要急，说，有我在，什么事不好解决呀。

旁边的阿根抢先说，拿摩温轧陈老板的苗头说话，说她这几天不做工，整天在镇上乱窜，伤不是在厂子里出的。有这话，医院当然不肯收治啦。刚才到益寿堂看了，二先生说有危险。

邵老爷对史进耀说，那就快送教会医院。还怔着干什么？钱？史镇长，你先去担保。

阿根暗中扯扯史镇长说，这总不是个办法，桥西北街的阿金也在家中愁着哩。

邵老爷耳尖，听到了心里好不快活，嘴上说，你说的还是他爷到苏州开刀的事？这有什么愁的？我对下人在生病的事上，一视同仁，不会让他们为请郎中、上医院发愁的。

阿根见他这么说，便勿作声了。

史进耀不知详情，说，邵老爷的话，你勿相信？那你信谁的？

阿根见史镇长这么说话，心里恼恼的，终于憋不住地叫道，哪里是你说的这回事呀！天下乌鸦一般黑，哪里的老虎都吃人。

众人顿时无语。

邵老爷暗中用脚踢踢冯先生。冯先生顿悟，赶紧插嘴道，阿根啊，你有什么事给我说，别在这里横插扛。你不是找到夜校里帮忙的活吗？如若真的不行了，你随时开口说啊！

立即有人要阿根到一边说话。

阿根聪明，听出邵老爷嫌他碍事了。邵老爷嫌人碍事的时候，别人就会"下说法"。阿根不是愣头青，轧轧苗头就晓得行情，见这情景，他是能溜一刻绝不耽搁一分。嘴上对邀他的人表示尿急，放一放就走。趁着小解，阿根脚底抹油溜了。

邵老爷对莫嫂的女儿说，你家的事，我决不坐视不问。

史进耀对大家说，你们听到了吧，邵老爷这话你们该好好听听。虽说生老病死、受伤致残与老板无关，可邵老爷还是仁慈的。

小青说，光仁慈没章法不行，老板胡作非为，谁能管？

邵老爷听出小青那话语里的意思，怕把事情闹大，连忙安慰大家说，一个镇上的乡亲，没必要这么剑拔弩张的，可以好好说嘛！

冯先生也说，大家都没必要上火，以礼相待，急人所难，尽心尽职，都朝宽处想嘛。

邵老爷说，对，对对对，冯先生的话有道理，我们做老板的要改变改变以前的处世办法。

小青声音低低地问，能吗？

邵老爷说，为什么不能，老板伙计都是一样的乡亲嘛！

众人附和，说得好！

有人小声对小青说，别听他的，只有停工，大家一起停工，真正损失的还是老板。工人的工钱与老板的利益相比，谁大呀？资本家一害怕，工人的利益才有保障……他的话还没完，觉察到自己的背部被什么顶住，像是匕首，他明白了，好汉不吃眼前亏，连忙改口道，但像邵老爷这样的开通人，还是少！

冯先生一张脸，永远那么刻板，没有表情。

大家一时冷了场。

史进耀说，眼下先救莫嫂的命，别的事，以后再说。

众人连连说对。

邵老爷见状，告诉史时耀好好安顿莫嫂，然后对冯先生说，我去找陈德怡说话，这边，烦劳史镇长吧。邵老爷说完，带着人从另一条路走了。

85

看着他们离开了，史进耀说，我们还是快些去看看莫嫂，救人要紧。到了莫嫂家，那里已经围了许多人。见到史进耀，益寿堂的郦先生，还有西街的郎中都站起来朝他招呼。史进耀问病情，正在开方的郎中说，此病切脉观色，可断为毒入血脉，幸好初伤，若用唐朝蔺道人的《理伤续断秘方》，选其以祛风定痉、解毒化痰等为主……

郦先生则认为：玉真散、五虎追风散都是上好的先人治疗此症的良方，尤其是玉真散，南星、防风是主药，目前的症状，宜以玉真汤，加白芷、天麻、羌活、白附子（生用）……

史进耀问，两位的用药，是否相克？郦先生没回话。郎中说，实质都一样，是以祛风定痉、解毒化痰为主。史进耀知道郦先生对医道颇精，便问他的意见。

照我的看法，中医对此症不是什么难题。十医九方，都在药量上的把握。药量自然也是离不开患者的身体状况……如是而已。小青焦急地问，情况危险不危险？郦先生说，这话不好说；药头抓得紧些松些，都性命攸关。依我看，最好是洋医来得快。

郎中接口说，中洋结合，汤药为辅，实在妙也。

史进耀听不下去了，着急地说，那就快送洋医。说完，大家七手八脚把莫嫂弄上担架，送到教会医院，医生说是先交钱，史进耀找来院长，院长看了看莫嫂的情况，告诉史进耀这是感染性休克，没有什么办法能救。

史进耀问，感染性休克，是什么病呀！

院长用英文说，就是破伤风。伤口发炎，而且毒已经进入血液。

小青用刚学会的蹩脚英语问，你不想救她了？

院长说，NO，NO！救人还是要救的。说着，招呼护士把莫嫂送急诊室。

史进耀问小青，他说什么？小青摇摇头，我也不懂，虽说我跟骆小姐学了点英文，还没到这地步呀！史进耀急了，猜也猜不出意思？小青说，意思当然明白。他说，应该赶快救人。

史进耀舒口气：那就好。到这里，一切听医生的。

大家见莫嫂已经被医院接收，都放下心地朝外走。在医院门口，见到飞快赶来的几顶快轿，为首的正是陈德怡。史进耀迎过去，被后面下轿的邵老爷招手道，史镇长，陈老板已经知错，特地赶到莫嫂家，你已经把莫嫂送医院。诸位都在，莫嫂的情况如何？

小青说，医院说很危险，是什么破伤风？

邵老爷问，什么原因引起的？

阿灿说，医生没讲。

小青说，一定与机器轧伤有关。邵老爷摆摆手，不说那些，救人要紧。上前对陈老板教训道：你去与那洋院长说说，用郎中和郦先生的方子配合。其实，中医不比西医弱。在莫嫂家里，郦先生说了这话。你知道的，做药店行医之人，是不会说满话的，点明了，你自己去领会。说着，见陈老板要拔脚，又道，你急的什么事？早这样急，都不会出事了。开支钱财消灾，也是好事。有个万一，我看你怎么收场！陈老弟啊！我一再与你说，千金散去还复来；人命一回不重二！工人们都是你兄弟姐妹，没他们做工，你拿什么去做生意。当然，他们做工，你给工钱。恰忘了还要讲个缘啊！没缘，能聚到一起吗？

陈老板嘀咕道，推你会长不当，我烦躁得乱了方寸。好了，不说那些，他双手连连与众人作揖道，小弟知错。大家看在邵老爷的脸面上，给我一次机会……

邵老爷说，不是我给脸面，是争取大家谅解。现在什么时候。别人不知道，你还不清楚吗？你不把工人好好拧在一起，还指望谁？谁也不能指望。就是指望你自己，指望跟你在一起干了几十年的工人！你垮了，他们也就失去了饭碗。他们谁也不愿意失去现在这个好端端的饭碗。对不对？……

听着邵老爷的话，看到他这副开明绅士的外表，小青想到阿根对她说的一些事情，又联想到骆小姐对邵老爷的印象，自己竟也无法说得清楚邵老爷到底是个怎么样的人物了？望着邵老爷那不紧不慢，侃侃而谈的从容样子，想到张义在课堂上给大家讲亚里士多德时，引用过的一句话，喜剧总是模仿比我们今天的人坏的人，悲剧总是模仿比我们今天的人好的人。邵老爷模仿的是喜剧人物，还是悲剧人物？

她一时倒也说不清楚。

86

邵老爷在调定莫嫂住院的事上，耳边多多少少刮到对莫嫂病的怀疑，他没有做出反应，仅凭怀疑闹不好反授话柄，引发工人闹事，得不偿失。但他给陈德怡敲警钟：管她哪里闹的病，都给她治，理放后一步争，有的是时间；人一旦倒下，那就成了天下第一大难事，再多的理，都是不臭的屁！明白了？

你还当不当会长？陈德怡对这事念念不忘。

你们要我当，我能不当吗？邵老爷揶揄道。看看陈德怡懵里懵懂拎勿清爽的样子，笑了起来。陈德怡说，你笑？你是真当还是假当呀。邵老爷说，当然要真当，不过，我还是那句话，想与包老爷会会再说。陈德怡不高兴地说，能会出名堂？能会出当不当的理由，那还要大家选做什么？邵老爷说，选是选，如果我真的不想当，我让贤，让给包老爷成不成？他想当官，重新敲他的惊堂木！给他当，他谢我，那就好，可以免去他再打我们的坏主意。

陈德怡没好气地说，小孩子家说气话，没轻重。他能被你的让贤感动，我就不开木行，不给杨木匠提供做棺材的木头。邵老爷问，那你做什么？陈德怡说，做什么？你说能做什么，做和尚呀！

邵老爷笑了，亏你想得出这个行当。和尚是吃素的，和尚困女人是罪过，你能熬得住？

陈德怡说，他包老爷能熬得住对你不下毒手，我就熬得住勿困女人，替他念经超度，祝他千岁万岁做不死的老乌龟。

邵老爷没了声响。邵老爷决意要做的事，八头牯牛也扳不过来。

冯先生则看出了邵老爷内心真正的恐惧：在防止包府阴谋的过程中，恰恰帮了史进耀。还有张义，这个人比史进耀更可怕。然而，冯先生心里笑笑，真正可怕的人就在你邵老爷对面坐着，你看出来了吗？冯先生说话是很有技巧的，他劝邵老爷做什么事，总是先拐弯抹角探探他心窝窝里那口塘的深浅。潮涨潮落，朝夕不同。此刻他又探着深浅了，他说，你总是当面哄着夏天，背后又不断在张仁杰面前说他的不是，弄得他不知做什么事才好；好好一个人，让你盘得半生不熟，一点刚性都没有了。

邵老爷说，我没叫他不做事情，他要当什么督政，当就当，谁不让他当呀？我真的一点不知道。

冯先生问，依你想法，包府的危险不如张义他们了？

邵老爷用奇怪的眼光看着他说，没想到你会提这样肤浅的问题。张义是我现在第一要信赖的人，我抛开了他，就变成孤单单一个人站在风雨里对付包府。如果有了张义，他就是一堵墙，一堵工人筑的墙，我就不怕背后有人使坏。说到这里，邵老爷话锋一转，你不要忘记他们是工人，用张义的话来说，是我的剥削对象，我是他们割舍不掉的人，因为他们的翅膀还没硬，还用得着我。一旦硬了，像俄国那样，他们会一脚蹬掉我，不过，还早哩。现在是我利用他们的时候，我与他们的关系是朋友与对手。

邵老爷轻松地展展手臂，做了一个道家掐指虚弹的动作，愉快地说，我已经料理好各种关系，就在今天，与包老爷会一会，知己知彼，才能百战不殆嘛。

鹿死谁手？冯先生轻轻叹道。

邵老爷刚踏上柳泉居门前的三级台阶，脚还没放稳，谢省俭已经从里屋出来弯腰作揖，唱喏如歌：啊，邵老爷，您可不能真的做得出呀！邵老爷闻此话，一怔：他已经知道我来意了？朝谢省俭瞟去一眼，这人虽有见貌辨色随风使舵的本事，但包老爷一个响鼻，能惊他一裤子尿，这绝非说书的吴叫驴胡编故事。许多场会，他谢省俭就是包府的应声虫。他停住步子故意道，谢老板，屋里可置了大清王朝的钉板？

轮着谢省俭发愣了，抬在半空中的手，戛然而悬，嘴里语无伦次道：邵、邵、邵邵邵……哦，啊呀呀。邵老爷，你别见怪。我是说……见邵老爷脸上并非恶意，谢省俭这才渐渐缓顺了呼吸，耸耸肩，情绪调至正常，然后嘴凑到邵老爷耳边低语道，昨日这里一幕戏演得精彩啊。

哦！哈哈哈。忙啊，忙得抽不出身。邵老爷摇着头，没看到，有些可惜了！

也是，也是。泡茶馆的时间都没了。

近日杂事分神，到了喝茶的辰光就被缠住走不脱。不过，实在不是有意。抱歉，抱歉。

哪里，哪里。你不来，我的生意可就清淡多了。

烧开七星灶，煮沸三江水，招来四方客，相聚都是缘嘛！谢老板，你的笑脸会单朝我？

七月葵花向阳转，指望十月颗粒满嘛。

哦？太阳还是自己的好吧。

天底下就一个太阳，邵老爷说的太阳，那是……

我是说，每个人心中的太阳都不会相同的。

倒也是，后羿射掉九个太阳，留下的正是他自己。邵老爷，这地方的太阳除了你，还有谁？我可没看到。有也长不了，后羿在等着哩。

邵老爷打着哈哈，哦，哈哈哈，好，好，好。士别三日，当刮目相看。你会说话了，会说话啦。心里恰道，这应声虫莫非改换门庭了，脚步跨进了屋。

这门前的几句对话，迅速递到了包老爷的耳里。

87

包老爷抚着茶壶盖上的蒂蒂，闭目养神，满脑子愁苦，尤其是送信人的事缠得他无法平静——

送信人那天一个猛子扎下水后，绑着两手潜游一段路，浮出水面，靠双脚蹬游到岸边，滚上岸，在岩石上磨断绳子，溜进灌木林。藏在那儿到太阳落山才敢回家，见了老婆就说：命是一定没了。说完，身子筛糠似的抖起来。老婆见状，赶快打来酒，让他喝上几口，压压惊，嘴里长一句短半句地终于把话串顺了，说了个大概。老婆惊恐地问，还有活路吗？他问，小团呢？得知上婆婆家没回来，连连说，那好，那好，不回来就好，爷娘没活路，小团总会有的。他叫老婆装着没事，自己躲在家里不出门，有人来了就藏到地窖里，藏了几天，知道如此下去总不是个事，躲到哪里能逃得出包府的魔爪呢？这世上已经没什么好路可由他选了。昨日天黑后，他赶到包府，期望得到包老爷的谅解，得条活路。

到了包府，下人告诉他，老爷正请郎中给管家看病哩。

当他看到管家好好地坐在那儿与包老爷说着话。心咯噔一下，悬到了喉咙口，转身想走，迟了。两人异口同声问，信送到了？他只好站住，垂立着，没说话。管家说，怎么不说话？他回说，半路上出事了。管家嘲讽道，上天的信，送得比你早哇。

包老爷说，出什么事我不管。我只问你，信送到了没有？

没有。

信呢？

落麻团长手里了。

包老爷吼道，叫你送信到太湖强盗点上去，你却送给了姓麻的，是何道理？你没看到麻团长在我家无法无天？你还向着他。你想做什么？

送信的说，不是我想什么，是他们的人在路上截了我，抄了信去。那人就是麻团长的勤务兵，牵的马就是那匹丢失的马。

包老爷咬咬牙，我就知道他姓麻的不是好人，事先算计好了我。

送信人说，勤务兵把我交给麻团长，麻团长看了信，说……

管家直起腰板急切地问，你连信的内容也晓得了？

送信人吓坏了，连连说不知道，他们把我交给邵老爷时，我逃了出来躲在家里。

管家问，交给邵家？邵老爷与麻团长也勾搭上了。你见到了？

送信人说，小的不敢有隐瞒。

包老爷恼恼地说，谅你也不敢隐瞒。接着又问，邵家与麻团长怎么个勾结法？送信人说，我是押在一只快船上回镇的。他们把船停在青云墩后面河湾滩上，暗中等着邵老爷。

管家问，你为什么回来？

送信人说，要把这事禀告老爷，免得老爷还以为信送到了。

放屁。老爷我做事能全依赖你吗？去、去去去……包老爷挥挥手，叫他先下去，不要离开包府。一面差人去找大少爷来商量办法。包老爷转脸看看管家，问，麻团长那里有什么动静？

管家摇摇头，已经几天了，麻团长不会来了。

包老爷回过神来说，是的，难怪那张期票转到冯先生手里。

管家说，麻团长是个贪财的人，拿了什么都想急急变成钱财。如果不是想钱财，他有什么必要急急地把送信人推给邵家？这么一来，事情倒也好办多了，邵家知道了我们的心思，一定以为我们会改时间；我们就是不改。再多弄点小事打发他们忙碌，分散他们的注意力。抓紧原定的方案能提前就尽量设法提前。要想做得漂亮，只有挑起邵家与太湖强盗的真正械斗。办法？到邵家弄个绑票交给太湖强盗，这种简单的事就是好，能出复杂的戏剧高潮。邵家必定要请麻团长出面剿太湖强盗。麻团长又会再次狮子大开口要钱财，他们就会闹翻了。你说，那太湖强盗会不会到镇上来？十月初一的事能不能照办？

包老爷点点头，唔，正合我意。

管家说，还有，马上把这个送信人干掉送给盛老板。只能给盛老板，不能给邵老爷。用送信人的话说，邵家还没看到他本人。到了盛家，盛家一定会悄悄埋掉。那么一来，我们让史镇长出面治盛家。盛家一萎，就等于砍了邵老爷的一条胳膊。

包老爷说好，转而又道，干脆把他老婆也弄死，就更没人晓得怎么回事了。后面的戏，让姓史的去做吧。看这小子对我到底怎么样？正好量量他那口井的深浅。

包老爷走出屋，望着那夜色中的冥冥灯火，风过来，吹落近处一片枯叶；高悬的灯笼晃出一片明亮，幽暗的树林沙沙的声响更恐怖，好像要在平地裂出一条万丈深渊。那深渊的裂缝一直裂向人的心底深处，令人一阵战怵。包老爷默默地望着，望着，是往事重现，还是故人复归，说不清。他行走在黑夜与白天构成的空间里，不，他不走动。是空间里的风在摇曳着他，他在这摇曳里忽而从暗处飘入明亮，忽而从明亮坠入黑暗。明亮的太明亮，明亮得他看不见一切，浑身的燥热使内在的平时不易显露的野心发面似的膨胀起来，整个天地中只有他存在着，不再有别的什么，大自然的一切，人类的一切都成了他的。他放声大笑，那笑声传出很远很远……从很远的地方，引过来黑暗。那黑暗雷闪电击，一下子就过来了，他睁眼看时，黑暗的也是太黑暗，黑暗得他找不到自己，在这黑暗中他曾经试图寻找他的存在，没有。他惊讶，他惧怕，他战栗，他痛苦，他……他紧紧地握着拳头，高高地举起，叫道：我在哪里！我在哪里？那个深深的裂渊再次出现……

家里的下人们拥过来，围着他。

莲莲过来，伸出柔软的膀子承接那枯竹似的老朽，指触肩膀，手摸脖颈，老树的裂皮，嫩芽的脆弱，都使她皱起了眉头，心头和眼睛里仿佛还是那个刚刚离去不久的年轻身躯……

家人们叫唤着老爷，说是给老爷找回出游的魂窍……

如此状况下的包老爷，今天能与有备而战的邵老爷交锋吗？

邵老爷脚步声过来，包老爷鼓足精气神朝中门看去，见邵老爷跨过中门亮相，他这里便起身作揖道，贤侄，近来无恙？

邵老爷一怔：我何时成了你的侄儿？心里不乐，忍不住回礼道，包老爷如今是越来越年少，万福膏与《黄帝内经》并用，果然妙啊！包老爷听此话，心里不乐，嘴上应道，老朽啦！再有多少能耐，总是精力不济。说着，包老爷单手抚着那茶壶盖上的蒂蒂，慢慢饮口茶在嘴里，滚动再三，喉口一个骨碌，茶滚下肚，那中气也足足地提升起来，说，那个莫嫂，是尤物？是狐妖？别人的话，我不在意。近日听说贤侄也很看重她，没想到，真正的没想到啊。

邵老爷眼睛朝邻座桌上的陈德怡瞟去，然后收回，坐下，慢条斯理地喝着茶，有意装着一副不经意的态度问，你想让莫嫂做我的新夫人？包老爷有没有搞错？我选女人是有规矩的呀！女人的肚皮靠别人撑圆的事，我不做！

听话听音，锣鼓听声，正喝茶的包老爷听到这带别一种腔调的话，猛一个呛，顾不得咳嗽，先把眼睛朝儿子们坐的位置上扫扫，两个儿子都不在，心里稍稍宽了。老辈人都知道包老爷的父亲是个好角色，把姑娘的肚皮搞大了，塞给儿子做媳妇。那时的包老爷年轻，心里有气，就把这种话拿出来说给杨木匠听，杨木匠劝他家丑不可外扬，转身便悄悄传开，弄得包老太爷很没面子。这个手段歹毒的包老太爷，硬是深夜拉这帮人到翠云轩吃酒，那时皇帝还在位，谁敢冒天下之大不韪上翠云轩喝酒？一旦传出去是要犯欺君之罪的。包老太爷用这种办法封杀了众人的嘴。几十年后，邵老爷可真会挑事儿啊！幸亏儿子不在。好，你这么说话，也就休怪我包某不给你面子。他喘顺了气，略略打量一下屋里的动向，说，女人的事，不在撑不撑圆肚皮，在于她的功夫。这一点，你比我明白。若不想收她为偏室，她会这么活跃？谁都知晓她的伤不是在厂子里做事伤的，你恰去替陈老板做定，这怎么说？

盛老板插话道，包老爷，你不会在此为毛教头出气吧！

杨木匠是靠陈老板木行施展手艺的，此刻定准要替陈德怡扳几句理。他说，邵老爷到现在也没说莫嫂是怎么伤的。他只是说要救人，要治伤。依陈老板的脾气是想辞退她。

为什么不辞退呢？包老爷说。

陈德怡说，包老爷说她肚皮上功夫好，想必用得顺手，我何不留着，一来自己可以享用享用，二来要是有好客户，一般女人抵挡不了，她可以上上。你包府想的话，我可以借给你，不收佣金。照说，她娉着毛教头，也应该算是包府的女眷吧。好歹你包府也应该掏几个子，表示表示的啊！

包老爷见他们串成一气，不觉怒火中烧：我看事情不这么简单。这个婊子，不就是毛教头的事吗？借着毛教头，她敢冲我包府撒尿？

喜欢以静待动的邵老爷见包老爷发火，十分高兴，坐在那里静静地观看包老爷，眉毛如何一来一去地摆着，颤抖着，哪一次的颤动都似乎有什么从阴暗得不能再阴暗的地方向外扑着蝙蝠翅膀下的黑暗，那眼光就变得更阴暗，更可怕，更险恶……邵老爷就想挑动，挑动，再挑动。他激将道，包老爷，毛教头的事，镇上做得没分寸？

包老爷一股子火正要冲上来，被邵老爷这话半腰一剑，斫得他没了回喘的气。回过来细细思忖，这才真正看出那一场收茧风波、毛教头事件，都在他邵老爷掌心里摆着调着，让他着意做着文章。真窝囊啊，自己怎么没想到呢？那管家也是草包，就没谋划到这个层面。现在，话全给他姓邵的说去了。

这时，门外有人进来，直奔包老爷面前，咬耳嘀嘀咕咕很久，包老爷的脸上顿时阴转多云，多云又变晴。这细节，邵老爷看得清楚，忙给陈德怡使眼色，陈老板立刻离席而去。

看着陈德怡走出中门，邵老爷话语仍然风光如故：包老爷，你说我收了莫嫂。那女人谁收了，不是床上快活，床下的烦恼？你把她好好的男人阉了，让她没了男人。你说，你那毛教头是人吗？与你无关，没你的干系？镇团防在你手上，他是教头，叫维持收茧秩序，恰去阉人家男人，是人做的事？乡亲们体察着您老人家的难处，才把事儿平息了。可你这会儿好像一点不领情，嫌我们做的不周到？现在，她又出事了。出的什么事？查查源头，没当初毛教头阉人家男人，会有她今天的事吗？

包老爷握住茶盅的手在抖，那手背上的血筋明显地突起，青蛇似的游着，朝茶盅里倾着蛇毒：话，是造出来给人玩的。谁都晓得自己的屁眼有屎自己擦。擦干净了，可以充着什么呢？说到这里，包老爷突然中断话头，昂起脑袋喝口茶，眼睛扫着大家，慢慢地像是从茶盅里吮吸到了什么，精神旺足了，语气也硬了：赤色革命的暴乱分子都在镇公所里住着，在民众教育馆里孵着，他们奸姑娘、杀人，据说也是起因于这个女人，也是我包府里的罪过吗？

邵老爷一怔，不明白包老爷突然说出这话是何意思。

包老爷看他没回音，颇有些扬扬得意地看着他，半闭眼睛，手抚着紫砂壶上的蒂儿，吟起别人听不明白的曲儿。

88

整个屋里静下来，大家似乎感觉到有什么事儿要发生。

没多一刻，陈德怡与一行人来到邵老爷面前，低声说着什么，邵老爷的脸上顿时一阵青一阵白，茶客从他们的神情中观察出事情一定不小。先前冷静的屋里，慢慢升温，继而嘈杂，奔走相告，若喜若悲，复又喧哗。邵老爷看看场面，心里开始琢磨，他实在不愿意相信刚才得到的消息是真的：慎老爷的孙女在古柳泽被竹为奸杀，尸体已经从井里捞起。史进耀把这事告诉了张义和夏天。夏天情绪不佳，没心思替他分析问题。倒是张义在排出时间后，想到了莫嫂的伤，私下问小青和阿倩，知道莫嫂就是那天下午伤的，赶到医院以探访为由，询问莫嫂。莫嫂原本就想说，这一探，触着了根柢，哗哗哗地吐了真相。包老爷的探子是在张义着人抓竹为时才知道的。依张义对陈德怡的说法，此事应该由自治组织出面处理，让新成立的自治会会长有个漂亮的亮相机会。陈德怡是个聪明人，他晓得竹为是随张义到镇上的，所以他问张义怎么处理竹为。张义说，杀人偿命，除恶务尽，但要依照法律办。

邵老爷听了，心里倒也对张义有了好感，张义若想压下这事，还不是小鸡啄黄豆般轻巧。

包老爷微微睁开眼，从一条缝里窥探邵老爷桌上的动静。

邵老爷晓得他包老爷会做文章，故意大声说，你如果对毛教头的事有什么想法，可以提出来。现在镇上各界已经酝酿成立自治会，对成立前的事也可以翻过来看看。当然……要依西洋进步的法律，科学管理国家的方法来处理，比如说民众教育馆里的竹为奸杀慎老爷孙女的事。

包老爷故作惊诧道，你说什么？慎老爷的孙女被竹、竹……为奸杀？朗朗乾坤，酌古御今，这古柳泽何时有过这样的事？纲纪崩溃，道德败坏，始在今日，啊！乱了，乱了！

邵老爷朝钟律师看看说，这事儿，过去我们这里是没发生过，现在有了，该怎么办，我觉得不要急着凭自己的臆想或者感情下定论，最好还是听听钟律师说说，他是权威、专家。

有人问，何时成立自治会？只听你们打雷，不见下雨。

钟律师说，就是邵老爷不愿意出任会长，要不前天就成立了。

旁边的人问，他不当，给谁当呢？

钟律师说，邵老爷想让包老爷当。

商人一边叫起来，哇，那又要叫我们去看他升堂，打屁股？

支持包老爷一派的喊道，打打屁股有什么不好？

钟律师说，那是落后，不文明。

包老爷眼睛朝众人扫去，见大家的情绪异常，突然，悟出一点，眼下这一切，都是邵老爷今天到柳泉居来的真正目的：设下圈套让他钻，不成，决不成。岂可与你们这些奸商同流合污，莫非枉读圣贤书！他笃笃茶杯，恼恼地说，包府不介入你们的肮脏交易，更不想出任什么狗屁自治会会长。但我要说几句，你邵老爷身为有钱人，却不思为有钱人的利益着想，竟和穷鬼同流合污，尤其是穷途末路的张义，那是什么角色？还有橡胶商人，什么商人，简直就是色棍，混吃草粮的魔鬼。你与他们合穿一条裤子，你说这古柳泽落你手里，怎么能不出慎老爷孙女的事？出，有得出哩！还要大出特出，把有钱人家的姑娘女人都给困困奸杀了，你才会清醒。悲呵！苦呵！上天菩萨对我们做出了惩罚啦！说完，站起来，愤愤一甩袖子道，我就晓得你怂恿张义夏天，玩项庄舞剑的一套！说完，扬长而去。

他刚刚步出柳泉居，里屋一片寂静，旋即爆出大笑。

邵老爷缓缓地从座位上站起来，轻松地一展双臂，然后又两掌合十，双目微闭，对天默告，说的什么，没人能听懂。须臾，他笑脸对大家：请用茶，请用茶，让大家费神了。真不应该，真不应该。我们还是年少气盛，怎么能把包老爷气走哩，赶快着人请，请包老爷。

他的话一出口，谢省俭右手一挽长袍门襟，起步如飞地跑出去请包老爷。

包老爷岂是他谢省俭能请回的？

包老爷回到家，喘顺气，细细一琢磨，连连跺脚，大呼"上当"，晚矣。深深倒吸口气，瘫下神，意识到自己确实难与商人们抗衡了。但那不甘退却的心，还是坚挺地撑着。很快，他镇定住自己，把管家喊来问，那个死人，怎么处理的？管家说，过几天就会出现在盛家门口。

他告诉管家，慎老爷的孙女给竹为奸死了。

管家两眼一亮，是不是民众教育馆的那个竹为？

包老爷看出管家又想什么歹念，连连说，那个白眼狼，不好惹。

管家摇摇头，兴奋地叫道：啊哈哈，一着好棋啊。

包老爷不解地问，如何好？

管家说，那竹为是不是邵老爷新太太的旧情人？

包老爷怔了，想了想说，好像是吧。

管家说，不是好像，是他亲口在夜校课堂上说的。这就是戏。邵老爷这回岂能轻饶他。

包老爷说，不是邵老爷做，是钟律师他们做，说是要在成立自治会后由会长做，哦，会长就是他邵老爷，嗯，你又有什么好法子？

管家说，一定是有的，慢慢再说吧。

包老爷来了精神，又问，听说邵家要送两个少爷出洋？可靠吗？

管家说，很可靠，已经落实好！不是两个，是两双儿女。

那就动手。不！最好赶在他们上船之前一刻，叫他赶不上洋船。嘿嘿，姓邵的，看你能怎么蹦！没有麻团长，我照样治你。

89

柳泉居会过包老爷后，邵老爷做的第一件事，就是把那班商会兄弟喊到家，正式公开包府那封信里的最后一个重要内容：时间。

到了这个场合，喊来旁听的史进耀目睹众人七嘴八舌的慷慨激昂，再看群情愤怒的表情，心里更胆怯，唯恐众人说他与包府合谋，忙表示：愿意以自己的身份向社会公开这件事，不是在古柳泽说，更不是在柳泉居说，而是要到县里去说，到市里、省里去说。他要了几份照片，又抄了一份冯先生写的新闻稿，说是连照片一并送到县政府去。史进耀补上一句：我只能向胡县长说，不过，那胡县长的脾气你们多少知晓一些的！

邵老爷知道胡县长对庞虚斋收藏的自唐至今的历代名家字画很贪婪，经他手弄过几幅，胡县长的胃口越来越大。万金一幅画，千金一幅字，到了胡县长那里，简直就是便桶里抹草纸，不当回事。但是，邵老爷此刻还是对史进耀说，请转告胡县长，他要的《虚斋名画录》里的字画，确实不在我手里。不过，我收购了庞家别的字画，可以给他几幅。

有邵老爷这话，史进耀拍胸表态，一定办好。

冯先生说，光这样还是不行的，众乡亲不能宽恕你。

史进耀问，依冯先生……

冯先生不慌不忙地说，你应该通过你的关系让本县的报馆登出这件事，据说县报馆也已经有了刻镂版，能弄出很像样的照片。只要县报一登，就等于让包府的炮仗从水里浸过了一趟，保证他包府的炮仗爆不开。你的功德才能圆满。

史进耀连忙表示，我能办到。

盛老板故意抬高嗓门对芮老板说，都听着，史镇长说话是算数的。

陈德怡说，要不，还做什么镇长！安排他做副会长还是对的。

接下来，邵老爷就想与张义说说竹为的事。

两人见了面，邵老爷双手一揖说，诚蒙先生极力要我就任自治会会长，我想，再推辞也没道理。但有几点想法要与先生商榷，达成共识，否则难以从命。

张义费解地问，您单独与我就说这话？

是的，我没有看错，在这满镇精英中间，能左右乾坤者，非张兄莫属。可见共产党将来必夺天下，但国民党也不会轻率出让，利在目前、祸伏安后，这一点，夏天看不到；张先生恰明察秋毫，这正是将来之时局的艰辛，也是先生为之奋斗的甘苦之处。邵某与先生有共识，有相知之缘，愿意听任先生任何时候的召唤，出力出钱都不在话下。无论是个人还是贵党，都可以随时提出，在下绝不推辞！

张义闻其言，心一动，莫非他与蒋中正有了龌龊？或另有他谋？不，应该说，他看出了共产党的前途，想一脚踏两只船，好为以后留条路？或是生意人惯用的伎俩？他提醒自己，此人不比包老爷，须千万分的小心才是。想到这里，张义双手抱拳道，邵老爷全力以赴支持北伐，人所共知，深为张某感佩。现在又愿援助张某，在下深表谢意，就目前而言，我个人还没什么事烦劳邵老爷。如果说我党有什么事麻烦您，目前还没接到这方面的指示；当前国共合作，携手完成北伐大业，这是重中之重，邵老爷做得比我们好，我们应当学习效仿才是。

听此话，邵老爷满肚皮不高兴，这么聪明的人，难道还不知道我要说什么吗？也罢，不如我干干脆脆给你挑明了吧。于是，他探问道，你个人没事吗？比如朋友呢？自己没事，朋友总该有吧。

张义想了想说，还没有，有的话一定会劳驾您。

邵老爷只好直言，在茶馆里，包老爷发难了我，好在钟律师是个行家，提出依西洋法律处置……

哦！你是说竹为杀死女学生的事？张义接过话说，要算，那是件事，他曾与我在船上相识，我帮过他。落到这地步，完全是他自己造成的。

话不能这样说。邵老爷说，外人的眼里，他是你朋友，是你共产党使用的人；现在这事要交与我邵某人处置，是我就任会长后的第一件大事，我想听听你的意见。

话说到这个程度上，张义不能再不明白了，他思忖后问，你准备怎么处置？

邵老爷说，依我看，如果竹为真是条好汉，不如携了莫嫂母女远走高飞。人不在，这法律也就管不到他。再说，此事出在我上任前，我也好推托。你看如何？

张义听了，肚里暗暗好笑：依你邵老爷的，让竹为逃了一条命，而你就此放倒了我这个对手！司马昭之心路人皆知呵。你这鬼肚肠，我暂不揭穿你。不但不揭穿，还要从这件事上漂漂亮亮地给古柳泽人一个光明的共产党形象哩。想到这里，张义问，不让他走呢？

邵老爷说，那就只有照钟律师的意见，成立合议庭，依西洋新法办理。说到这里，邵老爷慎重告诉他，事不宜迟，应速决。接着又语重心长地说，三十六计，走为上，一了百了。免得到时候有人捉住了做不肯罢休的文章，你我能有多少精力缠呢？

张义点点头，君子知礼明理，邵老爷之情，我代竹为先谢你了。说着，深深一个鞠躬。

邵老爷连忙拉他：错矣！张先生，你这就错矣。我邵某是给你面子，若为他竹为，可就错了。那种人，用你们的话来说，流氓无产阶级，终究不可靠。任何一个王朝都不会重用，只是利用。这道理，朱元璋最明白，否则，要火烧功臣楼做什么？赵匡胤杯酒释兵权又做什么？……

张义听着，心里笑笑，这个资本拥有者，还很政治，想利用竹为做文章？小心呵！文章做得好则罢，做歪了，误了卿卿性命，可就晚矣。这话他不便说出口。他不说，那邵老爷好像也不愿意把话憋在肚里：我知道，就像所有的造反一样，起家时，饿死鬼，穷瘪三，饥不择食，寒不择衣，贫不择妻。坐定江山，还是要选择从读书人或者我们这种人里面挑挑角色的。毕竟有谈吐，有文雅，有修行，有道行，人还是喜欢悦目、憎恨粗野嘛。当然，这些话不该是现在的我说。

张义说，邵老爷通贯古今中外之理，点出要害，张某深表谢意。说着，张义倒也如实对他表明态度：你主张我放跑竹为，从表面上看是为我好，实质是置我于众人的对立面，我张义无所谓，在这里无根无绊。你邵老爷就不同了，我记得他是你夫人的老乡，而且他们之间还有些青梅竹马的故事。

话点到此，邵老爷的脸色起了变化。

张义更进一言道，那些别有用心的人扳倒我后，对你再列多少罪名都不为过，欲置人死地，何罪之有？那时就不单单是夺个自治会长的权力，而是要把你的势力从古柳泽地面上彻底清除干净！恢复以前的衙门拍惊堂木。

邵老爷听罢，眉头紧拧，深深思虑。

让邵老爷想不到的是，包大少爷也认为竹为的事一旦在镇上抖开，对张义不利，他劝史进耀暗中放跑竹为，做得巧妙，则与张义毫无关联；包大少爷的话，史进耀不敢苟同，也不敢耽搁，他找到夏天。夏天眼珠子一转说，好哇，都是处得很好的朋友，该帮他一把，做。做了也不要说，朋友嘛。史进耀觉得夏天的话很在理，与张义在一起时便故意不提此事，没想到张义主动问他的态度。他只好劝张义不要介入。

张义问，为什么呢？

史进耀说，你可以说，他是我介绍来的，出了事，我应该回避，这借口好哇！

张义笑道，这么好的主意一定不会出自你的口。

史进耀一怔，你是诸葛亮吗？会神算？

张义说，看看你脸上的神情就晓得这种主意你出不来。然后，语重心长地说，这里很复杂，你有心帮助我，我知道，但你也要想一想，他竹为做了该杀头的事，你我包庇他，众人会怎么看我们？那些反对我们的人，正好找借口。驱逐我们离开的借口还需要更多吗？凡事要用脑子想啊！

史进耀拍拍脑袋说，我知道了。

张义叮嘱他不可对别人说出他的想法。

90

柏拉图说，人对人是狼。

尼采说，他人就是地狱。

91

邵老爷本想利用竹为的事做点文章，使张义在古柳泽威信骤降，逼他依附于自己。没想到，张义不但没上钩，而且点破了他的用心，这就不得不更加防备了，偏偏在对付包府上，又不得不利用和依赖着张义。好在生意人，笑脸底下可以藏许多的内容。想来思去，邵老爷能做的唯有在策略上做出许多的修正，以适应目前这个尴尬而又不得不面对的角色。

到了这一刻的张义，头脑更清醒了。既然邵老爷态度明朗，张义决定趁着外地名流在的时候召开自治组织成立大会。陈德怡盛老板等人闻讯后一百个赞成，立马就把邵老爷连劝带拉拥到了会场。邵老爷还想推辞，众人并不理睬，真像赵匡胤陈桥黄袍加身，逼他就任。无奈之下，邵老爷只好半推半就顺从大家。

多难之期，务实为上，不必搞形式，邵老爷宣誓就职。

史进耀向胡县长报告此事。

胡县长对事先没报告很有看法，好在史进耀有幅唐寅的《夏日消暑图》外加一封沉甸甸的大洋孝敬，不看僧面看物面，发来电报对外地名流光临古柳泽做爱国演说表示慰问，再三在书面上点出，要史镇长代表他宴请。顺便表示祝贺自治会的成立。

反正胡县长出的是名分，钱还是镇上出。

晚上，各界人士再次相会豪士聚。

商家见工友、妇女、农会、店员的代表们也都上了酒席，心里有些别扭，倒也没说什么。酒宴开场后，张义端起酒杯，开诚布公地表示今天的主题是祝贺邵老爷当选自治会会长。

陈德怡把酒杯一举，高喊，一醉方休。

商家顿时响应，本想在自己的伙计、工友面前拿架子的，被陈德怡这么一喊，平时的风度，在下人面前的威严一扫而尽。

酒过三巡，话说一半。张义开始把议题引上正轨，他提出地方政权没武装保护是不稳定的，示意大家趁这个时刻提请会长考虑机构设置的完整性。

邵老爷耳尖目聪，自然明白张义要收回包老爷手上的镇团防，看看众人的醉态，没表态。

包老爷的代表包大少爷听了只当没听到，与别人打哈哈。

夏天因为与张义事先串通好了，如果这一着没反应，便出第二着，他让周山提出民众教育馆组织一支护镇纠察队。私下与张义通过气的陈老板立即高声响应说，让史镇长组织，可以，但队伍得让我们管。

史进耀说，自然是你们管啊！我堂堂的镇长，连个差使都没有。指挥狗也要块黄烧饼吧！

有人说，嗨！哭什么穷，各家店铺拿点钱，足够你花的了。

嫖妓的钱都可以打在里面。陈德怡总忘不了拿史进耀开心。

替代莫嫂作为妇女代表坐上席的阿倩，出人意料地提出这支队伍会不会与镇团防冲突的问题。她一开口，大家的话题又重提收回镇团防。包二少爷没哥哥的城府，站起来说，毛教头的事不能搭在我家头上，再说也已处置，要收回没理由。夏天原本就对清朝遗老恨之入骨，闻后怒目欲言，大有桌上翻脸大闹的味道。张义赶紧站起来说，民众白天做工种地，缫丝织布，晚上担当护镇安全作用，是镇团防的补充，起互补作用，有何不可。说着，大声问邵老爷，对不对。

这一逼，邵老爷非表态不可，想说不愿意，又不想扫了大家的兴；说愿意，又不是他的本意，只好含着一嘴的菜，一边咀嚼一边做了个点头不像点头，摇头不像摇头的动作。

商家众人事先都经陈德怡盛老板胡老板等人煽动，现在纷纷表态支持，并且提出经费由各家店铺自愿出。

包二少爷又说，那就仍然交给我家管好了。我家有经验了。

众人连连说不妥，名不顺。争得不可开交时，又是张义说，镇团防做镇团防的事，护镇纠察队做纠察队的事，井水不犯河水。要是这还不行，那只有收回镇团防！夏督政，我看可以提议会长发话。

夏天端起酒杯，高声道，张兄言之振聋发聩。来，先干一杯。

包大少爷听到这话，晓得张督政的话一言九鼎，赶紧表示赞同：还是多支武装好，多支武装好；来，祝贺护镇纠察队的成立，干杯！说着先一饮而尽。见哥哥表了态，包二少爷又说最好出个文字东西告白天下。这一提议正合张义的目的，大家立刻支持，张义请示邵老爷。

邵老爷看着大家像玩游戏似的自说自话就成立武装了，想反对，看看场面，显然不妥，明白这一定是张义的主谋，他倒不如做个顺水人情，说：要得的。

很快有人端来墨砚，纸笔一展，古柳泽各界护镇纠察队的宣言便应运而生。文中尤其说明其职能与镇团防有别。

闻讯的包老爷也没理由说护镇纠察队不合法。

散席后，邵老爷招呼部分老板到他家坐坐。

众人明白，邵老爷冷眼观场看出了许多的问题，要敲敲众人的木鱼。果然，邵老爷一开口，胡老板就推说，懒得理那几个家丁的事。芮老板则干脆说各家的家丁都给他们去使吧，省却我们烦神。邵老爷告诫道，万万使不得呀，自治组织成立不可睡大觉，更不是万事大吉，没那事。包府还是包府，镇团防还是镇团防，他们最近还增加了最新的德国造火器，有洋教练主政，不是毛教头那一刻的气势了。你们各家的家丁不能省掉，还要加强，要比过去格外用心些！这就是我劝你们的。他又说，当前要做两件事，一是好好把家丁武装好，若是感到不行，可以请个行家教几手。这里都不是外人，我给你们推荐一个角色，盛老板家的冯大，有好功夫在身，毛教头能有那个下场，功劳归谁，我相信大家的心里比我清楚。各家可以找他讨教讨教。二是每家每户弄出联络人，一旦有情况，一呼百应。各自回家把家丁与下人佃户伙计雇工都召集起来说明白眼下的形势，万不得已的时候，民众教育馆的人也可以武装，保卫自己的家园嘛。只要有我们信任的做头把舵，偏差不到哪里去。这一着，我看也叫包府好好吃惊的。

大家见邵老爷的态度真诚，倒也说话随意多了。

盛老板私下问邵老爷怎么就会顺了众人的愿望做会长？

邵老爷笑道，你们走后，我着人到梁上找到了那枚铜板，你们知道那朝上的是什么？

陈老板说，那还用说，一定是民国胜利。

邵老爷摇摇头，你错了，是龙在上。

众人大惊失色，那那那，你为什么还……

邵老爷说，中华崛起，一定要祥云腾龙，怎么可以龙在下？所以那铜板要到梁上歇着，等候我们头脑清醒了再下来与我们计较。

陈德怡问，如果龙在下呢？

邵老爷说，那我就一定不当会长了，这是我在那一刻的心境，一刹那的情绪很重要啊！对不起，权当笑资，说与你们听听，免得你们还要追问我那铜板在梁上何日请下。

陈德怡说，铜板呢？给我，我要好好纪念的。

邵老爷说，还在上面，没取下，让它在那里吧，千秋万代都可以印证了。

92

这天晚上，夏天很兴奋，酒量也放开了，喝完酒后，邀史进耀到怡春院去狎妓。

史进耀推托说，改天有了钱再去吧。

要什么钱呀！你跟我走吧。拉了就朝怡春院跑，史进耀没办法，只好顺他去，到了门口，那鸨婆就出来了。史进耀悄悄说，两个穷瘪三。不料，乌龟跑过来，大嚷道，嗨，请还请不到哩，要什么钱。鸨婆顿时脸就乐呵呵地对夏天说，大官人哪，我的生意靠你们照应啊！

史进耀连连说倒霉，只好陪了夏天进去，夏天找他的老搭档，史进耀与姑娘坐坐，喝杯茶就出来了。回到宿舍，见张义在，知道有事。张义说，邵老爷刚才着人来说，胡县长接到上峰指令，不准夏天在此担任职务。

这是为何？史进耀费解地问，他准备补谁呢？

邵老爷没提出增补谁，我想让周山或者阿倩补上。

同意了？

张义摇摇头，然后说，你能不能让夏天在武装上有一席地位？其实，他张义说的并非心里话，但他必须这样说，好让夏天别误会他，至于张义在邵老爷面前怎么说的，史进耀是不会去问的。

史进耀听到张义这么说，也就点点头说，那就让他抓武装吧。

张义告辞后没回宿舍，而是到了青云寺，悄悄用暗号叩门。门开了，一位僧人把他引到禅房，那里还亮着灯，慧能师父背对着他。引他进来的僧人离开后，张义用暗号接头。

慧能没转过身，只是说：你就在那里坐下，要说什么就说。

张义把镇上成立自治会的事说了，武装的事也说了，然后问，为什么国民党不让夏天任实职？我是不是也不任实职？

慧能说，据我们分析，夏天在这里的作用是挡箭牌。我们要尽快找到那个埋得很深的人。同时，你要注意包府与麻团长有可能再次合作。这是孙传芳的处境所决定的，他一旦斗不过蒋中正，我们又搅得他没立足之地，他必然会在这里下手，做最后的殊死抗争。对包府，我们要有策略，使这两大阵营始终处在斗争和敌对状态中。并不是要消灭一个留一个。要注意国民党对邵老爷真正的目的是什么？你有什么话要说？

张义把竹为的事及各种反映说了。慧能沉思片刻答道，按你的想法去做，这个新的问题如果让组织上讨论后再说，怕是赶不上的。现在组织上是何种状态，你比我清楚。眼下，你最好尽快组织暴动，拉出队伍，比你运几船大刀长矛到上海好。好吧，就说这些，你走时把门关上。没特别重要的事，请不要来。你说的老耿做交通的事，上级同意了。你让他到寺里的厨房接送东西就可以了。

说完，慧能师父又道，你走吧。

张义退了出来。

93

夏天忙了一阵子，什么职务也没有，他来做什么的呢？新的督政也没补上，史进耀提了几次，邵老爷没表态，史进耀便不好再问。自治会成立后，实质仍然与镇公所合署办公。包大少爷与新学堂里的钟先生是助理，兼职不坐班。镇公所里只多了一个张义，自治会就成了史进耀与张义两个人办公问事。两人对桌而坐时，史进耀说现在我们应该选择一件可以播扬自治会名声的大事做做，选择什么事呢？

张义毫不含糊认定，公审竹为。

史进耀吃惊地问，你真不想放过他？一旦公审，死路一条啊！

张义大义凛然道，共产党不能放过一个危害民众的恶人，不仅要公审，还要让古柳泽父老兄弟看到共产党是如何对待危害民众的坏人的。

史进耀说，这么大的事，应该由邵老爷定夺。

张义说，那就禀告邵老爷吧，你是副会长，由你去合适。

史进耀来到邵家，邵老爷正与冯先生争得面红耳赤。这在他们的友谊中还是第一次。两人见史进耀进来，停下了争议，坐在那里各自气喘喘地不说话。

邵老爷见了史进耀，有气无力地抬手指指椅子，示意坐下。

下人送上茶来，史进耀喝了几口，清沁透肺，精神振奋。想说话，却难启口。

邵老爷缓缓气，回过神来，问有什么事。

史进耀说，关于公审竹为的事。

邵老爷哦了一声，看看冯先生，问史进耀，你个人的看法呢？

史进耀答道，要我说吗？这不该我们管，我们应该重点抓好护镇纠察队，万一真的太湖强盗提前来了，怎么办，措手不及的后果，就是流血！

邵老爷不高兴地问，你除了左一个不是我们管，右一个该抓队伍，还能说出什么好听的话？

史进耀问，邵老爷真的要我说吗？

邵老爷看看冯先生说，当然。

史进耀倒是很干脆地说，我的看法，让竹为逃掉算了。如果判死刑，杀不杀头？从前执行杀人的刽子手是县里来的，清王朝垮台，刽子手也失业了，一时到哪里去找？再说，判了竹为，他的那些工会农会的哥们儿怎么看？他们现在有歪理，说慎老爷的孙女是剥削阶级，死有余辜。这倒还不怕，要紧的是，这些做工的到时候还给不给镇上出力？

冯先生插一句说，他们劫法场怎么办？

史进耀喊道，是啊。

这一声"是啊"说得邵老爷一脸的清霜。

清冷片刻。

邵老爷点头说，你说得很有道理。接着，又对冯先生说，你的看法对了呀！

史进耀惊喜地说，冯先生也这么说？那就好，那就好，我的看法能与冯先生一样，太荣幸了，太荣幸了。

冯先生说，你的荣幸等于零。

史进耀脸上的笑容一下子定格在那里，嘴里喃喃道，怎么会呢，怎么会呢？

嗳，我是真的老啦！冯先生说着，站起来要离开。

邵老爷离了座位过来挽住他说，走什么？听听史进耀的高见嘛！

冯先生见他亲自挽住自己的臂子，只好收住步子，回到椅子上。

邵老爷站在屋子中间，对着两人说，竹为是我夫人的乡亲，照两位的意见，让他逃掉，后果如何？你们说说看。

史进耀说，没什么后果，那人又不是你看押。

你史进耀能不能对我说句实话？依我对你的了解，你的这些话都不可能是你自己的。邵老爷说着，两眼一眨不眨地盯着史进耀。史进耀就觉得他的眼睛里有两把刀，一层层地剥着他的脸皮，一直剥到他的灵魂深处，把他剥得干干净净地摊在大家面前，让他无地自容。他低下了头，心里道，日鬼了，张义说我这话不是我的，你邵老爷也说不是我的，你们的眼里都装着孙猴子的眼珠呀！

邵老爷看看冯先生，慢慢地说道，你史镇长，不，你史会长的这些话，不是别人说的，是包大少爷教你的，对不对？

史进耀大惊失色，你、你怎么知道的？不，不是包大少爷说的。

冯先生没好气地对邵老爷说，谁也不会扯到你的身上，那只有你自己，首当其冲的只是张义。你自己硬要拉到头上来捉虱子，我有什么办法阻止你？

邵老爷费解地问：你这么精明的人，在这个问题上却想不通？包府对我能够在无缝的鸡蛋上下蛆，就不能在这有缝的事上做做锦绣文章？这文章太好做了，先捣了他张义。张义经不住捣，一捣就拔腿溜之大吉，然后对我，我是跑得了和尚跑不了庙。再说，乔乔与竹为是乡亲，而且众人都知道竹为在夜校说过乔乔原本是他的对象，给我娶了来的，我能洗脱干系吗？一旦没充足的理由回答，民众的心向就会转，那么一来，我会怎样？你们替我朝这方面想了没有？

冯先生冷冷一笑，杞人忧天。

晓得你冯先生是为我好，但这件事上，我不能听你的。这不是因为包大少爷的话，是张义的一番话令我下了决定。

冯先生与史进耀异口同声问：什么话？

邵老爷说，张义要借这件事，把共产党在古柳泽的威信拔得高高的，九丈六尺高。说着，向他们走近，神采飞扬地说道，他把这话放在脸上，明明白白地放在脸上，让我一字一字读的，我读得好累，好累啊！但很清楚，每个字都嵌在心里的。读完后我就想，他能这么做，我为什么不可以，我可以告诉大家我就是因为他竹为是夫人的乡亲，他们之间还有点那么不干不净的传说，我才要那么做。

我再说一遍，你应该回避才对。冯先生说完，气得骨头里咬牙咬得牙根根痛，他晓得这件事扳不回来了，只好暗自叹气，然后说，那就照你说的去做，你要做什么呢？

邵老爷说，具体的事，你与史镇长一起去商量，把钟律师请了，也叫上张义，还有夏天，当然不能少了包大少爷。你们拿出与西洋进步的法律相近的方案，然后我们选个日子办。

史进耀小心翼翼地问，没有再考虑的余地了？

邵老爷把手从半空中一劈，说道，没比这更好的了。

第十二章

94

邵老爷以请上海、苏州的大律师介入为由，推迟审判竹为。

推迟意味着舆论对张义不利。这一点，张义清楚。他更清楚的是对党的影响，对上海工人武装起义需要的影响。在自治会的列会上，张义以此案子拖延或是不判都会给新成立的自治会抹黑为由，力陈从速开庭审判。邵老爷虽不愿意，但也找不到更好的理由拒绝，只好表示同意。

让张义始料不及的是周山竭力反对，理由是现在无产者已经抓到了政权，有钱人早晚要成为统治对象，与其将来杀掉，今天先死一步，没区别。张义非常严肃地指出，我们还没有得到政权，如果得到，你周山或是我张义，犯了竹为同样的罪，一样都得审判，否则跟历史上失败的农民起义没两样。孙有和其他同志支持张义。周山暂时表示服从，但拉了几个替竹为说话的，准备在法庭上争夺。

包府得此消息经过一番密谋，决定明里支持，暗中捣散。

审判竹为的法庭还没开张，几股势力已摩拳擦掌，跃跃欲试，准备以此为新战场，一决高下。

不公开审判，选择在晚上，地址是镇公所后面的祠堂屋。

法庭，此时静得没一丝声响。镇公所欠电灯公司的电费太多，经史进耀交涉后，人家勉强答应办公用房有灯，其他地方均不能拉灯。现在，屋中间挂着一盏汽油灯。正面上座位置的桌后坐着几个人。正中的是位戴着眼镜的先生，大家知道他是镇洋学堂里的况老师，以前镇衙常请他做讼师，这次由邵老爷点名请他。左边坐着张义和冯先生。况老师的右边坐着应学监和史进耀，应学监是包老爷的人。两侧各有一条长桌，一边坐着周山、孙有以及另外两个人，他们代表着工会和农会。对面那条长桌上坐着小青和阿倩，还有两个代表着县中学和县里的人士。在后面靠墙的地方坐着一些人。正中临门处跪着五花大绑的竹为。在他的旁边，各有一张小桌，每个桌后面坐着两个人，有一人是做记录。

整个场面气氛严肃，私下的说话声低得如蚊虫嗡嗡的。只有汽油灯燃烧的"吧吧"作响。

况老师与左右邻座嘀咕一声后站起来，清清嗓门，大声道：

现在，我宣布，古柳泽自治会法庭现在开庭。开庭之前，我向各位说明，本法庭是由自治会会长邵老爷授权进行的，一切决定均已得到邵会长同意，本法庭对邵会长负责。另一点，本着对受害者名誉的保护，本法庭属于不公开审理。现在介绍在场的各位：坐在我左侧为民众教育馆政治教员、自治会督政张义先生，邵记商行特派代表冯先生。右侧为应学监，代表教育界，史镇长、自治会副会长，各位都熟知的，我就不介绍了。左边，是镇工会、农会的代表周山、孙有先生和社会贤达翁先生及庇先生。右边系与本案有关的李莫氏。哦，应该称其为莫嫂。那两位女士，应该说是小姐，代表妇联，她声明大家可以直呼她为小青、阿倩。另外两位是县各阶层代表……

突然有人站起来：抗议。我们是代表县各社会阶层的，应当首先介绍我们，同时，我们的发言应当得到你们的充分重视。

史进耀连忙表态：这个抗议有效，况老师应该先介绍上峰长官。

况老师尴尬地一笑，清清嗓子道：接受批评，都是新鲜事物嘛。这两位县各阶层代表，一位年轻的是县参议员何如意先生，另一位则是律师安先生。

众人：哦——

冯先生脸不动眼不转，递话给张义，仗没开，火药味已经弥漫。

张义笑笑，不作回答。

……我接着介绍。在前方左侧的是镇公所聘请之钟律师，担任公诉人，旁边是书记员；右侧是被告的律师，由劳工组织替被告聘请的严律师，旁边是书记员。坐在后面的是镇各界的代表，他们起着合议庭的作用。民国革命已经十三年，本镇法律行施，采用新的顺应时代潮流之做法。今日开庭审理县中学女生死亡一案，为我镇司法之开端。现在，请主审法官史镇长讲话。

史进耀站起来，对着两侧深深鞠躬，又对大家抱拳作揖，然后开始讲话：

镇地方自治会特邀南方橡胶巨商夏天先生到场指导，夏先生事先答应前来，因突然有要事缠住走不开，一时不能来参加，深表遗憾；包府的包大少爷系本镇地方自治会长官之一，今日应该到场，何故缺席，尚不详。特在会前做说明。诸位，本法庭开庭前，敝人先做释疑：自上峰委任敝人就职镇长以来，力求务实，简政清刑，安宅正路，以义行事。最近，一些不法分子屡屡滋生事端，骚扰国民正常生计，固然因当前社会动荡，军阀混战所致。虽北伐节节胜利，然旧势力之顽固、根深蒂固非一两次革命所能清除。今革命兴起，形势之辉煌，前程之灿烂，非古之有，昭之所示，唯我中华辉煌之独径。至于本案审理，得赖于张先生。张先生早年留学法国，精通西洋法律，尤其是希腊之法律，深受各国效仿。依张先生之倡议，获本镇自治会会长邵老爷首肯，拟定方案，以竹为谋女学生之命案为蓝本实施。借西洋之民主，行我中华之传统正义；用进步之法律，为吾镇百姓倡文明之先河。

说到这里，史进耀俯首看看左右，问有何话说，大家摇摇头。他环视大家一圈说，那就开始。先请公诉人提出公诉理由。

等一等。左侧桌上的周山喊道，被告还没定为有罪，理应照常人相待。史进耀看看张义，张义点点头。史进耀便说，提议有效，给堂下的竹为松绑，让他坐下答话。有人过来给他松绑，并搬过凳子让他坐下。竹为得意地看看周围，墙边的人群发出不满的议论，但很快平静下来。竹为看到张义一双严厉的目光看着他，浑身一震，脑子嗡的一声，全身散了架似的瘫在凳子上。

公诉人照原先写好的公诉书，照本宣科。陈述竹为在与莫嫂苟合之时，发生口角，误伤女学生致死，另据女学生验尸证实其与竹为有苟合之嫌，实为社会道德之不允，照旧律应当受到严惩；民国政府新法律未出台前，旧律应当沿用。致死女学生，罪加一等，应立即处死，否则不足以平息民愤。

公诉人的公诉结束，墙边的镇各界代表交头接耳，脸露喜色。

辩护律师说话，严律师陈说法律时特别强调，民国革命已将数千年之封建残余扫除，旧刑律自然也该寿终正寝。新的国民应当使用新法律。以事实为依据，以法律为准绳，以合议为终裁，还国民自理之权利。说到这里，停住话，两眼炯炯有神地慢慢扫视全场两周。见场内鸦雀无声，颇显得意地耸耸肩，伸伸头，好像使自己拔高了几寸，然后字字有声道：公诉人的公诉缺乏这一基本共识，我以为本案的先决条件不成熟，不予受理。

他的话一出，会场哗然。

周山拉着孙有站起来，高喊口号：革命万岁！

以为胜利的竹为得意地想站起来，刚一抬头，就被揿住，动弹不得。他想挣脱，揿他的双手如铁刺陷入肉里一般，疼得他无法动弹，只好沮丧地坐下去。

墙角的人们咆哮着冲向中间，维护人员紧急组成人墙挡住。他们暴跳如雷，歇斯底里大声喊，女学生是金枝玉叶，这个穷要饭的，死一百个都不足以抵命。千刀万剐，解我心头之恨。

应学监站起来大声责问史进耀，这一切是不是你授意的？喊着，手挥舞着，呼喊墙角的人冲过去，要撕碎竹为。冲到屋中间，被拦住。周山和孙有想趁机劫救竹为，也在中间被拦住。两边的人在中间相峙，大呼口号，肆意谩骂，闹得整个法庭陷入混乱。

面对这种场景，小青和阿倩感到困惑，两人一脸的寒霜冷冰冰地看着史进耀。满脸沮丧的史进耀为难地摊摊手。

莫嫂更是愁肠千绕，欲哭无泪。

严律师的讲话，使张义感到吃惊，他思考着应急措施。

站在那里纹丝不动的严律师，看着这一片慌乱情景，嘴角掠过一丝冷笑，不慌不忙提高嗓门说：

当然，我们不能那么做。其原因也很简单，于情于理都讲不通。至于莫嫂与竹为苟合之事，孤妇独夫，干柴烈火，相近而燃，自然之规律，并非为人力所阻，于情可释，于理可解。况且，公诉词中有许多不实，本律师只稍挑一点提出，足可说明公诉之败笔：莫嫂是在竹为与被害者苟合后发生争执时路过，闻声而入，岂可说成是先苟合而后带出被害者？本律师以为，本案的重点在于：女学生如何与竹为走到一起的？她的死是情杀还是误杀？验尸说有奸情，那么，是通奸，还是强奸？是三人合奸，还是先有他俩，而后莫嫂介入，若前种事实，通奸则无罪。误伤致死则更无死罪⋯⋯

他这番话，好似一撮明矾，很快便把一缸的浊水澄清。

屋中间对峙的两边退了下去。

史进耀听到这里，松口气，抬手抹抹额上的汗珠，对张义说，这个律师真有噱头，先抑后扬，做什么学问哩。张义笑笑，人家有人家的道理。史进耀要求莫嫂讲实情。莫嫂因病未愈，讲话声音不高，好在她已做了笔录，请人当庭代读。莫嫂的证词读完后，法庭要求竹为陈述，竹为狡辩说是莫嫂替他把女学生骗到空屋⋯⋯

应学监站起来抗议：这种法庭，简直是儿戏。这个女人应当跪在那里，竟然允许她站在这里信口雌黄。我中华男人都死绝了？附和的高喊，不用严刑，淫妇奸夫何以说出真情。墙角的人复又冲出，高喊道，淫妇、奸夫在洗脱罪责。

公诉人站出来要求法庭解散。

法庭又一次陷入混乱。

史进耀站起来对大家摆摆手：安静，安静。请不要打断别人讲话，让别人把话讲完再反驳。相骂不能替代法律，道理越驳越明。本庭不以一人的话为准，以合议庭结果为最终裁决。

史进耀这话一出，众人的愤怒稍稍缓下去一些。

周山站起来朝大家深深鞠躬，然后说，各位有钱的绅士、老板、先生们，在过去，我这穷雇工的是没资格到这里说话的。从前也没这个机会让我们见识这种场面。是革命让我们有了平等。冲这一点，我们高兴！让我说说心里话吧：从前，只有有钱人奸死了我们的姑娘，扔张席子算是好事。过去，只有东家打死了我们，扔几文棺材钱了事。何曾见过给穷人说句公道话？他们弄死了我们那么多的人命，谁抵过命？现在，你们的姑娘与我们穷做工的睡觉，丢脸了？死了，那也要看怎么死的，误伤致死，也抵命吗？天理允吗？说着，他大声地喊道，天已经变了，我们应该讨个公道了。同志们，革命万岁！

参加开庭的工会、妇联等代表都站起来大呼口号，表示支持，要求当堂释放竹为。

竹为见有这么多人支持，跳起来高喊，我无罪，我无罪，是她要杀我，没杀成，她们自取灭亡……

史进耀连忙拍惊堂木，要大家肃静，不得喧哗。

何如意站起来，笑嘻嘻地朝大家举着双手招呼，然后说话：生命之重要，人人皆知。公理之平等，人人需要。此案的结果如何，并非重要。今日的开庭，足可见民众之觉醒，民国革命之成功。至于是否要竹为抵命，我看主要看案情。大家可以围绕案情说话，辨明事实。竹为之抵命亦心甘情愿，当庭释放，受害者家眷也可宽容。各位以为在下之见愚钝否？

全场肃静。

史进耀高声道，那就进入律师们的陈诉与辩护阶段。

一场维护自己利益的唇枪舌剑，最终以各自口干舌麻，理屈词穷而休战，一起交与合议庭。

合议庭是镇上各种势力较量的战场，每个人的态度都使一种倾向发生增减，决定竹为的生与死。这一点，包老爷非常清楚。他事先就考虑安排贺老爷、张员外、梅保长等都到场，以人数优势来左右局势。包老爷要求他们：劳工要竹为活，你们就朝死上押赌；劳工要竹为死，你们就朝活上押赌。商家的代表们事先被邵老爷暗中叮嘱过，看张义的脸色投他的怀，这是邵老爷想帮张义忙，动机如何，另当别论。

竹为在法庭上，用虚伪的表现蒙蔽了周山他们，使商家误以为劳工们的态度就是张义的态度。

参加合议庭的张义清醒地知道：合议庭里的种种表演并没什么正义可言。他抢先站起来说话。没想到，他刚开口，何如意与安律师突然提出，介入审判的人员不能参加合议庭，应该退出。

此话一出，包府方面的势力立刻响应。

张义与史进耀只好退出合议庭。

合议庭形势发生急剧变化，冯先生让人快递消息给邵老爷。

邵老爷得悉后表示，听其由命。

里面合议庭争论，外面的张义抓住时机表明自己的态度。他说，从竹为的陈述中可以看出，漏洞百出、欲盖弥彰。试问，既然是莫嫂引诱，在没任何人发现的情况下，莫嫂为何要主动交代？既然女学生与他通奸，怎么会反过来与他纠缠。到如今，他不思悔悟，仍然执迷不悟，是何动因？

原来站立得很精神的竹为，听到张义这话后突然蔫了。

应学监不知道张义此番话是何用意，睁大眼睛看着他。

工会农会妇联的人都看着张义，有人高兴有人愁。

张义的话，有人递到合议庭。包府闻后，主张刀下留人。

张义继续在讲话，我奉劝竹为，坦白交代，自治会的法庭会根据你的罪行，考虑到诸多的因素，判你有罪而不杀头，或者将功赎罪。现在是非常时期，法律也当有灵活。一切都取决于你个人的态度。

这话出口，众人以为张义是想放竹为一马，应学监跳出来大骂，何如意与安律师支持应学监。周山等人拍着桌子大叫老子就是要革你们命。大家唇枪舌剑，法庭上又开始混乱。

更为荒唐的是，那合议庭里的风向又转了。

有人过来问冯先生，该怎么办？冯先生当然是不希望竹为死，他知道张义在镇上的后患，但又不能明说，他问包府态度。对方说，现在要他死。

冯先生不说话，嘴角一咬，对方明白地领旨而去。

张义暗中扯史进耀的衣角，让他说话。

史进耀问竹为，你还想交代吗？

竹为大声哭着跪到地上说道，我都交代，是我看到这个姑娘很像我的乔乔，我就她骗到空屋里……

没想到竹为的这番话使商家代表一边倒地赞成置他死地，他们不能允许一个对邵老爷夫人动邪念的人存在！连张义都没想到，合议庭的结论竟然是全票赞成当场抵命。

周山在合议庭的意见表明后，提出抗议，说合议庭没有工农妇代表，缺乏公正性。他的话没说完，墙角的人跳出来说，你周山是哪里人，滚到横沟村去。工农妇代表严正声明，如果不考虑我们的要求，明天就宣布罢工、罢市，看你们谁硬。

史进耀召集张义等人商量后，由况老师宣布本法庭的决定在报告邵会长后执行。至于是否重新开庭，也在邵会长的决论后。

法庭休庭后，邵老爷得到这个结果，脸上没任何舒宽，叹道：这就是西方的另一种文明，一种我们许多人不愿意接受的文明。一旦他们得势，我也会受到这种待遇的。在听取了史进耀与张义、况老师、钟律师等人的情况汇报后，邵老爷提出自己的看法，杀头与释放权在法庭，他不做任何表态。但有一点，任何一种裁决都必须对慎老爷有所交代，不能让人家说三道四。

邵老爷的态度传到张义耳中，张义把周山等人喊到一起，狠狠地批评了一顿。周山不服，想不通。张义让莫嫂说话，莫嫂说，我不能说话。周山说，为什么不能说话？莫嫂说，我心里想的话说不出，违心的话，我也说不出。小青说，你就说嘛。阿倩说，我就不明白，大家都好像不是对竹为的罪行说话，是斗气，这样还能说到一起吗？周山反驳道，什么斗气，是我们无产者终于有了自己可以说话的地方，我们就要理直气壮地争一争。小青说，争得对不对呢？周山说，对也这样，不对也这样！我们的人让他们杀了，我的心里就不服。

张义问周山，如果把全镇的人都集中起来，大家都说竹为该杀，你怎么说？周山说，我还是这句话，不该杀。张义问，为什么？周山说，那女的是有钱人的孙女。张义问，如果她不是有钱人的女儿呢？周山爽快地说，那就让竹为抵命。张义笑道，你的阶级观点还很鲜明啊！可惜你会像霸王那样，身边的人越来越少，最后连老婆也要别你而去。周山说，戏里故事，我们闹不清楚。张义说，你只看到阶级对立，没有是非标准，没有道德标准，你成了非正义的代表，谁还愿意跟着你跑啊！竹为是个穷人，我们都是穷人，我们谁去强奸人了？他连莫嫂也强奸，那时的行为就是野兽啊！他不是我们穷人中间的一员，是恶棍侯老七，是毛教头的帮凶，他的本质起了变化，成为我们的敌人了，你还要为他说话，你的阶级立场到了哪里去了？受害的女学生出身不好，但她是参加革命来的，你强奸她，杀了她，就是不让她革命，你不是民众的敌人是什么？

周山听着听着，没了声响。

小青泣语道，张先生，我过去看错了竹为，以为他是好人，听你这一说，我觉得他该杀。莫嫂这时抬起头，痛苦地说，你们还不知道，他要霸占我的女儿，说是为了不让我告发他，我就想，将来革命成功了，他会怎样地危害民众啊！

周山突然问，你为什么不早说？

莫嫂说，张先生没让我说。

周山这才对张义说，也许你是对的，我听从组织的决定。

张义说，组织决定也是服从自治会，现在大家统一认识，后面的事就好办。

包老爷听到这个宣判后，对管家说，你的计划还灵不灵？管家说，一定灵，就看大少爷如何做姓史的工作了。包老爷问，大少爷晓得怎么做吗？管家说，要紧的是侯老七身体恢复没有，他那里有几条好汉。包老爷听出了名堂，捋着下巴道，这不是闹着玩，有百分之百的把握才行啊。管家悄悄附在包老爷耳边说，岸上的法场由洋教练出场，水里的法场由侯老七的兄弟出场。

法庭宣判竹为死刑。

采用什么样的方法执行，这真难住了史进耀。本镇过去没有刽子手，现在也不可能马上冒出一个来。如果请刽子手，要到苏州杭州去请，人家还要大价钱。有人提出让洋医生给竹为打一针死掉。洋医生听后直摇头，说，不人道。活活地扔进大烟囱里行不行？要是行，就朝邵家远洋大船的炉子里扔。船家认为不吉利。想来思去没个好办法，最后只得采纳包大少爷的建议。史进耀说出包大少爷这个办法时，不说他包大少爷提的，只问从前对犯道德罪的男女怎么办？有人说，绑在晒场上用皮鞭打死。钟律师补充说，我听说是先鞭一阵，打昏死后用刀一块块地割，男的先割那坨肉，女的先割乳房上两颗豆，都是敏感要紧的东西，疼得死去活来，又偏偏不能马上咽气……

张义说，太残酷。

史进耀又问，这里就没有沉河什么的？我们家乡对不忠的男女就是沉河。他就这么提出了包大少爷的办法，谁也不生疑，提得严丝合缝，别人看不出破绽。

众人喊道，有啊，这个办法好，干净利索。于是大家决定按古柳泽的传统办法，将竹为绑了装入篓里，沉河。地点放在沟湾里那一片大水处。为了保证不出差错，镇上调用邵家一条大船，法庭原班人员都到船上，合议庭派出各方代表若干。

95

这天午后，桥东屠夫黄相的那爿茶馆里，邵家的管家和冯大进店上楼，找个临窗面河的桌子坐下，店小二过来，管家要了一壶酒，两三小碟清爽可口的菜，一边观景一边小酌。边喝边拉开了话题，在邵家那种大场合出入久了的管家貌不惊人，几口酒下肚，眼睛瞟着那河里一流清泓，话便来了：你看这碧色透底，清静如缎的河水，喜欢不喜欢？

冯大摇摇头说，没去注意过。

那你注意什么样的景致呢？

肚子里要填的，寒冬身上要裹的。

管家诧异道，那不叫景致。

是的。冯大说，先生说的那些东西，既不能填肚，又不能挡寒，于我有什么用。与其光顾无用，不如实际些，一来驱寒强筋骨，二来能得一餐饭。小民图实惠，大人讲宏志，古来之理。管家点点头应道，说得实在。他举盅邀冯大喝酒，提筷进菜，嘴里嚼着又问，你对声音也不关心？

那倒也不是。婴儿啼声，饿殍叹息，我能比别人容易听到。

管家不解：此话让我不明白。

生就困棚之中，知穷苦贫寒的歌泣是何味。

闻此言，管家先前的傲气削去八丈，连连施礼道，先生请讲一二，令在下茅塞启开。

何敢在大管家面前摆弄。只是生就贫寒，常常听着无奶空腹之妇的叹息，时时闻及吮瘪奶难压腹饥的婴儿哭声，那声音大则刺耳，细弱延延，尾音无力。据我细察，声大响亮，系有过前餐之饱，故响亮；细弱则几餐无进，命若游丝矣！

管家惊诧，先生能有这般功底？莫不是韩信再世？

韩信不敢比。冯某三月丧母，七月无父。九旬老祖讨饭求百家之奶喂我，三岁时老祖归天于破庙，是和尚养育了我，教我防身之术。佛家慈悲令我终身不忘。试问，若无百家之奶，何有我？没有和尚的恩德，我能与您对坐？

管家想，邵老爷眼力果然非凡，若早得此人，何惧太湖强盗包府阴谋。他说道：听先生这番话，在下明白你何能知贫寒之音而拒靡淫之乐了。若先生有朝一日得富贵功利，是否耳聪如故，慈悲照旧？

不料，冯大道，倒也难说，人在困顿之时，是一种心境。人在富饶淫荡包围之时，又是别一种心境，美女三千围你一桶，你能坐怀不乱？我没体验过，不敢说我能如柳下惠。当然，能否有那一天又是另一回事了。我很讲实际，眼下这乱世，何处图平静。这世界，你能说天飞横祸单单避你而过？

管家肃然起敬：先生一席话，知先生之人品矣。不敢相问，别的声音不会搅扰你的吗？

大风平地起，山林呼啸，花雨突兀残枝尽。大起大落，大悲大喜，那都是人不可不看的壮怀激烈之情景。于我只是一个过客，匆匆看上几眼，不枉此生矣。

管家高抬两臂，双手齐眉，一抱，就桌上行礼：我家老爷慕先生人品，果然没看走眼。

冯某天生劳作之命，管家有吩咐，可以直讲，不必那么客套。如果冯某没有健忘，邵老爷待我并不薄，有什么事也不必多礼。

好——！管家说着，又连敬三盅，然后起身说，我家老爷一心想成全先生的美事，不知先生肯赏脸否？

冯大一惊：四海威名的邵老爷，何日能看上下人？莫不是管家先生拿我上点心做小菜？

管家笑道，何出此言。你我都是给人家做工的，实话与先生说，我家老爷真的看中你身段，尤其那次你帮我家老爷去太湖理事，老爷一直铭记于心。说着，他压着嗓子道：老爷听说你家老板要为女儿找一门忠厚人家出嫁，老爷有意想成全你。

冯大自然是大喜过望，连连说，小姐肯下嫁于我？

管家说，小姐态度如何，在其次。重要的是你们家老板的态度。你家老板总是要听听我们家老爷的话吧！

冯大点头道，邵老爷在古柳泽上一言九鼎。

管家说，账房总管冯先生很体谅你的处境，也有意要促成你这门亲。其实，事情都是人做的。不就是你没有店铺钱财吗？我家老爷，赠你一爿丝行，你拿它去做聘礼，如此一来，不也就门户相对了吗？

冯大说，这情义，我怎么敢消受？

管家说，你也不要推了，这店铺以冯先生的名义赠你。冯先生想了一个万全之策，也是便于堵众人闲话。以收你做学生为名赐予你，不知你肯否？说起来他也是你本家长辈，于你脸面上也好看。你若没有意见，就马上过帖拜了本家先生。

这是冯大做天大的梦也不会梦着的甜饼。他看着管家的脸，心里道，对于我冯大来说，今天这个日子是天上掉下来的，我怎么会从一个长工跃到东床快婿的份儿上？他不敢相信，连连问，管家先生，这不会是什么坏事吧？

管家不高兴地说，我家老爷的为人，你又不是不知道。送爿丝行这样的事，也不是就对你一个人。只要你记住邵老爷的恩德，到时候肯为邵老爷出点力气就成了。做工的人，也没别的好说，出力气的事总是可以的吧！

那是自然。

这就成了嘛！

两人分手时，管家把一份写好的过帖交给了冯大，并告诉他，只要到顾老板的饭庄提一下他事先订的一桌饭就行。冯大一听，拜先生的饭都为他备下了，更是感动得不得了。

冯先生如期到饭庄，管家又约了一些人到饭庄凑热闹。但是他们没想到在开席的时候，门口来了邵老爷，顿时，满屋生辉。

那盛老板也立即闻讯赶到。

拜帖的事儿做得如此风光，是冯大做梦都没想到的。

拜了帖，冯大便对盛老板私下端出事情的原委。这盛老板没想到邵老爷敢这样下本钱，心里也是悬着的，知道邵老爷把包府看得很重了，心里暗暗道，邵老爷啊，你拉我一个女婿，等于毁我一条臂啊！这爿丝行不是这么容易得的。也罢，女儿的事也该有个了结。你做得这么好看，我还能说什么呢？他便正了正脸色对冯大说，这事儿到你这里为止，不要再对任何人说了。外人只知你是冯先生的学生。学生得一爿丝行也没什么。我呢，就把南街上的那三进带院的宅子作为陪嫁，这样你们就有了自己的房屋和店铺，可以单独过小日子了。你若还有什么想法，可以说，我会满足你。

冯大跪叩道，你们对我的恩德，我肝脑涂地也报答不了。

盛老板说，不可如此说话。男儿当是硬钢，这点东西比之男人的骨气又算得了什么！我先对你说一句，天底下男人最最重要的是骨气！女人和财富，丢了会再有。记住我说的话！

我记住了。

这件事传到包老爷耳中，倒叫他很是想不通，冯先生一个饱读经书的人，认个斗大字不识几个的做学生，这中间有什么蹊跷？实在看不出。

包老爷看不出的事，正是邵老爷的高明处。

96

这天夜里，月高星稀。平日宁静的沟湾里顿时热闹起来。竹为的死刑，就在这里执行。从下午起，镇上的工厂、作坊就不开工了，店铺也都早早打了烊，万人空巷一起拥向这里。慎老爷在这天上午就赶到了，专门去会了邵老爷包老爷，要求主持凶手死刑的执行，以解痛失孙女之恨。邵老爷与包老爷自然只有首肯而不会摇头。

在史进耀的陪同下，慎老爷上了船，船开到预定水面。慎老爷让人推下一块他亲自选的石头，石头落水里，闷闷地，连水泡都不泛。慎老爷将着下巴上那几根山羊胡子道，水深好，水深好，谅他也无法逃生。

史进耀不解地问，这还能逃生？绳子绑着，身子装在竹篓里，再有本事也难逃此劫啊！

慎老爷把头摇得如拨浪鼓般，说，此话差矣，当年我就是在大水里沉了几分钟后，从竹篓里爬出来的。说着，摆摆手，惭愧惭愧，年少鲁莽，过去的事，不提了。又问，你都是找的什么人查看的哩？

史进耀看看左右。

慎老爷明白，连忙叫左右退去，吩咐道，说吧。

史进耀说，这个竹为是共产党的爪牙，邵老爷的意思……

慎老爷睁大眼睛问，他的意思是什么？顶顶要紧的就是他的态度。

史进耀说，邵老爷的意思，最好不要让民众教育馆的人参与。

慎老爷点着头，说，说下去，你想让邵老爷亲自选人做这事？

史进耀说，这倒没有……

慎老爷急了。

史进耀看慎老爷急的样子，不知这话该不该说了。

慎老爷催他，说呀，说呀。

史进耀这才说，竹为是邵夫人从前的相好，就算邵老爷恨他，也扭不过年轻美貌妻子的娇，一旦夫人私下做些动作，不就节外生枝了？

慎老爷脸露悦色道，看来你很有头脑，说下去。

史进耀说，包府虽然与邵家不对劲，但骨子里还是和我们一样恨共产党。如果让包府来执行，好不好呢？

慎老爷问，包府肯吗？

史进耀说，不是肯不肯，是他们的大少爷本来就是我们自治会的官儿。我听听你的意见，如果你认为可靠，我就私下叮嘱包大少爷下手下得狠些，下河前就没气，那不更好？

慎老爷吁口气，说，这件事应该十分地小心才是，那些绳啊竹篓啊，都要细细地检查。

史进耀连连应道：这我知道，请你放心。

照久已有的传统，傍晚是执行的最好时候。临河边上的荒地里，搭起了高台。高台面对茫茫大水，岸上一片树木和荒草，荒草间偶尔也有几座坟茔，坟茔不多，零零散散；坟茔不大，像土丘包；都有石碑，此刻背光看不清上面的字。再过去，是塔。这些小小的塔，是和尚圆寂后的归宿。夕阳渐渐下坠，它的光照把坟茔石碑照得凄凄惨惨的血红色，像是主人的血涂抹着这些物体。树上血红的叶子慢慢淡下去，变成灰暗色，夜幕降临，月亮升起来。地面的汽油灯和前来观看行刑的人们手里提的灯笼，把平日灰沉的暮色烧得透白。坟茔和荒原里的小动物被惊扰得四处乱窜，恐惧的吱吱声淹没在男男女女喧器的叫闹声里。在这等待的时刻，人都有些冲动，男的拨撩女的，女的逗着男的：你知道他为何而死？女的说，男人真的可怕，能奸死人，我可不嫁人了。男的说，狗打嬉，还会死？女的说，没听说，这个男人一定太狠了，你狠不狠呀！男的说，不狠的话，那还叫什么男人！哇，我好怕的，我不嫁人了。女的说着就远远地跑开去，男的便去追，追到人群的外面，那些坟茔和塔群之间，没人的地方，男的捉住了女的，就势静下去……

来了，来了，人们开始拥挤，喧哗。果然，在镇的方向，有轿子和车辆朝这边来，车轮碾轧的单调声响，夹杂着轿夫的喊叫。到了面前，拥挤的人们看到五花大绑的竹为，背上插着一支签，上面写着他的名字，画着血红的叉叉，他的头耷着，腿已经不能走动，由两个人拖着，将他从车上一直拖到台前。然后再把他拖到台去。在台上，他看到那只竹篓，顿时就瘫下去了。每个上台的人都到竹篓前用手按按撤揪，结实的感觉从他们脸上的表情里流出来，一直流到台下观众的心底里，人们开始高兴起来，欢呼起来，用果皮什么的朝竹为砸去。

史进耀例行公事地宣读完判决书，然后让人把竹为拖下台。

那只竹篓，随在竹为身后，朝水边走去。

人们争先恐后地蜂拥着，潮水般涌向水边。大家急切地想看那好久都没发生的沉河故事。

水边的大船整个儿地笼罩在一片刺眼的灯光里，船体上白色帷帐在风中像不散的幽灵晃动着。大船与岸之间用船连成一座桥，上面铺了宽宽敞敞的木板，走在上面，行如大路。

当竹为被押到大船上，哀乐奏响，这不知是给竹为送行，还是为死去的姑娘招魂，没人说得清楚。当竹为走过，后面连成桥的船就被抽走，说是防止有人冲上大船劫持。

人们上不了大船，只好拥挤在岸边，远远地看着水面上那条船。

被拖过去的竹为朝一个大大的纸人面前的钉板跪下。突然，他尖叫着挣扎着要站起来，但被人揪着无法挣脱。他的膝下流出鲜红的血……坐在高处的慎老爷眼睛一眨不眨地盯着竹为。刽子手们雄赳赳地站在一边，威严得像庙里的八大金刚。和尚们开始诵经。船头几个穿白色丧服的姑娘烧着纸，烧净的纸灰与正在燃烧的纸一起飘到半空中，像天女散花一样好看，引得岸边的女人们一阵阵地哦呵、哦呵、呵呵呵……感叹，年长的女人则抹着眼角，低低地对同伴说，死得也值了，死也值了，没多少人能有这么风光的。这个姑娘，死得惨些，丧事办得风光体面，值得呀！值得！！这场戏里，一折一扬，一动一静都精彩得扣人心弦，引得岸边不时爆出阵阵狂喊乱叫。

忽然有人大喊：上路啰！

岸边的人这时才注意到那跪在钉板上的竹为，不知何时已经躺在边上。慎老爷过去用脚踢踢，然后手拉拉绳子，摇摇头，又去按按竹篓，说了句什么话。那些刽子手就开始换绳子重新绑竹为，然后把他装进竹篓，几个人抬起了竹篓，船上顿时响起爆竹声，在爆竹声里扬起几十个女人的哭声。那刽子手的喊声冲出这片哭声，使岸上的人听得很清楚：兄弟，好生走着，来世再做英雄吧！

听得一声"嗨——"，竹篓从灯海里飞向黑暗，一个沉闷的落水响声，周围静下来，岸边的人也都屏住了呼吸，静静地不知在等待着什么。只有那船上的人，朝着竹篓沉入的水面看着，看着……

当他们的身子转过来时，岸上的人都长长地舒出了一口气，哦，哦，像是做了场梦一般清醒过来，开始进行着俗人的一切一切该做的事情，包括趁势捏捏小媳妇的屁股，碰碰她们那张扬得过分的胸脯，回报阵阵的骂叫声。

月亮把清淡的光照得水面如镜般平静时，一切都已经过去。

包府。

包老爷看看管家，不解地问，你说我救他一命，他反倒不听我的？天下有这种人？我还没遇过，遇遇也算长见识。管家说，我是替你打打预防针，他眼皮上有块白斑，俗话称白眼狼，是小人相，如果识好歹，张义待他不薄，何能令张义如此尴尬？老爷应当三思。包老爷说，依你就不冒那险？管家道，差矣，险还是要冒的，那邵老爷的夫人不是他的相好吗？救了他，让他去奸了邵老爷的老婆，好不好呀！若他奸了乔乔，邵老爷一定又气又恼，分神许多，对你走下步棋不就又宽裕出许多时间了吗？

好，管家言之有理。包老爷高兴得挪步的姿态也年轻了许多。

97

孵在怡春院姐儿蚊帐里睡了个好觉的夏天，醒来时才知道竹为真的伏法了。他晃着步子踱到镇公所，史进耀远远看到他进大门，赶紧迎过去嘘寒问暖体贴入微地询问昨天为什么不到沟湾里看看，那种场景以后不会再有了。

夏天悄悄附在他耳际道，你是傻瓜蛋啊，劲道热乎得冒过了头！

这番劈头泼脸的话，说得史进耀莫名其妙。

接着，夏天一拍史进耀的肩说，人家是演戏，想不到你偏偏当真，把人给弄死了，他张义要恨死你啦！

史进耀说，不会吧，我看他张义情绪很好，没反感呀！

嗨，你在丘八堆里待得太长了，真是大老粗一个。这种事能搁脸上吗，那还叫什么能耐？读书人说话办事都是玩点子的，能像我对你直来直去吗？好了，你自己慢慢观察吧，一定会看出来的，等你醒过来，可就迟啦。

夏天的这些话，史进耀要听的，他多谢夏天的关照，中午请他喝酒。

夏天摇摇头，酒不要喝了，还是挑点正经的事做做，好不好？

史进耀说，眼下要把护镇纠察队搞起来，张义说等你来商量哩。

夏天说，商量？有什么商量的，现在就喊人来。

史进耀立刻差人去通知各店主和店主代表到镇公所商量成立护镇纠察队的事，现在的史进耀有了权威，人一喊就到。听说是护镇纠察队，各家店铺晓得反对也没用，但丑话还是要说，个个嘀咕着：伙计都去舞刀弄枪，谁来做工呀！夏天不满地说，你们牢骚发得成立不了，我就服你们。众人听他这话，都不吭声了。史进耀说，你们也没必要装哑巴，成立武装的事是肯定的，我和夏先生都是遵命行事；我看你们家的老板也没那胆说不成立。

夏天得意地说，就是嘛！

芮老板的代表说，我的染坊里人手紧，抽不出人。

吴叫驴说，三个徒弟，随便挑，走一个，少我一个开支。

钱老板说，我的人都是猴精，都喊去，反正工钱我不支。

黄老板说，除了厨师，别的都可以喊，姑娘们最好留着，给你们这些做工的粗人弄弄，肚皮弄大了，以后还做不做人？

不知怎的，怡春院也来了人，他们说，保护镇子的安全实际就是保护我们姑娘们的安全，我们出力也出人。有人说，你们出龟哥啊！那倒是有力气的。他们说：我们出姑娘。

众人哇地叫起来，那成什么样子。胡闹！

夏天笑道，出姑娘也好哇，做随军的慰问或者护理什么的，古代希腊人作战，姑娘自愿随军，还都是要挑好好的黄花闺女哩，不像你们出的是破鞋。人家又做护士，还做密探。大凡做情报的女人也做妓，档次高的妓也做密探，日本女人做起这些事，行家里手。

有人回他，我看你开个妓女队伍到北伐军里，蛮好！

夏天顿时无语。

史进耀看看众人情绪不对，再下去怕出洋相，把手一挥说，还是改天让邵老爷定夺，看你们还会有什么话说。夏天摆摆手，急什么。说着，从身上掏出一张纸，递给史进耀说，名单都在这里。史进耀见有名单，看了看，递给身边的人说，念一念，各家都听好了，念到的就抄写下来，回家通知他来镇公所。念名单的刚一开口，胡老板的代表就说，你们这种名单不能念。

夏天问，为什么？

胡老板的代表说，钱我们出，人我们出，让你们管。我们出什么人，应该不应该晓得？

史进耀说，现在不就是让你们晓得吗？

我晓得有屁用。我们老板晓得也不顶事，他只晓得《通鉴举要》。我说的这个晓得应该让商会晓得，应该让比商会更大的人物晓得，这支队伍才能保证有饷有枪有权有势！我的话，诸位店铺代表以为如何？

众店铺代表连连附和。

伍朝奉直言道，这是大实话，我们是什么人，说不好听的话，有人都不把我们算在人里面。笑，笑什么。拿人家工钱，听人家支配。做好了，有句好听的话，弄巧了，给个赏钱。弄不好，卷了铺盖，你能怎么样？在这镇上，被什么人家卷了铺盖也很要紧的。有的人家卷出来的，你到哪里都没有饭吃。不信，你到上海杭州天津去混混看，不让人家晓得不要紧。要是查出你是从这里卷铺盖的，你试试看……

这话的分量不轻，那念名单的顺手把名单扔给史进耀。

史进耀看看夏天，无奈地说道，这个名单我呈送上去？

大家都说史镇长开明，一阵恭维声中，会议散了。

名单转到邵老爷手里。邵老爷脸上不露声色，心里乐滋滋，要的就这效果，不管史进耀和张义夏天三个人的政治主张会不会在以后合作下去，眼前一旦拧成团，威胁是了不得的。从眼下的形势看，夏天对他不重要，而张义比之史进耀，对他更是至关重要的人物，张义的手里有那些穷哥们儿，这是引灾惹祸的根，用好了恰是对付包府的一支不可低估的力量，是夏天与史进耀无法办到的。对，现在是明里给张义权力的时候了。他喊来正在替他忙着儿女出国事的骆小姐说，烦请骆小姐问一问张先生，他是否知道这个名单？你亲自问他。然后，你亲口告诉我。

骆小姐找到张义。

张义告诉她，自己没有参加。

骆敏为难地说，这么答复？

张义说，他是个聪明人，应该明白。

骆小姐说，要你提供名单怎么办？

张义一笑，我们给名单，他放心吗？让他到各店去要人，那不等于有了活名单嘛。

骆小姐恍然大悟，店铺自己出人，有了什么事那是各店铺自家的事了，他邵老爷无话可说。但她还是担心地问，能保证都是我们物色的对象吗？

张义自信地说，如果不是，我可就枉担了行家里手的名声啦！

骆小姐点点头，这倒也是。到了邵老爷那里，骆敏告诉他，张先生没有提名单。

邵老爷着急地问，什么意思？他对我的事不关照了？

骆敏说，张先生认为直接到店铺去选人，最好。

邵老爷嘀咕一阵子，肥胖的身躯在地面上来回地运动几个回合，忽然一拍手，乐道，明白了，明白了，妙，妙妙，妙妙妙！好一个张先生，果然胜过绍兴师爷。骆小姐看他那样子，晓得是悟出了内中的奥妙。邵老爷对她说，你抓紧办我儿女出国的事，这事就在眼前了。国外银行的一切事均已办妥，手续在冯先生那里，他会给你一份清单，你记在脑子里，到时候凭密码接头办事。此地离巴黎千万里之遥，路途之中变幻莫测，不得不慎重。

骆小姐明白地点点头，告辞。

邵老爷找盛老板、陈老板他们，问各店铺参加护镇纠察队的人员内定了没有？大家说，已经暗中定好。邵老爷说，好，你们也不要声张，就让他们到各店铺喊人，到时候顺他们的意站出来就行。说到这里，邵老爷关照，我们的心腹参加武装，每月另支一块大洋，直接送到家属手里，不必让本人再经手。大家叫起来，那要多少开支？邵老爷给大家算了一笔账，比如遭劫一次，什么损失？

有这话，谁也不吱声了。

史进耀问张义，邵老爷的态度说明什么问题。张义认为还是怕武装权被夏天抓去。史进耀不解地问，不是说好了让夏天抓武装的嘛，现在什么事也不给他，这不公平吧。

张义说，这事最后的定夺还是落在邵会长手上，他翻手覆掌，你我能猜得透？看看对方还是一副不开窍的愚钝相，提醒说，你是自治会的副会长，这武装真正成立了，最大的头不是你，也还是你。邵老爷要的是，你有职无权，偏偏他又不管具体事。你说这武装谁说了算？说到这里，张义见史进耀两眼黯淡下去，心里一乐，更进一言道：你赶快选几个得力人做左右手，那么一来，日子还不都是你的。

史进耀觉得有道理，问，你有人吗？张义说，我也没考虑过，如果真正需要物色，我可以留意。史进耀忽然想起什么似的问，你是会拳术的，你就任武装的军事教员好了。

我那几下算什么，我还是教书，这支队伍最需要的，一是战略战术，二是文化，我对他们多上文化课，战略战术另外找人上。史进耀问，谁教战略战术？张义说，对他们来说，应该先教的是武术，能够让他们马上用起来，我想这事，邵老爷会安排的，这种事他更关心。

史进耀说，有的话我还想对你说说，你最清楚眼下的这种武装，说到底就是为邵老爷与包老爷之间做些文章的。上路子的人家是不肯出人的，求太平的人也是不想介入的……说着，扬扬手里名单，你看看上面哪些人适合就提出来。说着，史进耀把夏天开的名单给张义。张义拿过一目十行扫过，吃惊不小，名单上的都是平时对农会工会妇联极有看法的人，是夏天发展的国民党党员，他凭着自己特有的记忆复看几遍后，还给史进耀。史进耀说，成立自治会的事，包老爷气疯了，发病躺了一天一夜。现在到茶馆喝茶的只是二少爷！

张义把名单还给他说，上面的人我都对不上号，拿了也没用。

史进耀问，我们照着这个名单到各家店铺喊人集中，好不好？

张义说，商会不是不同意吗？

那怎么办？

到各店铺由他们提人，我们当场看了行，就点头，这不更好？

史进耀笑道，还是张先生脑子灵光，这叫两全其美。说着，两人便挨店进铺去喊人，店家问谁谁谁想去，那些站出来的都是张义暗中早早安排好的，一上午定下三百多人。两人又到恒泰账房，冯先生不在，管家也不在，倒是二掌柜见到两位就说，是取用钱的吗？

史进耀问，什么用钱？

二掌柜说，这年月支什么用钱顺当？不就是舞刀弄枪的吗？

张义问，多少？

老爷吩咐，先支一千块大洋给你们做开办费。

史进耀一听，乐滋滋地对张义说，那就支吧。你来写？

二掌柜说，让史镇长写，老爷说了，只认史镇长的手码指印。

史进耀又是一乐。

两人取了钱，一路回走，史进耀得意地说，他们保命，让我们有了潇洒的机会。趁这良辰美景，能捞多少就捞多少。没准这些奉行阿堵物的到时候一翻脸，我们连屁都逮不着一个。

张义回说，我想让这些人派上用场。

史进耀劝道，派上用场？我劝你死了那心。闹了一阵子，包老爷见势头不妙，自己先偃旗息鼓，邵老爷还会让他们闲着？

张义说，那就当家丁使。

史进耀把头摇得像拨浪鼓一般：家丁？家丁都是有来头的，没点关系，能在老板身边混？好了，我们不说这些，今晚就趁着上课把他们组织起来训练。说着，他摸摸脑袋，想了想又道，你也弄个副司令干干，我再到县里弄几套制服来，我们威风威风？

张义挖苦说，要不要弄两匹马呢？

有更好。史进耀没看出张义在挖苦他，继续自说自话：其实我早看出了邵老爷的心事，他说有个人要任实际领导，我猜就是你阁下。我们好好合作。张义说，那人恐怕是夏天吧？史进耀摇头说，我们不说他。张义想，你不说更好，这支队伍一旦拉起来，我就在基层安上党组织，到那时，这支武装姓什么就由不了你啦。

两人到夜校，喊大家集中起来，先忙架子。张义先请大家公推队长，然后交给邵老爷定夺。史进耀因为夏天先拿名单的做法遭到否定，觉得张义这么做，很上路子。大家一阵议论后，推出了周山、阿倩、孙有、小青、阿根、六指等人当这支武装的中层领导。拿了名单，史进耀与张义一起去见邵老爷，路上史进耀问张义，是不是在邵老爷面前提一提夏天的事，给个总队长什么的。张义说好哇，你是副会长，还是你提吧。

史进耀胆怯道，我给邵老爷提过，他没给好脸色，再提妥当吗？

张义想了想便说，我提是可以的，不过你要告诉夏天，到这地步不是我俩的责任，怨不得我们。史进耀说，他肯定是知道的。两人到了邵家，把护镇纠察队的筹备情况说了说。

邵老爷问，谁是总队长？

张义说，史镇长是自治会的执行会长，武装也应该他抓，总队长最好的人选应该是夏天。

邵老爷用不容置疑的口气说，如果我这个会长有用的话，我任命张义先生为总队长，夏天先生不在里面担任任何职务。其他的人选，我都没意见，主要由张先生决定，他带兵，由他决定人选为好。说着，邵老爷缓口气又说，当然，为了支持张先生的工作，支钱弄粮草的事很辛苦，那就有劳史镇长。说完，一张笑脸对着张义问，张先生有什么意见吗？

张义恼恼地想，带兵的没支钱粮的权，这兵怎么个带法？看看邵老爷的脸色，一下明白他那险恶用心了：分而治之，相互牵制，这样的武装能搞好吗？怎么办？此刻能说自己要支钱粮权吗？那是万万说不得的，说了也没用！于是他干脆说，兵权还是归史镇长。关键时刻你们要我带兵，我带就是了。

邵老爷晓得张义看破了自己的阴谋，也就不想多说，点头道，那就由你们自己分工吧。

这支队伍归镇公所史镇长领导。张义是总指挥兼政治教员。总队长是周山，兼一小队队长，其他各人都是副总队长兼各队队长。明确分工后，立即投入练兵。

党内开会时，张义发现，这支队伍的骨干都是紧靠党的积极分子，分队长都是党员。他明白，一旦要把这支队伍拉走，是能拉得出的。

98

乔乔参加妇联的赈灾活动，接受了给北伐军收购做军服布匹的事，成了忙人。乔乔一忙，小扣倒不忙了，悄悄溜进了行义的屋里，行义不在，她就躺在行义的床上，美美地遐想少女们天真的幻想。行义回到屋里，见到小扣，大吃一惊，问：小扣姐姐，你怎么来了？这不是你来的地方呀！

小扣根本不理睬他，屁股朝椅子上一笃，跷起二郎腿道：依哟哟，行义哥啊！才几天不见，瞧你变得？明明比人家大一岁，还要叫姐姐，你说你是想折我的寿哩，还是看勿起人啊！在永福寺，还记得夫人说过我俩什么话吗？一点勿记得？真的吗？唉！你的记性这么差，将来主人家怎么把重任大事托你哟。嗳，你晓得吗？我们在永福寺见到的那个小和尚，是个好角色！

行义打断她的话说，那次我回来，先生说了我，就差动板子打。你还那么开心，以后我不陪你们去玩了。小扣说，你当然不会陪我出去玩，你有人陪的。行义问，谁呀！小扣说，就是太太呀！说着，小扣有些伤感道：现在太太也不要我了。你看，我一个人到你这里来，不就是没有太太要伺候了吗？

你勿要瞎说主人的话。这不是做下人应该说的话，你是太太娘家来的人，说什么也要比别人身价高许多的。小扣姐姐，我要做事了，请你走吧！

　　你叫我小扣姐姐，那我叫你什么？小扣气呼呼地把屁股在椅子上笃笃，噘起了嘴：没见过这样一点也勿通灵性的木鱼。你就勿晓得人家为什么要来找你？天下的男人多得像山上的草，本姑娘随便朝桥板上一站，看看这古柳泽会有多少绿头苍蝇似的男人围过来。偏偏你，送上门，好像是隔夜卖不掉的油杀鬼，硬塞给你似的，你说你叫人家要勿要气出病来⋯⋯

　　你误会了。我一点也没有恨你的意思，你来看我，一片好心，我能不谢你吗？都是做人家下人的人，本该互相照应嘛。只是我现在的确是有事情。你要是在这里时间长了，一会儿给冯先生看到了，可不得了的事，弄勿好，把我退了，你说我朝哪里去？

　　哪里去？可以去的地方很多，今晚就和我一起去民众教育馆。那里有吃有住，还要闹什么刀枪。我听人家说，乱世出英雄，乱世里搞勿清爽的事多着哩。我们去闯闯，闯出去就是英雄，弄好了还可以坐坐金銮殿。你怕什么？我就是来告诉你这事的。还有，我想问问你，老爷让我学文化，是勿是还要我做用人？还是当养女图出嫁，或是填了他的小妾房呀！要不，花那本钱做什么？

　　行义不解地问，小扣⋯⋯

　　小扣跳起来，用手捂了行义的嘴：小扣⋯⋯什么？是不是又要叫我姐姐了？告诉你，只准你叫我妹妹。知道吗？行义只好应了，说，好好，那我就叫你小扣妹妹。你真去学文化了？冯先生说，成立民众教育馆就是要让我们这些做下人的、做苦工的都去学文化，让我们以后不再吃没文化的苦头。

　　小扣说，那都是你们男人的事，我们女孩子能有什么用哇！生了女儿，做父母的说是赔钱的买卖。女人生下来就是为嫁人，给男人做老婆，挨挨他的拳头，还要为他做饭洗衣裳做针线活，给他生小团，要是生几个女囡，那就永远抬勿起头。要说起来，女人是最苦的。女人就是一块田，生来给男人犁的。好的男人还晓得疼疼，犁头犁得好一些，叫女人爽快点感觉出好滋味。嫁个勿好的男人，要水没水，要插秧没秧，硬叫你荒得稗草遍地，灰尘扬得老老高，你说，那还有什么指望？要是男人勿喜欢你了，把你朝娘家一送，又去喜欢别的女人了，你说这女人有什么活的。活得又有什么快活的滋味⋯⋯

　　行义说，小扣妹妹，你怎么这样贱说自己，男男女女都应该是一样的。我看你还是要多读些书，有许多知识、道理都是从读书中来的，我们应该多读书才对，不要胡思乱想。

　　小扣说，行义哥，你别说了，跟勿跟我去呀，你说一句。

　　我不能离开。

　　小扣跳起来，嗷嗷叫：你一定是喜欢上了别的女人了。要不，勿会这样。

告诉你，要是喜欢上了别的女人，我决不让的。行义费解地问，我怎么会喜欢上别的女人？我才多大，我还不知道自己明天是做什么的呢。我说小扣妹妹，你可千万不能胡说八道啊！

小扣摆出一副我行我素的样子说，我是勿会胡说八道的，叫我看这世上的男人和女人，都是鬼，没有一个像样子的。在我的心里，看来看去，掂上掂下，总觉得你还像个人，所以我就想着来找找你。你可勿要叫我失望！说着，迈着自鸣得意的步子走了。走出去几步，又回来问道：在永福寺，夫人说，"瞧你们这两人，倒是可以配对儿了。说起话来也这么一个鼻孔……"这话你也会忘？

做主子的常常拿下人开开心的事，书上载得成千上万，能当真？行义说这话的时候，脸上上了火。

小扣听他这么说，睁着眼睛怔怔地看他，眼中的鲜亮慢慢黯淡下去，默默垂首走到院门口，停住，振起精神款款回首，朝行义笑笑，说，那是你说的话，我不信。行义哥，你什么时候才吃烟啊！我想给你做烟袋。说罢，害羞地一笑，又说，送个绣花的烟袋是我的事，吃勿吃烟是你的事。有了烟袋，你就会吃烟的，是勿是哇！没等行义回话，她又吃吃吃地低首笑着，碎步一溜烟消失在树荫里。

行义望着院门外，想想刚才小扣的话，那年少的心胸里忽然有什么流过似的涌动起来。她说的那些话，还不能让他明白吗？不！不能这样。好容易才有个差事做做，不能自己作践掉。姑娘家懂事早，想得多，有时就顾勿得一切，事后吃煞苦头，后悔起来的自然也是她们。这就是女人的苦处，要是她多读了书，也许就会好些的。行义这么想的时候，就想到了乔乔。乔乔是读过书的，而且是在洋学堂里读的，比起小扣来，真是一个天上一个地下。不知为什么，他想到乔乔时，总忘不掉在桥上的第一次见面。

99

五更时，雨止了。

史进耀现在成了大忙人，一夜没睡踏实，翻身时听到公鸡叫头遍就支派睡得迷迷糊糊的差事，去喊打更的耿爷。昨天派人誊抄的《告镇民众书》要迅速张贴出去。

耿爷敲过五更梆子后就回家睡觉了，刚刚入睡，就被喊来，一路步子都走得不稳，敲史进耀的门像乱棒似的没节奏，声音炸在沉静的清晨特别清晰，他本想问：是谁把我喊醒的，你们都不知道我要是睡不好，更点误了，你们谁担当得起？是的，这一刻，谁都在睡觉。段祺瑞是躺在烟榻上还是陪着小女人睡觉，总之，他一定是躺着而不是像在天津卫火车站的那个样子，站得笔挺的像棵树。北伐军总司令忙得很，他再忙，此刻总不会坐着，一定在床上打呼噜，打呼噜是一个男人的象征，没有了，就不像一个男人了，北伐夫人陈洁如听起那呼噜一定比听西洋曲还过瘾，要不，还做什么北伐夫人。张作霖做了看守政府的要员，他现在是不是也像那些想做总统的人一样，在总统的椅子上打瞌睡呢，还是躺在床上？孙传芳又在忙什么？总之，整个世界都在一个噩梦的醒与未醒之间徘徊。包老爷终于在多天的精气神蓄足后，结结实实地在莲莲软软的肚皮上躺出了一身臭汗，醒来后，对莲莲说，是你的尿浇湿的吧？莲莲想骂又不敢，老爷待她比大少爷好，男人只有到了这种年纪才晓得真疼女人。她一边用汗巾替他慢慢抹，一边安慰他。包老爷点点头：如果是我的汗，那是一场噩梦！莲莲想，邵老爷比包老爷要年轻几十岁年纪，一定没有噩梦，只有快活，换起老婆来，邵老爷最潇洒。疼起老婆来，是包老爷好呢，还是邵老爷好？没法比较。莲莲想，要能比较该多好。

谁在喊？史进耀把正在复看告示的头抬起来，见是耿爷，噢，原来是你啊，快快来看，这么多的告示，你想怎么处理它？

耿爷不认字，但他晓得镇公所的告示都是政府公文，从前是清王朝，贴告示都是杀人、催粮赋。后来就是包府写的东西，遭人唾骂的不少，现在这个镇长还是第一次要他贴告示，他想问问写的是什么，他说，你这东西总不会是叫我们大家出钱粮的吧！

出钱粮？给谁？

民众教育馆的那些游手好闲的家伙啊，他们识了几个字，眼睛都变了样，也不想做工吃饭，想做白相公啦！

旁边的人说道，耿爷，你别听人家胡说。

耿爷嘀咕道，我的肚皮正饿哩。

旁边人说，烧饼摊摆了吗？京江齐出炉了吗？古柳泽人是天生的好福气，这么热的天也喜欢搂着女人睡懒觉，人家六腊都不操兵。

我得喝碗豆浆。其实平政桥的烧卖是日夜都有的，夜班船的生意做得不比白天推扳。

史进耀问，你什么时候拿上你的桶和刷子？

耿爷说，我得喝碗豆浆，还有平政桥的烧卖。

史进耀又问，你什么时候拿上你的桶和刷子？

烧卖的味道好久没尝了。耿爷重复说，说时声音又提高了些。

史进耀提了提肚皮上的裤带，顺便把胸中的气也填足了，欲从嘴里冲出来，看看耿爷，还是缓了下去，把手伸进裤袋里，出来时，掌心有块铜板。他把它丢在桌面上，铜板在那里快活地跳动着，今天的活，就算这个吧。

耿爷说，大清的铜板还是能够开销民国烧卖的。

旁边的人说，一碗豆浆，两只烧卖，才三文，还有七文给怡春院的姑娘吧。现在的姑娘贱得一文也愿意松松裤带了。

史进耀吩咐说，你在包府西街的那爿当铺门口贴上一张。

耿爷说，他们会撕掉的。

你在包府西街的那爿当铺门口贴上一张。史进耀重复道。

耿爷又说，他们会撕掉的。

史进耀提高嗓门：你在包府西街的那爿当铺门口贴上一张。

耿爷知道这个镇长当了会长后变得很有脾气了，也就摇摇头，嘴里说，好吧。

史进耀说，这就对了，以后我讲话时，你就应，别的不要说。史进耀满意地驯服了一个旧式人员，心里很高兴，继续吩咐：你在邵家的恒泰账房醒目的地方贴一张……他看到耿爷的嘴又动了，连忙不断句地说下去，民众教育馆的门口，全镇每座桥的桥堍墙上都贴！知道了吗？耿爷点头说知道了，但又问，包府的门口贴不贴？

贴到那里做什么？

万一他说勿晓得呢？

史进耀想了想，问旁边人，一共多少张，够不够？旁边人说，还在抄哩，几个抄写的一夜没睡，轮着抄，怡春院这回最老实，派的姑娘磨墨也磨得好。

史进耀说，那就每个大户人家的门口照墙上都贴一张。

外面有脚步声，大家停下了，警觉地望着门外，此刻会有谁来呢？

进来的是夏天，他走到桌前拿起告示，又走到门口，想借着早晨的曦光读一读，刚要读，他就放弃了，这时的晨曦光亮实在无法满足夏天的需要，他折回屋里。史进耀开了电灯，夏天伏在桌上看起告示。

史进耀说他，这样子像是将军在看地图。

夏天高兴地抬起头来说，当北伐军政治部主任够格吧！

大家连忙奉承说是。

夏天又说，从现在起，古柳泽才有了真正的生气。说着，他直起腰杆，在屋里来回地走了几趟，然后，手支腰际，面对着门外那正在越吐越白的晨曦说道，战争，使一切沉默变得活跃起来。我们的这个古镇将会成为一个重要的世人关注的焦点。在法国的塞纳河边树林里散步的人也会说到这个镇上的故事，在华盛顿的晚会上，有人提到支那的觉醒，在东京更会有一群人欢呼，你们看，这屋外的树叶越来越明亮，再过一会儿还会有歌声……

耿爷不知趣地插嘴，有鼓吗？我会敲鼓，过去我是个好鼓手。

夏天说，鼓声更不可少！

那我就回去拿鼓槌。耿爷转身就走。史进耀到门外拦住他提醒道，要走，把告示带去张贴。耿爷复又回屋取告示，嘴里嘀咕道，我就知道这个橡胶商人不是正宗货，人家都是宁做太平犬，不做乱世人，他倒是好，就想天下乱，不是好人，不是好人。史进耀劝他不要说，声音大了给他听了不好。耿爷感激地点头说，让他把铜板收去，我的豆浆烧卖就吃不成了。

就是嘛！史进耀把一卷告示递给耿爷，送他出门。回过来继续听夏天高论——

……船桅将在永远的黎明里高昂，岸边窗户的灯光一再熄灭，这都是因为战争，领袖们的智慧都在战争里得到最大的发挥。戴盔披甲，舞枪弄刀，去为了个人的幸福，也许还有掠夺，还有心上的女人，过去你没有机会得到她，现在你可以利用战争去毁灭她身边的一切，让她像女神一样孤单地站在那里只等你一个人来幽会。伟大的战争，你可以让北京政府的总统椅子沾有大便，那是胜利者的士兵的大便。呵，伟大的战争，马厩不再成为一种小的范围的某种名称，整个世界都在战马的铁蹄下存在。战争，站立者的战争；战争，躺在烟榻上的战争；战争，嫖客进入妓女体内的胜利；战争，妓女对于嫖客钱财的收罗；战争，小偷对于富足者的侵略；战争，疯狂的代表，新世界的曙光，亲爱的同胞们！让我们拥护欢迎吧：旧的世界终于在战争的铁蹄下向着共和，向着民主，向着我们的领袖们，像妓女对我们敞开大腿那样令我们欢欣鼓舞！

史进耀情绪紧张地盯着自己身边的听差，他想知道这个人是不是完全听明白了夏天那一口闽语式的普通话，如果听明白了，那就糟了。好在听差只是过来悄悄问，这个人是不是在反复说要喝豆浆？史进耀赶紧说，是的，是的，你快些到莫家豆腐店看看有没有豆浆。最好再带点热的豆腐皮……

我知道，那东西裹油条吃最好。

史进耀推他一把，催他快去。听差走后，他走到夏天面前，阻止他的歇斯底里，正巧夏天打了一个饱嗝，一股酒气冲来，史进耀不觉一怔，他上哪去喝了一夜的酒？夏天挥手打掉伸过来的手，说，你知道此刻的北京政府，那副瘦老的骨头在他们白胖的女人身上有着怎么样的动作？除了最后的挣扎，还能有什么？史镇长，我告诉你，只有北伐军总司令喜欢在这个时候睡女人，增加男人新一天的威武！共产党，能有这个快活吗？肚子还没填饱呵。哈哈，革命如果没有有钱人的介入，那就是李自成，那就是洪秀全！他们只是在中国的历史上用并不坚硬的笔画了一下。你说，这中华历史能留下他们的足迹吗？……

老兄，你怎么啦？史进耀担心夏天是不是发疯了。

夏天一会儿兴奋得手舞足蹈，一会儿沮丧得痛哭流涕。史进耀想，这小子上哪儿喝得如此酩酊大醉。把他扶到后面屋里的床上，让他躺下。夏天仍然滔滔不绝地说着自己与一个女人的故事。史进耀看看周围，问，人呢？夏天扬着醉态的手臂：死了。

史进耀大吃一惊，连连问，死了？怎么死的，你杀死的？这还了得，才沉了一个竹为，现在又来个夏天，你夏天可不是竹为呀！

夏天兴奋未减：老兄啊，你知道人应该怎么活着吗？一边是美酒，一边是美女，那才叫人生啊！

史进耀没好气说，我哪来美女加美酒？这个世界已经将我折磨得裤裆里什么也没了。

是啊！太累了，太累了，累得我的裤裆里也是什么都没有了。夏天拍拍史进耀的肩，说，没有关系，睡上一觉，休养三五日，就会让裤裆里又饱满起来的。下回，我们就不玩女人了。说着，嘴里语无伦次道，我要玩革命，把革命也放在裤裆里好好玩一玩！说完，倒头就睡，须臾，鼾声大起。史进耀看着他的样子，心里想，这个人怎么会是这样的呢？哪个姑娘给他玩死了？该不该去问一问？不！他摇摇头，事不关己，高高挂起。

旁边有人喊道，老爷，你在跟谁说话呀！

史进耀转身见是听差，问他豆浆买了？听差说，镇长，我多要了两份，你也吃了吧。史进耀点点头，好的。听差转身走了。史进耀喊住问，嗳，你等等；你真没有听明白他的话？听差摇摇头，真的没有，但是我觉得他很怪。

怪？史进耀费解地拧起了眉头。

是的，听差说，镇长没有发现他喝酒了吗？这天还没亮，他就醉了。这是喝了一夜酒啊！镇上能喝到夜酒的，就是那边码头上的洋餐馆。他的洋话说得好，与洋人往来很多啊！

好了，你就不要再问了，去吧。史进耀打发完了听差，自己站在那里思索起来。

100

耿爷贴完所有的告示，松了一口气，然后离开告示远远地站着。一会儿，耿爷顺着自己一路贴的路线返回去，这是他的一种习惯，返回的路上能够看到人们在欣赏他的杰作。如果没人欣赏，那是很伤心的一件事，甚至他一整天不与别人说话，酒也不喝。他把这项工作与杨木匠做的棺材，与郦先生搓的丸丹，与童得贵编的簸席，与知服斋印的线装书，与周天一雕刻的红木工艺，与王一品斋笔庄的湖笔，与豪士聚头块牌子的红锅师傅的勺头，与黄道婆木机上织的锦缎，与范石匠凿的石狮戏绣球，总之，一切需要艺术的东西，耿爷贴告示的活都可以与他们相提并论，并且比一比。此刻，他得意地哼着小曲，像往常那样站到人们后面，眯起眼睛打量人们的表情，听听他们的舆论，就晓得自己贴的是什么了。

现在，这机会他一点也没有了。

不知什么时候，他都记不起来自己是否打过盹，再抬眼朝自己刚才贴的告示看去，撞入视野的是一对铜铃般的大眼睛和一双比他的腿还粗的胳膊，更要紧的是，他的杰作没有了，取而代之的是另一种告示，他虽然不认字，但他知道那是包府的告示。包府的告示上有个长方形的印，是包老爷的官印，那个管河泊什么的官印，民国政府的天下，这个清王朝的官印，包老爷用得还是有滋有味。

二呆子，你这是做什么呀！耿爷对那个粗大的汉子说，你贴告示应该贴在旁边的，我贴的是民国政府的告示，你贴的是清王朝的，你若在县城里这么做，是要叫你蹲班房的。

对方舞着手里的糨糊帚子，把桶在墙上撞得咚咚响，鼻子里瓮里瓮气地说，耿爷爷，我入你的娘。你不让我贴你的告示上，我贴你娘坟头上。

耿爷见他这么无礼，火了：二呆子，你从前不是这样对你耿爷爷说话的，你是吃了炮仗子了？

用不着吃炮仗子，包府给我三块大洋，叫我跟着你，你贴一张，我就盖一张。要是我做得不好，就要扣钱。

这是为什么？

二呆子昂头道：我勿晓得为什么，只晓得你老人家早早开导我说，受人家用钱就得替人家做事，替人家做事，要尽职尽心做好。

气得耿爷两眼冒火星，他知道与二呆子说不出什么道理，这一准是包府的鬼。他急急过桥去，快快告诉史进耀，没走几步，忽然看到新学堂里的范先生，连忙喊他问一问，这包府的告示说的是什么事。范先生看看说，这告示上说的是，古柳泽镇团防是官衙的军事组织，任何人只有服从、协助之职责，若反对则视为敌对情绪处置。希望大家不要听信谣传，更不要轻率参加非法的军事组织。

包府的镇团防是镇上的，太湖强盗袭击邵家，他们一点也没出动。前几年，胡老板家的小姐给绑了票，求包老爷也没反响，结果是胡老板自己解决的。那个镇团防，没人信哩！范先生，你再看看我贴的，在他们盖掉的下面，那"告示"上说的是什么？

范先生揭开看看，念道：国事衰微，世道混杂。吾镇乃江浙重要的交通十字水道，又肩负方圆百里"辑里丝"和丝绸绫缎茶叶远销出洋之重任，一旦遭阻，民生必闭塞。非常之时，必须非常之举，方可确保地方太平。为确保国计民生大业，镇各店铺委推代表选拔得力忠诚之士，组成护镇纠察队，其职能与原镇团防有别，本护镇纠察队实为护镇内各店铺之安全。古柳泽自治会会长启，民国……念到这里，范先生复又看看包府的告示，对耿爷和二呆子说，两张告示说的是一码事，并没冲突嘛！

二呆子可不管他的话，把范先生的胳膊一拧，扯开，复又用另一只手将那告示贴好，拳头敲敲实，然后对范先生举着拳头威胁道，为了那几块大洋，我会要了你的命。

范先生说，二呆子，你不能贴到别的地方，或者旁边一点吗？

不！包府的告示就是要贴在你耿爷爷的上面，你看我贴得好不好，一点也看不出有你的告示了吧，哈哈哈。说完，扬长而去。

耿爷气愤地说，我要告诉史镇长去。说完，他颠颠跑开了。

范先生看看这两个人，笑笑对周围围上来的人说，劳心者治人，劳力者治于人；治于人者食人，治人者食于人，天下之通义也。

另一书生应道，掏点小钱叫别人拼命，自己收益，也是件快活事啊！

范先生应道，是啊！这世道成了什么世道。仰天一声长叹，拂袖而去。

众人围着告示，有的揭开看下面的，有的干脆撕掉上面的，恢复原来的。

二呆子见状，舞着双拳与众人动手打起来，无奈众人一起伸着拳头，他虽呆，吃亏占便宜的事分得倒还清爽，嘴里咕噜着，那拳头便退下来，只与耿爷胡搅蛮缠。耿爷不理会他，赶到镇公所，那里已经围了许多人，大家都是为了这告示被覆盖的事，史进耀急得来回地叫喊着：你们说这不是对抗吗，我们的告示上说得很明白，与他的镇团防没关系嘛！

有人说，应该去找包老爷说说。

史进耀说，我怎么说，我怎么说！

煽动的喊，打呀！打吧，反正这仗早晚总是要打的，打起来就好了，穷人也可以困富人家的小姐啦！

史进耀骂道，你别幸灾乐祸。

另一人问，你说该怎么办呀！

史进耀被这一提醒倒是停下了那对乱舞的脚，站在屋子中央，摆着大人物沉思时的样子，约莫有半袋烟工夫，然后说，快快把张先生夏先生喊来。我们应该采取必要的措施！

听差去了又回：夏天先生酒还未醒。

史进耀只好自己去见他。

夏天还躺在史进耀的床上。

史进耀贴着他的耳朵说，你得赶快起来帮帮我的忙。

夏天嘴一张，酒气冲天，我、我说什么话？

向胡县长说话，对包府说话。

夏天醉话连天道，脱裤子放屁，多此一举，有了武装，你还要文人去递帖子？那不是上茅厕送手纸吗！同志们，孙总理遗训：革命尚未成功，同志仍须努力。现在，你们就组织人，把那敢于与民国政府对着干的家伙给我杀了，阉了。

众人说好，我们就要试试胆量哩。

史进耀问，能吗？

听差的大声说，有什么不能，要想知道这支队伍能不能打仗，这可是最好的机会。

史进耀也不多想，对听差的说，快快去喊张先生他们。

101

夏天醉酒、沉睡怡红院，实在是他肚里窝着气。忙了一阵子，到最后连虚名的职务都没有。这是为什么，他不能理解。偏偏自己又没办法找那个从来不照面的上司说理。窝了几天气，昨天他下决心与胡县长通话，让胡县长给他递话过去。当他拿起镇公所里的那部电话时，前一次的情景又出现在面前，那次他接完后放下电话，史进耀就过来问他为什么要在胡县长面前拆他的台？

夏天一惊：电话有窃听！从那以后，他不得不小心谨慎，此刻他搁好电话直接到了镇邮电所，朝话务员一笑，然后问她认识吗？

话务员说，大橡胶商人，谁不知道，连老爷们都请您吃饭。说着，姑娘压着嗓音柔声道，特派员，我这么称呼您可以吗？

夏天一怔，转而笑笑说，照这么说，在您这里，就没有秘密了。

话务员警惕地问，什么意思？

客人的通话，不都从您的耳朵里过一遍吗？

我可以为您接通后摘下耳机。这本来不可以，为了你大商人，我可以这样做。

夏天要的就是这个目的，连连说，太好了，我先给你小费，说着就掏出一块大洋，话务员不肯收。夏天说，就算我给你买胭脂的吧。话务员说，我都是记账，不用花钱。夏天说，那么生发油？话务员说，我刚才说了，不用自己花钱。夏天叹道，就没让我孝敬您的机会？话务员一笑，红了脸，一会儿我就下班了。夏天高兴得要跳起来，等的就是这个机会。

话务员把电话给夏天接通后，守信用地将听话筒给了夏天，并且从耳朵上摘下了耳机。夏天满意地点点头接过电话，开始通话。

电话线的那一头，胡县长告诫他，这个世界是钱支配的世界，没有钱，孙中山先生如今还在苦恼中，有了钱，蒋校长就敢把手一挥，从别人那里夺来军事大权，北伐！校长成了总司令。我们现在的事情就是想办法让蒋总司令把队伍快快开到江浙，别的话都可以再说。夏天应道，明白了，但怎么弄钱，我的脑袋与现时的伪装身份很不符。胡县长不高兴地说，麻团长的草包都晓得怎么弄钱，你就不晓得？

夏天嘲弄的口吻回道，他的手法太低级。

低级与高级有什么区别？低级的钱不是钱？高级的钱含金量高些？我的特派员，这不是妓院逛婊子，挑肥拣瘦。这是对那些土财主、黑心资本家索取我们应该有的一部分钱粮！应该的，明白吗？十八般手艺，只要能够达到目的，都可以使用。不能让他们给多少拿多少，明白吗？要让旧世界的一切守财奴、资本吸血鬼的钱，统统成为我们北伐的润滑剂，同时造就攥在我们掌心的新官僚资本家，这个新的政府才能站立得起来。上峰对你的工作很不满意，你的任务，不是要去当督政抓武装。更不是抛头露面，我要提醒你记住蒋总司令对你赴任前的训导。老兄大概忘记了吧，蒋总司令可不是陈总书记啊！

我不抓具体的事，武装就会让共产党抓去。

抓去又会怎么样？张义忙得起劲，中共对他会有什么说法？

夏天心里道，你们对我不也是这样吗！越想越觉得自己像只棋子，忍不住抓住话筒激动地低吼：我宁可在战斗中牺牲，也不在这里闲着。胡县长不温不火地问，老兄的日子还不快活？经费不够？夏天吼道，我要实权。

容我向上峰适时提出。在没有明确答复时，老兄只管在那里吃喝嫖赌。

明白了。夏天沮丧地嘀咕一句，蒋中正的话怎么又从你的嘴里吐了出来？他放下电话，把沮丧的眼光慢慢吃力地抬起，一抬到话务员漂亮的脸蛋上，就听得抑于胸中的忧郁之气"咯噔"一下，整个眼前缓缓地舒开了一个口子，一束鲜亮的光芒射照得他浑身喜悦，他舒心地嘀咕了一句：我是需要发泄，这鬼世界太压抑了。

话务员对夏天心仪已久，问题是夏天一直没有注意到她。现在注意到了她，她自然是全心身地服从。话务员的宿舍在桥东的东街外，直线走只要过桥，穿过东大街就行。话务员为了显示自己搭上了要员，特意穿着旗袍领夏天从邮电所出门反方向穿街走巷，又过桥跨坝，走小弄穿永福寺前最热闹的大街，一路绕大圈。话务员在古柳泽也是个人物，认识的人不少。一路上，无数的眼光射过来炽照得夏天无法回避，只得耐着性子，随她走，走了几条街，心境也走疲乏了，肚皮里就想：也好，让上峰看看我真坠落的形象。两人路过北门闸工地，见修闸的工人们正在打桩，大家见到话务员过来，都朝她喊名字开心地招呼。夏天叹道，人美就是好啊！连桥桩桩都想要她去守啊！怎不喊我，喊我去，这一了也就百了啰！话务员听他嘴里叽里咕噜的，摇着他的臂膀，你说什么呀，是吃醋了吗？我都认得他们的呀。

夏天说，你是真不知道，还是假不晓得？他们一边打夯一边喊你，把你的名字叫着夯到桩下面去了。

话务员说，那有什么？

夏天蒙她道：你的名字就是你的魂呀，魂给压到桥桩下面了，还能做什么呀！

话务员这才慌张起来，问是否真的。夏天说，迷信这东西，信则灵，不信则不灵。说话间，正好路过一个测字摊，那测字先生眼观四面，耳听八方，早早听得这两人的话语，呋喝他们算一卦。也是活该有事，夏天劝话务员走，她就是不走，要算上一卦，还非要夏天出钱。夏天想想也无法，便扔过去一块大洋。那测字先生问明是因为那桥桩的事，便胡乱一气说上一大套，硬是把话务员的心说得七上八下没个定处。话务员顿时情绪一落千丈。两人一路没话说，默默朝话务员宿舍去，到了宿舍，看门的老姆见到她带个男人来，想制止。夏天扔块大洋过去，说，老妈妈，她今天到下桩的地方去，被叫了魂，在街上痛苦得很，我送她回来的。说着，就把话务员交给她，自己转身就走。话务员一把拉住他，泪水汪汪说，我怕是熬不过今夜了，你陪陪我吧。老姆见状，弄个顺水人情道，这位先生，小姐要你陪她，那就陪她一会儿吧。这里有老身把关。

夏天也不推辞，随着话务员进了宿舍，宿舍里本来还有一个姑娘住，正好今天回家去了，屋里就只她一人。夏天进屋坐到床边上。话务员关上门后，一下子扑他身上痛哭起来。夏天轻轻抚着她的背，叹道，同是天涯沦落人，共泼伤心泪，何物能解忧，杜康今安在！话务员听到，止住哭泣道，你想饮酒？我有。夏天诧异，你怎么有酒？话务员脸微微一红。夏天见她不说，便也不问。这酒是包大少爷放在这里的，现在包大少爷因盛家玲子的事闹得不敢来了。她拿出了酒，问夏天，你有何愁？夏天接过酒，喝了一口，叹道，堂堂的男子汉，竟给人当猴耍，唉！这人真不值钱啊！说着又是咕咕咕一大口。

话务员见他如此喝法，连忙拦住说，没菜的闷酒，最会醉人。

嗨，但愿长醉不用醒！

话务员听这话，倒也触动了伤心之处，夺过酒瓶就抿上一口，酒虽辣，下肚后，那胸中的郁悒顿时化解开了。心头一喜，也就随着夏天你一口，我一口地喝着。喝着，说着，渐渐地，两人相互诉说苦衷喝闷酒，你说一段，喝上一口，然后，我说一段，喝一口。不知不觉，酒瓶底朝天。

夏天站起来说，我去买酒。话务员一把拉住他，这就走吗？

听了这话，夏天看着她，激情像电流，一下子突涌而出。那手就势隔着话务员的单衣开始抚弄起来。她久渴盼甘霖，拉着他的手解开了她的裤带，屁股一撅，裤子滑了下来。两人也不上床，就着一张硬木春凳，大干一番。事毕，夏天长舒一口气道，这人生最快活的事是什么呀？酒与色，酒陪色行，色与酒在，妙妙妙也！……唉，罢了，罢了，人生的英雄事又能几度春秋，到头来的结果还不是烟雨秋梦空一场！

说完，夏天再次跃起，两人便抱合滚在地上。

102

现在，夏天的酒还没有醒，牢骚也一点没减：叫我在这里，只要我在这里就行了，我这特派员是什么特派员呀！养条狗也指望它看门呀！我连看门都不要做，就专门跟母狗们打嬉。唉！北伐经费那么紧，前线将士在拼命，却让我在这里吃喝嫖赌！

史进耀吃惊地看着夏天，他是第一回听说派个特派员到这里专门玩女人。

他想，难道国民党日后要夏天去做玩女人部长？那也不对呀！玩女人应该到上海、广州、武汉呀！就是杭州、苏州也比这里强呀！唔，这事得请教请教张义。他悄悄问张义。

张义明确告诉他，夏天摆在这里是为别人打掩护的，他们有更深的人在这里，怕暴露而让夏天做掩护。听到这话，史进耀忍不住打了个寒战，太可怕了，那个藏在暗处的是谁呢？会是谁呢？张义也猜不出，他告诫史进耀，夏天一旦酒醒会记起说过的话，到那时，你我都没好处。话说到此为止，权当没听到。切记，切记，要想多活几天就忘掉。

史进耀觉得张义的提醒非常正确，回到镇公所，夏天还睡着。看他酣睡中的可爱样子，史进耀倒也替他退一步叹道，他们让你在这里玩女人，那就玩吧，你有那本钱，玩也是你的快活呵。

夏天躺在床上，翻个身，嘴里喊着真热啊，便把自己脱得赤裸裸躺下，嘴里喊着什么，别人也听不清。一会儿，他醒了，头上冒着虚汗，两眼望着天花板，天花板上陈年迹斑显出的图案令他的兴奋点再度高昂，兴奋的津液又溢在他的眼里，令他眼睛不断地战栗，那已经过去的柔情又在他的心里悸动。

一场大雨，一个要把古柳泽劈开的响雷惊醒了他，把他惊醒。他发现自己睡在已经冰凉的话务员身边，这一刻，他想起了昨天的事，更想到自己那不灭的渴望：我不是生来为女人的，我要革命，我要革命，他呼喊着，顶着天明前的那场滂沱大雨逃出了话务员的宿舍。

第十三章

103

竹为被沉河后，载着慎老爷的船很快离去了。

月光照耀着水面，涟漪从烂树间无休止地向四周波散着，岸上贴地旋的风卷着人们丢弃的残物，打着转转。下半夜后，风止树静，河汊里飞出一只小船，在水面的烂树边靠住，有两人离船踏上烂树干，观看许久，然后从水里捞起一个人。那人软手软脚，跟死去没两样，嘴里却死死咬着一根长长的芦秆。他们把他放在船上，到了岸边，把他抬上岸，开始折腾，从他的嘴里倒出许多水，然后把他放在地上。施救的人从自己后腰上摘下酒葫芦，咬开塞子，先喝了一口，然后再大喝一口含在嘴里，先仰后俯，猛将口中的酒喷于那人脸上，接着，扳开他的嘴，将酒葫芦口对着嘴灌下去。先没声响，须臾，只听着好像是从什么地方传来的，又像是地下的，轻微的骨碌一声，那握酒葫芦的对同伴说，活了。

果然，动弹了，慢慢吁出一口长气。这几人见状立即把他抬到船上，船迅速离岸，消失了。

这个被救的人就是竹为。

他在被宣布沉河的时候，像膏药紧紧粘在心窝里的希望，突然干透皲裂、脱落，他知道没人会来救了。到了这个时刻，他的头脑才冷静下来，不免有些伤心起来，想起说书人嘴边的顺口词：浪魄不知归何处，淫魂今夜落此水。苦笑笑。明白自己的死期到了。下河前，他被折磨得双膝脱臼、血流满地、神情恍惚，脑子里只有一个念头，快快了结此生。刽子手给他重新绑扎时悄悄耳语：现在的绳子是烂草做的，下水就会松开；竹篓的底是假的，脚一蹬就捅开，你不要急着出水面，潜游到前面烂树那儿，有备好的芦秆，咬了潜下水等着，会有人来救你。他听得稀里糊涂，相信那些话不是假的，也不是幻觉，是张义做下的圈套，来救他的；头刚一抬，刽子手就给了他一个巴掌。打得他又陷入了昏迷的状态，只得闭上眼睛等待死神的降临。被扔进河里，他本能地脚一蹬，竹篓底真的空了，动动手，手却没那么容易松开，让他憋得气快没了才把绳子挣脱掉，赶紧朝上冒，猛然间，想到大船上有无数双眼睛在看，只好朝前再潜游一段，碰到了树，悄悄露出水面，朝远处的岸上看，通明的灯火下，他能够看清楚大船上的一切、岸上的人群。秋天了，受伤的两膝被水浸后，麻木得像脱了身躯，他赶紧伏在树干上。有船过来了。想到刽子手的交代，赶紧找到芦秆，咬在嘴里，潜下水去。

竹为完全醒来，是在包府里面，身边只有两三个人，都是陌生面孔。他看看大家，吃力地问道，张先生呢？是张先生救了我。

大家笑起来，共产党会救你？凭什么救你，你给他们做了多少好事，他们要救你。你还嫌给他们找的麻烦少吗？

竹为挣扎着爬起来问，你们是谁？为什么要救我，你们救我也没用，被人知道了，还会沉河。

站在远处的一个人过来按他躺下说，你说，你还有什么事没做吗？等做完了，做好了，再风风光光地沉一次河，不是更潇洒吗？

竹为嘴里喃喃道，这倒也是，我的乔乔给邵老爷睡得有滋有味，我得报这仇。

那人劝他：这里是包府，没人知道你在这里。静养几日，你的男人威风会重新竖起来。

我认得你。竹为说，你是包大少爷。我晓得了，是包老爷救了我。等我身体好了，先把那个背信弃义的女人奸杀了，然后随你们的便，要我做什么都可以。就是叫我杀了张义，我也干。

众人惊叫起来，你敢杀张义？

竹为回道，为什么不敢，要不是他，我早就到太湖强盗那里去了，给骗到这里，受尽了罪，困个女人还要遭他们沉河，真没劲，遭这奇耻大辱，让人没脸活了。

女佣送汤药进来，包大少爷对众人说，都退下去，记住，这里的一切都不能说出去。

众人遵命退了下去。

包大少爷看着女佣伺候他喝了药，手一扬，女佣退了出去。

包大少爷问竹为，刚才你说要先去奸了谁？

竹为说，乔乔，邵老爷的女人。

包大少爷哦了一声，没说话，退了出去。

在包老爷处，包大少爷述说了竹为神志清醒后要做的第一件事。

包老爷闻而大喜，好，这个代价看来值得，捣得他们七昏八唵，拎勿清东南西北，再上管家的妙计，那就等于半部《论语》。

管家听到包老爷这么夸，得意扬扬地说，我不敢说什么大话，这古柳泽的天下，就这么给整平服了……

包大少爷没他们那么热烈，只是问，竹为弄乔乔，是弄死？

管家说，不死，奸不成也没关系，要紧的是戏，出戏就好。能叫他邵老爷脸没地方搁，这前站就打对了，打好了，别的都不指望。

包大少爷说，这代价也太大了。

包老爷哼道，你懂什么？

包大少爷顿时萎下半截，喃喃地问，往后哩？

包老爷问，什么往后？

包大少爷说，竹为呀，你想叫他在府上听差？

留在府上，没那么多羊喂！包老爷说，送到太湖强盗那里去。

包大少爷长长吁口气，爷这么说，孩儿就放心了。只是不明白，乔乔躺在那里等他去奸吗？

管家说，已经交代了邵家的坐探，他们会事前通报乔乔行踪的。只要竹为想去奸，她就是在澡池里，也还是能做到。那么做，没戏了，没戏的事做得有什么用？要全镇人都看到乔乔提着裤子，蓬头垢面，失魂落魄在大街上狂呼乱喊地奔跑，那才是效果！大少爷是个志向远大的人，不屑这些琐事，我自然会替你做好的。

那我就放心了，不过……包大少爷还是说，这么做人家就要怀疑他在哪里养的伤？世上没有不透风的墙。包老爷捋着下巴说，我儿之言极是，管家有什么好法子？管家想了想说，那就等他们出丑时再做计较。

包大少爷又说，乔乔脸皮嫩，当街的羞耻受不了，跳河怎么办？

包老爷跳将起来叫道：不能让她跳河，救起，活的送与邵老爷。

管家乐道，天天看着被人奸过的老婆，不嗝出病才怪哩。

满心喜欢的包大少爷对父亲鞠个躬，离去了。走出几步又回来说，弟弟回来了。包老爷说，快叫他进来呀，你也别忙着走。包二少爷进来了，朝包老爷行了礼，又请了管家的安，在一张椅子上坐下，对包老爷说起自己在县城里的事，时政的混乱，民众的造反，还有外省斗地主分浮财的种种事。宋老爷他们急成一锅热粥。包老爷把手一挥，问站在门口的大少爷怎么看待这个问题。

包大少爷说，蒋中正的北伐军一到，一切都迎刃而解。

包老爷一拍扶手，从座椅上激动地站起来，兴奋地说道，我儿之言极是。旋即问两个儿子，你们知道我为什么与邵老爷积仇吗？

包二少爷年少气盛，说，这明摆着嘛，他家发达起来后，从没把我们放在眼里，人可以饿死，不能没尊严……

包老爷把手一挥打断了说，不想听你这种没头脑的屁话。说着问大少爷。

大少爷走过来说，这几天，我也在想这事儿，总不明白爷对邵老爷那么深仇大恨，有什么必要？都是有钱人，在一个镇上住着，都在穷人身上榨油寻食，方法不同，利益一致，无非你多一口，我多两口之争，没必要闹得你死我活呀！而且，几代人都这样和和睦睦地过来了，要说包邵两家结姻，我说的是如果我妹妹愿意，嫁给邵老爷也不是件坏事，她还比乔乔大好多岁哩……包老爷听得直点头，那你们与他称兄道弟也是合规矩的，说，说下去。

不料，包二少爷站起来打断道，哥哥说的是废话，邵家欺我久矣，如果不是邵老爷，我爷在镇上一定是久久地坐稳那镇衙的。

包老爷摆摆手，打断他，让你哥哥说下去。

包大少爷说，我与夏天张义史进耀现在一起共事，常常听到他们说国家大事，说世界大事，我的眼界就开阔了，知道一个镇的权力总是很小，小到一碗水，桌子一晃，碗就翻；通江通海的水还有掀桌之虑吗？邵老爷敢于一着不让地与爷争，就是在做大文章。

包二少爷问，什么大文章？

包大少爷说，得民心。有了民心，就有了地盘，地盘就是天下，他就可以不再考虑我们包府的存在！

包老爷连连夸道，说得好，他接过大少爷的话说出自己的观点：儿说到包邵两家冲突的根子上了。有眼力！依爷几十年读书研史的眼光看，这天下的匆匆过客，都是奔一个利，这世界的存在就是利益的存在，利牵着万千人奔忙、争吵、冲突。我有个比方，就好比支撑人活着的那口气，这利就是世界的一口气。没了利，这世界便死水一潭，殍尸一具。从这上面去想，去看，什么事都好解释。他邵老爷敢这样做，完全仗着有钱买通蒋中正，有了蒋中正的靠山，他在中国的生意还愁什么呢？这叫：以小利薄利而获大利巨利，想做得好，一定要赶在北伐军到来前消灭我们，那样就可以稳稳地靠牢蒋中正。这个梦不能让他做成！

包大少爷插话说，我得到信息，蒋中正并非就单靠邵老爷，他是谁有钱财就看中谁；未必就一定要邵老爷的，他蒋中正坐了江山与皇帝在金銮殿上一样要鱼肉百姓，谁是古柳泽的实力派，他就亲近谁，政治家就是这样的。

包二少爷问，什么样？

包大少爷一字一句铿锵顿挫有力地道，厚颜无耻、冷酷无情。

这又说对了。包老爷高兴地叫道，儿啊，你终于晓得了爷这阵子的苦心经营。如果没他邵家，蒋中正到了古柳泽，谁在码头上迎接他？他蒋中正能因为是我在码头上就不上岸？没有的事，那一刻他也许都不会想到这世界是否有过邵老爷！到那一刻，你爷得到的就不单单是镇衙门，而是一个县城，或者是府、省。爷过去只是捐个河泊所候补官，到时候，可不可以捐个民国政府的总理。谁去？当然是我的儿，你们去。爷老了，风光的事，只能是你们的啦！为了这，我们父子兵一定能敌过他单枪匹马的邵老爷。

管家说，冯先生不可小看。

包大少爷说，提到冯先生，我从夏天和张义的说话里，听出点意思，这个镇真正会落于谁手，还难说，他们都认为有个更大的人物暗藏在镇上。猜不出是谁，爷，你说会不会是他姓冯的呢？

包老爷哈哈哈笑道，他冯先生？一个跟在人家后面闻屁的老猴精？说着，眼睛看看大家，慢慢地，那笑容没了，变得一脸的沉重，双手背剪在屋里慢慢地踱着，谁也听不明白他嘴里喃喃着什么。许久，仰脸叹道：我也有过那种感觉，就是没弄清；要说是冯先生，绝不可能；有人说那人藏在青云寺里，或者是和尚，是庙里的什么人，我也暗中探过，细细用笓子笓过。依我看，他们在搞谋略，或者是搞遮眼法什么的。切不可上他们的当，搅了自己的思路，遮了自己的眼光！你们还是在我刚才说的上面多想想点子，只有搬了邵家，我们的利益才有保证。现在，爷已经不再想什么个人的尊严，不想了，儿们的前途、家族的利益应该是最高的。老大，你要继续与太湖强盗联络，老二还是去拉宋老爷，没准形势会朝另一面转。

104

古柳泽护镇纠察队的成立，本是一件好事，但张义却受到了上级的严厉批评，多亏慧能师父及时赶到上海陈说：我党要想在经济富饶地区站住脚，张义这样做是唯一可以避免流血或者少流血不流血而获得成功的选择。党内其他同志也赞成张义的观点：暴动的目的是掌握武装，将党的组织建立在护镇纠察队里隐蔽起来，这实际就是将权力掌握在我党手里，只是没有打出共产党的旗号，比暴动成功更为值得庆贺。

双方的争论又一次使党内本来就很激烈的对立情绪，再次引发矛盾，如果不是上海工人的第一次武装起义在即，迫使有关领导将此作为问题先搁起来，否则张义即有可能作为党内异己分子被秘密处决。面对来自党内的威胁，张义毫无畏惧，继续向组织表明自己的态度，希望组织上允许继续实践探索。

经过研究，以少数服从多数的举手表决形式，组织上同意了张义的请求。但要求他务必在上海暴动时，能够拉出一支武装到达上海，配合行动。

张义接受了这一任务。

组织上派给他黄埔军校一期学员数人，以帮助训练队伍。张义怕邵老爷生疑，没有接受。他亲自动手拟定教材，安排课程。不明事由的史进耀见他忙得很热乎，劝他别太认真。

张义笑笑说，受人家的俸禄，就得为人办事，这是我的原则。

话传到邵老爷耳里，邵老爷既高兴又担愁，晓得张义忙的与他不是一个目的。共产党内的矛盾和斗争，也多少传了一些到他耳中，邵老爷便有些异常的念头产生，比如说，他断言张义会忙得走投无路，最后像当年的冯先生，朝他怀里一投。天赐良驹，我可不会像他包老爷那么用，那才是愚蠢的人。

如今，每到傍晚店铺打烊、工厂收工时，许多人都不回家。在家休息的到了这个时候也朝外跑，大家相约到民众教育馆，参加护镇纠察队的训练。

大清早的空场子上，与晨练组成一道风景的，是护镇纠察队的队员们。工会的阿根六指带着一帮人舞棍弄枪，小青和阿倩带着丝厂夜班下来的女工，整齐地排着队在临时教练孙有的指挥下练习起步、立正等基本动作。许多人靠坐在临河长廊歇亭边的美人靠上，吸着清晨水面升腾起来的爽凉气息，观看面前空场子上的情景：真新鲜，姑娘也像男人那样舞刀弄枪？

旁边闲着看热闹的人有话顶过来：封建头脑，姑娘怎么啦？

那个说，不怕没婆家要？

回答的更好：终身不嫁，快活自在。

洋学堂的女老师听了鼓励道，为了全镇的安危，也为了以后大家的好日子，姐妹们应该像男人那样扛起刀枪，保家卫镇！迎接北伐的胜利。只有北伐胜利了，才会有我们的安宁日子……正在整队的阿倩听到了，投过一许赞扬的眼光。

看热闹人群中的姑娘少妇们受到鼓舞，相互鼓动着过来，她们找到孙有要求当护镇纠察队队员。孙有说，欢迎大家团结起来，争取我们的新生活，新自由。你们过一会儿到史镇长那里去报名，审查合格就可以参加。听了这话，空场子上的气氛顿时浓浓烈烈。

太阳一竿高时，空场地上晨练的人都离去了。夜班下来的人也要回家睡觉了。

阿倩和小青要到民众教育馆去，莫嫂出事后，在镇上难以待下去，正好上海地下党急缺骨干，张义便将她介绍过去。到了上海，经组织考察后，她被安排进纱厂继续担任党的基层领导。莫嫂走后，妇联的工作就靠阿倩和小青。白天要工作，晚上还要上课，下课后几乎来不及睡一会儿又要上班，好在她俩都还年轻，精力旺盛，能扛得住。

两人拐过一条街，迎面与张义相碰，张义把阿倩拉到一边嘀嘀咕咕说了些什么。小青从他们的眼神里猜出，他们的话题与自己有关。那是什么呢？

张义走后，阿倩告诉她，竹为可能没死。

小青顿时吓得脸惨白。

你怎么啦？阿倩扶住她，说，张义也是听来的，消息还不确切。

听了这话，缓过情绪来的小青不高兴地说，瞎猜的事，也拿来吓人。接着，小青又低声道，我昨夜做了个梦，就是梦见他来找我，说是没困过我，死也不瞑目，你说吓人吗？

阿倩说，那是迷信，不要相信。

小青点点头，又问道，阿倩姐，张先生从哪里听来的，准不准？

阿倩说，是坐探传来的，说竹为在包府的密室里养伤。

事情也真有些蹊跷，听说沉河不加石块，第二天就会浮上来，没有浮，就怪了。小青有些伤感地说，老辈的人说，沉河不死就成了鬼怪，会先来找生前熟悉的人。你说，要是竹为来找我怎么办呀！

小青的情绪变化，骆小姐和张义都看出来了，他们让阿倩找她谈谈心。

今天晨练结束，阿倩与她一路走，就是做思想工作的。

阿倩安慰小青说，要他死的不是我们，找我们做什么？

小青被她这一说，振作起精神说，就是嘛，我就不信他会来找我，找我做什么？我不欠他什么，也没许愿他什么。

走，我们到永福寺找周山去。阿倩理直气壮地说。

小青问道，他到永福寺去做什么？

阿倩悄悄说，寺里的长老是周山的人，张义让他从中做些工作，把永福寺辟为我们的革命据点。说到这里，情绪激动起来，说，长老与镇团防里的几个小头目都很好，准备策划镇团防反正。这几天，周山晚上都住那里。那长老也是个苦家出身。

小青说，我们快去快回，我手上还有一大堆的事情哩。

105

镇东北街上此刻正走着乔乔，她刚刚把一批布匹安排到芮记染坊加工，又到完节堂安排了北伐军军服的缝纫，急急朝永福寺里的赈济会赶。拐过两条街，迎面有人拦了路，她一抬头，吓得张嘴尖叫起来：啊，是鬼，是鬼啊！叫着，人就吓得瘫了下去，对方一把抱住她，拍打着她说，不是鬼，是人，我没死；我是人呀！我不是鬼，我没死。她醒了，定睛看看，嘴唇颤抖着，恐惧地问，你你你、你、你、真的没死？对方哈哈笑道，我是人吗？我不是人，我是神，我是死不了的。乔乔慌忙推开他，站稳了，退后一步贴在墙上认认真真地看看他，是你，你真的没沉河？竹为开心地说，沉了，下去又上来了嘛！你……乔乔真怕了，看看周围，空旷的偏僻街巷，此刻竟没有一个行人，顿时心里慌慌地没了主张。

见到你真不容易。竹为再次迎上去，问，你好吗？

没死就好。乔乔说着，身子就沿着墙慢慢地挪过去，在与竹为擦肩时，她故意背对着竹为，想快快地溜过去。就在这一刻，竹为把身体一正，一点也不想让她过去。路给他拦着，又不好说什么，乔乔只得求道，让我过去吧。竹为张开手臂过来抱她，她低吼着拼命扭着身子反抗：快放开，让人家看见了……竹为一把从后面抱住她，两只手紧紧握住她的奶子，低吼道，你不认得我了？才做了几天人家的太太，就把我这个老公丢到清炕板上去了，你好狠心啊！

胡说，谁是你的老婆！乔乔说，还不快些放了。说着，乔乔挣扎着陈说利害：告诉你，蜈蚣再凶，有鸡啄它；疔子要人命，自有拔毒的膏药；太湖强盗狠，狠不过北伐的大军一到。世上的事，说穿了，就是卤水点豆腐，一物降一物，没有天下无敌手的事。孙悟空还有如来佛治他，你这惹祸星，你没能耐娶我，能怪我吗？要是给邵老爷知道了，连着我一起再装进竹篓沉河，还要，还要……

竹为问，还要什么？

乔乔说，沉不了你的河，就把你赤裸裸示众。

啊——！

乔乔趁他一松手，挣脱了，想逃，竹为一把又拉住她说，不会吧，包老爷做得最狠的也就是把女人脱光了绑在柱上让大家看，没听说伤害男人的。乔乔说，你怎么知道不会？你是邵老爷肚皮里的蛔虫还是他娘舅。你还是别动我。乔乔终于挣脱了他，理了理头发，扯扯身上的衣裳，准备离开。

竹为说，嘿嘿，现在邵老爷日子不好过，这事儿，我比谁都清楚。说着，又过来捉她。她躲过，闪过，但还是给他捉住了膀子。乔乔拼命挣扎，说，噫唷，抓痛人家了。

无济于事。

竹为大胆地把乔乔逼到墙边，用身子挡住，设法空出自己的一只手伸到乔乔的胸前，隔着层单布抓摸她的乳房，轻巧而柔软，感觉如酒醉一般。他说，这东西我可不是光摸过吧，那时候我对它可清楚啦。那一刻，你走过来走过去落在众人眼里的背影，着实是副好看的身段，令人馋涎下垂。你说，看到娘为阿姐们的事操得心碎碎的，真难过，你勿相信会有什么财主，到你住的这个穷村僻角落来播点怜悯的欢喜眼泪。就是有，也至多像姐姐们嫁的那些人家，受一大群人欺负……

乔乔挣扎着反驳他：你胡说。

竹为奸笑道，我胡说？你对我说，你只相信世上有个人会疼你喜欢你，那就是我，一个身板壮壮的家里穷得揭不开锅的男人。你有这样的想法，而且时时刻刻要和我在黑地里坐着说悄悄话，对天祈祷做我的老婆。那天我把你抱到田头的棚屋里，你哩，就像醉了酒一样闭着双眼随我抱，那一刻，你觉得我抱得你好惬意吧，你说你就想这样一直抱下去，抱到头发白了，抱到儿孙满堂……

乔乔求他了：别说了，求你了；我已经是他的人了，你莫要断了我后路，叫我一生一世抬勿起头。

竹为打断她的话说，断什么后路前道；告诉你，邵家没几天威风了，你还是早早随了我的好。乔乔推开竹为，正了正脸色说，竹为哥，我晓得你是一直对我好的，可那是从前的事，泼出去的水就不能再收回。嫁过人的姑娘就不会再是姑娘。我已经不是从前的乔乔了。你仔细看，你仔细看看呀！你的乔乔已经没一点点从前的新鲜气了，你还要她做什么？男人应该要鲜活活的女子做老婆，你说是不是呀？你别动。你别动呀！你听我说，一个好男人，一个想闯得天下都叫他英雄的男人，应该要个鲜亮亮的顶着清晨露水的好姑娘！竹为哥，你从前那么听我的话，今天怎么就不听了呢？你听我一句吧。什么？你今天一定要我？求求你！我已经不干净了，我的竹为哥，你把心路做得这么狠干吗？

竹为说，没困过你，死不瞑目；我是死过的人了，阎老三听说我没困过自己的老婆，所以叫我来困了你再去。你说，要是你早早做了我的老婆，我会让人家沉河吗？我会叫人家说是恶魔吗？你说，是不是呀！乔乔心又软了，说道，我是有点对勿起你，但这事情也就只有对勿起了，只有等到来世才能报答了。乔乔说到这里，看看他又说，那一刻你做狠了，你说，我现在是谁的老婆？到这地步，还有什么后悔话好说？勿先怪怪自己，倒要说人家。勿公平，男人家都是这么歪理在自家门口。

竹为说，我今天别的什么事也不想，就只想困困你。

就在这时，远处有人向竹为发出信号，竹为看得清爽。乔乔恰是背对着，什么也看不到。竹为急了，手朝乔乔身上游去，乔乔拒绝着，竹为就坚决地要做，给不给？你不给，我叫你全家都死个精光！乔乔不说话，无声地抵抗着。竹为一边强迫，一边道，嘿嘿！我没死掉，就是太湖强盗救的，他们事先伏在水里等着，我一下水，他们就救了我。太湖强盗不好惹，我更不好惹！竹为这话像突然出现的闪电雷鸣，乔乔的防线一下子击溃了。她痛苦地想，要是那次他一下子拉断了我的裤带，哪里还会有今天的事哩，让他困了，困翻了，爷娘也就只好认这命了，可他没有。

竹为看出了她的弱处，一把钳子似的抓住她的双手，用嘴去蹭咬她那隔着衣裳的乳房。

乔乔被他蹭咬得浑身就像被割开似的，一种从来没获得过的瘙痒般的快感，激浪翻腾式地冲出来，她的脑子里嗡的一声，什么也没有了，一片空白。在竹为手的游动中，她的腿慢慢松弛了。他的手没停下，脸贴着乔乔发烫的嘴唇，轻轻地问，给勿给呀！

给！乔乔应得声音低低的，像蚊虫嗡嗡嗡叫。

春茧卖不出，没钞票娶你。你又走了，我还盼什么呢……说到伤心处，铁石心肠也要软化。

竹为哥，我……乔乔突然感情奔涌，她觉得对不起这位曾经相好过的竹为哥，一下子扑过去，主动地抱住了他。竹为盼的就是这一刻，他发疯似的开始扯乔乔的裤子，嘴里喃喃地咕噜着：今天再不给溜掉了，我今天一定要下个种……

乔乔一下子清醒过来，她抱住竹为，抱得紧紧的，嘴里喃喃地说，不能。你会害死我的。竹为说，不，你一定要给我！我一定要困你，你本来就属于我的。

乔乔一点也不知道，此刻，这条偏巷的两头拥进许多人，他们出现在她面前时，突然爆发出狂叫：捉奸呀。捉奸呀。邵老爷的老婆在大街上偷人啦！

乔乔一惊，慌忙推开竹为，竹为不肯，更紧地抱住她，喊道，你们都来看啊，邵老爷的嫩婆娘在我的手里呀，你们看，她的奶子多好看，她的小裤衩都脱了……

啪啪，乔乔给了他两个巴掌，气得脸红红的，你……你……

赶过来的人围着乔乔叫道，啊、啊、啊、啊，是邵老爷的婆娘，是邵老爷粉嫩粉嫩的婆娘。大家起哄着，把他们拥着朝大街上赶。

说来也巧，就在这时，巷口出现了阿倩和小青，她们是听到喊叫声赶过来的。两人挤到了面前，果然见是乔乔，她身上，衣破裳烂几难遮体。阿倩看看左右人，其中有些人的面孔是包府的，心里明白什么事了，上前拉起压在她身上的男人。顿时，那手像触电似的跳开了：是你！阿倩真的呆了，脑子一个急转弯朝小青递个眼色，突然大叫起来，是鬼呀！

围着她们的人，并没被她的喊叫惊跑，反而跳起来，鬼？什么鬼呀！明明是邵老爷的婆娘和人家在大街上野合。把他们捉了到空场子上去示众呀！叫着喊着，开始拉的拉，拖的拖。这一来，阿倩更看清其中的名堂了，朝小青咬咬耳朵。

小青听罢一怔，让我替代她？

是的，没别的选择，你一定要做，为了我们无产者的利益，你一定要做。不容小青再说什么，阿倩就把她朝竹为怀里一推，小青也顾不上惧怕，双手拦腰抱住竹为，嘴就朝他脸上拱，朝他的下巴上拱，一下子就抵住了他的下颚，使他的头抬得昂昂的没办法张口说话。阿倩拉了乔乔从乱哄哄的人群中间钻了出去，飞快跑到就近人家，推门进去，把门关上，两人在院落里喘口气，听得外面追来的人把门敲得震天响。主人家赶过来见是两个女人，问是怎么回事？阿倩说，我们是邵老爷家的，那些坏人想抓我们。主人一听是邵家的，便说没事，先到前屋歇着，我来对付他们。

阿倩说，请你赶快通知民众教育馆，来人打鬼。人家问，什么鬼？阿倩说，就是沉河的竹为呀！他没死，从水里冒出来，见了女人就抱住强暴。人家说，好的，这就派人去喊。阿倩拉住人家一个伙计，如此这般地一番交代。

竹为好不容易把小青抵着的脑袋弄开，摇摇头，睁眼看，自己也傻了，明明是乔乔，怎么会变成小青的？他语无伦次道，你、你是谁，你是……小青说，我是谁？啊呀呀！你是鬼呀，你是已经死了的鬼呀！她喊叫着，却缠得他更紧。竹为想扳开她，哪里可以？她缠住他大叫大喊，小嘴咬着竹为想扳她的手臂，两条腿乱踢众人，弄得这些男人一时没办法对她，这原本没人走的偏巷，一阵热闹的呼喊，巷子两头顿时拥进许多人。小青大喊捉鬼啊，捉鬼啊！

包府的人想拉开小青，拉不开，只好由那些赶来的人把他们围在中间，一起朝街上推。

到了街面宽敞处，小青大喊大叫，救命啊，我给鬼缠住啦！

阿倩暗中派来的人赶到了，把原先的人群抵住。狭小的空间里，煽动的，想打架的，想占女人便宜的……展不开手脚，舞不动拳头，你围我，我绕你，大家相互缠在一起。就听得小青又哭又闹，说是鬼缠得她没办法脱身，急得竹为把两只手举得高高的喊，你们看，是我缠她，还是她缠我呀！此刻，哪里有人听得进他的话，只听到众人喊，就他，就他，他就是鬼，找桃花木棍来呀！打鬼呀！

更有人喊，包府的人把死鬼弄来害人的，先打包府的帮凶呀！

众人听到这话，都朝包府的人乱打，包府的人见状不妙，慌忙脚底抹油——逃。逃不脱的被打得连连叫冤，恨爹娘生的腿短，一时做了猢狲散。街面上只留下小青死死缠住走不脱的竹为。竹为见状不妙，晓得只有死期，没有活路了，也就下了狠心，双手卡住小青的脖子，狠狠地勒着，小青被这一勒，两脚悬空，顿时只好憋得气喘不过来，两只手松了，身体软下去。

竹为双手抱住小青朝迎面来捉他的人怀里一推，瞅空劈开生路，朝原先那偏巷跑去……

丧魂落魄的竹为，跑到偏巷里，脚下一绊，两膝顿时一软，身子倒在地上，腿再也抬不起来，只好就势坐在地上喘着气，脑子也变得一片空白，什么也想不起来。最为明显的是他的脸上，那张病未痊愈的脸上，滚着一遍遍的汗珠，霎时如抽净血般地苍白起来，映得眉间的一撮白毛更白了，白得有点怪，怪得有点奇，奇得连眼睛也酷似狼，这狼却不是一只充满智慧扑向猎物的头狼，而是苟延残喘着，永远不再有昔日辉煌、精气神的病狼。萎在角落里，一个没人注意到的角落，疲软地慢慢睡着了。

没过多久，有人来到竹为身边，把他推醒后说，你闯的祸大了，你困遍天下的女人也不该去困邵老爷的女人呀！竹为睁开惘然困惑的眼睛，看着对方，咬着牙齿想说什么，嘴唇抖动说不出。对方问他，你要回家吗？竹为睁着两只眼睛看看他，没有表示。那人说，我知道你在镇上没家，但你可以回横沟村的家呀！竹为摇摇头。那人说，你回包府？竹为点点头。那人说，送去给他们剥皮蒙鼓呢还是抽筋？或是让他们熬你的人肉膏，还是做人肉羹呀！

竹为听到这话，身子像疟疾发作似的一阵强烈颤抖，颤抖过后，慢慢地有了些精神，振作起来说，大少爷叫我回去。那人说，你回去就是死，你依我的，到邵老爷家去，告诉邵老爷实情。邵老爷原谅了你，你就会有出路。竹为哭丧着脸说，我奸了他的老婆，他还能原谅我，他是男人吗？

对方叹道：嗨，你说这都是包府的阴谋，他还计较你吗？断然不会的，况且你是在大街上，谁听说过在街上能奸着女人的？这不明摆着是演戏嘛！演戏的事，能做准信？

竹为摇摇头，说，不，然后慢慢爬起来，一个人摇摇晃晃地走了。那人在他的后面说，世上的人不撞南墙不清醒，人喊不应，鬼搋直跑。听到这话，竹为站下了，慢慢回过头来，哭丧着脸对那人说，谢谢你的指点，我自己去个地方。那人喊道，你能去什么地方？不就是黄小狗领你去太湖强盗那里吗。

竹为这回真的怔怔地站住了，回过头来说，我的路都给你说死了，你是谁呀！

那人笑笑说，你就不要问我是谁了，你自己好好想想，罪大恶极，能到什么地方去？你以为太湖强盗会重用你吗？他们也有自己的利益，他们也要用有本事的人，他们对你这样的人看不顺眼。你只有傍了大树，只有叫人家能谅解你，才能有后面的日子。

竹为说，你说得很对，你这是救我，我拿什么谢你呢？

那人说，不用你谢，你不去邵老爷那里，你能到桥板上大声地喊几声，就说我奸了乔乔，那个在柳泉居茶馆叫老爷们难堪的女人，她就是邵老爷的老婆！你敢吗？竹为站着，看着他，眼光木木地，嘴里喃喃地说，邵老爷着人砍我的头，滚到河里会不会沉呢？

那人说，会沉的。

竹为说，会沉就好，会沉就好。

那人说，那你就快去呀！

竹为突然想到了什么似的，问，小青呢？刚才好像是小青呀！他转过身想回头，但身子却不听使唤，病后的两膝仍然脱离了身子似的。他明白过来了，抱住自己的脑袋，瘫在地上哭起来。

那人看看，摇摇头叹惜着走开了。他把这事告诉了包老爷。

包老爷问管家，他邵老爷是什么福，命这么硬？

包大少爷正好过来，没好气地说，这种小小的伎俩有什么意思呢？就算乔乔给竹为奸了，又有什么用？他邵老爷换个老婆就像屎桶里拉草纸，说了你们也不听，这下好，倒是增加了他们的戒备。

管家说，大少爷，依我看这不是坏事，这正好让邵老爷知道我们不好对付，叫他别太高兴了；再则，此事未成，邵家必然有麻痹，我们的对下一步棋有益。

包大少爷没好气说，那送信人的命大着哩。

包老爷对管家说，明晚一定要送到，不能再延误了，还有这竹为，灭了口扔在河里算了。包大少爷脑子一转说，交给我吧。包老爷问，你又想什么点子？你还是省点精神吧，这种人大概是没什么用的。大少爷说，杀了他，有些早了，不如真的放他到太湖强盗那里去，这种人成事不足，败事有余，如果太湖强盗亏待我们，他倒是只拱头蛆，能掀起点浪，做做雀头的。

管家思考后说，办法是好的办法，只是不便由我们介绍他到太湖里去；最好与我们干干净净没瓜葛。

包大少爷说，那当然，他也用不着找我们，黄小狗与他一个村上的。只是他在街上拦的是乔乔，怎么一下子会变成小青的呢？真的是天助他邵老爷啊！

包老爷问，小青姑娘？你怎么知道的？

包大少爷说，我和史镇长一起接待的，又陪着到邵老爷那里把事情说清楚了。看邵老爷的脸色，心里明明白白，众人顾及他的面子没说乔乔罢了。

包老爷又问，邵家的那个丫鬟呢？

管家说，那是二少爷去弄的，听说搭上手了。

包老爷说，快些！一个接一个，叫他邵老爷应接不暇多好哩。

乔乔在阿倩和众人陪同下从小路绕出，来到永福寺外南大街，在自家店铺的店堂稍坐。阿倩叫来轿子，自己跟着，送到邵家。轿子到了邵家，阿倩也就回转，乔乔一把拉住她说，真不知如何感激你！阿倩说，谢什么呀！说谢，我们要谢你为灾区穷人做的那些事哩。接着阿倩又说，这事儿你也别怕，大家看到的，只是他缠住小青。

乔乔忧愁地说，这一来，小青姑娘要受苦了。

穷人天生就受欺凌，况且这也算不了什么大事，没事的，你放心吧。不过，搁你身上就不同了。

乔乔郁郁地问，能不告诉他吗？

阿倩知道她说的是谁，想了想，回道，由你自己定，我们不会说的。你说没那事，他能怎么样你？你说是的，就算你解释清楚了，他信吗？乔乔叹道，是啊！阿倩又劝了些话，这才告辞而去。

106

　　乔乔出事的当儿，邵老爷在桥东北街的永福寺前大街的一个临街楼上，凭窗看景致，冯先生对桌喝茶。他一点也不知道另一条街上发生的事。

　　这窗外楼下的景致，有什么可看的呢？

　　别人不知道，邵老爷和冯先生恰十分明白。没多久，邵老爷把手里的黑折扇朝掌心一拍，哗地收拢，朝冯先生面前一戳。冯先生嘴角一动，低声道，来了。就看到窗外对面街拐角巷口，出现两个人：一个是张义，一个是周山。邵老爷嘀咕，怎么会是他俩？他们不是最好的搭档，这侯老七懂，尤其是运武器，应该挑身大力壮的人，而且应该人多呀！

　　冯先生说，别慌，注意细节，慢慢都会有的。

　　邵老爷把头伸出去，看到张义和周山交头接耳的巷子里，空无一人，再看左右的街巷里都没有运武器的独轮车或担子，侧耳听听，鬼哭狼嚎的声响更没有，脸就挂下了，说，这样子不像你说的是运大刀长矛，狗屁情报。

　　两人鬼鬼祟祟像走私鸦片白粉哩。冯先生话还没说完，就见张义从腰间取出一把短枪，放在周山的手里。邵老爷纳闷，他要做什么事呢？是不是船主与他翻脸了？把他的大刀长矛私吞了？要是那样，亏的也是我的，铁工厂是我的嘛。冯先生，你说是不是哩？

　　冯先生狐疑地说，会不会是让周山去刺杀什么人，这是革命党惯做的伎俩。

　　邵老爷摇摇头：时代已经不是你年轻时啦，他们杀谁呢？这几天有什么要人来镇上了？是孙大帅的还是别的什么派，他要刺的，总得有点身份吧。

　　我着人去打听打听。冯先生立即派人去探查。

　　邵老爷的脑子还在想，是刺包老爷吗？呸！他？！够不了那格。

　　……

　　这几天，张义里里外外奔碌忙着的是护镇纠察队的训练大事，而且刚刚与冯大碰过头，他希望冯大能够担任武术方面的教练。冯大表示愿意，但只能抽空，因为他现在的主要精力是训练商家的家丁。这支队伍，是邵老爷不惜血本配备精良武器的准军事力量。邵老爷对张义请冯大训练护镇纠察队，并不反对，还愿意另外给冯大津贴，倒是冯大说金钱于我，多则是害，够吃够用就行了，拒绝了邵老爷另外的赐予。邵老爷听得乐呵呵叫好，冯先生暗自叫苦，已经猜测到张义打的另一副算盘是什么了。

邵老爷闻而不言，心里的明白比谁都透：自从发现铁工厂里夜里加班加点打大刀长矛后，他就着人注意这些东西的去向。现在知道这些东西都被装上了船，满满几只船，满得船帮吃水吃到了平水面，那上海来的人还说，再多装几支，这边又放上一捆，船主说不能装了。那些人不听，拼命朝船上运，一点也不好好轻放。船过平望，一个弯没拐好，吃进水里去了，前面的船看看不对，赶紧砍断缰绳，救出了三条。沉掉的五只船，连着那船上的大刀长矛，直到七十年后疏浚河道才把它们打捞出来，放到博物馆去陈列。这是后话。当时船沉后，邵老爷就知道了，他晓得，单靠厂里的主管和管事们是没法制止张义的，只好亲自跟踪，捉住真凭实据再与张义理论。

冯先生摸准这里是码头上船的必经之路，两人临窗凭览，守株待兔，等来的却是这一幕。

这一幕到底是怎样的一幕呢？邵老爷猜不透。

铁工厂朝外运大刀长矛运得火热，牵住了邵老爷的心思。

张义倒是轻轻松松一面实施对镇团防的瓦解，一面把手伸向商家的家丁，让阿根等人打进去，秘密发展中共地下党员。一整套的步骤，都是源于中央要求张义对上海组织武装暴动时的支持。这个支持，要求张义拉出一支像样的队伍。张义做得很秘密，只对很少的几个骨干透露此事，要大家抓紧从思想到军事上的教育，以便一旦要拉，能够拉得出，打得起。偏偏这节骨眼上，出了竹为死而复生殃及乔乔的事，张义马上敏感地意识到这是自己与邵老爷进一步沟通的机会，他这才把周山喊出来，把那支不离身的短枪给他，让去干掉十恶不赦的竹为。

107

邵老爷与冯先生一回也没有看到运武器的车或者是人员，心境越发烦躁，喝茶的情绪都提不上。没有多久，探子来报，乔乔在寺外南大街出事了。邵老爷听罢拍着窗台自作聪明说，张义刚才的事正是着人除那恶魔，这人够意思。

冯先生酸溜溜地回他：你能肯定？我看世上没这么好人。

邵老爷听罢，没吭声，抬脸问冯先生，在审判那死鬼时，好像周山是不想让他死的。

冯先生笑道，这话对了，《捉放曹》不见得就只有关羽会做。

邵老爷正想说什么，楼梯上响起很急的脚步声。

两人都把眼光盯到楼梯口。

乔乔歇脚过的店铺,派人来报告乔乔在他们店歇脚的情况。

冯先生问,旁边有人吗?店家说,有个姑娘。冯先生一笑,是丝厂的阿倩?店家说,是的。邵老爷看看他,你猜得这么准?店家说,镇虽大,抛头露脸的女人还是少嘛,和她在一起的还有个姑娘叫小青,人家传说她与死鬼有些不干净的事。邵老爷问店家,小青在吗?店家说,听说死鬼缠住的是小青,不是太太。

邵老爷和冯先生都感到奇怪了。

邵老爷交代冯先生,要弄清楚。

邵老爷觉得乔乔的获救蹊跷得如戏一般。到底是张义导演的呢,还是包府的阴谋半途被张义识破?他宁信后者,不信前面。张义与他还没到那种仇恨之地,再说这竹为的沉河过程自己很清楚,刽子手是包大少爷经办的,此处便见实情!他着人去看了乔乔,回话说在睡觉,一切平安,没出什么事,心里便放下,只是要好好做几桩事,其中最为要紧的就是让冯大加紧训练商家的家丁,对于护镇纠察队,他现在就拿不定主意了,到底是武装还是不武装。武装了,让张义像运走在铁工厂暗中打的大刀长矛,送到上海去,怎么办?

冯先生认为,上海的工人起义,只有洋行老板们反对,蒋中正明确表示是好事。

听他这么说,邵老爷就不想再说什么了。

楼外的景致不再使他们感兴趣时,邵老爷和冯先生一起检查了给北伐军做的军鞋,这是自治会的事,会长亲自查看,史进耀有点紧张。冯先生问史进耀,街上有什么趣闻事吗?

史进耀不解地看看冯先生,冯先生的脸上精瘦得永远使肌肉无法堆出表情,再看看邵老爷,他脸上的肉匀称得史进耀想不出曾经看到过另一种形式。现在这两人的态度,他捉摸不透,情绪便有点沮丧。

冯先生看得明白,笑了,笑的时候,只是眼眶眶有点圆起来,圆润得流出笑意。他说,你长得结实了。

史进耀莫名其妙。

冯先生伸手指指他的脑袋:这里面很结实,结实得不开窍,我问你死鬼缠住的到底是谁?

史进耀一听这话,来了劲,说,小青呀!小青是他的相好,他不找小青,还能找谁?

冯先生盯着他的眼睛问,没错?

史进耀身子一正,我刚刚处理完哩。

邵老爷回过头来问，怎么处理的？

史进耀说，报告会长，说处理就是安慰安慰小青。那死鬼不知到什么地方去了，有人插话说，他已经是鬼了，不在人里面算账，我们可以不管了。

邵老爷骂道，屁话。

冯先生连忙说，史镇长，你得为民除害嘛，怎么可以说不管。

史进耀说，咋能不管，我还没说完嘛。张义让周山去管了，他有支短枪，好管。我又没有枪，怎么管。说到这里，史进耀趁机进言，护镇纠察队是不是也像商家家丁那样发些武器呀！

邵老爷想回绝，冯先生给他使眼色。邵老爷只好说，再商量商量吧……

史进耀见他口气冷冷的，也就不想多说了，怕他恼起来不给开银粮，断了财路划不来。

邵老爷继续看鞋，与史进耀又谈了些自治会例行公务。

冯先生查看送货单，没看出什么问题，两人便顺道看铺面的生意。傍晚时分他们回到邵家，邵老爷提议呼吸呼吸落日前树林间的空气，最好的去处是紫藤园。

黄昏的气息在秋阳过后的夕照里弥漫着温馨，夹着不时从树丛间穿过的凉意，使人精神爽朗。邵老爷手里的黑折扇像道具一样摇着。他想到什么事，摇摇折扇，打断冯先生的话，告诉他，我们就简单用些饭，然后你陪我去盛老板晒场里看练兵，事情已经到了刻不容缓的地步，先生得多多费些神。冯先生说，晓得。邵老爷又说，孩子出国的事弄好了？给北伐军的五万两银票也不要拖，前线很吃紧。昨晚电话里，仁杰兄说他们朝这边来了吧？

得到肯定后，邵老爷轻松地展臂做了几个扩胸动作，深深地呼吸，然后说起了对张义的担忧。冯先生听着不做任何的解答。

这时，来报张义求见。

邵老爷说，快快请他。同时对冯先生说，问一问派周山的事，妥不妥呢？

冯先生一副料事如神的腔说，死鬼活蹦乱跳而去，约定他日与你会面。

邵老爷一惊，先生说得如此之准？

冯先生说，那《捉放曹》千秋不衰，难道是演得玩玩的？

邵老爷叹道，看来，先生有诸葛之才啊！

冯先生说，老爷别先夸，没准如你所望。

张义到了面前，双手一抱，致歉邵老爷说，张某今生要愧对老爷了。

邵老爷笑道，张先生莫非要说你派周山除掉竹为一事？

张义说，正是，看来你们已经知道结果。

邵老爷指着冯先生说，秀才不出门，能知天下事，他在你来前一步，用诸葛的妙法推算出了结果。先生做这种好事并不事先告诉，乃君子风度啊！邵某没结错你这位朋友。说着，热情邀道张义屋里坐。

张义顺水推舟道，在这里混饭糊口，如果不知邵老爷的威望则罢，知道了，有出力的机会，不出力，那还处什么朋友！说着，张义进一言，今日来，一是致歉，二来禀告邵老爷，请邵老爷什么时候看看我们妇女自卫队的训练，她们很认真的。

邵老爷当然高兴，然后问，还有什么困难吗？说说。

张义说，如果能够早一点把枪支发给大家，早早训练起来，免得临上阵时忙。

冯先生插嘴说，一部分大刀长矛不是下去了吗？

张义说，分队应该配枪，最好小队长都有短枪。

邵老爷问，要不要炮哩？

张义听出话音里有刺，也不计较，假话真说，有炮当然好。

邵老爷说，要是不会用，会不会拉出去砸了当废铁？

冯先生说，到时候连废铁的影子都看不到。

张义一时语塞，邵家的三门小德国炮，七天前给他们夜里偷了运上船，今天已经到了伍豪将军的面前。邵老爷查时，孙有编话说，看着它生锈了，以为是废铁，砸了运到铁工厂进了化铁炉。

好在邵老爷深知得人心比武器重要，大度地说，过去的事就不提了，上海的朋友要支持，我这朋友更要支持，张先生以为邵某的话，在不在理？张义想不到邵老爷如此大度，明知你吃里爬外而睁一眼闭一眼，这本身就不是一个土财主所能做到的。此时此刻，张义觉得应该让邵老爷对自己有个放心，于是说，邵老爷，你一旦需要我做什么，只管吩咐，冲你对劳工的宽仁，我应该做到。邵老爷高兴地说，邵某愿掷千金购你这一言。

张义说，张某虽不能代表共产党向你许诺，但可以对你承诺古柳泽劳工们的态度：一旦邵家受到威胁，我等责无旁贷为你效劳，如若牺牲生命，也在所不惜。

冯先生乐呵呵道，张先生言重了，言重了，没那样的必要，还是以一镇生命为大任。

邵老爷相信张义言必信的诚意，碍于冯先生在场，也不便端出自己的诚恳。

邵老爷如若信任张义，可迅速将护镇纠察队的分队长配备短枪。张义说着，双手一抱，说，眼下只有这一请求。没想到，邵老爷爽快答应。大家又谈了些别的事，张义告辞。邵老爷与冯先生用饭时又谈及此事。冯先生说，既然做了，那就不必多想。依照目前报馆里抖出来的那些消息看，他蒋校长的处世方法，不外乎两个人的做法综合综合。奉行一个字。

邵老爷问，哪两个人？

曾国藩，张居正。

一个字呢？

骗。

骗？

嗯。

怎么讲？

可以讲一本书，其深奥，其精致，其微式，其思辨，其慎独，其……总之，一言难尽！自古帝王收复天下，未必都是征战，软硬哄骗，欺诈威逼，也是"十八般"啊！功力不亚于兵器的"十八般"。

那倒也是，一个"骗"字，可以成一部大书。这在中国的文字里面，不足为奇。

邵老爷点点头，然后问他眼下包府会出什么棋。

冯先生笑道，你以为我真的是诸葛转世？诸葛亮的那些传说，也都是传说，真正的诸葛亮到底如何，谁说得清？千百年后，后人也这样说我们，他们知道你我到底如何呢？

邵老爷感叹道，历史就是一场大骗局。

冯先生说，本来嘛，人活着，要讲究一个活法，这活法有为别人讲究，也有为自己讲究；高尚情操者，视生命为他人所存在。所以人群中才有精英一说。

邵老爷问，当今精英何人？

冯先生说，要看在哪个层面上。世界的话不好说，中国的话更不便说……

邵老爷说，说说古柳泽吧。

冯先生说，这是一个没有精英的世界。接着，他又补上一句：这是一个遍地精英的所在。

108

乔乔睡了一个下午，傍晚起来吃了东西，稍事歇歇，便到小扣的住处，一路走着，先前的那些可怕镜头仍然在她心头晃动。走着，思忖着，一阵风过来，一片树叶轻轻落在她面前，令她一惊，待看仔细是一片树叶时，心才安下，知道自己站立的地方正是一棵巨大的浆果树下。就在她转身的时候，看到从另一个院门走过来的小扣。她把身子掩在树荫暗处，看看小扣朝什么地方去。

进院门来的小扣走过乔乔的房门时，脚步停了一下，没像平时那样鲁莽地推门进去，而是径直走向自己住的北院门侧的平房。那是下人住的房子。小扣是太太的丫鬟，身价自然高些，别人是几人居一屋，上房里做事的丫鬟，也是两三人一屋。只有小扣是独居。这是叫乔乔不能放心的事，好在小扣还小，并没到非出嫁不可的年龄。乔乔看着她走过天井的样子，听着她那急急的步子，顿生疑窦，是什么事让她走得这么急呢？朝院门看看，洋灯柱照着的院门，没人。再看小扣，开门发出的声响都与平时不同。乔乔走过去，踏台阶，过走廊，走近时，忽然听得屋里开箱子的声响。

小扣背朝着门，那门虚掩着。乔乔扣响了门环。里面问，谁呀！乔乔说，是我！小扣问，夫人这么晚了找我有事？乔乔问，可以进来吗？小扣说，下人的地方，你高兴怎么进出就怎么进出，还要假规矩做什么？乔乔推开门。屋里没点灯，黑咕隆咚。乔乔说，怎么不点灯！你在哪里呢？

小扣说，我在上马桶，不用点灯。我还得出去哩！乔乔想，刚才我听到的响声绝对不是你弄马桶发出的，像是摆弄大洋发出的。哦！对了，对了。是一块或几块大洋放入许多大洋堆里发出的那种碰响。这小扣，哪来的大洋？偷的吗？偷谁的呢？乔乔循声过去。

小扣听到乔乔朝她走来，慌忙把马桶弄出响声，然后过来迎着乔乔说，我能去哪里？上民众教育馆听课呀。乔乔说，灯在哪里，点上。说着，又问，既然听课，回来做什么？小扣回道，你这做主子的也真管得宽。我要上马桶，那个民众教育馆都是男人，怎么上？是也有女人。可那些女人都是做工的女人，说要小解，朝哪个暗处一蹲，撅撅屁股就成。你说我能吗？要说能也是能的，别的女人能，小扣也能。只是小扣是夫人的丫鬟，夫人有身份，小扣托了夫人的福也有些身价，能混在那些做工的一起吗？

乔乔没了回词。心里恨恨地想骂小扣，你这小骚蹄，今天倒把我当个主子了？鬼才信哩。

灯点过来了，放到了桌上。小扣把凳子上的灰拂拂说：夫人请坐吧！乔乔也就坐下，问她说，今天民众教育馆都教的什么课？说几段好听的给我听听？

小扣不高兴地说，没什么好听的，我得赶过去，改天说与你听。

急什么，我问你事。小扣，你在家时，家里给你说没说过婆家？

小扣警觉地问，夫人这么晚了找小扣，就问这事？重要吗？

我问你，自然也是为你好。要是在家有什么相中的，告诉我，我会成全你。要是没有，我早早替你物色着，看得差不多，就让你自己在一边先悄悄看看，中就说，不中就不说。你说好不好？

小扣无心多言，回乔乔说：在家没有，夫人若想给小扣多事，小扣要谢夫人。只是小扣命薄，怕攀不上夫人的好意。再说，小扣今年还小。才来过二三回红，小哩！夫人，你是不是嫌小扣顶撞你多了，想把我弄给怡春院的鸨婆，你这样算计我，伤天害理哟！

乔乔不高兴地说，我是你的主子，你是我的丫鬟，我那样做，还能在镇上做人吗？

小扣狐疑地问，那你打我的什么算盘？我告诉你，别听那些鸨婆的话，什么女子越小越嫩的鬼话。人家都说了，女子非要到熟透了才能嫁人。好比树上的桃子，生的摘下焐熟的不为熟。要让它自己在树上熟透了落下来，那才好。自古女人寿不长，全是男人困早了的缘故。就说你，不是太早了点吗？

这小扣，咋样样都懂？话都先给她说了去。乔乔一时倒没了主张，怎么办？转而对小扣说，我也没叫你现在就嫁人。看着好的给你牵着线，等你想着要出嫁时，再张罗，还不行吗？

小扣显出许多的不耐烦，说，我的好夫人，你看中什么人了？

也没看上什么人。我看你人没多大，世故通达，是该好好留心物色人家了，才与你说着这事……说到这里，悄悄观看小扣的神色。不料，那灯光与小扣的脸正成侧影，没法看清她脸部的全部表情。只有鼻子的侧影，耳轮的弦弧，何以察出心底的秘密？

怕是夫人相中了什么男人，夫人想他常常来看你？要是那样，可不要借着我的名义说话。莺莺想张生，红娘才牵线。出了嫁的莺莺，再想张生，那红娘再牵线就犯忌了。这理儿，夫人自是明白。说着，小扣便告辞说要走了。

你……乔乔气得没话可说。

出门去的小扣，下台阶的当儿嘴里还在嘀咕：自己想什么，就去做什么！现在是什么世道了，还用得了做戏。屋里的乔乔听着，胸膛顿时塞了桶糊糊，闷得什么话也说不出。细想那回去柳泉居茶馆时，不也是这么气我的吗？心里恼恼道：非得治治她。乔乔这么呆呆地站着，想着，一直待了不知多少辰光，身上都有些凉意了，这才叹口气站起来慢慢朝自己的房间走去。

109

离开乔乔一路快步赶到民众教育馆的小扣，走进教室坐下来，心里又想起乔乔说的事，这回一琢磨，倒是有些后悔起来，一个做丫鬟的，怎么能那样对主子说话？那是乔乔，如果换个人，真会把你卖与怡春院，你还能有什么法子想出来？不知乔乔是真的为我相人还是探试。唉，有个人商量一下也好呀。这个主家婆，放着眼前那么好的线不牵，硬要去牵我不晓得的断根线，夺命线！小扣越想越恼，课也听不下去了，走出教室，站到暗处一棵树下思考乔乔刚才的话。

旁边暗处过来个人，一把抓住她。小扣被蜇了似的跳起来。那人说道，是我！小扣嗔怒道，这么偷偷摸摸，叫吓破人胆哩。放开我，不是说好了的吗。刚才让你抓抓手，那是你给了块大洋。

那人说，我现在再给你两块大洋，你给我抱抱，可以吗？小扣推开那人，坚决地说，不可以。我早就说了，男人都不是好东西，得寸进尺。你还说不会？才多一会儿，这不就来了。说话不算话，还是男人？那人笑笑，好吧，就依了你。我再给一块大洋，你告诉我一些事好不好？

小扣看看他，口气缓缓问，什么事？你不会去害人吧？

害人？害什么人？只是问你刚才是不是回家了？老爷在家吗？

小扣警觉地问，你问这做什么？

那人说，你不要这样说话嘛！我们有个朋友是你们老爷的旧友。几回上门造访，你们老爷总不愿意见。小扣反问，为什么？那人说，能为什么？小扣说，你这话，说得怪怪的。那人笑道，说白了，就没噱头了。小扣不理睬了：说话就是说话，摆噱头？找错人了。对方见她这么说，只好赔笑道，你们家从前的太太，听说过了吗？她在这里。小扣问，她来做什么？那人说，她想看看儿子。大姐，你将来也是要做女人的，你就不能成全成全这个可怜的女人吗？小扣问，她要见哪个？对方说，有霹、有鼎。小扣想想说，明天白天再说吧。对方说，她就想今天见。

小扣不高兴地回道，为什么一定要今晚？明天吧！反正他们出洋要在后天早上才上船。

对方来了兴趣，问，出洋？出洋做什么。

小扣知道说漏了嘴，赶忙掩饰道，主人家的事，我们做下人的哪里知道。我说了明天就明天。不想，拉倒。对方赶紧从兜里朝外掏大洋。掏得声音像音乐一样好听，小扣的心给这种音乐软化了。她说，明天晚上，比现在早一个时辰，让她跟我一起进去，反正那邵家，她也是极熟悉的，自己去看好了。对方说，就是太熟了，才不想去撞见那些熟悉的下人；你把他们带出来，好不好啊！给你十块大洋。你看，这里是五块，事成以后再给你五块。

小扣看看大洋说，我带他们到大门口，就在那里，她与儿子见面。不能出大门。可以就这么做，不可以就拉倒。还得快点，他们睡得早，今晚是肯定不行的，睡下再叫起来，不惊动人才怪哩。对方半晌没声响。

小扣回道，成就成，不成，拉倒。

对方看看也没更好的办法，只好答应。

110

夜校一下课，大家就等着训练，三五个人到一起，七嘴八舌议论着训练的事。妇女自卫队的出现，更是新鲜的话题。有个姑娘说，说真的，要舞刀弄枪，我的心里还真悬着。

另一个说，你怕？怕就不要参加革命。

怕倒是不怕。本姑娘躺下一个人，站着还比男人多坨肉哩，怕个熊。只是让家里人担着心，心不安。

骆小姐正好路过，大家见了，高兴地迎着，叽叽喳喳遇到了知音。在公开的场合，骆敏从不介入课堂以外的事，她的分开身份始终是一位洋文老师。现在和大家聊的也只是识字读书上的事。她用树枝在地上画着ㄅㄆㄅㄤㄝㄜ，这些拼音字母一个个都很有趣，像是一些用铁打出来的奇形怪状的铁器。她告诉大家，这些文字，我们祖先创造它的时候就是根据象形、会意等原理造出来的。骆小姐像说故事一样把这些本来很枯燥的东西变得很有趣，大家听了很受启发，也很开心。说心里话，骆敏越来越舍不下这些纯朴善良的工农学员，她恨不能将自己的学识都掏出来给他们。近些日子，她总是早早到教室，迟迟下课。有的时候，她还主动上扫盲课，尽量多多与他们接触。骆小姐心里明白，这一走，说不定就是永别，想到这一层，就格外珍惜。

这时有人过来催道，快到祠堂屋去，那里开始了。

小青说，急什么，等一等呀！

来人不满地说，还等，就是你们女人事多。

阿倩这才站起来，对骆小姐说，我们要去参加训练……

骆小姐与大家告辞。阿倩说，姐妹们，我们排成队，唱着歌。唱着骆老师教我们的新歌，到后院去参加大会。几十个姑娘排成了队，骆小姐领她们唱起了歌：

没有皇帝恩赐，

更没有天上掉白馒,
靠我们织布有文明,
种地的工具是我们亲手打成,
新的世界也在我们手里诞生!
哎哟哟,我们是新世界的主人。
……

阿倩对小青说,现在出发。小青手一挥,向左转,齐步走。

几十个姑娘组成一支队伍向后院的祠堂屋开去。站在那里的骆小姐对阿倩说,这些人中间一定会有新国家的栋梁,不然,我们就无法向古柳泽的父老兄弟姐妹交代啊!

阿倩问,你决定走了?

骆小姐点点头。

阿倩便不再问下去。

骆小姐问,你有信心把她们中间的一个或几个人培养成优秀的人才吗?阿倩说,我也不清楚。在这个世上,我总觉得女人比男人要多许多负担,特别是精神方面。

骆小姐点头说,所以我们要比男人们意志更坚强些,只有我们的解放,才能真正有世界革命的成功可言。说着又问,你有男朋友了,是赈济会里的钟先生吗?

阿倩道,我也不知道,别人说我们近些,有时隔段时间看不到,心里还真想。

骆小姐笑笑说,这就是恋爱,这是好事嘛!作为新时代的青年应该敢于自己相对象,给大家做榜样。说话间,骆敏一把紧紧抓住阿倩的手说,勇敢些,让完节堂里的妇女,体体面面地站起来改嫁,让她们获得新生。

阿倩认真点头,我会去做这项工作。

两人说着话来到大门口,骆小姐向她告辞。

阿倩回头快步小跑追上队伍。

祠堂屋外面空场子上,临时搭起的高台上高高地吊着几盏汽油灯,灯火通明,照得空场子白昼一般。地上黑压压坐着一大片人,护镇纠察队的人都到齐了,约莫有三百人。大家坐在地上,个个神情严肃。

赶来看热闹的也不少,这个平时没人的空地上,一下子拥进来几千人。走廊、厢房都站满了人,有的爬上屋,有几个人像猴子一样挂在梁上朝下观望。

整个空地上热气弥漫，人挤人，人拥人。叫声，喊声，打闹声，和在这热气里，整个空旷地上弄得白雾一团，像一锅煮开的稀饭冒着热气。

突然有人跳到台上，手舞足蹈，高喊：你们看，大总统的椅子被我砍掉一只脚；你们看，我这身上的衣裳是皇后娘娘给的，是她老妍头的；再看我的鞋，是谁的？哈哈，你们是猜不出的……

台下的人群涌动起来，七嘴八舌叫喊声一片，听不清说的什么，谁在讲话。好容易才弄明白，有人指着台上的人说，他是疯子。包府派了许多人混进来闹事。疯子是他们弄来的。

史进耀叫人把他赶下去。

赶的人上台来拉他走，疯子不理睬。

见状，台下有人高喊：你们不是要解放劳工吗？

你们先解放了贾疯子！

张义跳上台对大家摆摆手，让喧嚣静下来，然后指着贾疯子对大家说，他是个病人。把他弄来捣乱，这种人不是穷途末路，就是黔驴技穷。你们想想看，一个正常的人会求援于一个疯子吗？这说明，当我们劳工起来的时候，正是一切靠剥削压迫欺诈别人生存的阶级，开始走向灭亡了。我们是劳工，我们创造着这个世界的一切。这里的一切，都是我们做的。朝外运的米粉、粉丝、辑里丝、白厂丝，名扬东南亚的酱菜、萝卜干、萝卜头，还有世界唯一的用米做的醋，难道是老爷老板们做的吗？不是，是我们。资本家们只有依靠劳工，才能有财发，这是真理。有人不服气，叫疯子来捣蛋，你们说他能有好的结果吗？劳工兄弟们，你们说啊！

台下异口同声道，没有！

张义说，一切想与劳工作对的人绝没好下场。外国的资本家早在一百多年前就失败的事，中国的剥削阶级步其后尘，那就让他们尝尝失败的滋味吧。

他的话音刚落，周山喊道，劳工神圣万岁！

台上台下都跟着喊：

劳工神圣万岁！

全世界无产阶级团结起来！

砸烂旧世界，创造新生活！

在口号声的此起彼伏中，贾疯子给人拉走了，后来，人们再也没见到过他。站在台上的史进耀，脸上红光光的兴奋极了，他开始讲话。他说，为了北伐的早日成功，我们的妇女同胞站起来了。从现在起，她们和男同胞们一样，脱产在民众教育馆里，白天读书、认字，晚上训练。妇女自卫队主要担任救伤员和在战乱时负责护送百姓避难。说完，他把阿倩推出，说这支队伍由这个挡丝车的姑娘负责。

哇！台上台下一片哗然，接着就是如雷般的掌声。

散会后，阿倩将妇女自卫队领到离台不远的小空地上集中。孙有过来告诉她们，几天后会有一名专业的女武功高手来做教练。然后，开始说注意事项。听说要像男人们一样去挥刀杀人。许多姑娘都叫起来，说在家连鸡都不会杀。孙有说，这不要紧，你面对对方，想到他是杀死你亲人的敌人，你还会对他仁慈吗？不是你死，就是他死，你还怕他吗？他想强暴你，你说，你能甘心让他强暴吗？

有人高声喊，他没有啊！

就要想到有！想得越真实越好。

周山下令道，训练开始，先练习站队。请小青分队长指挥。

小青把早上晨练时的几个口令用了起来，站起来喊口令：

全体起立，成一列横队。

姑娘们稀里哗啦你推我搡地闹了一阵子，终于站成一团。

孙有又像晨练时那样，亲自上前给她们一个个指导，告诉她们什么叫一列横队。折腾了一阵子，才终于站出个像样的队形。

111

桃花站在祠堂屋外的浆果树下。她并不知道，刚才小扣就是在这个地方，给一个男人抓了手，那男人的铜钿多得花勿掉，抓抓手，就给一块大洋。现在桃花站在这里，那男人又过来了。桃花以为是阿根，正要说话，那男人嘴里吐出来的气味不同，难闻得远远地就叫人恶心。

桃花呵斥道，何人，敢如此大胆。

对方听声音不对，走开了。

桃花移了个位置等了一会儿，并没见到阿根，只好先回家了。到了家里想想不对，又到阿根家。阿根娘说，吃了晚饭就被人喊走了。桃花立刻想到一个人，那人就是六指。找到六指。六指说阿根已经做了盛家的家丁。桃花说，他晓得盛老板是邵老爷的后脚跟，自己和邵老爷的人红过脸，现在去盛老板家做家丁，热脸孔贴冷屁股，他阿根肯吗？

哟，没听出来，像煞一家子了。

桃花的脸唰地红了，晓得自己说漏了嘴，扬手要打六指。六指笑嘻嘻说自已是个贱骨头，就是欠女人打，打打好，把骨头里的贱气出出干净，以后像阿根那样找个贴心女人，过起日子来也是快快活活称心如意。桃花追着扬了几下手，住了手，要六指带她去找阿根。

六指说，找是好找的，就怕你把阿根拖了走。

要是正经事，我拖什么？

六指说，有这话就好。阿根是个聪明人，什么事该做，什么事不该做，他的心里亮着哩。两人说着话，朝盛记酱醋坊走去。一路上，六指告诉桃花，镇上要出大事，出什么大事勿清爽。但要出事是一定的。桃花故意说，你这话是真正的奇了，要出事，还说是一定的，又勿晓得出什么事。勿晓得出什么事，那就等于没出！六指说，是老板吃饭时漏出话来，说有人想叫他的铁匠铺里再弄出一个车床，可以削削铁器的，要是有的话，就可以造枪炮了，勿出事做洋枪洋炮干什么？

桃花挺挺胸脯道，做洋枪洋炮就是要出事？你呀！你这六指，勿要叫人把尿笑出来！告诉你，我也参加了。轮到六指惊诧了：你参加什么？桃花说，护镇保家的武装啊。哦，叫什么妇女自卫队。我们民众教育馆统一都叫护镇纠察队。对了，叫护镇纠察队。

嗨，叫什么还不都一样。你想过没有，以前怎么没这事。是太湖强盗吗？那是今天才有的？你没生下来时，强盗就在太湖里孵了。说着，六指压着声音说，包家与商人勿和，要动真格，就在这几天。其实，我觉得张先生带来的那人很好，就给他打打大刀长矛，弄点钱蛮好。这一闹，叫人心里不踏实。

桃花问，要是造枪炮，你一定会去的？

六指摇摇头说，怕是轮不上我的。

桃花说，轮不上？好！

好什么？轮上才好，一个号头的薪水就抵得上别人一年哩。做三个月讨个家妓婆是轻轻松松，一年的薪水就可以讨四个家妓婆，你说，是不是小神仙的日子？

桃花说，还是勿做好，要是做了，勿要叫顺仙急得跳河吗？一年的薪水可以找四个家妓婆，你做几年，老婆还有地方置吗？

那也勿要紧，可以卖给怡春院嘛，说勿定赚头还蛮大的哩。你想想，那僻角落荒野茅屋里的小村姑，到镇上来，连走路都勿会，走会了，心路也就走大了，心路一大，我的家里就容勿下了。有容勿下的地方，必有容得下的地方。比方说怡春院、上海滩、南京的夫子庙，她们哪里不能去？要你闲操心吗？你没听茶馆里的人读上海报上的消息？说一个女佣到上海做用人，暗地里做妓女。主人家问她，她振振有词地说，勿做妓，到上海来做什么？女人到上海就是做妓的，你说好笑勿好笑。

世上的人百等百样，各人是想各人的事情。我们勿要管人家怎么活法，只问自己。六指，你说谁会去做洋枪洋炮？

听你的口气，想说阿根去了，好勿好？

桃花心里道，你说好的事，我能不让阿根去？就是让他去，我也不能对你说，要不你会说我没进阿根家门，先做了他的主。她有意朝下拉拉脸，我是勿要他去做，招惹祸的事我都勿想让他去做。六指，这事是不是你家老板荐头荐过去的？六指说，你勿要太逼紧了，我带你到了那儿，就晓得了。

一路上，桃花不再说话。

两人才到了离盛记酱醋坊不远，就听得那边杀声震天，走近了，连棍棒碰撞的声音都听得清清楚楚。只因高墙挡着，看不见里面。两人顺着高高的围墙朝前找大门。找到了大门，敲不开，那杀声震天的响声倒是没了。六指一拍脑袋，拉着桃花说，嗨，昏头了，那是北门，我们要走北门，怎么跑到东门来了？

桃花点点头，谁晓得你牵我朝东跑是什么念头哩。六指说，嗨，你越说越离谱了，你我能有什么出格的事做出来，就是我有那贼心，也没那贼胆呀！桃花眼珠子一转，我有哩？六指说，嘿嘿，我也没那本事。桃花咬咬牙，跺跺脚，谅你也不敢！两人就这么说笑着找到盛家晒场，到了面前，暗处跳出个人挡了去路：什么人？六指慌乱地说，找阿根的。对方说，什么阿根？还树皮草根哩，分明是奸细。

桃花冲着他说，青平世界，走路的就成奸细？我们也对你问问，你是谁？敢在盛老板家附近撒野，闹不好是外路强盗？告诉你，我是民众教育馆的。你不说清楚，我们就捉你走。

对方听这话，口气软了下来说，我是盛老板的家丁，你们夜里走到这里，自然是要盘问盘问的。你们跟我走一趟。六指说，走就走，正好。到了盛家的晒场里面，果然是个灯火通明处，里面正在训练，有人趴在地上朝远处墙根瞄着什么，那儿放着许多点燃的香。六指告诉桃花，那叫学瞄准，练枪法的。另一边的空地上，是一些舞刀弄棍的，刚才桃花听到的，正是这些人发出的声响。一个人对着一队男人喊着什么。那队男人口里便齐声喊，杀！

杀！

杀！

杀！

喊声一出，惊天动地，那些人在地上翻滚，尘土在灯光下迷蒙蒙的，好似无数炸弹炸开。桃花的心也跟着一振，那夜露下湿漉漉的芬芳，拂晓乡野气息的呼喊，清晨河面升腾的迷雾，正午家庭热腾腾的菜香都从她的眼前消失了……她紧紧地闭上了眼，她什么也不想看到，她想……六指拉拉她，桃花，你怎么啦？桃花摇摇头，镇定了自己，看到那些人仍然在拼命地嘶叫，她转过身去。有人过来，对桃花表现出一种面熟的感觉：你好面熟，做什么的？

我找邵记铁工厂的阿根。桃花鼻子哼哼，把头一别，没理他。

那人穷追不舍：他是你的什么人？

六指说，是她的相好。

住嘴。没让你说！桃花恼恼地说，是他带我来的。然后说在夜校上课，今晚妇女自卫队成立，她在里面。桃花把后面的几个字说得硬硬的。那人听后，没声响，转身吩咐，叫那边瞄准的阿根过来。又叫人把他们带到屋里去歇着。随后大步流星地走了。桃花看他走开的背影，说，你看他多神气，其实他是我远房叔叔。六指说，你为什么不说哩。桃花说，说什么？他本来是盛家长工，前几天突然做了盛老板的东床快婿。六指问，他就是冯大呀！桃花说，听我爷说，他从小就喜欢舞刀弄枪，早年还到长兴山里做过土匪，好惹事的角色……

六指说，盛老板请他出来做各店铺家丁的教官，在他这里操出来的家丁，比人家正经部队的兵都厉害。桃花点点头，也许吧。村上牛打架，他两只手轻轻一掰就成。

这时，背后有人喊道，桃花。

桃花回头见是阿根，又是高兴又是埋怨道，我在那儿等了好久，就是不见你，才让六指带了来找你，你怎么不参加夜校那边，跑这里来了？

先坐吧！阿根领两人进了屋，桌上现成的茶水，阿根给两人倒了。桃花不喝。六指喝了。

桃花催道，阿根，我问你的话，你咋不说呀！

阿根看看周围没人，才压着声音说，听说太湖强盗要来血洗我们镇，镇团防成了太湖强盗的内应。商会各家都在家操练家丁，到时候派用场。要是派不上用场，你们这些女的可就要遭殃了，对不对？邵老爷那么大势力还弄勿过太湖强盗，说明他们是厉害的。我没来得及与你说就来了，你要怪，只好让你怪，站起来堂堂正正的七尺汉子，不能保住家乡父老乡亲兄弟姐妹，那还叫什么汉子！

六指惊叹道，我说嘛，这几天太阳都与往日不同。

桃花两眼发光，说，妇女自卫队今晚正式成立了，我参加了。阿倩是我们的头。小青，那个小青，长得很漂亮的，灶上一把抓的那个姑娘，她是我们的小队长哩，不知道我们会不会也到这里来让冯大训练。这个冯大对人训练就像训狗教马一样厉害，让人害怕。你在这里，叫我不放心哩。

阿根回说，平时多流汗，战时少流血。冯教官说了，我们应该是一支比镇团防厉害的部队，经费不缺，枪支都是从国外弄来的，邵老爷还专门弄了几门洋炮哩。你放心，这回不再有太湖强盗杀邵老爷太太的事了……桃花听得聚精会神。在一边的六指想，兴许这小两口要有什么秘密话说说，我插在中间做什么阿木林，憨头哩。他慢慢朝边上回避。阿根见六指走开了，心头一乐，就伸手抓桃花，摸她的脸。桃花闪过，喊道，六指你走什么，这是什么地方。阿根脸红了，收回了手。六指朝阿根扮个鬼脸，伸伸舌头：你老婆还是蛮凶的哩。

桃花故意放出句老吃老做的话，女人勿凶，日脚就勿安顿。

忽然外面响声大作，阿根站起来说，你们坐坐，我要去训练了。六指说，你陪着坐坐，不用怕，那个冯大是桃花的远房叔叔。阿根欣喜地问，真的？桃花应道，是倒是的，只是现在不要说这些。阿根说，也好，别看他这么样子，红哩。盛老板的女儿，那个漂亮的不安分的女儿，给他做了老婆……好了，不与你们说这些，我还是要去上操。你们坐坐。说完，阿根还是走了。

桃花和六指倚在门口朝外看。刚才走过来的空地上，平地垒起了一堵高墙。那墙足有二丈余高，没任何东西当跳板。冯大人前人后地高叫高喊，推这个骂那个，逼着家丁们从墙上翻过去。翻过去后，前面又是一个屋架，上面涂了许多羊油，燃烧着，发出一阵刺鼻的味道。屋架过去，还有什么，黑漆漆的被夜幕挡住看不见。只听得那冯大几声口令，刚才还在瞄准的家丁都一排站好，每人拿着枪，一个紧跟一个，向那黑暗中的墙去，几百人，个个如龙似虎翻了过去，阿根最是了不起，自己过去，回过来，又拉了一个一起跃过去，连冯大也拍手叫好。

桃花两眼紧盯着阿根，当她看到回过来的阿根时，竟然浑身是水，心一紧，扑了过去。

一阵操练过后，休息。

冯大过来指拨阿根，要他把桃花送走。

阿根说，桃花她们的妇女武装也要来这里训练。

冯大回说，我知道，要来，也得集体行动，她在这里，别人也学样，成何体统，还有什么战斗力。好了，别说了，再说也没用。

阿根想说，你认不认得她是你亲戚呀，话到嘴边还是被桃花制止了。

桃花对六指说，我们走吧。

说着，两人就出了盛家的晒场。

第十四章

112

古柳泽商家的家丁分批到盛老板晒场轮训，护镇纠察队配备武器。消息陆续传到包老爷耳中，着实让他震惊。事情到这种地步，他能做的就是管家那话，把要做的事弄得一环扣一环，一着不让，叫邵黎泽没喘气的机会，连咽气的工夫都不够。

邵老爷亲临晒场，对冯大的训练好好地表扬了一番，令盛老板情绪亢奋，一点睡意也没有，处理完各项事务后，又特意到晒场对冯大作了交代：那个橡胶商人和政治教员鼓吹的，未必都是我们高兴的事，不等女婿回答，又说，他们都是真正北伐的人……

冯大不解地问，我们不支持北伐？

盛老板摆摆手，以长者的口气教训女婿：那个北伐和我们的北伐有什么不同，我还没细细琢磨出来，自然也没法与你说。要说清楚这事，只有邵老爷。邵老爷说过，借着北伐，每个人都在盘算自己的利益，出自己的牌。当官搞革命的，做生意的，做强盗的，借着你的茶馆饭庄坐着，谁知道他们骨子里算计的是谁？没准算计的就是你这茶馆，你这饭庄。这世道没准的事太多。说到这里，停下问冯大，共产党支持北伐是为蒋总司令效力吗？

冯大嗡嗡地发着鼻音，那是真心实意。

盛老板摇摇手说，对此张静江只在剔牙时漏了一个词：未必！这个词，妙极了，蒋中正觉得可以把玩，把玩得落在梦里，写到了北伐夫人的肚皮上。细想也是的，那夏天如果与我们都是一个袖子里伸胳膊，你说，邵老爷能对他看不顺眼？

盛老爷结束对女婿官面上的教诲，进入了家族式的启迪。在对女婿启迪前，他沉默了一阵子，审视女婿的表情。那冯大的表情除了一副洗耳恭听的沉默，还有的就是虔诚的听相。老泰山心里很高兴，慢条斯理开言道，记住，只有邵老爷是和我们走一条河的船，别人怕都不是。其实，再朝深里说，我们与邵老爷，只是走一条河，并不在一条船上！明白吗？他是财大欺主，我们是本小顺客转！只能跟进他的船走。这就是区别。接着又进一步开导道，这个时候，我们看到的不单单是包府、太湖强盗、麻团长，除了他们，还有许多饿狼、猎物。古柳泽这块肥肉，再大，也经不住这么多饿狼你咬一口，我吞一块啊！

冯大问他除了恨夏天，还恨谁。

盛老板眨巴着眼睛问，我恨他吗？不！他是个很可爱的人。这个可爱，是做生意合伙的可爱，不是做女婿。有人说他进出话务员宿舍，弄出点事情了，现在大家忙着，没时间与他理论，但总要说说清楚的。听说，那姑娘的死与他有瓜葛！再说了，一口薄皮棺材总是该出的吧！能叫姑娘家用芦苇席子卷卷埋了？还有张义，他肚皮里码着号，别人猜不透。麻团长、太湖强盗、包府那边，更不用我细说，你自己把握。简而言之，你得提防着这几天，说不准哪个时辰就冒火星，迸出大火再灭就迟了。火星一蹦，你就得上！

冯大应道：请岳父放心。小婿赴汤蹈火，在所不辞！

有你这话，我和玲子就都放心睡觉了。

说完，盛老板捋着下巴，满意地离开了。

望着老丈人微微驼起的背，冯大再度转身走向晒场中央。此刻的晒场里，训练的家丁都已经离去，空旷极了。冯大叉腿站在那儿，这种空旷，这种冷清，这种恶战前夕的静谧使人处于极度的恐惧之中。这是一种什么样的恐惧？他说不出。但他能够想象得到的，只有很久以前的一件事可以佐证他此刻的心境。

那是困顿之时的一个遭际，冯大在包府的店铺做了几天活，他去支钱时，人家回说只管饭没工钱。冯大与他们争了几句，包府竟遣镇团防把他赶出镇。新来乍到，冯大不敢轻举妄动，只好走，一直走到了南边空荒地上。那是一个阴雨天，站在没人烟的坟地荒野，死亡的恐惧一下子向他袭来，他真的有些怕。怕什么呢？死吗？那有什么可怕的？但真正死亡到了，还是怕的。死亡的恐惧从皮肤毛发朝里钻，钻到了心灵的深处，本来很健壮的心灵，现在被恐惧搞得像冻豆腐一样酥酥一碰就散。而这坟地荒野到处都是想碰碎他心灵的物体。他不知道灵魂碰碎后会是什么样结果能不怕吗？蒙蒙细雨里，他突然看到在树木蒿草丛间，有许多双绿眼睛，那是什么？呵！是狼。他浑身一震，这么多的狼，怎么撕他都可以的呀……

回到眼前，此刻的情景就有点像那时。怎么像呢？天色是一样的！只是没有狼。是的，没有狼，只有这一群乌合之众。把他们训练成军人？几乎是不可能的。一群受着商业气息熏黑了肝肺的伙计，他们的眼睛里看到的都是金钱和利欲，怎么能有为镇上百姓舍命的勇气和胆识呢？别人不知道这些王八的脾气，他冯大还不知道？不仅是他冯大知道，邵老爷更比他知道！既然清楚，还要他来训练，这是为什么？他搞不明白的正是这一点。更让他不明白的是，对付包怀夏，需要这么兴师动众吗？派个人把包老爷杀了，不就得了。乱世杀人，好比雨天挖沟，杀人的刀子都不用响。为什么不这样做？这是为什么！冯大百思不解啊！张义，他就凭一张嘴，便把全镇人拢到了一起。那嘴里吐出来的字字句句都是我们穷人愿意拼命去干的，这是为什么呢？他有变戏法的魔棒不成！

不！玲子知道。她说，那是很可怕的一种东西，大家都叫它"思想"，它就是靠你的听觉进入你的灵魂，然后牢牢地粘在你的灵魂里，一直到你人死了，骨头烂掉了，它才离开，跑到别人的身上去。玲子的话说得很对。张义就有这种本事。有这种本事的人很可怕。他们能够把人心拢到一块，那就不是杀掉一个包老爷，毁掉一个包府，而是像朱元璋那样把一个王朝都搬掉了。这一点，邵老爷和盛老板都看出来了吗？冯大认为盛老板说到了，但没说到点子上。他相信邵老爷觉察到了，凭着邵老爷的精明过人之处，他一定有别的企图。那是什么企图呢？

想到这里，面对这通明清冷的空旷，先前的那个场景又涌到了眼前：他看到有一头狼的眼睛好像在与他缩短着距离，他的心里更害怕了。怕吗？他摇了摇头，感觉到脑子里糨糊样的思维给摇散了，水和物质分离开了，水全跑掉了，只剩下了那些物质体，把与包府争执的一切浮现出来。他轻轻地叹道，是的，狼虽然可怕，但能比包府的走狗们可怕吗？这些包府的走狗！来吧！他突然大喊一声：狗日不出的，你们来吧！那狼突然站住了。没有任何动静。冯大明白，眼前的狼，是头狼。只要它把头朝地面一俯，一声低吼，那么多的绿眼睛立即变成穷凶极恶的饿狼朝他扑来，把他撕碎。他明白了自己面临的处境，把身子朝地上一蹲。对方没动静，也许它还没明白对手要做什么，就在它抬头朝冯大望时，冯大一个跃身，扑向了头狼，紧紧抱住它的脖子，用头抵住它的下巴，脸颊感觉到它脖子上血管冲动的温暖，它几乎还没反应过来，脖子已经离了脊梁骨。他高高地举起了狼的身躯，所有的绿眼睛一下子没有了。那酥豆腐般的心灵注进了胶原汁，坚固起来了。

冯大伸直了腰板，展开两臂，用力做了两个扩胸动作，深深地吸了几口夜间含露水的空气，然后展腿来了几个腾空劈叉动作，感觉身子骨还很利落，脑子里猛然想到了守着空房的新婚娇妻玲子，早早归窠之念顿生。但很快就没了，眼前的现实，容不得他舒心。

盛老板走到陈德怡家附近了。这几天两人不时地碰头，总觉得有许多话没说完。盛老板对包府的态度不再像过去那么软弱，他甚至扬言，如果众人妥协，他决不妥协。

陈德怡不在家，那个麻脸老婆告诉说，在店里没有回来。这么晚了，还在店里做什么？会不会又去了小白菜家，自从杭州杨乃武与小白菜的事传开后，小白菜满世界都有。

盛老板来到通源木行，果然里面有灯火，心里道，若是小白菜正上"盘"，我这进的不是时候。对，得先暗示他。举手敲门，门立时就开了，邵老爷和冯先生也在。

邵老爷见到盛老板，便说，不是外人，来得正好。

盛老板坐下，听着他们说话，也不便插嘴。从他们的谈话中看出，邵老爷与冯先生、陈老板已经把事情料理得有条不紊。听着听着，盛老板还是想到了一点，那就是镇北水关桥的防守，他准备补充说几句，这时外面有人说盛家来找老板。

屋里的说，让他们进来。

进来的是盛家的管家，他说，一更刚过，家丁来报，河西酱坊围墙下发现一具饿莩，特来禀告盛老板知晓。盛老板叫下人先处理，叮嘱点些香烛，着人守一夜灵，明天叫永福寺的和尚来赶赶邪气，不管怎么说，来世一趟为人，总是不易的。说着，看看陈老板，脑子一转对陈老板道，拨点木头给杨木匠，明天好赊口薄皮棺材打发。接着，为葬哪里的事开始犯愁。公田一天不收回，这类事就有皮子咬。

陈老板说过赊木材的话。邵老爷接过话说，葬哪里？让史进耀去烦。

冯先生在这种时候总比别人多点话。他问，你家河西酱坊，那是什么地方，没店没铺，有什么讨的？再说，这个季节剖剖萝卜，刮刮莴苣，能没撑饱肚皮的一碗饭？不做事，抓把萝卜也饿勿死。我看，不能草率，这一阵子发生的事，怪着哩，还是多长个心眼好。

邵老爷对这话连连颔首称好。

这时，盛家又来人禀告说请老板速速回家。

冯先生捋着下巴对陈老板使眼色：合该有事了。

113

盛老板赶到家，得知那个死尸不是饿殍，是包家的一个下人。此人的街坊就在盛家东街的醋坊里做作头。盛老板喊他来。作头就在门外等着，过来说，他在包府做事，做什么，没人知道。总是独自出远门，老婆也不知。街坊都觉得他神秘。听罢，盛老板问，告诉他老婆了？作头回说，还没来得及哩。

盛老板吩咐账房支三块大洋奖赏。

作头道谢而去。

盛老板马上着人请邵老爷、陈老板、冯先生他们。

邵老爷、陈老板和冯先生赶过来。看了死者后，冯先生先问盛老板怎么看这事？盛老板说，我总觉蹊跷，保不定这小子知道什么事，给算计了。这镇上，朗朗乾坤，谁有这胆？你说，谁能有这胆？

邵老爷笑道，没想到你也会动脑子了。

盛老板回道，他把死人弄到我的晒场做什么文章？

你家晒场上的热闹，你招冯大为婿的事，没让人家看出些名堂？冯先生这话，引得陈德怡点头。

盛老板不乐道，他还请洋教练哩。但愿这回不是"毛教头"。

砍他头也不会那么傻。邵老爷说着，轻声叹道，有人说他想维护先前那个封闭自守的镇！不，我不这样看。冯先生说得对。北伐大军眼见就要到了，他明知自己不可能在蒋中正面前讨到封赏，不如趁早砸了你们的锅，乱世称英豪，到时候好叫蒋中正认账，美得他做大头梦！

不知谁是乌江边的项羽呵！陈老板一声叹，引得邵老爷更是伤感。冯先生担心邵老爷言多必失，连忙打岔道，诸位老板，我看当务之急，应该把史镇长请来。

邵老爷吩咐盛老板快着人去请。

在等史进耀的空当里，冯先生说出了自己的想法。依他的看法，这个死掉的人，很可能就是邵老爷和他在镇外河边与麻团长会晤时想见而没见到的送信人。冯先生指着死者脚上的泥说，鞋底和鞋沿上沾的泥，是什么泥？黄土。镇近处没黄土，只有黑泥。说到这事，你盛老板最清楚，一年要用多少黄泥封坛？镇上家家腌咸鸭蛋，豪士聚饭庄天天做叫花鸡用的黄泥，都上哪儿弄的啊？出镇北行十几里路的黄泥渡。那是什么地方？正是朝太湖去的路，也是去县城的路。前几天，那渡口上，渡家被杀。话说到这份儿上，这人是什么身份，还用细究吗？……突然，冯先生大叫一声，不好！快去把这个死鬼的老婆找到，否则也没命了。

众人被他这一说，倒是醍醐灌顶，开了窍。

迟了，那女人已经被杀死在家中。

众人这才明白，此事非同小可了。

冯先生说，狗急只是跳墙，人急可就杀人放火，无恶不作了。这话说得众人更是六神无主，如一群无头苍蝇乱窜。倒是邵老爷能稳住阵脚，不乐地问，冯先生，你今天到底是唱的哪本戏？

冯先生笑道：古人有言，"投桃报李"，我们何不一用？

众人不解。

盛老板停住乱奔的一双脚说，冯老先生快快道来。

冯先生笑笑，闭而不言。

众人你看我，我看你，更是不解他葫芦里卖的什么药。正在纳闷时，冯先生说声，来也。就见外边有人闯进来，那人行步如风，魁梧的身材把汽油灯的火苗扇得摇曳不停。正好来人背影对大家，都看不清他的面目，倒是邵老爷脱口而出，冯大，你有什么好办法？

来人正是冯大，他说，我有好办法，就看各位愿不愿意采纳。

盛老板兴奋道，贤婿，近处说话。

冯大过来，看看左右。

邵老爷催道：你只管说。

依冯大看，包府敢如此，必定早已密谋出甲乙丙丁步骤。引线后面的戏正等着你上钩，他好跳正本。你们想，如果没有密谋，为什么要把死尸运到这里来。这叫"死羊钓活狼"！若交给镇公所，一定对老板不利。冯先生听罢，拍着双手道，看来，你是文武兼备，盛老板得你，胜得万两黄金啊。

邵老爷摆摆手打断冯先生的话，你让他说下去。

冯大继续说，三十六计中有一计，叫"树上开花"，说的是，借局布势，力小势大；鸿渐于陆，其羽可用为仪。我今晚带人装成土匪杀到他府上，他绝对想不到会有人敢洗劫他……

盛老板打断话问，你有把握？

邵老爷连连摇头：不妥，一旦失手，反倒落话柄于他。

冯先生却说可以做。包府绝想不到我们这么快地与他来一段西皮导板，袭击他。冯先生手捋下巴慢语道，依我看，死尸还是请史镇长自理。我要再说一句，让民众教育馆趁火打劫，搅出一团混乱，让包府晕头转向。我再朝他七寸处打！打不着七寸，日后反被蛇害。

众人觉得这是个好主意。

邵老爷提醒，既然扮作土匪去打劫，冒风险的事，要慎之又慎。

冯先生点点头说，好事不急在马上，再说，今晚也太迟了，仓促上阵总有不妥。不如明晚，准备上也能充足些。

邵老爷倒是想到了护镇纠察队发武器的事，他问大家，你看，是发有利，还是不发为好？众人又是各抒己见，莫衷一是。邵老爷狠狠心道，罢了，舍不得崽子套不着狼，发！两支精干的小分队全配，其他分队只配短枪给队长，队员还是大刀长矛。

盛老板说，女的做些救护就行了，搞什么自卫队，她们能自卫，男人只能塞灶膛引火了。

就是塞灶膛引火的呀，要不，哪来的新世界呀！陈德怡总不愿意失却开玩笑的机会。

众人想取乐，邵老爷摆摆手，这不是时候，听冯大的。

冯大说了具体的想法，对于护镇纠察队的男男女女，冯大提出他们的任务只是参与闹，闹得乱套就撤走，不留下话柄。

邵老爷点点头说，护镇纠察队不留痕迹的话，是高手之言。

盛老板插话道，史镇长不来，这事不好定。

陈老板说，那鸟镇长只晓得要钱，有他没他都一样。

冯先生摇摇头说，话不能这么讲，史进耀做事得依附大家。你若把他当真的使，就难保他不会玩鬼点敲敲你们。那麻团长敲得包老爷如何，你们还没看出来？那种人，当用可用七分，当弃只弃三分，最好。还是冯大的话对。史进耀这种人，只能利用，巧用，不能向他吐实情。不过，真正最要防的，不是别人。

那是谁？众人异口同声问。

张义。冯先生咬咬牙低吼道。

邵老爷则不以为然道，挑明了说，看他张义能玩什么？说到底，共产党现在是凤凰翅膀没长毛……他还想说什么，被冯先生一个眼色急令他把话咽了下去。

冯先生说，我相信张义会支持的。前面冯大，后面张义，事情就顺利了。

大家还是拿不定主意。

邵老爷笑道，史进耀翻不出我的手心，张义正攥在我掌中。请诸位放心。

114

娘希匹，屁用。共产党不可深交，他们不在乎钱财，在乎信仰。要不，翔宇怎么不站我一边？蒋中正嘴里咕噜着转过身去，面对着墙壁，情绪消沉，如思过若忏悔：都怪我自作自受，要不，与我深情厚谊的翔宇怎会离我而去？这是我一生最大的损失。唉！细细思来，如今形势，倒可与证券所的买卖一比：能短期用活的股票，就是共产党的那一股，利息也很弱。长期的证券，对我们有用的，张仁杰和虞洽卿他们。马克思说，经济是一切上层建筑的基础。此话越发真理啦！连张仁杰都会说，世界是为钞票存在的。革命于我，就是政权，就是钱财。对钞票运用裕如者，莫过于资本家。他们积有上百年的经验，我的革命，当为他们。

你的信还写不写？陈洁如悄悄提醒道。近来，蒋中正的情绪常常不稳定，她不能像北伐开始时那样欢声笑语地放肆讲话了，她感到十分压抑。

站到陈洁如的面前，蒋中正情绪激昂，用非常果敢的口气开始面授信内容：翔宇兄，别来无恙……就这么写。蒋中正在屋里来回走动着，口授着：我要他们快快地组织暴动，把孙传芳的后腿脚缠住……陈洁如挥动羊毫笔在八行宣纸上如飞行文，随着蒋中正的口授速度，纸上出现了清秀的文字：

> ……自北伐以来，弟未有一日解衣而卧，寐不解甲，食不知味，其苦难诉，其诚难鸣，惟望北伐成功，告慰国父及天下英灵。弟与焕章成南北议和，全仗兄等支持……

陈洁如抬起头来说，九月十七日五原誓师的事，他已经知道。

蒋中正站下来，看着她，一言不发。

陈洁如知道他此刻的心里想什么，婉言道，与他说了实情？

蒋中正没理睬，依旧照自己的思路朝下说，资本家的着急要比军阀们的作用大得多。他们向我靠拢，那才真正对我们有利。他们要做生意，怕乱，想不乱，就要送钞票来给我，要我快快地帮他们忙。武昌这次再打不下，我就到江浙，做做半壁江山的皇帝也是好的……说到这里，把手一挥道，这都不要写，我是说给你听听的。蒋中正的情绪突然如阴天出太阳，脸上出现了多日来没有过的笑容，走到陈洁如面前，弯腰捧住她的脸蛋亲了亲，站起来叹道：

此生蒋某有两件幸事，一是有你作为我的北伐夫人……

话并没有说完，他又指着那没有写完的信说，那就把我七月一日的日记抄段于他。说着，走到自己的办公桌前，从抽屉里取出日记，翻到那一天，红笔画处文字显现："国人无心肝，所部无血性，不自求进步，而一般萎靡若此，若非济以猛与严，何能复兴民族，完成革命？惟雷霆霹雳之威，足以消散阴霾耳。"笔行于此，果断搁住，将日记交于陈洁如道：

将此段抄于他，谅他能明白我的意思。并且点明，贵党中相当一批人对北伐之态度与你等相悖，有的甚至暗藏军中寻滋挑衅，涣散将士的北伐意志。此等情绪与仲甫、兆铭表异实同。他日北伐或患生意外，或功败垂成，其因盖源于贵党之不合作故。照实写，给翔宇点厉害尝尝。说到这里，他又说，我在八月二十四日致中执委的信里说到《响导》一百六十一期刊仲甫《论国民革命军之北伐》，文中说："若其中夹杂有投机军人政客个人权位欲活动，即有相当的成功，也只是军事投机的胜利，而不是革命的胜利。"予以追究的话，也应让翔宇知晓，让中共领袖明白我的意思。仲甫的处境已经不好，但也绝非我蒋某要对他落井下石。北伐若失利，责任则早已不在我蒋某身上。

陈洁如明白，此乃狡兔行为也。

不一会儿，军官进来说，总司令，马已备好。

蒋中正想到了什么，挥挥手说，等一等，我与夫人一起去。

军官退出后，蒋中正问走进来的副官，仁杰兄有何消息？

听说与宋子文争吵起来了。

他早就应该这样做了。

陈洁如小心翼翼地说，你不是叫他到上海去抓钱的吗？

上海抓钱？他把古柳泽的钱抓来，我建政府就可以……说着，伸出三个指头朝前在陈洁如仰着的脸上，轻轻地一捏鼻子：三个指头捻田螺——笃定。上海的钞票可以放在后面慢慢享用。

那……陈洁如揉着鼻子问。

眼下他是执委主席，应该对子文说些硬话。听不听，其次。许多事，做则做，与成不成无关。是一种形式，规矩，程序。共产党可以说它是资产阶级的虚伪。但共产党不能说它就不是一种需要，一种必然的过程，没有这个过程，后面的故事就连接得不自然。天下事，皆如此，无出其二。蒋中正说到得意处，步子踱得轻松起来了，话语也放开了：子文仗着总理小舅子的派头不理睬仁杰。如果……这如果的话，他一时意识到出口不妥，忙收住，看看陈洁如没反应，便喉口动动，心里嘀咕：美龄能归我？这个女人又如何处置。美龄是不会屈就二房的。男人在统治女人上总是自以为胜券在握，殊不知，给女人分配地位角色上，从来都是失败。

陈洁如起身亲昵地依到蒋中正身上问，你又在想什么？

嗯。蒋中正刚要说话，外面又喊报告。机要副官进来说，前线催发伙食。蒋中正挥挥手。机要副官退走后，蒋中正对陈洁如问道，你认为前线能坚持下去吗？

催饷如此之急，今天十五份催文，看来是急。得想办法才是。

依我看，这种时候，唯有叶挺部够交情。其他的部队军心不稳，必为赤色分子捣鬼，尤其是第二师，若不给他们点厉害，会出麻烦的。可见，这个党永远是不能信任的！你给我拟电文于宋子文，看他对我的反应如何？电文如下："今日总部只存万元，而前方催发伙食，急如星火，窘迫至此，无以为计，中正惟有引咎自裁，以谢将士而已，如何，盼复。"看他怎么办！

陈洁如将电文拟好，交给蒋中正阅后，立刻给了副官，让他们发出，自己到房里更了军服，拿了蒋中正的帽子与手杖，出来见蒋中正的脚上穿的是马靴，放心地走到他身边，蒋中正抬起胳膊，你怕我穿皮鞋？娘希匹，那种事，不会有第二次的。那是德邻与孟潇有意想出我的洋相。陈洁如挽了他的手臂，说，他们想不让你亲督。

蒋中正点点头，两人到了外面，其他人员早已在等候。

马弁将马牵过来，两人上了马，众人随即上马，马队出发。

快到军营时，陈洁如看看蒋中正，提醒道，总司令，我们下马？

嗯！蒋中正的马停下，大家也都下马，步行前往。大约还有一段路，蒋中正又骑上了马，嘴里嘀咕道，德邻、孟潇是看足了我的洋相。陈洁如告诉副官，速去吩咐，不可再搞军乐队。

回来。蒋中正道，德邻不在，就不会有那事。现在局势是，攻下武昌，进城醉酒一回。攻不下，就朝苏皖走。我们驻扎赣鄂，进利退益，苏皖以为我们进军他们那里，吓得孙传芳尿急裤子；吴佩孚提心吊胆防我到武昌。哈哈，娘希匹，这些小伎俩，我多的是，谁要，批发给他，娘希匹。

大家没有声响，上马慢慢朝前走。

到了军营前，蒋中正问陈洁如：你一直在想上次摔下马的事？

哦，是的。不，没有，我没有再想那事。

不想好。如此大辱，比之韩信胯下之耻，不足为，不足为。

副官提醒下马。

蒋中正下马，将缰绳交给马弁，整了整军服，致以军礼正步缓缓从将士面前走过，身后是行军礼的陈洁如和副官。陈洁如知道他对这支队伍的器重。这是黄浦第二师，上次攻打武昌的战斗中，他们多次扑到又高又厚的城墙旁边，闪电般攀登竹梯朝上攻，有的干脆组成人梯，城墙上的飞石纷纷散落，一次攻城死亡达五百将士，北伐将士并没退却。中弹而倒的战士在一个多月的攻城里，和其他部队牺牲的将士，几乎填满了要塞壕沟。蒋中正悄悄将这支队伍拉到了江西。眼下，将士们知道武昌的战事吃紧，纷纷要求返回武昌，均遭蒋中正劝止。现在，大家看着他严肃的表情，不知他为什么来巡视。

巡视完毕后的蒋中正，来到事先准备好的讲台前，开始了训导：我的观点仍然是出发时说的话，我们只有联合俄国推翻帝国主义，中国才能真正解放，北伐的胜利是统一中国的关键。这个关键全赖将士们上下精诚团结……

训导完毕，大家这才松口气。又陪着巡看士兵住处。

在一屋里，蒋中正看到士兵下的五子棋摊没来得及收掉。大家见总司令突然来到，慌得不知如何是好。蒋中正笑笑，摆摆手，走到棋摊前守住一方问：这是谁的，我代他一盘如何？

士兵不敢声响。

蒋中正便叫近处的一士兵过来：你与我下。当年我就靠这棋赢了一个走投无路的女人，救了她。现在她在哪里，我也不知道了。他说着当年在上海滩上困顿时的情景，动手下起了棋子。那士兵在他的催促下也挪了棋。第一盘，蒋中正赢了，他笑道，小老弟，你很紧张。我看出你的棋下得很好，在这个军中，能赢我的是不多的。你一定能赢我的，只是你太紧张，不必如此，要有面对吴佩孚那老狗，取其首级，饮其血的决心。来，再下一盘。把我比作那吴佩孚老狗如何。

士兵惊恐地看着他，不敢动手。蒋中正拉起他的手，帮他挪棋，鼓励他。士兵感觉到了来自领袖的温暖，勇气大增，挪棋如运兵。蒋中正看在眼里喜在眉梢。果然，第二盘士兵赢了。蒋中正看看周围人说，棋下两盘为好，和，贵也。打仗可不能这样！他随意说话，众人倒也一点拘束没有了。大家说了一些闲话，不觉到了晚饭时间，来到伙房。蒋中正看到士兵吃的都是山芋，忍不住用手帕抹眼睛。想抗议发牢骚的士兵见此情景，只好把到嗓子口的话咽了下去。

蒋中正来到士兵旁边，把披风一抖，坐下去，强颜欢笑地说，当年我随师傅反清救国，饥饿难忍，藏一破庙，寒风卷雪，有柴不敢烧。那时，想吃一只山芋都没有啊！今日身负国家大任，与弟兄们相聚，如此热腾腾山芋，食之比那些坐在广州武昌城里喝鱼翅汤的老爷们差乎？不！天降大任于斯，当苦其筋骨，劳其肌肉啊！

他的话，士兵们似懂非懂，而总司令与自己一起啃山芋，这种礼遇，对于士兵可是殊荣，苦累何惜？可怜的陈洁如，陪着他啃山芋，咽如吞糠，看着蒋中正吃得很香，自己也只好强咽着。吃得差不多时，蒋中正忽然哭起来。周围人不知何故，连连相劝。好不容易让他止住哭。他这才说道，男儿有泪不轻弹。我们在这里吃山芋，武昌城下的士兵连这也没有呵！广州的官员只顾喝鱼翅汤，竟不寄军饷于我们。许多为国捐躯的将士，牺牲了也是腹中空空啊！每每思及他们，我是泪不成行啊。若非孙总理遗嘱，革命尚未成功，同志仍须努力，我何不辞去这顶乌纱帽，回家享福？

在场将士被蒋中正一番表演煽出激情，泪流满脸，纷纷表示：愿为北伐捐躯。

夜幕降临，军营燃起篝火，蒋中正站在篝火边，再次发挥他那特有的组织才能，原本情绪低沉的将士无一不被他的慷慨激昂演说而鼓动，口号声此起彼落：

消除封建主义。

统一中国。

废除一切束缚中国的不平等条约和治外法权。

耕者有其田。

蒋中正看看差不多了，这才与将士们握手告别。

在回总部的路上，蒋中正舒口气对陈洁如说，这次总算挽回了大校场丢的面子！你知道吗，他们中间有人想反我啊。娘希匹，他们不知道我蒋某人的组织才能，演说口才。演戏，他们是演不过我的！这几个山芋撑得我好难受，好在解决了我一时之难。这里的军饷可以暂时不发。前线也不知如何了。你说，他兆铭能够当上主席吗？

陈洁如笑而不言。

蒋中正在月光下看看陈洁如那娇美的脸孔，紧勒一下缰绳，马向前冲去，陈洁如心有灵犀，也紧勒缰绳，两马并行。蒋中正轻语道，娘希匹，女人与月光是绝好的搭档。我恨不能马上抱你上床。

总司令，你不能失却身份。

也是，夫人提醒得对。我不能明白，夏天为什么要离开。

已经回去了。他的新任务是让姓史的镇长继续安排赤色革命的女人做军鞋、缝军衣，这件事共产党会当事情做的。

不要他夏天出面。他只要像根钉子钉在那里就好。

总司令放心，那边是这样做的。

钞票，大洋。我要的钱呢？

邵老爷的五万两银票，已在路上了。

把他们都榨干，我才可以松口气。

还是塘里养着鱼好，活鱼鲜。

鱼不在我家的塘里养着，再养多少，我的心里都不踏实。

总司令，你今天的戏演得很好，可惜李宗仁与唐生智都不在场，否则他们要大吃一惊。陈洁如说。

蒋中正看看她，眉头紧锁想说什么，还是忍住了。蒋中正是很怪的，能够出之自己嘴的话，从别人口里说出，他就一肚皮的不快活，心底里的不快慢慢泛上眉际：那场耻辱在她的脑子里印得太深，这实在是对我不恭，往后去，即可以此要挟我听从她的摆布，或在她的心目中我不再是领袖。女人一旦掌握男人的短处，便是她们利令智昏的开始。休了她？不可，她会把北伐中的许多事传出去，令汪精卫、陈独秀，国民党左派、共产党们获之，做大大的文章。再说，没有女人在身边，阴阳失调，有失方寸。

陈洁如是个乖巧的女人，见他不作声，感觉到了失言，她的个性又偏偏是个不愿意认错的，便也不言语地慢慢随他走着。

一时间，月清夜爽，只有马蹄的清响。

蒋中正可以几个小时不说话。

陈洁如恰不能，走了一段路，忍不住说，那个下棋的士兵胆真大，敢赢了你的棋。

下棋总有输赢，很正常。

不能让他赢，日后他会以此为资本，影响领袖形象。

是吗？蒋中正看看她。

陈洁如高兴地说，我让副官告诉他们，下半夜悄悄把他毙了。

蒋中正闻之大惊，勒住马缰，那马顿时嘶叫得要把他从马背上掀下，幸亏副官眼尖手快，冲过来拉住缰绳，稳住马。蒋中正似乎并不关心自己的危险，依旧在问，讲得是真的？

陈洁如回道，你不是说要时时刻刻维护你领袖的尊严吗？

蒋中正说，娘希匹。你这是将我蒋某人推入不仁不义之列。副官，你马上赶回去，将士兵喊来见我，我在这里等他。副官说，我这就去，总司令是否与夫人先回去。蒋中正连连摇头：不成，不成。我见不到他，决不回去。

众人知道蒋中正的脾气，也不与他再说什么，大家下马陪着他。

不久，副官的马蹄声响起，到了面前，士兵也带来。士兵并不知道自己有生死之险，见被带到蒋中正面前，又惊又喜，说不出话。蒋中正见到这个受宠若惊的士兵，笑着过来对他说，你知道旧时与皇帝下棋，赢者的下场吗？

士兵闻声胆战，脸上的笑容早飞至九霄云外，颤抖着身子，要哭出声来。

蒋中正抚着他的肩问道，小老弟，你这么做甚？

士兵只是一个劲地哭着不言语。

蒋中正从怀里掏出手帕，亲自为他拭泪道，莫要哭，有话，对我讲。对我还勿好讲，还能对谁讲？那讲的就是屁也不会香。

众人闻之欲笑而不敢，只能捂脸避开。

蒋中正看看他们，脸上依旧没表情，只是眼睛的表情让人感到在演戏。蒋中正抚着士兵的肩膀，轻语诱之：男人的眼泪是精贵的，要留着真正伤心时才哭。哪些事才会令男人伤心呢，一是老婆偷人；二是国家将亡。老婆偷人，是自己没用；国家将亡，说明没尽到男儿的责任。除此而外，别的都不值得哭！

听到这种话，士兵这才止住泣哭，慢慢说，同队的哥哥们怪我赢棋。我说，赢棋会做什么？他们说会闯大祸，说我必死无疑。甘哥，他做过几天私塾先生，他说古时皇帝就是用下棋喝酒揣度下面人对他忠不忠。皇帝是不愿意别人赢他的。你赢了，他输了。那江山他还坐不坐？士兵一口气哗哗地说了许多，说得蒋中正直点头，他拍拍士兵的肩，深深做个大呼吸，对天道，可见古今一理。老虎把人当填肚皮的美餐，皇帝也把人当点心。这天下如何能久长安宁？今天共和，蒋某追随孙总理要拯救民众于水深火热，还中华强盛。岂可照那皇帝老儿一般的做法。

他的话，被士兵字字听在肚里，扑通跪下。

蒋中正忙两手扶起说，都是为国捐躯的兄弟，不可如此。小老弟，你我同在一条为国捐躯的战壕里。说不准，是我先你而去，那就是你的不幸了。如果你能为国先捐躯于我之前，我蒋某定会照应好你的家人，请你放心。至于今天的下棋，纯属游戏。我们做游戏，站在旁边看的人可不当游戏啊！我怕他们加害于你，故而没走远，一定要看到你，看到你好好的，我才放心。

多谢总司令的救命之恩。我肝脑涂地也难报答您老人家啊。

我走后，不知他们会不会加害于你。蒋中正嘴里嘀咕道，忽然想到身边有把匕首，是给黄埔学生颁发时多下的，将它赠予士兵，一来让士兵见识到他的爱兵之诚，二来也好叫这些士兵真正忠诚于他。想到这里，掏出匕首对士兵说，这剑是以我的名义授予在黄埔军校毕业的学生的，那都是德才兼备者。拥有此剑者，必为党国之栋梁。你没有经过黄埔，但你今晚之行为，达到了黄埔学生之应有品行。说着，蒋中正双手递给士兵：你赢了棋，也等于打了胜仗，应该嘉奖你。授你此剑。愿你为党国效忠！

士兵一个立正，双手接过剑，大声道，请总司令放心，只要用得着我，决不怜惜这百斤身躯。

好！相信你是条好汉，将来的将军行列中，定会有你。

士兵接受剑后，仍由副官送回军营。

蒋中正对副官耳语，要他对二师师长格外交代，厚待士兵。副官两腿碰响，一个军礼，受命而去。蒋中正在原地等到副官回来，回复已经照办，说那边长官立即召集全体士兵展示此剑，希望大家与党国同心，完成北伐大业，蒋总司令会再次光临，授中正剑，云云。蒋中正这才满意地说，可以走了。马弁扶他上马与陈洁如一起回总部，一路上，蒋中正与陈洁如仍然无话。但两人的脑海里都在相同地闪现着一个画面：那激战的硝烟未散，第一个冲向制高点，将青天白日旗插稳的，就是刚才这位士兵。历史果然应验，若干年后的台儿庄战役中，身为少将以死殉国者正是这位士兵。

晚年的陈洁如在香港写着她的回忆录，写到赣鄂战区一节时，事隔多年，美人的心里仍然没有抹去蒋中正作为一代枭雄在细小情节上显示出来的演出才能。她深深叹道，自己与蒋中正之间的婚姻难以正式名分，几多自身的原因大概就是无法明察到他对细小情节的刻意追求和营造演出效果的动机……

115

子夜时分，露重了，落在裸露的皮肤上丝丝凉意已夹着寒气。

今夜的邵老爷，离开陈老板，谢绝了轿子，说是天意凉爽，走走好。眼前种种迹象表明包老爷是真正出手了，出得很重。先发制人呢，还是等等看？邵老爷思忖之际，最希望的是北伐军到来，包府不战而溃，于他的面子上，于镇的安宁都说得过去。偏偏现在北伐军从鄂出发，走走停停，虽说到了江西，何时能到这里，仍然是谜。冯先生说张义在竹为的事上演《捉放曹》，邵老爷感觉到另一个危机：上海暴动在即，张义有可能把护镇纠察队手里的枪支弄走……他没急着回家，而是独自一人在街上慢慢踱着，思忖着……

远处有狗吠声。

他警觉地站到暗处，见两条人影走到近处被陈老板家下人喝住。来人说，我是镇长。借路灯，邵老爷看出是史进耀，这才从暗处走出。

啊呀！邵老爷……史进耀招呼着，把他拉到一边嘀咕道，我刚回到宿舍，麻团长早就着人候着我了，他说不赞成你们搞武装。邵老爷一怔，他怎么知道的？脑子一转，想，随史进耀来的人八成是麻团长的。便提了嗓门说，你出面搞护镇纠察队，是人是鬼弄几根棍子舞舞，也能叫武装？别笑掉牙。也来拿我是问，我是镇长还是镇团防司令？我是商人嘛！

史进耀惊恐地说，听他的口气，好像你对他隐瞒了什么。他并没怪罪你，只是希望你把搞武装的钱给他们，大家配合默契是一定可以对付得了太湖强盗的。内患更不用愁。

你的事，不在我这交代。我虽是自治会会长，也不能瞎管呀。要说我能替他麻团长说话的，那就是各家各店的一些家丁，我可以说服老板们，到时候集合一块听他麻团长指挥。你再告诉他，我邵某是讲信誉的，答应的事一定会兑现。

有您这话就成。史进耀看看他，说，邵老爷没什么吩咐，我们就告辞了。

邵老爷没声响，默默看着他们离去，心里乱乱的：如果麻团长的狗熊脾气一发作，这两面受敌怎么得了？想到这里，他毅然决然做出一个选择，急步回家。刚到大门口，与里面出来的陈老板碰面。邵老爷惊诧地问，你从什么地方过来的？

陈老板说，这不刚到？二道门关着，叫不开，正回头想办法哩。说着，陈老板一把拉住他，低声问，你家那女教师呢？

邵老爷诧异道，问她做什么？

陈德怡说，看看她男人在不在？

邵老爷恼恼道，大惊小怪，是你不认识他，还是他不晓得你。你们两人的交锋还没分出胜负？还不服气？想要整他吗？

陈德怡叫道，你都说到哪里去啦！我发现了他的一个重要秘密！

什么重要秘密？

他是真正的共产党。

邵老爷舒口气，心里道，等你说，汤都凉透成冰块啦。他不想让人知道张义与骆小姐的关系，嘴上恰故意说，深更半夜的，搭错哪条神经了，尽说胡话。他见陈老板没离去的意思，低声问，就这个事？

这还是小事吗？他在铁路那边搞过乡下的事情，热闹得很……

邵老爷说，他比夏天的来头还硬扎？

陈德怡说，岂止是硬扎。论起抓民心，我们忙得真起劲，殊不知，人家早已把民心紧紧攥在掌心了。请别误会，我说这话，是觉得与张义联合是条路子。万一他给包老爷拉了去，那就糟了。

怎么可能？共产党就是消灭封建主义的，那地主是不是封建主义？我只相信张义是真的要把有钱人都统统搞散了伙。你要多长一只眼睛，多费脑筋，闹不好，就会岔气走弯路。

你能保证张义站在我们这边？起码是目前。

没想到陈德怡这小子也能这么想，倒也令人惊喜。邵老爷嘴里露的恰不是心里想的：我知道了，你去吧！今天我也实在太困了，明早再商量不迟吧。

陈老板见邵老爷这么说话，只好应了：明天下午也不迟。

那好。冯先生代我送送陈老板。

说完，邵老爷朝里面走去。

第十五章

116

邵老爷没睡觉，有重要的事要他做。这重要的事，正是刚才陈德怡提到的。

回到家，邵老爷支开下人，躺在烟榻上抽烟。喊上冯先生陪着喝茶。半个时辰后，掏出怀表看看，朝冯先生说，没想到陈德怡这小子也明白了，好事一桩，拎得清，力气就更容易聚了。你看，这时间是不是……

冯先生起身出去一会儿。回到屋里时，朝邵老爷点点头。

邵老爷放下烟枪，爬起来，坐直了，两只手平举过头，慢条斯理地理着光脑袋上的几根头发，轻轻地干咳几声。像是一种信号，女佣在内门口闪了一下。须臾，她拿着衣裳过来了。邵老爷笑笑，冯兄稍等，说完就随那女佣进另一门内去了。出来时，衣裳换成了黑香云纱凉衫，平底圆口鞋，一副轻便利落相，手里的折扇一摇，出门了。

冯先生随边上落半步，朝紫藤园深处而来。

两人很快到了洋楼前。

这里灯灭人静，四周一片寂静。

两人步到楼前窗下，轻轻敲了几下。

窗里有轻微动静，隔窗问，是老爷吗？

正是。

他们在哩！

好。开前门，容我进来等候。

两人又复回到前庭，邵老爷手里的黑折扇轻轻在掌心敲几下，听得一声天籁之音般的响动，冯先生推门。门在黑夜里张开了，借着夜色的微光，大家轻手轻脚一拥而进。

用人要开灯,冯先生赶紧制止。

女佣问,要不要泡茶拿点心?

邵老爷摆摆手,小声地问骆小姐是否在休息。女佣回说在。邵老爷起身让女佣陪着一起上楼去。上楼时,邵老爷叮嘱女佣轻脚轻声。女佣便在前面把上楼的步子迈得云落枝头芦絮挂丝网般。邵老爷随后,起脚落步都与女佣一个节拍进退,配合得风摇云彩夜雨软山峦。在下面的冯先生看到这两个黑影搭档的动作,忍不住扑哧笑出声,赶紧用手捂住嘴,不让出声,事后他对邵老爷说,那一刻脑子里有两句诗:女佣放胆来登楼,老爷无声去润花。

邵老爷说,前句通理,后句不达意。老爷无声去润花,那是润枯花。冯先生道,莫非那花有客扫过。邵老爷说,比那还要糟糕。冯先生顿时无语。

两人上得楼,邵老爷站在楼口扶住立柱张口稍稍喘一阵气,然后顺女佣的步子移至骆小姐门前驻足,忽听得里面有急喘的声响,邵老爷明白了,一抬手,女佣回头,自己悄然退至楼梯口慢慢下得楼来与冯先生咬个耳朵,大家坐在那里静候。

117

夜悄无声息地逝去,也不知是什么时候了,楼上开始有轻微的响声,听得是骆小姐甜甜地细声:你真的现在就走?

嗯。是男人的声音。

随从中的一个仆人激灵一下,从瞌睡中跳起来。

邵老爷没反应,只是用眼睛看了看那声音发出的地方,依然正襟危坐。随从们见老爷如此,精神又重新抖擞起来。

楼里复又宁静。

晚课后,骆小姐感到还有一些重要的事情没交代清楚,便让张义半夜过后到她的住处来。

夜半时分,张义到了邵家通外的那个偏门处,按骆敏说的,笃笃笃……轻敲几下,门果然开了,张义朝看守人掌心塞块银圆,随她在黑暗中走了一段路,前面树下骆小姐已经在等了。张义随骆敏来到楼前,从另一扇门进楼,两人踩着一个脚步声上了楼,进入卧房。几乎是一种久渴,又是一种急切,两个年轻的身躯融为一体。只听得黑暗中的低喘,只听到一种少有的沙沙声,整个黑暗都在野性的、撩人的、狂暴的呻吟中坠落又凸突；云起雨落，平静的心田旷无碍物。不——！随着一声拒绝，抱着张义饥渴狂吻的骆小姐，停下动作，嗔怪道，为什么拒绝？你说呀！

张义痛苦地摇着头，双手按着她的肩，让她坐在床沿上，低沉地说，漪澜，我的好妻子，我知道你很爱我，我也很需要你，可现在……这种形势下，我们能有那种情绪吗？两情若是久长时，又何在一朝一暮？你说是不是！

再过一会儿，我们就要分手，也许就是永远……

张义一下子捂住她的嘴，不让她说下去。他说不！我们还要在一起生活，还要生几个胖小子，你不是说过，革命者应该要有几个健康的后代吗？现在不行。我们留着到上海外滩再说吧！请你赶快告诉我，除了名单、联络人、那些投资在商行的股份，你还有工作上的什么事急着要交代的，都说说。

骆敏的眼睛湿润了，她又一次扑在张义的肩上抽泣起来，她说，如果有什么要对你说的，亲爱的，我只有一件事，希望我的夫君，保重身体，多长只眼睛，时刻警惕着阶级敌人。我在法国期待与你重逢！

张义搂了她，吻着她的额，说，谢谢你，你不想对你父兄的事有所托付吗？他们毕竟是你亲人呀！骆敏摇摇头，低语道，我有预感，邵老爷对包府下手，近在眼前，对于父兄肉体的消灭，尚待久长，现在有人要利用他们。说着，她抬脸紧紧地贴依着张义的腮帮说，真正叫我不放心的是，狗咬狗，它们撕咬的喘息间，会突然清醒，联合起来扑向你。

张义安慰她说，一旦邵包两派开战，我们的任务就是保存实力，适时暴动，拉队伍参加上海起义。

骆敏提醒他，可以把永福寺作为暂时的歇脚点。

张义担心的还是邵老爷和善面孔后面的东西，他说，一针扎下去，不是血，那可就糟了。你不觉得他的行动越来越诡秘了吗？

骆敏摇摇头：更可怕的来自党内，她把刚刚得到的对张义要隔离审查的消息说了。

张义心头一震，他知道有人在向党中央不断告他的黑状，生命与爱情都不足惜，唯有自己选择的主义没能看到实现，这是最最痛心的。他说，不管怎样，我要尽职到底，把武装拉出去，为无产者争取一支力量。请你放心，面对党内的责难，我有办法。

骆敏转过身来亲着张义，低语道，我等待你的重逢。

张义抚着黑暗中骆小姐的双肩，抹着她脸上那些说不清楚是汗水，还是泪……

骆小姐轻轻地拉住他的手臂，表示出亲热的需要。他好像没反应。她又重重地拉了拉……

张义撩开她那纤细的手：邵家对我的到来有什么猜测？

骆小姐的热情一下从顶峰落入深谷，知趣地退出自己那只不安分的手，平平静静地把自己从史进耀那里得知的情况告诉了张义。张义明白了，他更有对邵老爷"说话"的把握了。骆小姐问，我们出国后的情况如何？张义说，那倒难说，要做好最坏的打算。骆小姐又一次主动地抱住他，紧紧地抱住，说，你放心，我有心理准备。义，你能给我一次爱吗，就现在。也许这一次能够让我在异国他乡有你的一个后代，我就满足了。

革命者应该有健康的坚强的后代；可现在……张义默默地说着，心里痛苦地抽搐起来。

看看时候不早了，骆小姐与张义甜甜蜜蜜说着话朝楼下来，夜色中，猛然见楼下大门敞开，再细瞧，大厅里有人，没看清楚是谁，也顾不上看清，一种特殊的条件反射，骆敏惊得尖叫一声，扭头就朝楼上奔，不料，一脚踏空，栽在张义身上，张义一把没抱住，两人倒在楼梯道上。

张义先爬起来，一眼看到楼下有人。他不清楚楼下是些什么人，来干什么的？但他明白，此刻来，必非闲情所致！一手扶好骆小姐，顺带就把骆小姐拉到了身后，从容地整好衣服，扬手打开了墙上的壁灯。依稀可以看到无灯而昏暗的大厅里，胖胖的身躯和瘦瘦精干的几个人影。张义大大方方走下楼。当他出现在邵老爷的面前时，客厅的灯适时骤亮。

邵老爷表现出一脸的惊诧，起身双拳抱胸连连道，啊呀呀！有扰，有扰！

张义表面虚与委蛇，惊觉地看着左右，心里一遍一遍地问着：他要做什么？是真的第一次知晓我与骆敏的关系吗？还是别有目的？且慢……

邵老爷在双手抱拳的寒暄中，身边的用人、随从、仆人都退到门外，门也随之紧闭。屋里只有冯先生站在邵老爷的身后，一种难以让人看出目的的表演场景。

邵老爷手一展，说，在下因有要紧的话与两位说，深夜搅扰，深感不安！如蒙垂示，请。

冯先生打开另一侧门。

邵老爷在前，张义随后，骆敏紧跟，一起步入。

张义进门一眼看到了那幅巨型山水画，上次会面的情景历历在目，不由得笑道，邵老爷，我们这是故地重游啊！

邵老爷哦哦哦应着道，上次我们谈得很投机的嘛。

是啊！张义指向墙上的一幅画说，邵老爷不仅商场精明，对中国画也很有造诣。那次，你与我说了关于画的许多故事，你说包府对你不断购庞元济的藏画很不高兴。透过画的故事，看到邵老爷很有爱国心，不愿意把中国的国宝轻率让他们弄出国去。

对，对对对。知我心者，冯先生和张先生。请坐下说话。邵老爷引着大家朝椅子上坐，又令人上夜宵、点心、茶水。入座后，邵老爷说，既然张先生开了话头，我们就接着说下去。记得那次在这里谈得最多的是"辑里丝"吧。张义说，那次邵老爷说了古柳泽的兴衰史。话题恰恰是从辑里丝说起。可你没给我讲"辑里丝"的来历，真有些遗憾。

邵老爷呷口茶，兴致勃勃道，好，我今天就补上。

骆小姐惊诧地望着邵老爷：你深夜找我们就为这？

邵老爷佯装未听到，侃侃而谈："辑里丝"的丝和它的丝绸绫罗产品，应该说都是代表着中国的。它从宋朝起就在国外大显我中华帝国的威风。我个人的家业也与它分不开。南浔张静江靠丝发家，其实，真正产丝的是南浔旁边的双林、菱湖。记得书上这样写，辑里丝，产于"辑里湾"。辑里湾，是个大概的地理名称，范围：陆路，西沿运河塘路至东迁镇，南出康王寺桥，沿河路西南至马要，辑里。辑里，一小村镇，明相国温体仁居此。有万善庵，居民数百家，市廛栉比，农民栽桑育蚕，所产丝品质最著名，甲天下，海禁既开，遂行销欧美各国，曰辑里丝。以南浔外运为主，经越溇出海，古柳泽为重镇聚集散运地。此镇丝绸牙行约有千百余家，居民"尽遂绫绸之利，有力者雇人织挽，贫者皆自织，而令童稚挽花，女红不事纺织，日夕治丝"。明朝时有歌谣，记不清了。冯先生说说吧。

冯先生脱口而出：

> 机顶挂流苏，机旁垂结珠；
> 青丝引伏兔，黄金绕辗轳；
> 艳彩裙边出，芳脂口上渝。

这么好的地方，怎么就没有太平呢？邵老爷感叹道：能否有一天，我能够看着自己沐浴在温煦阳光里，摊开衰老的手，绽开笑容对家里人说，我们再也没必要揪心担愁强盗和土匪啦，更不用怕什么新军、旧军，天下永远太平了……

表面聆听的张义脑子里急速思考着邵老爷的用意。

……这一切，好像永远没有让我盼到，我的生命就是在乱世中挣扎。说着，邵老爷站起来面对张义，双手一抱，高举过头，弯腰作躬，如是三下。接着就要下跪。

张义顿时惊立无策，连连喊道，邵老爷，何故行此大礼，莫要折煞我。说着，慌忙把邵老爷扶住。骆小姐也过来拉住他另一条膀子，两人相劝着让邵老爷坐下。

邵老爷悲泪欲下道，张先生应该知道我邵某的为人。

张义点点说，有用得着我的地方，只管吩咐，不必如此。

邵老爷缓过气来道，先生手中握有对我邵家生杀的大权，还望先生念我对贵夫人不薄的份上，帮我一把。

张义惊道，何出此言？

经历过多少的炎凉世事磨难，处置过多少的人情悲喜冷暖事，邵老爷忽然心情平缓下来，静静地抚着椅子扶手道，如果我没说错的话，这位骆小姐真名叫包漪澜，是包老爷的女公子……不必惊讶。自骆小姐到我的家里，从谈吐里知晓非一般来历，故另眼相待。你想，我敢把儿女托你，不好好访得你的底细，能吗？知你是包府之人，还能重托于你，该怎么想？

骆小姐惊得张开的嘴没合上，半晌才问，你刚才知道还是……

邵老爷平静地，用他一惯有的情绪，缓缓地像谈论别人的事那样叙述着自己的发现：你来后的第二天，你念着法国话，并用中国话翻给我听。在你不经意的说话中，用了一个古柳泽的方言。你可能没意识到，而我则刻于脑中。要知道，我邵家可不敢轻易留陌生人啊！有那种独特方言者，不是乡亲会是谁？脑子里寻索多日，只有两个人可以相吻合，一个已经不在世，另一个就是包老爷的爱女，那个与父亲敢于对抗的女儿，非你没别人，你敢到我家中，想必是有目的。张先生的到来，还有你与夏天、史进耀的接触以及你到包府去，种种的表现都表明你不是为了个人的恩恩怨怨。我接触过许多在国外留学过的人，他们的心胸非常宽阔，不会因个人的旧冤而相承，总是把自己放在民族国家大命运上。所以，我敢那么做，也是非常人所能做的气魄。小姐能够明白我邵某的用心了吗？

张义问，她的身份，府上都知道？

没有。要说有人知道，我猜想只有一个人会知道，那就是冯先生。他怎么会知道，我也说不清。说到这里，邵老爷抬头抹抹额头，那儿有丝丝的汗珠，话语也就更坦诚了。你看，她敢于到我的家里潜伏。而张先生明知山有虎，偏向虎山行，如此举动，若为配合包府灭我邵家，就请快些……

闻此言，张义更深地看到了眼前这个人的非常之处。他瞅着空隙插话道，既然邵老爷都知道了，明人不说暗话，当前的革命形势，邵老爷看得比我们清楚。包府对您的态度，你比我更清楚。骆小姐敢于大义灭亲，绝非等闲之辈。我希望你把她看成一个坚定的革命党人，而不是地主的女儿。邵老爷与孙中山先生和他的朋友们有着浓厚的感情。孙先生主张联俄、联共、扶助农工，国共两党是中华民族两个同祖同宗同血脉的兄弟，都是为了民族富强，为了把中华民族从苦海里拯救出来，现在，蒋先生正在北伐，我们的同志也在积极帮助国民党完成北伐。处在这样的时刻，我希望邵老爷能以支持国民革命的态度支持共产党的主张……

邵老爷恰有分寸地摆摆手打断张义的话说，我让骆小姐把孩子带到国外去接受共产党的思想，已经表明了我的观点，无须再多言。有关经费，已经在国外办好，他们会每月如期支付，足够你们生活所需。另外，在巴黎和纽约，我有几爿商店。国外银行有些东西存着，其中包括元济在《中华历代名画记》里提到的一些名画，放在那里，倒不是为了出售得钱，是安全。一盘散沙的中国，现在是什么东西都藏不住……说到这里，邵老爷言归正传道：据说，护镇纠察队里，你已经掌握了全部人心。这一点，我是诚服的，在发动民众方面，贵党是首屈一指，前无古人可比，后更无来者仿效。

张义说，邵老爷的意思，我不明白。

邵老爷看看冯先生，接着说下去：贵党如果想在古柳泽打万年桩，我劝先生莫生此念。你知道包老爷为什么不让麻团长兑现那期票吗？说到底，就是怕他麻团长在镇上立足！我对包老爷迟迟不红脸打仗，也就是敬他这一点：决不允许外来势力在这里撒野！

张义一笑道，那是过去，或者说是几天前。现在，由不得你了！

邵老爷打个寒战，振作精神说，我明白。鉴于现实，我已经将主要投资方向，移到国外。这块地方明天无论属于谁，与我个人的利害都不会太大。我在这里留下少量的家舍、农田、作坊，归在几十年来为邵家付出辛劳的用人们名下。上海、天津卫也只留些产业以维持国内朋友的家眷之需，大多数移至国外，主要在法国、英国和美国。告诉你这些，就想请你能够帮助我，莫要在我还没完全撤离前，让我难堪。说到这里，他又振了振精神说，我还一点请求，太湖强盗血洗古柳泽，最好就只血洗我一家，放过全镇老少。还有武装，希望你能顾及全镇老少的性命安危，不要拉走队伍……说着，邵老爷再次做出离席下跪的动作，慌得张义与骆小姐连忙过来挡着，连连说，难得见邵老爷这样对待全镇父老乡亲，苍天有眼，好人必有好报。张义说着，问，我不解你这些话，源于何因？

你让周山捉了又放走竹为，演一出《捉放曹》，是何故？

张义恍然大悟，叫屈道，怀疑我放了竹为？救也是我救的？

邵老爷摇摇头，那倒不是。

张义说，惩恶扬善，是我们的职责，至于说对竹为《捉放曹》，那是你的误会，竹为在我们赶去前已经被人救走，此为何人，至今不清楚。以我的人格担保，请相信我说的是事实，我们一旦看到竹为，会就地正法他，您请放心，我张某绝不失信。

邵老爷松口气，说，有这话，就好。现在我告诉你，我本对夏天先生很寄希望，陈老板一桌三百块大洋的酒席真是他陈德怡的吗？你明白就好。夏天先生与史进耀过往甚密。一旦镇团防到了史进耀的手里，加上这个民众教育馆的护镇纠察队，那是什么力量？赶走包府的狼，迎来史进耀一只虎！古柳泽真要不幸啦！我找你，就是一个目的：一旦有事，民众教育馆有枪支的人，能保证听你的，能保护我邵家老少离开。而且可以协助商会各商家的家丁！至于我们走后，你把队伍带到何地，我可以不问，我还要让盛老板陈老板胡老板给一笔相当可观的资助。顺便我也告诉你，骆小姐与我几个孩子出去的事，已经办好，这镇上近日是非颇多，我想让他们明早乘"万盛行"出洋的船走。

如此周密而且委以重任的计划，似乎无懈可击。张义无话可言。

邵老爷缓口气，又道，作为生意人的思考方式，我是对等式的。我支持你，当然也希望你支持我。如果你不支持我，那么，你将得不到许多东西。这一点，你应该明白。这好比做生意，赚钱要赚在明处，那才是好的生意人。

张义说，既然邵老爷这样说话，我也就请邵老爷能够信任我。

好！我喜欢和爽快人打交道。说着，邵老爷掏出怀表看看说，时候已经不早，我就不多打扰了。张先生既然与骆小姐是伉俪，那就没必要再分开。只是不要让夏天知道这个底细，我这里，请大胆放心。他朝冯先生看看，两人拱手退出。

现在，屋里只剩下张义与骆小姐，望着窗外还没一星点点亮色的黑暗，两人都顿感刚才的事如梦一般，现在才真正明白：古柳泽的一切都在邵老爷的掌心摆着。张义倒抽口充满寒意的冷风，把骆小姐紧紧抱在怀里，什么话也没说。骆小姐也从他的腋下伸出手去，紧紧地抱住，就这样，他们紧紧地抱住，什么声响也没发出，让黑暗中的夜从身边流泻而去……

118

这一夜，邵老爷没合眼，与冯先生相对而坐。面前一壶茶，两只精致的紫砂小杯。邵老爷一失平时面对紫砂茶器的潇洒，情绪低落，大有那种鹿死谁手，兔死狐悲的滋味。

墙上的自鸣钟在不紧不慢地摇摆着。

冯先生抱着茶杯，看看邵老爷，他坚持认为与张义摊牌的办法实属下策，应该做一回中流砥柱，把这场动乱从自己的眼前轻轻巧巧地拨撩过去，潇洒得像甩张牌。那时的古柳泽就不再是包老爷的了。

没有包老爷，还有李老爷。孙中山先生说了，现在的中国是一盘散沙……邵老爷思忖良久后说，我从那姓张的神情上看出来，他们并不是共产党内的得势者，但他们以后会得势，就我个人的看法，骆小姐一旦到了国外，有我那笔充足的经费生活，于他们也是不小的革命资金！再说，我那几个孩子让他们灌输赤色思想，他们不高兴吗？我的孩子受到他们的影响而成为职业的赤色革命者，于我而言，是悲？是喜？我相信，这几个孩子不可能都成革命党，只能吸收革命党人优秀品质与思想，他们中间必定有人学工学法律学经济……他站起来，伸了个懒腰道，后路铺好，眼下就只有一门心思对付那狗东西了。

这话令冯先生猛然一惊，他从未听到邵黎泽用这样的词对包老爷，着实吃惊不小。

邵老爷什么也没表示地走了出去，站在院子里，面对着欲晓的东方，似乎在想着什么更大的问题。

突然，有人跑来喊，快，快，不好了。

冯先生冲出来问，出了什么事？

邵老爷没有动，他看着那几个跑来的人。

有人把少爷骗去了。

邵老爷叫道，啊！真下手了。顿时两腿站立不住地软下去。

119

小扣像往常那样与骆小姐一起到了民众教育馆，一个去上课，一个去听课。上完一节课，小扣便悄悄来到树下等人。已经有个人站在树下。见到小扣，什么话也没说，手直朝她胸前伸。吓得小扣连连后退，嘴里低低地嚷着：你要做什么？你要做什么……那手在她下巴前展开，一叠大洋在灯光的反射下，让她眼花缭乱。

对方说，五块大洋。

小扣哦了一声，身子便昏倒下去，那人抄腰一把抱住她，另一只手顺势在她胸前乱抓，黑暗中，男人的气息，男人的拥抱让小扣一个激灵惊醒过来，你，你，你这是……那男人慌乱乱地把大洋托在掌心里语无伦次地道，你刚才昏过去了，我只好抱住你。这是大洋，大洋。五块！

给我。小扣夺过，问，没人看到吧。语气虚虚的。

对方倒是神气起来了，没有，没有，一定没有。

小扣说，我们就照昨天说的做吧！说的时候，拍拍口袋，听到大洋相碰发出的响声，知道那五块大洋实实在在地躺在口袋里。她想，如今世界真的变了，变得铜钿烂狗屎一样好赚。她抬起脸看看对方，感觉不是昨天那人。对方见她看自己，便把手伸过来。她问，你要做什么？那手在她的脸上停住。她的心里慌慌地想，停下做什么？想摸就摸，反正已经给人摸过了。那人没摸，也没放下的意思。她踮起脚尖，脸就碰到了他的手掌上，那手掌就动了。她心里说，好的，摸吧，那就摸摸吧，只要你觉得舒服就摸吧。觉得粉嫩吗？你有老婆吗？想娶了我吗？要想娶我，这几块大洋可不行，没有乔乔那么样的阔，也应当是车几辆，船几艘！她这么想着，就觉得体内的什么给摸得直朝上冲，扭了扭身体，想表示什么时，那人的手松开了，让她的情绪一下子落到了底，一直滑下去，滑到一个不知什么的地方！那人忽然用很硬的口气说道，让邵家的大太太去见见她的儿子。

小扣看看他，心里想，就这事儿？

你听到没有？让邵老爷的大太太去看她的儿子。

她乐意地点点头，嘴里嘀咕道，我还以为你要困了我哩。

你说什么？对方问。

小扣脸一红，连忙说，没说什么，眼睛看看四周问，大太太呢？

那人领她到一个地方。那位"大太太"出现在小扣面前，小扣从来没见过邵家的大太太，自然没什么话说，领着他们朝邵家去。

到了邵家门口，小扣让他们在大门外等着，自己径直来到有扁、有鼎的房里。两个孩子还没睡觉，正在看书。女佣问她有什么事。小扣也聪明，塞块大洋在女佣掌心，耳语说，他们的娘今晚在镇上，想看儿子。女佣说，天晚了，明天吧。小扣说，我也这么说的，她说明天怕是再也看勿到了。她问女佣，他们是明早上船吗？女佣连忙小声道，老爷吩咐过，不准讲。小扣见女佣没坚决反对，拉了有鼐就走。

嗳——！女佣拦了说，千万不能让孩子出大门一步啊！

小扣说，这点规矩还是晓得的。不出门，就在过道门堂里见见面，好勿好？女佣笑道，小扣姑娘办事情还是蛮老扎的，想得也周到，就照你说的做。

女佣与两个孩子重复了小扣的话。

有鼐是哥哥，问，来的是我娘，还是有鼎的娘？

这？……女佣倒给问住了。小扣知道兄弟俩是两个女人所生，来人是谁的娘倒忽视了。

有鼐又问，是我们两人去呢？还是一人去。

这倒难不住小扣，快人快语地道，大娘，二娘，都是娘，哥俩去看看，也是好事。

女佣赞成。

有鼎不高兴地说，我娘在上海。

有鼐听弟弟这么说，便道，弟弟小，他就先不去，我去，来人不是我娘，也是姨娘，要是姨娘，请她进屋来看弟弟，好不好？

女佣看看小扣。

小扣鬼肚肠一转，说，好，有一个去就成，那就走吧。

刚走，有鼎又追着跟上，哥哥，我也去，要是大姆妈，我也见见，我还没见过哩，她一定也喜欢我。有鼐说，当然，都是姆妈嘛。有鼐搂着弟弟，兄弟俩高兴唱着，我们一起去看娘。

大家朝北门来，到了门口，见门关着，看门的伙计正在下棋，对房门的伙计在喝酒聊天。小扣暗示女佣过去。女佣上前叫开门。

下棋的头也不抬地说，总管吩咐今天府内所有人都走西门，此门不开。小扣听了，只好过来问，是真的不开？伙计一看是太太房里的丫鬟小扣，那调子马上又变了：小扣姐要出门？小扣说，是我们大家要开门。伙计看看问，还有少爷？

有鼐说，我们不出去。

伙计费解道，不出去。开什么门？

有鼐说，门外有几个亲戚，想与我们说说话。你把门打开，让他们进来，站在这里说说话。好吗？

伙计犹豫不决。

女佣说，那就开吧。

有鼐说，小哥，是我娘在门外，她想看看我。

嗨！你咋不早说。伙计说着就去开中门。

对面屋里的老仆人喊道，开什么门？伙计过去说明白原委，老仆人出来，眯细着昏花的醉眼看了半天才指着伙计说道，总管吩咐晚上不可以开。这意思，你可听得明白？

明白。

明白就好，门不开。

小扣过去，几声老爷爷一喊，然后说道，大太太白天不好来看儿子，这夜里悄悄看一下也不行？骨肉情分，你也不给？老仆人无语，把那醉态的手掌垂帘布似的摆摆，说，那就让她从小门进来，你们不要出去。记住！

嗳！伙计立即改开旁边小门。

120

伙计刚刚卸下门闩，门就被冲开了，拥进七八个人，直扑这过道中间站着的几个人。小扣一看来势，以为抢她，吓得就躲。没想到这些人直奔有鼐。伙计叫声不好，抄了家伙就挡。女佣像只老母鸡一样紧紧护着有鼐有鼎直喊，有强盗！来人啊！

对房门里闻声冲出来喊，关上门！

报警！

当当当！门口的钟声响起。

歹徒头目见状，喊道：陈三，小庇，不能让他们关门。

一边要关门，一边不让，刀棍混杀，喊声震天。

看门的伙计事先没防备，加之家丁都到西门和民众教育馆去了，人手不够，出手已显被动。警钟的响声在夜空中回荡着，听到钟声，人们纷纷赶来，那喝酒的老仆人，下棋的伙计、小丫鬟们全上了。大家奋不顾身地与歹徒拼搏。渐渐地，有人识出歹徒的目标就是邵家少爷，众人紧紧护着少爷朝后撤。歹徒一边阻止关门，一边抢人，不敢恋战。等歹徒夺势到了门口，门上已是重锁相加。退路被阻。

这时，搓麻将路过的二厨师闻声赶来，在灯火中认出熟脸面，大声喊道，大胆包府的歹徒，敢来抢人？这一喊点明了歹徒身份。

伙计们听说是包府的，相互间鼓劲：别怕，他们不是太湖强盗。歹徒知道身份已经暴露，再战下去极为不利，紧吹口哨朝后撤。没有退路，只得奋勇朝前冲杀。二厨师连连喊，他们逃不了，抓活的。旁边的人连连助威喊道——

抓活的领赏啊。

给老爷争气啊！

不能让他们逃走，捉了活的，与包府对责！

伙计们相互鼓着劲纷纷拥来，争抓活口拿赏金。

歹徒趁其不备，飞镖打落高高挂着的灯笼。灯笼落下来，灯油溅到人身上，油见火即燃。被烧着的大喊大叫，场面又是一片混乱。歹徒趁乱夺到了邵家两少爷。众人慌起来，不顾身上着火，扑过去争夺少爷。一场混战，有鼎被抢回。有鼐因为两个歹徒死死地抱着，怎么也夺不回。胆大力勇的伙计，拦着歹徒的路高喊，既是包府的，有种跳出来说明白，为什么要抢人？快快放下，别与小的过不去。

歹徒见无退路，为首的趁着厮杀来到有鼐面前，把刀架在脖子上，冲着众人喊道，都给我停下，退开，如果不退，我就杀死他。

众人见状，不知如何是好？

二厨师急中生智喊道，让他们从东院门出去。

走东院门，要绕路。

歹徒不知是计，见围着的人渐渐闪开，空出一路，他们架着有鼐一步步地朝东院门移去。这邵家之大，从北院门到东院门，没一个时辰走不脱，歹徒们好不容易挪到东院门边，抬眼见东门过道前，灯火通明，邵老爷和冯先生，还有闻讯赶来的盛老板陈老板等人都站在那里候着。

歹徒们见势不妙，架着有鼐另寻路逃走。

邵老爷大步流星走过来，厉声道，来人是何人？若是英雄，可否坐下来谈谈。

小的只知拿人钱财，为人卖命。

既然是为钱财，那好。他给你多少，我加倍于你如何？

你让你的手下让开一条路，我自然可以与你谈。

你得先放了我儿。

好说。

就在这时，院内暗中突然蹿出数支飞镖，高悬的灯笼纷纷坠地，油溅火起，又是一片混乱。混乱中，令人出乎意料的是，歹徒没冲向门口，而是直扑邵老爷。众人赶紧过来保护，门口一时空虚，歹徒得了空隙，分成两拨，另一拨挟着有鼐冲出邵家东院门。

东院门外是邵家用人伙计的宅屋，歹徒一出门就遭到围攻，他们不敢恋战，挟着有鼐顺街穿弄逃窜，没走多久，又被前面的家丁拦住。歹徒只好退过来从另一条路依旧返回邵家院内。二厨师见歹徒出现，高喊，快救大少爷。歹徒一路打灭高悬的灯笼和电路灯。

宅街一片漆黑，歹徒消失得无影无踪。

众人着急，邵老爷倒不急了，安慰大家说，在我家院内，不怕他插翅飞了。

总管过来说，老爷、冯先生，你们陪着客人回吧。这歹徒，我负责抓上就是了。说完，拉着人马就走。

邵老爷眉头一皱，嘀咕道，有把握？

冯先生叮嘱说，记住，大少爷在他们手上。

总管应道，我会注意的。

旁边过来北院门的伙计，说，老爷，我们逮着两个歹徒了。

押到前厅，要问个明白。邵老爷与众人朝前面议事厅走去。

121

路上，陈老板说，那送信人的尸首为何会放到盛老板家酱菜加工作坊那里去？歹徒又为何要抢你的少爷？依我看，这两件事一定有联系，不能分开看。

邵老爷问，依你如何看？

盛老板抢先一句说，秃头顶上的虱子，明摆着！不让你待在这古柳泽上了。

邵老爷反问一句，现在，你就能待了吗？

这……这……盛老板无语。

冯先生拱了拱盛老板，低语道，辅车相依，唇亡齿寒，毛落鬓秃，岂有你盛家的辉煌？

盛老板对冯先生低语道，你说一句，该怎么办？

冯先生暗中拧他一把，用兵一日，何为一日？要我点吗？

盛老板猛然醒悟，好。旋即对下人一番耳语，那人随即离去。

邵老爷早就见他们嘀咕，心里已有几成明白，见有人离开，疾呼：低声嘀咕什么？

没什么。我让他们每家都小心些。说着，冯先生突然提醒邵老爷：你答应给护镇纠察队发放武器的事，已经拖些时候了。

邵老爷无奈地回了一句，那就发放吧。接着，对陈德怡苦笑道，看来姓包想当大总统？

冯先生快嘴回道，不想天下，坐稳这古柳泽也还可以吧！

邵老爷浑身一震，还能说什么？

122

听说发放武器，张义立马拉了史进耀赶到邵家。

路上，史进耀把刚才冯先生与盛老板要他集合护镇纠察队配合冯大的事说了。张义关心的是他怎么回复那些商家的。史进耀叹道，回？回个屁！冯先生把我拉到一边嘀咕了几句，说是邵老爷的意思，我还有屁话说？张义明白，事情不到这一步，这位县镇两级商会会长会这么做吗？转而一想，如果是冯先生"挟天子令诸侯"怎么办？管他那么多干什么，拿到武器就是我们狠啦！这么一想，心里也就坦然多了。

到了武器库，总管接待了他们，按照小分队队长名单和两个分队的名单，每人配了短枪，子弹各一百发。长枪一百五十支，子弹五千发，另有许多手榴弹火药等。史进耀看到这些东西，喜欢得摆来弄去一阵子，忽然脸色忧郁地对张义说，这些东西发下去散失怎么办？

张义问，你想集中管理？

史进耀还没开口，旁边的孙有乐道，我说你们是书呆子，一点也不错，这时候人家发枪给你，让你留着廿四夜做朝供，美你哩。

史进耀说，早发一天，迟发一晚，有什么关系。

点完了数的总管过来问，你不马上发下去？

史进耀说，明天开大会登记造册，举行仪式呀！

总管笑起来，急急发给你是要派用场的。

张义明知故问道，再怎么急，总得研究研究吧。

孙有笑道，还真打？

史进耀说，那做什么？

孙有说，壮胆呀！喊喊叫叫呀。去吧，死一个，谁养他家小呀！不去吧，明儿饷金哪来？

听了这话，回程时，史进耀为难地问张义怎么办？

张义搪塞道，你没授权予我，我也不好管。

史进耀恳求道，问你一下态度嘛！

张义道，那也要先取决于你的态度呀！

史进耀无奈地说，去，是一定要去的，怎么去，由你们定，你们定了，就行。我在这方面是外行。叫我领导，实质是让我受罪。管管钱财还可以。

半路上，史进耀又准备溜了，他说，张先生，都交给你吧！

张义一听，心里乐开了花，表面却一把拉住他说，这可不行，一定要你定了再走。

史进耀挣脱了他的手，说，有你就行了，你说怎么就怎么，我都同意。说完，一溜烟跑了。

周山笑道，兔子的尾巴怎么短的，我是知道了。

他走了正好。张义说，我们先开个党内的会。

没多久，大家都到了，张义介绍了情况。众人七嘴八舌，有坚持要打的，有说不打的，你争我辩，众说纷纭，莫衷一是。小青说，还是听听张义的意见。阿倩则提出张义是否请示过上级，万一打了，这古柳泽不能待，怎么办？朝哪里去，有没有后路备了？

阿根一副满不在乎的派头说，那就参加北伐。

小青说，没多少人愿意离开家。

顿时大家你看我，我看你。无语。

小青同志说得对。张义站起来说，割舍家园是要下很大决心的，这一点我们必须清醒地认识到。包邵两家的争斗由来已久，从表面上看，这是有钱人之间永远不可能平息的争斗，牺牲的是我们工农的劳动成果。眼下，包府与太湖强盗勾结，又与麻团长合伙想血洗古柳泽，这是全镇不公开的公开秘密。包府在全镇人心目里已经没有地位。正是这一点，我们要支持资本家们保护古柳泽百姓的做法。同时，我们还要想到，包府如果灭了，我们未必就可以高枕无忧！对于羽毛未丰的我们来说，包府是个强大的敌人，而邵家则是个更为强大的敌人……

张义这番话，把大家的心里点拨明了。大家以热烈的掌声支持他继续说下去。

……用战略的眼光看，完全消灭了包府，对我们未必是好事。那时候邵家做什么？解散武装。这是很可能的！古人尚知道，天下平，弓箭藏，马归南山，良臣戮！做生意做到洋人那里的邵黎泽更比古人明白这层道理。因此，我们应该有意识地替包府留下后路，让包邵之斗继续进行，在他们相互撕咬的过程中，扩大我们的活动空间。

说到这里，张义把手一挥，重重地捶在桌上，用低沉的声音说，一旦时机成熟，联合镇周围的骨干，加上永福寺的僧人，商家家丁中的一部分，宣布暴动，配合上海工人起义。

众人听了这消息，兴奋异常，都十分关切地问具体时间。

张义笑笑，我原来担心没武器，暴动也就等于零。现在发放了武器，再加上他们要打仗，应该说是天助我也。只等上级一声令下。

会还没散，冯大来了。

张义宣布会议结束，各分队队长留下，其他人去集中人员。

借着送大家到门外，张义再一次悄悄强调：这是第一次参加战斗，尽量在后面随着，不要冲到前面去。尤其是我们的骨干同志，为他们的争斗牺牲是不值得的。

大家七嘴八舌回说，知道了，感谢张先生的提醒，你快进屋去吧。

冯大从怀里掏出一张地图，摊开在桌上，招呼大家靠近些。

张义见是包府的地形图，俯身观看，从图上看，包府的防御果然十分要得，不说是铜墙铁壁，也是坚壁森严。

冯大指着图开始说起方案：这是城堡，在前面。主要的兵力布置都在这里。我和各商家的家丁从这里攻进去。这左边是暗道，里面很深，一直可以通到镇外一个叫青云墩的地方，那边已有人把守。到时候，我们用烟火熏，叫他们走不成这暗道。右边是水道。为了收租方便，大户人家都有这种河水穿堂过，船驶客厅前的收粮厅，账房只须在堂前算账，上下粮食极为方便。我们从河里过去，在那里放火烧他的收粮厅……

有人喊道，你这图上画的不对。他家的收粮厅是前院，后院才是真正的包府内宅哩。

冯大一怔，看看对方，眉头紧拧：是吗？然后没话可说了。张义指着图上的字念道，前院图。冯教官，这是前院图，上面写着哩。这说明还有后院图，我们没看到。

插嘴的说，还有中院图。过了中院，才能到后院。

许久，冯大叹道，命不该绝。言毕提高嗓门道：今晚我们攻下前院，把镇团防灭了，算是交代。请你们配合的是，妇女救护队紧随其后。包府地形复杂，为确保袭击成功，我要你们断后，你们没那种能耐正面冲突，只需呐喊嘶叫，防止他从后面切断我们的退路。一个时辰解决问题。打不赢也要撤！记住，我们是假扮强盗，如果被他们认出了，绝对不留活口。

张义明白，这是冯大的精明之处。

大家回说记住了。

接着，开始分配任务。

冯大将队伍分成四路：我率领的是三路兵，先进入正面与南边树林一带埋伏。你们的一支队伍从东北角靠近包府，在这个方向上，包府有个边门，就是你们守住的位置，你们的任务就是守，使他们不敢贸然出来，迫使他们转向中院，通过前院收粮厅时，正好赶上由从水路直达中院收粮厅的我们，迎面截住……我刚才说了，他们从暗道是逃不走的，出口封杀，暗道里放烟火……计划如此，还要大家配合好，胜利才能保证。

说到这里，冯大缓口气对在场的人提醒说，为了事后的安排，东家们的意思，你们当官的不要介入。说完，冯大起身与周山、孙有紧紧握了握。握到张义时，张义回说明白了，我和史镇长都不上去就是。

冯大朝大家一笑：好兄弟，我们烟火为号。说完大步流星而去。

望着冯大的背影，张义暗自想，这倒是个军事人才。

周山问，出发？

张义点点头。

周山带着队伍赶到西街场上，冯大已经在等候，见到大家一挥手，队伍没停下，直接朝包府开去。

123

紫藤园里，此刻好热闹，总管带领着家丁拉网式搜捕歹徒。

歹徒拖着有彇在邵家宅内奔跑。开始，有彇还能看到摇曳的灯火，听到四处的呐喊和追捕声，他喊叫，没人听到。后来，嘴给堵上喊不出，渐渐地，那呐喊，那灯火都远离了。有彇这才发现，歹徒们在他的家里，竟然是轻车熟路，比他还熟悉。这是什么原因？呵！他看到在歹徒们的前方，远远地有一个萤虫似的灯火，歹徒们就是顺着那个灯火走动的。三园五院，四溪八涧，楼台亭阁都一一绕过，直奔荷塘边的一个水榭，在那里停下。周围静极了，除了虫鸣、蛙声，再也没别的声响。有彇心里苦苦地喊，爷啊！你快快来救我啊。可怜有彇，就是扯破嗓门喊，也不会传到邵老爷的耳朵里。

突然，那萤虫般的灯火没有了，歹徒慌起来。为首的说，别急，找船，找到船就有办法。大家分头去找。很快在水榭下找到一条船，像是早早备下的。歹徒把有彇弄上船。有彇想不走。歹徒说，你不走，就把你剁成块，扔塘里喂鱼，鱼再烧了给你的爷吃。有彇毕竟还小，被他一吓，不敢再动了。只得乖乖听他们摆布，上了船，船在荷叶草丛间静静地驰过，过堤时，有鼐看到了堤上一片灯火，搜捕歹徒的家丁来回地喊着。他动弹不了，喊不出，泪水哗哗地流着，眼睁睁地看着家丁们走过去。

歹徒把船驰到了水关前。一个歹徒说，门锁着。另一个说，过去看看，那门是不是虚着。船轻轻地靠上，门上有锁。歹徒嘀咕道，怎么没打开？说着，手伸过去，摸着锁一拧，开了。歹徒卸下锁，开了水门，把船悄悄放过，然后再把锁扣上，咔嚓一声锁好。

现在只是出了邵家院子，但还没有完全离开邵家的地盘。歹徒似乎也知晓这个情况，并嘀咕说这片水面是黄师傅承租的，大家一路依旧悄悄行进，直至水路尽头，上岸。没走几步，又下了水。这回的水上有条船在等着，歹徒们把有鼐弄上那条船，进了舱。此时不仅远离了邵家，而且也离开了古柳泽，歹徒们开始吆五喝六地大胆说起话来。他们把塞在有鼐嘴里的东西拿掉告诉他，现在就去太湖强盗那里，要是想活命，让你爷送铜钿来赎。

有鼐喊叫起来。

歹徒们笑着说，小歹种，喊叫迟啦，叫累了，费掉自己的精气神，是何苦哩？我劝你老实些。你是你爷的命根，你爷弄你出来不容易，他的能干、了不起都传给你，在你的身上续着香火，没你，你爷这一辈子就白活了。所以，他会来救你的。你好好顺我们的意，不要恼我们狠了，兴起头上一刀收拾了你，没了你，还怎么长大，将来还怎么娶一大堆的女人呢？

只有你们这些猪狗才讨一大堆的家妓婆。有鼐回他们。

歹徒们笑起来，走过来一个人，用手掏掏有鼐的裤裆，逗道，小雀子还不知道寻窝，等你晓得窝是好东西时，你就晓得一个窝与一堆窝的好处了，别急，慢慢等着。

有鼐挣扎着，叫喊着，没有用。

歹徒们开始吃酒，下酒的是花生米、猪头肉，他们把猪头肉塞在有鼐的嘴里，给他灌酒，捉弄他。

124

审讯完两个歹徒，邵老爷与众人等待送来剩余歹徒，再审讯。

时间飞快过去，除了远处传来轰炸声，并没有歹徒的消息。

邵老爷突然嘀咕道，歹徒已经离开我家了。

冯先生接话安慰说，不会吧。

邵老爷没好气地回道，还不会？连张先生都可以神不知鬼不觉地与骆小姐幽会，这家里能没几个狗洞空着……

闻此言，众人不知该怎么劝才好。倒是陈老板合上茶盅咒骂道，依我的脾气，阉他包府的七八条鸟做了进贡皇上的黄牛蛋，叫他得了皇上的宠，却沾不了女人！

邵老爷悲凄凄道，哪能哩，你忘了一句老话，好人不长寿，祸害一千年？这世道若没了灾星祸根，也不好啊！

那话虽不重，却说得众人个个心里透着秋后寒霜的冷意。

邵老爷深深地倒抽口冷气，说，到现在，我的儿子还不知道在哪里？你说，你发狠咒又有什么用。说到这里，又是重重一叹。这时，先前打发去探听院内搜捕情况的家丁回来禀告：兵分五路，把邵宅整个儿滤网似的滤了一遍，影儿也没见。

冯先生真急了，怎么可能呢？你们是在睡大觉。

回话的嘀咕说，这是什么时候，还有人敢睡大觉？

冯先生说，不睡大觉？那人也不是一个两个，蛇过草皮还有响声，莫说人了，总会有响声的吧？风过草动，雁过留声，哪能没声响？

邵老爷摆摆手说，我早就料到是这样。你们下去吧！

家丁见他这么说，只好悄悄退了出去。

大家坐在那里陪着叹气，一时也想不出个好办法，只得告辞出来，盛老板与陈老板去做他们的事。别的人也各自去想想办法再说。

屋里只有邵老爷时，他踱步到门外仰头望着浩瀚的长空，不觉叹道，古人云，小人图于利，君子思高远，果然有道理！古柳泽自古为南北重要运道，一旦让包府得逞，必会扼此道敛财图个人富贵。若老天能成全他，那就真正是昏天黑地，国无宁日，民无饱餐了……思索至此，邵老爷倒也不再把有萧绑架的事沉在胸口了，脑际开始对支持北伐的事盘旋起来。

院子里是谁？乔乔房里出来的丫鬟问。

邵老爷应道，是我。

丫鬟叫道，是老爷。太太，老爷过来了，他在院里站着哩！

只见门帘掀动，乔乔的声音飘过来：老爷，快进屋。

邵老爷本来还想在院子里多待一会儿，见夫人喊得急切，便进屋来，一眼就看到了跪在地上的小扣。诧异地问，为什么让她下跪？起来说话。

小扣不能起来，小扣闯下大祸，如若不是小扣，大少爷断然不会给歹人绑去……

跪好！乔乔狠狠地说，贪财，贪了人家一块大洋，上了钩。

邵老爷一怔，这又是没料到的，连连问，什么一块大洋？

乔乔把事情一说，邵老爷问，依你怎么办？乔乔说，办法是要你老爷拿。邵老爷说，这件事我也没办法。乔乔不满地说，你说没办法是什么意思，想庇护她？告诉你，家中的篱笆不牢，外狗才进来……

邵老爷说，你的话是对的。不知小扣姑娘有什么想法啊！

小扣不作声。

乔乔骂道，平时嘴跟刀子似的，今儿个怎么不说了？你说，你说话！你起来，老爷叫你起来回话。小扣回道，小扣知道有罪，就在这里跪到西天出太阳，好让小扣的心里记牢一些。从今往后不再贪财上坏人的当。坐在一边没插话的老信根说，你这姑娘，真要跪到西天出太阳？你说这话是真的痛改了呢，还是在与主人对抗不服气？我听了都觉得不对劲儿，是你上了人家的当，怨谁哩？贪块大洋，上当。一块大洋能有多少的快活？是长了肉呢，还是销魂？

小扣顶嘴道，错也错了，要晓得人家是圈套，还去钻，那才是真正的坏人。现在说了你也不信。我又有什么办法，只好跪吧！跪煞了，再叫你们捐张芦席卷卷朝野荒地里一扔……

乔乔气得直跺脚：你看，你看，这种样子是后悔吗？知错吗？

小扣知错，小扣后悔。可小扣就是这嘴！既然主子不能原谅下人的过错，下人不长跪还有什么法子想的？你想把我卖到窑子去，我也没办法。

老信根被她一提，倒也拍桌子说，你真想去，那倒是个好去处。叫你想死不成欲活难熬！你没尝过滋味，一定以为快活……

小扣晓得那不是快活。老太爷别这样说我。

乔乔听得这两人一对一顶，气糊涂了，叫邵老爷一定要好好治治这个嘴不饶人的丫鬟。

邵老爷走过去，拉起了小扣，让她坐在一边，说，傻丫鬟，高明的骗术，就是神仙也是会上当的。你一个刚刚涉世的姑娘怎能抗得过那层出不穷的骗术？就算你有三十六个防术，它可有七十二套对付你的办法。要说防，只有自己心里纯净，才是最好的防术。心里纯净，就不会有邪恶敢朝里面钻。说着，叹道，这又谈何容易啊！就是圣人，有时候也难免啊！唉，我总以为平时待人不薄，可为什么屡屡遭不幸？说起来，树大招风，财富惹祸，是人家嫉妒的原因。自己就没过错？平心而言，在冯先生没到我家来之前，我想的做的是一心一意赚钱。那时候我以为赚钱是第一等的大事。有了钱，还有什么事不能办的呢？有了钱，又能办什么事？天下混乱，民不聊生。你又与谁去做生意？唉！这些话说与你听，有用吗？

小扣哭道，老爷，小扣知错。小扣愿意赎罪！

邵老爷叹道，你能做什么事？又怎么去赎罪？小扣啊！天要给人落难，抗也抗不住的。你若要想离开，我给你二百块大洋。这数字多大？让我告诉你，一个出色的没沾过男人的姑娘在怡春院头回接客，就是一百块铜板。清王朝官卖，一个出水芙蓉的女子，也只是三十到五十个铜板，上了大洋，那就是国色天香。你有这么一笔钱，做什么都不用愁。

老爷，小扣不想离开。从前，小扣想去做纱厂的事，还想做别的，总觉得伺候人是下等的。在老爷家，小扣才晓得自己是从糠箩里跳进了米囤里，这种福啊，别人是想勿来的……

邵老爷听她这么说，再细细察言观色，心里倒是有了一个好主意上来，于是就问小扣：老爷如果叫你做什么事，你做勿做呢？

做，老爷剥光了小扣吊到场子上示众，小扣决不说个"不"。

为什么？邵老爷有些诧异。

有鼎是老爷的命根。就像小扣的哥哥，爷娘的命根。爷娘可以把小扣卖掉，卖给堂子里，卖给怡春院，卖给窑子，卖给……乔乔打断她的话：卖卖卖，卖你的魂！你就一个人，一张牝，能卖多少地方呀！……

邵老爷不高兴地制止了乔乔，不能这样说话，你是有教养的人，怎能这么说话？转身他对小扣说，你说这些话，我能明白你的心。其实，这是一时的急勇。搁男人身上，叫匹夫之勇。要冷静下来，好好想一想，慢慢琢磨，定叫那羞辱你的人知道厉害，那才是真本事。

老爷，您快教教小扣呀！小扣真想报这个仇。

邵老爷是想到了一个人，那就是黄小狗。黄小狗是太湖强盗的线人，现在歹徒绑票了有鼎，一定会送到太湖强盗那里去的。如今只有去找黄小狗！

说到要找黄小狗。老信根立刻就说，嘿，这事办！我回家找他不就成了？

邵老爷想想也对，点头说，好吧！就照你们说的办，只是不能再添出什么麻烦来，说实在的，我不想再出乱子，所以没把这事给别人说，想自己解决。

小扣问，老爷，小扣跟了去吧，没准用得上哩。

老信根起身正了正身子，朝女儿说，这是大事，爷得马上动身。小扣要去就去吧，你这姑娘，舌尖尖活，用得了。女婿啊！你就放心吧，这事儿我会弄妥帖的。邵老爷见他们真的动身，便叫两个家丁，快船送他们到村上。吩咐他们别急着回来。老信根听他这么说，对女儿悄悄说，这两个壮小伙子，一顿要吃多少米啊！差池一点的招待还真拿不出手。

乔乔说，爷，你就别那么迂了，这是你女婿的事，他会安排好的。

老信根见女儿这么说，也没别的话好说了。

送走了这一行人，乔乔要邵老爷去睡觉。

邵老爷问什么时辰了，那边客厅里摆着的西洋钟敲了寅时至卯时的钟点。照西洋的钟点算，已经五点了。照祖宗的算法，也已经是五更天了，皇帝已经上朝。

邵老爷坐在椅子上打个盹，不觉就听得耳边传来鸡鸣不绝，林中水面渐渐透出乳晕。

第十六章

125

攻打包府的队伍悄悄地出发了。

此时正是下半夜，月光很暗，树林里的斑鸠不时发出扑棱棱的声响，蛙声在寂静的夜晚特别喧闹，与草丛里的蛇鸣虫歌融会，构成秋夜独特的交响曲。大路羞羞答答张着淡灰的躯体，朦朦胧胧，若隐若现。队伍悄无声息地顺这淡灰的路朝包府进发，这支由商家家丁和护镇纠察队两支短枪队组成的队伍，分几路从三面包围包府。当树林里隐蔽好最后一支队伍时，正面对包府发起进攻的号声响了。担任首攻的是冯大亲率的骨干。

微熹的晨光尚未来到，排山倒海的呐喊声从天而降在包府城堡前。

突然间出现的喧哗声，包府不知发生了何事。

管家喊醒大少爷二少爷。他们急急登上堡楼四下眺望，眼前一片昏暗，只听得呐喊声，看不见任何东西。大少爷觉得奇怪，问管家，会不会是死鬼的亲戚来闹事？管家说，不像，要闹白天来。大少爷自以为是说，乡下人胆小，趁着黑夜壮胆，不要理睬就是了。随在后面的二少爷反对，说这声音不像是乡下人闹事，是想攻城堡。大少爷笑道：这城堡，他们能攻？要能攻，我倒着头走路。话音未落，一声巨响，火光冲天，紧接着响起了枪声。大少爷没了声响，嘴里喃喃道，他们还有枪？只好亲自带兵，兄弟俩把守通向后院的两个通道。

管家说，还是通报老爷吧。

大少爷摇头：爷年纪大了，暂时不要叫醒他。如果是土匪，没定数晓得他们要做什么。

二少爷点点头说，依哥的。

管家也只好听他们的。

攻城用的是土法，冯大自己将木织机改造成一种抛弹机，将一颗颗土炸弹抛向包府，没有目标，抛得很随意，很远，炸响一团火光冲天，很少炸到人。里面的人见多了，便不当回事。甚至趁着间歇朝外大喊，驴蛋牛粪朝地里扔呀！

话音未落，又是天崩地裂的声响震起，城堡豁开一个大口，攻城的人潮水般涌进城堡。

管家与团丁头目只得退到正门中央，这是通向中院的要道。一边紧张加固工事，一边给团丁们打气。团丁都是职业兵，养兵千日，用兵一时，原本是有准备的，这口子炸开，固若金汤的美梦破裂。再响的话也就是屁话了。个个私下嘀咕，挡不住时怎么个逃生法。

冯大站在高处默默朝黑洞洞的包府里看，包府的枪弹呼啸着从他的耳际飞过。他毫无惧色，一袋一袋地吸烟。过了一会儿，冯大对着炮手招手。炮手明白，两只手指朝嘴里一咬，一声鸟叫响在空中。随着鸟声，一门德国造的炮从一堵矮墙后面伸出了脑袋。三个炮手在分队长的指挥下，朝包府开炮。一声巨响，火球划破天空，朝包府飞去。火球消失，地动山摇，震得冯大手里的烟杆都掉了，一片鬼哭狼嚎从城堡里传来。冯大明白，这一炮让包府死了不少人。旁边的人也喊，娘哟，我们的腿都晃哩，这么厉害呀！

整个古柳泽都在爆炸的响声中摇晃。河里的水荡漾着，船无法平稳，家家户户床摇家具晃，墙倒壁塌。人们纷纷出门探究竟，不知出了什么事。很快，大家看到了包府方向火光冲天，映红半个天空。

包府出了什么事。

会不会是太湖强盗抢包老爷家？

没准。镇上有钱人都遭抢过。邵家还丢过几条性命。天报应，这回大概是轮着包府了。

知情的一个个看着，嘴上不说，心里忒开心。

无论是包府里见多识广的管家，还是两位少爷，谁都没见过这么厉害的炸弹。这是邵老爷刚刚从船上弄下来的德国最新炮，有五门，捐给蒋中正三门去攻打武昌，自己留下一对看家。说是看家，这会儿倒是用上了。这炮厉害，它一吐球，整个地都跳。

冯大高兴地挥挥手吩咐道：再送几颗。

又是一阵地裂天崩般的折磨。

土匪没有炮，这炮是洋货。管家深感不妙，迅速禀报包老爷，说麻团长这猪狗与邵家串通来攻包府。

几炮把包府的锐气削得一干二净。

炮手正轰得起劲，过来问冯大是否再送几颗，干脆把包府炸平。

冯大眉毛拧起，想了想，炸平包府，谈何容易？若解决了镇团防驻守的城堡，也就等于让包府瘫痪了。嗯，他把阿根喊过去问，你攀树的本事如何？

阿根说，没事，我可以到树梢梢上摘果子。

冯大说，好小子，你给爷争光，爷不亏待你。带几个弟兄攀树上去，利用树梢惯性，把这几个铁蛋送进包家中院的大门里。

阿根说，我给你一一摆布顺当。

冯大一挥手，阿根走了。

冯大又对另一个说，小五，你的事儿就是把那些个气孔用泥堵上。泥没有？棉花也行，堵的时候，加点调料。明白啦？小五笑了，爷们做事，哪回要你这么婆婆妈妈的。

交代完了，冯大对那些手握大刀的说，他包府想独霸一方，今天我倒想看看有没有那能耐。我们要给全镇的人讨公道。我们是正义之师，弟兄们明白了？

众人高喊，明白！

冯大说，明白了就好。中院那边的铁蛋一炸，弓箭手朝里面射火箭时，就准备冲进去，把镇团防那些肥猪都给杀掉。

杀掉？人家求饶呢？

冯大从腰上摘下酒壶，呷口酒，看看周围。

周围静极了。

下面的人又问。

冯大看看他。

对方看到他冯大被火光照亮的脸，半边赤红，半边阴暗，一双眼睛像蛇吐信：你说呢？这声音也是阴阴地没生气。

我们不知道。

我怎么说的。

杀掉。对方说，他们都是镇上的街坊啊！

包老爷不是镇上人？他为什么要勾结强盗血洗全镇！这世道没多少好人。

这时，孙有来了。

冯大迎上去说，三国里诸葛孔明叫关云长守口擒狼，他却演了一出捉放曹，使三国归于晋。这是前人血染出的教训，你应该明白。

孙有看看他，心里道，我比你明白。他把要说的话朝肚里咽了，转身就走。

126

又一场攻击开始。

冯大命令弓箭手向里面发射火箭，一支支火箭飞向包府前院，把城堡里照如白昼。站在高处的冯大，一眼扫过，把里面看得明明白白，发现是座空城，他兴奋地喊，包老爷，包老爷啊！你大概没想到吧，这么坚固的城堡，平日里要武扬威的兵，怎么跑得一个也没了？难道真的是树倒猢狲散，墙歪众人推啊！他这么想着时，把酒壶朝天一甩，壶里的酒溅了出来，溅到了火种上，火苗儿缩了缩，听得一声嗯——火势猛猛地喷起来。就在这火势起来之时，包府南边的树林里风走树摇地鼓动起来，这是树林间的伏兵接到信号开始进攻。

中院方向的伏兵，从火把的暗号上得知，另一支伏兵已进入水关，发出信号。

冯大看到信号，把酒壶一丢，拔出后背的红缨大片刀高喊，兄弟们，冲进去！身先士卒冲进城堡，所到之处，竟无一人。

众人呐喊助威，一个个抢在前面朝里拥，很快把冯大挤到后面。潮水般拥进的人群借着鼎沸的喧哗，把整个世界弄成一锅热粥，外面人如潮涌，很快，前面疾速退出。后面问怎么回事，前面说，有埋伏，已经死了许多人。

冯大赶过去，果然见到许多兄弟倒在血泊之中，他一面着人抢救，一面细细观察暗堡位置。当灯火移开，立即清楚地看到那划破天空的火箭和子弹从何处射出。急涌的人群一下子都落在射程内，一批批地倒下去。有一些人掉入陷阱，落在网中，网起人吊，在空中叫喊。

冯大见状，十分着急，命令身边的强攻。

怎么攻？距离太近，德国炮已经用不上。副手回说。

阿倩她们的妇女队上来了，冯大命令她们先抢救伤员。

六指过来看看说，这边可以停下，着人迅速炸开后院，把包府的老巢搬掉。

声东击西？好！冯大立刻命令阿根挑选敢死队。这时，邵老爷派人运来十几桶洋油。冯大高兴地大叫，天助我也！他命令德国炮朝包府后院轰，同时命令周山到他身边来。

阿根挑选出十二个人，组成敢死队。

冯大指挥攻打包府

周山赶到。

冯大命令他待后院炸开墙后就直扑包府家眷。

周山说，有重兵把守后院。

那是你的问题，我现在攻不下城堡就要改变作战计划。

周山只好去执行，说你给我一些油桶，可以当炸弹用。

可以。炸死他包府的家眷，也省种几亩地哩。

周山没回话，他明白冯大是恨包府到了刻骨铭心的地步。

冯大提醒周山，前院收粮厅一旦起火，你这边就要攻进去。

周山回答说，请放心。

六指趁着混乱从暗处溜进包府的僻静之处，寻找柴草和粮仓，放火烧。大火起来，又是一片混乱。趁着混乱，冯大命令阿根实施新方案。

新方案就是由阿根率领敢死队。敢死队的十二个人分成互为关照的三组，相互配合冒着枪弹，把洋油桶运到暗堡的枪口处。力大者举油桶，朝暗堡的枪洞里灌油，等暗堡里的人发现朝里灌洋油，已经迟了。一桶油进去，人退之前，再进几只油弹。听得轰——一声巨响，暗堡破开了缺口，里面的人，炸死的炸伤的乱成一片。一个暗堡炸开，再解决另一个，一连端掉四个暗堡。前院收粮厅起火燃烧，中院通道又被卡住。包府内一片鬼哭狼嚎……

冯大见状，命令对包府想逃和想投降的都杀掉，一个活口不留。包府的房屋统统放火烧毁，大有项羽火烧阿房宫之势。

包府的败局已定。

胜利者中不全是冯大那么一种心态和残忍，只要对方不想再打，便放行。大家知道冯大的态度，也都明里佯装举刀，假死倒地，做给冯大看，待冯大走过，拉起叮嘱对方，快快逃命吧，兄弟！那人跪下叩头，然后快快逃开。到了这个地步的镇团防的残余无人再恋战，纷纷逃避。很快，城堡攻下，胜利者中有人高呼大叫，见着东西就抢，一张镇团防办公用的桌子被七八个人抢着。不知从哪揪出来的女佣给几个人截住，按在地上欲当场轮奸。抢桌子的过来，把她放到桌上，大家轮着上。路过的阿倩和小青看到，上前制止。杀红眼的家丁竟然连她们也要强奸。阿倩和小青斗不过他们。阿倩给架到了桌上，眼看要吃亏。小青机智地躲开，冲去叫冯大。冯大赶到，大刀半空一舞，两个人头落地。吓得其他人顿时清醒过来。

小青劝阻说，只要他们能够后悔就不要再杀了。

冯大回说不行！又将抢东西和轮奸女佣的，还有想强奸阿倩小青的，统统抓来，一问才知道这些人原先曾是镇团防的，后来做了店铺的私家家丁。打仗还数他们最勇敢。他们辩解说，从前都是这样的规矩，胜利了，长官就叫他们去抢，抢到就是自己的，不另外发饷金了。

冯大说，我没儿这规矩，犯了纪律不轻饶，全部杀死。这才让这些胜利者头脑清醒。

前面的欢呼声传到后院。包老爷得悉暗堡攻开，惊得魂魄俱散，手脚冰冷。家人见势不妙，立即着人给他服用急救丹。

包大少爷果断下令，组织家眷从暗道出逃，先撤到青云墩西边的沟湾里。

包老爷药服下后，只见腹部隆凸，突突起凸，脸部血紫，口眼一紧，手脚两蹬。

众人叫不好，想着这节骨眼上出现不祥，大家甚感不安。

忽听得不知何处屁响，顿时满屋奇臭无比。

人人掩鼻欲逃，恰又不能把包老爷丢在这里，万一那些草寇进来，弄他去怎么办？走近他身，臭气更浓，忽见他脸色正常，两眼有神，正惊诧地望着大家。众人此时也顾不上臭了，连忙对包老爷说，大少爷有话，好汉不吃眼前亏，留得青山在，不怕没柴烧，叫大家从暗道走。

包老爷一个骨碌，翻身立于地上，两脚跺跺：死不离开。

众人说，外面冲进来了。

二少爷说，天下本无事，庸人自扰之。

大少爷回道，到这地步，还说轻巧话。难道这是一般土匪吗？

包老爷正色道，怕什么？太湖强盗还让我三分，难道我会怕这一帮乌龟王八？你们都走，你们都逃。就留我，我看他们会把我怎么样。

大少爷说，八成是麻团长那狗日的与邵老爷联手，看这样子，一个活口也不留啊！

二少爷却说，都是胡闹闹的。看上去很狠，很凶，其实也是流寇。如果是正经的兵，能让你们在这里快活？我信爷的，不走。看他们能怎么样。

管家过来说，上海报馆里的内线来电报说你给太湖强盗的信已经用照片登在报上了，好几家都有，看样子，省里、县里的报纸也会登。

包老爷一下子精神崩溃了，嘴里喃喃道，怎么可能？怎么可能？

127

镇西南的爆炸声牵着邵老爷的情绪，他默默听着那令人心惊肉跳的枪炮声，脸上的肉紧紧地绷着。用人告诉他，盛老板悄悄从小门过来了。邵老爷眉头一跳，急切道，快快有请。

盛老板一进门，眉飞色舞道，我的冯大攻下了包府城堡，把姓包的逼到了后院。包府家眷都已经从暗道逃走。那个暗道，事先安排人把守，还准备了烟熏火燎的材料。老狗很狡猾，把暗道出口的守人杀死，烟火材料也被浸上水。我女婿分析是打入我们内部的奸细干的。好在逃走的只是家眷。包老爷和他儿子现在还在后院，我这就来向你讨话，你说怎么办。若杀了，我就快刀切驴鸟，一两颗油弹了事，若是想解恨，再放几颗德国蛋，叫包府夷为平地，给你出了这口气。

嗯！邵老爷应着摆摆手：罢了，杀了他全家没必要，罪人至多是包老爷和那个出歪点子的管家而已。两个罪人却牵了上百口人的性命，不可！现在不是清王朝，不可以滥杀无辜。我有个想法，我想让你的人撤下来，趁着天不亮镇上还没人知道，赶快把人撤下来。让他们胡乱瞎猜，起码可以蒙几天，让我们有时间调定一些事。当然，撤时叫他们拿点东西，造成打劫的样子。

我们不是白干了吗。

是啊，有点划不来。邵老爷说，现在还不到杀他的时候。民国了，虽说天下乱着，但总是暂时的。要杀他，也得由县衙决定。你听我的，先放了他，没错。他会不露任何的声色，照样上柳泉居喝茶。接下来与我们再较量？怕一时没那精气神儿啰，等他蓄足了精气神，也绝非一两日的工夫。我们则有比这更大的事要做啊。听我的没错。见盛老板不动身子，邵老爷又问，莫非还有什么事？

盛老板长叹道，我之所以现在来，还真有桩难以启齿的事。

请兄直说无妨。

冯大在大少爷书房床上，见到我女儿玲子。你说这事……

你刚才不是说包大少爷不在家吗？

是啊！那也不能说我女儿玲子就不在他大少爷床上呀！

新婚之期呀！邵老爷无奈地点点头，那你准备怎么办？

盛老板恨啊，恨这女儿，二少爷不娶你，你与大少爷还勿断。说起来，你说是大少爷先动手，第一次就压得你昏过去，都勿晓得什么事，事后哭得直想上吊，又怕在学堂里闹开了丢爷娘面子。可现在你还到他猪狗家去做什么？盛世老板跺跺脚道：我亲自勒死这小贱人！

使不得，这可万万使不得呀！这事儿的罪过不在玲子，而在包府。这仇，要结到包老爷身上，子不教，父之过。结到那个世代读孔孟书的伪善人家的账上！盛老板，你今天听我一句，对玲子姑娘，不必再说什么。至于冯大那头，看到的人多不多？

盛老板低低道，不认得玲子。冯大杀了几个抢劫强奸包府的人，手下就没人再敢胡为，他们喊冯大去，玲子没看到冯大。冯大叫人把她送我家，那些人以为是冯大看中了这个女子。

那就好。暂时这么做，别的都不说了，从长计议。

好。我就依你！

邵老爷又说，你查点一下，镇团防的兵都散哪儿了？如果愿意继续吃这饭的，可以让冯大收留他们。万不能让张义收了去。

盛老板不解地问，张义要他们做什么？

邵老爷缓缓地舒出一口气，语重心长地对盛老板掏心说，这正是我坐卧不安的事，包府是明患，张义是暗症。现在明患抑住，就得赶紧钳制暗症。否则，我们还是没安宁日子。全镇穷人的心，劳工的心都被他张义攥在掌心了，我们又给他的队伍配了武装，他再把镇团防的残部收编，你说，他的力量会不会比包府更险？

盛老板笑道，兄长多虑了，他再怎么猖狂，总是无缘之木，水面之萍，不值一提。你若不信我的话，可问问……咦？冯先生呢？这个时候，他怎么会离你而去？

盛老板一提，邵老爷才想起，哦，他说有点累，先回房了。

这个时候累？累的不是时候吧。盛老板说。

邵老爷笑笑，手按在盛老板肩上，一笑，那意思再明白不过了。

128

青云寺的河湾里，寂静无声，偶尔奔过的狐狸或野狗发出细细的声响，鸟雀的鸣叫不时划过沉睡的夜空。

此刻的冯先生，独自一人在这片荒野地来回地走动，确信周围没人，这才把手里的一把刀扔进了河里。刀在河面上发出很弱的带有沉没的拖音，很快复又一片寂静。他找个地方坐下，坐得静静如石雕，他在等夏天。

此刻的夏天在客栈里与相好共度巫山云雨。

店小二见着一个小孩朝里跑，一把拉住：小赤佬，这地方是你乱跑的？

小孩说，我找夏先生。

店小二不满道，你找夏先生，他床上是你娘？

小孩反骂：是你娘！

店小二嘴不弱：是你爷开了房间让你娘在这里会相好？

你爷偷他娘。小孩气呼呼地伸拳头打店小二，店小二侧身让过。

小孩冲向楼梯，噔噔噔上楼。

店小二在后面直追，小赤佬，下来，下来。

小孩不理睬，直奔楼上夏天的房间。他又不知道哪个房间是夏天的，就在走廊上直喊，夏先生，夏先生……

店小二终于赶上楼，气喘吁吁地拦住小孩：他不在房间里。

小孩问，不在？那他到哪儿去了？

店小二不乐道：小赤佬问这做什么？

没想到那夏天听到了，大声问，谁呀！

小孩大声说，是我。

你是谁呀！

小孩快步过去，推门，门闩着。

不要推，有什么事就说。

屋里就你一人？

还有一个人。你是谁，有话就说。

开了门说话。

你没听到声响吗？我正在忙。

小孩问，忙什么呀。

店小二捂住嘴直笑，附在小孩耳边道：忙生产你的小阿弟。

你的小阿弟。小孩把门敲得咚咚响：快快开门，我们老爷急要五担橡胶，现洋买卖。

屋里顿时没了声音，须臾，夏天叹道，真有你们古柳泽的本事。娘子快躲起来，一定是你男人来搅我们的好事！女子声音响起，不像我家人的口音。外面的店小二扑哧一笑道，门外不知哪里来的野小团，你们不要理睬。屋里这才复又响起夏天的嗓子：到底什么事。

小孩在门外说，我家老爷说，五担橡胶不卖，从此不要你的货。

夏天慌忙道，我来开门，请你把走廊路灯拉灭。

店小二明白是怎么回事，摇着头去拉了开关，然后说，灯灭了，野鸡好飞了。就见那房门吱扭一声响，虚开一条缝，一个女子蒙着头，弓腰如鼠从大家面前溜下楼去。

夏天出来，见着小孩问，你家老爷呢？

他着我来请你。

夏天说，上哪里？这么黑了。小孩见店小二在一边，便吩咐道，小二哥，你可否下楼去，我与夏先生说句私话。夏天也说，那就请店小二回避。店小二不高兴地走开后，小孩说出了地方，并要他马上去。

夏天不敢怠慢，立即赶到青云寺边的河湾里，到了那里不见人影，心里慌慌地大声喊，人在哪里？

背后一个细细的声音道，不要叫喊。

夏天问，你是谁？

不要问我是谁。站在那里不要动，包府绑架邵大公子有鼐，送给了太湖强盗。你务必千方百计把他救出来。你不要出面，但你一定要支持张义，让他去救。是的，张义是共产党。我们会动用上海方面，他的上级指示他的。你的任务是让史进耀支持，作为你交给史的任务。记住，上峰对你离开很不满意。现在你回来，就好。好好干，会委以重任的。

包府败了，还有什么事好做。

没有败。我们不希望他败，败了，邵家就会要你和张义败。不，要了你和张义的脑袋。那么一来，北伐需要的钱财就很难获得。共产党也不希望包府败，我们更不希望他败。记住，现在我们需要的是邵家败，在邵家败的过程中，张义也败得一塌糊涂。

为什么？

你休要问。党国唯上，三民主义唯上。切记，切记。你先走吧。

夏天没离开，而是朝他走近一步，可否让我看清楚你一面？

不必。马上离开我，否则我开枪了。

夏天只好乖乖地转过身去，朝镇的方向走去。在他的身后，那个声音突然又响起：夏天先生，你不要忘记你的生命和前途都是蒋总司令给你的，忠于党国，才是你的唯一出路。共产党不会再要你回去的。包老爷这种封建地主，宋老爷那种前清遗老，你靠了也没用。邵老爷对你的态度，你明白了没有。

请放心，我明白。

129

正如邵老爷担心的那样，进攻包府的战斗，张义没介入，他在等待包府惨败，尽快收编镇团防的残部，壮大护镇纠察队的实力，着手把自治会变成无产者的政权。

这时，门被敲响，那声音很急。

张义沉于思考中，没有听到。敲门声重了，夹着话语：难道会不在？另一个声音说，骆小姐，张老师会不会提前到万顺行去了？

不会，再敲敲门，用劲些。

谁呀！屋里有人应了，是张义的声音。

是我们，快开门。骆敏喊道。听到有人开门，陪骆敏的姑娘说，骆小姐，我回去了。

别走，陪我一会儿，告诉张老师有鼐的事就走，好吗？

张义听到了，门一开便问，有鼐怎么了？

骆敏说，被绑票了。

张义吃惊地问，什么时候？他在家好好的，谁能到他家去绑架？

正是到邵家去绑的。骆小姐把自己知道的情况简单说了一下。

敢到邵家去绑票？张义冷静一思考，说，有人知道他们明天早上离开。会是谁呢？双手抓住骆敏那只有一层单薄衣裳的肩，神情十分严肃：你应该想到的，早就该有备无患……

骆敏摇摇头。然后说，根据时间的推断，是先绑票，后来才发生攻打包府的事，不晓得现在那边的情况如何了，要是攻不下来，事情更糟。

张义说，攻下来更糟。如此说来，有鼐落入太湖强盗之手是多数了。

骆敏焦急地说，要设法救他出来。

张义想了想，说，不能急，你们先回去，容我把事情弄明白了再想办法。骆敏见张义这么说，便也只好告辞。张义送了她们一段路，等那个姑娘走得与他们有点距离时，张义悄悄对骆敏叮嘱，镇上可能不会太安全，你还是明天早上，哦，现在也近五更了。立刻就走，到上海等有鼐。我一定设法把有鼐救出来，为了党的事业，我必须这样做。在我还没能把武装队伍带到上海之前，我们需要邵老爷的谅解与支持啊！

骆敏把手伸过来，紧紧地抓住张义的手，两个人的手紧紧地握在一起，他们想接吻，张义的喉结动了动，又怕那个姑娘发现。还是忍住了。

送走了骆敏，张义转身走到门口附近，见有人猫在那里，看样子好像老耿，喊了一声，果然是老耿。他走近了问，出了什么事？

老耿没说话，张义开了门，过去把老耿扶起。老耿从身上掏出一封信，给了张义，身子便倒了下去。张义把信藏好，扶住老耿，大喊来人。整个院子里静悄悄的没人，他吃力地把老耿扶到屋里，将他在床上躺好。老耿的腹部受了伤，血流的浑身都是，说话很弱。他说，按照平时的规矩，准时到邮电所隔壁的那间暗室里，把电话线的接头悄悄搭在另一个线上，这样，远在青云寺里的慧能师父就可以听到通话内容。老耿自己则守着那间暗室，一旦有情况，他可以拉掉搭线。当从邵老爷给上海朋友的电话里窃听到有萧被绑架的事，交通站的人立即用密码与上海了取得联系。上海党的领导请示伍豪将军后，要张义尽一切可能先救出邵家公子，再考虑暴动，据他们分析，有萧会被送往太湖强盗处，上海将会指示潜伏在太湖强盗里的同志配合营救。就在这时，躺在那里抽烟抽得很入神的老耿，听到电线里发出刺耳的尖叫声，他一蹦就起，拉掉搭线，又从墙里抽出余线。迅速赶到青云寺，还没走近慧能师父的禅房，就听得里面搏斗声响。老耿冲进去，迎面一个人冲出来，对着他就是一刀，他顿时软了下去。

那人是谁？张义问。

没看清楚，好像是邵家的师爷冯先生。

是他？他到那里做什么。张义联想起许多事，眼前突然一亮，会不会是他在与自己争邵老爷？没顾上多想，连忙问，慧能师父怎么样了？老耿说，他把刚才我对你说的那番话反复说给我听，又交给信，就死了。我也支持不住，想到这信的重要，挣扎着回来的。张先生，我的命好苦啊！

张义安慰他说，你不要急，我马上去找医生。

不要找医生。

那就请郦先生。

老耿点点头。

张义请来郦先生，给老耿清洗了伤口，上了药。郦先生说，最好到教会医院让西洋医生看看，要是没伤着肠就好。万一肠破了，就完了。张义想想也对，便让老耿住进医院，对院长交代，莫让任何人知道老耿在此住院，封锁住消息。

130

张义和衣在床上躺了一会儿，攻打包府的人，陆陆续续来到张义屋里，大家非常兴奋地说着所见所闻，情绪非常激动。张义悄悄对阿倩交代了看护老耿的任务后，慎重地告诉大家有骉被绑票的消息。

屋里热烈的气氛顿时沉闷了。

周山说，我料到包府不会就此善罢甘休，大的事情还在后面。

周山的意见很对。孙有分析说，后面的事，到底会怎么样，谁都难说。太湖强盗血洗古柳泽的危险并没有过去。六指插嘴，照时间上算，绑架有骉的强盗现在还没离开太湖边，从近处抄过去，能追上。张义一听，站起来大声问，谁熟悉路？

周山问，真的去救？

张义说，那还会假。

大家你看我，我看你，没人开口。

孙有说，既然你下了决定，我们就坚决执行。只是没人熟悉去太湖强盗那里的路呀！

张义想到了竹为曾经说到的黄小狗，便问，你们谁熟悉黄小狗？

孙有说，我们村上的，有他准能成，他熟悉路。

张义说，这就好，找到黄小狗，让他带队去救人。接着，他说了这件事的重要性，大家很快统一了思想。孙有说，如果六指分析得对，抄近路，能不能追上呢？能够追上，就拦击。追不上呢？张义坚决地说，追上岛去也要追，从岛上把他们救出来不是更好吗？

追到岛上？谁也没想到张义会说出这样的话，个个有些吃惊。

见大家都沉默，张义问，怕吗？岛上没有青面狰目的野兽，是一些逼上梁山的人。有骉是个孩子，没罪过。我们救出他，也就打击了镇上一些隐瞒很深的与太湖强盗暗中勾结的恶势力……

小青插话说，人家都说太湖强盗抢了女人，就架一张可以睡许多人的床，一夜把女人折腾死，然后扔到太湖里喂鱼。六指说，女人别去，去的都要有水性。小青红了脸，辩道，你们信就信，不信也不要紧的嘛！张义笑笑说，我看也没这么怕。六指说你不去，就不去吧。我接着刚才没说完的话再重复一次。如果我们救不出绑票，就证明我们没能力保护古柳泽的百姓，那谁还相信我们共产党哩？救出绑票，争取到的就不单单是邵家，而是全镇人的信任！同志们一定要从这个高度认识，这也是上级给我们的指示。

周山问，上海已经知道啦？

正在组织上海产业工人暴动的伍豪将军亲自指示要我救出有鼐。

孙有焦急地说，还是赶快出发，说不准能赶上。

张义开始选择熟悉水性的同志，挑了几个人。叮嘱，过会儿在镇北的土桥下集中。

到临出发前，传来消息说邵家已经派人去救绑票了。利用的还是黄小狗。

张义说，那也好，大家到了一起，力量大，说不定，太湖强盗见到我们人多势众，也就乖乖地把有鼐给放了。

131

小扣走出邵家，说，能不能带行义去。老信根问，那人是谁？小扣说，是冯先生收的学生，他和有鼐差不多大。万一救不出，暗中替换，让行义换成有鼐，也是一个办法。

老信根乐了，没想到你的脑子还真灵活，不知他肯不肯哩？

小扣说，我去找他，一准肯。

当小扣与行义说时，他一口应了。冯先生则认为太冒险，闹不好，赔了夫人又折兵。行义见冯先生阻拦，跪泣道，邵老爷能在行义走投无路之时收留，冯先生能在行义懵懂无知之时授以大义引以正道。行义前世何德，能有这样的享用？来生做牛马也报答不尽啊！今日我若不为邵老爷出力，还能有什么人肯去？先生也常说，受人之恩，当肝脑涂地相报。行义还有什么选择哩。

冯先生叹道，一时勇气可嘉，但从此你的性命也就握在太湖强盗手上啦！要三思而后行啊。小扣也朝冯先生跪泣道，小扣无知，闯下大祸。出此下策，也是万不得已。如果大少爷真的落到强盗手里，定受不了那苦。小扣今生今世，来生来世都洗刷不清这罪孽……

行义说，请求先生能够让行义去。

冯先生见他们如此坚决，也只好带着行义来见邵老爷。

邵老爷听说行义做好了替代有鼐做绑票时，头摇得像拨浪鼓，连连说，不成，不成。

冯先生劝道，现在还真没别的法子想了。这是救不下的后策，可以做一时的缓冲剂。一旦他们发兵过来，动了真格，除了盛老板那里的冯大有几个会真动动刀枪，护镇纠察队有几人能动？包府那一刻再背后重来，你说，这背腹受敌之苦可非儿戏啊！你的心事我知道，依我看，小扣姑娘的点子可以一试，暂且让行义先去，见机行事，一旦我们准备好了，到那时，再一网打尽不迟。

邵老爷为难地说，实在不忍心让别人的孩子替我儿吃这苦。

冯先生说，事情到了这个地步，又有什么办法呢？

邵老爷思忖良久，倒是想到了张义，他决定请张义前来相商。

冯先生心里很明白张义此刻在哪里，他一反常态地断然道：从昨晚到现在，他都没露过脸。骆小姐也没见到他。就算能找到他，有什么用？他能有比这更好的办法？就怕办法有了，有鼐已经到了强盗窝里。

邵老爷想想，只好同意。

132

天开始透亮，横沟村北的河边，有间孤零零的房子，这是竹为的屋，他早与父母分开居住。竹为"沉河"后，妹妹竹叶就住这里。竹叶一觉醒来，听得外面有人敲门。她纳闷：这个时候，谁来敲门？

外面喊：岸上来人了。竹叶一听，不明白，什么岸上来人？便问，你们找谁呀！嘴里应着，慌乱地披好衣裳，过来，隔着门缝递话。

开门，快些开门。

你们是谁？不说清楚就是不能开门。

他妈的，怎么有只雏鸡，黄小狗哪儿去了。

听到屋外的说话，竹叶明白他们是在找村另一头的黄小狗，连忙说，黄小狗家，在村那一头，你们把方向弄反了。

哦！他娘的，这小雏鸡会不会知道我们的事。另一个说，别疑神疑鬼，人家怎么会知道，吓都吓瘫了，走吧，快些走，天再亮透些就麻烦了，到辰光你我都不好向包老爷交代。

须臾，周围静下来。

没过多久，门外声音又起，似乎还是那几个人，这回门敲得更响：开门，开门。我们是竹为的朋友。

我哥早死了。

快开门，先开门再说。

竹叶开了门。

三四个人架了一个人进来。吓得竹叶手中的灯盏差点儿掉了。那些人进来后就嚷：快给老子弄条船来，把这活口送进去。

竹叶被弄得丈二和尚摸不到头，狐疑地问道：船？弄什么船。

没船可不行，这个人送不进去，我们交不了差。

送进去，送进去，送到哪个里面去呀！竹叶嘴里说着，便掌灯过去，见被绑的是个半大孩子，嘴里塞着布，不能说话，两只眼睛可怜兮兮地看着她，从衣着上看出是有钱人家的公子。心里顿时明白眼下是怎么回事了。问，要把他送到什么地方去？

歹徒说，你不要问，问了也没用。这事你哥清楚。

竹叶说，那就请你们出去。我说了，我哥已经死了。再说，他活着的时候，我也没见有谁弄个人来让他送进去，送出去的。你们是不是搞岔了？歹徒笑道，你哥没死，你怎么巴他死？竹叶一怔，问，他在哪儿？

一个态度温和的歹徒告诉她，他在村上，刚才还在黄小狗家。

黄小狗？竹叶想起来了，那个与太湖强盗有瓜葛的人，以前县衙来抓过他几回，都给逃脱了，那人有什么好事能做出来？不成，我得告诉爷娘去。竹叶想到这里，她便说，你们坐在这里等我哥吧！说着，她自己掌着灯出门回家去了。

这边的几个人，见她真的走了，以为是去弄船了，便胡乱地倒下先躺一会儿，等竹为回来再作计较。有鼐苦苦求歹徒松绑，歹徒过来用腿踢踢：松绑？你小子想得倒美。给你松绑了好逃是不是？可怜的有鼐，又渴又绑得疼痛难忍，两腿也走得累了，出娘肚以来，他何时走过这么长的路，吃过这般的苦啊！

朝娘老子家走的竹叶终于想起来了，人家常说的绑票，不就是这样吗？绑个人来，然后叫人家拿钱来索。不能让他们得逞！竹叶想来想去，想不出办法，回家敲开爷娘的房门。爷过来开了门，见女儿掌灯站在门口，怪道，天都大亮了，你还擎着灯做什么？竹叶进了屋，把灯放下，吹灭了，坐下来，对爷娘说了竹为屋里有个人绑着的事。她说，那个男孩很小，比女儿大不了几岁。丢失的人家一定急得不得了。

爷急得跺脚，骂道，这讨账鬼，死了还有孽债啊！

娘说，说这种屁话有什么用？替女儿出出主意才是正经事啊！

爷说，要说出出主意，这天还没有亮，怎么个出主意。

娘不满地说，出主意还要天亮？

天亮了，找人商量啊！找村上人把绑票救下来呀。

你昏头了。救得一个人，救得了一村人吗？那些人八成是下太湖的，那太湖强盗你得罪起吗？娘说，你还是给我老实地待着，没想到你的脑袋还不如我好使。竹叶啊，你去看看乔乔家有人起床没有，只有她家是可以出点好主意的，一来她女儿嫁在古柳泽的巨商人家，有点什么事，腿脚也比别人硬呀！

竹叶想想也对，立即出门。

此时天已经灰蒙蒙地开亮了。

竹叶来到乔乔爷娘家。

乔乔爷不在家，她娘听得是竹叶叫门，隔了门问：姑娘这么早有事吗？

竹叶问，婶娘不开门？

门就勿开吧，你有什么事，长话短说，几句了事，好勿好？

竹叶说好吧，于是，她就把今晚竹为屋里来了人的事说了。

乔乔娘应道，我晓得了，等她爷回来再说。灯火便移走了。

竹叶见乔乔娘没理睬，只好回家。

爷娘叹道，人家还怨着那个孽种儿子啊。

竹叶听着爷娘的长吁短叹，心里更加不好受，出了门，被风一吹，脑子里想，趁这天色未明，我去救出来，放了他？对，就这样。竹叶蹑手蹑脚来到哥哥的屋前，悄悄推开门，那几个歹徒折腾一夜也都疲劳地睡着了，没发现她。她潜到有萧身边，轻轻拱他。睡着的有萧被她一拱，吓得叫起来。歹徒听到叫声，醒了过来。

竹叶只好夺门而出。这个笨蛋。竹叶除了骂，还能有什么别的办法。

天色渐渐透白。

就在竹叶想救有萧而一筹莫展时，乔乔家的门又一次敲响，乔乔娘以为又是竹叶，便喊道，你还要不要让我睡觉，他们捉了绑票，你家不是正好有铜钿吗。去去，勿要来烦我。

老信根喊，乔乔她娘，是我。快快开门。

乔乔娘一听是老伴的声音，起床来开门。

老信根进了屋就问，刚才跟谁说话。

老伴说，还能有谁？就是那个死鬼家呀！现在倒好，竹叶也掺进去了，说是从古柳泽弄了个绑票来。

人呢？啊哈，果然到这里了。小扣姑娘，这路没白跑吧。

老头子，你说什么？

不要说什么。快去找竹叶，让她把那个绑票弄来。

乔乔娘噘起了嘴：你勿说清爽，我勿去叫。

咳！女人真是无知无识。乔乔家男人的大儿子给人家绑票了，你，你还在这里吃定心丸。老信根这么一说，乔乔娘也急了，赶快就去找竹叶。竹叶很快来了。竹叶说，想救他，也去救过，可人家懵里懵懂，救没救成，白白把机会错了不说，差点连自己也搭上。小扣说那你再去救他一回。竹叶摇摇头说，太湖强盗的船要来接了。

接走？小扣对老信根说，我们还是有预见的哩。老信根便把行义的事说了。竹叶说可以呀。接着，竹叶催道，那就快些去，我先去，你们随后就来。

老信根对小扣说，一会儿就你们俩去吧，小扣和行义同意了。

133

到了竹叶的住处，已是人走屋空。

见此情景，小扣急切地问竹叶，还有法子想？

竹叶说，我哥是设法磨蹭时间等你们的……你们一拖再拖，歹徒死活没松口的意思。他们说，如果要他们放人，你竹为拿三十万大洋出来。我哥又没你们的消息，就是有，你们会不会捉了他沉河呀！那一刻，真急死人了。小扣问，太太家怎么说的。竹叶说，她娘说，三十万？有那钱，我女儿好叫给他生几个了。我闹不明白，黄小狗和我那没死掉的哥哥都说帮你们忙。可你们却一点也不像要人帮忙的样子呀……

小扣无奈道，怎么说哩，唉！反正一时半刻也与你说不清。

行义说，别的话都不讲了，救出大少爷要紧。

小扣恼恼地说，气死我了。行义哥，看来，你若真去了，保不定就永远在那里了。我真是看透有钱人了。说着，一把抓住行义的手，身子靠在他身上，伤心地说，行义哥，我心里只有你啊！行义听她这么说，也动了心，连连安慰她，你放心，我会好好照顾自己的。你放宽心，邵老爷不会不管。

竹叶告诉小扣与行义，现在的有萧你们一定不认识了。

两人惊讶道，真的吗？

她说，正好前面人家杀猪有只猪尿泡，我就弄来给大少爷贴在脸上，样子难看些，好叫太湖强盗不注意他。再说，水路要些时辰，邵老爷救子心切，开了快船，兴许半路上还真能换哩。竹叶说这些话时，小扣心里恼恼地恨极了：你乐什么，救回来也不会做你的小相公。脸上却不敢表露，依旧拉着竹叶的手温和地问，要等到什么时候才上路，强盗把大少爷弄坏了怎么办？

竹叶看看她道，弄坏了？人又不是东西，会盘盘散了腿脚？我哥去弄船了，他一来，你们就上路。正说着，那边有人影。竹叶细看看，果然是竹为，等他到了面前，竹叶问，弄到船啦。竹为说，黄小狗没去，他们又不认识路，叫我跟了一趟班。我让他们绕弯子，从沟湾里绕到前贺村，又从状元里绕了回来，在前村靠着。琢磨你们也该来了。竹为又说道，太湖强盗已经知道邵老爷的大公子在手里，派船来接了，只让黄小狗去。黄小狗说让我带他们。这正好给我们一个机会，竹叶和替身的坐快船过去，追上他们的船，我和他们闲聊，分散注意力，你们动手换人，大少爷就关在他们那条船的舱里。动手的时机要选在他们没有交接前，记住，看我的信号动手。

小扣问，有没有更好的办法？

竹为说，这最好。

小扣见他这么说，叹口气，也罢，死蜈蚣只有靠毒性了。

竹为问，你嘀咕什么呀！

小扣烦躁地回道，没说什么。

行义扯扯小扣，别说了，快些走吧。

大家到村边的河湾里。那里果然停着两条船，竹为拉着小扣上了一条。行义和竹叶上另一条。两条船，离岸起航，到了原先靠船的地方，船已没有，只剩下空荡荡一片水面。竹为着急了，连连嘀咕：怎么会走呢？竹叶的船靠过来问，哥，怎么啦？竹为说，他们走了。行义急了，那还有什么办法？竹为说，办法？那只有冒险。行义急切地问，怎么冒险？竹为说，坐船去追呀！

说着，竹为让行义坐上他的船，然后用绳子把行义绑好，让竹叶回去。船行到正水道上，扬起帆，顺风顺水，轻如一叶在水面上滑飞飘荡，不觉间下去了几十里，在三王墩附近，看到了那条大船。竹为朝那大船发去信号。大船也看到了后面的小船，发来信号问，有什么急事？竹为船靠近了，对强盗说，昨夜偷鸡贼到我家偷鸡，我爷捉了绑在柴屋里。今早上你们稀里糊涂逮了就上船。这个才真是邵家的大少爷。强盗一听，笑起来：这古柳泽倒也真是天天都有几本好戏啊！抓个绑票还搞错了？

天黑呀！那些个饭桶，一个都没见过邵家大少爷。自然是会错的。说着，竹为就把缆绳扔到了大船上，大船上的水手接住拴好。

强盗说，把他弄上船来。

行义上了船，强盗便开始问他。

竹为赶紧上船，说，你看这人长得眉清目秀的，你再看那人长的一副草鸡相，谁是谁不是，还用得了细看，那不脏了您的眼吗？

强盗倒也有强盗的点子，问行义邵家的位置，邵家的店铺，这些行义自然是知道的，但不能说，说了会让邵家遭殃。他朝竹为使眼色，竹为明白，悄悄对强盗说，邵家的大少爷是读书人，你只晓问他书上的事。那些店铺啦，家业啦还没轮上他管嘛。强盗想想也对，便说，问什么呢，你说说。竹为耳语道，问四书五经，问关关雎鸠，在河之洲呀。强盗就照竹为的话问。行义答得很畅通。强盗信了，便把舱里的有蕭拖上来说，你这个偷鸡贼，你说什么叫关关雎鸠，在河之洲。一夜折腾得有蕭早已昏头晕脑不辨东西南北，说也说不清。强盗信了竹为的话，却不放有蕭，说把小偷也留下。

竹为说，偷鸡贼的藏赃物地方还没说，想带他回去起赃。

强盗大手一甩：不就是点杂碎嘛，到了大头目那里，给你十倍的赏金！说着，朝竹为耳语：拉他入伙，不就多了个伴吗。另一个强盗用手点点竹为的后脑勺道，小丫头也弄过来，回去好有个快活。竹为要说什么，强盗暗示竹为不准说话。

这边强盗对小扣喊道，那位大姐，请你上船来帮忙弄他下去。

可怜小扣并不知是计，听说帮着把有蕭弄下小船，想也没想，就伸出手去让那强盗牵了。强盗一声"嗨"，小扣到了强盗的船上。

开船！

小扣急了，问竹为。

竹为此时一脸的苦相，没半个字能吐。

小扣追问强盗。

强盗伸手拧她一把，做我们大头目的压寨夫人，不比做丫鬟强吗。糠箩跳到米囤里，还有什么不开心。

另一个强盗笑着在她的身上摸着，要是大头目玩你腻了，你也不要叹气，我的被窝一直等着你……

困你老娘去！小扣扬手左右开弓，只听得啪啪两声大响：行义哥哥，我对不起你呀！随着小扣的喊声，船上没了人。强盗一看面前没了小扣，再摸摸半片脸，火辣辣的，晓得不妙。这边竹为看得明白，大叫快救人，自己便要跳。小扣在水里浮了几下便没了，强盗看看水面，一把拉着要下水的竹为，唬道：想找死，你就下。这种女人死一万个都不赚多……

行义从船舱里冲出来，喊着救人。

两个强盗一左一右架得他不能动弹。

有蕭早吓得哆嗦一团，以为是强盗们把小扣扔到水里去的。

134

整整一夜没合眼的邵老爷听不到任何有关有萧的消息，平日里的沉稳，这一刻已全无。更叫他不能明白的是，包府遭此大难，竟真如他所预料：包府清早上镇办事的人像往日那样来去如故，平静得没一点反响。表面看，一切都是外甥打灯笼——照舅（旧）。

真的没事？

细心的人还是能够看出，如今的包府，人人都在埋头匆匆忙忙做事，没有笑容，没有大声的喧哗，只有急匆匆的快步，急喘喘的呼吸，急速速的话语，急忙忙表白的情绪。时光就这样从出事到隔天中午，包府无一点响动。

邵老爷得消息后，冷不丁想到：像包老爷这样的头面人物，虽没有国民政府的硬脚傍，急难之中，也能联合想卷土重来的新军或旧僚的知己啊，况且他的两个儿子现在都跑掉了，大儿子的能耐是不小的，能找到朋友，在几天之内做最后的残杀！灭了古柳泽也比受现在的窝囊气强啊！再说，我的儿子没能回来，正好给他再开杀戒祭灵吗？对！这就是他包老爷的秉性，这才是他包老爷要做的大事……想到这里，邵老爷不由得浑身打寒战。半晌，他问冯先生，麻团长的银票给了吗？

听到说早已给了的话，邵老爷这才放心地对冯先生说，是否请你坐快船去县里再会会麻团长，还有胡县长，尤其是胡县长的礼，重一点。至于北伐军那边，我亲自通电话。

冯先生答应马上办银票，明天动身送去。打点到肉眼眼里面，那是最舒心最可靠的。

邵老爷又问，有萧怎么没消息？赶快再派人去呀。

冯先生说，已经派了人去了。

那个张先生到底在哪里？怎么会突然消失？坐卧不安的邵老爷仍然惦着张义。

没有张义的消息，冯先生心头惊喜，表面处惊不乱，好言相劝邵老爷去睡觉。先养好精神再说。说着，冯先生暗示下人把那碗快凉了的参汤让邵老爷喝下去。乔乔这时也挪步过来，劝邵老爷到紫藤园去好好透透气。

邵老爷一言不发地听从众人的摆布，喝了参汤，慢慢从椅子上站起来，把手臂微微一抬，乔乔顺势过去抄了他的膀子，让邵老爷软在她的身上，那边丫鬟们过来，是搀是扶，是抬是架，是什么都已经无法知道，也不重要，她们要把邵老爷弄得离开这个一夜没挪动的是非之地。

到了门口，邵老爷回过头恨恨地说，若是要了我儿的命，我就掘他包府的祖坟！

众人听了此话，颇感惊讶，个个呆看邵老爷：那脸上没凶恶狠煞，始终温文尔雅。他们颇感奇怪地觉得那话不像是从邵老爷嘴里出来的。只有冯先生明白：邵老爷的脸上虽然没表情，恰胜过有表情。世事洞明，人情练达，腥风血雨，刀锥斧斫，早已把邵老爷一张表情温柔的脸磨打得坚硬如钢板，没一丝一缕的温情浮游。这没有温情的层面下，正是奔腾的岩浆，一旦冲突那死沉的表层，这世间还有什么能够抗衡？到了那个时候，这古柳泽会成为什么样子？那一刻的他又会在哪里呢？呵，他忽然明白那天邵老爷为什么要叫他把账上资金转走的原因了。早有此意了！哦。突然，冯先生感到自己对于眼前即将出现的一切，不是怕，而是强烈的渴望。甚至可以说，渴望很久了。其实，他就是怀着这种渴望才到古柳泽来，寄人篱下，苟且偷生地等待的。这一刻，终于到了！

他看多了包邵两家的角逐斗争，从表面看，包老爷的残忍，是一种残忍。但比之邵老爷，包老爷恐怕连小巫见大巫都说不上。邵老爷的残忍是怎样的呢？他想到了夏天曾经说过的一句话：旧的封建残余对人、对社会的报复心理比起资本主义和帝国主义来，那是不可以比的。后者能够毁灭一个世界，而前者只是消灭一部分人的生命或者毁坏社会的某些局部，那是因为前者的权威和利益都只是建立在人的奴性和物质的存在上！而后者能够毁灭一个世界，是基于一个什么样的状态下发生的，那个世界又是怎么毁灭的呢？冯先生没法理解。直到现在，也没有人能够理解。

有人说，那不是毁灭，而是让世界新生。

不！不不！不不不！

望着众人簇拥而去的邵老爷，望着那永远鲜亮亮的乔乔，冯先生不知是悲还是喜，脸色渐渐比身上的白褂还白，且苍白，没有鲜活气息的苍凉之白。干瘦的脑袋上那对小而炯炯有神的眼睛失去了它原有的睿智，变得暗淡无光。他无奈地摇摇头，一种先知先觉的悲情奔涌心头，他强忍住了，扭过头去，几滴苍泪在他扭头的时候洒落下来……

没人注意到。

能够注意到他冯先生表情的只有行义。可惜行义此刻不知在哪里，连死活都无法知道。

想到行义，冯先生又有一悲，邵老爷为了自己的儿子，能够做天下人不敢做的事。行义，还有小扣，他们就没想到闯太湖强盗窝是白白送死吗！他们的生命难道就不是父母所赐？谁来保护呢？没有人，因为你们太渺小了。你们存生这世界上，只会提供给别人实现奢望做牺牲的工具。悲啊！人与人不同的悲剧正在这里啊。自古人命如草芥，只有皇孙能卖钱。冯先生仰脸吞下又一次涌上来的泪水，扶住椅子想站起来。这时，大家看到他伸出来的那双手，完全冰冷干枯，泛着一种青色的死气，在痉挛的颤动中，表达的是畏缩的敏感的柔弱的惊恐的自我克制。这种克制与另一双大家天天看到的肥胖的松弛宽容富有活力的手不同，而且鲜明得可怕，大家不得不注意。

135

大家还是注意到了他冯先生的反常举止，从他手的动作一下子凝聚到了一个焦点上：那就是沉闷。整个屋里的气氛沉闷得像一座陈旧的不通风的粮仓，迅速感染了在场的所有人。

冯先生感到胸闷，呼吸有些急促，脑子像被抽空似的，什么也没有了，只有几片云在飘忽。那云的飘忽，慢慢地使他引向一个场景，一个他非常熟悉的场景。他慢慢地想起这个场景。对象只有一个人，那就是史进耀。也许真是偶然，也许就是命运的某种凑巧，史进耀对于冯先生的不近女色，断然以另一种高见借以庇护，令他刮目相看。那一刻，全镇对于包府的蔑视、复仇情绪已经到了一燃即爆的地步。史进耀竟然有闲情到冯先生主事的账房里坐坐，他的托词是，原本和张先生约好一起逛逛紫藤园，张先生过了桥又去完节堂看孤寡鳏独去了，他就过来了。冯先生带笑地一语双关道，你我都是从人家碗边剩饭里挑精米的，有什么话不好说哩，用得了那么谦恭？

史进耀站起来连连抱拳致歉：冯先生说哪里话，古柳泽码头上，冯先生德高望重，跺一跺，抖三抖。在下新来乍到，说话办事都欠周理，还望先生谅解。

冯先生见这么说，哈哈笑道，没必要一会儿天上，一会儿地下的客套。坐，坐下，请坐下说。用茶，请用茶。

史进耀用茶后，试探问道，冯先生一个人久居此不感寂寞？

冯先生不明其意，没回话。

史进耀见他没回词，便不好再说什么了。出现一个冷场。

史镇长到这里上任是单身独影一人吧。

冯先生说得极是，在下未曾聘娶。

史镇长年庚？

而立尚待，应对先生行弟子礼。说着，即起身重新施礼。

冯先生忙上前拦住：不可，不可。史镇长乃国民政府的官员，余一山野浪人，岂可受礼。莫不折煞老夫。史进耀见冯先生相拦，顺水推舟，就此作罢，坐下挑话题说，先生应当将家眷带来，古柳泽倒是一个闲静的好去处，交通也便利，出洋也便捷。

冯先生看看他，说道，看来镇长以为这里是个好的置家所在？

史进耀说，近山傍水，地高而势均，富豪靡集，商家如云。船行车走，下太湖，上南京，都是中心，能是不好的地方？若我搁先生的条件，置百亩良田，制三五顷桑园，整几爿作坊，娶多房太太。说完，看着冯先生，慢慢端起茶杯，没有呷，也没放下，只是两只眼睛将没再说下去的话接续着：屋不在多，在乎精当，庭院楼阁是有钱人的玩处，非我等所爱。墙坚壁固，防火抵盗，都在首位。至于太太与女人，那就是各人的眼光。大凡心里装些大东西的，一般都不怎么重视。先生好像就是这类人。

好。好言语。冯先生击掌笑道，老朽有那置几房的心，大概也没那能力了。这是人的不幸，当我有那置后宫三千佳丽，试与皇帝老子比粉黛的劲道时，空有浑身的力气没钱财。那一刻，早饥尚问午饭在何方。今日蒙镇长抬举，说我能有置家业之财力，可惜我已黄土埋到颈脖，置之何用？置了也只有三五日的极乐，本是生我门，亦成灭我户。这世间的争斗趣事，难道能比妇人肚皮上的事减乐三五？未必，未必。那种事，多是年轻时的乐趣。我看镇长，眼下正是大展宏图的黄金时期。且不说你的年岁，就说这镇上的风风雨雨，包府的故事，邵家的寸金，你哪件不明，哪条不详？是包府敢怠慢您，还是邵家不抬举您？莫说你拥几房太太，置千亩良田，你就是把古柳泽像皇帝佬那样当作自家的钱庄，我看也没人对您敢吹胡子瞪眼！只有进贡的挤破你门，没谁敢拦花轿无事触霉头。您，为什么不弄一座宅院呢？

史进耀听他这么说，眉头微颦，心中不快起来。

……当然，那是常人的推论。冯先生继续说道，先生非常人，岂可照常人的推论来看。岂不折煞民国一将才？老朽非美誉先生，实在是先生自己的品行恰得此誉。天下男人，早在弱冠之年便有妻室，哪有而立将近还不成家？先生似乎没把古柳泽美女放一位于眼中，可见先生眼高啊。

冯先生这话触到了史进耀的痛处，他不能显露自己的弱处，强作欢颜道，如此说来，在下只有一个推理，那就是先生看这世道混乱，魑魅魍魉横行，忠厚善良全无，故不想留儿女受苦作孽乎？

冯先生灵魂一震，原以为史进耀会激动得站起来与自己慷慨陈词，想不到竟也如此。冯先生沉思，莫非这小子也是不健全之躯？若不是，何必说出那种话。忍不住说道，镇长言之有理。世上胸怀天下之雄才者能看破红尘，必做如此选择。可惜，老朽是另一种眼光下的苟生者。先生想听听我的想法吗？

史进耀慌乱咽下一口刚刚进嘴的茶水，说，愿听先生教诲。

您刚才说我因这世道，而不想留儿女受苦作孽。这可谓先生知我心矣！老子曾言："道生一，一生二，二生三，三生万物"，"天下万物生于有，有生于无。"归根到底就是一句话：道不道，天下之器则乱也。天无道，万事万物将无有所归，无有所依，无有所出。器将不器，民则无生。民无生，何以延衍。民无衍，族将不存。族不存，国将无国也。国依民存，民以国生。国以道正而兴衰。可见这个道，很重要啊！先生如何看待这个道？

史进耀不安地说，先生高深之说，在下只有学习，愧难复陈。

冯先生点点头，长叹一声道，今日之天下，皇帝退位，道安在？道家迭出，道如蜂拥，各言己长，斥彼之短。道之不道，不道之道，国人无以适从。天无神明，地无阎罗殿，凶恶无惩，善良无扬。"天地与我并生，万物与我为一"，又从何而谈？天地鬼神万物离却我的灵魂而行，我的灵魂没有天地鬼神的庇护。一切都浑浑噩噩，何以有那留孽根于世的心哟！

史进耀连连点头，先生之言，乃弃世愤俗高风亮节。世间恰是一个俗不可容的浊河，能出浊河而清洁者，怕只有先生这样的人吧。

我？哈哈。我能吗？若我能，何必做了邵家的账房兼师爷。我也不能避俗免俗啊！

那世间就没有高风亮节者。

言之极对。世上之人，说弃世愤俗者，莫不第一奔名利而去。那言道为世间首尊者，非天下第一野心人莫属。自说天下治国最优学问，必为第一邪说。依老夫之浅见，大凡吹嘘最高极致，势必如峻涧竹，图快得天利，而不实胸中，腹自然空空也。然你击其皮，坚硬；你若穿其腹，空腹见刃，势如瓦碎。乱世间，恐难说有无高风亮节者。多则一二看破红尘者矣！

136

一切都在无声无息中进行，令人可怖的寂静，使屋里的空气更闷。原先大家都称道的地道红木家具在这个季节也失去了它应有的好感觉，一副下了半局的黑木象棋在白色的棋盘里，屎壳郎一样叫人恶心，那些家具上镶的金银也都黯然失色，用人们一个个站着如死人坟前的石雕般毫无生气。外面偶然吹过来的风烘烤得火一样炽热……大家都感到头脑昏沉，心脏窒息，呼吸不畅。一只飞燕低低地飞着，低得几乎贴着地皮，羽翼触着地面，飞进屋里时，大家都看到它的腹部在门槛上掠过，进了屋，它飞高了，冲人们的眉间而来。一种无可逃避的危险、压力、紧张令每个人感受到与时俱增的压抑和恐怖。如果它直冲而往，那个人的眉间必会被啄出个洞，引出一股红的流的液体……每个人的心都悬在那儿，谁也没想到回避，谁也没有回避。不知在哪个程序上，也许都说不上是什么程序，那个时候的中国还没程序一说，反正那只燕子是从八仙桌的雕花档间钻过去，然后夹进了另一面的窄孔，发出吱吱吱的叫声。这叫声让大家从沉闷中解脱了出来。这叫声引来一场汪洋般的大雨倾盆而下……

先是下人们冲向那张八仙桌，大家捉燕子。

屋里的空气流动了，活了。

冯先生慢慢摇了摇身子，准备站起来。

管家过来对冯先生说，老爷吩咐给你备了碗参汤，请用了再回账房。冯先生想回绝，见用人已经端过来，也就喝了，情绪渐渐好了些，准备离开。一大堆的账目要赶紧弄好，这形势下，邵老爷说离开就离开了，他得先一步备着。当他迈出步子时，看看管家，轻叹道，管家，我的心里念着行义啊！

管家说，行义不会有事的，上天菩萨会保佑他的。

愿好人一生平安。说完，冯先生离开了屋，步到门口时，下人传过话来说，老爷请冯先生到书房。

137

冯先生来到邵老爷的书房，屋里很暗，但有一股凉爽诱人的幽香扑来。冯先生精神一振，两眼朝那张宽大的欧式非洲嘉木办公桌看去，邵老爷正坐在那里接电话。冯先生见他接电话，倒是惊奇：邵老爷对于电话，用的是相当少，几乎不用，怕有人搭线偷听。现在，就不怕了？

邵老爷见冯先生进来，用手掌捂住送话筒说，是蒋兄来的。

冯先生明白，蒋兄就是那位北伐军总司令，忙回头推推门，见门已经关严实，这才过来，步到话筒旁，听到送话器里面的声音。冯先生悄悄问，不是蒋先生的吧。

邵老爷捂着话筒说，仁杰兄。我把自己的担心告诉了他，请他想想办法。

只要转移苏皖的步子快些，我就无后顾之忧……马上，马上是蒋兄。

……邵兄啊，我还是那句话，你的危险还是那个张先生的共产党。蒋总司令说政治上的朋友同商场的朋友一样，没有久远的，生意不同，朋友自然也不同；时期不同，朋友也就因时期而不同。现在国共合作共同完成孙先生北伐的遗愿！他对你一向的支持很满意。我和他的看法是一致的，有些事，你多虑了。你那为敌的朋友真有能耐在短时间里聚集一支队伍扫平古柳泽吗？不可能，没那个实力嘛。老弟啊，有句话，我不知当讲不当讲。古人还有梁园虽好，非久留之地的感叹。何况一个小小的古柳泽。就是用炮弹炸平了，能少掉什么？你可以发展到欧洲，就不能舍弃一个小镇？我劝仁兄放长眼界。在这方面，蒋总司令有他独到的想法。好了，我让蒋总司令与你说几句。

果然，那头换了蒋中正：邵老爷，你的事，我很痛心。太湖强盗，娘希匹，我看他们想做什么？旧的势力是不允许新的生命成长的，自然也是不允许我们的存在。他们希望回到那个土堡封建割据的时代，关起门来自己称大王，谁反对他们，他们就杀谁，以消灭你的生命为他们获得快乐。娘希匹，我们的目的是建设自由世界，只有毁灭旧世界才有新世界。当然，对旧世界的毁灭也包括改造。北伐就是消灭与改造并举。只准成功，不准失败。这是中国唯一的出路。在这方面，我说些国际形势于你听听：苏联是共产党主义国家，英国是老牌的资本主义国家，他们对中国都有渴望。苏联这位朋友主动支持是因为中国共产党，想扶持他们上台，这我清楚。这位朋友一向是不大相信人，他们要我的儿子做人质，就是防止我北伐胜利后与他们翻脸。这种做法与绑票没多少区别！娘希匹，我的儿子绝不是当年的子楚，我更不是那个秦始皇的老子！我是什么？娘希匹，我是什么？我什么都不是。只是伙头军，替你们忙碌的。等天下太平，我就要回到溪口守祖坟去啦！……

将军何出此言。

我的处境困难，国人不信任我。当然，共产党还是全力支持我的。他们内部的斗争也很激烈，搞什么"托派"，都把精气神耗掉啦，我现在不搞。为了得到苏联的支持，我不得不送一批我们的孩子到莫斯科做人质！比你送儿女到法国苦多啦！是的，送他们出去开开眼界，比守住祖宗的土坟包好。与你做对头的朋友，在这点上就不如你！

邵老爷嘴里应道，总司令言之极对。

我的北伐，不是为我的。是为苏联的。闹不好，我的北伐成功，苏联人也就扶助中国的共产党朋友坐起江山来了。你说，这关键时刻我能分出兵力去支持你吗？江河涸，沟湾有鱼乎？

邵老爷牙咬得紧紧的，嘴唇都快出血了，就差要骂出口。

但是，我还是要到苏皖浙的，如果不是经费拮据，近期就会到，请你放心。娘希匹，我很羡慕你啊！儿女出国，了却你的后顾之忧。说深一点，你的后路也就有了。仁兄，我蒋某一生就讲朋友义气。我劝你把家产盘了，像仁杰兄那样做做我的支持者。一旦我坐了江山，内务大臣，兼洋务大臣也是可以让你做做的嘛。到那个时候，你想再做生意，什么生意不由你放胆大做而特做呀？仁杰兄也与你说了？好啊，你有这个倾向？好啊，那就快些实施。我们的利益绑在一起干，用仁杰兄的话，与民国政府共存亡。你应该比仁杰兄更有远见：与中华民族共荣辱！

好吧，让我考虑，考虑。放下电话的邵老爷突然明白什么似的长叹一声，半天没反应，那汗水冲开紧皱的皮肤从肥胖的圆脸上慢慢淌下来，他没用手抹。呆呆地，让汗水如细雨淌过石雕像般流淌下去。冯先生看不过，从袖子里抽出汗巾，过去替他抹了。邵老爷一动不动地让他抹着，许久才对冯先生说，东山的狼吃人，西山的老虎更吃人！说着，猛然起身，愤愤然在桌上一拍。大约拍得过重，哎哟一声旋即提起了拍疼的手，在半空中晃抖着，嘴里喃喃道，他娘的，豆腐手了，吃不得苦啦！

冯先生将汗巾放回袖子内，顺着他话说道，自古一理，强人不怕蛇毒，妇人柔肠必败。

邵老爷把那垂着的五根香肠似的手掌晃着，眉头紧皱，嘴里吹气似的连连说，到底该怎么办才好哩。没想到局面会搞得这样。早晓得，叫冯大一下子把包府夷平，杀了这父子，就没这担忧！可见古人常常说些提醒人的话，真是金言良语啊！

冯先生小心翼翼说，当务之急是对电话内容好好分析。

邵老爷点点头，提醒得好。现在这地步，避开蒋中正是不行的，但我不想让儿女都落到蒋中正的手里。毕竟共产党的许多观点新啊！起码说，他们与人斗的本领，国民党不可比！迟早要败在共产党手里的。偏偏国民党现在正在势头上，得罪不了。

冯先生试探道，那就两边都踩着，走着瞧！目前蒋中正不能马上分兵支持你，但他能够替你做些后补的事，未尝不可。我觉得，你跳出包府旧势力的敌对，但又陷入更为严峻的现代资本的血淋淋争斗，那更为残酷，往后去的路，极为险恶啊！

狼沟虎山，蛇路蝎道，自古就是官道的代词。你想做好好先生，可你良心没有泯灭，不能走。你没了良心，也就不知世上有耻辱二字，那你就走。你说，是好路好道吗？事到如今，不想走，也得走。邵老爷说着又补上一句：前面的路没人看得清，估得透。

他把这番话说出来，好似舒出胸中积压已久的闷气，排净腹中久存浊气，精神渐渐好了起来。脸上也有些许活力透出来。缓缓气，对冯先生说，我现在的想法又有了些改变，想给张义他们烧烧火，鼓动鼓动农会学学湖南人斗地主分浮财，看包府有什么招数？当然，更要提防的，还是张义。

冯先生看着他，好像看着一个不相识的人，脑子里想，他怎么会有这样古怪的念头？

第十七章

138

张义赶到横沟村找到黄小狗，一说情况，黄小狗跺跺脚说，怎不早来一步，就遇上啦。张义决定追，黄小狗连连摇头。张义坦诚地说，没第二条路让你我选择。有张义这话，孙有端着枪威胁黄小狗：你不去？水性好的老周拍拍黄小狗的肩说，你最好去换只快船，别的话，说了等于放屁。黄小狗看看这架势，晓得说也白说，只好去换船。船是现成的，很快就换了。在黄小狗的带领下朝太湖赶。快赶紧追，几十里水路下来，太湖强盗船的影子也没见到。张义问，是不是走岔了道。黄小狗说，岔什么道？我们还抄近路哩，强盗们走得早，走得快，没准已经到了岛上。张义说，那就上岛。黄小狗一听，喊道，还真上啊？岛上守卫很严，清军、军阀都没能奈何。说句不中听的话，上了岛能逃出来就算是大英雄了。搭上性命，全军覆没是常事！还去救人？想都不要想。

这番话说得大家心里寒寒的。老周说，救绑票，不冒险不行；你现在要讲的话，只有一句，用什么办法救出绑票。张义说，这不是打退堂鼓的时候，走一趟，权当是走亲戚嘛！大头目与岸上人来往吗？黄小狗说，来往还是来往的。张义说，有来往就好办，可以找个借口把我们引荐给大头目嘛！

黄小狗嘟囔道，不这样，你们也上不了岛。

张义说，那就好，同舟同济，患难与共嘛。

船朝太湖深处去，张义与黄小狗聊起岛上的事。

太湖深处竟有如此好去处：绿树红花，鸟语雀跃，炊烟袅袅，男耕女织。渔汛到，网起帆落，银鱼如雪，大鱼堆山；果熟时节，满山飘香，榧子、栗子、桃子、杨梅、枇杷、橘子，连冬天也有果子收获。走在沙滩上，没有捉野兽的陷阱会误伤你；绿荫凉风的庇护中，绝不会有一颗黑弹要了你的命；就是那喝得烂醉的无赖汉子，躺在地上唱醉曲，决不会借酒找你的麻烦；你没钱想喝酒，路边的酒肆可以让你喝上一杯……这一切，都是因了这岛在水中央，距岸太远太远，与世隔绝，才有些返璞归真的味道。

张义记得组织上介绍过太湖里的情况：盘踞在这太湖之中的强盗，并不完全是草寇。他们曾经是一支训练有素的军队，其中有部分是湘军水师，满清遗少，十五年前那场帝制变革，这支水师，原本要与江阴要塞水师集体转归民国政府。细节操作上，江阴与靖江一江之隔，两岸相握，抑扼长江咽喉。江阴要塞水师的军心顺从靖江蒋雁行。太湖的军心愿归陈其美。不知是乱点鸳鸯谱，还是顺理成章？反正，江阴要塞没有归到蒋雁行麾下，而是划归上海都督陈其美。太湖则归于苏州都督程德全。这一来，江阴太湖两边的官兵都不乐意，此时自诩江北都督的靖江都督蒋雁行欲借此机会收这两支军队以壮势力，镇江都督林述庆则干脆以沿江防务为由与江阴要塞先一步举杯结成共同联防。如此形势下，江阴要塞中的部分旗军湘兵反对陈其美，更不想与林述庆多话。他们联络太湖水师中对民国政府不满的将士，组织新的军队，打复清旗号，占据太湖东南为营，企图夺取上海，背海面陆，与北割据抗衡。结果，民怨四起。时恰逢上海、苏州、杭州、镇江相继光复，革命同志组织成立苏浙沪镇联军，进攻清将张勋的南京前，在松江与这支军队小试牛刀，帝制的拥护者死于乱刀，拥护民国者当场随联军开拔。最后剩下的只好落入水域沦为贼寇。几年后，李纯自杀，江苏督军里面一部分人又自愿投奔到了这里。他们熟悉这一带水域，加之官府社会各界里都有他们的人，北上大运河走镇江入长江，西出望虞河从浏河走常熟下长江，东从太浦下沪浦，南入苕溪上天目山，都必经此地。十五年来，扼道打劫成了他们的主要经济来源。

听张义这番知晓内情的话，黄小狗不以为然道，强盗的日子也有难过的。从前，他们只对巨富豪商打击，不欺弱扰民。随着兵荒马乱年月的结束无期，战争、饥荒的曼延，加之京沪铁路，沪杭、沪甬铁路越来越便捷，走太湖的船只越来越少。加上有几次军阀为了应付富商们的发难，也认真地与太湖强盗进行了较量。打仗就怕认真，一认真，太湖强盗的损失就大，元气大大受挫。从那以后，强盗们日益感到经济困难。迫于生计，他们便也接受像包老爷这样的人提供的线索，获财后，双方可以按比例分配。从此，太湖强盗就有了许多的内线，最长的到芜湖、金华、绍兴。由于几次弄错情报杀无辜者太多，加上共产党的介入，各种势力的渗透，内部开始有了分歧。

呵！……张义点点头。

139

船很快进入茫茫太湖的腹地，除了水，还是水，茫茫水连天，天与水相融，水与天一色。远处的岛，藏在深处。走了约莫几个时辰，才能隐隐约约看到像画家漫不经心遗落纸上的一小点点墨点儿。黄小狗提醒大家，船进入太湖强盗的领地了。

大约过了一袋烟的工夫，茫茫水面上不知从哪里冒出几条船，拦了问话。黄小狗赶紧站到船头答话，说是大头目的朋友，从上海过来。走得急，没来得及事先联系。那边船上的人招呼船靠近，然后，跳帮上船，检查一遍，没发现可疑的情况，用暗号与黄小狗对话后，告诉众人按帮规，让大家把眼睛蒙上。用事先准备好的黑布条，扎了眼睛，一个个坐在舱里。船由他们引渡朝岛上去。过了一阵子，船老大进舱来替他们一一揭了头布，告诉说快到了。大家起身与船老大施礼，船老大问他是否要吃些东西，或者来壶水酒暖暖身子。张义有礼貌地谢过，聊了一些不着边际，没轻重的话，船近了岛。

船老大去指挥船靠岸，张义和大家走出船舱站在船头上等待上岸，湖水很清，远处湛蓝，近处透明，拍打在岸边石头垒成的码头上很响，传过来，很有节奏。张义开始思索如何与地下党联系。

船到了岸边，跳板放好了。

张义正要踏上跳板，黄小狗抢前低语道，这是规矩，不要露马脚。张义赶紧退后让他先上。岸边果然有人向黄小狗问话。黄小狗用暗语告诉他们，这些客人是要见大头目的。对方说，晓得格，照规矩吧，上岸后先到客栈里歇着。

众人在客栈里歇下，等着大头目的召见。

客栈里也无法打听到地下党的消息。大家只好在房间里待着。很快，客栈里的人过来说：我们大头目知道先生来啦，他虽然很忙，还是尽快来见你。听，铁马的声音……他来了。

张义倾耳果然听到机器的响声，知道是汽车来了，赶紧到客栈门口候着。一会儿，汽车开到面前，一身袁大总统新军将军制服的大头目，笑着跳下车，过来拍拍张义的肩说，闻先生乃留洋的饱学之士，不知到我的岛上有何目的？不妨直说。张义一看大头目的装束，心里道，还真的是军人，好爽快。于是，随便找了几句现成的恭维话抛了出去。对方倒也爽快，快人快语道，听德国佬说，他们那里的一些列公国，有的还没我这岛大哩。从前，我在这里混日子。现在，我不是混，是要造一些奇迹，把这个岛弄成人间天堂。说着，拉张义上车，走，看看我的家园。

张义与大头目一起站在车上，张义问，我怎么称呼你？

大头目双手抱拳道，兄弟的心还是杀富济贫的，没变。至于披这张狗皮嘛，也是赶赶时髦，看看岛上的人怎么待我。怎么？你想喊我大总统！我可没那个野心。这岛上，皇上封官，抵多也只能封个县太爷吧！你喊我县太爷，喊我一品官，那总还是可以让人揣摸出身价来的。你说，喊我大头目，多好。人家不知道我有多少兵马臣民哩！是的，我是强盗嘛！堂堂的一条汉子，站不更名，坐不改姓。

说着，大头目把手一摆，不说那些。我们一路看看。

140

汽车在这个岛上，像是一头怪物，疯狂地奔跑着，所到之处，早把路人吓得闪在一边。街上商店林立，做买卖的人很多。大头目说，最近我们开了快班船，从苏州过来，让外面的人来做生意。我们这里的特产很多，枇杷、杨梅、板栗、橘子、水蜜桃，尤其是茶叶，要出去呀！要到国外去呀！我请德国人在这里开了一家铁工厂，准备造枪炮。我自己种地。如果把岛上的地都种好，把果树弄好，再开几家工厂。到那个时候，谁还敢欺负我？我也想透了，去抢劫别人，去打别人，没多少意思。

张义听他这话，肃然起敬，问道，你不想到岸上去了？

想。但现在不想。等我有了实力，我是想出去的。

张义想，这可不是一日之功，等你有实力，蒋中正的队伍过来吃掉你。这话，他不好对大头目讲。

车到了一个地方停下来。

大头目带着张义参观一片树林。大头目告诉他，这是植物园，这里种着各种花木。另外的一个地方是果园，种着许多果树，果园在山上。两人走进植物园，正好有两棵树开花，花很奇特，开在树顶上。树也很特别，主干上长叶子，叶子一片片的，都是硬硬的针。大头目指着那树顶上的花说，看似鸡蛋状的，是花；那边开的也是花，这两株都是花，花不同，雌雄异株，很有意思。这种树叫铁树。古人说，千年的铁树开了花。我这里的铁树开了花，说明我的好运来了呀！说着，大头目又指着排排剑一样竖着叶子的花说，这叫君子兰，是外国朋友送的。

怎么，你与洋人私通？

大头目笑起来，朗朗如钟鸣，笑罢，说，前阵子我还到上海会过洋人哩。说着，他压下嗓子说，我这里原本有许多共产党。这些人了不得，你看岛上的一切，都是他们弄的。后来，他们想杀我。我先端了他们。但他们的思想、做法，很适合我。人，我不要；做法，我可以用。这不错吧！听了这话，张义不知该说什么才好：他穿戴袁家制服，又觉得共产党的一套能够收拢民心……

汽车开到了镇外，路变狭了。天地却更宽阔了。傍晚的太阳好像并不在太湖的水面上，而是在一片树林的梢尖上，一只通红燃烧着的大火球，辉煌的火光从树梢上泻下来，近处池塘成了透着火光的镜子，树木迎着火光的部分，都在燃烧，背着火光的部分恰更加绿得可爱，大概是那一部分的生命之绿渗透过来的原因吧，在人们的眼里璀璨夺目；飘浮着的蓝蓝雾霭，笼罩着宁静而怡美的四野；偶尔穿云划天的雀儿，清脆的音响搅动着远处村庄上空的雾霭，闪烁出白色的光焰，暖风中，整个黄昏都像舞场里婀娜女子飘动的拽地裙，充满着生机与活力。大头目跳下汽车，邀张义步行，嘴里夸夸其谈：在这样美好的黄昏，陪着我学富五车的好朋友散步，乃人间乐事美事啊。

张义恭维道，土匪在人们的心目中总是青面獠牙，你让我大开眼界。一位极有修养的绅士啊！不虚此行，不虚此行！

是吗？哈哈哈。

两人向前走。大头目一路指点给张义看，告诉他，上海一些留过洋的人在这里搞个合作社。张义问，合作社？什么合作社？

他们到过法国。法国现在最时髦共产主义。什么叫共产主义？不就是打倒地主，分田地？做工的不再是别人的劳工，自己愿意干活就干，不干就不干。什么都讲人人平等。你没听说过？

人人平等。你愿意？张义的心里好痛苦，共产党人为他描绘一幅法国式的巴黎公社图，而他却不能宽容共产党，这是为什么？

有什么不愿意的？我就想过那种生活。大家选头目，选到谁，谁就做。我不做，就去种地做工。上午种地，中午看书，下午打牌，傍晚钓鱼，晚上跳舞。愿意和女人，自己喜欢的女人睡觉，那就两厢情愿地睡。不好了，大家分手也不做仇人。

说话间，上了一条竹林间的小路，路上遇到玩耍的小孩。几个男孩子正与采花回来的小姑娘们争夺着花，小姑娘大概不愿意把采来的鲜花就这样给他们，她们故意躲闪在竹林间，篱笆丛中，等待他或他们的追寻。几个孩子开始追逐小姑娘和她的同伴。不时地被追到，又被逃脱，阵阵童音，串串笑声在竹林间爆开。那个捧着鲜花的小姑娘已经有十几岁了，丰满而漂亮。大头目看着他们玩耍。他们也不回避大头目。此情此景，倒让张义引出许多感慨，他对大头目说，这些孩子的快乐，也只有在这里啊！

大头目问，难道别处有钱人家的小姐和少爷都不是这样的快活？张义说，我说的是平民百姓。大头目点点头，赞同地说，倒也是，像这个姑娘的岁数，已经是做人家小媳妇或抱小囝了。上海那些妓院里的姑娘比她年纪小的多着哩。人间的不平等就是那样。所以，我说我是支持和赞成共产主义的，并不是我生来没父母，在破窑洞里滚大，同情穷人。这世界，人人都是上天菩萨的孩子，为什么有的人就吃好的穿绸的？有的人连填饱肚皮的糠都没有，长到十六七岁还没一块像样的花布挡挡身子。民国革命了，革的什么命？清皇帝换成大总统，还有什么换了？大清的龙旗换了青天白日旗，还有什么换了？旗人的衣裳换成汉人的中山装？能换得穷人不用卖女儿度灾？军阀打仗，清兵战死，都为的什么？不都是自己的荣华富贵吗？有几人是为百姓的？

大头目这番话，张义连连点头。

哈哈……男孩子们终于把捧鲜花的姑娘围了中间，小姑娘走脱不了，先是双手擎花，继而只能单手举着，小脸上又红又亮，分外地好看。转而，几个机警的小姑娘趁着男孩子们疏忽，冲出了他们的包围圈，姑娘们展开了天使般的翅膀，飞奔在竹林间的石板路上，远远看去，像是一群花蝴蝶飞翔。

大头目看得开怀大笑。

路边院落的一个竹编门吱扭——轻轻地启开了，从里面走出一位端着簸箩的老妇人。随从喽啰喊道，齐大婶，头领看你来啦！

嗳！随着一声应诺，老妇人抬头见到大头目，高兴地喊道，你们看，你们来看，我养了许多的鹅啊！果然，她的身后涌出一群小鹅。小鹅都已经长到半斤左右，还没长大毛，围着老妇人嘎嘎嘎叫。老妇人欢欣地对大头目数落：啊！感谢上天菩萨，多亏了您啊！您让人到句容弄来这四季鹅种，品种好！您看，到明年我们就有自己的种鹅了。

大头目弯下腰去，亲昵地抚弄着这些小东西，高兴地说，哈，一群哩，多少只哟，都数不过来啊。

是六十只。就是您给我送来的六十只，我把这些小东西都养活了。每一只都养活，在别的地方都不可能的。听说簸箕岛上养的羊没长大就给烤吃了？有没有这事啊？

大头目说，我已经罚了他们，现在好了。大家都知道要靠劳动养出家禽、牲口，种出庄稼，大家才能有饭吃，有酒喝，有肉啃嘛！在外面被人欺负，到了这里，再不把自己当人，活着还图什么呢？大头目说着看看张义问，你是大先生，你说我的话对不对呀？不等张义答话，他对老妇人说，都养活，到大年三十，全岛人的年夜饭桌上就有这四季鹅的肉了。

老妇人笑道，今年的年夜饭，我不许你用。要让它们生蛋，到明年的年夜饭桌上，一桌一只整鹅，那吃起来可就带劲啦！

对。大婶的话对，我们明年的年夜饭再吃这小东西！

那些小东西好像也能听懂似的，都伸长了脖子，高兴地嘎嘎嘎叫着，声音很幼稚，没有成年鹅的音响效果，听起来就觉得有谁在它们嗓子里塞了块软木塞，它们一边叫，一边想吐出那软木塞，所以声音里老有突突突的节外音。老妇人赶着这些小东西，然后去弄米糠、拌入碎骨，又加进一些别的什么，用棍子搅着。搅好了，双手捧出放到地上，小鹅们高兴地拍打着稚嫩的翅膀抢着啄食。

老妇人要大头目进屋坐坐，说是她的老头儿要与大头目喝上几盅自家酿的米酒。大头目高兴地说，改天吧，我们还有事哩。说着，他就告辞，与张义继续朝前走。大头目告诉张义，岛上还有羊、牛哩。也种烟叶，还有罂粟。张义问，你种罂粟做什么？大头目说，上海滩上要哇。我们自己不用，专门给上海吸鸦片的人用。张义说，这很危险的。中国人打打内战，争争地盘，夺夺皇帝的龙椅，都可以，就是不可以吸鸦片。这是危害民族利益，绝子绝孙啊！

没那么严重。大头目说，正经人不会去吸那东西，吸的都是有钱人、富人、寄生虫，吸这东西死掉好，少一个好一个。

张义听他这话，张开的嘴，半晌合不上。

141

两人说着话，一路走过去，很快就走出了林间，来到一片已经耕开的庄稼地上。此时的天空特别高远深湛，从烧得金灿灿的云块间穿过来的阳光，让田野里的景致变幻着各种色彩。土地变得温柔而富有情调。耕过地的牛卸了重负，在旁边吃草，悠闲地甩着尾巴。牛的前面，是一条水渠。水渠里的水流动着，越来越满，就要从渠上溢过来。孩子们在田埂上玩耍，田埂小径上，蒲公英、紫花地丁、野菊花、牛蒡草长得茂盛。女孩子们争相采摘盛开的野花，田埂上到处是她们的身影和笑声。男孩子一刻不闲地玩着捉迷藏或者摔跤。成群的燕子从田野的上空掠过，飞向远方。远处的树林间传来鸟儿的鸣叫。妇女和男子挥动锄把粉碎着一块块的土疙瘩，地里的土块被弄得很细很细。

田埂上，几个男劳力正运着一袋一袋的种子，等待播撒的种子已经放在田埂上。另一个地方，是几排树，在树的那一边，可以看到河面的水泛着金色。不时有鸟儿掠过水面飞到树林里去。偶尔穿过田埂的野兔引起人们一阵的骚动和欢乐，大家争先恐后地想打它。但是，它飞奔的速度比人们的腿快，更不弱于土块、锄把。人们转眼就不见了它们。由此引发出来的谈资却是经久不衰，每个男人的脸上都有自豪和快意，女人的眼睛也格外的亮。黑色的土在夕阳下油光发亮，大头目弯腰抓了一把，紧紧地握着，然后在张义的眼皮下展开，那土酥松地软软散开在他的掌面上。张义虽没种过地，但他知道这正是插根棍子长片树林的好土。

从欢歌笑语中停歇下来的人们终于看到了大头目，大家喊叫起来，这种喊叫的声响是一种非常有节奏的音乐式的语言。

张义听不懂他们在喊什么，但知道是唱着一种播种的民谣。

大头目对张义说，天快黑的时候，是最好的落谷时间，迎着黑幕的降临，生命的诞生才能健康安全。说着，大步流星走过去，卷入人群中。张义看到他们在耕开的地里手拉手地跳舞，唱歌。有一对裸体的男女被大家邀到了中间，张义想走近，跳舞的人群怎么也不让他进入里面，他只能远远地站在渐渐昏暗下去的暮色里，朦朦胧胧地看着他们跳一种让周围人很兴奋的舞。舞步中，两人不时地接吻拥抱。周围人一边跳舞，一边唱歌，那歌词的内容大致都是能够听得清楚的，一开始是赞美姑娘的：

> 贞洁的身体啊，是远山里的泉眼水，清冽又新鲜；贞洁的身体像欲放的蓓蕾，那么娇容，她从头到脚都散发着太阳般的光泽；勇敢的儿子，你磨快利器，你武装好身体，向着那贞洁的泉眼进发，为了你的民族子孙繁衍，你把那泉眼捅穿，让她为你的民族流淌永不枯竭的清流……

男的就在这歌声里，时而紧紧拥抱女的，拥抱得她气绝身亡般快意，接着又轻柔地吻她，她被吻得陶醉起来，他又把她托起，从头吻到脚尖尖。最叫张义吃惊的是那男人在吻中擎起女的全身，然后伸嘴吻她的脚尖尖，嘴里唱着：

上天菩萨啊，你赐给我的这个女人是多么好的土地呵！我的犁头早已坚挺，只等你的令下，我会翻开那从来没有雨露光顾的土地，为上天菩萨播下人世间最优秀的种子。

唱到这里，周围人欢呼跳舞的节奏更狂欢。在这种近似疯狂的舞蹈中，女的展开双臂搂着男的脖子，亲昵又兴奋。极度兴奋之中，女的两条站立于地的腿展开悬空，慢慢地，慢慢地，随着节拍夹到了男人胯骨上，男的双手抱着她的臀部迎合。她发出兴奋的尖叫。众人被传染似的大声和着，歌舞更狂热。

唱的歌词是祝福女人得到孩子，告诉男人要用尽全心地播种，只有他全身心地播种，才能得到世上最健康的孩子……男人站立着，托抱着女的臀部，女的快活地哼哈着，众人随着他们有节奏的声响狂欢乱叫……许多的人在跳舞的时候，开始把自己带来的碎树叶什么的朝他们身上撒。女人在男人又一次抱着擎起时，天色渐暗。张义只感觉到她那么年轻，身体的曲线，美得无可挑剔。

当男女疲惫地发出一种特殊的喊声时，男的把女人抱着悬空，横陈在头顶上慢慢地旋转，而许多的女人围着他们大唱赞歌，朝他们泼洒着水珠。再后来，这女人就被一块布裹起抱走了。地上的人开始围着男人唱歌跳舞，朝他抛小块小块的土疙瘩。有人抬来了澡桶，把男人放进澡桶里。一群女人过去，帮男人洗澡搓背。张义又一次想靠近，只有靠得很近才能看见他们的洗澡是真洗还是一种宗教形式。几次挤到前面就被挤出来了。当周围的天完全黑下来时，远处的火把开始朝这边来了。

澡桶里的男人终于出来了。一群女人把他抬起，一位老者过来弯腰致谢，然后，男的自己裹上布走了。澡桶里的水，被跳舞唱歌的人用一只只小盆装着，在地里慢慢地走着，边走边唱，边唱边洒在地里。

大头目从旁边人手里接过一只播种的簸箕，拉着张义加入播种的队伍。张义问大头目，那男女做的是不是印度密宗佛事，还是一种传统的民族种谷风俗？大头目笑道，这些当然瞒不了你的，那些碎树叶、水都是一种宗教的结果，说是能够使这块地里长出丰硕的庄稼。

大头目突然恼恼地低语，共产党不喜欢，说是迷信。

他的声音虽然很低，听起来很阴沉，充满着杀机。

黄昏的气息在各种野花树木飘动之中，更加增添了这支劳动人群的欢乐，歌声更强烈了：

太阳的神啊，月亮的神啊，受你们恩泽雨露的子民，听从召唤在这黄昏的时分。一起带着感激的虔诚，拉起那个情人的手，跳起那个播种的舞，双双对对呀，我们都把那情啊，播下，播下，播下。女人是土地，男人是种子。哥啊——你用心播得那种子深深扎进妹的心坎。妹啊——你敞开那个胸怀接受这最最健壮的种子。我们的来年一定是个丰收的好年成。

……

热闹直到月上树梢才歇下。紧接着，地里开始灌水。

大头目告诉张义，这是一块好秧田，年年都能育出好秧。出的稻是香稻。香稻酿出的酒就是香酒。

每块地都这样做祭祀吗？

大头目摇摇头说：就这一块，大家说是王者之田，自古就是年年要祭祀的。这么做也好，让大家知道盘中餐的粒粒辛苦。在我以前，是当地人自己做的。我把它改为全岛的大事，岛上放假的三天。

那女人是什么人？

镇上最漂亮的姑娘，今天是她的新婚喜日。大头目兴奋地说，许多姑娘出嫁想这种日子还没有哩。能够轮上她，是她前世修的好福啊！

张义说，在古柳泽也听说有一块相传皇帝种的地，做祭祀也用女人，一般都是结婚多年没生养的，男人也不是自己的丈夫，是事先预谋好的一个过路人，不让他本人知道，先把他灌醉，等他醒来稀里糊涂地拉他做替身，他自己也被搞得莫名其妙，就上当了。

大头目问，做完了，他若不趁大家麻痹时溜走，就会被沉河？

张义笑了，你也知道。

大头目叹道，吴越民俗，还有多少人不知道？我们到这岛上来之后，也发生过几次的。我以前在家时就上过当，我没死掉，是一个好心人把我沉湖的口袋扎松了，下水后，我挣扎着游回来找到那人家，要与那女人结婚。那女人长得很漂亮。他们全家不肯，说是让他们家丢了丑，她丈夫还在嘛，扬言让家丁杀我，又报了官府。我一气之下，把除了她以外的几十口人全杀了。

那女人没有自杀？

没有。从此我没再和她同房。不是她不肯，是我想看看，上天菩萨是不是真灵。那么一次播种就真巧？奇怪的是，她真的生下了儿子。儿子满月，她留下遗书自尽了……

哦！张义心头一紧，倒是十分地同情大头目起来。

唉！大头目把手一扬，不说那些。现在，我把这风俗改成让姑娘结婚做祭祀。请有道行的来主持，让童男贞女在播种节以交合祭祀天灵，是上天最高兴的事。渐渐地百姓也就习惯了。祭祀完后，大家各自回家，明天再重新迎亲。好几年了，年年在这个日子里办喜事的很多。说来也怪，这块地上的收成好于任何一块地。百姓信的是眼皮下的事实。你说奇不奇？那贞女血落的地方长的谷真好啊。

张义听着，心里想，这大头目不是等闲之辈，当刮目相看。

晚饭的时候，大头目对张义说，到街上酒店里喝我们这里特有的香稻酒，好不好？张义哪有什么心事喝香稻酒，就是神仙酒喝了也没味道啊！嘴上忍不住地说：我不是跑来玩的呀！大头目说，我知道。没事，谁会发神经越过太湖，上岛触霉头？大头目好像明知而故作娇态地戏耍他。

那我就要……

没让张义说出来意，大头目拦腰切断他的话，笑意未减地问，逛逛看看，就会耽搁你的正经事？我看可以消减掉你那份急躁。说不定你就会留下来不走，久留长居，难道不好吗？我这里虽然也有文化人，但真正成为我谋士的还没有。岛小也是一方天地。不认为这地方很适合你施展抱负吗？

可是……

大头目见他眉头紧皱，勉为其难道：不会费你多少时辰的。

张义见他这么说，点点头，那就客随主便吧。

大头目和张义一起在街上信步走着。

142

夜色中的街上，灯火辉煌，家家店铺都开着。行人很多，逛街的，买东西的，交换物资的，人来人往，好不热闹，看得张义目不暇接，一水相隔，躲过枪炮火烟，不问天下还有三国之争，只听靡靡之音，满眼花裙拽地，韵颜抹肤，真正世外桃源呵！可见只要没有战争，连这太湖中间的小岛也会歌舞升平。走一段路，见酒肆临街竖杆旗，旗上不写"酒"字，而写个"水"字。张义忍不住停下步子。大头目见了，乐道，那就上他们店？张义点点头，两人走上前来。

这酒肆不像都市里的酒店。三间的门面，有半只给了一栏横杆，横杆后面摆着几只大酒缸。每只酒缸上盖着一只佛肚大小的软盖，盖面绣着花。酒缸

太湖岛上的酒肆

后有一妇人，修长如青竹的个儿，丰韵活泼的神态，高高立于地板上，肚腰齐着酒缸口，身子一动，胸前两堆肉顿时如被抓的小貂挣扎欲逃，加之她秀眉一挑，清目犹若炭火灼人，令人神魂不归。但见她，卷袖裸臂，手执紫铜酒勺，眉挑眼一亮，嗓门如铃：

这世上的雌鹿、熊掌、玫瑰、海棠、珍珠、玛瑙、宝石、珊瑚，哪一样不让我们这些凡夫俗女迷恋？这世上的泉水、空气、火焰、陆地、大海，哪一样不是我们生存的必需？这世上的金钱、权力、高位、官爵，哪一样不让我们享受荣华富贵？我们这些上天菩萨的子民啊！追逐不尽财富而疲惫不堪的善男信女，到这里来稍歇片刻。多如海、高如山的人间富贵，可以耗尽你终身之累。听我劝一句，不要为那些追逐而烦恼终生。让我给你们片刻的安慰，让我使你们暂时忘却追逐途中的烦恼，到我这里醉饮三碗，海量五斗，沉睡七天，做那一日的神仙……

伙计招呼着客人。他们见到大头目，都兴奋异常地喊道：

将军，请进，请里面进。

大头目点点头，朝里走。

张义随他而往。

走进店堂，张张酒桌都聚满了酒客，这里喝酒不用小盅、酒壶，而是大碗。碗里有红有白。伙计见张义脸露诧异，笑言道：客官是第一次来？别看我们是大碗酒，这酒，是正宗的米酒，老黄酒。你看那旗上写着"水"，告诉你，这是正宗的汉族酒！

汉族酒？

中原原本没烈酒，是元朝带进的烈酒。中原的酒，都是低度的。古人说，"水酒一碗"，就是我们的酒。别看力道不咋样，醉了，可难醒啊！

伙计的话，张义连连点头，明白了。

穿过店堂时，酒客们见到大头目，都起来向他招呼。大头目一一回礼。过了店堂，便有木梯上楼。这是个很宽大的所在，通间大厅，摆着十几张八仙桌。酒客不多，桌上摆的比楼下多了一些花样，有些热的炒菜，盛酒的还是碗。临街一边是镂花格子窗，窗上半透明丝绢，托得镂花雕件清晰鲜明。前面引路的伙计引他们在临窗的空桌前坐下。有小姐过来，问先生是否要陪唱。大头目问张义。张义心里有事，不想。大头目说，来一位吧！清唱。

当然要，不但要，还要头牌小姐，苏州城里有名的陈四小姐。旁边有人插话道。

张义回首，见是包大少爷，对方见到他，先是一怔，随即有些尴尬，倒是张义落落大方地先致礼：不知包助理在此，失礼，失礼。包大少爷回礼道，张督政刚到吗？大头目乐道，我还以为你们不相识哩。张义说，惭愧，惭愧，在下不才，能与包大少爷同事于自治会，万分荣幸。

大头目哈哈一笑，他现在是落汤的凤凰不如鸡啦。张义佯装不知地说，不可能吧，包府在古柳泽跺一脚，地动山摇，方圆百里哪人敢哼？谁人可指责？大头目不以为然道，人生在世，自然要些声响。若说是没声响，定是无能鼠辈！包府在古柳泽是何种角色，用不着你说。说着，他把手一扬，说，坐下，来个一醉方休，如何？

坐下。伙计上来酒菜。

楼上的酒客渐渐多起来，闲扯、发牢骚、骂娘，互相大声说话、问候，有的站起来举碗对干，猛猛地一口气喝下五碗，然后大家都叫喊起来……周围桌上的人就开始看他们，越是看，越高兴。热闹的人群中也有一些女人，他们悄悄地进来，默默地坐下，有的是来定亲相亲或者商量事的，她们小声地嘀咕，争辩也是小声地从表情上使出颜色。在那些男人们的大声吆喝中，她们的声音就只能是小溪涧的汩汩流水，没有大声的喧哗，却有不间歇的感染力。许多靠墙喝着孤独酒的人，可以从她们身上、脸上的笑意里得到安慰和快意。虽然相互间并不认识，但这全是男人的世界里，有女人便是一种调和色。

清唱的小姐来了，朝旁边的凳子上一坐，抱一只琵琶，柔指轻拨，脆音跳弹，屋里顿时静如空谷，只听一声乳嗓唱念道：

> ……琴瑟喜同心好合，明珠早向掌中悬；亨衢顺境殊安乐，利锁
> 名缰却挂牵；一曲惊弦弦顿绝，半轮破镜镜难圆；失群征雁斜阳外，
> 羁旅愁人绝塞边；从此情伤情杳渺，年来断肠意忧煎……

张义用筷子击碟道，好词。妙哉！大头目道，妙在何处？张义说，下面的词是，未酬夫子情难已，强抚双儿志自坚；日坐愁城凝血泪，神飞万里阻风烟；遂如射柳联姻后，好事多磨几许年……

小姐弹下去，包大少爷就字字听着小姐的，和上张义的，连连拍手点头，说妙，妙！张督政铺得既对又妙，和着一曲姻缘。

张义猛然问，什么姻缘？包大少爷笑而不答。

大头目高兴地笃笃桌面对张义说，别听他的瞎蒙八岔话，我们说正经的。你可否说说这小姐弹的是何曲？张义说，《再生缘》，中国一大名曲。大头目叹道，倒也是，如今民国，何人不知北平城的京剧，江浙的《再生缘》，天津卫

的相声赛跑马，相夫的太太在家研读《官场现形记》。

包大少爷拍掌道，妙，妙，妙极了。

大头目摆摆手，对张义说，我想听你说说这曲背后的故事。

故事倒没什么。我只知道它发生在昆明，卸职还乡的龙图阁大学士孟士元，有女儿孟丽君，才貌双全……说到这里，张义停住话头，说，跌宕起伏、曲折复杂的情节足以令当今一流的作家折服。可见这世间，也未必就是男儿能英雄。女子做到一个台阶上，也有巾帼不让须眉的惊世骇俗本领。孟丽君可算一位！他端起酒对包大少爷故意道，你看那女子，虽说是被人抢了，倘若她的心里还是装着你，她就会永远地思念着你。千方百计要与你幽会。你潜入她的家中，她可以把你藏在房中，她可以照样与你颠凤倒鸾……就看你怎么地摆布她了。

说得包大少爷满脸飞红。

大头目击掌喊道：妙！妙！妙妙妙！

说着，他招呼伙计上饭。

酒足饭饱，三人出了酒肆，大头目对张义说，到我那儿稍坐，你有什么事要办都可以快快办了。

从酒缸边追出来酒肆的女人，缠住了大头目。大头目伸手摸了摸女人的脸，女人把身子挪过来，在他的身上蹭着，嘀咕了一句什么话，大头目点点头。女人扬起脖子，把嘴伸近大头目的耳际说什么。从女人笑声不绝的神态里，看得出两人之间的亲密程度。大头目开心地喊，夫人有兴致，陪上几个时辰！

……

张义先行几步，在不远处等着。大头目喊道，你要到哪里去？张义说，我朝前逛逛。大头目说，等我一起走。说着，把女人打发走掉，过来拉住已经走向另一方向的包大少爷，拍拍他的肩轻语道，张先生对你说了什么？包大少爷摇摇头。大头目把他拉到一边悄悄说，家仇，那算什么仇。你在这里才会更有用武之地。大头目说着，又贴近耳际道，我们得好好合计合计。要去，就一锅端了。零打碎敲没意思！包大少爷说，张义是共产党，在古柳泽上与邵家过往甚密。

大头目说，我看得出，他到这里八成与你有关。

没准，就是为竹为弄来的那个绑票。

老弟就是这句话说对了。我得思量思量啊！

风顺着吹过来，张义断断续续听到他俩的对话：将军，邵家少爷到你手里了，准备怎么处置？大头目嗓门不弱地说，岛上现在还没姓包。有的事，我会办的！你们包府都是窝囊蛋，离了太湖强盗就是狗鸟几条！你说，那邵家知道他儿子在这里，他有什么打算？

依我看，不外乎动员官兵围剿。

他能围剿得了？不是说梦话吧。现在的官兵，哪家的？哪一路肯听他调遣？叫他老老实实送些钱粮换回去还差不多……

哪……出兵的事哩？

大头目把手一挥，没吐一个词。

张义心里一惊，明白什么了……

大头目与包大少爷辞别后，来到张义身边道：走。张义与他一起走，路上，大头目看看周围没人注意，便说，依我和你们打过交道的经验看，你这个共产党很特别。

是吗？

以前在这里的共产党主张另外一套。我这个人讲实际，党派不问，权势要抓，替别人穷忙的事不干！把小岛弄好了，积蓄力量争夺沪苏杭，一旦到手，建个独立政府！说到这里，停了停，又说，最佩服一个人，就是湖南毛润之，他对人的学问是真正研究到家了。穷人就是穷人，穷人之间的心合得最紧，合紧了做什么？夺有钱人的财产。穷人与穷人一心，有钱人与有钱人结盟，你争我夺，世界就没有安宁。张义知道，大头目说的这个观点，在党内争论也是非常激烈的。他思索一番后问道：你这么说……你自己现在是什么立场呢？

哈哈哈……大头目开怀大笑。

张义被他笑得有点像丈二和尚摸不着头脑。

许久，大头目止住笑，慢慢说道：我们这些不识字的人，与你这位有文化的人是不能比的。这"道理"两字，没进过学堂的人可不可以说说？

张义说，当然可以。道理不在读书，而在阅历。所谓行万里路，胜读千卷书，就是道理嘛！

一位先生对我说过。你等等，让我好好想一想……哦！我想起来了。他说，古人说，"天下之患在于土崩，不在瓦解，古今一也。"这是什么意思呢？

张义想了想说，这话有点咬文嚼字。不过，还是有道理的。《淮南子·泰族》上说，武王左操黄钺，右执白旄以麾之，则瓦解而走，遂土崩而下。纣有南面之名，而无一人之德，此失天下也。这则典故说，瓦解当是以规矩皇制。土崩，是天下政权。天下政权可以不断易主。皇制和规矩从未听说废了，自汉始，只有完善和强化，或者是变个形式出现。比如今日的中国废除皇帝改了共和。共和是什么？还不就是不叫皇帝的皇帝吗？

大头目笑道，可见先生的学识果然是好。

张义说，盖非将军笑我？

哪能哩。一般的人，能懂一点，已是不易。先生能够在我这一句话里，解出此番大道理。不是先生的学识渊博又是什么？先生说的与我相识的那位先生是一样的……说着，大头目双拳一抱道，在下倒是有一事相求。张义不解其意，回礼道，请讲。

大头目握住张义的手，紧紧地捏了捏，低语道，先生讲话有万人众中拔高羊的卓识高见。与其在外面做人家的凤尾，何不在这里做个鸡头？先生到岛上，不会是寻找清风静土发思古之幽情的吧……不！请先生不必先忙说话，容我说完。我想说的是，清朝皇帝已垮，民国革命吵吵嚷嚷，到底中国的明天是谁坐天下，现在说还太早。既然分晓尚早，我们共同把岛上的事做好，作兴你外面的人到我岛上来撒野，就勿作兴我们到外面去坐坐江山？地痞刘邦可以坐天下，小和尚朱元璋可以当皇帝，医生孙文可以做大总统，这天下，谁可以坐，谁不可以坐，没什么定论嘛。

说着，大头目拉着张义笑呵呵地快步走到路上，朝部下招手，让他们把汽车开过来。汽车过来后，大头目拉着张义一起坐车到他的府邸。

143

说是大头目的官邸，还不如说是一座庙。大头目的办公处就在庙堂的厢房，极其简陋。普通的一张供桌，一张皇宫里的龙椅。大头目朝那龙椅宝座上一坐，招呼下面人给张义赐座，上茶。接着，大头目喝道，你们统统出去。

屋里顿时只剩他俩。

大头目施礼道，请先生赐教！

张义惊讶道，啊呀！将军，愧煞我也。第一次看到世间尚有如此一块清静之地，百姓康福，百业兴旺。没将军，可能吗？大头目听了，乐滋滋地点头道，这是实话，是我给这荒岛搞兴旺了的，我还要到古柳泽去发展。好，不打断你的话。请讲下去。张义继续说，将军予中国前程之关注乃世人敬仰，将军务实之精神共为一切有识者楷模。将军于岛内实施仁爱，当也布施于天下才对呀！

大头目问，此话怎讲？

张义说，将军与包大少爷感情不薄。

大头目哦了一声说，我俩同在李纯部下共过事。外人只知他是古柳泽包府的大少爷，恰不知他是我的人。说着，嘿嘿一笑道，他把自己玩得很好的女子，送了给我，那真正是个天生尤物。什么样的男人只要经她一沾，你就得掉魂落魄。好，不说，不说那些。

张义佯装不知地哦了一声。

他不想在我这里屈身，到县里也没能混上一官半职。现在，搞不清是土匪还是邵家纠集镇上一帮做工的杀得他一家惨不忍睹，老爷子性命如何，也不晓得。弟弟与他一同出逃，半路又散了。他要搬我的兵去攻打古柳泽，那倒也是说好了的，约好日子一起动手。现在人家抢先下手，你还能去吗？折兵损将的买卖，在今日，我是不能做的……

为什么？

这是什么时代？大洋铜钿喊万岁的时代！谁有钱，谁就可以革命，谁就可以建政府称总统元帅。

张义心里道，这是什么角色？信仰共产主义，偏偏又劫富济贫，干绿林勾当，且贪财好色，活脱脱一个杂种。在这种人面前，救绑票的事能提吗？看来，想让他恩赐放人，不大可能。看他此刻兴致好，提还是要提的，若不提，过了这村没那店，岂不错掉一个机会。张义思忖后，缓缓启唇道，我到这里来，有一事相求……

且慢。让我猜一猜！大头目挥手打断张义的话道。

张义诧异。

大头目笑道，先生不必拘束。我是想试试自己的判断能力，依我的判断，先生是来求我。不！我从见先生第一面就看出，我与先生相会这一两个时辰，先生应该改变了主意。

张义倒抽口冷气，这是他万万没有想到的。

……曹操与刘备喝酒，曹操观天上乌云而指天下英雄谓龙相。书上说："龙能大能小，能升能隐：大则兴云吐雾，小则隐个藏形；升则飞腾于宇宙之间，隐则潜伏于波涛之内。方今春深，龙乘时变化，犹人得志而纵横四海。龙之为物，可比世之英雄。玄德久历四方，必知当世英雄。请试指言之。"而玄德虽明曹操之用意，却王顾左右而言他，"备肉眼安识英雄"？在此话面前，曹操装聋作哑，知而不揭道，"今天下英雄，惟使君与操耳"！你看，曹操是位多么敢说敢当敢言的英雄。今日相会先生，一席话，令在下佩服至之。依我之见，今世英雄虽然很多，但不乏混吃草粮者居多。若论实数，你我当算。既然英雄对英雄，不是狗熊对狗熊一片虚晃，诚言相投，方为英雄相敬。我的话，先生能容否。

张义真正吃惊不小，想不到这个草寇土匪还有那么多的墨水放在肚皮里，可见如今的世道，不可妄加指责，冒不然地会涌出条好汉。他连连点头称是。

大头目字字掷地有声：既是英雄相敬，惺惺相惜。不送美女，送肝胆！大头目快人快语一泻而出：莫不为邵家公子而来？若是，他还不够我送肝胆的份儿。

张义心里明白，此人若不能称英雄，也是枭雄！双手一抱，敬道，不愧英雄，果然识得四方风云。既知我来意，英雄何必与黄牙小儿作难。不要难为小孩。在下的意思，英雄明鉴。

大头目思考片刻，说，话是对。那奸商十分可恶！你的同志说得好，他们的钱是从剥削穷人得手起家的，我们就是要把钱财从他们的手里夺回来。

张义觉得好笑，你嘴上说得这么好听，可你与包府勾结，干的又是什么好事？这话当然不好说出口。

……这样吧，你让邵家送三千万大洋来，我还他儿子，毫毛不少。我说话算数。

多少？张义以为是听错了。

大头目伸出指头一扬：三千万大洋，一个子儿也不能少。

张义说，将军，这么大的数字，他邵家有没有，我倒是怀疑。

大头目斩钉截铁道，我不怀疑。

张义问，将军知道这么一大笔钱堆起来有多少吗？

大头目问，有多少？

张义说，建个政府，足足有余。

大头目一拍扶手，哈哈哈，英雄所见略同。他正了正脸色道，实话告诉你，我就是想用这钱来建个政府。这个政府就建在我这岛上。请你与我同享荣华富贵，聘你为我的政府总理。怎么样？你去与他邵老爷说，是儿子好还是钱财好，叫他拿定了主意，莫要等汤冷了！

张义冷静下来，慢慢地喝茶，也不急着接口说话。

屋子里一时静下来。

大头目见他不接口，一时馂住不知说什么话才好，把两只眼珠睁得田螺一般。

张义说，将军出的这个价，能不能让邵家接受，我是一点也不知道。我只想告诉将军，本人的来意与邵老爷没一点关系。邵老爷并不知道我会救他儿子。我是因我的学生救邵家公子被将军掳来了，两军相战，总不该祸及无辜吧！大头目说，错矣，先生饱读古书，恰不知这是错的。刘备与曹操相争，他带那几万无辜百姓逃什么难？没有百姓，何来皇家桌上的美餐？难道要我教先生吗？张义听他这么说，知道遇上了难缠的魔鬼。事到如今，也豁出去了。他站起来双手一抱说道，将军话说到这份儿上，我也没什么好说的了。只是如此饱满的话语，无有一丝让人回旋，怕是于情于世故也不投吧！

大头目说，先生要说什么，可以只管说。我们既是朋友，朋友间自然是有许多话可以说通的。但有一点，非先生之亲骨肉，何必那么认真。像邵老爷这样的人，从来都没热血。他的老婆，我一刀就割了两个，他没心疼，干脆找上一对。我可心疼，白白费了我一个好角色，留到今天，那邵家能不是我的。罢了，不说了！你杀得没他娶得快，你疼他，他顾及你了吗？你的老婆姿色好，他说不定还要困困哩。不信，你走着瞧。好好好，我不说这些，你说吧！

张义说，我已经说得够明白了，我的来意，与邵家没任何关联，所以，你要我通报给邵老爷，让他拿三千万大洋的事，怕是不可能。如果我告诉他，他还以为我与你串通好了讹诈他哩！

大头目把手挥挥道，这不用你传话，我已着人通知他了。说心里话，你叫我这样白白让你领走人，我怎么在世人面前说响话？张义看着他，没话说。也想不出还能有什么话可以说。

大头目离开了座椅，在屋里来回地走动，不时停下来，站在那里看着张义，像是观看一尊塑像。张义十分费解，但也不好说什么，随他怎么看。忽然间，大头目扬出大手朝张义的肩上一拍。这猛不丁的一击掌，张义差点儿坠下半边肩胛，幸好他有些防备，身子只是晃了晃。

好身手！大头目叫道。

他这一声吼，外面不知发生了什么事，门口冲进来几个兵。

出去。大头目喝退部下。

大头目在屋里走动，神情慢慢松弛下来，说，妈的，包府拿我开涮，谁不知道邵公子是炙手的羊肉？白白送与他，不成。不给他，上海方面与我不得罢休。罢了，莫图眼前羊肉鲜，还看日后长流水。想到这里，他笑嘻嘻说，先生记得窦尔敦三盗九龙杯吗？

张义点点头：那是说书人的故事。

理都是一样的。大头目走到张义面前，说，得给英雄一个亮亮相的机会嘛。要不，谁知道你有那不凡的身手哩？你说是不是。别推辞，没点身手，敢进这太湖腹地？哈哈哈，陈其美弟子的好友，没两下能行吗。好了，不多说。给你一天一夜时间，你能够从我手里把那小子救走，我就放你们。算他邵老爷欠我三千万大洋，条都不用开。怎么样？这是最好的出路，于我脸面上也好看。你也可以让我的弟兄们开开眼界，认识你这位英雄。同意的话，就这么定了。

张义看看他，问道，条件哩？

大头目说，没条件，你撞到我部下的枪口上，那是活该。你打死了我的弟兄，我不记你的账。若被我部下活捉，我可以放你。但也有限度，只允许……你说几次哩？张义心里喊，真活见鬼了，能有这样的事吗？他不想说，也没办法说，苦笑笑，脸部显出一个非常尴尬而又滑稽的表情。这样吧……大头目倒也像是做惯了这等生意的人，快人快语道：三次为限！几乎没张义回话的余地，他双拳一抱，算是结束这场戏，收幕了。

张义见状，知道没什么话好说了，道声告辞，便离开了。

144

回到客栈，众人问，去这么长时间，怎么还是空空而回呀！

张义摇摇头，把大头目对绑票的态度告诉大家。众人叫起来，哇！怎么说得出口的呀！三千万大洋，那是个什么数目呀。孙有说，存心不让有霈回家嘛！老周的看法要深一步，他说，想掂量掂量邵老爷是要儿子还是要家产。

黄小狗告诉大家，这是他惯玩的猫戏老鼠，蛇盘田鸡的把戏，别当真。张义不信，说，凭我与他处的情况看，他想放但又不让我们太轻松。黄小狗说，这倒有可能，但要看绑票关在什么地方，如果在山上房子里，那是有意放一马。要是到了水牢，你就别费那脑筋了。费也是白费。

张义问，为什么？黄小狗说，到水牢里，就死定了。张义说，真的不能救了？

嗯！救也白救。黄小狗斩钉截铁道。

孙有和老周过来，三个人一起围住黄小狗，你一句，他一句说，绑票是一定要救的。如果不救，谁都无脸回去见乡亲，你黄小狗如果不想救，我们就把你勒死在这里！说着，孙有拧住黄小狗的耳朵低吼道，你自己好好想想，你说不救，你可以躲在横沟村里，你甚至可以躲在没太阳的阴暗角落里，我们可以吗？古柳泽有多少双眼睛在盯着我们，一提到太湖强盗就像惊弓之鸟，我们再不成功，这太湖强盗以后进镇就不用打了，乡亲们一个个伸出手去让他们捆绑，女人脱下裤子让他们奸！

黄小狗听着听着，起先还可以镇住神看着大家，渐渐地两条腿就有些支撑不住地晃动，身体里本来很正常的平衡均匀，忽然变得不平衡，不均匀，发生着偏差，比方说，他感觉自己无法站立，不知道怎样站是直的，腰朝前还是朝后才能平稳，头好像应该顶住地才对……他的脸色越来越难看，鼻尖上有什么虫子爬着，他想动手去弄，没弄，却看到自己的鼻尖尖上有一个很大的脓疱，是血红血红的，他害怕了，他的心里尖叫起来，那是一只猪尿泡，怎么到我的鼻尖上来了，它来灌我的血？我的血能灌满这只猪尿泡吗？他想喊高一点，喊得天地都在动，但他却一点也听不到自己的喊声，三个人依旧睁着六只眼睛，不，是六支要剐他心脏的剑，三张吃他的嘴！在专心致志探究着怎么吃他，压根儿就没有听到他的喊声。是的，没人听到他心里在说什么，脑子里想什么……

张义一把抓住他的手臂，黄小狗，你怎么啦？你的脸色不对呀！老周和孙有慌忙帮着扶住他说，你的身子抖得很厉害哩。黄小狗的嘴里不听使唤地说着什么……说着，说着他就倒了下去。大家把他抬到床上，给他喝点水。慢慢地，黄小狗睁开眼，看看大家说，我心里好难受哟。孙有问，你难受什么呀？黄小狗说，我也说不清楚。老周说，我们要你去救绑票，你难受。黄小狗喃喃地说，有人要我救他出去！早你们一步，恰迟了死鬼竹为后面一步，否则，我要吃这苦做什么。唉！人背运就这么倒霉。

张义安慰他，问，那个叫你救有萧的是谁？

黄小狗看看他说，你就别问了，我是不会说的，到了这地步，我们就只有尽力了。然后问，是不是给三次机会或是三天时间？张义说，一天一夜。老周与孙有同时倒抽口冷气说，太紧了。黄小狗叹道，以前也听人说过这种事，没成功过。孙有问，那怎么办？黄小狗说，有人干脆就不动那念头了，回去照他的数字给钱。张义说，数目太大。况且，你给了钱，那绑票还给不给呢？黄小狗说，没听说给活人的。老周喊道，那叫什么给绑票。黄小狗不高兴了，没见过你，跟强盗还讲理。

孙有问，救不到呢？

一起杀掉！

真是强盗啊！

张义道，依我看，如果真给了三千万大洋，还是杀人，邵老爷能拿他怎么办？那时他有巨款，谁都怕他，连蒋中正也要正眼看他。现在我们救绑票，他不会把我们杀掉，除非……

老周与孙有跳起来，异口同声道，除非什么？

我们真的救到了人。

老周道，这就奇了。叫我们去救绑票的是他，我们救到了，他倒真要杀我们？那干脆就杀了，还要盘弄我们做什么？黄小狗说，这就叫猫戏老鼠，蛇盘田鸡。孙有恼道，我们没办法救了？张义说，救，一定要救，只有这条路可走。众人都说对，却一时又想不出更好的办法。像几只无头苍蝇在屋里转来转去。还是孙有说，我们出去看看，或许能让小狗碰上什么熟人。大家想想也对，就结伙出门，走到楼下门口被人挡住，对方气势汹汹地吼道，不能出门。

孙有问，为什么？

除非你们是去救绑票。

老周双眉倒竖，怒火中烧：有你们这样对待客人的吗？

这是将军的命令，你们自己答应的。

张义说，将军没说一定要救绑票才能出门呀！

这是我们这里的规矩。

大家看着张义，问他怎么办？

黄小狗暗中用手扯扯张义的衣裳，张义不解，看看黄小狗。黄小狗眼睛看着门外街对面。张义忽然明白过来，笑道，兄弟们也太认真了，我们几个本想到对面的药房里买点药。既然一定要等去救绑票时才能出门，我们就不出门了。说着，张义对大家招呼道，我们回房吧。这一着，倒叫对方尴尬了，其中一个小头目说，既然是买药，另当别论，那就去吧。

张义连忙双手抱拳，那就多谢兄弟们了，还不快去快回。

几个一听，立马就穿街而过。

大家到了药房里，孙有问，到这里来有什么用？黄小狗低声叮嘱道，你们在这里别走开，我到隔壁先打听人关在什么地方。说着，黄小狗想动身，被老周一把拉住说，张先生，他跑了怎么办？告密出卖我们怎么办？张义拉开老周的手，黄小狗，你去吧，大家都信着你！黄小狗感激地点点头去了。大家就在药房里等着，一边悄悄商量办法。

没多一会儿，黄小狗回来了，告诉大家，有鼐被关在水牢里，别人都不要紧，在庙里蹲着。张义问水牢的位置，黄小狗很清楚，他正要说，张义说回客栈说吧。黄小狗摆摆手说，不能回客栈了，那里布满了耳目。张义看看店堂里那么多人，可靠吗？黄小狗说，人越多越可靠，我装着生病，你们围了我说话，不就好了吗？孙有笑了，这黄小狗还真有法子。根据黄小狗画出的水牢位置，再根据救绑票的规律，大头目必定会在明天夜里加强兵力。张义决定现在就动手。老周想了想说，办法有了。大家问，什么办法？老周说，我们出点钱，让这里的人扮作我们到客栈里，只要混过门口的人，就行。然后他们再一个一个地溜出来……

孙有说，这个办法太危险。黄小狗也表示反对。张义问大家：你们能有更好的办法吗？

没有。

那就冒冒险。

孙义去物色人，很快喊过来四个人。张义对他们说，你们穿上我们的衣裳，前后一起到对面的客栈，进去后你们把衣裳脱了，一个一个回到这里来，好吗？一个来回，每人一块大洋。那几个人一听说走走路能有一块大洋，都喜出望外，连连称好。众人到一边脱下外面的罩衫，让那几个人穿上，然后叫他们说说笑笑结伴儿一起到客栈里去。大家在店堂里暗中观察这几个人一路的表情及进门口的情况。果然，这四个人到了客栈门口，有人挡住他们，他们不予理睬，手一挥，大摇大摆地进去了。在门口监督的喽啰们竟没看出。老周笑道，都是粮店公子，一帮饭桶，大头目活得不潇洒呵……不一会儿，客栈出来的人群里面有了那四个人。他们回到药房，张义如数给每人一块大洋。

张义他们四人从药房的后门溜了出去。

大家出了药房后门，来到一个僻静处，张义问怎么去水牢。黄小狗说，就这样去，一定送死，我有一个熟人是管船的，找找他，可能有办法。大家忙说，现在就去找呀！黄小狗看了看周围说，你们分开走，张先生走路时不要把头脸露得太显亮，我走那边，看我的神色行事，记住，我进巷子时，你们跟着，一定要先瞧瞧有没有尾巴。孙有笑了，你这条狗还蛮有经验的。

老周应腔道，他生来就做这事，老道哩。

张义招呼大家少说话，多注意周围。

大家来到一条偏僻的后街上，这里行人较少，挂在屋檐下的街灯都是灯笼，暗得很，迎面相碰看不清对方面孔。只是每隔一会儿过来的巡更特别眼尖，与大家擦肩而过，还转回头来瞧瞧。张义提醒大家小心。走过了一条正街的十字路口，四角店家的灯火把这地方照得忒亮，张义拦住孙有急匆匆的步子说，穿梭而过，不要一拥而上。正说着，老周喊道，黄小狗不见了。大家四下张望，果然不见了他，顿时着急起来。四边的巡更又一步步地收拢过来，眼见就要在街心会合。大家的心一下子悬到了嗓子口。一个个急躁低吼，这狗怎么跑了？孙有跺着脚要大声叫喊。张义喝道，不要急，过了街再说。走过街，就见旁边小店里有个声音在喊。一看是黄小狗，大家吊着的心才慢慢放到地上。黄小狗朝大家招手，快进来呀！大家过去。黄小狗说你们呀真悬，刚才那个与张先生迎面碰的人就是大头目外室的使唤，他没看出我，一定看出你们了吧。

大家说没有呀！

张义拍拍脑袋想了想，哎呀，真险，是的，是有个人的眼光朝我盯着，我正好脚下给硌了，低头看，他大概就是那一刻走过的，不过，我还是感觉到他回头看了看我，幸好我在弄鞋。

黄小狗连连说，那就好，那就好。

145

店主见大家在店堂里站着说话，连忙请大家进里间，说，刚才通知说，有坏人上岛想暗杀大头目，见着生人要立刻报告。孙有说，这混蛋，厚颜无耻，我们来暗杀他？天大的笑话。

张义喝道，你怎么能这样说话。说着转身对老板施礼，对不起，我们是上岛走亲戚的。黄先生知道的。黄小狗说，张先生，不必在这里卖关子；老秦，道中人。店主笑道，彼此彼此，不必多言。

张义眼睛一亮，正要设法搭腔。

对方扬手制止，招呼坐下，上茶。

老秦倒也爽快，听黄小狗说要到水牢救人，叹道，这个大头目越来越像梁山里的王伦了。那王伦是个秀才，这大头目好像还是个举人，看他那样子生龙活虎有模样，真想成气象，也不是这么个搞法呀。莫同豪气岂相求，秀士自来多嫉妒。自古一理！

从外表看，他很纳贤善从哩。张义扼要说了岛上的一些见闻。

老秦告诉大家，岛上的这些，都是以前的革命党，反清义士们搞的，在大头目之前有两个共产党，老夏老郑，大头目来了以后，开始还能合作，后来传出话说老郑半夜坐小船逃掉了。老夏让官府上岛捉走，砍了头。知情的都明白是大头目设下的圈套。哦，你这位先生也从他的嘴里证实了？说着，老秦感叹道，乍见面，他还是很热情的，你出个好主意做见面礼，他也乐意采纳。用了以后，必会设法除掉你。有人说李纯自杀与他有关，倒也没证据。我们在岛上，看的，听的，多了。不说那两位大英雄栽树给他纳凉，就是后来的许多英雄好汉到了这里，没见活着出去的。你若信他的，这个水牢也一定是你的葬身之地。说到这里，他喝口茶缓缓精神又道：

当然，天下的布阵，有布必有破。也是活该今天你们碰巧，我这里有一道牌，是大头目的贴身丫鬟进出用的。怎么会在我的手里，你们不用问。到了古柳泽，你们把这牌交给黄小狗，由他带给我好了。记住，黄小狗不能带就烧掉，不可落入他人之手。然后，秦老板又把水牢周围的情况反复说了，尤其是那个机关，老秦再三叮嘱。说完，他又对黄小狗说了船的方位，以及注意的事项。

张义听完，忙施礼：秦老板相救之恩，我等不知何日可报。

众人也随即跟着施礼。

老秦连忙拉起张义，大家请起，何必如此，说句不中听的话，这年月，偌大的中国有哪个地方可以安身？谁又不是落难中人呢，不必拘泥礼节，相帮一把也是应该。这个世道，就是专给坏人布的，正直之人，何处可容身啊！张义双手一抱道，听秦老板一席话，知你为人，有幸相识，乃张某万幸。

大家一阵寒暄后，看看已经到了更班时辰，老秦拿出了牌子交给张义，吩咐一路上如此这般见机行事，话语切切不可多，只说去接施小姐。出了三道关，就是岛边，水牢那里全靠你的工夫，那里的守卫，一听动静就放枪，枪点位置布得很准，只要进入射程，必死无疑，基本没漏网。小狗知道怎么对付！孙有问，能成功吗？黄小狗笑而不答。老秦笑道，谋事在人，成事在天。就看上苍对你们的怜悯了，我这里给你们烧炷高香，求菩萨保佑吧！

张义要掏钱，说是香钱该自己拿。

老秦拦了，那是你的诚意，现在是我向菩萨求情，我的情分，不必先生破费。

张义没再推辞，他悄悄把老秦拉到一边问，有个不该问的事，我想问一下，自己心中有数。

请讲。

说让我去接施小姐。这施小姐到底真有其人，还是假有其人？

老秦叹口气道，施小姐真有其人，在古柳泽潜伏着。我们都没看过，是大头目亲自送上船走的，过一阵子要接她回来，只是接过多趟，不知为何，她就是不肯回来。是真的不肯回来，还是另有他故，先生就不必多问了。所以，你可以不用怕，大胆去"接"！

张义点点头：这我就放心了。然后又问，先生早年革命……

老秦知他要说什么，挥手打断道，旧事早成烟灰去，莫提莫提，还是眼下的活路要紧。

张义只好作罢。

老秦又叮嘱：记住，见着与大头目身边人衣着相近的，切不可套近乎，只要送上几块大洋，表表心意，就没事。老秦在他们动身前，再三关照：切不可鲁莽！若是杀生，后果不可设想。

张义随口应道，请秦老板放心吧。说着，他又补充一句，我们还要回头来救另外几个穷苦人的。

穷人的命不比那个邵家公子,大头目也不会把他们当回事的,你救了邵公子,穷苦人的命也就保住了。老秦说着,又道:只管去做,切不可瞻前顾后弄得两头落空。

多谢秦老板的关照。张义代大家谢过秦老板,又重新复记了一些要注意的地方,这才上路。

146

夜已经很沉,一路上没碰到人,临近湖边,迎面飘来湖面上的寒意,直钻骨头眼里打寒战。大家的心里想着救人,也不觉冷,来到关卡前,照着口令说话,那些守卫听说是接施小姐的,过来验看牌子,戏言道,你们真是好福气,看到施小姐的白嫩屁股还是笋尖尖顶的奶头?

张义他们也不回话。

有个守卫接腔道,怎么老见接,没接着哇!见说这话,张义暗中递上块大洋。对方笑道,到底将军身边的,手阔,改日靠靠大哥去。黄小狗连忙接话,没事,多个兄弟,多份快活啊。

几道关卡正如老秦所说,很容易过了。

孙有听说关卡过了,高兴地伸起懒腰,脚下没踩稳,一个趔趄后退到路边的树上,哈欠还没打出来,哒哒哒!一排枪弹先过来了,差点儿撂倒大家。黄小狗说,这是德国的枪,最新的,刚才就对你们说了,要小心。老周满不在乎地朝树丛中钻,黄小狗一把拉住:猫腰从路上过,不要进草丛。

老周坚持要进草丛。黄小狗说,你送死,我就没办法了。

张义喝道,老周,你怎么不听劝?老周说,这路面白晃晃的,不是明明送死吗?黄小狗说,路面白晃晃的,但他开过枪了,中间装子弹要有时间。草丛里全是机关,你一进去就会被卡住,让他们捉活的。捉了活的,就用现成的竹篓装了你,捆上石块沉入湖底。

张义喝道,现在一切听黄小狗的,说着,他看看路面,那脚步就闪了出去。等其他人反应过来,他已经冲出很远,别人想跟上,不料,一阵枪弹。众人替张义提心吊胆。只见他一个闪身伏到了地上,没有动弹。弹雨过后,众人见张义还没跃起身,老周着急地喊起来。张义爬起身子朝后低声喊道,别嚷!顺路边草丛旁快步走,记住,不要进草丛,伏地而动。黄小狗连连说,对对对，就那样才行，嘴里应着，步子也立刻跟了上去。大家按照张义的办法，慢慢趴伏着行进，果然没事，过去约有一里多路，又是一个岔路口，张义停下，朝后问黄小狗怎么走。黄小狗想了想正要说什么，孙有喊道，有人。张义扭头就见两个端枪背刀的走了过来，连忙低声嘱咐：快退到后面，等他们走过去再说。

大家明白地点点头。

那两个人一边走一边说话，今夜多留点神呀！

嗯，老兄，我不明白将军为什么总留不住绑票。

你知道吗，他开价三千万大洋啊！

要真的有了，我们大家还用得了守这孤岛上吃苦吗？

真有了倒不好，还是没有好。

为什么？

将军的为人，你多少也应该听到些吧，可共患难，不可同享受啊！你想想看，有那么多大洋，能做什么事？可以买下一个天津卫了吧，怕还不止哩。他将军要做什么？他要折腾，折腾完那些钱财，再回到这孤岛上来才安稳。

不愧老兄在他身边待过。

难怪那个包大少爷到岛上来，他对人家总是很淡。将军不帮人家，也不像对别人那样杀了，我搞不明白他想的是什么主意。

将军也难啊。这个绑票可不是好弄的。

那自然。要不，为什么单单叫我过来，我见过姓张的。是个能人！换了他做我们的将军。日子也许就是另一种过法啦！

两人叹息着，慢慢走了过去。

这种时候，张义脑子里已经忘掉了秦老板的叮嘱，悄悄对老周与孙有低嘱：这个人认识我，若让他看出，就会坏事，不如把他解决掉。最后的话，说得很坚定，不等对方反应，跃起身子扑了上去。孙有和老周见状，不由分说，也以迅雷不及掩耳之势扑了过去。张义的一个动作就是右手抄住大头目身边人的脖颈，肘臂用劲一勒的同时，左拳抵住对方的腰脊骨处猛击。对方两腿动弹几下便悬了空。几乎同时，张义用肘臂夹着对方的脑袋，身体和左手一起用劲，拧鸡头一般把对方的脑袋拧断了。连喊叫都没发出，那身体就软了下去。张义从地上拿起掉下的枪，见这人腰眼里还有支短枪，喜出望外，短枪插在腰里，长枪拿在手里。这边的两个人也把那喽啰解决了。老周先拿了大刀。张义便把长枪给了孙有。孙有高兴地说，我正要哩。

黄小狗见他们杀人如拧鸡，吓得直抖，连连说，你们这下闯祸了，如何是好，秦老板那边也没办法交代了。张义一拍脑袋，叫苦不迭地说，糟了，头脑一热，全顾不上了，不杀也不成。老周兴奋地说，管那么干吗？第一步很顺利，就这么走下去再说。黄小狗嘟囔半天说，这样搞，那儿的人多，你们能对付得了吗？就算你能救得了这里的人，还能返回去救那几个人吗？

老周舞着手里的大刀说，刀不吃素，看愿意不愿意！

张义点点头，黄小狗说的对，事情到了这地步也由不了我们。说着，拍拍黄小狗的肩说，那个人认识我，他就是到水牢那儿去的，如果让他先到那儿，我们能成功吗？现在，除了有萧外，还有行义和小扣，我何尝不想都救回去。如果只能救出有萧，就用他对邵老爷提条件，让他帮助我们再救其他人。说到这里，他说，把那两人的衣裳换上，到时候有用。

大家立刻动手把那两人的衣裳剥下，张义和孙有换了。很快到了水牢附近，远远观察地形，水牢设在水里的一个瞭棚里，周围都是灯火，从暗处看到那里有几个人看守。张义再一次向黄小狗问明了水牢里面的情况，然后做了分工，进水牢正面交锋由他和孙有去，老周与黄小狗去寻船。说完，张义对老周说，你在暗处看到我们与他们开始接触，就到水边寻船，寻到后给个信号，然后在瞭棚底下等待。老周问，什么信号？

鸟叫。一长两短，表示准备好。急促几声表示没办法。

好吧，记住了。

张义吩咐，分头行动。张义招呼孙有，上！两人提着灯晃着步子上前。瞭棚外有人看到他们便喊，什么人。孙有想回话。张义低声嘱道，不能开口，他们相互间都熟悉，听出口音反而坏事。孙有着急地问，怎么办？张义沉稳地说，不要急，车到山前必有路，我们快步走，但不能让他们看出破绽。

说着，张义就叫孙有把灯举起晃晃摇摇。

对方好像明白了什么，一个喽啰说，这个时候会有什么人来，要来的也应该是大头目身边的人。另一个就喊，知道你们要来了，别上来看了，你们回去歇着吧，有我们在，没事的。前一个喽啰埋怨道，要真出了事，我们担当得了吗？

那就让他们来吧。喂！上来。

张义他们上前，前屋里的几个喽啰因为后面瞭棚里喊了话，倒也懒得动身，见他们过来，只是点个头，脸和眼都埋在吸烟的兴奋里。张义和孙有顺利越过这些躺在地上的喽啰，穿过竹梯到了瞭棚上面，进了门。对方见来的是生人，正想问话，孙有已经把刀搁在他脖子上，张义的短枪对着另一个的太阳穴。

张义低吼道，都是道上吃饭的，不必做得像大头目那么没情没义。放兄弟一马，日后发达，少不了你们的酒饭！两个喽啰连连说，大哥说得对，我们也不想作对。

张义吩咐他们把钥匙拿出来，把绑票放了。

喽啰说，不用钥匙，没给他做什么手脚，在下面坐着。

张义用枪顶着喽啰的太阳穴，说，喊他上来。那喽啰过去把地盖揭开，然后对下面说话。一会儿，听得动静，一个蓬头垢面的孩子出来了。张义看看，心想，大概是有薰吧，便对孩子问道，你是有薰吗？你爷让我们来接你，你快快跟我们走。

有薰不敢相信地看着他。

这时听到鸟叫了，一长两短。

张义举手就给身旁喽啰一枪柄。这喽啰猛经一击，哎唷一声便倒了下去。喽啰哎唷的同时，孙有的大刀闪亮处，另一个也身首异地。张义见解决得干脆利索，对孙有说，你把有薰带好，我们冲出去。说着，端枪冲到外面，趁着喽啰们还没反应过来，张义的枪顶住一个喽啰对大家说，不要慌张，我奉将军之令来取他。如果谁想死，就送过来。说着，让孙有走在前面。

那些喽啰眼看着带走有薰，也没敢声响，张义退到门口，眼睛瞟着孙有与有薰到了下面，老周和黄小狗带着有薰上船，他这才对喽啰们说话，还没开口，只感到天转地倒，人就栽了下去。

顿时，枪声大作起来。

张义也是活该有救，等他清醒过来，见自己悬在半空中。子弹都在他的眼前、耳边叫着。因为老秦事先说过这些，张义明白了它的关键，没敢轻举妄动，照老秦说的，吸气弓腰，慢慢让自己转过身子，吊上去，在一边候着。果然，有人过来先开枪，然后弯腰把头伸进看看。张义顺手一拉，那人连喊都没来得及就掉了下去，接着一声惨叫，张义感觉有股热的液流溅在脸上，一抹，有腥味，知道那人被下面的竹尖刺穿而亡。他等了一会儿，没反应，这才扒住边上的东西，慢慢爬上来。刚刚冒头，又是一阵枪弹，张义躲过，空出一只手，摸到枪，回过一枪，毙了一个，翻身上去。迅速找好位置，寻找目标，看准方向。这瞭棚上下左右周围都是枪声、箭啸，喽啰们舞着大刀，围得张义几乎办法脱身。张义心想，自己不能脱身，其他人怎么办。突然，眼前悬着的汽油灯令他振奋，说时迟，那时快，手抬灯落，汽油全都溅在瞭棚上，顿时起了火。大火一起，周围照如白日。张义趁着混乱，钻出瞭棚。

其他几个人已经到了船上。

张义让黄小狗与孙有带着有薰先从水里走，他和老周去救行义他们。

黄小狗说，趁早与我们一起冲出去，你若回去，必死无疑。

张义问，那几个人怎么办？

老周与孙有劝他先救回有鼎，然后再想下一步的法子，若是去了，自己栽进去不说，这边若遭围抄，那可是提了肛门拉肠子，全都顺了。你不去，说不准他们还多活几天哩。

张义跳上船，嘴里喊声就依你们吧，抬手撂倒瞭棚上的一个枪手，吩咐快快开船。黄小狗很在行地把这条点油起动的洋机船开动了起来。船很快淹没在黑暗的湖面上。

147

突然，四周枪炮声大作，无数只船像从水底下冒出来一般，把张义他们团团围住，周围船上的灯火把湖面烧得白昼一般。

主船上站个人，朝这边喊话，快快靠岸，免你们一死。

孙有骂道，兔崽子才会相信你们的话。

那边见没回音，枪声大作起来。

黄小狗见状，横下一条心，对张义说，别急，我们船上有火箭。张义吩咐，孙有你把船，我和老周帮黄小狗弄火箭，杀出去。黄小狗到底是在太湖强盗里面待过的，做起来很在行。一会儿就把火箭架好。

张义问好不好动手。

黄小狗说不要急，我们要避开他们的高锋，从侧面进攻。先把火箭弄好，然后再点火，万箭齐发，直射主船，才能突出去。张义说，好主意。周围的枪炮声响得震耳欲聋，黄小狗大叫一声，是死是活都在这里了，只见他驾着船在枪林弹雨里直朝主船冲去。主船见冲自己而来，慌忙倒舵，迟了。船逼到面前，一个急舵，正好成了侧面相会，两边的枪眼相对，黄小狗喊道：点火！

早早准备着的老周，手一抬，点着了火箭的引线，起火处，但见游蛇闪动，说话间，船里就飞出无数火球，直朝主船里抛。主船没料到这一着，甲板承受不了这火雨焰球，顿时燃烧起来，枪队乱了阵。张义他们的船就在这混乱中，驰出了包围圈。黄小狗又令右舷放火箭，右边的船见火箭飞来，慌忙避让，这湖面上说是避让，困难非常，挨打的船失去了正常的秩序，火起势猛，舵一乱，船偏方位，加上火借夜风，本来就很密的船阵在黑暗的湖面上相互碰撞起来，起火的船又把火势蔓延到别的船上，立时便复展火烧赤壁那一幕！此时此刻，逃命尚还来不及，哪里还顾得上对付张义他们。

冲出重围，一直驰出很久，张义才站到船外甲板上呼吸这湖面的清风清雾清气息，他看着船尾远处湖面上一片残迹，高兴地对大家说，这是黄小狗立的功劳，也是我们大家的努力，看来我们无产阶级要成功的希望真是有的！老天肯帮我们啊！

黄小狗感叹道，好是好，救了有蕭，邵老爷那头好交代，只是秦老板一家要遭殃了，说着，掏出那牌悲泣道，早知如此，就不必连累秦老板，他可是我的救命恩人哪！说着，把那牌扔进了湖里。张义过来劝了黄小狗几句，忽然问，你说老秦道中人，什么意思？

他早年追随廖仲恺在江西搞土地革命，后来不知怎么到了太湖强盗里面。

嗨，你咋不早说。张义还想说什么，话到嘴边还是咽下去了。他想，事到如今，也只好作罢了，又劝了黄小狗几句。老周说，你们也别太悲了，人家秦老板想帮我们，自然也是有逃命的法子，我们只管想着办法把这太湖的水面打发掉，回去好好对邵老爷邀功一番，看他能给我们多少大洋。不要三千万，给三十万，穷苦的百姓也就翻身了。

张义没有兴奋，他在思考面见邵老爷时应该怎么说话。

第十八章

148

天亮时分，太湖南侧的岸线渐渐呈现，站在船上能够看得见远处山峦的蓝色轮廓，大家那颗紧悬着的心才缓缓放下。午后，船来到古柳泽外一个四周无人烟的地方停泊。

张义吩咐大家在船上歇着。自己单独一人去会邵老爷。

邵老爷见到张义。两人施礼坐下，邵老爷不知道张义去救有鼐，还在生着那一刻找他不见影儿的气，偏偏这话又说不出口，故而表情淡淡地问，张先生有什么事。

张义说，请邵老爷的下人离开，我有话要说。邵老爷没有动弹。张义以为他没听到，又重复一次。邵老爷说，没关系，你可以说。张义不明白邵老爷为何如此态度，站起来双手一抱拳道，有鼐已经回来了。

邵老爷浑身一震：你说什么？

张义重复一句说，有鼐被我们从太湖强盗的窝里救出来了。

像被电击后的反应，那座肥胖的塔慢慢由弯曲变直。邵老爷从座椅上站起来了，依旧没表情地怔在那里，许久，那身躯终于慢慢地挪动着活起来，满脸可爱的胖肉不但没松开，反而越来越紧绷，嘴里喃喃地发出颤音：这是真的？

为什么是假的？张义对他的秉性多少了解一些，但对眼前的这种态度还是无法理解。

这座肥胖的塔终于完全地活过来了，整个肉质细胞都被激活：我并没要求您呀！

听到这话，张义轻轻地舒口气，真诚地回道，您是没要求我。用你的话来说，朋友交往三六九等，各个不同。这中间，神交而未谋面的朋友，应该算作哪一种？心仪已久的，又算第几等？朋友间的许多事，都能达到心仪的层面，又何须面许？所以我去了。况且那天深夜，你的造访，我铭肇于心。你对我让周山除竹为的事，表示了理解……张义说着站起来，在屋里缓缓走动，侃侃而吐：我是中国共产党的成员，看到您对古柳泽劳工的关爱，感受到您对我与骆小姐工作的支持和照顾。如此说来，我救贵公子的理由还需要多说吗？再则，那一刻也没时间容我再征得您的同意。且不说耽搁了时辰，走漏风声又会引出怎样的后果……

邵老爷听着，情感有所波动。

这时，冯先生急匆匆从外面进来，脸色煞白，情急气短，见张义在，点个头算是招呼，转脸气喘吁吁地对邵老爷说，孩子们出国所需用金已经办妥划出。另除去你说不能动用的资金外，能立刻拢到的款项总数尚凑不足二千万，距他们要的数目相差很大。我与上海证券所取得谅解，虞洽卿出面将我们的股票盘一盘，方可凑齐三千万大洋，但要些时日，虞先生要我们设法拖住他们，确保有霏的性命……

邵老爷摇摇手打断他的话，说，先听张先生说。冯先生看着张义。张义说，有霏从太湖强盗手里救回来了。他简要地说了救的过程，杀喽啰、水牢的位置等等，尽量说得细些，好让他们相信。

冯先生认真听完后点点头，看看左右说，人呢？

张义说，为了防止意外，人在安全地方。我想让骆小姐带了其他孩子，由我们负责送到上海，安排他们坐法国邮轮离开。他们的安全，在我们手里可以得到绝对保证。

冯先生问，你能保证？你用什么保证呢？接着又问什么时候走？

现在就走。张义说，能从强盗窝里救出来，就有能力送出国。

邵老爷点点头，办法是好，办法是好，容我三思。说着，退到座椅上慢慢坐下，手托脑袋思考起来。场面一时冷落下来。冯先生故意没话找话说，都不晓得你去救嘛。张义说，兵贵神速，等晓得，别人捷足先登，拦路阻击怎么办？

冯先生舒口大气，说得倒也是。又问，小扣、行义他们呢，也救出来了？

没来得及。张义说着，神色黯淡下去，有霏关在水牢里，他们则关在岛上的一处民房里，我们原想救了有霏后再去救他们，不顺利，开了火，杀了人，差点儿连命都搭上，实在没办法再回去救他们了。强盗既然是拿有霏勒索钱财，几个没用的下人能榨出什么油呢。估计，他们一时不会有危险。

冯先生说，你这么肯定？

邵老爷冷不丁地抢过话头说，张先生的分析是对的。我不理解为什么正好要三千万大洋的赎金。张义说，我们是在岛听说的。我们还得知一个情况，如果你真给三千万大洋，有鼐就会没命。他们的规矩就是这样：得了钱财，必会撕票，免留后遗症。拖着，倒可以保得性命。

闻此言，邵老爷与冯先生都惊呆了，连连说，真是后怕之极，后怕之极。

张义提醒他们：照目前形势，北伐胜利前的江浙，一场恶战不可避免，且一触即发。

邵老爷看看冯先生，说，孩子他亲娘哭得死去活来。

冯先生说，邵老爷这几天的心境不好，出去不便。就让我与您一起用小轿接出有鼐，到家里稍坐，然后立刻走。

张义不赞成，建议天黑后让船开到近处，安排会面。接着又说，目前只有我们三人知道，见面的事，不宜张扬。万一出事，不好交代。

邵老爷点头称是。

冯先生见邵老爷这么说，便也赞成道，那更好。

那就送客。邵老爷歉意地对张义说，多有怠慢了，还望先生容宽邵某改日设宴赔礼。

149

张义走后，屋里只剩下冯先生与邵老爷。邵老爷问冯先生，这事可靠吗？冯先生一副先知先觉的态度说，难说可靠不可靠。我们遍寻不到他，极有可能就是去救有鼐的。

邵老爷看看他说，你好像早知道？

冯先生一惊，连忙道，不，我怎么会早知道。

邵老爷说，是啊，你怎么会早知道。你当然不会事先知道。这是什么风险？这是多大的情面。春秋义士也要授之而为呀！共产党真的了不起，可信可赖！冯先生，你不觉得从这件事上可以看出张义比蒋中正还侠义？他们只是没成气候，唉，谁知以后情况会怎样？你说，他下一步棋是什么呢？

冯先生没好气地说，会怎样？成立苏维埃！收编镇团防残部，向你要商家家丁……

说得很好，很好，继续说下去，你说，冯大会被他们拉去吗？

冯先生说，当然会，穷人总是与穷人有沟通的地方。你看到劳工起来的凶相吗？你会尝到苦头的。到那时候，你会成为一个瘪三，你的家产将全部被他们掠夺。俄国就是这样的。

这我知道。邵老爷叹道，你也不能不折服他张义的为人啊！没人指使，谁肯做那种傻事？万一他们都死了，有萧没救出，这白白地占了人家的一笔大交情不说，还落下千古沉冤！我邵某何德何能有这么大的面子。这年头人人自危还来不及，谁肯，谁肯哇！只有共产党，只有共产党。邵老爷沉思片刻道出疑虑：这事不得不引起我的猜测。事发那天，张义在哪里？突然丢下大事去救我的儿子？这是疑点一。疑点之二，能够进太湖强盗腹地救绑票，闻所未闻。你别急，疑点之三是，他救了绑票，怎么没有我的下人呢？一个也没有，有一个也好啊！偏偏是一个下人也没回来。还有，他没提出个人要求，要几万大洋，我心里也好受些呀！这些，都没有。冯先生，你说这天上掉下来的欢喜事，我能欢喜得起来吗？

冯先生说，老爷说得极是。那……依你的看法，怎么办呢？冯先生心里道，你的儿子落在谁的手里，不都是一笔巨大的财富？现在共产党拿到了，他还要提什么别的？至于钱财，现在不会要，将来会要，要的时候，会比现在的人要得更厉害，要得你连裤头都脱了，赤条条进炉子火化掉，一条裤子可以使一个穷劳工风光地走一趟大街呀。这就是他们大胡子领袖的远大目光。现在，他们只要主义，不要钞票，这是他们的小山羊胡子领袖的派头。想到这里，突然问道，他没有说别的话？

邵老爷回道，说倒是说了。

也许是真情流露。

邵老爷摇摇头，他说的是友情心仪的故事。

冯先生淡淡一笑：共产党也真有意思，这年头也难为他们有此真情。就不知包府与他张义有没有线牵着。邵老爷点着头在屋里来回地转着，喃喃自语，我也怕这一点，他姓张的与太湖强盗有勾结，那就比包老爷更可怕。如果真是那样，我该怎么办才好……

冯先生走到邵老爷的身边悄悄耳语道，您多虑了，骆小姐出国后的费用不还是您出吗？这等于仍然在您手里嘛。如此情况下，他张先生还需要提什么私人要求呢？令冯先生惊讶的是，邵老爷用教训的口气道，您正好说反了，是我的儿女在他们的手里。冯先生问，你准备怎么办？邵老爷说，我就是想不出好办法！冯先生问，事到如今，你是否还想让孩子出国？

国总是要出的，这年头不出国，还有什么指望？蒋总司令的话是对的，不让孩子到国外受教育，就必然在国内被教育成包老爷那样的土财主。四书五经是要读的，读得陷进去，日后必被时代所唾弃！别人看不到这一点，我还看不到吗？再说，这整天提心吊胆的日子能让孩子读到什么书？国内不安宁，读四书五经又有什么用场，你读了那么多的书，能有什么大作用的……当然，你对我家的贡献是大的。我要的是他们能够成为像美国洛克菲勒家族那样。从这个愿望上说，我要感谢包老爷，他把我逼到了一条新的、全新的路上去了。

冯先生点点头，不解地问，你到底有什么打算呢？

邵老爷摆摆手说，此刻我的思索聚不起来，什么打算也说不上。此时此刻，我只是想对你吐吐心中的不快而已。哦，我问你，如果张义真的要成立苏维埃，你怎么看？冯先生反问，现在的自治会难道不是苏维埃？我看差不多。你给了他队伍，再把会长让出，换个牌子就是苏维埃，不换牌子也是苏维埃。往下去，就等着先看他们清点包府的家财，然后再来清点你的，扫你出门。

邵老爷突然问，你与史进耀商量的事怎么样了？

冯先生说，你想让史进耀真正抓护镇纠察队的实权，已经迟了，你不让张义收编镇团防残部，这事还可以做，我给包府管家说过，让他振作起来，洋教练不要辞掉，至于冯大手里的商家家丁，我看也不会轻率就跟他张义跑。邵老爷点点头，道理如此。冯先生又说，我想解散护镇纠察队。邵老爷一拍掌，好，一了百了，理由呢？冯先生咬咬牙，半晌才说，只要张义不在，就没理由留了。既无留的理由，还会有存在的必要吗？邵老爷明白了冯先生的意思，把手挥挥说，你能保证我的孩子平安登上外国洋轮。到了国外，我的朋友们就能帮上忙了。冯先生说，没有骆小姐，行不行？邵老爷不解地说，这什么意思？你去办这事也会办得惊天动地？

冯先生抚额应道，明白了。

150

张义出了邵家，朝停船的地方走去。

在他的身后，有人尾随而往。

在跟踪张义的人后面，又有一个人紧追不舍。

张义并非不知道身后有盯梢。

回到船上，大家问他事情办得如何，张义便把见邵老爷的经过原原本本说了。老周一听，肺都气炸了，一把拎了有萧的耳朵骂道，你的老子也太绝情了，我们拼了命救你，他还不信任我们。你说怎么办？把你还给强盗，看他们怎么整你。

有蕭吓得哭起来：不要送我去，他们会杀了我的。他们说，如果我爷不能给三千万，就剖了我放在水里煮熟了，让我爷吃吃。

张义说，拿到了钱，他们也还是杀你。他们是强盗，天生做杀人越货生意的。我们是穷苦百姓，救你是为了能够让你的爷对穷人好一些。没想到你爷这么不相信人。

好汉们，求你们别把我送到强盗那里去，你们让我见见我爷，我会让他答应你们的要求，让穷人的孩子有衣裳穿，有肉吃，好吗？我求你们了。

孙有骂老周道，整一个小孩有什么屁用。强盗要三千万，我们却分文不取，白白送给他，能不怀疑？都是你们自己太仁慈，叫人家不相信这世道里还会有天上掉馅饼的事。听我的，给他提些条件，也许人家心里好受些。要三十万好不好？

对对对，对对。还是这位好汉的话对，你们想点要求对我爷说，我爷就会相信你们了。你们不说，我替你们说也好。只要别让我再回太湖强盗那里，叫我做什么都可以。

黄小狗站起来说，你没要求，我还有哩；你们拍拍屁股一走了之，我能吗？你们不要钱财，我要。不要，我太亏了。我自己找邵老爷要，他不给，我就放火烧他的房屋。今天烧不成，明天，明天不成，后天，老虎还有打盹时，我就不信没机会。保不定哪天，我全家成了太湖强盗的刀下鬼，水中鱼食。

有蕭突然说，要烧就快些烧吧。

众人吃惊地问，为什么？

有蕭说，我爷说，他要到别的地方去了。

张义过来问有蕭：真的？

有蕭点点头，我爷很怕这个镇，他不想待在这里了。

老周急了：邵家一搬，这做工的还有什么工可以做？

邵老爷远走高飞不是没可能。他一走，几万产业工人怎么办？孙有不相信地摇摇头，这么大的家业，说搬就搬。哪里是挪鸡窝？挪鸡窝还要先挪鸡，赶群鸡还那么难，何况是这么大的家业，那么多的用人、下人、做工的。老婆亲眷，割破皮连着筋，能那么容易？不能上他的当。我们先好好合计对姓邵的敲一笔，这是真的。放到篮里才是菜，掂在手里的鸡总会飞。

大家七嘴八舌地乱说着。

张义却坐边上冷静地思考着：看来只有暴动，把古柳泽的政权夺过来，把包邵两家的资产收归工农，成立苏维埃政权。对，就这么做！想到这里，他站起来对大家说，还是先把有蕭送回去，他对我们不仁不义，我们可不能对他也那样。以德相待，让他看看我们的诚意。

有鼐听他这么说，朝地一跪道，张先生，我会永远记住，是你和穷苦的兄弟把我从太湖强盗手里夺回来的，是你们给了我性命。将来，我一定会报答你们。

老周不高兴地说，起来，起来，小孩子家的，学得油嘴滑舌，我最瞧不起。

黄小狗却说，你别这么说，孩子不可欺，他的话是真的。

孙有没好气地说，好哇，我就等着报答吧。

有鼐低着头没有言语。

张义把有鼐搀起来说，难得你有这份好心。我们相信，你是个有良知的人，将来有了出息，不要忘记穷人救过你。

有鼐说，骆老师对我说过，一个人要想有所作为，首先得具有慈悲心怀……

老周不高兴地打断他的话，别再穷嘴了，还是快些走吧。

张义说，别急，从这里到邵家很近，还是等天黑吧。说完，张义回到船舱里密写一信，然后把孙有喊到一边，吩咐他立刻出发到上海，把信送到闸北广东街，交给秘密交通站立即返回。他再三叮嘱，要赶得快些，能在日落前到苏州，今晚半夜或是明日凌晨即可到达。我们则要到明天下午才能到上海。

你也去？那就不必让我送了。

你赶在前面，争取让组织上事先有对付的良策。张义又一再说明事态的重要性，孙有毕竟是老党员了，没多说话，立刻就出发了。

对于孙有的离开，张义只说他回去了。老周知道规矩，没问。倒是黄小狗一问再问，孙有到什么地方去了。老周恼恼地说，你别问了，少个人，分钱财你不就多分一份吗？你这人怎么这样傻啊！黄小狗说，你们这样子是像分钱财吗？

老周问，你说我们的样子像什么呢？

黄小狗没话说了。

151

天黑后，船悄悄地出发了。

到平政桥下三股水流汇合处，黄小狗发现左边有只小船尾随而行。船行北新桥附近，岸上有人与那只小船打暗号。张义让大家注意动静，万一有什么事出现，首先要保证有霹的安全。在一边的有霹听了非常感动，连连说，如果是坏人，我就跳下水去，你们给我一根绳子，我可以在水里抓住绳子一直跟船走。

大家一商量，觉得这个法子可行。

船行进在镇内河道里时，发现所有的出口均有船挡拦，尤其是进入邵家附近河面，前面有船，后面有船，前后的路均被截住堵死。一看这局面，张义明白，如果不是邵家有意安排，会是什么人？不！不可能，没人知道我们的行动。如果是邵家，什么目的？张义过来与黄小狗商量。黄小狗说，不用商量，你只要告诉我，是不是到地头了就成，后面的事，我会做的。张义说，有你的话，我就放心了。

没多久，岸上有人提着邵家字号的灯笼问，船是到邵家水面的吗？

张义回是。

那人说，从左边进河道，在前面停下，待查后才能继续前行。

老周出舱回道，没听到，也不可能做到。

提灯笼的没再说话。

船到了前面，一切前进后退的水路均被堵住，你不顺他指挥进河道，就没道可行。

黄小狗问，是不是可以治一治他们，让他们晓得厉害？

张义说，不必，我们要多用脑袋，少用嘴。顺他们的意进河道，看他们能够怎样。黄小狗，我的好兄弟，成不成功都在你的手里了。

黄小狗听张义喊他兄弟，心里快活得要跳起来，连连对老周说，听我指挥，一会儿，我要大显身手。

船刚刚进入河道，前后就被阻住了。

张义命令黄小狗赶快把有霹安排好。

黄小狗说，只有停掉机器，才能保证有霹在水里的安全。张义答应。黄小狗便与老周一起将有霹的腰上系好绳子，放入水里。安排好后，有人上船说是检查。张义便提了桅灯过来照应。那检查的人看了船里上上下下，舱里舱外，除了几个大人，并没有小孩。他们不直问是否有小孩，只是不断地问，还有什么人？

张义回说，没人了。

你们干什么的？

应邵老爷之约，来会面的。别的，无可奉告。

从后舱过来的黄小狗见那提灯的很面熟，慌忙猫腰朝暗处躲。老周喊，你躲什么？他的话还没说完，那提灯的突然从腰间拔出枪，对着老周就是一枪。

张义眼快，飞起一腿，枪响子弹偏。另外的人见开枪，便也开始动手。老周顺手提起一根长棍，横里扫过去，站在船边的被扫下河去。张义掏枪对着河里就是砰砰砰几枪，然后枪顶那提灯的脑门问，你是什么人？那人不讲。黄小狗从暗处出来说，杀了他，不然他会灭我一家。那人连连求饶。岸上见船上动了手，也不问三七二十一，横竖里开枪乱打。张义叫黄小狗把甩远处的枪捡了，又说，用绳子先把他绑了，一会儿杀他。

黄小狗绑着那人，嘴里嘀咕道，你一会儿就不杀他了。

把灯灭掉。张义说着把有箫拉起来喊道，快开船，冲出去。

老周灭了灯。

岸上枪声依旧，河两岸相隔近在咫尺，子弹乱飞，只听见两岸都在喊，别开枪，打死自己人啦。猫在船上的老周就笑。前面的船见这边灭了灯，不明原因，犹豫着。黄小狗抓紧放了一支火箭，射入前面堵路的船舱里，舱里顿时起火，乱成一片。这边问有箫挺得住吗？有箫回说不碍事的，说着又要下水，张义一把拉住，到地头再下水。有箫很懂事答应了。前面船忙于救火，航道逐步清开。

船继续朝前走，走到一个岔口，又见提着邵家灯笼的在岸上问，是到邵家的吗？

船上回说，刚才说是，挨了枪，谁知道你们是谁？

岸上说，我们才知道。那些人不知从哪儿冒出来的，已经赶走了。

张义问被绑的人，谁的指使？那人回说包老爷安排的。张义纳闷：这件事只有邵老爷与冯先生知道，怎么会岔出个包老爷？这时岸上抛下话，你们走那边河道，看着岸上的灯，有人会指路的。放心吧，不会再有人敢阻拦了。说完，那灯笼就离开了。果然，一路上，两岸都有人照应。老周问张义，是不是邵家的人呢？张义半信半疑，说不准，还是小心为好。老周问，有箫要不要藏？张义过来对周山说，万不得已，先杀了他，保护有箫。那人一听杀他，连连苦求道，不要杀我呀！我都说了，我都说了。不是包府，是……

是什么？快说。

我也不知道，是镇上安排的。

镇上？镇上是谁……

那人突然跃起，冲向老周，老周被这突然的一撞，朝后仰倒，那人趁势跳进了水里。张义拔枪正要射击。只见岸上枪声大作，河面上激起的水珠溅到了船上。张义怕没眼的子弹击中有箫，低语叮嘱有箫趴在船里不要动，自己匍匐过去拉拉老周问，没事吧。老周正撞在桅杆上，没伤着，枪响后，他也趴在甲板上，暗中拉住张义的手连连说，没事，没事。两人趴着说，怪事，是谁袭击我们？张义想了想问，会不会夏天想抢功呀！现在北伐急缺资金，谁得到有鼐，就可以要挟邵老爷拿钱，不说几百万，就是几万大洋，对蒋中正也是雪中送炭呀！老周敬佩地说，分析得很有道理，不过，他也没那必要呀！

张义点点头，是啊，他没必要那么做嘛。

岸上的枪声停下了。

黄小狗问，船走不走？老周抢着说，照走。又对张义道，我们得向邵老爷要点钱财。张义点点头，党内的活动费用也是相当紧的，如果能有，当然要。

到了一个拐弯处，岸上有人问，上哪里的船呀！

黄小狗说，到邵家。

约没有约呀！

约的。

是看货吗？

是。

没有货，看什么？

张义突然明白刚才这场戏是怎么回事了，便气呼呼地说，货在什么地方，随便让人看到还行吗？告诉邵老爷，不见他，我们不会露货的。

知道了。灯笼便疾步而去了。

船到邵家水关。

张义见闸关着，说麻烦了。黄小狗鼓劲道，别怕，他的水关能比太湖强盗的厉害？进去再说，不行的话，放炸药嘛。船到闸前，闸门自动打开。岸上要求船在收粮厅中间的水道上停。黄小狗和老周都感觉到有点不妙，张义问黄小狗会发生什么情况。黄小狗说，逼我们交人。老周愤愤地说，不理睬他。

黄小狗挖苦道，到那时就没你说话的份儿啦！

老周恼道，你说什么？

那一刻，我们都成瓮中鳖啦。

不！老周一把抓住黄小狗的衣领道：舱里的炸药还有吗？

黄小狗颤抖抖地问，你要做什么？

你应该明白。

张义也说，好主意，让他们上船再说。接着大家密谋一番，然后对有鼐说，到了前面可能就没有机会下水了。现在，你和老周一起下水，让他保护着你，你们用两根管子咬在嘴里吸气，别让人发现。有鼐答应了。船进入收粮厅航道，黄小狗把船停下悄悄告诉张义，可以让他们下水了。老周带着有弻下水。

等等……张义喊住了他们。老周和有弻费解地看着他。

张义说，我觉得这船一定有什么地方可以藏得住一个小孩。

老周说，别废话，把时辰都耽搁掉了。

岸上喊，船停下做什么，朝前开！有人向他们奔过来。

等一等。黄小狗想了想说，张先生的话提醒了我，船头锚仓可以躲，只要自己小心，别在锚下水时擦着就行。张义就让黄小狗带着有弻去躲藏，自己和老周在船上应付。

岸上过来人问话，张义搪塞几句，应付过去。

黄小狗安顿好了有弻过来，船仍然改作机动，慢慢朝前走，没走多远进入了灯火通明的屋内，河道开在屋里，两岸灯火照得船上如同白昼，有几盏灯直射人眼，照得大家睁不开眼。老周喊，船要撞了，你们把灯挪开。岸上的人不听。张义弯腰趴下，伏在船上滚到暗处，注意到那些直射灯都是电灯，奈何不了它们。但有几盏桅灯的位置倒是恰到好处，他端枪，叭，叭，叭，只见桅灯落地，油溅到地面烧起来。有人大喊，起火啦！大家快救火……趁着混乱，张义又撂掉几盏直射船的灯火。

岸上，有人奔走关照着什么。直射灯移开或灭掉了许多。

老周笑嘻嘻地对张义说，他们应该老实了。

船慢慢引泊到位，下锚。

152

张义朝岸上看去，岸上摆设着正堂屋，上座位置坐着邵老爷，边上站着冯先生与管家等人。张义在船上向邵老爷布礼。邵老爷抬手合掌向他回礼，然后说，请张先生将有弻带上岸。张义说，请邵老爷不要错失良机，快快让你的几个孩子上船，赶得快些，还可以赶上后天下午开航的邮轮。

在我没有看到有弻之前，能相信你说的是事实吗？邵老爷站起来，向前走了几步，对张义说，我没有看到有弻，还要把其他几个孩子给你，这能叫我说什么是好啊？张先生，你我应该是坦诚相见的。你需要什么，可以直接对我提出，玩小心眼或者鬼点子没必要！我邵某不吃那一套。

张义看着他，听他说着，始终一言不发。

旁边的冯先生高声说，你讲话呀！

张义笑着，侃侃而道，我随随便便将有鼐放在船上，你的儿子现在还能活着吗？在你没见到他之前，你知道有多少人想得到他？刚才路上发生的一幕，可能你不会知道那是谁干的。但你要相信我们为了你儿子的安全，付出的是什么代价？难道就是你说的钱财吗？你的钱财能得到一个活的有鼐？两个？三个？或者更多的？

邵老爷问，那你需要我做什么？

张义问，我说过这话吗？

没有。邵老爷的嗓门低下去了，他转过头对冯先生低语道，要是他提出个钱财的数目，倒是可以商量的。冯先生点头道，那倒是好办的，现在，我们没法摸清他的要求，不知他的底细，怎么出手呀！邵老爷又向前一步，说，张先生，您上岸，我们可以相商。

就怕是鸿门宴。

对别人可以那么做。对你张先生，你怕吗？

共产党人，死都不怕，还怕上岸？问题是死要死得有价值，死有所值。好了，长话短说，如果你在我们船上见到有鼐，你是否践约？

邵老爷说，坐我自己的"万盛行"出国，不行吗？

据我们的情报，你的危险还没消除。别说孩子们经不起那个折腾，就是你自己，身边也难说就没有奸细，要不，路上会有人那么准地拦击我们？

如果听你的，我能得到什么保证。邵老爷恢复了先前的自负，说话口气又硬起来。

张义问，保证？你要我们的什么保证。

邵老爷说，你做了这么大的好事没向我提出任何个人的要求，这符合现今的处世情理吗？难道你是耶稣，你是基督教？

哈哈哈……张义大笑道，你应该知道我们共产党人帮助别人时，是没有提条件或者索取什么的习惯。

当然知道。我的法国朋友中有许多人就是共产党，如果他们不向政府自动放弃武力，现在早就是政府总理或者要员了。但你毕竟是中国人，我不清楚中国共产党是否与法国的共产党有什么不同和相同。这个问题，我们以后可以坐下来好好讨论讨论的。眼下，好像我们都没这方面的闲情吧。

你没有说到关键上，让我来告诉你吧。你刚才不是说要我保证吗？那么，我告诉你：我们救你的儿子，是为了我们那么多在你的作坊、田地里为做工种地受你剥削生存的无产者着想。如果你能够安居乐业，我们的无产者就会得到生存需要的最起码的食品，不至于饿死、冻死。中国共产党是无产者的党，一切都从维护无产者的利益出发。你明白我的话了吗？你能信任我吗？

邵老爷点点头，看看冯先生和管家说，照张先生说的上船看看？

管家便抢先一步，高声说，我们老爷可以上船了吗？张义应道，欢迎。随即对舱内高声喊，请邵老爷上船。冯先生走在前面，邵老爷在中间，管家断后，三个人一步一步走上船来。张义站在跳板旁迎候邵老爷。邵老爷上了船，直奔船舱，弯腰进入舱，一眼就看到了坐在那里的儿子有鼐。有鼐也看到了他，但没马上跑过来，而是站起来对着父亲说，爷，你不该对张先生无礼。没有张先生，您就见不到儿子了……

邵老爷眼睛一热，嗓子哽咽了：儿，你怎么说这话？

爷，儿子说的是实话，张先生差一点为儿送了命！

闻此言，邵老爷抬手抹起眼睛。

爷，您别难过。儿子好好地站在您面前哩。爷，如果没有张先生，儿子就死在那水牢里了。强盗是没心肝的，他们杀了许多绑票。我关在水牢里的，喽啰说进水牢的，没活着出去……

邵老爷一把抱住儿子，哭道，儿啊！你受苦了，都是爷的不是。爷得罪了那些杀千刀的，他们真狠啊，拿我的儿开刀。我非要叫他们死无葬身之地！

爷，不可。你杀我，我杀你，这样下去，这个世界到什么时候才太平呀！穷人已经苦得没日子过了。爷，我求你，你答应张先生，把我们家的钱财分给穷人吧！

好，爷答应你。你也答应爷，好好到国外读书。读好书，回来。你知道爷叫你学成回来做什么吗？

光宗耀祖。

好！不愧是爷的好儿子。你记住：读好书，才能光宗耀祖。

爷，儿子记住了。儿也是男子汉。国家兴旺，匹夫有责！为了我们的国家和我的家族，我会好好读书的。爷放心好了。

邵老爷破涕而笑，连连说：对的，对的。儿是男子汉。我的儿是条好汉。爷听儿这么说，就高兴了。说着，他对张义说，邵某多有怠慢之处，还望您能海涵。

张义见气氛好转，便好言相劝道，邵老爷，您能理解我们，很高兴。愿您能再听我进一言：现在还没多少人知道我们的行踪，所以，坐我们的船秘密离开古柳泽是比较保险的。而古柳泽成为多事之地以来，您的家业一直是被打击的重要对象，你的敌人未必就只有包老爷，有些号称朋友的人，说不定比包老爷更险恶。你的好朋友蒋中正先生也未必就真的替你着想。你的孩子们乘坐

"万盛行"，万一再出事，恐怕就不会像我们刚才来路上那么容易开脱了。有些事情，您比我们更清楚。

邵老爷问有萧：是让这位张先生陪你去上海坐外国船出洋，还是坐我们自己家的海船出洋？有萧说，我要坐张先生的船，他们很有本事，用火箭把太湖强盗数也数不清的船都打得烧了起来。那个黄先生说，船上还有炸药，要是谁敢与他们过不去，就炸死他们。没人敢与他们对头的。爷，你就放心他们吧！

邵老爷也被儿子的情绪感染了，高兴地大声说，既然有萧相信你们，我也就相信你们。冯先生，你让孩子们马上到船上来。说着，他又对张义说，一切都早就准备好，有一点要请你谅解。骆小姐不能随你的船一起走。她改乘"万盛行"到上海与你们汇合。我想这样做，可以避开些耳目。当然，他心里的另一个打算没说出来。张义是个聪明人，见话说到这份儿上，他就不反对了，大家换个轻松的话题闲聊起来。张义肚里有他的打算：只要能够将孩子们安全运到上海，他就是这局牌的赢家。

冯先生着人拿些钱给张义说是路上要用。

管家着人朝船上搬食品。邵老爷邀张义到岸上说话。

张义随邵老爷上岸。

153

邵老爷陪着张义，冯先生在前引路，进入岸上另一处。此屋布置别致，进门便有一座厢雕牌群，细看是群仙女拥客入座图，像是专为此屋而作。张义用手摸了摸，清凉透彻，不像是红木，几乎是玉之类的雕件，但又不像。朝里去，迎面是幅很大的消夏图，醉僧卧石作半醒状。张义对字画不精，无意说出名堂。倒是两边的黑色八仙椅很有些气派，茶几也颇多精致，每座均雕嵌珠宝，灯光一照，光芒四射，通体透着雅致。邵老爷邀张义入座，张义感觉此椅凉意透骨，手感与那厢雕牌群一样，再细看，隐约可以看到细腻的木纹。他忽然想起在法国王宫参观时，曾经看到过这种黑木制品，产之非洲，价值昂贵。

下人上了茶。

张义品茗笑语道，邵老爷，你我应该相知颇深啊！何故还是那么淡薄呢？

听张义此话，邵老爷脸上掠过一丝歉意道，实不相瞒，先生的做法，与中国几千年的传统习俗相悖。当然，先生有见识，才德匡世，智勇胆识均为邵某折服。可这世上，哪里还有心如镜台、纤尘不染的义气呵！哥们儿信誓旦旦、两肋插刀，转眼便是血泊灵魂。还是小儿顽童勾勾手指的游戏道出义薄云天的真谛。说到这里，邵老爷看看冯先生，又道，这里也没外人，我就挑明了说吧！镇上这几年的事出得太多，我也颇感疲劳。原先对家乡的热情随着这一盆盆的冷水，泼得不再有什么光宗耀祖的希望。等儿女出国安顿好后，我也将移资产于外地寻找发展。当然，对于在我家辛劳几十年的劳工，自然会对他们有说法。现在，我想与张先生商量一些事……说到这里，他看看张义没再说下去。

张义笑道，听邵老爷这话，好像又见外了。

不！这是个很认真的事。我想请先生能否疏通工会等组织，由他们出面让劳工们自己将所在的小作坊买下来，像国外那样搞入股的合作社式作坊，选举可靠之人管账，选得力有用的人管理。一来可以避免我的作坊破产，二来也免去劳工失业流浪之苦。在购买价格上，我愿意尽最大的让步，使劳工多多获益。此意如妥当，我以为不失是好出路。

张义没想到邵老爷真会出此策，闻之心一动，那种作坊式的集体合股制，正是劳工组织的新形式，这种形式法国很风行，称之为无产者自己的俱乐部。邵老爷一步能够迈得这么快，倒是很高兴，想当即表示赞成，转而一想，如若是金蝉脱壳，那就上当了！于是，不动声色地回道，事情是好事，也是邵老爷为劳工们做的功德事。只是不知邵老爷为什么要这样做？

邵老爷款款而语道，这事思虑已久。冯先生可以代为陈述。

冯先生毫无情感的语言慢慢陈说邵老爷的用意：凡事到了限上，总是另一条出路的起点。这么多年的恩恩怨怨，也将邵老爷拖疲惫了。莫说邵老爷疲惫，就是我也对这个镇失去了当初的那股子冲动。说到把店铺作坊卖给劳工的做法，邵老爷已经思虑很久。张先生应该明白邵老爷的苦衷，他这样做是怕店铺到了一些翅膀硬的老板们手里，如虎添翼。若是到了包府手里，这古柳泽就真成了他包家的天下。百姓还有什么安宁日子好过？走了一位邵老爷，附带从劳工中培养出几十上百个老板，不是好事吗？

张义点点头问，好事是好事，劳工们承受不起，还是没意义。

邵老爷说，请张先生放心。我只是象征性地收一点。没现金给我带走，可以暂时不收，存放在这里，将来再算。或者抵作我应该给劳工们的那部分报酬。总之，事情都是好商量的。

张义看看时候不早了，站起来说，这件好事，你也得让我听听劳工们有些什么反应。在没有商量决定前，这件事最好不要急于宣扬出去。免得出现不必要的麻烦。邵老爷说，要得，具体的事，冯先生会与你们接洽。邵老爷说完站起来邀张义先行一步。冯先生走在前面，在河槽前，大家看到骆小姐已经将孩子们领到船上。按照邵老爷的意思，骆小姐安顿好孩子们后便又上岸，改乘万盛行。她走到张义身边时，张义说，就改乘吧，自己多加小心就是了，说着把手一抬：我们上船。

邵老爷与众人在岸上与他们告别。

船顺着来路轻松愉快地驰出。

154

第二天下午，船到了上海，在外滩的一个码头停靠。没过多久，岸上有人过来用暗号联络。接上头后，来人给张义一沓法国邮轮的船票，叮嘱：那艘法国邮轮上有位法国共产党员，叫安德烈，是船上的大副，上了船你们就与他联系，具体事情，可以找他解决。张义告诉来人，他不去法国，陪这些孩子去法国的人，现在不在这船上，要等那人到了以后，再与安德烈接上头。对方要他晚上去民厚里。

民厚里是一片很大的建筑群，分南里、北里。按照地址，张义很快找到了那里。要找的人不在，留下口信说是搬到了威海卫路。张义赶到威海卫路，在一家木炭行里的茶馆式楼上，见到了一位陌生人，此人身着丹士林长衫，手里抓一把纸扇。与张义几句暗号对上，过来紧紧握住张义手，说声辛苦了，然后便分座。张义注意到这位个子高大，身材修长，眉清目秀，英俊中透着沉稳，谈吐洒脱但极谨慎的人对于张义汇报的情况非常注意听着，很少打断。不时地提问一些话，话很少，点的都是要害。比如，老田同志什么时候与你单独联系的？他是代表组织还是个人行为？关于中国革命的看法，你是赞成托洛茨基的观点，还是反对？对割据一个地域，组织政府，编练军队，然后出兵征伐，对这种做法，你抱什么态度等等。

张义在信上说要立刻举行暴动并在古柳泽建立苏维埃政权的意见，显然与这位领导的思路一致。从领导对于老田的看法上，让张义为老田担心起来，他会出什么样的事呢（直至几年后，张义自己也被卷入党内的残酷斗争后，才深深感到那种自相残杀的可怕）？在提到邵老爷的一些店铺决定卖给劳工时，这位领导呼地站起来，以少有的失态性情绪慷慨陈说：这是敌对阶级的又一次阴谋，根据《资本论》的观点，作坊店铺是资本家从事剥削和产生剩余价值的首要工具，如果失去了，他就成为赤手空拳的人，就像一个用惯了武器的人，一旦没有武器，他还能做什么？这是骗局。其目的是牵制住那些已经觉悟的劳工中的店员，逼使他们拒绝参加暴动，这是阴谋。必须立即粉碎！我们应该清醒，接下来在古柳泽要发生的事，将是无产者与资产者进行一场血腥风雨的厮杀。现在，上海暴动的具体时间已定，是农历九月十五（后因故改为十七日），你提前三天将队伍拉到青浦或者松江一带，依托淀山湖潜伏，前一天晚到达七宝，那里有人领你们进入市区。

张义听了，深感其目光之明锐，请示下一步工作的具体步骤。

你刚才不是说到邵老爷的儿女到国外留学的吗？我们能否控制？如果能够，那是最好的制约权。现在苏联就制约着蒋介石。说着，从身上掏出一张纸条，说，这是伍豪将军转来的。关于邵老爷划出给儿女留学用的一笔款项，已经到了北伐军的账上，邵老爷还不知道。伍豪将军认为这件事如果我们参与了，将置我们于不仁不义之中。他指示我们要设法通知邵老爷，认清目前对他极为不利的形势。对盟友蒋介石先生最好也多长一只眼睛，多思考一点，使邵老爷对工农革命有新的觉悟。

说到这里，他停下话，看看张义问，怎么，你不相信？

张义点点头。

……邵家的儿女将被作为人质放在国外的某个地方，作为不断向邵老爷榨取钱财的资本。这一切都是由邵老爷身边最心腹的人一手做的。邵老爷的国外朋友参与了这起阴谋。这人是谁？有人认为是吴稚晖早年派下的，但没把握。吴稚晖是国民党的右派骨干，他与陈独秀先生关系很好。三年前，两人讨论过国共形势和走向，吴稚晖问陈独秀中共的革命什么时候能够成功。陈独秀竟然说是要三十年。吴稚晖也与老夫子开开玩笑问他国民党什么时候寿终正寝，老夫子竟然说中国共产党领导的革命三十年后成功，但并不表示国民党就会寿终正寝。这位领导生气地说，仲甫这么讲话，不是长他人志气，灭自己的威风吗？老夫子实在老了，不如他的两个儿子了。三十年太长，我们要三年解决问题。要达到这个目的，首先要解决内部的纯洁问题。苏联就是这样做的。我们打算等上海的起义成功后，割据一个地域，组织政府，编练军队，使太湖东南乃至环湖地区成为赤色政权。到那时，解决党内右倾和其他种种队伍不纯洁的问题就好办多了。

张义问，那个给邵老爷置下如此陷阱的人到底是谁？

苏联方面答应尽快帮我们查清楚。眼下只能从吴稚晖和国外两条路上查。吴稚晖那里我们目前还没有办法。国外也只能依靠苏联的秘密战线朋友。由此可见，那个古柳泽上包邵两家之争斗，切莫以为是一镇势力之争，它牵涉到的正是中国革命大舞台的脉搏。说到这里，领导要张义尽快返回古柳泽，尽可能找到那人，从他的手里把邵老爷家的万贯家产搞到手。如果做不到，那就告诉邵老爷，尽最大的可能不让财产全部落入我们盟友蒋介石先生的腰包。蒋介石现在做的是，以支持国民革命的名义，搜索干净早期资产者的钱财，培植新的资产家族。到那个时候，中国资产家族就是他的政府支柱，换言之：官僚资本。这一着，没有人想得到。邵老爷比之张静江还是小巫见大巫哩！

骆敏他们的事就交给组织上了？

这事由我来处理。首先要保证他们平安到达法国。目前法国共产主义思潮很强，对于孩子们有作用。以此可以争取到许多对中国革命抱观望的华侨，或者像邵老爷这样的人。至于是否到苏联的东方大学，到时候看看形势再决定。谈话到此结束，你就不必再去那船上等骆敏了，直接去太仓，那里被老田搞得一团糟，你去处理好一些事情，然后转道回古柳泽，准备暴动。

谈话结束后，张义这才明白，邵家船上的那一面竟是与骆敏的分手，以后什么时候能够再见面呢？心里一点底也没有，如果组织上不让她出国，这似乎又不可能。张义并不知道，半个月后的一天，几个不明身份者企图在法国邮轮上绑票邵家几个孩子，争夺的过程中，骆敏不幸中弹身亡。若干年后，当中国的抗日战争到了关键时候，有鼐和妹妹有荆到延安，在一个傍晚见到了正要被作为敌特枪决的张义，他们匆匆相视一眼，张义认出了他们。有鼐有荆也似乎认出了他，张义为了不连累他们，没有相认。而他们真正想起张义来时，已是在一声枪响后了。这声枪响，导致了有鼐有荆再次出国。出国的原因是那一刻有人告诉他们，幸好是在枪响后，否则也会连累你们送命。这是历史的后话。

现在的张义到环龙路看了几位朋友，从他们那里得到何洛的地址。张义与何洛有着另一种纯情的友谊，他去看了他。何洛的爱人刘尊一，是相约不嫁的十姐妹之一，因为许多人已经背约，她便也在暗中爱恋着。刘尊一长得非常漂亮，人也很温和。当刘尊一知道张义与骆敏分手很突然，没机会说句告别话，便对何洛说，你以市政局局长的身份，到码头上去一下，陪我们的这位朋友与妻子告别一下总可以吧。

何洛说，我何不想？我这个上海市政府委员就是共产党的，但是，据我知道现在的形势很不妙，武装起义前党内斗争很激烈，我看张兄还是尽快离开上海。

好吧，张义告辞后立刻坐黄包车到了苏州河边，去了太仓班船的码头。

155

《申报》的照片和消息，让胡县长抓着了发财机会，狠狠敲了包老爷一笔，将他作为重大案犯押回县城。然而，不久就传出包老爷在县城受到礼遇的消息，与张义回来的消息同时让邵老爷获得。

邵老爷深感受到戏弄，气得干脆闭门不出，一边琢磨如何与蒋介石尽快套牢，一边照着原来的方案加快从表面上实施让伙计合股租赁店铺，无钱收买的可以先欠着。店铺卖给伙计的事，非同小可，好在冯先生早就做好了准备，管家也把店铺的明细账都按邵老爷自己的意思让大家先看了。人人都雀跃，个个争相竞价。谁也不知道这其中的奥妙。在这过程中，出现了混乱。店铺里的掌柜、朝奉、账房联手搞名堂，隐没财产，虚报。伙计们的正当要求被他们拒绝、压制。办事的问邵老爷怎么办？

邵老爷让冯先生拿主意，他要看看冯先生对这类事怎么处置。从邵老爷的情绪可以看出，他对冯先生有些戒备了。他自己也说不清楚会对这个老光棍戒备什么，有什么值得戒备的。只是凭着某些感觉，对于感觉之类的东西，他十分在意。

冯先生说，凡是掌柜、朝奉、账房联手要买的，一律不给，与伙计们联手买的给。这种买卖，也是一种租赁式的。至于以后这店会不会转到掌柜、朝奉、账房手里，我们就不问了。

邵老爷听了，捋着胡须思忖：果然厉害。想了想说，好，就照此办理。话刚转下去，那些掌柜、朝奉、账房不肯罢休了，纷纷说自己为邵家流汗出力几十年，到头来，还不如一个臭伙计。大家一起拥到邵老爷面前诉说自己的要求。

你们自己能够买下整爿店铺？

我们几个就可以。

好吧，你们先去交钱。不过，我告诉你们，后悔了可不行。

有什么后悔的？

我转让或者租赁给你们，是给你们一条生路。念你们为我家做事多年，应该有所得。然而，你们一下子拿出那么多的钱，说明你们在我的店里平时吞了不少钱财。现在我才明白，我的店一直为你们敛财而存在。

这话出口，掌柜、朝奉、账房吓得连忙说自己财力不足，退出不买了。

你们不买，但我还是卖，伙计们没钱可以欠着。你们不行！

这么一来，真正得实惠的第一批人还是那些曾经有功于邵家的人。老信根自然是得了一爿不小的绸庄和粉坊，外加丝厂两座。邵老爷领着乔乔对老信根夫妇说明世道之险恶，万一他们落难，这些店铺就是全家的糊口栖身的依靠。说得老信根夫妇眼圈红红的，连连说，邵老爷，你洪福齐天，哪能落到那地步。

事情会不会到那地步，是另一回事，有没有那种准备可大不一样。邵老爷说着，又把在天津与上海的店铺和几爿洋行的账房喊来分别交代。包括在国外的几爿店铺都是邵老爷紧紧攥在手里的，他要防止万一，儿女与自己的生计不至于落空。至于恒泰账房，因为与外国银行有往来，邵老爷便将它盘在冯先生名下。冯先生不再随他到别处去了。冯先生表示这座账房可以独立存在，不必放在谁的名下，日后邵老爷还可以再行使用。古柳泽的对外金融需要，应该有独立的银行。上海的金融机构和证券交易所可以将其作为分户。

邵老爷想了想，准允了。

镇上的人纷纷传说邵老爷入邪了。

邵老爷听了心里乐滋滋，你们这些阿木林，怎知道我的算盘？他不说，也不予理睬。

156

张义回到镇，听到各种关于邵老爷的传说后，再次赶往邵家，令他不可思议的是邵家紧闭门户，说是任何人不见。张义问，连通报少爷小姐的消息也不要？守门的说等一等。一会儿，对他说，过道侧厢房里，主管在那里等候。张义本想告诉邵老爷在上海送有鼏有鼎有荆有卣兄妹平安上了法国邮轮的事，当然也要说些中国共产党的领导对邵老爷的态度。无奈管家只是出来与张义会了会面，道了谢，没有让他进去的意思。张义问邵家是否出了什么事？管家道，先生不必多问，在下只是劝你一句，尽早离开这个是非之地。

张义立即转到冯先生处，愤愤地说，我好歹也把他的儿女送上了法国邮轮，我的人还陪着他哩。这不见我是什么理由呢？情理不通啊！

冯先生婉转地说，邵老爷的确有他的为难之处。这几天，先生不在镇上，镇上发生了天翻地覆的变化，包老爷又在县城得势啦。邵老爷苦于此，不想多劳驾先生。好在老爷已经给先生在塞夫勒安排了一些商务。那地方你是知道的。

知道，就在巴黎近郊，是个细瓷器著名的古镇。我很感激邵老爷的安排，他不见我，没道理。张义依然气愤难消。

先生干吗放着好差不去，又折回来做什么？还惦着那些夜校的穷哥们儿吗？他们现在阔啦，有了店铺，做起了老板，更快活了，这是你的革命带给他们的好处！你现在想再让他们做什么，怕是八抬大轿也难请啦！先生听我劝一句，有的事情，你做到了就好了，过了，可能就倒帮忙了。冯先生劝了几句。

张义想了想，说，邵老爷一旦离开了古柳泽，就会流落街头。

冯先生一震，警觉地问，先生何出此言？

张义说，有人把他儿女到国外读书的钱财移作他用。你别急，我想问你，邵老爷的家产移到哪里去了？冯先生紧张地问，先生是不是太累了，说胡话？

张义单刀直入地说，吴稚晖是你何人？

冯先生看看左右，振起精神说，你对赤色革命的忠诚，冯某敬佩。至于别人做什么，我看你最好不要过问。有的事，问多了反而不好。你难道很愿意像包老爷邵老爷这样的大财主们把握着中国的财富命脉？孙中山先生的革命对你没感触？贵党一再声明全力支持北伐，竭诚帮助蒋中正先生完成孙先生遗愿，成立共和政府后，贵党将在政府里占一席之地。难道这个承诺又改变了吗？

张义笑笑说，没有改变，共产党的最终目的是帮助天下劳工摆脱贫困。我就是没有想到您会是吴稚晖派到邵家卧底的，而且一卧就是这么多年，连邵老爷都没察觉，骆小姐还多次夸你忠诚不二哩。现在看来，越是忠诚的，越要小心。主人往往都是死在保镖手里的多！

言之有理，是警世之言。冯先生坦然地说，既然先生这么说，我也没话可说了，冯某只有一点希望你明白，我们都是为了中国的未来，都是革命党人，你是共产党人，可能我还是十二月党人哩！我们应该精诚团结，不为有钱阶级活着，要为中华崛起站立。我请求你一件事，看在我对你夫人关照的份儿上，请你不要对邵老爷说这件事，至于以后的事，我会处理的。

孩子们在国外的生活怎么办？

蒋总司令说他有办法的。

他顾得上了吗？现在就发生危机了。我们已经与法国邮轮失去了联系……

不等张义说完，冯先生夺过话头说，你说到这份儿上，我也不与你虚与委蛇。你刚才说错了，或者你没说实话。现在是你们的同志与法国共产党联系上了，一个叫安德烈的在保护着他们。我们的人都已经死了，至于……后面的话，他看看张义，没有再说下去，他不想把骆敏的死告诉张义。

张义问，至于什么？

冯先生脑子一转说，至于到法国以后，那就是你们的天下了，虽然法国同情中国革命的人很多，但许多人还是冲着共产党来的，对于中国的国民革命了解不多。邵老爷在法国的店铺很多，这些外国店铺一直是他自己经管的。孩子们会到那里拿钱。张义说，冯先生正好说反了。法国对于孙先生的革命支持和赞成的多，但法国人不主张暗杀和绑架，在法国，你们的行动受到限制。这是你感到沮丧的。

那不是很好吗？我白白地将四个少年送给你们，让贵党培养成赤色分子，有什么不好？

这不是你的本意。

随你怎么说吧。

我再问你，太湖强盗那里有个施小姐潜伏在镇上，她在哪里？

冯先生怔了怔问，施小姐？是太湖强盗告诉你的。张义说，不！是一位老板。我们靠了他的帮助才得以成功的。冯先生笑笑，又摇摇头说，我与太湖强盗素无来往。这事你应该问包老爷。我看他也未必知道，就是潜伏在邵家，潜得深，我们也不一定知道。不过，从老板们嘴里说出来的话，不等于是大头目说的呀。我不在现场，不好判断，想想情节怕是那么回事，先生走南闯北，有些事，应该比我明白。说着，冯先生那精瘦的脸上坦荡得像秋后一块平整的坡丘，语调缓缓说，施小姐为什么是小姐而不会是先生呢？还有，先生去救有鼐，不觉得太顺利了吗？在太湖强盗那里，是凭你的能力能办得到的吗？黄小狗为什么要听你的呢？那个老板会从天上掉下来专门等你吗？天下有那么好的事吗？先生是个聪明人，许多事只要一点拨，我想，你会明白的……用先生的话说，革命的成功也有无数默默无闻的更伟大的英雄，他们才是真正架起中华民族脊架的人，从古而今，从今而始，每个中华儿女都不应该忘掉他们，每每想起他们，活着的人还有什么功劳可争，荣辱可诉……

空气一下子凝固了。

张义一下子恍然大悟，想说什么，话到嘴边还是忍住了。

冯先生那精瘦的脸上，痛苦的抽搐渐渐缓和，声音又恢复了他平日的腔调，说，我们的话是否说得太多了。说完便做出送客的表示。

157

张义告辞出来，刚拐过一条街，上桥时，迎面见到周山。周山一见面就急急把他拉到边上说，现在邵老爷让伙计买店铺，一个个正心花怒放梦想做店主老板。

张义一针见血指出：这是阴谋，瓦解了护镇纠察队的人心。

你说对了，其实，他不是真做，现在看来，他准比包老爷更坏！

看来，邵老爷不想见我的原因正在这里。张义想想冯先生那番话，心有余悸地感叹道，螳螂捕蝉，黄雀在后，不知还有何人援弓而射之啊！他让周山悄悄通知一些人秘密集中。

在这个紧急小会上，张义很快搞清楚了胡县长要麻团长以捉拿那天夜里攻打包府的土匪为名，挖出共产党，提前清除。张义感到了事情的严重性，越发感觉湖南毛润之的预见是何等的正确：蒋中正和北伐都不能解决中国的问题。张义与党组织联系，中央指示提前进行暴动，把队伍拉到淀山湖等待上海工人起义。张义把中央的指示传达后，大家又觉得现在不是时候，暴动不但失败，而且会引来更大的伤亡，唯一可行的是，把现有的武器悄悄运出。张义觉得大家的意见可取，决定先稳住邵老爷，保住现有武装，避免麻团长乱抓乱捕，然后伺机暴动。暴动要争取冯大和镇团防残部，以及永福寺僧人都参加。这个意见报告中央后，并没有像往常那样立即回音。张义决定闯入邵家，把情况进一步弄实。等上海的指示到后，再研究下一步行动。

158

张义暗中通过邵家的用人带信给乔乔，说是家里来人。

乔乔派丫头过来，那丫头见了张义，知道有鼐能够回来，是张义舍命救的。故而对张义怀有崇敬。张义简短告诉姑娘想见邵老爷的事。丫头听罢说，行啊！张义说，可不能说出是你放我进去的。丫头点点头，这我懂，现在的有钱人都这样，不用你时就嫌多余啦！丫头又问，先生要什么时候见老爷？张义想了想，今天夜里，可以吗？

丫头说，老爷现在都住在紫藤园，你要进去，现在就跟我从后面进去。说着两人就动身，走到那园门外，丫头让张义在远处站着，她过去看看，见门口正有人守着，过去调侃几句，手在背后动动，张义明白，顺墙角蹑手蹑脚过去，悄悄进了邵家。守门人一点也没注意，张义先朝树后一躲，那偌大的紫藤园里躲上几个人一时半刻还是找不到的。到了天完全黑下来，丫头过来引了张义朝邵老爷那里去，半路上，丫头悄悄躲开，张义独自一人上前。

邵老爷正在忙碌。张义的出现，令他吃惊，一脸的倦意虽说没有惊飞，假装出来的镇定还是很勉强的。自从家里出了事后，道道门那么严守，他也早就向守门的说了，张义来找他万万不能放进来，免得胡县长找麻烦。结果还是飞了进来，可见这个家是不安全了。他请张义到紫藤园深处说话。

张义对邵老爷一反常态的小心谨慎，感到大惑不解。到底是什么原因让邵老爷如此？胡县长让麻团长抓土匪，也有他张义一个？这不能算是理由。一定有更深的原因，是什么呢？张义想起碰头会上大家的分析，越发证实了毛润之的预见：山沟沟里也有马列主义，共产党需要山沟沟养息，只有最穷的山沟沟才能爆发真正的无产阶级革命。历史证明着秦国从山沟沟冲出来统一中国的真理，两千年后中国共产党也要那么做，舍此别无他路。想到这里，张义暗自叹息，过去实在对邵老爷知之甚少了，这个有着西洋见识的中国传统派做法的商人，到底是吕不韦呢，还是洛克菲勒？这倒需要他对邵老爷重新好好认识了。依张义原来的想法，自己有恩于邵老爷，说话表现拘谨，反倒会让对方看出什么破绽。于是，他大义凛然地对邵老爷提出斥责，并要求邵老爷能够制止麻团长的做法。

面对张义的斥责，邵老爷没有回词。那倦意的脸上，更显出了心底里沉重的负担。此时此刻，他又不能不理睬张义，万一煽动劳工闹起来，还是会有人跟着闹的，麻烦不比麻团长和太湖强盗小到哪里。想到这一点，邵老爷温和地对张义说，请你息怒。敌人若知其原因，也可以替你说情一二。问题是连我也爱莫能助。那包老爷是什么东西？他在县城里快活着，听说要当省参议员了。不就是依仗着太湖强盗吗？谁能掌握那帮强盗，谁就有一张王牌。你找我有什么用？要说有用。我劝你赶快离开。到国外去，我的国外商店会支给你的开销。

张义不解地问，包老爷能掌握太湖强盗？谁这么说的？

邵老爷说，事实明摆着嘛。

那都是不了解真正情况。邵老爷，我领你的情。但我不能到国外去，我不能像小孩子家玩家家一样，把能够替你做事的武装又亲自葬送掉……

你以为我想那么做？

张义说，既然你不想，你有权不让它解散！

说得轻巧，谁供养？前一阵子是大家分摊的，现在让我来养吗？养，当然养得起。这能养吗？这是一支能打仗的队伍吗？攻个包府，羊肉没吃到，沾了一身膻。当然，我有责任。北伐军来了，这队伍还会存在？穷哥们儿的家需要这队伍保护？照现在的情况看，我这个家，就是请麻团长做护卫都没用！我是想透了……说着，邵老爷仰脸长叹一声，就见他那没有表情的脸上，滚过两行晶亮的泪珠，他怕张义看到，转脸抬袖抹了。先生说的主义思想都是很对的，在中国，要能够真正像先生说的民有居食，达到那个地步，少则半个世纪，多则百年啊！至少也要七十年才有个天翻地覆的变化。到那时，也才能说得上中国能够有建设强国的可能，才能说不受外国欺辱的话，也才能说得上中国人自己有个真正可以扬眉吐气的开始。记住，我说的是开始。有的时候，我们可以对付洋人外邦，还就是对付不了自己的兄弟。一部中国的历史不就是内乱史吗。我是个商人，不知道历史，但是我有许多朋友，他们对我说过这些道理。

邵老爷的意思？

安排好孩子们，后面就是安排我自己了。我想离开这里。

这不是你的真心话。

邵老爷的脸上，不可见地一个抽搐，但很快平静了，他说，不错，你看问题很准，但不排除那个可能啊，凡事都得先有准备，所谓未雨绸缪嘛。先生的远大目标，邵某敬重。邵某也将犬子犬女都交给你了，今后，他们的前程自有他们的。现在，我们在国内的人还要生存下去。先生听老夫一句劝，要么，现在出国，那是一种舒适的日子。要么，你立即离开这里，到什么地方，不要告诉我，我不想知道。如果你坚持要留在这里，邵某能否保全你的性命，那是万万不能的。就连邵某本人也不能保证自己。包老爷不可怕，胡县长也不可怕，丘八的麻团长更不可怕。但是，三股势力合在一起，那就非常可怕，非常顽固，中国几千年牢不可摧的东西啊！

张义大为震惊，没想到邵老爷会说出这些话来证实他事先曾有过的预感。

邵老爷看出了张义的犹豫，进一步劝道，古人云，避其锋而削其弱，让其锐而击其痛。你该比我懂。好了，我也不多说了，你好之为之吧！说完，他转身走了。管家不知从何处出来，手上托着一只很沉的箱子，说，这里是五十万大洋，老爷供先生急用。

张义想不拿，转而一想，不拿白不拿，地下工作急缺钱。这笔巨款来得正好。

老爷要我告诉先生，你原来住的地方，千万不要去了。另外，张先生知道的法国邮轮上的事，不要再多说了。有许多事，老爷早就备了一份警觉。

张义倒抽口冷气，不得不佩服邵老爷的老谋深算，他哪里知道邵老爷在察觉出疑点后，立即布下了防备。半个时辰后，刚才说话的地方，邵老爷仍然站在那里。管家对他说，张先生已经走了，老爷……欲言不吐。邵老爷睁开微闭的眼睛问，什么事？管家问，要不要喊盛老板来？

邵老爷问，盛老板知道了吗？

我给他说了。

说了就好，麻团长真的抓了张先生，盛老板会设法救的。你告诉盛老板，既然张先生暂时不在这里搞暴动，那就绝对不能让他在古柳泽出事。邵老爷想到张静江的意思，让张义到上海后再除掉，或者用别人的办法，路上设杀手暗中开枪。他相信张义不会把身边这笔款子轻易散掉，必会随身带着。到时候，虞洽卿他们动动手就成了，如此恰可做成两个人情。

邵老爷的算盘打好，不如张义的机智妙招。

张义明白了处境，出了邵家立刻着人用船把这箱大洋运到上海，上海正急需要钱。关于夜校的武装怎么办？上海的指示是，经过研究，同意张义暂时放弃暴动，以保存实力为前提，不能保住就分散，设法尽快疏散人员，星星之火，暂时埋在干柴堆里也好，但必须保证不出问题。在九月十五前争取让骨干带着武器分散进入上海地区待命。

<h2 style="text-align:center">159</h2>

武昌城头的炮声，昭示着革命的新生。

都在满怀希望地等待北伐，却不知道北伐军到底属于谁。

古柳泽的柳泉居茶馆还是照样开张。南来北往的船只照样在镇里穿过，人们的生活和以前没什么两样。要说不同，每天早上空场子上有麻团长的兵在操练。许多原本是邵家的店铺现在并没有属于别人，那么多人合股买下的店，租赁的，都只是一种表面的形式，真正的主人还是邵老爷，只是店里的掌柜、账房等换了不少。夏天新近看中了怡春院头牌姑娘生小燕。据说，水蛇腰的生小燕就喜欢夏天与她共玩缅铃，玩得夏天常常接不上气。生小燕却不让他有喘气的机会，夏天终于也有腰酸背疼，手揎着背驼着腰出入柳泉居的时候了。他再也不与人吹嘘缅铃的事了。但有一次在与生小燕同床共寐时，无意间露出点话，说包老爷生病住在苏州的医院里，夏天去看他，见到了包二少爷，已是一身北伐军的戎装。

生小燕是个年少花心女人，连忙说，喊他来一起玩缅铃？

夏天听这话，心里恨恨地，想到史进耀的话，女人果然是祸水。

这话没几天，古柳泽上就出现了包二少爷。他是骑着马进镇的，那马虽比不上麻团长的赤兔马，但也是古柳泽热眼的稀罕物。那日也活该有事。前一日，邵老爷本已经决定到天津卫去，冯先生却让他在家乡多住些日子，反正包老爷已经不在镇上，柳泉居茶馆还是你邵老爷的消遣所在，家里乔乔已经有身孕，等生了孩子再走不迟，外面生养总不如故土落地好。想着女人，可以再娶一个，或者到怡春院散散心。邵老爷见冯先生这么说，也不好当面反对，知道冯先生留他是有目的的，能有什么目的？这就是邵老爷看人不准之处了，他以为冯先生惦着在太湖强盗手里的行义。

这是件事，太湖强盗几番递话说，你们不交钱就等着收尸。邵老爷无心烦此事，冯先生又不能自作主张，也就悬着。冯先生一次次地派人去说绑票是下人，少些钱财可不可以。太湖强盗想来思去，少总比没有好，再说这下人杀与不杀没多少区别，那就少些吧，传来话说，再少，几千大洋不能再少。但邵老爷不那么想，他想，你可以递话，那是说还没撕票，拖拖着再说。太湖强盗久不见有人来付赎金，心里惦着那赎金又不敢杀人。真正急的人倒是乔乔了，对于小扣，乔乔倒是不惦了，她担心的只有行义，行义在那儿时间长了，肚皮里刚刚学进去的一点东西要全部给强盗磨掉，染透了匪气，回来就没办法了。冯先生为此生邵老爷的气。邵老爷权当不知道，闲着无事，早点到柳泉居茶馆喝茶。坐下去，邵老爷总觉没了点什么。没什么呢？他当然清楚。棋没对手，那棋再好，也只能闲置。没了包老爷，昔日的气氛也没了，一个整日有事做做，有心计算算的人，突然没了对手，倒也真的很难过，茶喝得都无味。

这日邵老爷闲步于镇街上，无意间与一北伐军军官迎面相遇。那军官退后半步，彬彬有礼道，邵老前辈，在下有礼了。邵老爷一打量，浑身如冰水泼头。原来此军官正是包府的包二少爷。当包二少爷走过去后，他紧步到怡春院找到夏天问情况。夏天说，事情都在变化，现在的包府与我们是朋友了。邵老爷不解地问，他包府与我们是朋友了？夏天说，是啊，包二少爷当上北伐军第二师政治部参谋，站一条线上了，还说什么前隙。

朋友？他和我们是朋友！邵老爷说给盛老板听，盛老板气得七窍冒烟。

不成！邵老爷到上海，在环龙路四十四号找到张静江。正好蒋中正与陈洁如为了解苏浙皖三省人民联合组织的事秘密到上海。邵老爷向张静江说明了古柳泽的情况，蒋中正为三省代表公举蔡元培为主席的事坐卧不安，听也听得心猿意马，终于耐不住地站起来，烦躁地插话：我们这位朋友是参加北伐来的吧，那就先安排他在军部做事，管管钱粮。那是个好位置，也要个好好的人才经营……

张静江明白蒋中正此话的目的，连忙对邵老爷说，总司令给你这个肥缺，你可不能不看中啊！镇上的店铺都安置好了吗？北伐正缺经费，需要你支持哩！

邵老爷不高兴地说，古柳泽本是我说了算。如今我这个算数还能有多久？当然，我可以让商会给十万两银票支持北伐。但北伐也要叫我们知道成功后，到底有多少利益。

仁杰兄，你给我们的这位朋友说说清爽。北伐的革命意义在于继承孙先生革命的最后成功。一统中华后的第一件事就是支持和帮助民族工业的振兴。这是我蒋某责无旁贷的大事！你们支持了我，我就要报答你们。用你们做生意的话说，这也是生意。没有一个安宁的环境，生意自然是做勿好的。但是，现在需要你们慷慨解囊支持北伐，你与我讲条件，那好。娘希匹，我们就讲条件好了。仁杰兄，你与他说说条件吧！蒋中正这番话说得邵老爷连忙道歉，解释。蒋中正说，不用解释，我是可以理解的。我还记得上次我们在电话里说过的话，你当时答应我把店铺盘清，全部支持北伐，做我的军中革命商人。革命成功后，共和政权里的商业部长非你莫属。我想，这种肥缺并不是人人可以得到的吧！

包府的二少爷是否也是这样得到的？

我们的朋友，你这说什么话？姓蒋的出身可以向你言明，说话办事怎么样。蒋中正不高兴地说。

邵老爷说亲眼看到包二少爷穿着北伐军官的制服。

张静江说，那有什么。我们会进行清党，混入北伐队伍里的异己分子也必然被清除。

那与包府有什么关系。这话，邵老爷没说出口。

蒋中正似乎讲话的兴致没减，他平消了许多气后，坐回到那里，半闭半睁着眼，养着精神，不紧不忙，一字一句落地有声地说：我的祖上原来也是宜兴嘛！在五代时，因避战乱而到明州（就是现在的宁波），落脚在城南采莲桥下的蒋家带。到了二世宗霸，他字必大，迁到现在的奉化三岭村，十三世仕杰时，移至武岭。张静江赶紧补充道：武岭就是溪口。

邵老爷佩服得没话可说，嘴里喃喃道，要我舍弃家业从戎？我能行吗？

张静江说，我不就是的吗？

邵老爷心里道，你我能同日而语吗？他忽生一念：我古柳泽的家业可以给你们，只是天津和上海的，海外的不能给，虽说一直是我在直接掌管，就不知冯先生会插手弄这些店铺的什么鬼主意。想到这里，他说，你们可以向我的账房冯先生了解一下，在他手里的钱财都统统支持北伐。这样行不行？

张静江说，还不够嘛！你的外国资产，还有上海和天津、广州、福州的。

邵老爷冒汗了，喃喃道，你们这是逼我破产？

那倒没有。这是做一笔交易，等价的交易。你若愿意就那么做。不愿意，自有别人愿意。

你说包老爷？

除了包老爷，还有张老爷、李老爷。能够看透中国这个形势，敢于投资的人是很多的。这毕竟是一笔可观的买卖。

如果你们相信我，我的儿女给你们！

不必。蒋中正说，现在你的年纪应该晓得儿女的好处了。不要过激，从长计议嘛，从长计议。当然，你若能将镇上的赤色分子清除干净，对北伐也不乏又是一大支持，比什么都强。如果你不愿意将外国和上海天津等地的资产支持北伐，我们耐心等你的觉悟。共和政府是会成立的，你需要的那个位置也会一直对你虚席以待的。

张静江劝了邵老爷一阵子。

邵老爷抹着额上的汗说，容我三思，容我三思。突然，他明白冯先生留住他不离开的原因了。

朋友嘛！成与不成，都是朋友。三思？五思十思都可以。我蒋某有那肚量耐心等着。只是，我的朋友，你要知道，形势不容我们等，有人捷足先登，我就没办法了。

是，是，是是……

蒋中正送走了邵老爷，捋着下巴道：

还是曾文公说得对，天下大事，只需一字可尽囊括之！

张静江问，何字？

蒋中正走到写字台前，挥毫而就一字。张静江正准备起来去看，蒋中正拎起一角朝他一展。张静江一眼瞟着，心顿时一沉。

蒋中正将那纸丢进了炉火。

这一字，刀刻一样烙印在张静江的心里。

尾　声

上海第一次工人武装起义在一九二六年十月二十三日打响，搅乱了军阀孙传芳独霸苏浙皖沪的美梦。张义最终没有能够在古柳泽举行暴动，而是将他发展的二百七十三名革命骨干分子携带武装及时赶到集中地区，参加了起义。

冯大率领一百二十五人的店员武装从青浦进入上海，参加第二次上海工人武装起义。从此，他成为职业军人，抗日战争爆发后，曾回家一趟，带走了唯一的儿子冯老八，抗日战争结束后，冯老八回到古柳泽，冯大则长眠于战场，至今也没见谁为他树块碑。

在另一部长篇小说《贱民的圣歌》里，我记录了冯大儿子的一些事。

由于冯先生在恒泰账房的特殊地位，蒋中正对古柳泽的经济了如指掌，从而使他掠夺民族资本的宏愿，在此牛刀小试：包老爷以捐献全部家产支持北伐的形式，得到的不仅仅是免于死罪，而且两个儿子和自己的政治前途都有了保证；在完成挤牙膏式对邵老爷这位民族资本家的掠夺后，蒋中正又采取许诺陈德怡成为官僚资本、盛老板成为洋务等借口，收买和转化了他们的财产。在几个或数个富饶的古柳泽、南浔镇的资产掠夺后，新的四大家族从而诞生了。

在将上海证券交易那张一千四百万两白银的抵押债券从恒泰账房支付清楚后，冯先生突然在一个黄昏里，悄悄地只身一人提只布包，上了一条乌篷船，从此再也没见到过他，也没听到过关于他的事。

关于邵老爷，凡与我差不多年龄的生活在中国的人，都会知道他们的结局，我就不赘言了。

1996 年 1 月 17 日第一场大雪时开笔于南京虎踞关 21 号

1996 年 4 月 19 日草成于镇江气象里 10-1-601 室
1998 年 12 月 12 日——共和国五十华诞午后二稿于酒海街
1999 年 11 月 20 日三稿、2000 年 5 月 21 日四稿于镇江
2000 年 6 月 28 日五稿于南京师范大学南山专家楼—镇江
2001 年 2 月 26 日六稿于南京—丹阳—湖州—南浔—苏州
2001 年 9 月 4 日在校样稿上大改于南京湖西村前话宿舍及各地漂泊中
2012 年 2 月 4 日凌晨 4 点—2 月 8 日凌晨 4 点于南京紫金山下文华园北书房

附 录

读《古柳泽》想起的……

景国华

过去读小说，总是以为小说里描绘的是一个离读者生活遥远的故事，还产生梦游般的想象空间。近日欣阅同乡、著名作家张国擎的长篇小说《古柳泽》，顿悟《古柳泽》里的人物、故事是那么的亲近和熟谙。读着小说，似乎自己重新回到孩提时代，盛夏之夜，群星闪烁，静静的百间楼屋河的石驳岸边，一群乘凉的孩子睁大着眼睛，听白髯飘逸的老邻居在讲家喻户晓的老南浔故事——

小说中的史进耀镇长，不由得想起当年镇上的屠辅清。那时正值北洋军阀统治时期，孙传芳统治下的南浔地方行政机关自治会，屠辅清是副委员，执掌地方政务。然而镇上的封建势力非常强大，富绅们为了相互的利益间接直接地与屠辅清分庭抗衡，甚至撇开屠辅清，不理睬镇上的自治会，擅自沿用清朝的旧式手法直接处理地方事务。据史料记载，1926 年 5 月，张静江被推选为国民党代理中央政治会议主席，周柏年为秘书长。南浔以张、周两人为后台的受资产阶级思想文化影响的乡绅、丝商异常活跃，处处与自治会屠辅清作对。同年七月，以刘锦藻为首的保守派筹募设立南浔保卫团，团总童树棠。这个童树棠名义上受屠辅清管辖，实际上相对独立，为所欲为，横行乡里。如此三方力量势均力敌，终相吞咀。其间还夹杂着"太湖强盗"也趁机在里面浑水摸鱼：拿人钱财，替人买命。同年九月，国民党党员沈渭深、温永之等，成立中国国民党上海市党部直属南浔区党部，在东大街三府内，对外公开活动。不久，共产党早期著名领导人王尔琢来到南浔发展党的基层组织，成立工会、学联、农民协会，组织工人纠察队，发动群众，打击地方封建、军阀势力。面对这两党多方的局面，屠辅清左右为难，越想太平，偏不太平，日子过得可想而知。一时间，社会上的旧式封建势力、举人老爷，寓沪的富绅、丝商们在南浔的管家、账房，掌握枪杆子的保卫团，还有"太湖强盗"，把南浔搅得一团浑水，谣言四起，黑烟笼罩。整个南浔被一种看不见的威力慑住，然而，时代的风暴正席卷而来。

小说中的民众教育馆，就名称而言，使人一下联想到当时闻名于全湖州教育界的南浔教育普及社。该社以民办公助、废庵办学而著称。小说中描写的学校环境更像是庞青城捐资创办的浔溪公学。看民众教育馆的紫藤园，不禁让人想起当年浔溪公学旁的庞家花园——宜园：通向荷花池的紫藤，沿"绾春廊"向北达"绮霞仙馆"，馆前有花坛，植各色牡丹，四月盛开，杂大绮丽，春意盎然……

另外，小说中张静江好义救妇儿的故事，在南浔人里更是耳熟能详。

读着，读着，我真的陷入了历史的南浔，看到父辈们朴实安详的身影，听到久违的纯正悦耳的南浔方言，闻到清澈的一泓南浔河水……

风情中的历史

白　烨

　　张国擎埋首五年、易稿七次的长篇小说《古柳泽》，终由中国青年出版社于 2001 年底推出。拜读之后的感觉是，这样的重量级题材确实需要较长时间的酿造，而作者为此花费的时间和投入的精力也非常值得。

　　《古柳泽》以民国初年乱世时期的江南水乡古柳镇为活动舞台，通过共产党人张义受命到古柳镇举办民众教育馆，国民党人夏天密派到古柳镇联系地方富豪的前前后后，引出镇内外各种政治人物的粉墨登场和各种社会势力的明争暗斗，从而排演出一幕幕雄浑悲慨的历史壮剧。它的意义，并不在于一般地再现过往的历史事实，而在于通过过去与现实的纵向交织，镇里与镇外的横向勾连，在浓墨重彩又精雕细刻的描画之中，抒写乱世中的风情和风情中的历史。

　　古柳泽因为其地理位置的优越和经济活动的发达，一向为兵家必争之地。历史演进到民国初年，富甲一方的古柳镇的重要性就愈加明显。于是，国民党委派夏天到古柳镇暗中掌控头号富绅邵家，共产党指派张义到古柳镇举办民众教育馆以发动民众；而本来就有邵家与包家两大家族的相互争斗、驻县督军与太湖强盗各家军寇的逞性妄为的古柳镇，由此更是错综复杂，情势扑朔迷离。张义审时度势、纵横捭阖，利用各种矛盾关系，靠近开明士绅，唤起普通民众，使民众教育馆日渐成为古柳镇体现民意与民权的自治组织。尽管别有用心的夏天貌合神离，有钱有势的邵、包两家暗中掣肘，使民众教育馆的发展步履维艰，但它的兴办与发展，毕竟打破了古柳镇原有的生活秩序，使善不彰、恶不敛、富不仁、穷不变的社会现实，开始悄然发生变化。这一过程由铲除依附

519

于包家的毛教头恶势力起始，到攻打毛家大院，使毛教头失去一方霸主地位达到了高潮。而与此形成鲜明对比的是，国民党人夏天则借助于背后的势力和现实的争斗，一次又一次地从邵家要来现大洋，以支援"北伐"的名义，中饱蒋家私囊，从而使"四大家族"的蒋家，完成了最初的原始积累。

有人浴血奋斗，有人投机钻营；有人伸张正义，有人中饱私囊。混乱的时世给各色人等提供了登台表演的机会，而黑暗中的黎明的曙光，也在此时此刻悄悄出现。作品以错综的关系写繁复的社会，以酷烈的场景写艰窘的斗争，人民民主革命的背景、现状与走向，就这样如火如荼又栩栩如生地展现出来。

《古柳泽》不只写了灾难沉重又贫富不均的国情与民情，在大的故事勾勒、大的场景渲染的同时，作品还以一些小人物的刻画、小情节的穿插，透视了那个特殊年代特有的人性与人情。比如，作品写到包家小姐包漪澜整容之后化名骆敏重回故里，就是对其父包老爷的恶霸本性深恶痛绝，从而愤然离家走上革命后又策应张义的。而本是张义妻子的骆敏，为了不暴露身份，既不愿认父，又不能从夫，在亲情与革命难以调和的冲突之中，毫不犹豫地选择了后者，并且无怨无悔。作品里还有一个叫竹为的小人物，也颇值得玩味。竹为无家无业，到处流浪，他被好心的张义收留并跟随了张义之后，被人们视为当然的革命者。但当民众教育馆渐成气候后，他便显出了流氓的本性。他对于革命的兴趣，只在于能够接近乃至猥亵女学生。他恣意妄为、不顾廉耻，要强娶莫嫂的女儿，甚至光天化日之下强暴了莫嫂。这个让张义难堪，令民众教育馆蒙羞的"革命"者，实际上是混迹于革命队伍的流氓无赖。他与其说参与革命，不如说是发泄私欲。这样的人物，没有用太多的笔墨，便写出了人性之病态畸变与革命之泥沙俱下，颇具警策意义。

写过往历史的作品，重要的是要写出那个时代的社会氛围，写出那个社会的生活基调，而这要比勾勒事件、铺排情节更为不易。而张国擎擅长的，恰恰正是这种功夫。他的《古柳泽》，开首便以镇衙在清帝退位后溜之大吉，包老爷以候补河泊官的身份坐堂审案，先审崔家媳妇偷布行孝案，又审妓女偷客玉坠案；当他正脱了女人的裤子打屁股时，一好汉突来大闹公堂，官衙从此作鸟兽散。这段开场戏，既交代了清末民初的时代背景，又描绘了古柳镇的秩序现状，那种社会过渡时期的传统延续、世事的混乱，都形象而生动地剖露无遗。作品在主要事件、主要场景之外写到的茧船、码头、柳泉居茶馆、怡春院妓楼、养春蚕的贫民、开丝厂的老板，以及妻妾成群、家丁成对的邵家、包家的迎来送往、日常起居，把古柳镇浑浊的乱世风情、浓郁的江南民情，如"清明上河图"一般宏微相间又巨细无遗地呈现在人们的面前，让人过目难忘，萦绕萦怀。从某种意义上说，正是这种血肉丰满的细节描写，使得《古柳泽》达到了一般作品不易达到的既描述历史事件又传达历史声息的较高境界。

（《热读与时评》，中国社会科学出版社 2005 年 3 月一版）

以吴方言写作的地方史诗

汪　政

　　与时下风行的小长篇相比，张国擎的《古柳泽》具有传统写实类长篇极大的丰富性与复杂性。如果将史诗理解为一种审美范畴，同时，如果将史诗不再理解为高不可攀的褒辞或俗不可耐的廉价的媚词的话，《古柳泽》显然是可以从这一范畴去展开分析的。作品将叙述对象确定在二十世纪二三十年代江南的这片肥沃富庶之地，确定在这片土地上各种政治势力错综复杂的较量上，并以此从一个新的视角去演绎、诠释那段众说纷纭的历史，地缘的因素、经济的杠杆、世风的变化、政治势力的消长、家族力量的兴衰、个人性格的作用以及偶然事件的楔入……被作家用充满戏剧性的多线索的情节冲突一一展开。

　　由于作者对江南古镇有精深的研究，因此，作品无论是对江南自然风貌的描写、村镇的历史沿革的追溯、时候节令的变化所带来的民情风俗的特点的介绍，还是对在这种物质文化支撑下人文内涵的把握上都非常精到，具有相当的学术价值。它构成了小说深厚的文化韵味和风俗画的审美风格。

　　在语言上，《古柳泽》也有极为鲜明的特色，作家对清末民初特别是以《孽海花》为代表的吴语小说传统极为认同。作品的人物对话和心理活动固然纯用吴方言，其叙述语言也有极为浓郁的吴方言特点。这种方言写作的姿态在当前的小说创作中是不多见的。

　　我们知道，以方言写作一直是一个有争议的话题，方言写作是否会达到写作者想象中的效果，是否会影响小说的传达，这是从语言学层面一眼就可以明了的，再加上"五四"以来的语言革命，方言又受到了更大的责难。其实，方言的意义在现当代写作中并未真正地被揭示，方言与所谓"普通话"的不平等关系以及随着方言衰落而流失的美学反文化资源也极少受到关注，如果这些想法是有道理的，那么，不是改造的，而是原汁原味的方言写作无疑是有意义的。

（《当代作家评论》，2002 年第 5 期）

太湖的历史潮汐

蔡　葵

　　张国擎同志的长篇小说《古柳泽》是一部规模宏大、沉实厚劲的营造艰辛之作。它相当有历史感，写出了北伐战争时期纷繁复杂的社会面貌。小说描写的古柳镇，富得"衣角掸掸都是金粉银屑"，又是"南北进出太湖咽喉、东西控制运河的军事重镇"。封建势力的包家和新兴资产者邵家两大家族，为争夺镇上的统治权力展开了激烈的争斗；在他们的背后，则是国共两党和地方各色人等。书中人际关系复杂，包老爷的女儿却成了邵家的家庭教师，她实际又是党内的无政府主义者。邵家的账房冯师爷，则是潜伏很深的国民党员。而青云寺里慧能法师的禅房，又是我党设立的一个地下联络点，真是你中有我，我中有你。而国民党更是一个复杂的混合体，有些头面人物甚至公开抵制蒋介石，号召成立苏浙皖"三省人民联合组织"。小说写出了当时波谲云诡、矛盾交织的态势，形象地展示了大革命初期大动荡大分化的混乱局面。

　　北伐战争是第一次国共合作时期，在共产党推动下打倒北洋军阀的斗争。它得到了后方广大群众的支持。《古柳泽》描写了我党发动工农群众的工作。所以这部书中关于我党早期活动的描写，也是作品的第二个重要内容。小说提出的在富裕地区如何开展农民运动的问题，就很有历史价值和理论意义。太湖地区不同于湖南，也不同于广东的海陆丰，贫富的概念比较特殊："在古柳镇只要肯吃苦就不穷"，穷的只是好吃懒做的二流子；富人则常常小恩小惠地救济真正的穷人，所以在这里就不能照搬别处的农民运动经验。书中真正的革命者张义，就主张依靠正派的农民，团结正直的有良知的有钱人，打击地方恶势力，在斗争中提高群众觉悟，逐步组织自己的武装和政权。小说第七章具体描述了张义与中央代表老田的争论，并拒绝了张国焘"组织暴动、参加上海起义"的"左"倾盲动主义。小说第九章描写了张义召集的基层党负责人会议，描写了被开除的右倾机会主义分子夏天，暗中则是蒋介石的北伐联络官，却以橡胶商人的身份在镇上吃喝嫖赌。所有这些都反映了建党初期党外有党、党内有派、鱼龙混杂的实际情形，反映了真实的历史面貌。

但是这部小说并不是政治小说，而是一部很吸引人的传奇故事。它将历史与传奇相融合，既有相当的历史内涵，更有丰富的艺术想象，而形成了它色彩斑斓、雅俗共赏的艺术特色。例如书中描写民众用网智取镇团防恶霸毛教头，后来他又被莫嫂砸死。又如县团防麻团长讹诈包老爷，包又如何欺骗他，以及护镇纠察队怎样攻打包府，又怎样严惩那些胡作非为的家丁等等。这些章节都包含了一连串的"戏眼"，是很吸引人的戏剧性的情节，尤其是作品末尾张义深入太湖强盗巢穴，解救被绑票的邵公子，经历了一幕幕惊心动魄的争斗，更是把小说的这一特点发挥到极致。然而"成也萧何，败也萧何"，作品的缺点也正在于有些情节太戏剧化，带有编造的痕迹。如前面提到的包小姐，经过整容后在镇上活动，甚至出入包府，竟不被识破就难以置信，这类描写容易失去情节的真实性。而流氓无产者的一系列行为更增加了小说内容的芜杂性，否则小说将更为精练可读。

似水流年。多年前家乡交通还不发达，我是坐着很差的小火轮，听着太湖的涛声离家外出读书和工作的。"春色满园久别离，今朝楚树发南枝。"现在读着太湖的历史，不由得引起思乡的蛊惑和惆怅。更令人兴奋和自豪的是近年来家乡父老的长足发展，尤其是近年来江苏作家创作了许多富有地方特色的作品，显示了吴越文化的巨大潜力。例如汪曾祺描绘的苏北水乡情趣，高晓声记述南方农民的精神特征，陆文夫刻画的小巷人物心态，叶兆言、庞瑞垠描摹的秦淮风光等等，都深得吴越文化的神韵。我认为张国擎的这部《古柳泽》，也是一部寓政治风云于风俗民情的乡土小说。那婉约灵秀的太湖风光，极富南方韵味的茶馆酒楼和养蚕卖茧的民俗事象，都使我们感受到醇厚的江南地方特色。尤其是受到普遍赞扬的小说语言，那纯正的吴侬软语，既生动形象又蕴含着吴越文化的传统风貌。因此，我以为这部小说，也可算是近年来吴越文化的新收获。这是作者创作的新成就，也是吴越文化的新收获。

（《长篇小说选刊》，2002 年 S1 期）

一部值得阅读的好书

李伟宝

古柳泽是通向太湖西部、江苏和浙江西南的通道，又是江浙皖与浙东闽粤等地在太湖南边的交通要道。明万历十七年，南浔朱国桢金榜题名，皇帝知其出身寒门，特赐金在故里置屋供朱国桢父母居住。朱国桢奏请神宗皇帝改赐古柳泽为镇，因其成才得于舅父相助。皇帝朱翊钧听到这个名字，想起张士诚起兵反元，定都苏州，将围绕太湖的两大重镇建成粮草的囤集地。这两大镇：一是南浔镇，二是古柳泽。尤其是古柳泽，镇外越渎河为长江交汇之地，若在越渎河上设坝，苏州与杭州等则闭塞，此地虽为聚水之央，但依太湖傍高山，中间凿一小道，建有关口。古为吴越两国国门，关东为越，越军把持；关西为吴，吴兵守护，历代视为苏浙皖三省要塞。说古柳镇，自然也得顺道说说南浔镇。

明末清初靠缫丝业萌芽的中国资本主义，发轫于江南小镇南浔。那时上海还硬不起翅膀，经济上也只好听南浔小镇的调遣。所以说，明末清初靠缫丝发展起来的资本主义是从南浔土地上萌芽，波及苏浙沪一大块地区的。

小说《古柳泽》描述1926年，这个太湖之滨的古镇，以包府为代表的封建势力和以邵家为代表的新兴资本家两大家庭的冤怨为主线，描写包府要利用太湖强盗及地痞恶势力消灭对方；邵氏则靠金钱换取蒋介石北伐军的支持来削弱对方力量；而国民党、共产党为了自己的利益，也在这片富庶之地开展了明争暗斗。

当时，古柳镇不仅仅是地理位置重要，民族经济与封建保守势力都堪称强大，太湖强盗的势力也很厉害，可以说是国共两党及封建残余和新崛起的资本主义四方力量的较量。由于日本洋丝占领了国际市场，中国丝的国际市场份额受到吞食，靠养蚕为生的农户和茧行丝厂间的矛盾处于一触即发的地步。

《古柳泽》的故事，就是以蚕茧大战事件为引子，充分地显示四方力量争夺的残酷性。当时，上海的"五卅"运动风起云涌，蒋介石想借"五卅"事件做文章，但好景不长，由于苏联借此做北伐文章，所以中国的出路全指望北伐。蒋介石也想在北伐上成功，但苦于无钱财支持，故只有借北伐挥师江浙，利用封建势力与民族资本家的矛盾，来敲诈钱财，达到目的。蒋认为，得到苏皖浙沪的经济支持，就掌握了中国的半壁江山。

共产党也想趁地主与民族资本主义的矛盾和冲突，及时发动民众，传播马列主义，运用广东、湖南农运的成功经验，在北伐军到达之前，在这一地区扎下根，带出一支武装部队。一旦上海工人起义需要支援，这支武装队伍能够立即拉出去。

小说《古柳泽》以旧封建势力与新兴资本主义的矛盾冲突，以共产党代表张义和国民党暗藏分子冯先生，为各自利益在这场矛盾冲突中的斗争为核心，叙述了错综复杂、悬念迭起、环环相扣的故事，同时辅之以浓郁的江南地域的语言特色，极富艺术感染力。

本书是作家张国擎经过近六年的创作、修改、润色而完成的，是他目前最好、最有力度、最厚实的一部作品。其语言生动，形象具体，成功刻画了人物的性格。作品结构严谨、真实，情节引人入胜，有相当的历史感受，是一部值得阅读的好书。

回首旧事，可以让沉湎在现实中太久、已经麻痹的人们振奋！

再版说明

本书的首版是在 2001 年 12 月。

上世纪末，《当代》杂志的洪清波数次专程到镇江、南京来找我，因为我正在创作的《古柳泽》长篇小说，他与编辑部同人都看好我的这部长篇小说。结果阴差阳错，这部在我创作生涯中占据极为重要地位的长篇小说，最终还是由中国青年出版社出版。书稿刚刚到出版社，外界已有消息，1999 年 5 月成立的中国电影集团公司，集团副董事长兼副总经理韩三平委派以《桑树坪纪事》一书盛名天下的作家朱晓平来与我商量将此书搬上银幕；中央电视台也多次致文作者，希望将此书搬上荧屏，最终因为缺乏能够改编南方特色影视题材的编剧而未成。意外的是，这部书出版后，好评如云，中央统战部、中宣部等单位认定："建国以来唯一一部正面讴歌国共合作完成北伐的优秀长篇小说。"令人遗憾的是没能进入那年茅盾文学奖的最后五名之列。这么多年，许多"编剧""导演"从这部书里挖了不少东西，但主要脉络情节与主线故事没人敢搬走。提到这部书，大家都叫好，但都认为是改编电视剧中最难啃的"骨头"！

一晃十七年过去了。《古柳泽》每每被人们提到时，总有一片赞扬。网上旧书也已经炒得很高了。而家乡的人们常常问我，你写的是南浔的故事，为什么不把书中的地方名真实化？我笑笑，我能够理解家乡人对这部长篇小说的厚爱，但小说就是小说，地名真实，对号入座就更容易了。当然，想对号入座，你要做总是可以做到的……

有一点我坚信，《古柳泽》总有一天会搬上荧屏的，我与大家期待着。

这里要说明的是书中有进入太湖救人情节，这在当年茅盾文学奖评时，有人提出不同看法。其实质是：太湖地区的"土匪"成分复杂，当时的确是一股被进步思想引领的力量，也被共产国际代表看好，只是在后来与中共派到上海来组建武装的同志发生分歧，致使这支可以利用的革命力量于 1953 年作为土匪被镇压……本打算这次删掉，但当年茅盾文学奖评委之一的蔡葵老先生力劝我保持原貌，历史会让后人从不同角度看到它的全貌。因此，还是保留下来了。

　　附录于后的，是从评论家们过去为我免费写的大量评论中选了几篇，供读者参考。

2017 年 10 月 26 日于南京紫金山下文华园

图书在版编目（CIP）数据

古柳泽 / 张国擎著 .—北京：作家出版社，2018.7
（国擎文集）
ISBN 978-7-5212-0155-0

Ⅰ.①古…　Ⅱ.①张…　Ⅲ.①长篇小说—中国—当代

Ⅳ.① I247.5

中国版本图书馆 CIP 数据核字（2018）第 177883 号

古柳泽

作　　者：张国擎

责任编辑：张　平

装帧设计：意匠文化·丁奔亮

封面题字：言恭达

内文插图：王野翔　王国斌

出版发行：作家出版社

社　　址：北京农展馆南里 10 号　　　邮　　编：100125

电话传真：86-10-65930756（出版发行部）

　　　　　86-10-65004079（总编室）

　　　　　86-10-65015116（邮购部）

E-mail:zuojia @ zuojia.net.cn

http://www.haozuojia.com（作家在线）

印　　刷：北京明月印务有限责任公司

成品尺寸：170×240

字　　数：600 千字

印　　张：33.75

版　　次：2018 年 9 月第 1 版

印　　次：2018 年 9 月第 1 次印刷

ISBN　978-7-5212-0155-0

定　　价：58.00 元